www.ingramcontent.com/pod-product-compliance
Lightning Source LLC
Chambersburg PA
CBHW060630310726
48982CB00003B/728

* 9 7 9 8 9 8 5 6 7 9 1 0 6 *

יצחק באַשעוויס

CYCO – Yiddish Book Center

ניו־יאָרק 2022

ISAAC BASHEVIS SINGER
MAYSES FUN HINTERN OYVN

יצחק באַשעוויס־זינגער
מעשׂיות פֿון הינטערן אויוון

Introduction by Marc Caplan — אַרײַנפֿיר פֿון מאַרק קאַפּלאַן
Cover Art by Yehuda Blum — הילע געצייכנט פֿון ייִדל בלום

Published by Central Yiddish Culture Org. - (CYCO)
51-02 21st Street, 7A-2, Long Island City, NY 11101

A reprint of the 1982 edition.

Printed in the United States of America

ISBN: 979-8-9856791-0-6

acknowledgements

CYCO is re-issuing selected works of Isaac Bashevis Singer due to the growing need among students and scholars of Yiddish literature. CYCO's goal is to provide affordable copies of classic works with new, 21st century introductions.

We are deeply grateful to the institutions that funded this project:

The Atran Foundation
The Azrieli Foundation
The Koster Foundation
Klingenstein Charitable Foundation

CYCO gratefully acknowledges those individuals whose help and continuing support now brings "Mayses fun hintern oyvn" to print:

Adam Agensky, Roberta Paula Books, Boris Budiyanskiy, Berish Goldshteyn, Itzik Gottesman, Brukhe Lang, Roland Millman, Eli Salomon, Hy Wolfe, Executive Director of CYCO.

CYCO wishes to thank the following individuals and institutions for their vital ongoing support:

Judah Fischer, Executive Director of the Atran Foundation; The Azrieli Foundation and Canpro Investments Ltd., Founder David J. Azrieli z"l, The Isaac Bashevis Singer Literary Trust; Susan Schulman Literary Agency.

פּאָרטעט געצייכנט פֿון מיכאל מילבערגער

Inhalt אינהאַלט

אַרײַנפֿיר

כאָטש עס איז נישט קיין חידוש, אַז יצחק באַשעוויס־זינגער איז דער אײנציקער שרײַבער אויף ייִדיש וואָס איז אַ מאָל אויסדערוויילט געוואָרן אויף אַ נאָבעל־פּרעמיע אין ליטעראַטור, איז אין דער גלײַכער מאָס קיין חידוש נישט, אַז די דאָזיקע ערע זאָל האָבן געשאַפֿן אַזוי פֿיל מחלוקתן צווישן ייִדישע לייענערס. פֿאַר די לייענערס האָט באַשעוויסעס שרײַבן זיך אויסגעצייכנט מיט צוויי כאַראַקטעריסטישע עבֿירות: ערשטנס, זײַן פֿאָקוס אויף איבערנאַטירלעכע עלעמענטן, פֿאַרוואָרצלט מיט אינטימער פּרטימדיקייט אינעם פּויליש־ייִדישן פֿאָלקלאָר פֿון סיטרא־אַחרא. עס דערמאָנט אין אײַנגלייבעניש וואָס אַן אַזוי גערופֿענע וועלטלעכע ייִדישע קולטור האָט זיך געשטעלט אַנטקעגן מיט העכער צוויי הונדערט יאָר פֿריִער. צווייטנס, דער טראָפּ וואָס באַשעוויס שטעלט אויף אַ גרויליק און תּוהדיק געשלעכטס־לעבן האָט פֿאַרשעמט לייענערס וואָס האָבן קיין מאָל נישט אַנטוויקלט קיין גוסט אָדער אפילו טאָלעראַנץ פֿאַר דער עראָטיק אין דער „שיינער" ליטעראַטור. סײַ פּסיכאָלאָגיש, סײַ היסטאָריש שטעלט באַשעוויס פֿאַר די אויגן פֿון זײַנע לייענערס אויף ייִדיש אַספּעקטן פֿון דער אייגענער קולטור וואָס זיי אַליין וואָלטן בעסער געוואָלט פֿאַרשיקן אין אַ ווײַטער פֿאַרגאַנגענהייט.

אָבער אין ביידע פֿאַלן האָט באַשעוויס געוואָלט באַטראַכטן פֿון דאָס נײַ די באַגריפֿן וואָס האָבן דעפֿינירט די ייִדישע ליטעראַטור זינט דער „קלאַסישער" תּקופֿה פֿונעם 19טן י"ה. בפֿרט נעמט זיך דער כאַראַקטער פֿון באַשעוויסעס שאַפֿונג, אי טעמאַטיש, אי סטיליסטיש, דירעקט פֿון י. ל. פּרצן, וואָס איז געווען די וויכטיקסטע השפּעה אויף דער ייִדישער ליטעראַטור אין דער צווישן־מלחמהדיקער תּקופֿה, ספּעציעל אין באַשעוויסעס פּוילישער סבֿיבֿה. אַזוי ווי פּרץ האָט געשעפּט פֿונעם ייִדישן פֿאָלקלאָר כּדי צו שאַפֿן אַ מאָדערנעם, ראַציאָנעלן, הומאַניסטישן עטאָס, האָט באַשעוויס זיך פֿאַרטיפֿט אין דער זעלבער טראַדיציע כּדי אויסצוניצן אירע אומראַציאָנעלע, משונהדיקע, דעמאָנישע אַספּעקטן. גרשם שלום אַליין, אין איינער פֿון זײַנע געציילטע באַמערקונגען וועגן דער ליטעראַטור אויף ייִדיש, האָט אָנערקענט באַשעוויסעס שריפֿטן ווי אַ וויכטיקער מקור צו פֿאַרשטיין די השפּעה פֿונעם פּוילישן פֿאָלקלאָר אויף דער ייִדישער דעמאָנאָלאָגיע.[1] פּרץ האָט געפּרוווט אײַנפֿירן אַן אימאַזש פֿון ראָמאַנטישער ליבע און געזונטער, באַשיידענער סעקסואַליטעט אין דער ייִדישער ליטעראַטור, בפֿרט דורכן באַלעבן וווּנדער־מעשׂיות ווי אַ ליטעראַרישער זשאַנער. באַשעוויס, ווידער, האָט זיך באַניצט מיט די זעלבע פֿאָלקס־

[1] Gershom Scholem, *Kabbalah* (New York: Meridian) 1978: 326. אַ גרויסן דאַנק מײַן קאָלעגע שאול־נועם זאַריט פֿאַרן צושטעלן דעם מקור צוזאַמען מיטן ייִדישן נוסח פֿון באַשעוויסעס עסיי וועגן ייִדיש אין פּוילן ווען איך האָב נישט געהאַט קיין צוטריט צו מײַן אייגענער ביבליאָטעק.

טראַדיציעס פֿון פּוילישן ייִדנטום צו באַשרײַבן סעקסואַליטעט ווי די פּרימיטיוועסטע קונץ אינעם רעפּערטואַר פֿונעם עם־הארצישסטן שד.

באַשעוויס איז אויפֿגעוואַקסן צווישן צוויי פּראָפֿעסיאָנעלע שרײַבער. ער האָט אָפּגעגעבן כּבֿוד זײַן עלטערן ברודער י.י. זינגער ווי זײַן גרעסטע אינספּיראַציע, בפֿרט נאָכן ברודערס פֿריצײַטיקער פּטירה. בשעת־מעשׂה האָט ער מערסטנס איגנאָרירט זײַן עלטערע שוועסטער אסתּר זינגער־קרײַטמאַן, אָדער פֿאַרדאַמט אירע אָפּט מאָל פּײַנלעכע אויטאָביאָגראַפֿישע דערציילונגען און ראָמאַנען מיט שוואַכע שבֿחים. אָבער פּרץ האָט געדינט סימבאָליש ווי דער פֿאָטער קעגן וועמען באַשעוויס האָט זיך אייביק רעבעלירט.

די דערציילונגען אין דעם באַנד האָט באַשעוויס אָנגעשריבן נאָך דער צווייטער וועלט־מלחמה און דערפֿאַר נעמען זיי אַרום אַ ריי היסטאָרישע און געזעלשאַפֿטלעכע טעמעס וואָס באַדאַרפֿן אַ באַזונדערע דערקלערונג. אָבער צווישן די בעסטע דערציילונגען בלײַבן אויסגעהאַלטן די הויפּט־טעמעס מיט וועלכע באַשעוויס צייכנט זיך אויס מיט זײַן פּען זינט די 1930ער יאָרן: אַנטי־ראַציאָנעלע און אַפֿילו איבערנאַטירלעכע פֿאָרקומענישן, צוזאַמען מיט די פֿאַרדאָרבנקייטן פֿון דער ער/זי־באַציִונג. יענטל דער ישיבֿה־בחור, למשל, וואָס איז געוואָרן באַרימט דורך באַרבראַ סטרײַסאַנדס פֿילם־אַדאַפּטירונג אין 1983 און דורך באַשעוויסעס אָפּזאָגן זיך פֿונעם פֿילם, באַשרײַבט אַ ליבעס־דרײַעק וואָס אויף איין ניוואָ דינט ווי אַ סאַטירע פֿון דער ישיבֿה־קולטור, אַרײַננעמענדיק אַ גראַפֿישע סצענע פֿון אַ לעזביִשער חופּה־נאַכט, אָבער ווען אויסגעטײַטשט ווי אַ ליטעראַרישע וווּנדער־מעשׂה האָט עס צו טאָן מיט אַ הערמאַפֿראָדיטישן פּראָטאַגאָניסט וואָס הײַנט צו טאָג וואָלט מען אָנגערופֿן פֿאַר אַ טראַנסמיניק. אַן ענלעכע צווייטײַטשיקײַט באַווײַזט זיך אין „טײַבעלע און הורמיזאַ," וואָס מאָלט אויס אַ לינקע ליבע, אָדער צווישן אַן עגונה און אַ ייִדישן מאַן, אָדער אַן אַלמנה און אַ ייִדישן שד.

ביז די דערציילונגען פֿון דעם באַנד זענען דערשינען אין חשובֿע ייִדישע זשורנאַלן ווי די צוקונפֿט אין ניו־יאָרק אָדער די גאָלדענע קייט אין תּל־אָבֿיבֿ, און אין אַפֿילו מער באַרימטע ערטער אויף ענגליש ווי דער ניו־יאָרקער אָדער עסקווײַער האָט באַשעוויס זיך עטאַבלירט ווי דער באַרימסטער שרײַבער אויף ייִדיש פֿון זײַן דור. ער האָט זיך באַזעצט אין די פֿאַראייניקטע שטאַטן אין 1935 און אָנגעהויבן אַרויסצוגעבן זײַנע שריפֿטן אין ענגלישע נוסחאָות פּונקט נאָך דער צווייטער וועלט־מלחמה. אַ וויכטיקער דערגרייך אין זײַן קאַריערע איז פֿאָרגעקומען אין יאָר 1953, ווען זײַן מײַסטערישע דערציילונג „גימפּל תּם" איז אַרויס אין אַן ענגלישער איבערזעצונג פֿון שאול בעלאָ אינעם פּאַרטיזאַנער רעוויו. ביז דעמאָלט האָט מען געקענט בולט אונטערשיידן צווישן די ראָמאַנען אין המשכים וואָס ער האָט אָנגעשריבן ווי אַ פֿאַכאַרבעט פֿאַרן פֿאָרווערטס, און די דערציילונגען וואָס ער האָט אַרויסגעגעבן אין אײדעלערע זשורנאַלן. די ראָמאַנען האָט באַשעוויס געשריבן מיטן ציל צו פֿאַרגרעסערן די צאָל ווערטער, און זיי פֿאָלגן בדרך־כּלל די מעלאָדראַמאַטישע פֿאָרמולאַרן פֿון דער שונד־ליטעראַטור פֿון צווישן די וועלט־מלחמות. עטלעכע פֿון די ראָמאַנען האָבן בעצם דעם זעלבן סיפּור־המעשׂה. די דערציילונגען, להיפּוך, נעמען אַרײַן טייל פֿון זײַנע סאַמע ערנסטע שריפֿטן. כאָטש מע זעט אַ מערקווערדיקן אונטערשייד אין איכות צווישן די

ראָמאַנען און דערציילונגען, זענען די טעמעס צווישן זיי אויסגעהאַלטן. די מחלוקתן וואָס ער האָט אַרויסגערופֿן בײַ זײַנע ייִדישע לייענערס, נישט געקוקט אויף דעם „אימאַזש" וואָס ער האָט געשאַפֿן אויף ענגליש פֿון אַ קלוגן און איידעלן ייִדישן זיידן, האָבן זיך ווײַטער געצויגן אין דער נאָך־מלחמהדיקער תּקופֿה.

דער ענין שאַפֿט נאָך אַ סיבה פֿאַר וואָס באַשעוויסעס באַרימטקייט האָט אַרויס־גערופֿן אַזעלכע בייזע געפֿילן צווישן אַזוי פֿיל ייִדישע לייענערס, ווײַל ער אַליין האָט בכיוונדיק פּראָוואָצירט אַזאַ אַנטאַגאָניזם פֿון סאַמע אָנהייב. שוין אין די 1930ער יאָרן, אין פּוילן, ווען כּמעט אַלע זײַנע מיטצײַטלערס זענען געווען פֿאַרברענטע אָנהענגערס פֿון אַן אידעאָלאָגישער און פּאָלעמישער ליטעראַטור געווידמעט אָדער סאָציאַליזם, אָדער ציוניזם, האָט באַשעוויס געמאַכט זײַן ערשטן דעביוט מיט דער שׂטן אין גאָרײַ, אַ ניהיליסטישן ראָמאַן וועגן די שבתי־צבֿיניקעס אין פּוילן פֿונעם 17טן י״ה. אויפֿן יסוד פֿון דעם דערגרייך, בלי־ספֿק דער אָריגינעלסטער און זיכערעסטער ערשטער ראָמאַן אין דער ייִדישער ליטעראַטור, האָט אַב. קאַהאַן געבערענגט באַשעוויסן קיין אַמעריקע ווי אַן אָנגעשטעלטן שרײַבער פֿאַרן פֿאָרווערטס. באַשעוויס, וואָס געהערט צו די וויכטיקסטע מחברים אויף ייִדיש פֿון דער חורבן־ליטעראַטור, צוזאַמען מיט לעבן געבליבענע ווי די שרײַבערין חוה ראָזענפֿאַרב און דער פּאָעט אַברהם סוצקעווער, האָט איבערגעלעבט די מלחמה אין ניו־יאָרק, כאָטש אַ גרויסער חלק פֿון זײַן משפּחה, אַרײַנגערעכנט די מאַמע, אַ ייִנגערער ברודער, און, אַ פּנים, אַ געוועזענע פֿרוי, זענען אומגעקומען אינעם חורבן.

אין אויגוסט 1943, אַ מאָמענט פֿון קאַלאָסאַלער צעברעקעוודיקייט, פֿיזיש גערעדט, פֿאַר די ייִדן געפֿאַנגען אין אייראָפּע, אָבער עמאָציאָנעל גערעדט, נישט ווייניקער פֿאַר זייערע קרובֿים וואָס זענען שוין אַרויס פֿון דער דירעקטער סכּנה; אַ מאָמענט ווען קיין שום ייִדישער לייענער האָט זיך שוין נישט געקענט נאַרן איבער דעם גורל פֿון די ייִדן אין דער אָקופּירטער אייראָפּע, האָט באַשעוויס געדרוקט אַן עסיי אין ניו־יאָרק וווּ ער האָט באַשריבן דעם מצבֿ פֿון דער ייִדישער ליטעראַטור אין פּוילן. זײַן קריטיק פֿון די שוין דערהרגעטע מיטצײַטלערס איז געווען קורץ און צום פּונקט, און טאַקע געוואָרפֿן אין פּנים אַרײַן. די מאָדערנע ייִדישע קולטור, די קולטור וואָס האָט געהאָדעוועט זײַן אייגענעם טאַלאַנט, איז געווען דורכויס אַ דורכפֿאַל און אַן אַבעראַציע: „אַ ווידערשפּרוך איז געלעגן אין איר גאַנצער עקזיסטענץ. זי איז געווען געטלעך אָן אַ גאָט, וועלטלעך אָן אַ וועלט." האָט ער פֿאַרענדיקט, „פֿאַר דעם ייִדישן שרײַבער, וואָס קומט פֿון פּוילן, איז צוזאַמען מיטן ייִדישן פּוילן חרובֿ געוואָרן די ערד, פֿון וועלכער ער האָט געצויגן זײַן ליטעראַרישער חיונה. זײַנע העלדן זענען טויט. זייער לשון איז פֿאַרשטומט געוואָרן. עס בלײַבט אים גאָרנישט מער ווי צו שעפּן פֿון זכרונות."[2] פֿאַר זײַנע לייענערס, איז אַזאַ אָפֿן־האַרציקייט גאָר געווען אומסענסיטיוו. באַשעוויס שטעלט זיך פֿאָר אין דער עסיי אַזוי ווי ער וואָלט געטאַנצט אויף די קבֿרים פֿון זײַן היימלאַנד. צוריקגעקוקט פֿון העבער פֿינעף און

---

[2] זען, „אַרום דער ייִדישער ליטעראַטור אין פּוילן," די צוקונפֿט (אויגוסט 1943): 468–475. אויף קאָמענטאַר, זען מײַן לערער דוד־הירש ראָסקעס, *A Bridge of Longing: The Lost Art of Yiddish Storytelling* (Cambridge: Harvard University Press) 1995: 279-280

זיבעציק יאָר, קען מען אַצינד אָפּשאַצן די פּײַן וואָס האָט מאָטיווירט באַשעוויסעס פּסק־דין קעגן דער וועלטלעכער ייִדישער קולטור. זײַן כּעס און ביטול באַהאַלטן די שולדגעפֿילן פֿון אַ לעבן געבליבענעם. אָבער ווי אַ ליטעראַרישער מאַניפֿעסט, פֿאַנגען די ווערטער באַשעוויסן אין אַ ספּעקטראַלער פֿאַרגאַנגענהייט.

דעם רושם האָט באַשעוויס באַשטעטיקט אין אַן אַרטיקל וואָס ער האָט געדרוקט אין דער זעלבער תּקופֿה, וועגן דער אַמעריקאַנער ליטעראַטור אויף ייִדיש. דאָרטן זענען זײַנע טענות געווען אַזוי שאַרף, אַז די רעדאַקטאָרן פֿון זשורנאַל האָבן זיך דערוווּנדערט פֿון זײַנע אויספֿירן. באַשעוויס שרײַבט אַזוי:

די ייִדישע שפּראַך האָט זיך אַנטוויקלט אין און אַרום דער ייִדישער היים, דעם בית־מדרש, דעם קרעמל, און דעם בעל־מלאָכישן וואַרשטאַט. די צאָל קעגנשטאַנדן און באַגריפֿן איז געווען און איז געבליבן זייער אַ באַגרענעצטע... אין אַלגעמיין קאָן מען זאָגן, אַז ווי אָרעם דער ייִדישער ווערטערשאַץ איז נישט געווען אויף יענער זײַט פֿון אַטלאַנטיק, איז דאָ זײַן אָרעמקײַט אַ סך גרעסער געוואָרן... עס קלינגט כּמעט לעבערלעך, ווען עמיץ זאָל שרײַבן... „ווען בונעם האָט זיך אומגעקערט מיט דער פּראָם פֿון סטעטן־אײַלאַנד, האָט אים פּעסע־ברײַנע דערלאַנגט אַ וועטשערע פֿון שעפּסענע קאָטלעטן מיט צעריבענע קאַרטאָפֿל, מיט אַרבעסשויטן, באַשמאַלצן מיט בראָטוויך." די ייִדישע ווערטער און אַפֿילו די ייִדישע נעמען, וואָס זענען אונדז אַזוי נאָענט און היימיש, גרילצן דאָ אין די אויערן. אַ בעלעטריסט איז דער ערשטער צו דערהערן דעם פֿאַלשן קלאַנג, וואָס זיי האָבן דאָ באַקומען. דאָס איבערזעצן די ענגלישע ווערטער „לעם טשאָפּס," „מאַשד פּאָטייטאָס," „סטרינג־בינס," „גרייווי," און „פֿערי" אויף ייִדיש, נעמט צו פֿון דעם זאַץ דעם גאַנצן לאָקאַלן קאָלאָריט און צעמישט דאָס בילד.[3]

און אַזוי וואָלט דער ענין געדאַרפֿט בלײַבן; דער ייִדישער שרײַבער איז נישט בכּוח צו שרײַבן וועגן ייִדישן לעבן אין אַמעריקע, ווײַל דער קאָנטראַסט צווישן דעם מישטיינס־געזאָגטן לאָקאַלן און טראַדיציאָנעלן כאַראַקטער פֿון דער ייִדישער שפּראַך, און דער מאָדערנקייט און רחבֿותדיקייט פֿונעם שטאָטישן אַמעריקאַנער לעבן האָט צוגענומען בײַם מחבר אַ ליטעראַרישע שפּראַך וואָס זאָל זיך צופּאַסן צו דער טעמע.

סע דאַכט זיך, אַז די ליטעראַטור איז געבליבן פֿאַר באַשעוויסן אין סאַמע מיטן פֿון דער צווייטער וועלט־מלחמה אין אַ קיינעמסלאַנד צווישן אַן עבֿר וואָס איז שוין אויף אייביק אַוועק און אַ צוקונפֿט ווו ס'איז נישטאָ קיין אָרט פֿאַר זײַן שפּראַך. די איינציקע טעמעס וואָס זענען צוגעגנלעך פֿאַרן ייִדישן שרײַבער זענען, אַ פּנים, די שדים. דער שרײַבער אַליין פֿאַרנעמט דעם סטאַטוס פֿון אַ דיבוק, אַ מענטש וואָס לעבט נאָר צוליב אַ צופֿאַל אין דער געשיכטע, „עפּעס אַ בילד," ווי ער שרײַבט אין „די קאַפּעטעריע," (1968) „פֿון יאָרן צוריק... געבליבן אין דער פֿערטער דימענסיע." צום גליק פֿאַר דער ווײַטערדיקער געשיכטע פֿון דער ייִדישער ליטעראַטור, אָבער, איז באַשעוויס ווי אַלע אַנדערע שרײַבערס פֿון דער אַמעריקאַנער ליטעראַטור געווען געטרײַ דעם דיקטום פֿון

[3] זען, יצחק באַשעוויס, „פּראָבלעמען פֿון דער ייִדישער פּראָזע אין אַמעריקע", סבֿיבֿה, (מערץ־אַפּריל 1943) 6–7. איך וויל דאָ דאַנקען מײַן דאָקטאָר־פֿאָטער דוד־הירש ראָסקעס פֿאַרן צושיקן תּיכּף דעם אַרטיקל ווען עס האָט מיר געפֿעלט צו דער האַנט.

ראַלף וואַלדאָ עמערסאָן, אַז „אויסגעהאַלטנקייט איז אַ דאַמאַניק פֿון דער קליינקעפּיקייט," און דאָס לעבן פֿון די לעבן געבליבענע און פּליטים ווערט אַ מיטל אין באַשעוויסעס שרײַבן פֿאַרצושטעלן די אַמעריקאַנער סבֿיבֿה ווי ער האָט זיך אויסגעלעבט העבער פֿופֿציק יאָר. דורכן שרײַבן וועגן דער שארית־הפּליטה – וואָס זייער איבערלעבן איז געווען אַ „צופֿאַל פֿון דער געשיכטע" פּונקט ווי זײַן אַנטלויפֿן קיין ניו־יאָרק – האָט באַשעוויס אַרײַנגעפֿירט די חורבן־טעמע אין דער אַמעריקאַנער ליטעראַטור. שפּעטערע ענגליש־שפּראַכיקע שרײַבערס אַזוי ווי שאול בעלאָ, צינטיע אָזיק, אָדער פֿיליפּ ראָט האָבן געפֿאָלגט זײַן מוסטער פֿון שרײַבן וועגן דעם חורבן און די לעבן געבליבענע.

מע זעט באַשעוויסעס באַהאַנדלונג פֿון דער חורבן־טעמע אין עטלעכע ראָמאַנען וואָס קומען פֿאָר אין די פֿ״ש, וואָס ער האָט געשריבן אין המשכים אינעם פֿאָרווערטס. ראָמאַנען אַזוי ווי שאָטנס אויפֿן האָדסאָן אָדער שׂונאים: אַ ליבעס־געשיכטע גיבן צו פֿאַרשטיין דורך דער ענלעכקייט איינער צום צווייטן דעם נידעריקן ניוואָ פֿון זײַנע ראָמאַנען, אין פֿאַרגלײַך מיט די קירצערע דערציילונגען וואָס זענען פֿאַרזאַמלט אין דעם באַנד. מע קען צוגעבן צו דעם אָפּשאַץ די באַמערקונג, אַז באַשעוויס אַליין האָט די ראָמאַנען קיין מאָל נישט געפּרווט דרוקן ווי ביכער אויף ייִדיש. אָבער די דערציילונגען אין דער זאַמלונג וואָס קומען פֿאָר אין אַמעריקע גיבן אַ מוסטער פֿון זײַן באַשרײַבונג פֿונעם חורבן אויף אַ מער קאָנצענטרירטן און ווירקעוודיקן אופֿן. „די קאַפֿעטעריע," ספּעציעל – וואָס, אפֿשר צופֿעליק, האָט ער אַרויסגעגעבן אינעם זעלבן זשורנאַל ווו ער האָט געדרוקט זײַן הספּד איבער דער ייִדישער ליטעראַטור מיט 25 יאָר פֿריִער־ איז צווישן זײַנע סאַמע בעסטע נאַראַטיוון. די דערציילונג באַשרײַבט די קורצע און אינטענסיווע באַציִונג צווישן אַ באַרימטן ייִדישן שרײַבער און אסתּר, אַ ברעכעוודיקע פֿרוי וואָס האָט פֿאַרברענגט די מלחמה אין אַ רוסישן גולאַג. דער קלימאַקס פֿון דער דערציילונג קומט פֿאָר ווען אסתּר דערציילט דעם נאַראַטאָר איין נאַכט, אַז זי האָט געזען היטלערן אויף וואָס זעט אויס ווי אַ קו־קלאַקס־קלאַן מיטינג אין דער ייִדישער קאַפֿעטעריע אויף בראָדוויי ווו זי און דער שרײַבער האָבן זיך צום ערשטן מאָל באַקענט.

כּדי איבערצוזעצן די איבערלעבונג פֿונעם חורבן אין דער אַמעריקאַנער ליטע־ראַטור ניצט באַשעוויס אַ סטראַטעגיע פֿון פֿאַרמיטלונג: דער נאַראַטאָר און די פּראָטאַ־גאָניסטקע זענען ביידע נישט קיין לעבן געבליבענע וואָס זענען געווען אין נאַצי־געטאָס און טויטלאַגערס, אָבער דער חורבן וואַרפֿט אַ שאָטן איבער זייער יחידיש לעבן און זייער באַציִונג. צו פֿאַרוואַנדלען דעם „וועסטסײַד" פֿון מאַנהאַטן אין אַן איבערצײַגעוודיקן קאָנ־טעקסט פֿאַר דער ייִדישער ליטעראַטור, שאַפֿט באַשעוויס אַן אימאַזש פֿון דער געגנט וואָס זעט אויס ווי אַ מין שטעטל: „איך דריי מיך שוין אַרום אין דער געגנט איבער דרײַסיק יאָר. כ׳לעב שוין דאָ אַזוי לאַנג ווי כ׳האָב געלעבט אין פּוילן. כ׳קען שוין דאָ יעדן בלאָק, יעדע געבײַדע. מ׳האָט דאָ, אויף בראָדוויי אָפּ־טאַון, ווייניק וואָס געבויט די לעצטע פֿאָר צענדליק יאָר און כ׳האָב די אײַנרעדעניש, אַז כ׳האָב דאָ, ווי מ׳זאָגט, געשלאָגן וואָרצלען. כ׳האָב דאָ געלט אין די בענק. כ׳האָב שוין גערעדט אין די מערסטע שולן. מ׳קאָן מיך אין אַ סך געוועלבן און אין די וועגעטאַרישע רעסטאָראַנען. אין די זײַטיקע גאַסן ווינען פֿרויען

וואָס כ'האָב געהאַט מיט זיי עסקים, אָדער וואָס כ'פֿאַרברענג מיט זיי ביז הײַנט. אַפֿילו די טויבן קאָנען מיך שוין. ווי נאָר כ'באַווײַז זיך מיט אַ טיטל קערנדלעך, הייבט מען אָן פֿליִען פֿון בלאָקן ווײַט." די געגנט „פֿון 96טער גאַס ביז 72סטער גאַס און פֿון צענטראַל־פּאַרק ביז ריווערסײַד" ווערט אין קאָנטעקסט פֿון דער דערציילונג אַ מין שטעטל, וואָס שאַפֿט פֿאַרן מחבר די מעגלעכקייט אַרופֿצולייגן דעם אימאַזש פֿון חורבן איבערן אַמעריקאַנער לעבן. הייסט עס, אַז די ייִדישע קאַפֿעטעריע ווערט פֿאַרוואַנדלט אין אַן אַמעריקאַנער בית־מדרש, דאָס טראַדיציאָנעלע אָרט אין שטעטל ווו פֿאַרזעסענע מענער פֿאַרזאַמלען זיך: „די קאַפֿעטעריע־לײַט וואָס איך באַגעגן זײַנען ס'רוב מענער," שרײַבט באַשעוויס, „די מערסטע־אַלטע בחורים, ווי איך, האַלבע שרײַבער, צוריקגעצויגענע לערער, טייל מיט ספֿקדיקע דאָקטאָר־טיטלען, עטלעכע ראַבײַס אָן אַ „קאָנגרעגיישאָן", אַ פּאָר מאָלער, אַ צאָל איבערזעצער; אַלע אַריבערגעקומענע פֿון פּוילן אָדער רוסלאַנד."

אַז באַשעוויס מאַכט פֿונעם „ווענסטסײַד" אַן איבערגערוקט שטעטל, מאַכט ער קלאָר, אַז טראָץ דעם וואָס דער חורבן איז נישט פֿאָרגעקומען אין שטאָט ניו־יאָרק, לײַדט דער מעטראָפּאָל פֿון אַלע נאָכטרייסלען פֿון דער צווייטער וועלט־מלחמה: „כ'האָב מיך שוין לאַנג געשפּילט מיט דער אידייע, אַז דער גאַנצער מין מענטש לײַדט פֿון סכיזאָפֿרעניע. צוזאַמען מיט דעם אַטאָם האָט זיך געשפּאָלטן די פּערזענלעכקייט פֿון האָמאָ סאַפּיענס. ווען ס'קומט צו טעכניק אַרבעטן נאָך די מוחות מער־ווייניקער ריכטיק, אָבער אויף אַלע אַנדערע געביטן האָט זיך אָנגעהויבן די דעגרעדאַציע. זיי זענען אַלע משוגע: די קאָמוניסטן, די פֿאַשיסטן, די פּרעדיקער פֿון דעמאָקראַטיע – די שרײַבער, די מאָלער, די גײַסטלעכע, די אַטעיסטן... מיט דער צײַט וועט קומען דער צעפֿאַל פֿון דער טעכניק. הײַזער וועלן אײַנפֿאַלן. די עלעקטרישע סטאַנציעס וועלן אויפֿהערן פּראָדוצירן עלעקטרע. די גענעראַלן וועלן וואַרפֿן אַטאָמישע באָמבעס אויף דער אייגענער באַפֿעלקערונג. אַלערליי סאָרטן רעוואָלוציאָנערן וועלן לויפֿן איבער די גאַסן און אויסשרײַען משוגענע לאָזונגען. כ'האָב אָפֿט געקלערט, אַז אָנהייבן וועט זיך עס אין ניו־יאָרק. די דאָזיקע שטאָט האָט שוין אַלע סימנים פֿון אַ מעטראָפּאָליע פֿון וואַנזין." אַזוי ווי בעלאָ, אָזיק, אָדער ראָט, ניצט באַשעוויס דאָ די חורבן־טעמע צו שאַפֿן אַן אַנדער עיקר־אימאַזש פֿון דער תּקופֿה: ניו־יאָרק ווי אַ שטאָטישע דיסטאָפּיע, אַזוי אַז באַשעוויס, ווי אַנדערע אַמעריקאַנער שרײַבער, מאַכט פֿון דעם חורבן נישט אַ מיטל צו באַקלאָגן דעם „וואַנזין" פֿון דעם נאָענטן אייראָפּעיִשן עבֿר, נײַערט צו קריטיקירן דאָס משוגעת וואָס אַנטפּלעקט זיך אינעם אַמעריקאַנער הווה.

דאָס משוגעת האָט דערפֿאַר אַ טאָפּלטע פֿונקציע אין דער דערציילונג: קודם צו פֿירן אַ פּאָלעמיק קעגן דעם „וואַנזין" פֿון דעמאָלטיקן ניו־יאָרק, און נאָר אויפֿן צווייטן אָרט צו דינען ווי אַ מיטל צו לייזן די פּראָבלעם פֿון באַשרײַבן דעם חורבן. דאָס משוגעת איז אַ באַקאַנטע טעמע אין דער חורבן־ליטעראַטור וואָס ווערט געשריבן פֿון נישט לעבן געבליבענע, ווײַל דער חורבן אַליין גייט אַזוי שטאַרק קעגן דעם מענטשלעכן שׂכל, אַז בלויז צו באַטראַכטן די טעמע באַדאַרף מען אָפּלייגן די טאָג־טעגלעכע לאָגיק, וואָס איז נאָר מעגלעך אין דער רעאַליסטישער ליטעראַטור דורך אַ משוגענעם פּראָטאַגאָניסט. די פּראָטאַגאָניסטן פֿון באַשעוויסעס חורבן־נאַראַטיוון, אסתּר אין „די קאַפֿעטעריע" בתוכם,

ווערן אַלע מאָל באַשריבן פֿון דרויסן צוליב דעם אונטערשייד צווישן דער שארית־הפּליטה און דעם פּליט; ווײַל דער חורבן אַליין איז נישט אויסצומאָלן, ווײַל ס'איז אַ באַגריף וואָס עקזיסטירט נישט אינעם פּליטס דמיון. די איבערלעבונג פֿון דער שארית־הפּליטה דאַרף מען באַשרײַבן דע פֿאַקטאָ ווי אַ מין משוגעת, אַן אַבעראַציע אַזוי פֿײַנלעך ווי דאָס משוגעת פֿונעם געגנאָציד אַליין. לויט באַשעוויסן, פֿאַלט אָן די פֿאַרגאַנגענהייט אויף דעם איצט, וואָס גראָבט אונטער די לאָגיק פֿוןביידע צײַטבאַגריפֿן. דאָס איז נאָך אַ בײַשפּיל פֿונעם „אומקער פֿונעם פֿאַרשטויסענעם" וואָס רײַסט אויף די געזעלשאַפֿטלעכע לאַנדשאַפֿט פֿון דער נאָך־מלחמהדיקער שטאָט ניו־יאָרק, נישט נאָר בײַ באַשעוויסן, נאָר אויכעט בײַ די ענגליש־שפּראַכיקע ייִדישע שרײַבער, אָדער אין פֿילמען אַזוי ווי דער בעל־משכּון (*Pawnbroker*, *1964*). אין אַזוינע ווערק איז נאָך ווייניק וואָס די פֿאַרגאַנגענהייט באַווײַזט זיך ווידער פֿאַר די פּראָטאַגאָניסטן; זי פֿאַלט ממש אָן אויף זיי און באַגנבֿעט זיי סײַ פּסיכיש, סײַ עמאָציאָנעל.

כאָטש מיט צוואַנציק יאָר פֿריִער האָט זיך באַשעוויס באַקלאָגט, אַז סע קלינגט אים נאַריש צו ניצן מיזרח־אייראָפּעיִשע אידיאָמען אין דער אַמעריקאַנער ליטעראַטור אויף ייִדיש, זעט מען דאָ אַז „די קאַפּעטעריע" איז געשריבן אין אַן אַמעריקאַנער ייִדיש וואָס באַשעוויס האָט זיך אויסגעלערנט אין די בלעטער פֿונעם פֿאָרווערטס. צווישן עטלעכע לעקסישע איינסן וואָס מע באַגעגנט אין דער דערציילונג זענען אַזעלכע ווערטער ווי „לאָנטש," „פֿונעראַל־פּאַרלאָר," „סאָפּער," און „קאַרס." אַנדערע דערציילונגען וואָס קומען פֿאָר אין די פֿ״ש, לדוגמא „דער סעאַנס," וואָס געפֿינט זיך אויכעט אין דער זאַמלונג, שפּיגלען אָפּ די זעלבע לינגוויסטישע סטראַטעגיע. ווען אין 1943 האָט זיך באַשעוויס ספּעציעל באַקלאָגט וועגן דער אומפּאַסיקייט פֿון באַניצן די ייִדישע עסן־טערמינאָלאָגיע אין אַ דערציילונג וואָס קומט פֿאָר אין ניו־יאָרק, שרײַבט ער אָבער אין יאָר 1968, „מ'רעדט וועגן דער ייִדישער ליטעראַטור, דעם היטלער־חורבן, מדינת־ישׂראל, און אָפּט פֿון באַקאַנטע וואָס דאָס לעצטע מאָל האָבן זיי דאָ געגעסן רײַזפּודינג אָדער פֿלוימען־צימעס און איצט ליגן זיי שוין אין קבֿר." באַשעוויס מישט צוזאַמען אַן אַמעריקאַנער רײַזפּודינג און אַ ייִדישלעכן פֿלוימען־צימעס, פּונקט ווי דער זאַץ ווי אַ גאַנצקייט ווערט צעטיילט צווישן דעם חורבן, אין פֿאַרגאַנגענהייט, און דעם הײַנט פֿון ליטעראַרישע גע־שעפֿטסרייד און ישׂראלדיקער פּאָליטיק. פּונקט אַזוי בלײַבן די קונים פֿון קאַפּעטעריע אין אַ מצבֿ צווישן לעבן און טויט. באַשעוויסעס געשטאַלטן געפֿינען זיך אין אַ פֿיזישן און מעטאַפֿיזישן קיינעמסלאַנד, און דאָס פֿאָרוויאַנעטע ייִדיש שפּיגלט דעם מצבֿ אָפּ.

אַנדערש ווו אין דער זאַמלונג קען דאָס ייִדיש זײַן אַזוי געדיכט און אידיאָמאַטיש ווי דאָס לשון פֿון דער שׂטן אין גאָרײַ. באַשעוויס שרײַבט, למשל, אין מעשׂיות פֿון הינטערן אויוון, „הײַנט איז אַ הסתּר־פּנים... אויב ס'געשעט אַ נס, טײַטשט מען אויס על־פּי דרך־הטבֿע. אַמאָליקע יאָרן האָבן זיך די נסים געוואַלגערט אונטער בענק. בעיני ראָיתי." לויט דער טעמאַטיק זענען „מעשׂיות פֿון הינטערן אויוון" און „די קאַפּעטעריע" נישט אַזוי אַנדערש, ווײַל זיי ביידע שטעלן פֿאָר מיסטישע, אומהיימלעכע מאָטיוון. אָבער אין אַ דערציילונג וואָס קומט פֿאָר אין פּוילן קען מען באַניצן אַ רעטאָריק וואָס שטאַמט פֿון קבלה און רומ״ל צו דערהייבן דאָס לשון פֿון דער טאָג־טעגלעכקייט. אין „די קאַפּעטעריע" מאַכט

באַשעוויס בכּיוון נידעריקער זײַן אויסדרוק־פּאַליטרע, כּדי צו פֿאַרשטאַרקן די ווירקונג פֿון אַ שפּראַך וואָס, ווי אַ פֿיש אַרויס פֿון וואַסער, שטאַרבט ווען ס'איז אַרויסגעצויגן פֿון דער „נאַטירלעכער" סבֿיבֿה. זאָל מען חלילה נישט אַרויסדרינגען פֿון די באַמערקונגען, אַז די צוויי היפּוכדיקע סטראַטעגיעס וואָס באַשעוויס באַניצט אין די דערציילונגען שאַפֿן אַ היעראַרכיע פֿון עסטעטישן ווערט: אָט די רעטאָרישע סטראַטעגיעס דינען, צום סוף, אין אַלערליי נאַראַטיוון, נישט נאָר די וואָס פֿאַרנעמען זיך מיטן חורבן אויף ייִדיש. אי „מעשׂיות פֿון הינטערן אויוון," אי „די קאַפּעטעריע," ווי אַנדערע נאַראַטיוון אין דעם באַנד, זענען אויסערגעוויינטלעכע בײַשפּילן פֿון דער נאָך־מלחמהדיקער ייִדישער ליטעראַטור וואָס ווײַזן אָן אויף דער לעבעדיקייט פֿון דער שפּראַך אַ היפּש ביסל לענגער ווי ס'רוב לייענער, און אפֿשר אַפֿילו באַשעוויס אַליין, וואָלטן געגלייבט.

אַזוי האָט דער מחבר באַוויזן אַרײַנצוברענגען אין דער ייִדישער ליטעראַטור די טעמעס פֿון אַ ליטעראַרישן און פֿילאָסאָפֿישן פּאָסט־מאָדערניזם. אויף וויפֿל מע קען פֿאַרשטיין דעם פּאָסט־מאָדערניזם ווי אַן עסטעטישע קריטיק פֿון „מאָדערנע" השערות, פֿון דער קאַרטיזישער ראַציאָנאַלקייט, דעם אינטעגרירטן איך, און דער קויזאַלער לאָגיק; אַ דעפֿיניציע וואָס מײַדט אויס אַ באַשרײַבונג פֿון דער עפּאָכע וואָס וועט, בלית־ברירה, נאָכפֿאָלגן וואָס מע רופֿט הײַנט־צו־טאָג דער „מאָדערן." צו דעם וואָס מע רעכנט אַצינד ווי דער „פּאָסט" וואָס וועט ווערן אַ „פֿאַר־" – האָט באַשעוויס געמאַכט אַ בײַטראָג צו דער פּאָסט־מאָדערנער סענסיביליטעט, אויב נישט געגנוי צו דער פּאָסט־מאָדערנער עסטעטיק. אַזאַ סענסיביליטעט זעט מען אומעטום אין זײַנע שריפֿטן, אין זײַן צוריקברענגען פֿאָלקלאָר און דאָס „אומהיימלעכס", אַ פּסיכישן צושטאַנד וואָס איז נישט אין גאַנצן וואָר און נישט אין גאַנצן אויסגעטראַכט, נישט ראַציאָנעל און נישט פֿאַנטאַסטיש. באַשעוויסעס שרײַבן איז צום גרעסטן טייל פּאָסט־מאָדערן ווען ער גיט לשון דעם פֿאַר־מאָדערנעם. אָבער אַ מאָל אין דער צוקונפֿט וועט דער פּאָסט־מאָדערן דאָך ווערן אַ מקור פֿון אַ נײַערער עסטעטיק. קען מען נאָר האָפֿן, אַז אין דעם מאָמענט וועט מען אָנערקענען באַשעוויסן צווישן די גרינדערס פֿון דער נײַערער ליטעראַטור, און אַז דורך זײַנע בעסטע שריפֿטן, אַזוי ווי די דערציילונגען וואָס ליגן דאָ פֿאַרזאַמלט, וועט די אָנגייענדיקע שייכדיקייט פֿון דער ייִדישער ליטעראַטור, שפּראַך, און קולטור פֿעסטגעשטעלט ווערן. אַזעלכע דערוואַרטונגען פֿאַר ייִדיש זענען אַפֿשר משיחיש; באַשעוויס אַליין וואָלט געוועןן דער ערשטער זיי אַוועקצומאַכן מיט דער האַנט ווי אַ חוצפּה, אויב נישט אַ לעסטערונג. אַז מע באַטראַכט די גאָר גרויסע צעשטערונג וואָס די ייִדישע קולטור האָט געליטן בעתן חורבן און נאָכן חורבן, מעג מען אַפֿילו חלומען וועגן אַן אויפֿלעבונג בײַ די קומעדיקע דורות? דער פּסק פֿון אַזאַ שאלה וועט דאַרפֿן וואַרטן אויף להבא. אָבער אינעם אָרט צווישן די זיכערקייטן פֿון אַמאָל און די האָפֿענונגען אויף דער צוקונפֿט לעבט די אמונה.

מאַרק קאַפּלאַן

באַטאָן רודזש, לויזיאַנאַ

דעצעמבער 2020

Introduction

Although it is unsurprising that Isaac Bashevis Singer was the only Yiddish writer chosen for a Nobel Prize in Literature—the only Yiddish writer who will ever be so honored—it is equally unsurprising that this honor has caused such enduring controversy among Yiddish readers. For these readers, Bashevis's writing has been distinguished by two characteristic transgressions. His focus on the occult, rooted with intimate detail in the folklore and demonology of Polish Jewry, calls to mind superstitions that a supposedly secular Yiddish culture had been battling for nearly two centuries. And his focus on morbid and prurient sexuality equally embarrassed a readership that had never developed a taste or even tolerance for eroticism in their "respectable" literature. In both a psychological and historical sense, he confronts readers with aspects of their own culture that they would have preferred to remain consigned to a distant past.

Yet in both of these tendencies, Bashevis sought to reconsider the terms that have defined Yiddish literature since its "classic" era during the nineteenth century. Specifically, the thematic and stylistic character of Bashevis's fiction stems directly from the writing of Y.L. Peretz, the writer who most greatly influenced Yiddish culture in the interwar period, particularly in Bashevis's native Poland. Where Peretz had sought to re-purpose Yiddish folklore to promote a modern, rational, humanist ethos, Bashevis mined the same tradition to exploit its irrational, bizarre, and demonic characteristics. No less an authority than Gershom Scholem, in one of his few published remarks on Yiddish literature, credited Bashevis's writing as a significant source for understanding the debts that Jewish demonology owes to Polish folklore.[1] Where Peretz sought to introduce an image of romantic love and healthy, if modest, sexuality to modern Yiddish literature—particularly through his revival of the literary fairy tale—Bashevis used the same Polish-Jewish folklore to

[1] Gershom Scholem, *Kabbalah* (New York: Meridian) 1978: 326. My thanks to Saul Noam Zaritt for providing this reference as well as the Yiddish text of the Bashevis essay on Yiddish in Poland for me when I lacked access to my own library.

depict sexuality as the most primitive trick in the least accomplished demons' repertoire.

Bashevis grew up with two distinguished writers, crediting his brother I.J. Singer as his greatest inspiration, particularly after his brother's early death, and mostly ignoring his older sister Eshter Singer Kreitman or damning her remarkable, often painfully autobiographical stories and novels with faint praise. But it was Peretz who served symbolically as the father against whom Bashevis eternally rebelled.

The stories collected in this volume date from after World War II, and therefore introduce a complex of historical and social themes that deserve their own explanation. But the best among them maintain the focus on anti-rational, even supernatural themes, as well as the perversities of male-female relationships with which Bashevis's writing had distinguished itself from the 1930s. *Yentl the Yeshiva Bokher,* for example—made famous by Barbara Streisand's 1983 film adaptation, and notorious by Bashevis's repudiation of the movie—describes a love triangle that when read as a satire of yeshiva culture includes a graphic account of a lesbian wedding night, and when understood as a literary fairy tale focuses on a hermaphroditic protagonist that in contemporary terminology would be understood as transgender. A similar interpretive dynamic characterizes "Taybele and Her Demon," which portrays the transgressive affair of a grass-widow (*agune*) with, alternatively, a Jewish man or a Jewish demon.

By the time these stories were written and published in prominent Yiddish publications such as *Di tsukunft* in New York or *Di goldene keyt* in Tel Aviv, and even more famous English-language venues such as *The New Yorker* or *Esquire*, Bashevis had established himself as the most celebrated Yiddish writer in the world. Residing in the United States since 1935, his writing began to appear in English translation just after World War II, with a watershed event in his career occurring when his great story "Gimpel the Fool" appeared in *The Partisan Review* in a 1953 translation by Saul Bellow. By that point a clear distinction could be drawn between the novels he produced for serialization in the *Jewish Daily Forward* (his "day job") and the short stories he produced for these more elite publications: his novels were written with an eye toward extending the word count and they follow many of the formulas that had characterized the *shundliteratur* ("trashy reading") of the interwar period, with many of their plots depicting essentially interchangeable story lines. His short stories, by contrast, include some of his best and most serious writing, yet despite the notable disparity in quality between his novels and stories, the themes among them remain consistent. The controversy that his writing aroused among Yiddish readers—conspicuously departing from the media image he cultivated in English as a wise and gentle Jewish grandfather—persisted in the post-war era as well.

This factor accounts for the other significant reason that Bashevis's prominence provoked hostility among so many Yiddish readers, because he had cultivated that antagonism from the beginning of his career. Already in the 1930s, in Poland, when nearly all of his contemporaries were devoted to fervently ideological, polemical literature dedicated either to socialism or Zionism, Bashevis made his major debut with the novel *Satan in Goray*, a nihilistic historical romance about false messianism in seventeenth-century Poland. On the strength of this novel, the most assured and original debut in all of Yiddish literature, Abe Cahan hired Bashevis as a staff writer for the *Forward* and brought him to New York. Bashevis, who ranks with the novelist Chava Rosenfarb and the poet Avrom Sutzkever among the most important Yiddish authors of "Holocaust literature," thus lived through World War II in America, although much of his family, including his mother, his younger brother, and apparently an ex-wife, died in the war.

At a moment of maximal vulnerability, physically for the Jews trapped in Europe, but emotionally for their relatives living beyond the reach of the genocide, Bashevis published an essay in New York in August 1943—at a point when no Yiddish reader could have any illusions as to what was occurring in Nazi-occupied Eastern Europe—in which he wrote about the state of Yiddish literature in Poland. His indictment of his murdered contemporaries was both pithy and devastating. Modern Yiddish culture, the culture that had fostered his own writing, was a failure and an aberration: "A contradiction ran through this literature's entire existence," he wrote. "It was godly without a god, worldly without a world... For the Yiddish writer who comes from there," Bashevis concluded, "the very ground from which he derived literary sustenance has been destroyed along with Jewish Poland. His characters are dead. Their language has been silenced. All that he has to draw from are memories."[2] For Bashevis's readers,

---

[2] See "Arum der yidisher literatur in Poyln," *Di Tsukunft* (August 1943): 468-475. For commentary, see my teacher David G. Roskies, *A Bridge of Longing: The Lost Art of Yiddish Storytelling* (Cambridge: Harvard University Press) 1995: 279-280

such candor approached insensitivity. Bashevis in this essay seemed to be dancing on his homeland's grave. From the hindsight of more than 75 years, one can appreciate the pain that motivates Bashevis's condemnation of secular Yiddish culture—his anger and contempt, it seems, mask a survivor's guilt—but as a literary program, these words confine Bashevis's writing to a spectral past.

This impression was confirmed in an essay that appeared from the same period on Yiddish literature in America, the argument of which obligated the editors of the journal in which it appeared to dissociate themselves from its conclusions. Bashevis writes there:

The Yiddish language developed in and around the Jewish home, the synagogue, the shop and the artisan's workhouse. The sum of its objects and ideas remained very limited... In general, it can be said that however poor the Yiddish lexicon was on the other side of the Atlantic, here its impoverishment has become even greater... It sounds almost laughable when someone writes... *Ven Bunem hot zikh umgekert mit der prom fun Stetn Ayland, hot im Pese-Brayne derlangt a vetshsere fun shepsene kotletn mit tseribene kartofl, mit arbesshoytn, bashmoltsn mit brotyoykh* ("When Bunem returned on the ferry from Staten Island, Pese-Brayne served him a supper of lamb chops with mashed potatoes and string beans, smothered in gravy"). The Yiddish words and even the names, so familiar to us, grate in our ears here. A belletrist is the first to perceive the false tone they have acquired. Translating the English words "lamb chops," "mashed potatoes," "string beans," "gravy," and "ferry" into their literal Yiddish equivalents robs the sentence of all its local color and so confuses the description.[3]

And so the matter would appear to stand—the Yiddish writer in America is unable to write about Yiddish life in America because the contrast between the supposedly local, traditional character of the Yiddish language, and the modernity and opulence of urban American life deprived the author of a literary language appropriate to his subject matter.

Yiddish literature for Bashevis at the height of World War II is therefore apparently left in a no-man's land between an irretrievable, murdered past and a future that offers no home for the language. The only available subject matter for the Yiddish writer, apparently,

---

[3] See Isaac Bashevis Singer, "Problems of Yiddish Prose in America" (1943). Translated by Robert H. Wolf. *Prooftexts*, Vol. 9, No. 1 (January 1989): 8.

is ghosts, and the author himself is therefore relegated to a kind of "undead" status, a person alive only through an accident of history, "an image," as he writes, "from years ago... present somewhere in the fourth dimension."

Fortunately for the subsequent history of Yiddish literature, Bashevis, like all great American writers, adhered to the dictum of Ralph Waldo Emerson that "consistency is the hobgoblin of little minds," and the lives of Holocaust survivors and refugees becomes the vehicle through which Bashevis is able to bring Yiddish literature convincingly to the American scene that constituted his day-to-day reality for more than a half-century. In writing about Holocaust survivors—who as much as refugee authors of Yiddish literature such as himself are "accidents of history"—Bashevis is among the first writers to introduce the theme of the Holocaust to Jewish-American literature, and subsequent English-language authors who have approached the theme, such as Saul Bellow, Cynthia Ozick, or Philip Roth, appear to be following his lead in writing about the Holocaust and Holocaust survivors.

One sees Bashevis's treatment of the theme in the numerous novels set in the United States that he serialized in the *Forverts*, in particular *Shadows on the Hudson* and *Enemies, A Love Story*, the similarities and even outright redundancies of which demonstrate the generally lower quality of his novels when compared with the shorter fiction collected in this volume. One might add that Bashevis seems to have shared the low assessment of these serialized novels insofar as he never attempted to publish them in book form in Yiddish. The American-situated fiction included in this collection exemplifies his depiction of the Holocaust to more concentrated and powerful effect. In particular, "The Cafeteria," which he published in 1968—perhaps coincidentally in the same Yiddish journal where 25 years earlier he had pronounced the Yiddish literature of Poland to be a dead letter—ranks among the very finest narratives he ever wrote. It describes the brief and intense relationship of a successful Yiddish writer with Esther, an emotionally fragile woman who spent World War II in a Russian gulag. The emotional climax of the story occurs when the woman claims to the narrator that late one night she saw Hitler addressing what appears to be a Ku Klux Klan rally taking place at the Jewish cafeteria on Broadway where she and the writer had met.

To translate the experience of the Holocaust into American literature, Bashevis employs a strategy of indirection: neither the narrator nor the female protagonist are Holocaust survivors in the sense of people who lived in the Nazi ghettos or the death camps. The Holocaust nonetheless casts a shadow over their individual lives and their relationship.

To set the stage for this relationship, and to create a setting in which the use of Yiddish can be dramatically convincing, Bashevis describes the Upper West Side neighborhood in which he lives as a kind of shtetl: "I have been moving around in this neighborhood for over thirty years—as long as I lived in Poland. I know each block, each house. There has been little building here on uptown Broadway in the last decades, and I have the illusion of having put down roots here. I have spoken in most of the synagogues. They know me in some of the stores and in the vegetarian restaurants. Women with whom I have had affairs live on the side streets. Even the pigeons know me; the moment I come out of the side streets, they begin to fly toward me from blocks away." If the area "from 96th Street to 72nd Street and from Central Park to Riverside Drive" becomes in the context of this story a kind of shtetl making it all the easier for the author later in the story to superimpose the imagery of the Holocaust onto American life—then the Jewish cafeteria has become the American equivalent of the *beys-medresh*, the house of study, the traditional meeting place in the shtetl for unattached men: "The cafeteria people I meet are mostly men," Bashevis writes, "old bachelors like myself, would-be writers, retired teachers, some with dubious doctorate titles, a rabbi without a congregation, a painter of Jewish themes, a few translators—all immigrants from Poland or Russia."

Having established the Upper West Side as a transferred shtetl, it becomes apparent that even though the Holocaust didn't take place in New York City, this metropolis will manifest all the aftershocks of World War II: "I have played with the idea," Bashevis writes, "that all of humanity suffers from schizophrenia. Along with the atom, the personality of *Homo sapiens* has been splitting. When it comes to technology, the brain still functions, but in everything else degeneration has begun. They are all insane: the Communists, the Fascists, the preachers of democracy, the writers, the painters, the clergy, the atheists. Soon technology, too, will disintegrate. Buildings will collapse, power plants will stop generating electricity. Generals will drop atomic bombs on their own populations. Mad revolutionaries will run in the streets, crying fantastic slogans. I have thought that it would begin in New York. This metropolis has all the symptoms of a mind gone berserk." Like Bellow, Ozick, and Roth, Bashevis here uses the theme of the Holocaust to evoke another central image of American literature in this era: New York as urban dystopia, so that for Bashevis, like other American writers, the Holocaust becomes not so much a theme to bemoan the madness of the recent European past, but rather one to chastise the madness unfolding in the American present.

Madness therefore serves a double function in this story: it is a polemical device to critique the "madness" of contemporary New York, but it's also a dramatic correlative to the problem of imagining the Holocaust itself. Madness as such is a frequent theme in the Holocaust literature written by non-survivors, because the reality of the Holocaust defies rational thinking and therefore to begin contemplating the subject requires a suspension of everyday logic that can only be achieved in realistic fiction through an insane protagonist. Bashevis's Holocaust protagonists, like Esther in "The Cafeteria," are always observed externally—hence the distinction between the survivor and the refugee—because the Holocaust cannot be imagined, because it exists outside the refugee's comprehension. The experience of the survivor must be depicted *de facto* as a form of madness, an aberration as acute as the insanity of the genocide itself.

For Bashevis, the past assaults the present, undermining the logic of both; it is another instance of the "return of the repressed" that erupts everywhere in the social landscape of post-war New York City, not only in Bashevis's fiction but also in the writing of English-language Jewish writers, or the film *The Pawnbroker* (1964). The past in these works doesn't merely re-appear to the protagonists, it robs them psychically and emotionally.

Where two decades previously Bashevis had complained that it was ridiculous to use Eastern European idioms in American Yiddish fiction—and indeed we find very little evidence of such idiomatic language in "The Cafeteria"—one sees instead that "The Cafeteria" is written in the American Yiddish that Bashevis had become acquainted with in the pages of the *Forward*. Among the items of his American lexicon one finds in the Yiddish original of this story such terms as "lunch," "funeral parlor," "supper," and "cars." Other stories that he set in the United States, in particular "The Séance," included in this collection, reflect this linguistic strategy. Where in 1943 Bashevis had specifically complained about the anomaly of using Yiddish food terminology in a story set in New York, in 1968 he writes, *M'redt vegn der yidisher literatur, dem hitler-khurbn, medines-yisroyl, un oft fun bakante vos dos letste mol hobn zey do gegesn rayzpuding oder floymen-tsimes un itst lign zey shoyn in keyver.* ("We speak about Yiddish literature, Hitler's genocide, the State of Israel, and often of acquaintances who just the other day were eating rice pudding or stewed prunes and now are lying six feet under.") Note that Bashevis splits the difference in this passage between the Americanism *rayzpuding* (rice pudding) and the Yiddishist *floymen-tsimes* (stewed prunes), just as the sentence as a whole divides between the past of the Holocaust and the present of literary shop talk and Israeli politics—and as the condition of the cafeteria patrons hinges between life and death. Bashevis's characters are in a physical and metaphysical no-man's land, and his desiccated Yiddish in this story reflects this.

Elsewhere in this collection Bashevis's Yiddish can be as densely idiomatic as his debut novel from the 1930s. Thus, in "Stories from Behind the Oven," one encounters the sentence, *Haynt iz a hester-ponim... oyb s'gesheyt a nes, taytsht men oys al-pi derekh ha'teyve. Amolike yorn hobn zikh nisim gevalgert unter benk. B'eyney roisi.* ("Today, God's presence is concealed... if a miracle occurs, they explain it according to the laws of nature. Time was when miracles were lying under every chair. I saw them with my own eyes.") In thematic terms the two stories aren't so different from one another, in that they both depict the mystic, the liminal, the uncanny. But whereas a story set in a *beys-medresh* in Poland can draw on kabbalistic and rabbinic rhetoric to elevate language out of the realm of the everyday, in "The Cafeteria" Bashevis consciously diminishes the expressive palette of his Yiddish to intensify the impact of a language that, like a fish out of water, dies when removed from its "natural" habitat. One should not draw from these remarks the impression that the two contrasting strategies employed by, in, and among these stories—which are ultimately strategies that one can extrapolate to understand storytelling in general, and not just Holocaust fiction in Yiddish—imply a hierarchy of aesthetic quality. Both "Mayses fun hintern oyvn" and "The Cafeteria," like so many of the other stories in this volume, are outstanding examples of post-war Yiddish literature that demonstrate the vitality of the language long beyond what most readers would expect.

They did so by engaging Yiddish literature with the preoccupations of literary and philosophical post-modernism. To the extent that post-modernism can be defined as an aesthetic critique of the "modern" assumptions of Cartesian rationalism, the integrated personality, and causal logic—a description that must forego characterizing the era that will inevitably follow what is now conceived of as "the modern" and for which the "post" is therefore also a "pre"—Bashevis has made contributions to the post-modern sensibility, if not exactly a post-modern aesthetic. The distinction, in fact, can be located throughout his writing in its reclamation of folklore and the uncanny, a psychic condition that is neither real nor imagined, rational or fantastic. Bashevis's writing is at its most post-modern when his fiction gives voice to the pre-modern. But someday, post-modernism will provide the origins of a new aesthetic, and at that moment, one can only hope that Bashevis will be recognized as the foundation of a new literature, and that through his best writing, such as has been collected in this volume, the continued relevance of Yiddish literature, language, and culture will be affirmed. Such expectations for Yiddish are perhaps messianic; certainly Bashevis would be the first to discount them not merely as impertinent but blasphemous. In the face of destruction as immense as what Yiddish culture experienced in the Holocaust and its aftermath, does one have the right to dream of its renaissance in future generations? This question must await a final judgment. But it is in the space between the certitudes of the past and hopes for the future that faith endures.

Marc Caplan
Baton Rouge, Louisiana
December 2020

מעשיות פון הינטערן אויוון

א

אין דרויסן איז געהאַט אַנגעפּאַלן אַ געדיכטער שניי. קעגן נאַכט האָט זיך געשטעלט אַ פראָסט. פון דער וויסל האָט געבלאָזן אַ קאַל־טער ווינט, אָבער אין בית־מדרש האָט דער ליימענער אויוון געבריט. קבצנים האָבן געבראָטן קאַרטאָפל אויף די גל׳ענדיקע קוילן. בחורים וואָס לערנען אַשמורות האָבן אַוועקגעלייגט די גאַרטלען אויף די גמראס פאַר אָן ערוב, זיך צוגעהערט צו די מעשיות. ס׳איז געקו־מען צו רייד וועגן מענטשן און זאַכן וואָס ווערן פאַרלוירן און זלמן גלעזער האָט אויפגעהויבן אַ טאַבאַק־געלן פינגער, אַ סימן אַז ער וויל עפּעס דערציילן. ער האָט געהאַט אַ געדיכטע באָרד ווי קויטיקע וואַטע און צווײי ברעמענבאַרשטן איבער די אויגן — קליינע און טונקעלע ווי ביי אַ יאָזש. איידער ער האָט אָנגעהויבן רעדן, האָט ער אַרויסגעלאָזט אַ מרוקעניש און אַ כאַרכלעניש ווי אַ וואַנטזייגער פאַרן קלינגען.

— מענטשן ווערן פאַרלוירן — האָט ער געזאָגט .— נישט יעדער איינער איז אליהו הנביא וואָס מ׳נעמט אים מיט אַ פייערדיקן רייט־וואָגן אין הימל אַריין. נו, און וואָס איז געשען מיט חנוכן? אין דעם דערפל פאַלקעס נישט וויט פון ראַדאָשיץ האָט אַ פּויער גע־אַקערט מיט אַן אָקס. פון הינטן איז נאָכגעגאַנגען דער זון מיט אַ טאָרבע און געזייט געטרשטן. ער טוט אַ קוק: דער אָקס שטייט און דער טאַטע איז נישטאָ. ער׳ט גענומען שרייען, רופן — אַ נעכ־טיקער טאָג. אויסגערונען אין מיטן פעלד. מ׳האָט מער פון דעם ערל נישט געהערט.

— אפשר איז געוועזן אַ לאָך אין דער ערד און ער איז אַהין אַריינגעפאַלן? — האָט לוי־יצחק געפרעגט.

— מ׳האָט נישט געזען קיין שום לאָך. נו, און פאַר וואָס איז דער אָקס נישט אַריינגעפאַלן? ער איז געגאַנגען פאָרויס.

— הייסט עס, די שדים האָבן אים פאַרכאַפּט?

— כ׳ווייס נישט.

— אפשר איז ער אַנטלאָפן מיט עפּעס אַ פויערטע? — האָט מאיר טומטום זיך אָנגערופן.

— נאַרישקייטן. אַן אַלטער פויער, אַ זעכציקער און אפשר מיט אַ שמיצל אַריבער. אַ פויער אַנטלויפט נישט פון זיין ערד, זיין כאַטע. אויב ער וויל אַ פויערטע, גייט ער אַוועק מיט איר אין שייער.

— אויב אַזוי, האָבן אים פאַרטראָגן יענע לייט — האָט לוי־יצחק געפּסקנט.

— פאַר וואָס גראָד אים? — האָט זלמן גלעזער געפרעגט. — אַ שטילער גוי. וואַיטשעק קוצעק, אַזוי האָט מען אים גערופן. פאַר סוכות פלעגט ער ברענגען פורן סכך קיין ראַדאָשיץ. מיין אייגענער טאַטע האָט געקויפט ביי אים. קעגן וואָס זאָג איך עס? ס׳טרעפט. לעבן בלוינע האָט געוווינט אַ ייִד ר׳ זעליג פאַכטער. ר׳האָט גע־האַט אַ געוועלב און אַ קאַמער ווו ר׳האָט געהאַלטן האָלץ, פלאַקס, קאַרטאָפל, אַלטע שטריק. ס׳איז דאָרט געשטאַנען אַ שליטן אויך. ער הייבט זיך אויף באַגינען — די קאַמער איז נישטאָ. ר׳האָט נישט געגלייבט די אייגענע אויגן. ווען ס׳וואָלט געוועזן ביי נאַכט אַ ווינט, אַ שטורעם, אַ פאַרפלייצונג! געשען איז עס נאָך שבועות. לינדע טעג, שטילע נעכט. אין אָנהייב האָט ער געמיינט אַז ר׳איז פון זינען אַראָפּ. ר׳האָט גענומען רופן ס׳וויב, די קינדער. זיי לויפן אַרויס — ווו איז די קאַמער? נישטאָ קאַ׳ קאַמער. ווען אַ שטורעם־ווינט בלאָזט אַוועק אַ געביי, בלייבט אַ פונדאַמענט, אַ שוועל, לייסטן, שינדלען. דאָ איז אַלץ גלאַטיק — אַ לאָנקע, גראָז, ווי קיין מאָל

גאַרנישט. מילא, צו אַ מענטש קאָנען די ביינאַכטיקע האָבן פּרע־טענזיעס, אַ חזקה, אָדער כ׳וויס וואָס. אָבער וואָס ווילן זיי פון אַ קאַמער? און ווי וואַקסט עפּעס אַן גראָז איבער נאַכט? אַז מ׳האָט דערהערט די זאַך אין בלוינע איז געוואָרן אַ לויפעניש ווי צו אַ שׂרפה. אַפילו חדר־קינדער זענען אַנגעלאָפן. אַלע האָבן געקענט זעליג פּאַכטער. שבת ווען די שניידער־געזעלן און שוסטער־יונגען גייען שפּאַצירן אויפן שטראָז, זענען זיי פאַרביי די קאַמער. אַז ס׳האָט גערעגנט, פלעגן זיי דאָרט אָפּוואַרטן ביז ס׳אומוועטער איז אַריבער. זעליג האָט נישט אָנגעהאַנגען קיין שלעסל אויף דער טיר, בלויז פאַרקייטלט פון דרויסן. וואָס האָט מען דאָרט געקענט גנבענען? כ׳בין געווען אין בלוינע אַן איידעם אויף קעסט. אַז אַלע לויפן, לויף איך אויך. ס׳קומען דער פּריץ יאַבלאָווסקי, די גאַנצע נאַ־טשאַלסטווע. מ׳שטייט און מ׳גלאָצט ווי די גולמס. מ׳קנייפּט זיך די באַקן צי ס׳איז נישט קאַ׳ חלום. דער פּריץ טוט אַ געשריי: אָדער איך בין משוגע, אָדער איר, ייִדעלעך, פאַרבלענדט מיר די אויגן. אין אַ קליין שטעטל קען מען יעדעס הויז, יעדעס געסל, יעדן קלאָץ. וואָס איז דאָס, שרייט ער, כּישוף? אין מיטן העלן טאָג? ער פּאַכעט מיטן בייטשל און וויל אַלעמען שלאָגן. ער נעמט שמייסן די אייגענע כאַלעוועס. ר׳האָט געהאַט אַ ריזיקן הונט און ער בילט סכּנות נפשות. אויב די קאַמער וועט נישט באַלד שטיין ווו זי איז געשטאַנען, טוט דער פּריץ אַ רוף, וועל איך אייך אַלע פאַרשמייסן צום טויט. ס׳ברענט אין אים די יוכע. ער׳ט געהאַט פאַרגעסן, אַז ס׳איז אויס פּאַנשטשיזנע. דער זעליג טענהט: פּריץ ליכטיקער, וואָס איז דאָס מיִין שולד? דער פּריסטאַוו גאַפט מיט אַן אָפענעם פּיסק. ער האָט געהאַט אַ פּאָר לאַנגע וואָנצעס ביז די אַקסלען.

ס׳האָט פּראַקטיצירט אין בלוינע אַ דאָקטער, כאַלטשינסקי. ר׳האָט גערעדט ייִדיש ווי אַ ייִד. ר׳איז קיין מאָל נישט געגאַנגען אין קלויסטער. ער׳ט זיך געברידערט מיט די אויפגעקלערטע ייִדן, פאַליק דער אַפּטייקער, ברוך דער פּראָשבע־שרייבער, בענצע קאַ־

מינער. יעדע נאַכט פּלעגן זיי אָפּזיצן ביז איינס אַ זייגער בײַם סאַמאָוואַר, אָפּלאַכן פון אַלעמען, שפּילן קאָרטן. די ווײַבער זענען געגאַנגען אין די בלויזע האָר. ווי הייסט עס? משכּילים. דער פֿאַליק שטייט אין אַפּטייק און וועגט אַ קרייטעכץ. אַ בחור קומט אים דערציילן פון דעם טראַף און דער פֿאַליק מאַכט פון אים אַש און בלאָטע: אויב ביסט פון זינען אַראָפּ, גיי אין משוגעים־הויז. אָבער באַלד קומען אַנדערע, אַ גאַנץ געזעמל עדות. מ׳שווערט האַרבע שבועות. דער פֿאַליק טוט אַ זאָג: וואָס נאָך פּאַר אַ שמאַנצעס וועט עך אויסקלערן? אפשר איז דער רב פאַרגאַנגען אין טראָגן און געבוירן אַ קאַלב? ער׳ט פון דעסטוועגן פאַרשלאָסן די אַפּטייק און איז אַוועק אויפן זאַמד צו זעליגן. די אַנדערע דײַטשלעך זענען שוין אויך דאָ. פֿאַליק טוט אַ זאָג צו די גויִים: פּאַנאָוויע, אַ קאַמער האָט נישט קיין פּיס, קאָן נישט גייך. עפּעס אַ סיבה איז פאַראַן, לאָמיר, זאָגט ער, זוכן. מ׳איז אַוועק זוכן אין אַלע זייטן. מ׳האָט זיך אַרומגעשלענדערט אַ האַלבן טאָג אומזיסט און אומנישט. אַ שווערע קאַמער, געבויט מיט קלעצער, האָט געפּלאַצט ווי אַ בלעזל.

ווי לאַנג קאָן מען זיך וווּנדערן? סוחרים דאַרפן האַנדלען, מאַמעס מוזן אַנזויגן די קינדער. דער פּריץ איז אַוועק אין שענק און זיך אָנגעשיכּורט. ער׳ט בלויז געדאַרפט אַ געלעגנהייט זיך אָנצוזויפן. ער׳ט געשאָלטן די ייִדן טויטע קללות. ס׳איז אַלץ, שרייט ער, ייִדישער שווינדל. נו, אָבער דער דאָקטער כאַלטשינסקי וויל נישט אָפּטרעטן. ער פאָרשט, ער מעסט. ער שנאָפּט. ער׳ט זיך אַרומגעדרייט אַרום זעליגס הויז ביז נאַכט. פריִער האָט ער זיך געוויצלט. דערנאָך איז ער געוואָרן אומעטיק. ער טוט אַ זאָג צו פֿאַליקן: אויב דאָס איז געמאָלט, וואָס פאַר אַ דאָקטער בין איך? און וואָס פאַר אַן אַפּטייקער ביסטו? — ס׳שטעקט דאָ עפּעס אַ קונץ, אַ שטיקל — שרייט דער אַפּטייקער. ער׳ט זיך אויסגעצויגן אויפן גראָז און געשמעקט צו דער ערד. ער׳ט זיך געהייסן דערלאַנגען אַ לאָפּעטע. ער וויל גראָבן. דער זעליג זאָגט: די לאָפּעטע האָב איך געהאַלטן אין דער קאַמער. זי איז אַוועק מיט איר צוזאַמען.

צו מאַרגנס זענען זיי געקומען מיט לאָפּעטעס, דאָס גאַנצע געזינדל אַפּיקורסים. מ׳האָט אויסגעגראָבן אַ גרוב פיר איילן טיף. די ערד איז פול מיט וואָרצלען און שטיינער. די קאַמער איז נישט איינגעזונקען.

איצט הערט אַ מעשה. צוויי וואָכן זענען אַריבער. מילא, די פּשוטע מענטשן האָבן אַנדערע זאָרגן. מיר, יונגעלייט אין בית־מדרש, די קעסטקינדער, האָבן יאָ געשמועסט. אָבער וואָס קומט אַרויס פון די גריבלעניש? מיר זענען אַלע געקומען צום אייגענעם אויספיר: לצים. אָט ווערט דאָך דערמאָנט אין חומש, אַז אַ הויז קען זיין קרעציק. די נישטגוטע זענען קאַפּאַבל אויף אַלץ. נו, אָבער דער דאָקטער כאַלטשינסקי, פאַליק דער אַפּטייקער און די אַנדערע חכמימלעך האָבן ווייטער געגישטערט, אויסגעפרעגט. דאָקטער כאַלטשינסקי האָט געהאַט אַ קאַלעס מיט צוויי פערד. פאַליק האָט געהאַט אַ בריטשקע. זיי זענען אַרומגעפאָרן מיילן, אפשר וועט מען געפינען די פאַרלוירענע קאַמער. זיי האָבן אויסגעפרעגט פויערים. קיינער ווייסט ניש׳ פון קאַ׳ פּתרון און קאַ׳ חלום. ביי נאַכט האָבן די לייט מער נישט געשפּילט אין וויסט, נאָר זיך געחקרנט. אויב אַ קאַמער קען צעגייך ווי שניי, אפשר איז דאָ אַ גאָט? דאָקטער כאַלטשינסקי איז אַוועק צום רב. צום גלח איז ער נישט געגאַנגען, ווייל כאַלטשינסקי פלעגט אויס אים טרייבן ליצנות און בייזע צינגער האָבן עס אָפּגעטראָגן. זיי זענען זיך געוואָרן שונאים. דער דאָקטער איז אָפּגעזעסן אין בית־דין־שטוב שעהען. ווערט דערמאָנט, פרעגט ער, אַזאַ זאַך אין דער תורה? איז דאָס אַ שטראָף פאַר עפּעס אַ זינד? דער רב האָט נישט געוווּסט וואָס צו ענטפערן. ביי גאָט, זאָגט ער, איז אַלץ מעגלעך.

יאָ, צוויי וואָכן זענען אַריבער. אין איינעם אַ פרימאָרגן, זעליג גייט אַרויס גאַנץ פרי און ער דערזעט די קאַמער. ער האָט גענומען שרייען מיט באַנומענע קולות און זיך קלאַפּן אין קאָפּ. ס׳גאַנצע הויזגעזינד איז אַרויס באָרוועס און נאַקעט. די קאַמער שטייט ווי

קיין מאָל גאָרנישט. מ׳האָט זיך דערוווּסט אין בלוינע און ס׳איז פון ס׳ניי אַ געפּילדער. מ׳לויפט פון אַלע זייטן. טייל לאַכן, אַנדערע וויינען. דער פּריץ יאַבלאָווסקי איז אַנגעריטן גאַלאָפּ. די קאַמער שטייט ווו זי איז געשטאַנען. מ׳גייט אַריין אינעווייניק: אַלץ איז געבליבן. נישט מער, זומער אַז קאַרטאָפל שטייען, הייבן זיי אָן בלי׳ען און ס׳שפּראָצן אַרויס וואָרצלען. וואָס איז דאָ פאַר ניי שפּיצל? — ליאַרעמט דער פּריץ יאַבלאָווסקי. — איכ׳ל׳ איך אַלעמען אָפּהאַקן די קעפּ. איך פאַרטרייבן צו אַלדי רוחות. ער׳ט גענומען שלאָגן די קאַמער און זי שטויסן מיטן שטיוול. דער דאָקטער כאַלטשינסקי איז ווייס ווי קרייד. פאַליק דער אַפּטייקער קראַצט זיך אין קאָפּ. דאָס ווייב קלאָגט ווי ביי אַ לוויה. וואָס יאָמערסטו? — שרייט ער — ס׳איז נישט יום־כיפּור, און זי בעטשעט אַרויס: ביי מיר איז היינט יום־כיפּור...

וואָס זאָל איך דאָ לאַנג ברייען? דעם אַפּטייקערס ווייב — די פאַליקיכע האָט מען זי גערופן — האָט תשובה געטאָן. זי׳ט אָנגע־הויבן בענטשן ליכט, האָט אָפּגעשוירן די האָר, אָנגעטאָן אַ שייטל. זי קומט שוין פרעגן שאלות צום רב. פאַליק אַליין איז פאַרבליבן איינגעשפּאַרט. ער טענהט: צוליב אַ קאַמער וואָס שפּילט זיך אין באַהעלטעניש, וועל איך נישט ווערן קיין פרומאַק. ער קוקט אַרויף צום הימל און בלעקעצט: אויב ס׳איז דאָ אַ גאָט, זאָל ער מיך באַשטראָפן דאָ אויפן אָרט. זאָל אַראָפּקומען אַ דונער און מיך דער־שלאָגן. צווישן מאַן־און־ווייב איז שוין אַ מחלוקת. זי שטעלט שבת טשאָלנט און ער וויל זי זאָל אים פּרעגלען חזיר־קאָטלעטן.

דער דאָקטער כאַלטשינסקי האָט אין גאַנצן פאַרלוירן דעם קאָפּ. מ׳האָט אים גערופן צו אַ קראַנקן, נאָר ר׳האָט דעם חולה נישט באַטראַכט. ער׳ט פאַרשריבן אַ רעצעפּט, נאָר ס׳ווערט ערגער, נישט בעסער. דער נאַטשאַלניק האָט געהייסן אויפרייסן דעם דיל פון דער קאַמער און ס׳איז נישטאָ קיין צייכן פון קיין גראָז און נישט פון קיין גרוב. די ערד איז נאַקעט, שטויביק און ס׳קריכן אַרום ווערעם. די גאַנצע זאַך איז, ווייזט אויס, אַ פאַרבלענדעניש, אָבער ווי

ווערט אַ גאַנצע שטאָט פאַרבלענדט? די מעשה האָט זיך צעטראָגן איבער גאַנץ פּוילן. מ׳קומט קוקן אויף דעם בייזוווּנדער פון לוי־וויטש, סקערנעוויץ, גאָמבין. די פּויערים רעדן, אַז זעליג איז אַ מכשף און ס׳ווייב אַ מכשפה. גראָד דעמאָלט בין איך צוריק אַוועק קיין ראַדאָשיץ, אָבער מ׳האָט שפּעטער דערציילט, אַז פאַליק און פאַליקיכע האָבן זיך געגט. זי איז געוואָרן אַ כשרע ייִדענע און חתונה געהאַט מיט אַ פּרנס אין סאָכאַטשעוו. פאַליק האָט זיך אַריינגעצויגן קיין וואַרשע און ער׳ט זיך געשמדט. אין איינער אַ נאַכט איז דער דאָקטער כאַלטשינסקי אַוועק פון שטאָט. ער האָט זיך מיט קיינעם נישט געזעגנט, איבערגעלאָזט אַלע טריף־פּסולן און ס׳גאַנצע קלאָפּערגעצייג.

כ׳האָב פאַרגעסן דעם עיקר: די קאַמער האָט אָפּגעברענט. שמחת־תורה ביי נאַכט ווען זעליג און די משפּחה זענען שוין געשלאָפן, האָט אַ מויד דערזען, אַז ס׳איז ליכטיק אין דרויסן ווי ביי טאָג. די קאַמער האָט געפלאַקערט ווי אַ שטורקאַץ. זעליג און די זין האָבן געפּרוּווט לעשן, נאָר פאַרלעש אַ פייער פון גיהנום. אין אַ האַלבער שעה איז פון אַלץ געבליבן קוילן און אַש. ס׳האָט נישט געבליצט יענע נאַכט און ס׳איז דאָרט נישט געלעגן קיין שום זאַך, וואָס קען זיך אָנצינדן פון זיך אַליין.

— הייסט עס, ס׳איז אַלץ געקומען פון דער סטרא־אחרא? — האָט לוי־יצחק געפרעגט.

— וואָס האָבן זיי געהאַט צו דער קאַמער?...

ב

לוי־יצחק האָט אַראָפּגענומען די בלויע ברילן וואָס ער האָט געטראָגן אַפילו ביי נאַכט. ער איז שוין אַ זקן, אָבער די באָרד זיינע האָט נאָך אַלץ געהאַט געלע פּאַסן, דער וואָרצל פון דער נאָז האָט געהאַט אַ טיפן שראַם. אונטער די רויטע אויגן מיט די

געשוואָלענע דעקלעך זענען נאָכגעהאָנגען טאָפּעלע טאָרבעס, רויט ווי ווילדפּלייש. ער האָט מיט אַ ברעג פאַטשיילע געווישט די פאַר־הויכטע שייבלעך און געקרעכצט.

— היינט איז אַ הסתר־פּנים — האָט ער געזאָגט. — אויב ס׳געשעט אַ נס, טייטשט מען אויס על פּי דרך הטבע. אַמאָליקע יאָרן האָבן זיך נסים געוואַלגערט אונטער בענק. בעיני ראיתי. דער טאַטע מיינער, עליו־השלום, איז געפאָרן קיין קאָפּעלניצע. פריערדיקע צייטן האָט דער קאָפּעלניצער רבי, ר׳ דן, געהאַט אַן עולם, הגם געקליבענע מענטשן, אנשי מעשה. אָבער די קינדער זענען אַוועק בחייו און ס׳איז נישט געבליבן קיין ממלא מקומו. די רביצין האָט זיך לאַ־עלינו דערשטיקט ביי דער שבתדיקער סעודה. זי׳ט אַראָפּגעשלונגען אַ שטיקל קוגל און ס׳איז איר געבליבן שטעקן אין דער לינקער קעל. אַ טאָכטער האָט זיך דערטרונ־קען אין ברונעם. געגאַנגען אָנגעמען אַן עמער וואַסער און אַריינגעפאַלן. דער זון, לוי־יצחק, — כ׳הייס טאַקע נאָך אים — איז אַוועקגעפאַלן אין מיטן אתרוג־בענטשן. ר׳ דן האָט געפירט מלחמה מיט די חיצונים. אויף אים האָבן זיי נישט געהאַט קיין שליטה, אָבער גענומען נקמה אין דער משפחה. די אַלטע חסידים זענען ביסלעכווייז אויסגעשטאָרבן. די יונגע־לייט זענען אַוועק קיין קאָצק אָדער קיין גור. ס׳בית־מדרש איז געוואָרן האַלב חרוב. דער אויוון אין דער מיקווה האָט זיך צעבראָכן און קיינער האָט נישט פאַרריכט. דער רבי האָט אַ מאָל געהאַט אַ סאָד, נאָר די ביימער האָבן אָפּגעדאַרט. ס׳האָבן זיך אַריינגעכאַפּט אין הויף טכוירן, מאַר־דערס, מוילוורפן האָבן אָנגעגראָבן בערגלעך. אומעטום איז גע־וואַקסן אומקרויט און שטעכלקעס. אין די פריערדיקע צייטן האָט דער רבי געהאַט פיר משמשים. אין מיין צייט איז געהאַט איבער־געבליבן בלויז ר׳ איַזשע, אַ זקן אין די אַכציקער, בלינד אויף איין אויג, און ס׳זאָל אים נישט זיין צו גנאי — אַ שיכור. ר׳ דן האָט אַלע יאָרן געפאַסט תעניתים, נאָר אויף דער עלטער האָט ער כמעט אויפגעהערט עסן. ר׳האָט פאַרזוכט אַ כזית ר׳זאָל מעגן בענטשן.

די יושבים זענען אַלע געווען זקנים. אויף די ימים־נוראים איז זיך אָנגעפאָרן אַ פּאָר צענדליק חסידים. אַ גאַנץ יאָר האָט מען קוים צונויפגעקראַצט אַ מנין. דער רבי האָט אויפגעהערט זאָגן תורה, טיילן שיריים. דער טאַטע עליו־השלום איז געווען אַ מקורב און ער'ט מיך מיטגענומען קיין קאַפּעלניצע. ווען כ'האָב ס'ערשטע מאָל דערזען דעם רבין איז מיך באַפאַלן אַ פּחד: קליין, איינגעשרומפּן, מיט אַ באָרד ביז די לענדן. די אויגן האָט מען אין גאַנצן נישט אַרויסגעזען. אַז דער רבי האָט געוואָלט עמעצן אָנקוקן, האָט ער מיט צווי פינגער אונטערגעהויבן אַ ברעם. דער טאַטע האָט אויף מיר אָנגעוויזן, געהייסן כ'זאָל געבן שלום. ר'האָט דערלאַנגט אַ האַנט טרוקן ווי פּאַרמעט און הייס ווי פייער. ר'האָט אַ ברום געטאָן: נו, און דעם דאָזיקן נו קאָן איך נישט פאַרגעסן, אַ קול פון די סאַמע טיפענישן. נישט פון דאַנען.

מ'האָט זיך געריכט יעדן טאָג אויפן רבניס פּטירה. נאָר יאָרן זענען אַריבער און דער רבי לעבט. די ווענט אין בית־מדרש זענען שוואַרץ ווי קוימען. מייז האָבן צעריסן די ספרים. אויפן דאַך האָט זיך באַזעצט אַ סאָווע און זי האָט געהוילט אין די נעכט. אַ צייט האָט מען געהאַלטן אין איין שטאַרבן אין קאַפּעלניצע. דערנאָך האָט עפּעס דער מלאך־המוות ווי פאַרגעסן דעם מקום. די יושבים האָבן אַרומגעשלייכט ווי שאָטנס. אַ זקנה האָט געקאָכט פאַר זיי אַ קעסל גריץ און זיי געלאָטעט די וועש. דעם לעצטן ראש־השנה ווען כ'בין געקומען מיטן טאַטן קיין קאַפּעלניצע, איז שוין נישט געווען אַפילו קיין קליינער עולם. די יושבים זענען געזעסן אין צעריסענע טליתים, אין קיטלען מיט לעכער. איינער האָט געדאַוונט, דער אַנדערער האָט געדרימלט. דעם בעל־תפילה האָט מען אין גאַנצן נישט געהערט. דער רבי איז געשטאַנען אין אַ ווינקל, נישט אַרויסגעלאָזט קיין שאָרך. דער בעל־תוקע האָט געבלאָזן שופר נאָר ס'האָט אים אויסגעפעלט אָטעם. כ'האָב אַ זאָג געטאָן צום טאַטן: נעם מיך קיין מאָל נישט מיט אַהער.

גענויינלעך פלעגט דער טאַטע בלייבן איבער די עשרת־ימי־תשובה ביז נאָך יום־כיפור. אָבער דאָס מאָל זענען מיר אַהיימגע־פאָרן צום גדליה. אויף דער פור האָט דער טאַטע צו מיר אַ זאָג געטאָן: הלוואי דער צדיק זאָל אָנטרייבן ביז איבער סוכות. ער איז שוין מער אויבן ווי דאָ. ער האָט פון דעסטוועגן געלעבט ביז חנוכה. חנוכה האָבן מיר דערהאַלטן אַ טעלעגראַמע, אַז דער רבי איז נסתלק געוואָרן. כ׳האָב נישט געוואָלט פאָרן אויף דער לוויה, נאָר דער טאַטע טענהט: מיתת צדיקים איז נישט קיין קלייניקייט. ס׳וועט שוין נישט זיין נאָך אַ ר׳ דן ביז תחית־המתים. מ׳האָט זיך געריכט אויף אַן אָנגעלויף ווייל אַזוי איז שוין די טבע: מ׳פאַרגעסט דעם צדיק ביים לעבן, אָבער אַז ער ווערט נפטר, דערמאָנט מען זיך. איז אָבער מעשה שטן אָנגעפאַלן אַ טיפער שניי און נישט מ׳האָט געקאָנט פאָרן מיט אַ פור און נישט מיט אַ שליטן. מיר האָבן זיך דערשלעפּט קיין קאָפּעלניצע מיט מסירת־נפש. כ׳בין געשטאַנען דערביי ווי מ׳האָט דעם רבין באַהאַלטן. די ערד איז געווען גע־פרוירן. אַ יושב האָט געזאָגט קדיש. שניי איז געפאַלן און די מלווים זענען געוואָרן ווייס. אַז די קבורה איז פרייטיק קאָן נישט זיין קיין רייד וועגן צוריקפאָרן אַהיים. מיר האָבן געהאַלטן שבת אין קאָפּעלניצע.

כ׳האָב געמיינט אַז ס׳וועט שבת נישט זיין קיין טיש אין בית־מדרש, אָבער עמעץ האָט געשטעלט טשאָלנט. איציזשע האָט צוגע־גרייט חלה און פיש. צום ערשטן מאָל אין זעכציק יאָר איז דעם רבינס שטול געשטאַנען ליידיק. די זקנים האָבן געפּרוּווט זינגען און ס׳איז אַרויס אַ כאָרכלעניש, נישט קיין געזאַנג. איינער האָט נאָכגעזאָגט דעם רבינס אַ תורה. נאָר די אַנדערע זענען טויב. אַזוי איז דאָס צוגעגאַנגען פרייטיק צו נאַכטס און אַזוי שבת ביי טאָג. אין קאָפּעלניצע איז דער שלוש־סעודות אַלע מאָל געווען די לענגסטע סעודה. אין שטאָט האָט מען שוין לאַנג געהאַט אָנגעצונדן ליכט, געמאַכט הבדלה, געזאָגט ויתן לך און דאָ האָט מען ערשט

געזונגען בני היכלא. אַמאָליקע צייטן האָט דער רבי געזאָגט תורה, מגלה געווען רזין־דרזין. וואָס קען אַ יינגל טאָן שבת נאָך מנחה, בפרט אין ווינטער? כ׳בין געבליבן אין בית־מדרש. די נאַכט איז צוגעפאַלן גיך. די יושבים האָבן געגעסן דעם קראַצבאַרשט מיט הערינג און געברומט זמירות, אַלע אויגן געווענדט אויבן־אָן, צום רבינס שטול. כ׳זיץ אין דער פינצטער און אַן אויסטערלישע בענק־שאַפט האָט מיך אַרומגעכאַפּט. כ׳האָב גענומען טראַכטן וועגן רבין. דער הייליקער גוף איז שוין געווען אין קבר, אָבער ווו איז די נשמה? אַוודאי אין גן־עדן, ביים כסא־הכבוד, אין היכל־המשיח. צום ערשטן מאָל איז מיר איינגעפאַלן, אַז איך אַליין וועל אויך נישט בלייבן אייביק יונג. אין דרויסן האָט דער הימל זיך געהאַט אויסגעלייטערט און ס׳האָט זיך געוויזן אַ מולד פון חודש טבת. די שטערן האָבן געפינקלט. אין בית־מדרש איז אַ חשכות, אָבער עפּעס אַ שיין איז אַריינגעפאַלן. דאָס געזאַנג פון די יושבים קען מען גאָרנישט איבערגעבן מיט קיין ווערטער. זיי האָבן מיט הייזעריקע קולות געצויגן איין תנועהלע, אָבער אַ מאָל און ווידער אַ מאָל. יעדער קוועטש, יעדער קרעכץ האָט פאַרטראָגן אין די עולמות־עליונים. גופים קענען אַזוי נישט זינגען. דאָס האָבן געברומט נשמות, זיך געבעטן ביים רבונו־של־עולם: עד מתי ה׳, ווי לאַנג וועט נאָך געדויערן דער חושך־מצרים? ווי לאַנג וועלן די נצוצות דקדושה בלייבן געפאַנגען צווישן די קליפות? זאָל שוין נעמען אַן עק צו די יסורים, דעם גשמיות, די חצוניותן. כ׳בין נאָך געווען אַ ינוקא אָבער כ׳בין געבליבן ווי מיט ביטול אברים. כ׳טו אַ קוק צו דער טיר: דער רבי קומט אַריין. כ׳בין געוואָרן אַזוי געפּלעפט, אַז כ׳האָב פאַרגעסן זיך צו שרעקן. כ׳האָב אים דערקענט: די געשטאַלט, די באָרד, דער גאַנצער געשטעל. ער האָט עפּעס ווי צוגעשוועבט צו דער ליידיקער שטול און זיך אַוועקגעזעצט. אַ ווייל איז געוואָרן ביים טיש אויסטערליש שטיל. אַזאַ שטילקייט האָב איך נאָך קיין מאָל נישט פאַרנומען, נישט פריער און נישט שפּעטער. דערנאָך האָט דאָס געזאַנג זיך ווידער אָנגעהויבן. פריער שטיל,

דערנאָך העכער. ס׳איז טאַקע ווי ס׳שטייט: כל עצמותי תאמרנה. שימחה עד כלות הנפש און עצבות עד כלות הנפש. ס׳איז וגילו ברעדה. ווער ס׳האָט נישט געהערט יענץ געזאַנג, יענע זיפצן, ווייסט נישט וואָס ייִדן זענען, וואָס רוחניות איז. כ׳האָב דערשפּירט אַז כ׳גיי אויס פון מתיקות און אַ רוף געטאָן: טאַטע! ווען כ׳טו דעמאָלט נישט דעם געשריי, וואָלט איך היינט דאָ נישט געזעסן...

— זיך דערשראָקן, האַ? — האָט זלמן גלעזער געפרעגט.

— דער רבי איז גלייך נעלם געוואָרן. די זקנים האָבן זיך ווי איבערגעוועקט. אײַזשע האָט באַלד אָנגעצונדן אַ ליכט. דער טאַטע האָט מיך אַרויסגעפירט אין דרויסן און מיר געריבן די שלייפן מיט שניי. ער איז אַליין אויך ווייס ווי אַ מת. אַז כ׳האָב צוריקגעקראָגן דאָס לשון האָב איך געפרעגט: טאַטע, האָסט געזען? און ער ענטפערט: שייגאַץ, שוויג! כ׳האָב שוין געציטערט זיך אומצוקערן אין בית־מדרש. דער טאַטע האָט מיך אָנועקגעפירט אין דער אכסניא. ר׳האָט מיך מער געטראָגן ווי געפירט. ער׳ט געמאַכט הבדלה, מיר אָנגעשמירט די אויגן מיט וויק, מיר געגעבן צו שמעקן בשמים. כ׳האָב, דוכט זיך, פאַרפעלט מעריב. כ׳בין באַלד איינגעשלאָפן.

יענע נאַכט זענען נפטר געוואָרן צוויי יושבים. ביז פּסח איז פון דער גאַנצער חברותא קיינער נישט געבליבן. דער טאַטע האָט האָט קיין מאָל נישט געוואָלט רעדן מיט מיר וועגן יענעם שלש־סעודות. ערשט, ווען כ׳האָב חתונה געהאַט, אין חופּה־טאָג, האָט ער מיר מודה געווען אַז ער׳ט דעמאָלט געזען דעם רבין.

— הער אַ מעשה! — האָט זלמן אַ זאָג געטאָן.

מאיר טומטום האָט זיך אָנגענומען ביים נאַקעטן קין, דאָרט ווו ס׳האָט געדאַרפט וואַקסן אַ באָרד.

— וואָס איז דער חידוש? ס׳האָט געטראָפן מיט ר׳ יהודה הנשיא. נאָך דער פּטירה איז ער יעדן פרייטיק צו נאַכטס געקומען אַהיים מאַכן קידוש. ס׳איז אַ בפירושע גמרא.

— פאָרט, היינטיקע צייטן...

— וואָס איז היינט? דער רבונו־של־עולם איז דער אייגענער. אין אים איז נישטאָ קיין שינוי. אויב ס׳געשעען ווייניקער נסים, איז די מניעה אין אונדז, נישט אין אים.

— וואָס איז געוואָרן מיטן הויף? — האָט זלמן געפֿרעגט.

— זיך צעפֿאַלן ווי שפּינוועבס — האָט לוי־יצחק געענטפֿערט.

— דער רבי האָט, אַ פּנים, אַלץ צונויפֿגעהאַלטן מיט זיין כּוח. ווי נאָר ר׳איז נתבקש געוואָרן אין דער ישיבה של מעלה, האָבן גע־נומען איינפֿאַלן די מויערן. דער דאַך איז צערונען. דער גאַנצער הויף איז געוואָרן אַ חורבה.

— אויף וואָס האַלט זיך דען די וועלט? — האָט מאיר טומטום געטענהט. — אויף כּביכולס אַ וואָרט. ער רופֿט צוריק ס׳וואָרט און די גאַנצע באַשאַפֿונג קערט זיך אום צום תוהו־ובוהו...

ג

מאיר טומטום האָט זיך אויפֿגעהויבן, גענומען אַרומשפּאַנען אַהין־און־צוריק. סיי ר׳איז געווען הויך, סיי ער האָט געהאַט אַ הויקער. ווי וויל דאָס פּנים איז גלאַטיק, האָט ער אויסגעקוקט מאַנס־בילש: אַ הויכער שטערן, אַ קרומע נאָז, שאַרפֿע אויגן פֿון אַ למדן. ער האָט אָנגעטאָפּט דעם אויוון, זעט אויס זיך אָפּגעבריט, ווייל ער האָט געבלאָזן אויף דער האַנטפֿלאַך. מאיר טומטום האָט געהערט צו יענע וואָס די גמרא רופֿט אָן: עתים חלים, עתים שוטה. ווען די לבנה איז פֿול, האָט ער זיך געפֿירט ווי אַ משוגענער. ער האָט גערעדט צו זיך אַליין, געלאַכט, געריבן די הענט, געמאַכט ניקן. ווען די לבנה ווערט געמינערט, איז דער געדאַנק זיינער ווידער געזעצט. ער האָט איצט זיך צוריק אַוועקגעזעצט, און געזאָגט:

— זען אַ בר־מינן איז ניש׳ קאַ׳ רבותא. די מאַמע מיינע איז אַוועק פֿון דער וועלט ווען כ׳בין אַלט געווען פֿינף יאָר, אָבער וויפֿל מאָל כ׳בין אין סכּנה, הער איך איר קול. זי וואָרנט מיך. זי טוט אַ רוף: מאירל, און כ׳וויס כ׳דאַרף מיך היטן. ס׳איז נישטאָ

קאָ׳ טויט. ווי קען מען זיין טויט, אַז אַלץ איז אַ חלק אלוק ממעל? די נשמה שטאַרבט נישט און דער גוף לעבט נישט. נו, אָבער ס׳איז דאָ עפּעס אין צווישן: נישט אין גאַנצן חומר און נישט אין גאַנצן צורה. כ׳דאַרף עס אפשר נישט דערציילן, נאָר ווי באַלד ס׳קומט שוין צו רייד, מעגט איר וויסן דעם אמת. כ׳האָב אייך שוין געזאָגט: כ׳האָב אָנגעווווירן די מאַמען צו פינף יאָר. דער טאַטע האָט מער נישט חתונה געהאַט. אַ וואַלד־סוחר, איז ער מער געווען אונטערוועגס ווי אין דער היים. מיר׳ן געהאַט אַ דינסט שפרה, זי׳ט געהאַט אַ שוועסטער מיט קינדער און אַז דער טאַטע איז אַוועקגעפאָרן האָט זי כמעט די גאַנצע צייט פאַרבראַכט ביי דער שוועסטער. קיינער האָט אויף מיר נישט אַכטונג געטאָן. אַז כ׳האָב געוואָלט לערנען, האָב איך געלערנט, אַז כ׳האָב געוואָלט אַרומגייען ליידיק, האָט מיר קיינער נישט געזאָגט קאָ׳ דעה. מיר׳ן געהאַט אַ ספרים־שטוב, אַלע פיר ווענט מיט פאַכן ספרים ביז צום באַלקן. כ׳האָב אַלע מאָל געהאַט אַ פולע קעשענע מינץ און כ׳האָב באַצויגן ספרים פון לובלין און אַפילו פון וואַרשע. כ׳האָב געקויפט ביי פאַקנטרעגערס אויך. צו זעכצן יאָר האָב איך געמאַכט אַ סיום אויף ש״ס. ס׳האָט מיך גענומען ציען צו קבלה. כ׳האָב וווּיל געוווּסט דעם דין, אַז מ׳טאָר זיך נישט אַריינלאָזן אין נסתרות פאַר די דרייסיק, אָבער כ׳האָב געפונען אַ היתר. כ׳האָב געהאַט, ווי ס׳ווערט געזאָגט, ממלא־כרסי־געווען מיט ש״ס און פוסקים. כ׳האָב אָנגעהויבן בלעטערן אין זוהר, אין פרדס, אין עץ החיים, אין משנת חסידים. פון קבלה עיונית איז איין טריט צו קבלה מעשית. ס׳איז אמת, אַז פון קבלה מעשית קען מען אַריינפאַלן אין כישוף, אָבער ס׳האָט מיר פאַרשמעקט צו ווערן אַ רואה־ואינו־נראה, צו האָבן קפיצת־הדרך, צאַפּן וויין פון וואַנט.

ס׳איז געקומען צו פאָרן צו אונדז אין שטאָט אַ זקן וואָס האָט געשטאַמט פון בבל. ער האָט אַרומגעוואָגלט איבער דער וועלט און געוויזן מופתים. עמעץ האָט אַריינגעשטעקט אַ פינגער אין אַ ספר און ער האָט געזאָגט וואָס דאָרט איז געשריבן. די אותיות,

האָט ער דערציילט, שטעלן זיך אים פאַר די אויגן. ר׳האָט גע־היילט שלאָפּע. ביי אונדז אין שטאָט האָט ער אויסגעהיילט אַ פּאַליקן. ער׳ט זיך געהייסן ברענגען אַ האָן, געזאָגט אַ שפּראָך און די ניכפּה איז אַריבער צום עוף. ווער ס׳האָט נישט געזען ווי דער האָן האָט זיך געצאַפּלט און זיך געוואָרפן אין קדחת, ווייסט נישט דעם כוח פון שמות. נישט מער, ס׳זענען דאָ שמות־דקדושה און שמות־הטומאה. די סטרא־אַחרא איז אַ מאַלפּע: זי טוט אַלץ נאָך דער סטרא־דימינא. רבנים אין פּוילן האָט געהאַט אַרויסגעגעבן אַן איסור מ׳זאָל דעם שוואַרצקינצלער נישט לאָזן פאַר דער שוועל, אָבער אַז מ׳האָט אַ בן־יחיד וואָס יעדע פאָר טעג פאַלט ער אַוועק אין גאַס, דער גאַוווער רינט אים פון מויל און ער קלאַפּט מיטן קאָפּ אין די שטיינער פון ברוק, רעכנט מען זיך נישט מיט קיין איסורים. געהיילט האָט דער ייִד פון בבל בלויז רייכע. ער׳ט זיך פאַר אַלץ געהייסן באַצאָלן מיט גילדענע רענדלעך. צו וואָס האָט ער באַדאַרפט אַזוי פיל גאָלד? געגעסן האָט ער וויניקער ווי אַ פליג. ס׳ווייב האָט אים געהאַט אָפּגעגט. קיין קינדער האָבן נישט אַזוינע פאַרשוינען. ר׳האָט געהאַט ערגעץ אַ הויז אין לובלין און די שדים האָבן דאָרט אַרומגעהוליעט אין מיטן טאָג. ער שטייט מיר פאַרן בליק: דאַר, מיט אַ פּעז ווי אַ טערק, אין אַ לאַנגער קאַפּאָטע מיט ווייסע און רויטע פּאַסן און אין סאַנדאַלן אויף די באָרוועסע פיס. ס׳פּנים איז אָפּגעשיילט ווי ביי אַ מצורע, די באַקן איינגעפאַלן. אַ ווייס שיטער בערדל, אַ האָר דאָ, אַ האָר דאָרט, און ס׳דוכט זיך אַז ס׳יאָגט דערויף אַ ווינט. אויגן האָט ער געהאַט קרומע און ס׳איז געזעסן אין זיי אַ משחית. גערייכערט האָט ער אַ וואַסער־ליולקע. גע־רעדט האָט ער האַלב תרגום, האַלב ייִדיש.

אַז דער ייִד פון בבל איז געקומען צו אונדז, בין איך גלייך אַוועק צו אים אויף דער סטאַנציע. כ׳האָב גערעדט צו אים קלאָרע דיבורים: כ׳וויל ווערן זיין תלמיד. ער זאָגט: יונגער־מאַן, צו וואָס זיך לייגן מיט אַ געזונטן קאָפּ אין אַ קראַנקן בעט? טו אַ קוק אויף מיר, כ׳בין אַ הציץ ונפגע. די טיר אַריינצוגיין איז ברייט, אָבער

דער אַרויס איז שמאָל. זיי לאָזן מיך נישט צורו, נישט אויף דער וואָך און נישט אין שלאָף. אַזוי ווי ער רעדט, דערהער איך קלעפּ: אַן אויסטערליש קלאַפּעניש, נישט פון דרויסן און נישט פון אינע־ווייניק נאָר ווי אַ פּיקהאַלץ וואָלט אַריין אין דער שטול ווו ער זיצט, אָדער גאָר אַ באַשעפעניש מיט אַ קופערנעם שנאָבל ווי דער יתוש פון טיטוס הרשע. וואָס איז דאָס? פרעג איך, און דער ייִד פון בבל ענטפערט: די וועלט איז פול מיט נשמות ערטילאות און אַלע האָבן זיי איינרעדענישן און חשבונות. אַזוי ווי כ׳רעד מיט דיר, אַזוי זע איך אלכסנדר מוקדון מיט זיינע חיילות. די טויטע ווייסן נישט אַז זיי זענען טויט, זאָגט ער, גלייך ווי די לעבעדיקע ווייסן רעכט נישט אַז זיי לעבן. נאַפּאָלעאָן, זאָגט ער, פּאָכעט נאָך אַלץ מיטן שווערדל. כ׳בין אָפּגעזעסן ביי אים דריי שעה. כ׳האָב נאָך אַזאַ חכם נישט באַגעגנט: ר׳האָט מיר אַליין צוגעגעבן, אַז ער איז אַ גלגול פון שלמה המלך. ער׳ט געזען אַז ר׳עט מיך מיט קיין שהי־פּהי נישט אָפּפּטרן און ער זאָגט: מאיר, כ׳האָב דיך גע־וואָרנט, נאָר אויב דו בלייבסט איינגעשפּאַרט, נאָדיר אַ קונטרס און באַשאַף דיר אַ רבין. טאַקע ווי ס׳שטייט אין פּרק: עשה לך רב. ער איז באַלד צו מאַרגנס אַוועקגעפאָרן. ערגעץ פאַרפאַלן גע־וואָרן אין מ״ט־שערי־טומאה. חתונה געהאַט מיט לילית.

כ׳האָב מיך אַ נעם געטאָן צום קונטרס און ער איז פול מיט שמות. כ׳זאָל אייך וועלן דערציילן וואָס אין דעם קונטרס האָט זיך אָפּגעטאָן, וואָלט איך געדאַרפט זיצן מיט אייך ביז איבער אַ יאָר. קודם־כל האָב איך געמוזט פאַסטן זיבן טעג און זיבן נעכט. דערנאָך האָט זיך אָנגעהויבן אַ צעטל מיט לחשים, השבעות, כוונות, פעולות. צירופי־אותיות איז נישט עפּעס קאָ׳ שפּילכל. אַ גרייז אין אַ נקודה אָדער אַ תג און מאַכסט חרוב די וועלט. ציגדסט אָן אַ וואַקסן ליכט, ביסט מקטיר קטורת, זאָגסט אַ שם און אַ נפש הייבט אָן וואַקסן ממש ווי אַן עיבור ביי דער מאַמען אין בויך. ס׳זאָגן אַליין איז נישט גענוג. אין קבלה איז מחשבה מילתא. די מינדסטע פּניה קערט

אַלץ איבער קאַפּויר. די קליפּה זוכט אומעטום אַן אָנהאַלטעניש. וואָס האָט דען געטראָפן אין מצרים? וואָס משה רבנו האָט געטאָן האָבן די חרטומים נאָכגעמאַכט. נו, אָבער משה איז משה און איך בין אַ ייִנגל פון אַכצן יאָר. יעדן טאָג איז געשען אַן אַנדער מיכשול. ס'איז האַלב ביי נאַכט, די וועלט שלאָפט. כ'שטיי ביי מיר אין גאָרן־שטיבל און בין שוין גרייט צו לייענען קריאת־שמע און זיך לייגן שלאָפן. מיט אַ מאָל ווערט אַ רעש, אַ פּייפעניש, אַ ווינט, אַ האַר־מידער. דער טיש טאַנצט, די ווענט ציטערן. ס'גאַנצע געביי טרייסלט זיך ווי אַ שיף אויפן ים. כ'זאָג אַ וואָרט איינצושטילן דעם שטורעם. פּלוצלונג נעמען קאַפּויר קומען פאַרזעענישן, שאַלמויזן, יעדער מיט זיינע העוויות, פאַרקרימענישן, סיגעס. זיי לאַכן, וויינען, שרייען, אַמפּערן זיך. כ'האָב געהאַט פאַרפעלט אַ קוצו־של־יוד. אַנשטאָט אַ מלאך, אַ מגיד מישרים ווי ביים הייליקן בית־יוסף, איז אַרויס אַ צורה משונה, אַ קליפּה, אַ לץ. דאָ האָט זיך באַוויזן אַ קאָפּ אָן אַ גוף און דאָ אַ גוף אָן אַ קאָפּ. פיס גייען און קריכן אַריין אין דער וואַנט. אַ שנויץ מיט אַ צאַפּן־בערדל האַלט אַ דרשה, גערעדט האָט דער לאַפּיטוט כלומרשט מעשה מקובל, אָבער אין מיטן נעמט ער פּלאַפּלען אין גראַם ווי אַ בדחן, אַריינמישן דברים בטלים און ניבול־פּה. איך אַליין האָב אָנגעהויבן רעדן אויף אַ פרעמד לשון און שרייבן שפּיגלשריפט. דער טאַטע איז גראָד געהאַט אַוועק־געפאָרן קיין לייפּציג און די דינסט ליגט קראַנק ביי דער שוועס־טער, נאָר ווי לאַנג קאָן מען דאָס אַלץ באַהאַלטן? ס'איז געשטאַנען אין קונטרס ווי אַזוי לויז צו ווערן פון אַ יוצא־דופן, נאָר אין קבלה־מעשית איז שווערער אויסצומעקן ווי צו באַשאַפן. דער צד שכנגד האָט זיך אַריינגעלאָזט מיט מיר אין וויכוחים: אַלץ אויף צעפּי־קעניש, הידרעך־פּידרעך. כ'וויל שלאָפן, אָבער ער וועקט מיך אויף. ער קרייזלט מיר די פּאות. ער קיצלט מיך און וויל כ'זאָל אים רעדן אַ שידוך. ר'האָט מיך געוואָלט טרייבן צו יענער זאַך אויך, עך ווייסט שוין וואָס... זכות־אָבות זענען מיר בייגעשטאַנען. כ'בין אַרויס פון בעט און כ'האָב אים פאַרטריבן. כ'בין אַרייך אין אָנטער־

עכץ, איינגעפּאַקט די תפילין, אַ ספר יצירה און בין אַנטרונען פון שטאָט. דער טאַטע מיינער איז געווען אַ פאַרצעווער חסיד און כ׳האָב געקראָגן אַ פור קיין פּאַרצעוו, נישט צום היינטיקן רבין, נאָר צום זיידן. ר׳ כתריאלן. אויפן גאַנצן וועג האָט דער מחבל געפרוווט מיך אַריינשלעפּן אין דער נעץ מיט גוטן און מיט בייזן, אָבער אַחוץ דעם וואָס כ׳האָב געהאַט מיט מיר דעם ספר יצירה, בין איך באַ־האַנגען מיט קמיעות. כ׳בין אַרייַן אין רבינס ישיבה און בין דאָרט געבליבן זיבן צוואַנציק יאָר.

מאיר טומטום איז געוואָרן שטיל. זלמן גלעזער האָט אַ שאָקל געטאָן דעם קאָפּ אין דער ברייט.

— אין פּאַרצעוו האָט ער אייך נישט באַלעמוטשעט?

— אין פּאַרצעוו האָט די שוואַרצע חברה ניש׳ קאַ שליטה.

— וואָס ווילן זיי, האַ?

— ס׳קליינוואַרג מאַכט זיך נאַריש. די גרויסע ווילן איבערנע־מען די ממשלה אין הימל.

— און גאָט וועט לאָזן?

— ס׳אַ מלחמה.

— צו וואָס האָט ער זיי באַשאַפן?

— ס׳זאָל זיין בחירה.

ס׳איז געוואָרן שטיל און דער זייגער האָט געקלונגען צוועלף. דורכן האַלב־געפרוירענעם פענצטער האָט אַריינגעשיינט אַ האַלבע לבנה. מאיר טומטום האָט מיט שפּיצן נעגל געריבן דעם קין ווי אויסצוצופּן אַ האָר. ער האָט אַ זאָג געטאָן:

— דער ייִד פון בבל האָט מיר יענעם טאָג געזאָגט עפּעס וואָס כ׳וועל נישט פאַרגעסן ביז דער לעצטער רגע.

לוי־יצחק האָט אַראָפּגענומען די ברילן.

— וואָס האָט ער געזאָגט?

— ווי נאָר דער אין־סוף האָט זיך מצמצם געווען און איבער־געלאָזט אַ מקום פּנוי, איז אויפגעקומען אַ משוגעת. די קליפּה איז משוגע. אַפילו די מלאָכים זענען אַ קאַפּעלע צערודערט. דער עולם העשיה איז אַ משוגעים־הויז.

— וואָס איז מיט אַ שטיין? — האָט זלמן געפרעגט.

מאיר טומטום האָט זיך צעלאַכט מיט אַ קול וואָס האָט זיך אָנגעהויבן מאַנסבילש און איז אַריבער אין אַ ווייבעריש קוויטשל.

— כ׳לעבן, אַ גוטע קשיה! צווישן גאָט און אַ שטיין איז אַלץ מטורף...

דער שוחט

.1

יונה מאיר האָט געזאָלט ווערן דער קאַלאָמינער רב. דער טאַטע און דער זיידע זענען ביידע געזעסן אין קאַלאָמין אויף דער כסא רבנות.

אָבער די קוזמירער חסידים האָבן זיך געהאַט איינגעשפּאַרט דאָס מאָל נישט צוצולאָזן אַ טריסקער חסיד זאָל ווערן מרא דאתרא (רב אין שטאָט). די קוזמירער האָבן געשלאָסן יד־אחת מיט די ראַדזינער. זיי האָבן איבערגענומען קהל. זיי האָבן אונטערגעקויפט דעם פּאָוויאַטאָווי נאַטשאַלניק און אַוועקגעשיקט אַ מסירה צום גובערנאַטאָר. נאָך לאַנגע רייסענישן האָבן די קוזמירער אויסגעפירט און אַריינגעזעצט זייערס אַ רב. יונה מאיר זאָל נישט בלייבן אָן פּרנסה, האָט מען אים אויפגענומען פאַרן שטאָטישן שוחט.

ווען יונה מאיר האָט דערהערט דאָס וואָרט שוחט, איז ער געוואָרן נאָך בלייכער ווי ער איז. ער האָט געטענהט, אַז שחיטה איז נישט אין זיין טבע. ער איז ווייכהאַרציק, קאָן נישט זען קיין בלוט. אָבער אַלע האָבן זיך אויף אים אָנגעזעצט — די פּרנסים, די שיינע ייִדן פון טריסקער קלויז, דער שווער, ר׳ געץ פּראַמפּאָלער, רייצע דאָשע דאָס ווייב.

דער נייער רב, ר׳ שלום לוי האַלבערשטאַם, האָט אים אויך צוגערעדט. ר׳ שלום לוי, אַ סאַנדזער אייניקל, האָט סיי־ווי זיך געשראָקן פאַר דער זינד פון הסגת גבול (צונעמען ביי יענעם די פּרנסה). יונה מאיר האָט געהאַט אַ חזקה. ר׳ שלום לוי האָט נישט געוואָלט דער יונגערמאַן זאָל בלייבן אָן ברויט.

דער טריסקער רבי, ר׳ יעקב לייבעלע, האָט געשריבן יונה מאירן אַ בריוו, אַז מ׳טאָר נישט האָבן מער רחמנות פון דעם אויי־

בערשטן. ווען מ׳שעכט אַ בהמה מיט אַ כשרן חלף און מיט כוונה, איז מען מתקן דאָס נפש וואָס זיצט אין איר. ס׳איז וויל באַקאַנט, אַז די נשמהס פון צדיקים ווערן אָפט מגולגל אין בהמות, עופות, פיש אָפּצוקומען פאַר אַ פגם.

נאָכן רבינס בריוו האָט יונה מאיר זיך אונטערגעגעבן. היתר הוראה האָט ער שוין געהאַט פון לאַנג. איצט האָט ער גענומען קנעלן תבואות שור, ווי אויך די דינים פון שחיטה אין יורה דעה מיטן ש״ך, ט״ז, פרי מגדים. דער ערשטער סעיף אין תבואות שור איז, אַז אַ שוחט דאַרף זיין אַ ירא־שמים און יונה מאיר האָט זיך אַריינגעטאָן אין יידישקייט מיט מער פלייס ווי אַלעמאָל.

יונה מאיר, אַ קליינוווקסיקער, אַ דאַרער, מיט אַ בלאַס פנים, אַ פּיצעלע געל בערדעלע אויפן שפּיץ קין, אַ קרומער נאָז, אַן איינ־געפאַלן מויל און מיט געלע דערשראָקענע אויגן, איינגעפּאַסט צו נאָענט איינס צום אַנדערן, האָט געהאַט אַ נאָמען מיט זיין פרומקייט. ער האָט געלייגט דריי פּאָר תפילין, רש״יס, רבנו תמס און ר׳ שרירא גאונס. ער האָט באַלד נאָך די קעסט אָנגעהויבן פאַסטן תעניתים און אויפשטיין צו חצות.

דאָס ווייב, רייצע דאַשע, האָט סיי־ווי געביטערט אַז יונה מאיר איז נישט־פון דער־וועלט. זי האָט זיך געקלאָגט פאַר דער מאַמען, אַז ער רעדט נישט אויס צו איר קיין וואָרט, קוקט נישט אויף איר אַפילו אין די ריינע טעג, און אַז ער געדענקט נישט די נעמען פון די אייגענע טעכטערלעך. געקומען צו איר איז ער בלויז אין דער נאַכט, ווען זי איז געגאַנגען טבילה, איין מאָל אין חודש.

אָבער זינט ער האָט איינגעווויליקט צו ווערן קאַלאָמינער שוחט, האָט יונה מאיר גענומען אויף זיך נייע חומרא׳ס. ער האָט געגעסן אַלץ ווייניקער. ער האָט כמעט אויפגעהערט רעדן. ווען אַן אָרימאַן האָט געעפנט די טיר, איז יונה מאיר אים אַקעגנגעלאָפן, אים אַוועקגעגעבן דעם לעצטן גראָשן.

דער אמת איז, אַז דאָס ווערן שוחט האָט געהאַט אַריינגעטריבן יונה מאירן אין אַ מרה־שחורה, אָבער זיך קעגנשטעלן דעם רבין

האָט ער נישט געוואָלט. ס׳איז אוודאי אַזוי באַשערט, האָט יונה מאיר ביי זיך אָפּגעפּאַסט. ס׳איז זיין גורל צו פאַרשאַפן יסורים און צוליידן יסורים. וויפל יונה מאיר האָט געליטן, האָט מען בלויז געוווּסט אין הימל.

יונה מאיר האָט זיך געשראָקן, ער זאָל נישט אָוועקחלשן ביים שעכטן דאָס ערשטע עוף, אָדער די האַנט זאָל אים נישט אַ ציטער טאָן. ערגעץ־ווו האָט ער באַגערט ס׳זאָל געשען אַ מכשול. דאָס וואָלט פון אים אָפּגעטאָן דעם רבינס גזירה. אָבער אַלץ איז צוגע־גאַנגען ווי ס׳באַדאַרף צו זיין.

אַ סך מאָל אין טאָג האָט יונה מאיר איבערגעחזרט אין געדאַנק די אייגענע ווערטער: מ׳קאָן נישט זיין דערבאַרעמדיקער פון דער־באַרעמדיקן. די תורה האָט געזאָגט: וזבחת מבקרך כאשר צויתיך (דו זאָלסט שעכטן פון דיינע רינדער ווי איך האָב דיר געבאָטן). מ׳האָט געוויזן משהן אויפן באַרג סיני די מוסטערן פון שחיטה און בדיקה. ס׳איז אַלץ רזין דרזין, דאָס לעבן, דער טויט, דער מענטש, די חיה. יענע וואָס מ׳שעכט נישט, שטאַרבן סיי־ווי פון אַלערליי שלאַפקייטן, מאַטערן זיך אָפּט וואָכן און חדשים. אין די וועלדער פאַרצוקן די חיות איינע די אַנדערע. אין ים שלינגט איין אייך פיש דעם צווייטן. דאָס קאָלאָמינער הקדש איז פול מיט קריפּ־לען און געליימטע, וואָס ליגן באַזאַמען שויך יאָרן און מאַכן אונטער זיך. קיין שום בן־אדם קאָן נישט פאַרמינערן דעם צער פון דער וועלט.

פון דעסטוועגן האָט יונה מאיר זיך נישט געקאָנט צוגעוווינען צו דער שחיטה, נישט געפונען קיין טרייסט. יעדעס צאַפּל פון אַן עוף האָט אַרויסגערופן אַ צאַפּלעניש אין זיין, יונה מאירס, אינ־געווייד. דאָס שעכטן יעדע דקה, יעדע גסה (גרויסע און קליינע בהמות) האָט אים ווייט געטאָן, ווי ער וואָלט געשניטן דעם אייגענעם האַלדז. פון אַלע שטראָפן וואָס ס׳האָבן געקאָנט קומען אויף אים, איז שחיטה די האַרבסטע.

ס׳זענען נאָך נישט געהאַט אַריבער דריי חדשים, ווי יונה מאיר איז געוואָרן שוחט, אָבער די צייט האָט אים אויסגעוויזן אויסטערליש לאַנג. ער איז געוואָרן ווי איינגעטונקען אין בלוט און אייטער. ער האָט כסדר געהערט דאָס קוואַקעדיקע געשריי פון הינער, דאָס קרייען פון העגער, דאָס גאָדערן פון געגדז, דאָס געבריל פון אָקסן, דאָס מעקעניש און בעקעניש פון ציגן און קעלבער, פאַרנומען אַ פלאַטערן פון פליגל, אַ קלאַפּן פון קלאָען אין דיל. די גופים האָבן נישט געוואָלט וויסן פון קיין שום פאַרענטפערונג. יעדער גוף האָט זיך געאַמפּערט אויף זיין שטייגער, געפּרוווט אַנטרינען, און עפּעס ווי אַקעגנגערעדט דעם באַשעפער ביז צום לעצטן אָטעם.

אין אים אַליין, יונה מאירן, האָבן געשטורעמט די קשיאָס. צוואָר, צו באַשאַפן די וועלט האָט דער אין־סוף (די אומענדלעכקייט) געמוזט איינשרענקען זיין ליכט. ס׳קאָן נישט זיין קיין בחירה אָן פּיין. אָבער ווי באַלד די בעלי־חיים האָבן נישט קיין בחירה, פאַר וואָס קומט זיי צו ליידן ?

יונה מאיר האָט צוגעזען אַ פאַרציטערטער ווי די קצבים האַקן די בהמות מיט העק און מ׳שינדט די פעלן נאָך איידער זיי האָבן אויסגעהויכט דעם לעצטן אָטעם. ביי די הינער האָבן די ווייבער און מוידן געפּליקט די פעדערן איידער זיי זענען אויסגעגאַנגען.

ס׳איז איינגעפירט, אַז דער שוחט קריגט די מילץ און די גראָבע קישקעס פון יעדער בהמה. יונה מאירס שטוב איז געוואָרן פול מיט פליש. רייצע דאָשע האָט געקאָכט יויכן אין ריזיקע טעפּ ווי קעסלען. אַליין אַ גרויסע, אַ דיקע, האָט זי געהאַט נאָך פינף שוועסטער, אַלע פאַרשוינען ווי זי. יונה מאירס טעכטערלעך זענען, אפּנים, אַריינגעראָטן אין דער מוטער. זיי זענען זיך צעוואַקסן אין דער ברייט. אין דער געדרוימער קיך האָט מען געהאַלטן אין איין קאָכן, בראָטן, פּרעגלען, באַקן, מישן מיט קאָכלעפל, שוימען מיט שוים־לעפל. רייצע דאָשע האָט שוין ווידער געטראָגן און דער בויך אירער האָט אַרויסגעשטאַרצט מיט אַ שפּיץ. די שוועסטער

האָבן מיטגענומען אַהער דאָס קליינוואַרג. די שוויגער, רייצע דאַ־שעס מוטער, האָט געבראַכט יעדן טאָג אַלערליי געבעקסער און דערקוויקענישן. אַ נקבה טאָר נישט לאָזן הערן איר קול, אָבער רייצע דאָשעס דינסט, אַ טאָכטער פון אַ וואַסער־טרעגער, האָט גע־זונגען לידער, אַרומגעטשאַפּעט אַ באָרוועסע, מיט צעלאָזטע האָר, געלאַכט, אַז ס׳האָט אָפּגעהילכט אין אַלע חדרים.

יונה מאיר האָט געוואָלט אַנטלויפן פון דעם גשמיות, אָבער דאָס גשמיות איז אים נאָכגעלאָפן. אַ ריח פון שעכט־יאַטקע איז אַריין יונה מאירן אין די נאָזלעכער, געבליבן דאָרט שטעקן. ער האָט געפּרוּווט זיך פאַרגעסן אין תורה, אָבער ס׳איז אים לעצטנס אויפ־געפאַלן, אַז די תורה אַליין איז אויך פול מיט ערדישע ענינים. ער האָט זיך אַריינגעלאָזט אין קבלה, אָבער ער האָט וויל גע־דענקט, אַז פאַר די פערציק יאָר דאַרף מען זיך נישט פאַרטיפן אין די פאַרבאָרגענישן. ער האָט פון דעסטוועגן נישט אויפגעהערט בלעטערן אין משנת חסידים, אין פּרדס, אין ספר יצירה, אין עץ־החיים. דאָרט, אין די עולמות עליונים (די הויכע ספערן) איז נישטאָ קיין טויט, קיין שחיטה, קיין ווייטאָקן, קיין וואַמפּן און פאַנצן, קיין הערצער און לונג־און־לעבערס, קיין סירכאס און קיין טרפות.

טיילמאָל ביי נאַכט איז יונה מאיר צוגעגאַנגען צום פענצטער, אַרויפגעקוקט אין הימל. די לבנה האָט פאַרשפּרייט אַ לויטערקייט. די שטערן האָבן געבליצט און געבלינצלט יעדער מיט זיין הימלישן סוד. ערגעץ איבער דעם עולם העשיה, העכער פון די מזלות זענען אַרומגעפלויגן מלאכים, שרפים, אופנים, חיות הקודש. אין גן־עדן האָט מען אַנטפּלעקט די נשמות סודות התורה. יעדער צדיק האָט געאַרבט דריי הונדערט און צען וועלטן, געפלאָכטן קרוינען צו דער שכינה. וואָס נעענטער צום כסא כבוד, אַלץ העלער די ליכטער, די לויטערקייטן, אַלץ קנאַפּער די קליפּות.

יונה מאיר האָט וויל געוווּסט, אַז מ׳טאָר נישט בעטן אויף זיך דעם טויט, אָבער ער האָט טיף אין זיך געגאַרט נאָכן סוף.

ער האָט געקראָגן אַ ווידערווילן צום לייב. ער האָט אַפילו מער נישט געקאָנט גייך אין מקוה צווישן ייִדן. הינטער אַלע הויטן האָט געריזלט בלוט. יעדער האַלדז האָט דערמאָנט יונה מאירן אָן אַ מעסער. מענטשן ווי בהמות, האָבן לענדן, בייכער, אָדערן, געדערים, זאַדיקס. ס׳איז געגוג צו טאָן אַ פּידל מיטן חלף די דאַזיקע יוסטע באַלעבאַטים זאָלן אַוועקפאַלן ווי די אָקסן. ווי זאָגט די גמרא? כל העומד להשרף כנשרף דמי (אַלץ וואָס איז אָנגעברייט צו ווערן פאַרברענט, איז שוין ווי פאַרברענט), ווי באַלד דער תכלית פון אַ מענטש איז פוילעכץ, ווערים, געשטאַנק, איז ער שוין פאַרויס אַ שטיק געסראָכע.

יונה מאיר האָט ערשט איצט באַנומען פאַר וואָס די פאַרצייטיקע פילוסופים האָבן פאַרגליכן דעם קערפּער צו אַ שטייג, אַ תפיסה, ווו די נשמה זיצט געפאַנגען און קאָן זיך קוים דערוואַרטן מ׳זאָל זי אַרויסלאָזן אויף דער פריי. ער האָט ערשט רעכט פאַרשטאַנען דעם מיין פון דער גמרא: טוב מאוד זה המוות (זייער גוט, דאָס איז דער טויט). נו, אָבער אַליין טאָר מען זיך פון געפענגעניש נישט אַרויסרייסן. מ׳מוז וואַרטן ביז דער וועכטער בינדט אויף די קייטן, עפנט דאָס טויער...

יונה מאיר האָט זיך אומגעקערט צום געלעגער. ער איז אַ לעבנלאַנג געשלאָפן אויף אַן אונטערדעק, אונטער אַן איבערדעק, אָנגעלענט דעם קאָפּ אויף אַ קישן. איצט איז אים אויפגעפאַלן, אַז ער שפּאַרט זיך אָן אויף פעדערן, פּוך, אָפּגעשליסן פון עופות. אין אַנדערן בעט, לענגויס יונה מאירס, האָט רייצע דאָשע געשנאָרכט. פון מאָל צו מאָל האָבן די נאָזלעכער אירע אַרויסגעלאָזט אַ פייף. אויף די ליפּן האָט זיך עפּעס ווי געבלעזלט. יונה מאירס טעכטער האָבן געהאַלטן אין איין גייך צום פאַמעשאַף. די באַרוועסע פיס האָבן געפּאַטשט איבערן דיל. געשלאָפן זענען זיי איינע מיט דער אַנדערער און ס׳האָט געטראָפן, אַז זיי האָבן זיך געשושקעט האַלבע נעכט, געכיכעט.

יונה מאיר האָט געלעכצט נאָך זין וואָס זאָלן לערנען תורה, אָבער רייצע דאָשע האָט געבוירן איין מיידל נאָכן אַנדערן. ווי

לאַנג זיי זענען נאָך געווען קליין, האָט יונה מאיר זיי טיילמאָל געגעבן אַ קניפּ אין בעקל. ווען ער איז געגאַנגען אויף אַ ברית, האָט ער זיי אַהיימגעבראַכט אַ שטיקל רעשינקע. אַ מאָל האָט ער אַפילו געטאָן אַ קליינער מויד אַ קוש אין קעפּל.

אָבער איצט זענען זיי געהאַט אויפגעוואַקסן. רייצע דאָשע האָט זיך געקלאָגט, אַז זיי עסן צופיל און ווערן צעגאָסן. מ׳האָט גענאַשט פון די טעפּ. דער עלטערער, רחלען, האָט מען שוין באַצייטנס גע־רעדט אַ שידוך. דאָ האָבן די מוידן זיך געקריגט, זיך געזידלט; באַלד האָבן זיי איינע דער אַנדערער געקעמט די האָר, געפלאָכטן צעפּ. מ׳האָט נייערט געפלאַפּלט פון קליידער, שיך, זאָקן, קאָפּטלעך, מייטקעס. מ׳האָט געווויינט און געלאַכט. מ׳האָט זיך געלויזט, זיך געשלאָגן, זיך געוואַשן, זיך געקושט.

ווען יונה מאיר פלעגט זיי פּרוּוון זאָגן מוסר, פלעגט רייצע דאָשע אַ געשריי טאָן:

— מיש דיך נישט אַריין! לאָז די קינדער געמאַך!...

אָדער זי האָט אַ געשריי געטאָן:

— בעסער זע די טעכטער זאָלן נישט אַרומגיין נאַקעט און בלויז!..

וואָס ברויכן זיי אַזויפיל? וואָס דאַרף מען דאָס לייב אַזויפיל הילן און באַשוינען? — האָט יונה מאיר זיך געפרעגט.

ווי לאַנג ער איז נישט געווען קיין שוחט, פלעגט ער זעלטן בלייבן אין שטוב. ער האָט רעכט נישט געוווּסט וואָס ס׳טוט זיך דאָרט. אָבער איצט איז ער געוואָרן אַ שטובזיצער, צוגעזען די אויפפירונג. די מוידן זענען אַוועק קלויבן יאַגדעס, שוואָמען, זיך געטראָפן מיט טעכטער פון פּראָסטע הייזער. מ׳האָט אָנגעבראַכט גאַנצע קויבערס טרוקענע צווייגן. רייצע דאָשע האָט געפּרעגלט איינגעמאַכטס. שניידערס זענען געקומען נעמען דעם געזינדל אַ מאָס. שוסטערס האָבן געמאָסטן די פיס. רייצע דאָשע און די שוויגער האָבן שוין באַצייטנס זיך געשפּאַרט וועגן רחלס, דער עלטערערס,

אויסשטייער. יונה מאיר האָט געהערט רייד וועגן אַ זיידן קלייד, אַ סאַמעטן קלייד, אַלערליי שובעס, יופּיצעס, פוטערס.

איצט, אַז ער איז געלעגן וואַך, האָבן די אַלע ווערטער ווידער אים אָפּגעהילכט אין די אויערן. מ׳האָט זיך נאָכגעגעבן דעם וויל־טאָג דערפאַר, ווייל, ער, יונה מאיר, איז געוואָרן אַ פאַרדינער. ערגעץ אין רייצע דאַשעס איינגעווייד האָט געהויערט אַ ניי קינד, אָבער יונה מאיר האָט געשפּירט באַשיינפּערלעך, אַז ס׳וועט ווידער זיין אַ נקבה...

— נו־נו, אַלץ וואָס מ׳גיט אין הימל דאַרף זיין אָנגעלייגט — האָט יונה מאיר זיך אַליין געוואָרנט.

ער האָט זיך צוגעדעקט, אָבער ס׳האָט אים באַשלאָגן אַ היץ. דאָס קישן אונטערן קאָפּ איז געוואָרן אויסטערליש האַרט, ווי צווישן די פעדערן וואָלט געלעגן אַ שטיין. ער, יונה מאיר, איז אַליין אויך גוף: פיס, אַ בויך, אַ האַרץ־ברעטל, עלנבויגנס. ס׳האָט אים געגרימט אין די געדערים. ס׳האָט אים געטריקנט אין גומען.

יונה מאיר האָט זיך אויפגעזעצט.

— טאַטע אין הימל, ס׳איז מיר ענג!...

.2

אלול איז אַ חודש פון תשובה. פריערדיקע יאָרן פלעגט דער אלול ברענגען מיט זיך געלייטערטקייט.

יונה מאיר האָט גערן געהאַט די קילע ווינטלעך וואָס בלאָזן אָן פון וואַלד, פון די אָפּגעשניטענע פעלדער. ער האָט געקאָנט לאַנג גאַפן אויפן בלאַס־בלויען הימל מיט די שיטערע וואָלקנדלעך, וואָס האָבן אים דערמאָנט אין דעם פלאַקס ווו ס׳ליגט איינגעבעט אַן אתרוג. אין דער לופט זענען אַרומגעשוועמען שפּינגעוועבן. אויף דיביימער זענען די בלעטער געוואָרן געל ווי זאַפערן. אין דעם צווי־טשערן פון די פייגעלעך האָט זיך געהערט אַ ימים־נוראימדיקע בענקשאַפט און חשבון־הנפש.

אָבער גאָר עפּעס אַנדערש איז דער אלול פֿאַר אַ שוחט.

אויף ראש־השנה איז די שחיטה אַ גרויסע. ערב יום־כּיפּור שלאָגט יעדער ייִד כּפּרה. אין אַלע הייפֿלעך האָבן שוין באַצייטנס געקרייעט הענער און ס׳האָבן געקוואַקעט די הינער וואָס מ׳דאַרף אַוועקלייגן ערב יום־כּיפּור. דערנאָך קומט סוכּות, הושענה־רבה, שמיני־עצרת, שמחת־תּורה, שבת־בראשית. יעדער יום־טוב האָט געבראַכט זיין שחיטה. מילי־מיליאַסן עופות און רינדער, וואָס האָבן איצט געלעבט, זענען שוין פֿאַרויס פֿאַרמשפּט צום טויט.

יונה מאיר האָט אין גאַנצן אויפֿגעהערט שלאָפֿן אין די נעכט, ווען ער האָט שוין איינגעדרימלט, זענען אים באַפֿאַלן פֿאַרכטיקע חלומות. די בהמות האָבן געקראָגן אַ געשטאַלט פֿון מענטשן, מיט בערד, פּאות, קאַלפּאַקעס איבער די הערנער. ער, יונה מאיר, האָט געשאָכטן אַ קאַלב, אָבער ס׳איז גאָר געווען אַ מיידל. זי האָט גע־פּאָכעט מיטן האַלדז, זיך געבעטן מ׳זאָל זי ראַטעווען. זי איז געלאָפֿן אין בית־מדרש איינרייסן און פֿאַרגאָסן דעם שול־הויף מיט בלוט.

איין מאָל האָט זיך יונה מאירן אויסגעוויזן, אַז אָנשטאָט צו שעכטן אַ שאָף, האָט ער געקוילעט רייצע דאָשען. אַן אַנדער מאָל איז פֿון אַ געקוילעטן באָק אַרויס אַ מענטשלעך קול. דער באָק איז געשאָכטענערהייט אַקעגנגעשפּרונגען יונה מאירן, געפּרוּווט אים שטויסן, געשאָלטן אויף לשון־קודש, אין גמרא־לשון, אויף אים געשפּיגן, געשוימט.

יונה מאיר איז אויפֿגעקומען אַ באַגאָסענער מיט אַנגסטן. אַ האָן האָט געטאָן אַ קריי ווי אַ גלאָק. אַנדערע הענער האָבן אים אָפּגע־ענטפֿערט, ווי אַ חזן מיט אַ קהל. יונה מאירן האָט זיך אויסגעדוכט, אַז די עופות פֿרעגן קשיא׳ס, פֿירן אַ וויכּוח, יאָמערן צוזאַמען אויפֿן גזר וואָס קומט אויף זיי.

יונה מאיר האָט נישט געקאָנט איינליגן. ער האָט זיך אויפֿ־געזעצט, זיך אָנגענומען ביי די פּאות, זיך געשאָקלט.

רייצע דאָשע האָט זיך איבערגעוועקט.

— וואָס איז, האַ?

— גאָרנישט, גאָרנישט.
— וואָס שאָקלסטו דיך?
— לאָמיך געמאַך.
— וואַרפסט אָן אויף מיר אַ פּחד!

נאָך אַ ווייל האָט רייצע דאָשע צוריק זיך צעכראָפּעט. יונה מאיר איז אַראָפּ פון געלעגער, געוואַשן נעגל־וואַסער, זיך אָנגעטאָן. ער האָט געוואָלט אַרויפלייגן אַש אויפן שטערן, אָפּריכטן חצות, נאָר די לעפצן האָבן זיך אים נישט געלייגט צום זאָגן די הייליקע ווערטער. ווי קאָן ער קלאָגן אויפן חורבן בית־המקדש אַז דאָ, אין קאַלאָמין, גרייט זיך אַ חורבן און ער, יונה מאיר, איז דער טיטוס, דער נבוזראדן!

אין שטוב האָט די לופט געשטיקט — געשמעקט מיט שוויס, פּעטס, קויטיקער וועש, השתנה. איין מיידל האָט געפּרעפּלט אין שלאָף, די אַנדערע האָט געקרעכצט. די בעטן האָבן געסקריפּעט. די אַלמערס האָבן געשאָרכט. אין קאָטוך, אונטער דעם אויוון, זענען געזעסן די כּפּרהס, וואָס רייצע דאָשע האָט איינגעשפּאַרט אויף יום־כּיפּור. יונה מאיר האָט פאַרנומען אַ קראַצן פון אַ מויז, אַ גרילצן פון אַ גריל. עס האָט זיך אים געדוכט, אַז ער הערט ווי ווערים בויערן די באַלקנס, דעם דיל. אומצאָליקע ברואים האָבן אַרומגע־רינגלט דעם בן־אדם, יעדעס מיט זיין נאַטור, מיט זיין תּביעה צום באַשעפער.

יונה מאיר איז אַרויס אין הייפל. דאָ איז אַלץ קיל און פריש. טוי איז געפאַלן. אין הימל פינקלען די מיטנאַכטיקע שטערן. יונה מאיר האָט טיף איינגעאָטעמט. ער איז געקראָכן צווישן פייכטע גראָזן, בלעטער, קוסטן. די זאָקן זענען אים געוואָרן נאָס איבער די לאַטשן. ער איז צוגעקומען צו אַ בוים, זיך אָפּגעשטעלט. צווישן די צווייגן האָבן, ווייזט־אויס, געהאַנגען נעסטן. ער האָט פאַרנומען אַ צוויטשערניש פון יונגע און איבערגעוועקטע פייגעלעך. פון גע־מויזעכטס הינטערן באַרג האָט זיך דערטראָגן אַ קוואַקען פון פרעש.

— זיי שלאָפן גאָרנישט, די פרעש? — האָט יונה מאיר זיך געפרעגט. — זיי האָבן גאָר קולות פון מאַנסלייט...

זינט יונה מאיר האָט אָנגעהויבן שעכטן, האָט זיך זיין געדאַנק געדרייט אַרום די באַשעפענישן. ער האָט זיך געגריבלט אין אַלערליי חקירהס. פון וואַנען שטאַמען די פליגן? ווערן זיי געבוירן פון דער מאַמעס בויך, אָדער ווערן זיי אויסגעבריט פון אייעלעך? און ווי־באַלד אַלע פליגן שטאַרבן אויס אין ווינטער, ווו נעמען זיך זומער נייע? נו, און די סאָווע וואָס הויזט אויפן שול־דאַך, — וואָס טוט זי אין די פרעסט? בלייבט זי דאָ? פליט זי אַוועק אין די וואַרעמע לענדער? און ווי קאָן מען לעבן אין דרויסן ווען ס׳גליט דער פראָסט און מ׳קאָן זיך קוים דערוואַרעמען אונטערן איבערבעט?

אַן אומבאַקאַנטע ליבשאַפט האָט אָנגענומען יונה מאירן צו אַלץ וואָס קריכט און פליט, ווימלט אוןווידמעט זיך. נו, און אַפילו די מייז, — וואָס איז דאָס זייער שולד וואָס זיי זענען מייז? וואָסערע עברות טוט דען אַ מויז? אַלץ וואָס זי וויל, איז אַ שטיקל ברויט, אָדער אַ פיצל קעז. אויב אַזוי, — פאַרוואָס איז איר די קאַץ אַזאַ שונא?

יונה מאיר האָט זיך געוויגט אין דער פינצטערניש און עפּעס אין אים האָט געקלעמט. דער מענטש קאָן נישט און טאָר נישט האָבן מער רחמנות פון דעם האַר פון דער וועלט, אָבער ער, יונה מאיר, ווערט פאַרצערט פון דערבאַרעמדיקייט. ווי קאָן מען בעטן אויף אַ לעבעדיק יאָר, אַ גוט קוויטל בעת מ׳רויבט צו ביי אַנדערע דעם רוח חיים?

ס׳איז איינגעפאַלן יונה מאירן, אַז אַפילו משיח קאָן נישט אויסלייזן די וועלט, ווי לאַנג ס׳געשעט אומרעכט די בעלי־חיים. על־פּי יושר וואָלטן אַלע געדאַרפט אויפשטיין תחית־המתים: יעדעס קאַלב, יעדער פיש, יעדער מוק, יעדעס באַבעלע. אַפילו אין אַ וואָרם אין דער ערד טליעט אַ ניצוץ אלוקים (אַ געטליכער פונק). ווען מ׳שעכט אַ באַשעפעניש, שעכט מען גאָט...

— אוי, ווײ, כ׳ווער משוגע! — האָט יונה מאיר געמורמלט.

אַ וואָך פאַר ראש־השנה האָט זיך אָנגעהויבן דאָס געדיכטע שעכטעניש. אַ גאַנצן טאָג איז יונה מאיר געשטאַנען ביי אַ גרוב, געשאָכטן הינער, הענער, גענדז, קאַטשקעס. די נקבות האָבן זיך געשטופּט, געראַנגלט, געוואָלט וואָס גיכער צוקומען צום שוחט. אַנדערע האָבן זיך געוויצלט, געלאַכט, געגעבן אָנצוהערענישן. פעדערן זענען געפלויגן. דער הויף איז געוואָרן פול מיט קוואָקעניש, גאָדערניש, הענעריש געקלאַג. פון מאָל צו מאָל האָט אַן עוף אַרויסגעלאָזט אַ געוויין פון אַ מענטש.

יונה מאיר איז געוואָרן פול מיט גרימעניש. ער האָט ביז איצט זיך געטרייסט, אַז ער וועט זיך צוגעווינען גלייך ווי אַלע אַנדערע שוחטים; נאָר דאָס מאָל האָט ער געוווּסט, אַז ווען ער זאָל אַפילו שעכטן הונדערט יאָר דורכאַנאַנד, וועט דאָס באַדרענגעניש נישט אויפהערן. די קני האָבן אים געשטרויכלט. דער בויך האָט זיך אים אָנגעבלאָזן. אין מויל זענען אָנגעקומען אומבאַטעמטע וואַסערן. רייצע דאַשע און די שוועסטער אירע האָבן זיך דאָ אויך געפּאָרעט, געשמועסט מיט די ווייבער, געווונטשן יעדער אַ כתיבה טובה און מ׳זאָל דערלעבן איבער־אַ־יאָר.

יונה מאיר האָט שוין מורא געהאַט, אַז ער שעכט נישט לויטן דין. דאָ איז אים געוואָרן שוואַרץ פאַרן בליק און דאָ גאָלדיק־גרין. ער האָט געהאַלטן אין איין פּירן די שאַרף איבערן נאָגל פון וויַיזפינגער, צי ס׳איז נישטאָ קיין פּגימה. יעדע פּערטל שעה איז ער אַוועק משתין זיין. קאַמאַרעס האָבן אים געביסן. קראָען האָבן אויף אים געקראַקעט פון די צווייגן.

ער איז אַזוי אָפּגעשטאַנען ביז זון־זעצונג. דאָס גרוב איז געוואָרן פול מיט בלוט.

נאָך מנחה־מעריב האָט רייצע דאַשע אויפגעגעבן יונה מאירן קאַשע מיט געדושעכץ. אָבער ווי־וויל ער האָט גאָרנישט פאַרזוכט פון אין דער פרי אָן, האָט ער נישט געגעסן דאָס נאַכטמאָל. דער האַלדז האָט זיך אים צונויפגעדריקט, אין דער שלונג האָט

זיך אים אַוועקגעשטעלט אַ קנויל און ער האָט קוים אַראָפּגעשלונגען דעם ערשטן ביסן. ער האָט געלייענט די קריאת־שמע פון אר״י, גע־זאָגט ווידוי, זיך געקלאַפּט אין האַרץ ווי אַ שכיב מרע (אַ געפּער־לעך שלאָפער).

יונה מאיר האָט גערעכנט, אַז ער׳ט היינט אויך נישט קאָנען איינשלאָפן, אָבער אַזוי ווי ער האָט אָנגעלענט דעם קאָפּ און גע־זאָגט המפּיל, זענען אים די וויעס צוגעפאַלן. ס׳האָט זיך אים גע־דוכט, אַז ער בדקנט אַ רינד, טרענט אויף דעם טרעלבוך, רייסט אַרויס די ריאה, בלאָזט זי אָן. ווי קומט עס? דאָס טוט דאָך געוויינלעך דער קצב, האָט יונה מאיר זיך געוווּנדערט. די לונג איז געוואָרן אַלץ גרעסער, זיך אויסגעשפּרייט איבערן גאַנצן טיש, אַרויפגעקוועלט צום באַלקן.

ער, יונה מאיר, האָט אויפגעהערט בלאָזן, אָבער די לאַפּן זענען געוואַקסן פון זיך אַליין. דער קלענסטער לאַפּ, דער יעניקער וואָס מען רופט דער גנב, האָט זיך געשאָקלט, געוואָרפן, געפּרוווט זיך אָפּרייסן. מיט אַ מאָל איז פון גאָרגל אַרויס אַ פּייפעניש, אַ הוסטעניש, אַ יאָמערלעך געברום. אַ דיבוק האָט גענומען רעדן, שרייען, זינגען, שיטן מיט פּסוקים, גמראָס, שטיקער זוהר. די לונג האָט זיך געלאָזט פליען, פאַטשן מיט די לאַפּן ווי מיט פליגל. ער, יונה מאיר, האָט געוואָלט אַנטלויפן, אָבער ביי דער אָפענער טיר האָט געלויערט אַ שוואַרצער אָקס מיט רויטע אויגן און שפּיציקע הערנער. ער האָט געפּרייכט, צעעפנט אַ פּיסק מיט לאַנגע ציין...

יונה מאיר האָט געטאָן אַ ציטער, זיך איבערגעוועקט. דאָס לייב האָט זיך געבאָדן אין שווייס. דאָס שיידל האָט אים אויסגעוויזן געשוואָלן און ווי אָנגעפּילט מיט זאַמד. די פיס זענען געלעגן אויפן שטרויזאַק שווער ווי העלצער. ער האָט זיך פון דעסטוועגן גע־שטאַרקט און זיך אויפגעזעצט. ער האָט אָנגעטאָן דעם שלאָפראָק, איז אַרויס אין דרויסן. די נאַכט האָט געגליווערט אַ שווערע, אַ טויבע, אָן אָנגעלאָדענע, מיט דער פינצטערניש פון פאַר זון־שפּראָץ.

פון מאָל צו מאָל האָט זיך דערטראָגן פון ערגעץ אַ הויך, ווי אַ זיפץ פון אַן אומגעזעענעם.

אַ שוידער איז דורכגעלאָפן יונה מאירן דורכן רוקן, אַ זיג־זאַגישע האָר. עפּעס איך אים האָט געוויינט און געשפּעט: נו, און אַז דער רבי הייסט, איז וואָס? — האָט ער צו זיך גערעדט. — און אַפילו ווען דער רבונו של עולם זאָל הייסן, איז מה רעש? כ׳וויל נישט קיין עולם־הבא! כ׳ברויך נישט קיין גן־עדן, קיין לוויתן, קיין שור הבר! כ׳דאַרף נישט קיין ווייב, קיין פּרנסה, קיין קינדער, קיין שווער־און־שוויגער. זאָל מען מיך לייגן אויפן שטעך־בעטל. זאָל מען מיך וואַרפן כף־ הקלע. כ׳בין דיר מוחל, גאָט, אַלע דיינע חסדים! כ׳ציטער מער נישט פאַר דיין ונתנה תוקף! כ׳בין אַ פּושע ישראל, אַ מומר להכעיס! — האָט יונה מאיר געשריגן. — כ׳האָב אין זיך מער רחמנות פון רבונו של עולם, מער, מער! ער איז אַן אכזר, אַן איש מלחמה, אַן אל קנא ונוקם. כ׳וויל אים נישט דינען. ס׳איז הפקר אַ וועלט!...

יונה מאיר האָט געלאַכט, אָבער פון די אויגן זענען געראונען טרערן, געפאַלן אין בריענדיקע טראָפּנס.

יונה מאיר איז אַריין אין קעמערל, ווו ער האַלט די חלפים, דעם שליף־שטיין, דאָס מוהל־מעסער, אַלץ צונויפגענומען, אַריינגע־וואָרפן אין גרוב פון אָפּטריט. ער האָט זיך אָפּגעגעבן אַ חשבון, אַז ער לעסטערט, פאַרשוועכט כלי־קודש, איז משוגע, אָבער יונה מאיר האָט מער נישט געוואָלט זיין מיושב.

ער איז אַרויס אין דרויסן, זיך געלאָזט שפּאַנען צום טייך, צו דער בריק, צום וואַלד. טלית־ותפילין? כ׳ברויך נישט קיין טלית־ותפילין! — האָט ער זיך אַליין געענטפערט. — דער פאַר־מעט איז אָפּגעשונדן פון אַ בהמה. די בתים זענען קעלבערנע. די תורה אַליין איז פון פעל. ס׳איז אַלץ געבויט אויף שחיטה. פאָטער אין הימל, ביסט אַ שוחט! — האָט אַ קול געהוילט אין יונה מאירן, — ביסט אַ שוחט און אַ מלאך־המוות! די גאַנצע וועלט איז איין שעכט־הויז...

אַ לאַטש איז אַראָפּגעפאַלן יונה מאירן פון פוס, אָבער ער האָט אים געלאָזט ליגן, געשפּאַנט ווייטער אין איין לאַטש און מיט איין זאָק. ער האָט גענומען רופן, שרייען, זינגען.

כ׳מאַך מיך משוגע, האָט ער געטראַכט, אָבער דאָס אַליין איז אַ סימן פון אַ חסר דעה...

ער האָט געהאַט געעפנט אַ טירל אין די געהירן און דאָס משוגעת איז אַריינגעפלאָסן, אַלץ פאַרפּלייצט. פון רגע צו רגע איז יונה מאיר געוואָרן אַלץ ווידערשפּעניקער. ער האָט געריסן שטי־קער פון דער זשופּיצע. ער האָט אַראָפּגעריסן דאָס קאַפּל פון קאָפּ. ער האָט אַ כאַפּ געטאָן אַ ציצה, זי אָפּגעפליקט צוזאַמען מיט אַ שטיק טלית־קטן. אַ גבורה איז אים באַפאַלן, די האָפערדיקייט פון איינעם, וואָס האָט אַראָפּגעשליידערט פון זיך אַלע יאָכן.

הינט האָבן אים נאָכגעיאָגט מיט אַ בילעריי און ער האָט זיי אָפּגעטריבן. טירן האָבן זיך אויפגעפראַלט. מאַנסלייט זענען אַרויס באָרוועס, אין פאַרפעדערטע יאַרמולקעס. ווייבער האָבן זיך באַוויזן אין אונטערקליידער און שלאָפקאָפּקעס. אַלע האָבן עפּעס גערופן, געפּרוווט אים פאַרשטעלן דעם וועג, אָבער יונה מאיר האָט זיי אויסגעמיטן.

עמיץ איז אַוועק אָנזאָגן די קצבים, אַז יונה מאיר איז פון זינען אַראָפּ. זיי זענען געקומען צו לויפן מיט שטעקנס און שטריק, אָבער יונה מאיר איז שוין געהאַט אַריבער די בריק, געאײַלט אי־בער די אָפּגעשניטענע פעלדער. ער איז געלאָפן און געבראָכן. ער איז געפאַלן און זיך אויפגעהויבן, אַ צעשטאָכענער פון דעם שאַרפן שטרוי. פאַסטוכער וואָס פאַשען פערד אַ גאַנצע נאַכט האָבן געלאַכט פון אים, נאָכגעוואָרפן פערד־מיסט. די בהמות אויף דער פאַשע האָבן זיך געלאָזט נאָך אים. גלעקער האָבן געקלונגען ווי אין אַ שרפה.

יונה מאיר האָט פאַרנומען געוואַלדן, געשרייען, אַ טופּעניש פון פיס. די ערד איז געוואָרן משופּע און יונה מאיר האָט זיך גע־קוילערט באַרג אַראָפּ. ער האָט געהאַט דערגרייכט דעם וואַלד, געהיפּערט איבער קישנס מאָך, שטיינער, ריזלדיקע וואַסערלעך.

יונה מאיר האָט געוווּסט דעם אמת: ס׳איז נישט קיין וואַסער, נאָר אַ בלוטיקער זומפּ. פון דער זון איז געראָנען בלוט, אויסגעשמירט די שטאַמען. פון די צווייגן האָבן אַראָפּגעהאַנגען קישקעס, לעבערס, מילצן, נירן. פריידיקס האָבן זיך אויפגעשטעלט אויף די פיס, געשפּריצט אויף אים מיט גאַל, קויט, שליים. יונה מאיר האָט נישט געקאָנט אַנטרינען. מילי־מילאַסן בהמות, עופות האָבן אים אַרומגערינגלט, גרייט צו נעמען נקמה פאַר יעדן שניט, פאַר יעדן פּגם, פאַר יעדן איבערגעשניטענעם וושט, פאַר יעדער אויסגעצופּטער פּעדער. אַזוי ווי די גאָרגלען האָט געבלוטיקט, אַזוי האָבן זיי געזונגען:

— הכל שוחטין ושחיטתן כשרת (אַלע מעגן שעכטן און זייער שחיטה איז כשר)...

יונה מאיר האָט מער נישט געברויכט מאַכן דעם אָנשטעל. ער האָט אויפגעהויבן אַ פויסט צום הימל:

— גזלן! רוצח! דב שכול (פאַרצוקנדיקער בער)!...

און ער איז זיך פאַרגאַנגען אין אַ יללה, וואָס האָט אָפּגעהילכט מיט אַ סך ווידער־קולות.

צוויי טעג האָבן די קצבים אים געזוכט, אָבער מ׳האָט אים נישט געפונען. מיט אַ מאָל איז זיינוול פון דער וואַסער־מיל געקומען אין שטאָט מיט דער געהאַלישער בשורה, אַז יונה מאיר איז קאַפּויר־געקומען אין טייך נעבן דער שלוזע — אַ דערטרונקענער.

חברה קדישא איז גלייך אַוועק ברענגען דעם בר־מינן. ס׳זענען געווען אַ סך עדות, אַז יונה מאיר האָט זיך אויפגעפירט ווי אַ מטורף און דער רב האָט געפּסקנט, אַז דער נפטר איז נישט געווען קיין מאבד עצמו לדעת (אַ זעלבסטמערדער). מ׳האָט מטהר געווען דעם מת, אים אָפּגעגעבן אַ קרקע נעבן דעם טאַטן און זיידן, דער רב האָט געמאַכט אַ הספד.

מחמת דער יום־טוב האָט זיך אָנגערוקט און קאָלאָמין האָט געקאָנט בלייבן אָן פליש, האָט קהל אַרויסגעשיקט צוויי משולחים מ׳זאָל ברענגען אויף דער גיך אַ נייעם שוחט.

די קאַפּעטעריע

.1

ווי ווײַל כ׳בין שוין דערגאַנגען צו אַ מדרגה אַז כ׳גיב אַוועק די גרעסטע טייל פון מײַנע פאַרדינסטן פאַר שטײַערן, איז מיר געבליבן די געוווינהייט צו עסן אין קאַפּעטעריעס ווען איך בין אַליין. כ׳האָב גערן צו נעמען אַ טאַץ מיט בלעכן געשיר און אַ פּאַפּירענעם סערוועט, צו שטיין ביים בופעט און אויסצוקלײַבן די שפּייז וואָס כ׳באַגער. אַחוץ דעם טרעף איך דאָרט לאַנדסלײַט פון פּוילן, ווי אויך אַלערליי ליטעראַרישע אָנפאַנגערס און אָפּשאַצערס וואָס קאָנען ייִדיש און לייענען מיך אין אָריגינאַל. אַזוי ווי כ׳זעץ מיך אַוועק ביים טיש, קומען זיי צו. מ׳רעדט וועגן דער ייִדישער ליטעראַטור, דעם היטלער־חורבן, מדינת ישראל און אָפט פון באַקאַנטע וואָס דאָס לעצטע מאָל האָבן זיי דאָ געגעסן רייזפּודינג אָדער פלוימען־צימעס און איצט ליגן זיי שוין אין קבר. מחמת כ׳קוק זעלטן אַרײַן אין אַ צײַטונג, דערוויס איך מיך פון די בשורה׳ס ערשט שפּעטער. כ׳בין יעדעס מאָל פון ס׳ניי געפּלעפּט, אָבער אין מײַן עלטער מוז מען זײַן גרייט צו אַזוינע נײַעסן. דער ביסן בלײַבט שטעקן אין מויל. מ׳קוקט זיך אָן פאַרווירט און די אויגן פרעגן שטום:

— ווּעמענס רייע איז איצט?

באַלד נעמט מען פון ס׳ניי קײַען. ס׳קומט מיר אַלע מאָל אויפן זינען אַ בילד וואָס כ׳האָב געזען אין אַ פילם וועגן אַפריקע. אַ לייב באַפאַלט אַ מחנה זעברעס און פאַרצוקט איינע. די זעברעס לויפן

אַ שטיקל וועגס דערשראָקענע. באַלד שטעלן זיי זיך אָפּ און נעמען פון ס׳ניי עסן גראָז. אַ ברירה האָבן זיי?

לאַנג קאָן איך מיט די דאָזיקע יִדישיסטן נישט פאַרברענגען, ווייל כ׳בין אַלע מאָל פאַרנומען. כ׳שרייב אַ ראָמאַן, אַ דערציילונג, אַן אַרטיקל; כ׳האָב היינט אָדער מאָרגן אַ פאָרלעזונג; דאָס טאָג־ביכל מיינס איז אָנגעפּאַקט מיט אַלערליי באַגעגענישן און אַקטיוויטעטן אויף וואָכן און חדשים פאָרויס. ס׳קאָן פּאַסירן אַז אַ שעה נאָכדעם ווי כ׳גיי אַרויס פון דער קאַפעטעריע זיץ איך שוין אין באַן און פאָר קיין שיקאַגאָ, אָדער כ׳פלי קיין קאַליפאָרניע. אָבער דערווייל כאַפּט מען אַ שמועסל אויף מאַמע־לשון און כ׳הער וועגן קלייניקייטן וואָס פון אַ מאָראַלישן קוק וואָלט געווען בעסער פון זיי נישט צו הערן. קיינער פון אונדז נעמט זיך נישט אַראָפּ קיין מוסר פון די אַלע טויטן. יעדער פּרוווט אויף זיין שטייגער און מיט אַלע מיטלען אַריינכאַפּן וואָס מער געלט, כבוד, ליבע, פּרעסטיזש. די עלטער האָט אונדז נישט אויסגעלייטערט. מיר טוען נישט קיין תשובה ביים סאַמע טויער פון גיהנום...

איך דריי מיך שוין אַרום אין דער געגנט איבער דרייסיק יאָר. כ׳לעב שוין דאָ אַזוי לאַנג ווי כ׳האָב געלעבט אין פּוילן. כ׳קען שוין דאָ יעדן בלאָק, יעדע געביידע. מ׳האָט דאָ, אויף בראָדוויי אָפּ־טאָון, וויניק וואָס געבויט די לעצטע פּאָר צענדליק יאָר און כ׳האָב די איינרעדעניש, אַז כ׳האָב דאָ, ווי מ׳זאָגט, געשלאָגן וואָרצלען. כ׳האָב דאָ געלט אין די בענק. כ׳האָב שוין גערעדט אין די מערסטע שולן. מ׳קאָן מיך אין אַ סך געוועלבן און אין די וועגעטאַרישע רעסטאָראַנען. אין די זייטיקע גאַסן וווינען פרויען וואָס כ׳האָב געהאַט מיט זיי עסקים, אָדער וואָס כ׳פאַרברענג מיט זיי ביז היינט. אַפילו די טויבן קאָנען מיך שוין. ווי נאָר כ׳באַווייז זיך מיט אַ טוטל קערנדלעך, הייבט מען אָן פליען פון בלאָקן ווייט. עס איז אַ שטח וואָס ציט זיך פון דער זעקס און ניינציקסטער גאַס ביז דער צוויי און זיבעציקסטער און פון צענטראַל פּאַרק

ביז צו ריווערסייד דראַיוו. כמעט יעדן טאָג אויף מיין שפּאַציר נאָך לאָנטש גיי איך פאַרביי דעם פיונעראַל פּאַרלאָר וואָס וואַרט אויף אונדז מיט אונדזערע אַמביציעס און אילוזיעס. טיילמאָל דוכט זיך מיר אַז דאָס דאָזיקע מתים־שטיבל איז אויך אַ סאָרט קאַפעטעריע. מ׳כאַפּט דאָ אַריין אין דער גיך אַ הספד אָדער אַ קדיש אויפן וועג צו דער אייביקייט...

די קאַפעטעריע־לייט וואָס איך באַגעגן זיינען ס׳רוב מענער, די מערסטע — אַלטע בחורים, ווי איך, האַלבע שרייבער, צוריקגע־צויגענע לערער, טייל מיט צווייפלהאַפטע דאָקטאָר־טיטלען, עטלעכע ראַבאַיס אָן אַ קאָנגרעגעישאָן, אַ פּאָר מאָלער, אַ צאָל איבערזעצער — אַלע אַריבערגעקומענע פון פוילן אָדער רוסלאַנד. ווי אויס־טערליש, נאָר כ׳ווייס זעלטן זייערע נעמען. ס׳טרעפט אַז איינער פון זיי פאַרשווינדט און כ׳מיין אַז ער איז שוין אויף יענער וועלט; מיט אַ מאָל באַווייזט ער זיך ווידער און ער זאָגט מיר אַז ער האָט געפּרוּווט זיך איינאָרדענען אין תל־אביב אָדער אין לאָס־אַנזשעלעס. ער עסט זיין רייז־פּודינג ווי קיינמאָל גאָרנישט. ער טוט אַריין סאַכאַרין אין דער קאַווע. ער איז געוואָרן אַ קאַפּעלע געקנייטשטער, אָבער ער רעדט די אייגענע רייד, מאַכט די זעלבע ניקן. ס׳קאָן טרעפן אַז ער נעמט אַרויס פון בוזעם־קעשענע אַ בלעטל פּאַפּיר און לייענט מיר איבער אַ ליד.

בערך אין די פופציקער יאָרן האָט זיך געמומען ווייזן צווישן דער דאָזיקער גרופּע אַ פרוי וואָס האָט אויסגעזען נאָך גאַנץ יונג — אַ נידעריקע, אַ שמאָלע, מיט אַ מיידלש פּנים, שאַטינע האָר פאַרקעמט אין אַ גרעק, אַ קורץ נעזל און מיט חן־גריבלעך אין די באַקן. אויגן האָט זי געהאַט ברוינלעך־בלויע, פאַקטיש פון אַן אומ־באַשטימטן קאָליר. זי האָט זיך געקליידט אייראָפּעיש־באַשיידן, אָבער מיט געשמאַק. זי האָט גערעדט אַן אידיאָמאַטישן פּוילישן יידיש, ווי אויך פּויליש און רוסיש. זי האָט געהאַט דורכגעמאַכט די לאַגערן אין רוסלאַנד, געהאַט פאַרבראַכט אַ צייט אין די קעמפּס אין דייטשלאַנד איידער זי האָט באַקומען די וויזע קיין אַמעריקע.

מ׳האָט זי פאַרגעשטעלט פאַר מיר. זי האָט געהייסן אסתר. כ׳האָב נישט געוווּסט צי זי איז אַ פאַרזעסן מיידל, אַן אַלמנה אָדער אַ גרושה. זי האָט מיר געזאָגט אַז זי אַרבעט אין אַ פאַבריק ווו זי סאָרטירט קנעפּ. די דאָזיקע שיינע און פרישע פרוי האָט, לויט מיין איינזען, נישט אַריינגעפּאַסט צווישן דעם געזעמל עלטערע און אָפּגעפּאַרענע מאַנסלייט. כ׳האָב אויך נישט באַנומען פאַר וואָס זי קאָן נישט געפינען קיין בעסערן פּאָסטן ווי סאָרטירן קנעפּ אין ניו־דזשוירזי. אָבער כ׳האָב זי נישט צופיל אויסגעפרעגט. די מענער האָבען אַלע געפּאַטלט אַרום איר. מ׳האָט איר נישט געלאָזט באַצאָלן דעם טשעק. מ׳האָט איר קאַוואַלעריש צוגעטראָגן די קאַווע און דעם קעז־קוכן. מ׳האָט זיך צוגעהערט צו אירע רייד און וויצן. זי איז געהאַט צוריקגעקומען פון חורבן אַ פריילעכע. זי האָט זיך אַלע מאָל אַרומגעטראָגן מיט יִידישע צייטונגען און זשורנאַלן. זי האָט מיר געזאָגט אַז זי האָט געלייענט מיינע שרייבעכצער נאָך אין פוילן און שפּעטער אין די דייטשע קעמפּס. זי האָט אַ זאָג געטאָן צו מיר:

— איר זענט מיין שרייבער!

און ווי זי האָט אַרויסגעזאָגט די דאָזיקע ווערטער, האָט זיך מיר אויסגעדוכט אַז כ׳בין אין איר פאַרליבט. כ׳בין גראָד געזעסן מיט איר אַליין (איר באַגלייטער איז געהאַט אַוועק טעלעפאָנירן) און כ׳האָב מיך אָנגערופן:

— פאַר אַזוינע ווערטער מוז איך אייך קושן!

— נו, אויף וואָס וואַרט איר?

זי האָט מיר דערלאַנגט סיי אַ קוש און סיי אַ ביס. איך האָב אַ זאָג געטאָן:

— איר זענט אַ קנויל פייער.

— יאָ, פייער פון גיהנום.

מיט אַ פּאָר טעג שפּעטער האָט זי מיך פאַרבעטן צו זיך אַהיים. זי האָט געוווינט אין אַ גאַס צווישן בראָדוויי און ריווערסאַיד

דראַיוו צוזאַמען מיט אַ פּאָטער וואָס האָט נישט געהאַט קיין פּיס און איז געזעסן אין אַ שטול מיט רעדלעך. די פּיס זענען אים געהאַט געוואָרן אָפּגעפּרוירן אין סיביר. ער האָט געפּרוּווט אַנט־לויפֿן פֿון סטאַלינס אַ שקלאַפֿן־לאַגער אין מיטן ווינטער 1944. ער האָט אויסגעזען אַ שטאַרקער פּאַרשוין: מיט אַ קאָפּ געדיכטע ווייסע האָר, אַ רויטלעך פּנים און אויגן פֿול מיט ענערגיע. ער האָט גע־רעדט מאָדנע ווילעריש און מיט ייִנגלשער באַרימערישקייט, אָפּט מיט אַ סאָרט האָפֿערדיק געלעכטער. אין אַ שעה צייט האָט ער מיר דערציילט אַן אַוואַנטוריסטישע געשיכטע. ער האָט געשטאַמט פֿון ווייס־רוסלאַנד אָבער ער האָט געלעבט לאַנגע יאָרן אין פּוילן: אין ווילנע, אין וואַרשע, אין לאָדזש. אין אָנהייב פֿון די דרייסיקער יאָרן איז ער געוואָרן אַ קאָמוניסט און נישט לאַנג דערנאָך אַ פֿונק־ציאָנאַר אין דער פּאַרטיי. אין 1939 איז ער אַנטלאָפֿן קיין רוסלאַנד צוזאַמען מיט זיין טעכטערל — דאָס ווייב און צוויי אַנדערע קינ־דער זענען געבליבן שטעקן אין וואַרשע — און דאָרט האָט אויף אים עמעץ געמאַכט אַ בלבול, אַז ער איז אַ טראָצקיסט און מ׳האָט אים אַוועקגעשיקט גראָבן גאָלד אין צפֿון־רוסלאַנד. די גע־פּע־או האָט געשיקט אַהין מענטשן שטאַרבן. קיינער, אַפֿילו די שטאַרקסטע מענער, האָבן נישט געקאָנט אויסהאַלטן די קעלטן און דעם הונגער מער ווי אַ יאָר. פֿאַרשיקט אַהין האָט מען אָן אַ משפּט. ס׳זענען דאָרט אויסגעגאַנגען צוזאַמען בונדיסטן, ציוניסטן, פּוילישע מיט־גלידער פֿון דער פּ.פּ.ס., אוקראַיִנישע נאַציאָנאַליסטן, גלאַט פּליטים וואָס מ׳האָט געכאַפּט און אַוועקגעשיקט, ווייל מ׳האָט זיך גענויטיקט אין אַרבעט. געשטאָרבן איז מען גאָר אָפֿט פֿון סקאָרבוט אָדער בערי־בערי. באָריס מערקין, ווי אסתּרס פּאָטער האָט געהייסן, האָט גערעדט וועגן דעם אַלעמען ווי דאָס וואָלט געווען איין גרויסער וויץ. ער האָט אָנגערופֿן די סטאַליניסטן — באַנדיטן, שמויגערס, מנוולים, שלים־מזלען. ער האָט פֿאַרזיכערט, אַז ווען נישט אַמעריקע, וואָלט היטלער פֿאַרכאַפּט גאַנץ רוסלאַנד. ער האָט דערציילט ווי אַזוי מ׳האָט אָפּגענאַרט אין לאַגער די וועכטער און אַרויסגעקראָגן

פון מאָל צו מאָל נאָך אַ שטיקל ברויט אָדער אַ טאָפּלטע פּאָרציע וואַסערדיקע זופּ, און וואָסערע מעטאָדן מ׳האָט גענוצט ביים לויזן זיך. אסתר האָט צו אים אַ רוף געטאָן:

— טאַטע, גענוג!

— וואָס איז? כ׳זאָג אַ ליגן?

— קרעפּלעך ווערן אויך צוגעגעסן.

— טעכטערל, דו האָסט עס אַליין געטאָן.

ווען אסתר איז אַוועק אין קיך אויפּזידן טיי, האָב איך מיך דערוווּסט פון איר טאַטן, אַז זי האָט געהאַט אַ מאַן אין רוסלאַנד, אַ פּוילישער ייִד וואָס איז אַריינגעטרעטן אין דער רויטער אַרמיי און איז אומגעקומען אין דער מלחמה. דאָ אין ניו־יאָרק האָט זיך געשדכנט צו איר אַ פּליט, אַ געוועזענער שמוגלער אין דייטשלאַנד, וואָס האָט דאָ געעפנט אַן איינבינדעריי און איז געוואָרן אַ גביר. באָריס מערקין האָט צו מיר אַ זאָג געטאָן:

— רעדט זי צו זי זאָל חתונה האָבן. ס׳וואָלט געווען פאַר מיר אויך גוט.

— זי האָט אים מסתמא נישט ליב.

— ס׳איז נישטאָ קיין ליבע. אין לאַגער זענען מענטשן געקראָכן איינער אויפן אַנדערן ווי ווערים...

.2

כ׳האָב געהאַט איינגעלאַדן אסתרן אויף סאַפּער, אָבער זי האָט מיר טעלעפאָנירט, אַז זי האָט געקראָגן די גריפּע און מוז בלייבן אין בעט. מיט אַ מאָל, אין עטלעכע טאָג צייט, האָט זיך געשאַפן אַ לאַגע אַז כ׳האָב געמוזט אַוועקפאָרן קיין מדינת־ישראל. אויפן וועג צוריק האָב איך מיך אָפּגעשטעלט אין לאָנדאָן און זיין פּאַריז. כ׳האָב געוואָלט שרייבן אסתרן אַ בריוו. אָבער כ׳האָב געהאַט פאַר־לוירן איר אַדרעס. ווען כ׳האָב מיך אומגעקערט קיין ניו־יאָרק האָב איך איר געפּרוּווט טעלעפאָנירן, נאָר דער טעלעפאָן איז, אַפּנים,

נישט געווען אויף דעם נאָמען מערקין. פּאַטער און טאָכטער זענען געווען סובלאָקאַטאָרן ביי עמיצן. כ׳האָב גערעכנט, אַז כ׳וועל זי טרעפן אין דער קאַפעטעריע, נאָר וואָכן זענען אַריבער און זי האָט זיך נישט געוויזן. כ׳האָב געפרעגט אויף איר ביי די אַנדערע שטאַם־געסט. קיינער האָט נישט געוווסט ווו זי וווינט. זי׳ט מסתמא חתונה געהאַט מיט דעם איינבינדער, האָב איך מיר געזאָגט. אין איינעם אַן אָוונט ווען כ׳האָב מיך געלאָזט גיין אין דער קאַפעטעריע מיט אַ פאַרגעפיל אַז כ׳וועל דאָרט געפינען אסתרן, האָט זיך אַרויסגע־וויזן אַז די קאַפעטעריע האָט אָפּגעברענט. כ׳האָב דערזען שוואַרצע ווענט, פענצטער פאַרשלאָגענע מיט בלעך. די אַלטע בחורים פון דער קאַפעטעריע האָבן אוודאי אויסגעזוכט אַן אַנדערע קאַפע־טעריע אָדער אַן אויטאָמאַט, אָבער ווו? זוכן עמיצן צופיל איז נישט מיין נאַטור. כ׳האָב גענוג קאָמפּליקאַציעס אָן אסתרן.

דער זומער איז געהאַט אַריבער. ס׳איז געוואָרן ווינטער. כ׳בין פאַרביי אין אָוונט די קאַפעטעריע און כ׳האָב ווידער געזען לאָמפּן, אַ בופעט, געסט. די אייגנטימער האָבן געהאַט באַנייט די קאַפע־טעריע, צוגעגעבן פרישע געשמאַקלאָזיקייטן. כ׳בין אַריין, גענומען אַ טשעק און דערזען אסתרן זיצן אַליין ביי אַ טישל און לייענען די יידישע צייטונג. זי האָט מיך נישט באַמערקט און כ׳האָב אַ ביסל געקוקט אויף איר. זי האָט געטראָגן איבער דער פריזור אַ סאָרט פליושען ווינטער־היטל וואָס ס׳טראָגן געווינלעך מענער און אַ זשאַ־קעט מיט אַן אָפּגעקראָכענעם פוטער. זי האָט אויסגעזען בלאַס ווי נאָך אַ קראַנקייט. קאָן דאָס זיין, אַז די גריפּע איז געווען אַן אָנ־הייב פון אַן ערנסטער שלאַפקייט? כ׳בין צוגעגאַנגען צום טיש און אַ פרעג געטאָן:

— וואָס הערט זיך מיט די קנעפּ?

זי האָט געטאָן אַ צאַפּל און אַ שמייכל. זי האָט אַ רוף געטאָן:

— נו, ניסים געשעען!

— ווו זענט איר אַהינגעקומען?

— וו(זענט איר פאַרשוווּנדן ? — האָט זי צוריקגעפרעגט. — כ׳האָב געמיינט איר זענט נאָך אין אויסלאַנד.

—ווו זענען די קאַפעטעריעניקעס ?

— זיי קומען איצט אין דער קאַפעטעריע אויף דער זיבן און פופציקסטער סטריט און דער אַכטער עוועניו. מ׳האָט ערשט נעכטן געעפנט די קאַפעטעריע דאָ צום ערשטן מאָל.

— קאָן איך איך ברענגען אַ טעפל קאַווע ?

— כ׳טרינק צופיל קאַווע. צוויי־טנס, זאָל זיין.

כ׳האָב געבראַכט קאַווע און אַן אייער־קיכל. אין דער צייט וואָס איך בין געשטאַנען ביים בופעט האָב איך עטלעכע מאָל געוואָרפן אַ בליק אויף היינטערוויילעכץ. אסתר האָט אַראָפּגענומען דאָס מאַנסבילשע היטל און פאַרריכט די פריזור. זי האָט צונויפגעלייגט די צייטונג, אַ סימן אַז זי גרייט זיך צו שמועסן, נישט צו לייענען. זי האָט זיך אויפגעשטעלט און אָנגענויגט די אַקעגנאיבערדיקע שטול אָן ברעג טיש פאַר אַ צייכן, אַז דאָס אָרט איז פאַרנומען. ווען כ׳האָב מיך אַוועקגעזעצט, האָט אסתר אַ זאָג געטאָן :

— איר זענט אַוועק אומגעזעגנט און איך האָב שוין געהאַלטן ביי אריבערפעקלען זיך אויף יענער וועלט.

— וואָס איז געשען ?

— אָ, פון דער גריפּע איז געוואָרן אַ לונגען־אָנצינדונג. מ׳האָט מיר געגעבן פעניסילין, אָבער איך בין איינע פון יענע וואָס קאָנען נישט פאַרטראָגן קיין פעניסילין. כ׳האָב באַקומען אַן אויסשיט אויפן גאַנצן קערפער. דער טאַטע איז אויך נישט געזונט.

— וואָס איז דעם טאַטן ?

— אַ הויכער בלוט־דרוק. דאָס מויל האָט זיך אים אויסגעקרומט פאַר אַ צולאָג.

— אָ, ס׳טוט מיר לייד. איר אַרבעט נאָך אַלץ ביי די קנעפּ ?

— יאָ, ביי די קנעפּ. אַמווייניקסטן דאַרף איך נישט צולייגן דעם קאָפּ, בלויז די הענט. כ׳קאָן טראַכטן מיינע געדאַנקען.

— וועגן וואָס טראַכט איר ?

— וועגן וואָס נישט? די אַנדערע אַרבעטאָרינס זענען פּאָרטאָ־ריקאַנערינס. זיי רעדן די גאַנצע צייט שפּאַניש. זיי גרעגערן ווי פּורים מיט די גרעגערס.

— ווער טוט אַכטונג אויף אייער פּאָטער?

— ווער? קיינער נישט. כ׳קום אַהיים און מאַך עסן. ער וויל מיך נאָר חתונה מאַכן, פאַר מיין אייגן גוטס און אפשר ס׳זאָל זיין באַקוועמער פאַר אים אויך, אָבער כ׳קאָן נישט חתונה האָבן מיט אַ מענטש, וואָס כ׳האָב נישט ליב.

— וואָס איז ליבע?

— איר פרעגט ביי מיר? איר שרייבט דאָך גאַנצע ראָמאַנען וועגן דעם. מסתמא ווייסט איר טאָקע נישט. איר זענט אַ מאַנסביל און מאַנסלייט וויסן נישט וואָס ליבע איז. יעדע פרוי איז אוודאי ביי אייך אַ שטיקל סחורה. ביי מיר אַ מאַן, וואָס רעדט נאַרישקייטן אָדער וואָס שמייכלט נאַריש — רופט אַרויס אַן עקל. כ׳וואָלט בעסער געשטאָרבן איידער פירן אַ לעבן מיט אַזאַ איינעם. ווידער די מאַנסלייט וואָס היינט גייען זיי צו איינער און מאָרגן צו אַן אַנ־דערער זענען אויך נישט פאַר מיר. כ׳וויל זיך נישט טיילן מיט קיינעם.

— כ׳האָב מורא, ס׳קומט אַ צייט ווען אַלע וועלן זיך מוזן טיילן.

— די צייט איז נישט פאַר מיר.

— בעסער בלייבן אַליין?

— יאָ, בעסער.

— וואָס פאַר אַ סאָרט מענטש איז געווען אייער מאַן?

— פון וואַנען ווייסט איר אַז כ׳האָב געהאַט אַ מאַן? מיין פאָ־טער האָט אייך מסתמא דערציילט. ווי נאָר איך גיי אַרויס אויף אַ מינוט פון שטוב, פּלאַפּלט ער אויס אַלע מיינע סודות. ער איז געווען אַ גאַנצער מענטש. ער האָט געגלויבט אין זאַכן און איז גרייט געווען צו שטאַרבן פאַר זיי. ער איז נישט געווען געבוי מיין טיפּ, אָבער כ׳האָב איס רעספּעקטירט און ליב געהאַט אויך. ער האָט

געוואַלט אומקומען און איז אומגעקומען ווי אַ העלד. וואָס נאָך קאָן איך אייך זאָגן?

— ווער זענען געווען די אַנדערע?

— קיין שום אַנדערע. מענער האָבן מיך געוואָלט. וואָס ס׳האָט זיך אָפּגעטאָן אין דער דאָזיקער מלחמה און ווי אַזוי מענטשן האָבן זיך אויפגעפירט, וועט איר קיין מאָל נישט וויסן. מ׳האָט פאַרלוירן די גאַנצע בושה. אויף דער נאַרע איז געלעגן די מאַמע מיט איין מאַנסביל און באַלד דערנעבן די טאָכטער מיט אַן אַנדערן. מ׳איז געוואָרן ווי די חיות און ערגער ווי די חיות. אין מיטן דעם אַלע־מען האָב איך געחלומט פון ליבע. איצט האָב איך אויפגעהערט אַפילו חלומען. די פאַרשוינען וואָס פלעגן דאָ אַריינקומען זענען אַלע שרעקלעכע נודניקעס. זיי זענען האַלב משוגע אויך. איינער פון זיי האָט מיר געפּרוווט איבערלייענען אַ פּאָעמע אויף פערציק זייטן. כ׳האָב שיער נישט אָוועקגעחלשט.

— איך וואָלט אייך מיינע ווערק נישט געלייענט.

— מ׳האָט מיר דערציילט ווי איר פירט זיך אויף. נייך!

— נייך איז נייך. טרינקט די קאַווע.

— איר פּרוווט מיך אַפילו נישט צורעדן. כ׳וואָלט מסתמא געווען ביי אייך דאָס פינפטע ראָד צום וואָגן. אַנדערע טשעפּען זיך אָן און ווילן זיך נישט אָפּטשעפּען. אין רוסלאַנד האָבן מענטשן שרעקלעך געליטן, אָבער אַזוי פיל משוגעים וויפל איך טרעף אין ניו־יאָרק זענען דאָרט נישט געווען. דאָס הויז וווּ איך וווין איז איינפאַך אַ משוגעים־הויז. דאָ אין דער קאָפּעטעריע קומען אַריין אַלערליי פאַרשוינען און יעדער צווייטער רעדט צו זיך אַליין. מיינע שכנטעס זענען פולשטענדיקע מאַניאַקעס. זיי טראַכטן אויס ווילדע בלבולים איינע אויף דער אַנדערער. זיי זינגען, וויינען, ברעכן געפעס. אַנומלט איז איינע אַרויסגעשפּרונגען פון פענצטער און זיך דערהרגעט. זי האָט פאַרפירט אַ ליבע מיט אַ בחור צוואַנציק יאָר ייִנגער פון איר. אין רוסלאַנד איז שווער געווען פּטור צו ווערן פון די לייז. דאָ איז מען אַרומגערינגלט מיט משוגעת.

מיר האָבן געטרונקען די קאַווע און געבראָכן שטיקלעך פון איין גרויס אייער־קיכל. אסתר האָט אַוועקגעשטעלט דאָס שעלכל.

— כ׳גלויב מיר נישט, אַז כ׳זיץ מיט אייך ביים טיש. כ׳האָב געלייענט אַלץ וואָס איר האָט געשריבן. כ׳לייען אַלע אייערע אַר־טיקלען אונטער אַלע אייערע נעמען. אַזוי ווי איך קריג די צייטונג, נעם איך גלייך זוכן אייערס אַ זאַך. איר דערציילט אַזוי פיל וועגן זיך — אַפילו ווען איר שרייבט וועגן אַנדערע דערקאָנט מען אייך. כ׳האָב אָפּט אַ געפיל כ׳קאָן אייך שוין לאַנגע יאָרן. דערביי זענט איר מיר אַ רעטעניש.

— מענער און פרויען קאָנען זיך קיין מאָל נישט פאַרשטיין.

— ניין. וואָס איז אַ מאַנסביל? מיין אייגענעם פאָטער קאָן איך נישט באַנעמען. טיילמאָל ווערט ער מיר אין גאַנצן אַ פרעמדער. ער וועט שוין לאַנג נישט אָנטרייבן.

— אַזוי געפּערלעך איז זיין בלוט־דרוק?

— ס׳איז אַלץ צוזאַמען. ער׳ט פאַרלוירן דעם ווילן צו לעבן. צו וואָס לעבן אָן פיס, אָן פריינד, אָן פאַמיליע? אַלע נאָענטע זענען אומגעקומען. ער זיצט אַ גאַנצן טאָג און לייענט צייטונגען. ער איז מיקלאָמפּערשט שטאַרק פאַראינטערעסירט אין וואָס ס׳טוט זיך אויף דער וועלט. מ׳האָט קאַליע געמאַכט זיינע אידעאַלן און ער האָפט נאָך אַלץ אויף אַ רעוואָלוציע. אָבער וואָס קאָן שוין אַ רע־וואָלוציע אים העלפן? איך אַליין האָב קיין מאָל נישט געלייגט קיין שום האָפנונגען אויף קיין שום באַוועגונג אָדער פאַרטיי. ווי קאָן מען איבערהויפּט האָפן ווען אַלץ ענדיקט זיך מיטן טויט?

— די האָפענונג איז אַ באַווייז אַז ס׳איז נישטאָ קיין טויט.

— יאָ, כ׳ווייס. איר שרייבט אָפט דערוועגן. פאַר מיר איז דער טויט די איינציקע טרייסט. וואָס טוען די טויטע? זיי טרינקען ווייטער קאַווע? זיי עסן ווייטער אייער־קיכלעך? זיי לייענען ווייטער צייטונגען? אַ לעבן נאָכן טויט וואָלט געווען דער גרעסטער אומזין און די ערגסטע שטראָף.

.3

טייל פון די קאַפּעטערניקעס זענען צוריקגעקומען אין דער איבערגעבויטער קאַפּעטעריע. אַנדערע זענען געבליבן שטאַם־געסט אויף דער זיבן און פופציקסטער גאַס. ס'זענען צוגעקומען נייע — אפשר ערשט אַריבערגעקומענע פון אייראָפּע. זיי האָבן געפירט לאַנגע וויכוחים אין יידיש, אין פויליש, אין רוסיש, אין העברעיש. יענע וואָס זענען אַנטלאָפן פון אונגאַרן האָבן גערעדט דאָ דייטש, דאָ מאַדיאַריש, דאָ דייטשמעריש און אין מיטן זענען זיי אַריבער צו אַ פּשוטן גאַליציאַנישן יידיש. טייל האָבן געטרונקען די קאַווע שוואַרץ, אָן צוקער, אַנדערע האָבן פאַרלאַנגט טאָפּלטע פּאָרציעס שמאַנט און אָנגעשאָטן אַ סך צוקער פון דער גלעזערנער פּושקע. אַ סך פון זיי זענען געווען (אָדער זענען לעצטנס געוואָרן) מיינע לייענער. זיי זענען צוגעקומען צו מיר, זיך פאָרגעשטעלט, מיך געלויבט און באַלד זיך גענומען מיר פאָרהאַלטן אַלערליי ליטעראַרישע זינד: כ'האָב מיך ווידערגעשפּראָכן אין מיינע אַרטיקלען; כ'האָב איבערגעטריבן אין מיינע שילדערונגען פון סעקס; כ'האָב געשילדערט יידן אַזוי, אַז די אַנטיסעמיטן וועלן דאָס קאָנען אויסנוצן פאַר זייער פּראָפּאַגאַנדע. טייל האָבן מיר דערציילט זייערע איבערלעבונגען אין די געטאָס, אין די נאַצישע קאָנצענטראַציע־לאַגערן, אין רוסלאַנד. זיי האָבן אָנגעוויזן איינער אויפן אַנדערן; איר קוקט אָן יענעם פּאַרשון? אין רוסלאַנד איז ער גלייך געוואָרן אַ סטאַליניסט. ער האָט געמסרט זיינע געוועזענע קאָלעגן. דאָ, אין אַמעריקע, האָט ער זיך צוריק איבערגעקוליעט און איז אַן אַנטי־באָלשעוויק. יענער האָט, אַפּנים, דערשפּירט אַז מען באַרעדט אים, ווייל ווי נאָר מיין אינפאָרמאַנט איז אַוועק, האָט ער גענומען זיין שעלכל קאַווע, דעם ריַיז־פּודינג, אַריבערגעקומען צו מיר און געטענהט:

— גלויבט נישט קיין וואָרט וואָס מ׳דערציילט אייך. מ׳טראַכט דאָ אויס איינער אויפֿן אַנדערן ווילדע שקרים. וואָס האָט מען גע־קאָנט טאָן אין אַ מדינה ווו די שטריק איז אייך די גאַנצע צייט געלעגן אויפֿן האַלדז? אַלע האָבן זיך געפּרוווט צופּאַסן. מ׳האָט געוואָלט לעבן, נישט אויסציִען די פּיס ערגעץ אין קאַזאַכסטאַן אָדער ביי די כונכוזן. צו קריגן דאָס ביסל גריץ און אַ נאַכטלעגער האָט מען געמוזט פֿאַרקויפֿן די נשמה...

ביי איין טיש זענען געזעסן פּליטים וואָס האָבן מיך אויס־געמיטן. זיי זענען נישט געווען אינטערעסירט אין קיין ליטעראַטור, אין קיין צייטונגען, נאָר אין האַנדל. זיי זענען געווען אין דייטש־לאַנד שמוגלערס. זיי האָבן, אַפּנים, דאָ אויך געהאַנדלט מיט עפּעס אַ טרפֿהנער סחורה. זיי האָבן זיך געסודעט, זיך געזידלט, געציילט געלט, געשריבן ציפֿערן. מ׳האָט מיר אָנגעוויזן אויף איינעם פֿון זיי:

— ער האָט געהאַט אַ געוועלב אין אוישוויץ.

— וואָס הייסט אַ געוועלב?

— אַז־אַך־און־וויי. די סחורה האָט ער באַהאַלטן אין שטרוי אין דער נאַרע. ער האָט געהאַט אַ פֿאַרפֿוילטע קאַרטאָפֿל, אפשר אַ שטיקל זייף, אַ צינערנעם לעפֿל, אַ ביסל פּעטס. פּאָרט, ער האָט געהאַנדלט. שפּעטער אין דייטשלאַנד איז ער געוואָרן אַזאַ גרויסער שמוגלער אַז מ׳האָט אים איין מאָל צוגענומען פֿערציק טויזנט דאָלאַר.

— וואָס טוט ער דאָ?

— דער רוח ווייסט אים.

צווישן איין מאָל קומען אין דער קאַפֿעטעריע און דעם אַנ־דערן מאָל זענען ביי מיר אָפּט אַריבער חדשים. ס׳איז אַוועק אַ יאָר אָדער צוויי (און אפשר אָדער דריי אָדער פֿיר, כ׳האָב געהאַט פֿאַרלוירן דעם חוש פֿאַר צייט) און אסתר האָט זיך נישט געוויזן. עטלעכע מאָל האָב איך געפֿרעגט אויף איר. עמיץ האָט מיר געזאָגט, אַז

זי קומט אין דער קאַפעטעריע אויף דער צווייי און פערציקסטער גאַס. אַ צווייטער האָט אַרויסגעדרונגען אַז זי האָט חתונה געהאַט. די קאַפעטעריע־לייט האָבן נישט געוווּסט איינער דעם אַנדערנס אַדרעסן. טיילמאָל אַפילו נישט די נעמען. אַז מ׳האָט זיך געטראָפן, האָט מען פאַרבראַכט צוזאַמען. אויב נישט, האָט דאָ קיינער נישט אויסגעפעלט. וועגן עטלעכע האָב איך געהערט אַז זיי זענען אויס־געשטאָרבן. זיי האָבן זיך אַנגעהויבן איינאָרדנען אין לאַנד, ווידער חתונה געהאַט, געעפנט אַ פאַבריק, אַ געשעפט, אַפילו געהאַט אַ קינד אָדער צוויי. מיט אַ מאָל איז געקומען אַ ראַק, אַ האַרץ־שלאַג. די היטלער־יאָרן אָדער די סטאַלין־יאָרן האָבן זיך אָפּגערופן.

כ׳קום אַריין אין דער קאַפעטעריע און דערזע אסתרן. זי זיצט אַליין ביי אַ טישל. זי איז די אייגענע. זי טראָגט אַפילו דאָס אייגענע פוטערנע היטל. אָבער איבערן שטערן הענגט אַ פּאַסמע האָר וואָס זענען גרוי. די אַנדערע קאַפעטעריעניקעס זענען, ווייזט אויס, מער נישט אינטערעסירט אין איר, אָדער זיי קאָנען זי נישט. זי איז די אייגענע, אָבער עפּעס אין איר פּנים זאָגט עדות אויף דער פאַר־לוירענער צייט. אונטער די אויגן האָבן זיך אָנגעקגעשטעלט שאָטנס. דער בליק איז מער נישט אַזוי קלאָר. אויף די ליפּן האָט זיך אויסגעלייגט עפּעס וואָס ווען מ׳וויל עס איבערזעצן אין ווערטער, קאָן מען עס בלויז אָנרופן ביטערקייט, אַנטוישונג. איך באַגריס זיך צו איר. זי טוט אַ שמייכל, אָבער דער שמייכל ווערט באַלד צוריק אויס. כ׳פרעג:

— ווו זענט איר אַהינגעקומען?

— אָ, כ׳לעב נאָך אַלץ.

— קאָן איך זיך צוזעצן?

— ביטע, געוויס.

— קאָן איך ברענגען אַ טעפּל קאַווע פאַר אייך אויך?

— ניין.

איך באַמערק אַז זי רויכערט. ס׳פּאַלט מיך אויף אַז זי לייענט נישט די צייטונג ווו איך בין אַ מיטאַרבעטער, נאָר די קאָנקורענץ־צייטונג. זי איז אַריבער, הייסט עס, אין פּיינטלעכן לאַגער. כ׳ברענג מיר אַ שעלכל קאַווע, אַ טעלערל מיט פלוימען (אַ סגולה קעגן עצירות) און זעץ מיך צו. כ׳זאָג:

— ווו זענט איר אַהינגעקומען די גאַנצע צייט? כ׳האָב מיך אַ סך מאָל געפרעגט אויף אייך.

— אַזוי? אַ דאַנק.

— וואָס האָט פּאַסירט?

— נישט קיין גוטס.

זי שווייגט אַ ווייל און קוקט אויף מיר. כ׳ווייס אַז זי זעט אין מיר דאָס, וואָס איך זע אין איר: די פּאַמעלעכע פאַרוועלקעניש פון לייב. זי טוט אַ זאָג:

— קיין האָר האָט איר נישט, אָבער גרוי זענט איר פון דעסט־וועגן געוואָרן.

— יאָ, מ׳ווערט אַלט.

— איר זענט באַרימט אויך.

— אַ דאַנק, ניין.

אַ ווייל שווייגן מיר. דערנאָך זאָג איך:

— אייער פּאָטער —

און כ׳ווייס דערביי מיט עפּעס אַן אינסטינקט אַז דער פּאָטער לעבט נישט. אסתר זאָגט:

— שוין טויט קנאַפּע צוויי יאָר.

— איר וווינט נאָך אין דער אייגענער דירה?

— ניין, אין אַ האָטעל.

— איר סאָרטירט נאָך אַלץ קנעפּ?

— ניין. כ׳בין געוואָרן אַ דרעיפּער.

— וואָס איז דאָס אַזוינס?

— אָ, ס׳האָט צו טאָן מיט שניידעריי. מען מעסט אָן אַ קלייד אויף אַ מאַנעקין און מ׳שטעקט אַריין שפּילקעס.

— וואָס האָט פּאַסירט מיט איך פּערזענלעך, אויב איך מעג פרעגן ?

— אָ, גאָרנישט. אַבסאָלוט גאָרנישט. איר׳ט מיר נישט גלויבן, אָבער כ׳בין דאָ געזעסן און געטראַכט וועגן איך. כ׳בין אַריינגעפאַלן אין אַ סאָרט קריזיס, אָבער כ׳ווייס אַליין נישט ווי דאָס צו רופן. כ׳האָב געקלערט אַז איר קאָנט מיר אפשר געבן אַן עצה. איר האָט נאָך געדולד אויסצוהערן די צרות פון אַזוינע קליינע מענטשעלעך ווי איך ? ניין, כ׳האָב נישט געמיינט איך צו באַליידיקן. כ׳האָב אַפילו געצווייפלט צי איר געדענקט מיך נאָך. בקיצור איז די זאַך אַזוי : כ׳אַרבעט, אָבער די אַרבעט קומט מיר אָן אַלץ שווערער. כ׳לייד פון אַרטרעטיזם. ס׳איז מיר אַריין אַ ברעכעניש אין די ביינער. כ׳הויב מיך אויף אין דער פרי און קאָן זיך נישט אויפזעצן. איין דאָקטאָר זאָגט אַז ס׳איז ביי מיר אַ דיסלאָקירטער דיסק אין רוקנביין. אַנדערע האַלטן אַז ס׳איז נערוון אָדער כ׳ווייס וואָס. ס׳פעלט זיי נישט קיין נעמען. מ׳האָט גענומען רענטגען־אויפנאָמעס פון מיין רוקן און ס׳איז אַ סברא אַז כ׳האָב אַ טומאָר, אָבער ס׳איז נישט קלאָר. זיי ווילן כ׳זאָל מיך אַוועקלייגן אין שפּיטאָל אויף עטלעכע וואָכן, נאָר צו קיין אָפּעראַציע אייל איך זיך נישט. מיט אַ מאָל האָט זיך אונטערגערוקט אַן אַדוואָקאַט — ער איז אַליין אויך פון די אַריבערגעקומענע און אַ גאַנצער שמעלקע מיט די דייטשן. איר ווייסט דאָך אַז ס׳זענען פאַראַן די רעפּאַראַציעצאָלונגען, די שילומים. ס׳איז אמת אַז כ׳בין אַנטלאָפן קיין רוסלאַנד, אָבער איך בין דאָך פאָרט אַ קרבן פון די נאַציס. אַחוץ דעם, וויסן זיי נישט גענוי מיין ביאָגראַפיע. קורץ, כ׳וואָלט געקאָנט קריגן ביי זיי אַ פּענסיע און אַפילו מיט אַ מאָל אַ געוויסע סומע געלט, עטלעכע טויזנט דאָלאַר, אָבער מיין איצטיקער אַטרעטיזם אָדער דער דיסלאָקירטער דיסק זענען נישט גוט פאַר דעם צוועק, ווייל דאָס האָט איך געקראָגן שפּעטער, שוין יאָרן נאָך די לאַגערן. דער אַדוואָקאַט זאָגט מיר אַז מיין איינציקער שאַנס איז אָנצוגעבן אַז כ׳בין, אַזוי צו זאָגן, פּסיכיש רואינירט. ס׳איז דער ביטערער

אמת, אָבער ווי אַזוי באַווייזט מען דאָס? זייערע דאָקטוירים, די נעאוראָלאָגן און פּסיכיאַטרען, ווילן קאָנקרעטע באַווייזן. זיי האָבן זייערע דיאַגנאָזן, אַלץ גענומען פון טעקסט־בוך, און ס׳מוז זיין גענוי אַזוי און נישט אַנדערש. קורץ, ער וויל כ׳זאָל זיך מאַכן אַ קאַפּעלע משוגע. ער קריגט, פאַרשטייט זיך, אַ חלק פון די רעפּאַ־ראַציע־געלטער, נישט ווייניקער פון צוואַנציק פּראָצענט. צו וואָס ער דאַרף אַזוי פיל געלט, פאַרשטיי איך נישט. ער איז שוין אַ מענטש נאָך די זיבעציק און אַן אַלטער בחור פאַר אַ צולאָג. ער׳ט זיך געטשעפּעט צו מיר אויך. ס׳איז אַלץ־מיט־אַנאַנדער. ער איז אַליין אַ שטיק משוגענער, דאָס איז דער אמת. נו, אָבער ווי אַזוי מאַכט מען זיך משוגע? די גאַנצע זאַך איז מיר שרעקלעך דערווידער און כ׳האָב מורא ס׳זאָל מיך נישט טרייבן צו משוגעת אויף אַן אמת. כ׳וויל נישט זייערע געלטער און כ׳האָב פיינט שווינדל. דאָס האָט ער, דער אַדוואָקאַט, פאַרקאָכט די קאַשע. פון דער אַנדערער זייט, ווערט מיר אַלץ שווערער צו אַרבעטן. אין די נעכט שלאָף איך נישט. גאַנץ פרי נעמט דער וועק־זייגער קלינגען. איך רייס מיך אויף אַ צעטרייסלטע. גענוי אַזוי ווי אין לאַגער בעת די וועכטער האָבן געוועקט פיר אַזייגער מיר זאָלן גיין אין וואַלד זעגן קלע־צער. ווי אַזוי כ׳בין קאַפּאַבל צו טאָן מיין טאָג אַרבעט, ווייס איך אַליין נישט. כ׳נעם, פאַרשטייט זיך, שלאָף־פּילן. אָן דעם וואָלט איך אַפילו פאַר טאָג נישט איינגעשלאָפן. דאָס איז, מער־ווייניקער, די סיטואַציע.

— איר זענט׳ נאָך אַלץ אַ שיינע פרוי. פאַרוואָס האָט איר נישט חתונה?

— נו, די אַלטע פראַגע. ס׳איז נישטאָ מיט וועמען. ס׳איז שוין צו שפּעט אויך. ווען איר וואָלט געקאָנט מיין געמיט, וואָלט איר אַזוינע פראַגן נישט געשטעלט.

4.

אַ פּאָר וואָכן זענען אַריבער. אין דרויסן איז געהאַט אָנגעפאַלן אַ געדיכטער שניי. נאָכן שניי איז געקומען אַ רעגן און דערנאָך

האָט זיך געשטעלט אַ פראָסט. כ׳האָב מיך אַוועקגעשטעלט אַ ווייל אַרויסקוקן פון מיין פענצטער אויף בראָדוויי. די פאַרבייגייער זענען האַלב־געגאַנגען, האַלב זיך געגליטשט. די קאַרס זענען געפאָרן פּאַמעלעך. דער הימל האָט געהויערט איבער די דעכער אַ פיאָלע־טער, אָן אַ לבנה, אָן שטערן, און ווי ווייל ס׳איז ערשט אַכט אַזייגער אין אָוונט, האָט די שייך אין דרויסן און די פוסטקייט מיך דער־מאָנט אָן פאַרטאָג. די געוועלבן אַקעגנאיבער זענען ליידיק. כ׳האָב געהאַט אויף אַ ווייל אַ געפיל אַז כ׳בין אין וואַרשע. דער טעלעפאָן האָט געקלונגען און כ׳בין געלאָפן ענטפערן ווי מיט צען יאָר צוריק, מיט צוואַנציק יאָר צוריק, מיט דרייסיק יאָר צוריק, — נאָך אַלץ האָפנדיק אויף דער גוטער בשורה וואָס דער טעלעפאָן איז אָנגע־ברייט מיר צו ברענגען. כ׳האָב געזאָגט האַלאָ, אָבער מ׳האָט נישט געענטפערט און ס׳האָט מיך אָנגענומען אַ פחד אַז עמיץ פּרוווט אין דער לעצטער רגע אָפּהאַלטן אָדער פאַרמיידן די בשורה וואָס דער טעלעפאָן וויל מיר אָנזאָגן. אַ ווייבלעך קול האָט צעגערנדיק און מיט ציטערניש געפרעגט: זענט איר עס דער און דער.

— יאָ, דאָס בין איך!

— אַנטשולדיקט מיר וואָס כ׳שטער אייך. מיין נאָמען איז אסתר. איר זענט אַ מאָל געווען ביי אונדז אין דער היים. מיר האָבן מיט אַ פּאָר וואָכן צוריק זיך געטראָפן אין דער קאַפעטעריע —

— יאָ, אסתר!

— כ׳ווייס אַליין נישט ווי כ׳האָב גענומען דעם קוראַזש אייך צו קלינגען. איר זענט אַוודאי שטאַרק פאַרנומען. איך — — — — כ׳וואָלט געוואָלט מיט אייך וועגן עפּעס רעדן. נאַטירלעך, אויב איר האָט צייט און — — — זייט מיר מוחל פאַר מיין חוצפה!

— קיין שום חוצפה. איר ווילט אפשר אַרויפקומען צו מיר?

— אויב כ׳וועל אייך נישט שטערן. אין דער קאַפעטעריע איז שווער צו רעדן. ס׳איז אַ טומל און ס׳זענען אויך דאָ אַזוינע וואָס הערן זיך אונטער. שטעלן אונטער אַן אויער. דאָס וואָס כ׳וויל אייך

זאָגן איז אַ סוד וואָס כ׳וואָלט קיין שום אַנדערן נישט פאַרטרויט —
— קומט אַרויף!

כ׳האָב אָפּגעמאָלט אסתרן געצוי ווי אַזוי צו קומען צו מיר. כ׳האָב געפּרוווט מאַכן אָרדענונג אין מיין בחורישן צימער, אָבער כ׳האָב באַלד איינגעזען אַז ס׳איז אוממעגלעך. בריוו, מאַנוסקריפּטן האָבן זיך געוואַלגערט אויף אַלע טישן, אַלע שטולן. ביי די ווענט זענען געלעגן קופּעס צייטונגען, זשורנאַלן. כ׳האָב געעפנט די שראַנק און אַריינגעוואָרפן וואָס ס׳איז מיר געקומען אונטער דער האַנט: רעקלעך, הויזן, העמדער, אונטערוועש, שיך, שטעקלאַטשן. כ׳האָב אויפגעהויבן אַ קאָנווערט און דערזען אַ פאַרבליבטער אַז ר׳איז נישט געעפנט. כ׳האָב אים אויפגעריסן און ס׳איז אין אים געלעגן אַ טשעק פאַר פינף און זיבעציק דאָלאַר. וואָס איז דער מער מיט מיר? כ׳בין שוין אין גאַנצן פון זינען אַראָפּ. — האָב איך גערעדט צו מיר אויפן קול. כ׳האָב געוואָלט איבערלייענען דעם בריוו וואָס איז געקומען מיטן טשעק. אָבער כ׳האָב געהאַט פאַרלוירן די ברילן. אַזוי ווי כ׳האָב געזוכט די ברילן, איז מיר אויפגעפאַלן, אַז כ׳האָב ערגעץ אַהינגעטאָן מיין פּילפּעדער. נו, און ווו זענען די שליסלען צו דער דרויסן־טיר? ס׳האָט זיך דערהערט עפּעס אַזוינס ווי אַן אָנהייב פון אַ קלונג און כ׳האָב נישט געוווּסט צי ס׳איז פון טעלעפאָן אָדער פון דער טיר. כ׳האָב אויפגעמאַכט די טיר און דערזען אסתרן. ס׳האָט, זעט אויס, ווידער אָנגעהויבן שנייען, ווייל דער הוט און די אַקסלען זענען ווייס־באַפּוצט. כ׳האָב זי אַריינגעבעטן און די שכנה מיינע, די גרושה, וואָס שפּיאָנירט מיך נאָך אָפּן, אָן שום בושה און איך גאָט ווייסט אַז אָן שום זין און צוועק, האָט געעפנט די טיר און געכאַפּט אַ בליק אויף מיין פרישן גאַסט. אסתר האָט אויסגעטאָן די באָטן און כ׳האָב ביי איר גענומען דעם מאַנטל, אָבער כ׳האָב נישט געהאַט ווו אים אויפצוהענגען און אַפילו נישט ווו אים אַוועקצולייגן. כ׳האָב געזאָגט:

— ביי מיר איז תוהו ובוהו.

— נו, ס׳מאַכט נישט אויס.

כ׳האָב אַװעקגעלייגט אסתרס מאַנטל אויף דעם שענקעלע פון דער ענציקלאָפּעדיאַ בריטאַניקאַ. כ׳האָב אַראָפּגעשאָרט אַ פּאָר בי־כער פון דער סאָפע און אסתר האָט פאַרנומען זייער אָרט. איך אַליין האָב זיך צוגעזעצט אויף דער שטול. אַ װייל האָבן מיר גערעדט גלאַט אַזוי װעגן װעטער, דערפון אַז ס׳װערט געפערלעך אין ניו־יאָרק אַרויסצוגייען אין גאַס אַפילו פרי אין אָװנט און אַז הײנט־מאָרגן קאָן װערן אַ סאָבװײ־סטרייק. דערנאָך האָט אסתר געזאָגט:

— איר געדענקט אפשר װאָס כ׳האָב אייך דערציילט דאָס לעצטע מאָל װעגן מיין אַדװאָקאַט און אַז כ׳מוז גיין צו אַ פּסיכיאַ־טער צוליב די רעפּאַטריאַציע־געלטער — — —

— יאָ, כ׳געדענק.

— כ׳האָב דעמאָלט נישט אַלץ דערציילט, װײל דאָס װאָס כ׳װיל אייך דערציילן װעט אייך אויסקומען אין גאַנצן װילד, איינפאַך משוגע. ס׳קומט מיר אַליין אויך פאָר שרעקלעך אומגלויבלעך און דעריבער װיל איך רעדן מיט אייך. כ׳בעט אייך, רייסט מיר נישט איבער װי אויסטערליש מיינע װערטער זאָלן אייך נישט קלינגען. כ׳בין נישט אין גאַנצן געזונט, און כ׳מוז אַפילו זאָגן אַז כ׳בין קראַנק, אָבער כ׳קאָן נאָך אונטערשיידן צװישן פאַקטן און האַלוצינאַציעס. כ׳זאָג אייך פאָרויס אַז כ׳בין נעכט נישט געשלאָפן און אַלץ געטראַכט װעגן דעם צי כ׳זאָל אייך יאָ דערציילן אָדער נישט. כ׳האָב שוין געהאַט באַשלאָסן אַז נישט, נאָר הײנט אין אָװנט, אין דער לעצ־טער מינוט, איז מיר איינגעפאַלן אַז אויב מ׳קאָן אייך נישט פאַר־טרויען אַזאַ זאַך, דעמאָלט איז איבערהויפּט נישטאָ צו װעמען צו רעדן. כ׳לייען אייערע װערק און װייס אַז איר האָט אַ חוש פאַר די גרויסע מיסטעריעס װאָס — — —

אסתר האָט דאָס אַלץ גערעדט מיט שטאַמלעניש, מיט איבער־רייסענישן. דאָ האָבן די אויגן אירע געשמייכלט, און דאָ זענען זיי געװאָרן טיף־טרויעריק און בלאַנדזשענדיק. כ׳האָב אַ זאָג געטאָן:

— איר קאָנט מיר אַלץ דערציילן.

— כ׳האָב מורא. איר װעט גלייך באַשליסן אַז כ׳בין משוגע.

— כ׳שווער אייך אַז נישט.

אסתר האָט אַ ביס געטאָן די אונטערשטע ליפּ.

— איר זאָלט וויסן, אַז כ׳האָב געזען היטלערן — האָט זי געזאָגט.

ס׳איז מיר געוואָרן אומהיימלעך. ס׳האָט מיך געטאָן אַ שטיק אין האַלדז.

— ווען ? ווו ?

— נו, זעט איר ! איר׳ט זיך דערשראָקן ! אָבער וויבאַלד כ׳האָב אָנגעהויבן, מוז איך שוין רעדן. געשען איז עס מיט צוויי יאָר צוריק און געזען האָב איך אים דאָ אויף בראָדוויי.

— אין גאַס ?

— אין דער קאַפעטעריע.

כ׳האָב געשוויגן אַ ווייל און געפּרוווט אַראָפּשלינגען די קנויל וואָס האָט זיך מיר געשטעלט אין גאָרגל.

— מסתמא עמיץ וואָס איז ענלעך צו אים — האָב איך אַרויס־גערעדט מיט אַ צוגעדושעט קול.

— כ׳האָב געוווּסט איר וועט דאָס זאָגן. כ׳ווייס אויך, אַז כ׳בין שוין אין אייערע אויגן אַ משוגענע. אָבער איר׳ט מיר צוגעזאָגט אַז איר׳ט מיך אויסהערן. איר געדענקט אפשר אַז ס׳איז געווען אַ שׂרפה אין דער קאַפעטעריע.

— יאָ, געוויס.

— די שׂרפה האָט צו טאָן דערמיט. וויבאַלד איר גלויבט מיר סיי־ווי נישט און כ׳בין אין אייערע אויגן פּסיכיש קראַנק, צו וואָס די לאַנגע רייד ? ס׳איז געשען אַזוי. כ׳בין יענע נאַכט נישט גע־שלאָפן. געוויינלעך אַז כ׳שלאָף נישט ביי נאַכט, גיי איך אַראָפּ און זיד מיר אויף טיי אָדער כ׳פּרוּוו לייענען אַ צייטונג אָדער אַ בוך. אָבער יענע נאַכט האָט עפּעס אַ קראַפט אין מיר פאַרלאַנגט כ׳זאָל זיך אָנטאָן און אַראָפּגיין אין גאַס. כ׳קאָן ביז איצט נישט אויפ־קלערן ווי אַזוי כ׳האָב געקאָנט ביי מיר פועלן צו שפּאַצירן אויף בראָדוויי אין מיטן דער נאַכט. ס׳האָט געמוזט זיין אַרום צוויי

אָדער דריי. כ׳בין צוגעקומען צו דער קאַפּעטעריע. אפשר איז זי אַמאָל אָפֿן אַ גאַנצע נאַכט? כ׳קוק אַריין און דער גאַנצער פּראַנט איז פֿאַרהאַנגען מיט פֿאַרהאַנגען, אָבער אינעווייניק לייכט זיך אַ בלאַסע שיין. כ׳פּרוּוו אַריינגיין דורך דער דריי־טיר און זי פֿאַרהאַלט זיך נישט. כ׳קום אַריין און זע אַ בילד וואָס כ׳וועל נישט פֿאַרגעסן ביזן לעצטן טאָג פֿון מיין לעבן, ביז דער לעצטער מינוט. אַלע טישן זענען צונויפֿגערוקט און ס׳זיצן ביי זיי פֿאַרשוינען אָנגעטאָן אין ווייסע קיטלען, ווי דאָקטוירים אָדער סאַניטאַרן, אַלע מיט האקנקרייצן אויף די אַרבלען. אויבנאָן זיצט היטלער. כ׳בעט אייך: הערט מיך אויס. אַ משוגענער האָט אויך טייל מאָל פֿאַרדינט מ׳זאָל אים הערן. אַלע רעדן דייטש. זיי קוקן זיך נישט אום אויף מיר. זיי זענען פֿאַרנומען מיטן פֿירער. ס׳וועדט שטיל און ער הייבט אָן רעדן. איך געדענק היטלערס טרפֿהנע שטים. כ׳האָב אים וויפֿל מאָל געהערט אויפֿן ראַדיאָ. גענוי וואָס ער האָט יענע נאַכט גערעדט האָב איך נישט געהערט. כ׳בין געשטאַנען אַ פֿאַרגליווערטע. מיט אַ מאָל האָט איינער פֿון זיי זיך אומגעקוקט און זיך געטאָן אַ ריס אויף פֿון אָרט. ווי אַזוי כ׳בין אַרויס אַ לעבעדיקע וועל איך קיין מאָל נישט וויסן. כ׳בין געלאָפֿן מיטן גאַנצן כוח און אַלע אברים האָבן אין מיר געציטערט. ווען כ׳בין געקומען אַהיים, האָב איך געזאָגט צו מיר: אסתר, ביסט גערירט אויפֿן קאָסטן. כ׳ווייס איבערהויפּט נישט ווי אַזוי כ׳האָב דורכגעלעבט די דאָזיקע נאַכט. צו מאָרגנס איז דער פֿרי בין איך נישט געגאַנגען גלייך אַרבעטן. נאָר בין אַוועק צו דער קאַפּעטעריע געבן אַ קוק צי זי עקזיסטירט איבערהויפּט. אַזאַ סאָרט איבערלעבונג רופֿט אַרויס אין מענטש צווייפֿל אין זיין אייגענער עקזיסטענץ און אין אַלץ מיט אַלעמען. כ׳קום צו און געפֿין אַז די קאַפּעטעריע האָט אָפּגעברענט. ס׳איז געשען טאַקע אין דער אייגענער נאַכט, מסתמא פֿאַר טאָג. ווען כ׳האָב דאָס דערזען האָב איך באַנומען אַז ס׳האָט צו טאָן דערמיט וואָס איך האָב אַריינגעקוקט. ווער ס׳איז דאָרט געווען, האָט געוואָלט אָפּווישן אַלע שפּורן. דאָס זענען די טרוקענע פֿאַקטן. כ׳האָב נישט

קיין שום סיבה פאַר וואָס אויסצוטראַכטן אַזוינע אויסטערלישע זאַכן. מיר דוכט זיך אַז אַפילו אַ משוגענער וואָס זיצט אין משוגעים־הויז קאָן נישט פאַלן אויף אַזאַ סאָרט משוגעת — — —

אסתר איז געוואָרן שטיל. מיר האָבן ביידע אַ לאַנגע ווייל געשוויגן. דערנאָך האָב איך געזאָגט:

— איר האָט געהאַט אַ וויזיע.

— וואָס מיינט איר אַ וויזיע?

— די פאַרגאַנגענהייט ווערט נישט פאַרלוירן. עפּעס אַ בילד פון יאָרן צוריק איז געבליבן ערגעץ הענגען אין דער פערטער דימענסיע און איז דערגאַנגען צו אייך גראָד אין יענער מינוט.

— אויף וויפל איך ווייס, האָט היטלער קיין מאָל נישט געטראָגן קיין ווייסן כאַלאַט.

— ווער ווייסט? אפשר יאָ.

— פאַר וואָס האָט די קאַפּעטעריע אָפּגעברענט גראָד יענע נאַכט?

— אפשר האָט דאָס פייער אַרויסגערופן אין אייך די וויזיע.

— ס׳איז נישט געווען קיין שום פייער. כ׳האָב מיר פאָרגעשטעלט אַז איר וועט געפינען עפּעס אַן ענטפער. וואָס איז דער אונטערשיד צי מ׳זאָגט וויזיע אָדער האַלוצינאַציע אָדער גלאַט משוגע? אויב דאָס איז געווען אַ וויזי׳ע, האָב איך איצט אַ וויזיע אַז כ׳זיץ ביי אייך אין שטוב.

— ס׳האָט נישט געקאָנט זיין עפּעס אַנדערש. אויב אַפילו היטלער וואָלט געלעבט און זיך געפונען אין אַמעריקע, וואָלט ער נישט אָפּגעהאַלטן קיין זיצונגען אין אַ קאַפּעטעריע אויף בראָדוויי. אַגב, די קאַפּעטעריע געהערט צו אַ ייִד.

— כ׳האָב אים געזען ווי כ׳זע איצט אייך.

— איר האָט געטאָן אַ בליק אויף צוריק אין דער צייט.

— נו, זאָל זיין אַזוי, אָבער כ׳האָב פון דעמאָלט אָן נישט קיין רו. כ׳מוז האַלטן אין איין אַריינטראַכטן דערוועגן. אויב ס׳איז מיר באַשערט צו ווערן משוגע, וועט דאָס מיך טרייבן צו משוגעת.

דער טעלעפאָן האָט געקלונגען און כ׳בין אויפגעשפרונגען אַ פאַרצאַפּלטער. אסתר האָט אויך אויפגעציטערט. ס׳איז געווען אַ פאַלשער נומער. כ׳האָב זיך אומגעקערט צו דער שטול און געזאָגט:

— וואָס איז מיט דעם פּסיכיאַטער וואָס אייער אַדוואָקאַט האָט אײַך געשיקט צו אים? דערציילט עס אים און איר׳ט קריגן די פולע קאָמפּענסאַציע.

אסתר האָט מיך אָנגעקוקט קרום, אומפרײַנדלעך, מיט חשד.

— כ׳פאַרשטיי וואָס איר מיינט. אַזוי נידעריק בין איך נאָך נישט געפאַלן...

.5

כ׳האָב מורא געהאַט אסתר זאָל מיר נישט ווידער טעלעפאָנירן. כ׳האָב אַפילו געפּלאַנט צו בײַטן מײַן טעלעפאָן־נומער. אָבער וואָכן זענען אַריבער, חדשים, און כ׳האָב פון איר נישט געהערט. כ׳בין נישט געגאַנגען אין דער קאַפעטעריע. כ׳האָב זי נישט געטראָפן אין גאַס. כ׳האָב אָפּט געטראַכט וועגן איר. ווי אַזוי דערגייט עפּעס דער מוח צו אַזוינע קאָשמאַרן? וואָס טוט זיך אָפּ אין דעם ביסל מאַרך הינטערן שיידל? וואָס פאַראַ גאַראַנטיע קאָן איך האָבן אַז עפּעס ענלעכס וועט נישט פּאַסירן מיט מיר? און פון וואַנען איז געדרונגען אַז דאָס גאַנצע מענטשלעכע מין וועט נישט פאַרענדיקן אויף אַזאַ שטייגער? כ׳האָב מיך שוין לאַנג געשפּילט מיט דער אידייע אַז דער גאַנצער מין מענטש ליידט פון סכיזאָפרעניע. צוזאַמען מיט דעם אַטאָם האָט זיך געשפּאָלטן די פערזענלעכקייט פון האָמאָ סאַפּיענס. ווען ס׳קומט צו טעכניק אַרבעטן נאָך די מחות מער־ווייניקער ריכ־טיק, אָבער אויף אַלע אַנדערע געביטן האָט זיך אָנגעהויבן די דעגע־נעראַציע. זיי זענען אַלע משוגע: די קאָמוניסטן, די פאַשיסטן, די פּרעדיקער פון דעמאָקראַטיע — די שרײַבער, די מאָלער, די גייסט־לעכע, די אַטעאיסטן... מיט דער צייט וועט קומען די פאַנאַנדער־פאַלונג פון דער טעכניק. הײַזער וועלן אײַנפאַלן. די עלעקטרישע

סטאַנציעס וועלן אויפהערן פּראָדוצירן עלעקטרע. די גענעראַלן וועלן וואַרפן אַטאָמישע באָמבעס אויף דער אייגענער באַפעלקערונג. אַלער־ליי סאָרטן רעוואָלוציאָנערן וועלן לויפן איבער די גאַסן און אויס־שרייען משוגענע לאָזונגען. כ׳האָב אָפּט געקלערט אַז אָנהייבן וועט זיך עס אין ניו־יאָרק. די דאָזיקע שטאָט האָט שוין אַלע סימנים פון אַ מעטראָפּאָליע פון וואַנזין...

נו, אָבער ווי לאַנג דאָס משוגעת האָט נישט אַרומגעכאַפּט אַלץ און אַלעמען, מוז מען האַנדלען גלייך ווי אַלץ וואָלט געווען אין אָרדנונג, לויט פּאַיהינגערס פּרינציפּ פון „אַלס אָב.״ כ׳האָב ווייטער געשריבן מיינע שרייבעכצער. כ׳האָב געשיקט מאַנוסקריפּטן צום פאַרלעגער. כ׳בין געפאָרן האַלטן פאָרלעזונגען. כ׳האָב פיר מאָל אין יאָר אויסגעשריבן טשעקן פאַר דער פעדעראַלער רעגירונג, דעם שטאָט. דאָס וואָס איז מיר געבליבן נאָך אַלע אויסגאַבן האָב איך אַריינגעלייגט אין באַנק. עמיץ האָט אויפגעדריקט אַ פּאָר ציפערן אויף מיין באַנק־ביכל און ס׳האָט געהייסן אַז כ׳בין באַזאָרגט. עמיץ האָט צונויפגעלייגט ווערטער אין אַ צייטונג אָדער אין אַ זשורנאַל און דאָס האָט באַדייט אַז מיינע שרייבערישע אַקציעס האָבן זיך גע־הויבן. כ׳האָב צוגעזען מיט שטוינונג ווי אַלע מיינע באַמיונגען ווערן פּאַפּיר און טינט. די פּאַפּירן אין מיין וווינונג האָבן זיך אָנגעזאַמלט אין גאַנצע הויפנס. זיי זענען געוואָרן אַלץ טרוקענער. כ׳האָב מיך אויפגעכאַפּט ביי נאַכט און זיך געשראָקן זיי זאָלן זיך נישט אָנצינדן פון זיך אַליין. כ׳האָב כסדר געהערט אין די נעכט די סירענעס פון די פייערלעשער. כ׳האָב געקראָגן איינלאַדונגען פון סינאַגאָגעס, קיר־כעס, ביבליאָטעקן, אוניווערסיטעטן. זיי האָבן געוואָלט איך זאָל ליי־ענען פון מיינע פּאַפּירלעך און זיי האָבן מיך באַלוינט מיט זייערע פּאַפּירלעך. כ׳האָב געקראָגן אַ שטיק פּאַפּיר וואָס האָט מיך געמאַכט פאַר אַ דאָקטאָר. אויפן שרייב־טיש מיינעם און אין אַלערליי טאָוולנע שאַכטלען האָבן זיך אָנגעזאַמלט אומצאָליקע נישט־געענטפערטע ביי־געלעך פּאַפּיר און זיי האָבן געפייניקט מיין געוויסן וואָס איז אַוודאַי אויך פּאַפּיר...

געפֿנוי לויט די דאַטעס וואָס זענען אָנגעשריבן אין אַ פּאַפּירענעם קאַלענדאַר איז געקומען דער פֿרילינג, דער זומער, דער האַרבסט. כ׳האָב דאָס מאָל געזאָלט פֿאָרן קיין טאָראָנטאָ לייענען אַ רעפֿעראַט וועגן די יידישע שטיקער פּאַפּיר (ליטעראַטור בלעז) אין דער צווייטער העלפֿט פֿון נײַנצנטן יאָרהונדערט. כ׳האָב אָנגעפּאַקט מײַן רענצל מיט אַ פּאָר העמדער, גאַז־טיכלעך און אַ סך פּאַפּירן פֿון אַלערליי סאָרטן, צום בײַשפּיל: אַ שטיק פּאַפּיר וואָס מאַכט מיך פֿאַר אַ בירגער פֿון די פֿאַראייניקטע שטאַטן. כ׳האָב געהאַט גענוג פּאַפּירלעך אין דער הויזן־קעשענע צו באַצאָלן פֿאַר אַ טאַקסי, אָבער אַלע טאַקסיס זענען געווען באַזעצט. עטלעכע טאַקסיס וואָס זענען נישט געווען פֿאַרנומען האָבן זיך גלאַט נישט אָפּגעשטעלט. בין איך נישט געפֿעלן די טרייבער? האָבן זיי מיך נישט געזען? בין איך צווישן־יאָ־און־ניין געוואָרן אַ רואה ואינו נראה? כ׳האָב באַשלאָסן צו נעמען די סאָבוויי. כ׳האָב מיך געלאָזט גיין צו דער סאָבוויי און מיט אַ מאָל האָב איך דערבליקט אסתרן. זי איז נישט געגאַנגען אַליין, נאָר מיט עמעצן וואָס איך האָב געקענט מיט יאָרן צוריק באַלד נאָך מײַן אָנקומען קיין אַמעריקע. ער איז געווען אַן אַרײַנגייער אין אַ קאַפֿעטעריע אויף איסט־בראָדוויי. ער פֿלעגט דאָרט זיצן בײַם טיש, אַרויסזאָגן מיינונגען, קריטיקירן. דאָס איז געווען אַ קליין מענטשל מיט אײַנגעפֿאַלענע באַקן וואָס האָבן געהאַט דעם קאָליר פֿון ציגל און מיט אַרויסגעבאַלטע אויגן. ער האָט געטראָגן אַ כעס אויף די נײַע שרײַבער. ער האָט צונישט־געמאַכט די אַלטע. ער האָט גערויכערט געוויקלטע פּאַפּיראָסן און אַרײַנגעשאָטן דאָס אַש אין דעם שיסעלע פֿון וואַנען ער האָט געגעסן. אַ פּאָר צענדליק יאָר זענען געהאַט אַריבער. מיט אַ מאָל גייט ער צוזאַמען מיט אסתרן. ער האַלט זי אַפֿילו אונטערן אָרעם. כ׳האָב נאָך קיין מאָל נישט געזען אסתרן אויסזען אַזוי גוט. זי האָט געטראָגן אַ נײַעם מאַנטל, אַ נײַעם הוט. זי האָט געשמייכלט צו מיר און געשאָקלט מיטן קאָפּ. כ׳האָב געוואָלט זיך אָפּשטעלן, אָבער דער זייגער האָט געוויזן אַז ס׳איז שפּעט. כ׳קאָן נישט פֿאַרשפּעטיקן דעם שנעלצוג. הונדערטער מענטשן האָבן גע־

וואַרט אין טאָראָנטאָ אויף מיין פּאַרלעזונג. נאָך אַ ווייל האָב איך געקראָגן אַ טאַקסי און בין צוגעפאָרן צו גרענד סענטראַל. כ׳האָב קוים באַוויזן איינצושטייגן אין באַן. דאָס בעט אין מיין שלאָפ־צימער איז שוין געווען געבעט. כ׳האָב מיך אויסגעטאָן, אויפגע־האָנגען מיינע מלבושים און זיך געלייגט שלאָפן.

אין מיטן דער נאַכט האָב איך מיך אויפגעוועקט. מ׳האָט אַפּנים איבערגעשטעלט די וואַגאָנען ווייל מיין וואַגאָן האָט געטאָן אַ זעץ אין עפּעס און כ׳בין שיער נישט אַראָפּגעפאַלן פון געלעגער. כ׳האָב מער נישט געקאָנט שלאָפן און געפּרוּווט מיך דערמאָנען ווי ס׳הייסט דאָס דאָזיקע מענטשל וואָס כ׳האָב געזען מיט אסתרן, נאָר כ׳האָב מיך בשום־אופן נישט געקאָנט דערמאָנען זיין נאָמען. איין זאַך האָב איך יאָ געדענקט: ער איז שוין דעמאָלט, מיט דרייסיק יאָר צוריק, נישט געווען קיין יונגערמאַן. ער איז געהאַט געקומען קיין אַמע־ריקע נאָך אין 1905, באַלד נאָך דער רעוואָלוציע אין פּוילן. ער האָט נאָך אין דער אַלטער היים געהאַט אַ סטאַזש פון אַ טוער, אַ רעדנער. ווי אַלט קאָן ער זיין? לויט מיין חשבון איז אויסגעקו־מען אַז ער איז שוין אין די טיפע אַכציקער אָדער אפשר גאַנצע ניינציק. איז דאָס געמאָלט אַז אסתר זאָל זיך חברן מיט אַזאַ אַלטן מאַן? ער האָט אָבער היינטיקן אָוונט נישט אויסגעזען אַלט. וואָס לענגער כ׳בין געלעגן אין דער פינצטער און מיך געגריבלט, אַלץ אויסטערלישער איז מיר פאָרגעקומען די באַגעגעניש היינט ביי נאַכט. מיר האָט זיך אַפילו גענומען אויסווייזן אַז כ׳האָב ערגעץ געלייענט אין אַ צייטונג אַז יענער איז געשטאָרבן. דרייען זיך אַרום מתים אויף בראָדוויי? דאָס וואָלט געהייסן אַז אסתר איז שוין אויך נישט צווישן די לעבעדיקע. כ׳האָב מער נישט געקאָנט שלאָפן און אונטערגעהויבן דעם ראָלעט פון דעם פענצטער. כ׳האָב מיך אויפגעזעצט און אַרויסגעקוקט צו דער נאַכט — אַ שוואַרצע. אַ גע־דיכטע, אָן אַ לבנה. אַ פּאָר שטערן אין הימל זענען מיטגעלאָפן מיט דעם צוג אַ שטיק וועגס. דערנאָך זענען זיי פאַרשוווּנדן. פון מאָל צו מאָל האָט אויפגעלויכטן אַ פאַבריק ווו מ׳האָט, אַפּנים, גע־

אַרבעט אין מיטן דער נאַכט. כ׳האָב דערזען די רעדער, טראַנסמי־סיעס, און מאַשינען וואָס כ׳ווייס נישט זייער נאָמען. ערגעץ ווייט, אין דער געדיכטער פינצטערניש, האָט אויף אַ ווייל אַ לויכט־געטאָן דער נעאָ־שילד פון אַ באַר. אַן אַנדער שטערן האָט זיך באַ־וויזן און ער איז אויך נאָכגעלאָפן די באַן. ס׳איז מיר געוואָרן אומ־היימלעך און שווער. כ׳האָב זיך געפונען ערגעץ אין מיטן מילכ־וועג. כ׳האָב מיך געדרייט מיט דער ערד אַרום איר אַקס, כ׳האָב געקרייזט מיט דער ערד אַרום דער זון. כ׳האָב מיך באַוועגט מיט דער זון ערגעץ אין דער ריכטונג פון אַ קאָנסטעלאַציע וואָס כ׳האָב פאַרגעסן איר נאָמען. איז נישטאָ קיין טויט? אָדער ס׳איז נישטאָ קיין לעבן?...

כ׳האָב גענומען טראַכטן וועגן דעם וואָס אסתר האָט מיר דער־ציילט אַז זי האָט געזען היטלערן אין דער קאַפעטעריע. בשעת זי האָט עס מיר דערציילט איז דאָס מיר פאַרגעקומען אַ שרעקלעכער אומזין. אָבער איצט האָב איך גענומען ווי איבערשאַצן די סיטו־אַציע. אויב צייט און רוים זענען נישט מער ווי „אַנשויונגס־פאָרמען״ ווי קאַנט רופט זיי, און קוואַליטעט, קוואַנטיטעט, קויזאַליטעט זענען קאַטעגאָריעס פון דענקען, איז אַלץ געמאָלט. פאַר וואָס זאָל טאַקע היטלער נישט אָפּהאַלטן קיין באַראַטונג מיט זיינע נאַציס אין אַ קאַ־פעטעריע אויף בראָדוויי? אסתר האָט נישט גערעדט ווי קיין משוגע־נע. זי האָט געהאַט דערזען אַ שטיקווירקלעכקייט וואָס די הימלישע צענזור לאָזט געוויינלעך נישט צו מ׳זאָל זי זען. אסתר האָט אויף אַ רגע געכאַפּט אַ בליק הינטער דעם פאַרהאַנג פון די פענאָמענען.

ס׳האָט מיר איצט באַנג געטאָן פאַר וואָס כ׳האָב נישט אויס־געפרעגט ביי איר קיין איינצלהייטן...

אין טאָראָנטאָ האָב איך געהאַט ווייניק צייט אַריינצוטראַכטן אין די ענינים. אָבער ווען כ׳האָב מיך אומגעקערט קיין ניו־יאָרק, בין איך אַוועק אין דער קאַפעטעריע דורכצופירן אַ סאָרט פּריוואַטע אויספאָרשונג. כ׳האָב דאָרט געטראָפן בלויז איין מענטש וואָס כ׳האָב

געקענט: אַ רב וואָס איז געוואָרן אַן אַפּיקורס און אויפגעגעבן ס׳רבנות. כ׳האָב אים געפרעגט וועגן אסתרן. ער האָט געפרעגט:

— דאָס שיינע וויבעלע וואָס פלעגט דאָ אַריינקומען?

— יאָ.

— כ׳האָב געהערט אַז זי איז באַגאַנגען זעלבסטמאָרד.

— ווען? ווו?

— כ׳ווייס נישט. אפשר רעדן מיר נישט וועגן דער זעלבער פּערזאָן.

ס׳האָבן נישט געהאָלפן קיין אויספרעגענישן, קיין שילדערונגען, אַלץ איז געבליבן אומבאַשטימט. עפּעס אַ יונגע פרוי וואָס פלעגט דאָ אַריינקומען, זאָל האָבן געעפנט דעם גאַז און געמאַכט אַן עק. דער געוועזענער רב האָט נישט געדענקט נישט דעם נאָמען, נישט די דאַטע.

כ׳האָב געהאַט באַשלאָסן נישט צו רוען ביז איכ׳ל וויסן אויף זיכער וואָס ס׳איז געשען מיט אסתרן און אויך מיט יענעם האַלבן־שרייבער־האַלבן־פּאַרטיי־טוער וואָס כ׳האָב געדענקט פון איסט בראָד־וויי. אָבער כ׳בין געוואָרן אַלץ מער און מער פאַרנומען. די קאָפעטעריע האָט זיך פאַרמאַכט. די געגנט האָט זיך געביטן. יאָרן זענען אַריבער און כ׳האָב מער אסתרן נישט געטראָפן. יאָ, מתים דרייען זיך אַרום אויף בראָדוויי. אָבער פאַר וואָס האָט אסתר אָפּגעקליבן גראָד דעם דאָזיקן מת? זי וואָלט געקאָנט קריגן אַ גרעסערע מציאה צווישן די לעבעדיקע...

טייבעלע און הורמיזאַ

.1

אין דער שטאָט לאַשניק, נישט ווייט פון לובלין, האָט געוווינט אַ פּאָרפּאָלק. ער האָט געהייסן חיים נתן, זי — טייבעלע. די פּאָר האָבן נישט געהאַט קיין קינדער. צוואָר, חיים נתן איז נישט געווען קיין עקר און טייבעלע קיין אומטראַכטעריק. טייבעלע האָט געבוירן איר מאַן אַ ייִנגל און צוויי מיידלעך, אָבער אַלע דריי זענען גע־שטאָרבן קליינערהייט, איינס פון קאָקלהוסט, איינס פון שאַרלאַך און איינס פון דיפטעריט. דערנאָך האָט זיך טייבעלעס טראַכט פאַר־שלאָסן און ס׳האָבן נישט געהאָלפן קיין ברכות, שפּרוכן, קרייטעכער. פון צער איז חיים נתן געוואָרן אַ פּרוש. ער האָט זיך אָפּגעשיידט פון ווייב, אויפגעהערט עסן פלייש און איז מער נישט געשלאָפן מיטן ווייב אין שלאָף־חדר, נאָר אין בית־המדרש אויף דער באַנק. טייבעלע האָט געהאַט געירשנט פון טאַטע־מאַמע אַ שניט־קראָם און זי איז דאָרט געזעסן אַ גאַנצן טאָג מיט אַן אייל רעכטס, אַ שער לינקס און אַ טייטש־חומש פון פאָרנט. דער חיים נתן איז געווען אַ הויכער, אַ דאַרער, מיט שוואַרצע אויגן און אַ שפּיציק בערדל ווי אַ קלין — בטבע אַן איינגעשלאָסענער אין זיך, מיט אַ שם פון אַ מרוק אַפילו ווען אַלץ איז געגאַנגען כשורה. טייבעלע איז געווען אַ קליינע, אַ העלע, מיט בלויע אויגן און אַ קיילעכיק פּנים. ווי וויל גאָט האָט זי געשטראָפט, פלעגט זיך נאָך אַלץ באַווייזן אויף אירע ליפּן אַ שמייכל און אין די באַקן האָבן זיך אַוועקגעשטעלט חן־גריבעלעך. זי האָט מער נישט געהאַט פאַר וועמען צו קאָכן, פון דעסטוועגן האָט זי יעדן טאָג אָנגעצונדן פייער אין אויוון, אָדער אונטער דעם דרייפוס, אויפגעזאָטן פאַר זיך אַ גריץ, אַ יאַיכל, אָדער אַ באָרשט. זי האָט אויך געשטריקט אַ זאָק, אַ לייבל, אָדער גאָר

אויסגעניים אויף קאַנווע. ס׳איז נישט געווען איר געוווינהייט צו גריבלען זיך און צו ביטערן אַן אַ גרענעץ.

אין איינעם אַ טאָג האָט חיים נתן אַריינגעלייגט אין אַ זאַק דעם טלית־און־תפילין, אַ ביסל וועש, אַ לאַבן ברויט און איז אַוועק פון הויז. די שכנים האָבן אים געפרעגט ווו ער גייט און ער האָט געענט־פערט: ווו די אויגן וועלן מיך טראָגן.

מ׳איז געקומען אָנזאָגן טייבעלען די בשורה, אַז דער מאַן איז פון איר אַוועק, אָבער ס׳איז שוין געווען צו שפּעט אים נאָכצויאָגן, ער איז געהאַט אַריבער דעם טייך מיט דער פּראָם. מ׳האָט זיך שפּע־טער דערוווסט, אַז ער האָט געדונגען אַ פור קיין לובלין. טייבעלע האָט אַרויסגעשיקט אַ שליח אים זוכן, אָבער נישט דער מאַן און נישט דער שליח האָבן זיך אומגעקערט. טייבעלע איז צו דריי און דרייסיק יאָר געבליבן אַן עגונה.

נאָך אַ צייט זוכן האָט טייבעלע באַנומען אַז זי האָט מער נישט אויף וואָס צו האָפן. גאָט האָט איר געהאַט צוגענומען סיי די קינדער, סיי דעם מאַן. זי האָט מער קיין מאָל נישט געטאָרט חתונה האָבן. פון איצט אָן האָט טייבעלע געמוזט לעבן אַליין. זי האָט געהאַט איר הויז, איר קראָם, איר ווירטשאַפט. די שטאָטלייט האָבן זי גריי־לעך באַדויערט ווייל טייבעלע איז געווען אַ שטילע, אַ גוטהאַר־ציקע, אַן ערלעכע אין האַנדל. אַלע האָבן געטענהט דאָס אייגענע: פאַר וואָס קומט איר אַזאַ שטראָף? אָבער גאָטס וועגן זענען פאַר־הוילן.

די טייבעלע האָט געהאַט עטלעכע ווייבלעך אין איר עלטער וואָס זי האָט זיך מיט זיי געחברט נאָך פון די מיידלשע צייטן. ביי טאָג איז יעדע באַלעבאָסטע פאַרנומען מיט אירע טעפּ, אָבער אין אָוונט פלעגן אַ מאָל טייבעלעס חברטעס קומען צו איר פאַרברענגען. אין זומער זענען אַלע געזעסן אין דרויסן אויף דער באַנק, מ׳האָט געשמועסט און זיך דערציילט מעשיות.

איין מאָל אין אַ זומער־אָוונט אָן אַ לבנה, ווען אין שטאָט איז געווען פינצטער ווי אין מצרים, איז טייבעלע געזעסן מיט אירע

געזעלינס און טייבעלע האָט זיי דערציילט אַ מעשה פון אַ מעשה־ביכל וואָס זי האָט געקויפט ביי אַ פּאַקנטרעגער: אַ געשיכטע פון אַ ייִדישער טאָכטער וואָס אַ שד האָט זיך צו איר באַהאַפטן און געלעבט מיט איר ווי אַ מאַן מיט אַ ווייב. טייבעלע האָט איבערגעגעבן דעם טראַף מיט אַלע פּרטים. די ווייבלעך זענען געוואָרן אַזוי דערשראָקן אַז זיי האָבן זיך אָנגענומען ביי די הענט, זיך צוגעדריקט איינע צו דער אַנדערער, אויסגעשפּיגן, געלאַכט מיט אַ געלעכטער וואָס קומט פון פּחד. איינע האָט אַ פרעג געטאָן:

— פאַר וואָס האָט זי אים נישט פאַרטריבן מיט אַ קמיע?

— נישט יעדער שד שרעקט זיך פאַר אַ קמיע — האָט טייבעלע געענטפערט.

— פאַר וואָס איז זי נישט געפאָרן צו קיין בעל שם?

— ער האָט זי געוואָרנט, אַז אויב זי וועט אַנטפּלעקן דעם סוד, וועט ער זי דערווערגן.

— איכ׳ל שוין פאַרכט האָבן אַהיים צו גיין — האָט אַן אַנדערע געזאָגט.

— איכ׳ל דיך צופירן — האָט די דריטע זי געטרייסט.

גראָד איז פאַרבייגעגאַנגען אלחנן, אַ בעלפער וואָס האָט זיך געשניטן אויף אַ בדחן און וואָס איז שוין פינף יאָר געזעסן אַן אלמן. אלחנן האָט געהאַט אַ נאָמען פאַר אַ גרינגן פאַרשוין, אַ לץ, אַן איבערגעדרייט שלעסל. ער איז געגאַנגען מיט שטילע טריט ווייל ס׳האָבן זיך אים געהאַט אויסגעריבן די זוילן פון די שיך און ער האָט געטרעטן אויף די באָרוועסע פיס. ווען ער האָט געהערט טייבעלען דערציילן די מעשה, האָט ער זיך אָפּגעשטעלט, געלוישט. דאָס חשכות איז געווען אַזוי געדיכט און די ווייבלעך האָבן זיך אַזוי אַריינגעטאָן אין דעם געהאַלישן פאַרלויפעניש, אַז זיי האָבן נישט געלייגט קיין אַכט. דער אלחנן איז געווען אַן אויסגעלאַסענער, אַ בעל־תאווה, פול מיט הינטערליסטיקע און חמור־אייזלשע קונצן. ס׳איז אים גלייך איינגעפאַלן אַ ווילערישער פּלאַן.

נאָך דעם ווי די ווייבלעך זענען אַוועק, איז אלחנן שטילערהייט אַריין צו טייבעלען אין הויף. ער האָט זיך דאָרט פאַרשטעקט הינ־טער אַ בוים און געלויערט. ווען ער האָט געזען דורכן פענצטער פון שלאָפשטוב ווי טייבעלע לייגט זיך אין בעט און פאַרלעשט דאָס ליכט, האָט ער זיך מיט שטילע טריט אַריינגעגנבעט אין איר דירה. טייבעלע האָט נישט פאַרקייטלט די טיר, ווייל ס׳האָט אין דעם מקום נישט געטראָפן קיין גנבה. אין דער פאָדערשטער שטוב האָט ער אויסגעטאָן דעם ראָק, דעם לייבסערדאַק, די פלודערן, געבליבן מוטער־נאַקעט. דערנאָך האָט ער אויף די שפּיצן פינגער זיך דערנענטערט צו טייבעלעס געלעגער. טייבעלע האָט שוין גע־האַלטן ביים איינשלאָפן. מיט אַ מאָל האָט זי דערבליקט אין דער פינצטער אַן אָפּצייכן פון אַ געשטאַלט. אַזאַ אַנגסט האָט זי אָנגע־נומען אַז זי האָט נישט געקאָנט שרייען.

— ווער איז דאָס? — האָט זי געפרעגט אַ דערציטערטע און אלחנן האָט גענומען רעדן מיט אַ באַנומענער שטים:

— טייבעלע, שריי נישט, אויב דו וועסט אויפהויבן דיין קול, וועל איך דיך גלייך אומברענגען. איך בין הורמיזאַ, דער שד וואָס האָט צו זאָגן איבער פינצטערניש, רעגן, האָגל, דונערן און ווילדע חיות. איך בין דער אייגענער מחבל וואָס האָט אַנטשפּויזט יענע יונגפרוי, וואָס פון איר האָסטו היינט געשפּראָכן און מחמת דו האָסט איבערגעגעבן די זאַך מיט פיל טעם, האָב איך פון אָפּגרונט אַנגענויגט אַן אויער צו דיינע רייד און געקראָגן לוסט צו דיין לייב. פּרוּוו מיר נישט ווידערשפּעניקן, ווייל יענע וואָס זאָגן זיך אָפּ צו טאָן מיין ווילן, שלעפּ איך אַוועק הינטער די הרי חושך, צום באַרג שעיר, אין אַ וויסטעניש ווו מענטשן גייען נישט, פייגל פליען נישט, ... טרעט נישט, די ערד איז אייזן, דער הימל איז קופּער, און איך וואַלגער זיי דאָרט אין דערנער און אין פייער, צווישן שלאַנגען, עקדישן און פּיפּערנאָטערס ביז יעדער ביין ווערט צעריבן אויף שטויב און זיי ווערן פאַרלוירן אויף אייביק אין שאול תחתיה. פאַר־קערט, אויב דו וועסט טאָן מיין פאַרלאַנג, וועט דיר קיין האָר נישט

ווערן געקרימט און איך וועל דיר שיקן הצלחה ווו דו וועסט דיך קערן און ווענדן...

ווען טייבעלע האָט געהערט די דאָזיקע ווערטער, איז זי גע־בליבן ליגן ווי איין אומגאַכט. דאָס האַרץ אין דער ברוסט האָט געטאָן אַ צאַפּל און זיך אָפּגעשטעלט. זי האָט געמיינט אַז ס׳איז געקומען איר סוף. נאָך אַ ווייל האָט זי זיך געשטאַרקט און גע־מורמלט:

— וואָס ווילסטו פון מיר? איך בין אַן אשת איש.

— דיין מאַן איז טויט. איך בין אַליין נאָכגעפלויגן נאָך זיין לוויה — האָט דער בעלפער געברומט פון בויך אַרויס. — צוואָר, איך קאָן נישט קומען צום רב עדות זאָגן און דיך אויפבינדן, ווייל אונדזערע לייט זענען נישט באַגלויבט. איך טאָר אויך נישט איבער־טרעטן די שוועל פון בית־דין־שטוב ווייל איך האָב אָפּשיי פאַר דער ספר־תורה. אָבער איך טו נישט לייגן. דיין מאַן איז געשטאָרבן אין אַן אונטערגאַנג און די ווערעם האָבן שוין פאַרצערט זיין נאָז. אַפילו ווען ער וואָלט געלעבט, מעגסטו זיך אויך פאָרן מיט מיר, ווייל אויף אונדז זענען נישט חל די דינים פון שולחן ערוך...

הורמיזאַ דער בעלפער האָט אַרויסגעבראַכט נאָך אַנדערע רייד, סיי זיסע, סיי שרעקעדיקע. ער האָט אָנגערופן די נעמען פון מלאכים, שדים, מאַרעס, וואַמפּירן. ער האָט געשווירן אַז אשמדאי, דער קעניג פון די שדים, איז זיין שטיף־פעטער און אַז לילית, די קעניגין פון די נישט־גוטע, טאַנצט פאַר אים, הורמיזאַן, אויף איין פוס, און טוט אים געפעליקייטן. שיבתא, די שדיכע וואָס גנבעט קינדער ביי קימפעטאָרינס, באַקט פאַר אים מאָן־קיכלעך אין אויוון פון גיהנום און באַשמעלצט זיי מיט דעם פעטס פון כישוף־מאַכערס און שוואַרצע הינט. ער האָט גערעדט אַזוי לאַנג און מיט אַזוינע ווירציקע משלים און גלייכווערטלעך, אַז טייבעלע האָט געמוזט שמייכלען אין איר באַדרענגעניש. הורמיזאַ האָט צוגעגעבן אַז ער האָט זי, טייבעלען, ליב שוין אַ לאַנגע צייט. ער האָט איר דערמאָנט די קליידער און שובעס, וואָס זי האָט געטראָגן הייַיאָר און פאַראַיאָרן; ער האָט

געטראַפן די מחשבות וואָס זי האָט געטראַכט ביים קנעטן טייג, שטעלן טשאָלנט, אין באָד, אין אָפּטריט. ער האָט איר געגעבן אַ וואָרצייכן אַז אַנומלט איז זי אויפגעשטאַנען מיט אַ בלויען צייכן אויף דער ברוסט. זי האָט געמיינט אַז דאָס איז אַ טויטנקנופּ. אין דער וואָר איז עס געווען אַ קוש, פון זיינע, הורמיזאס לעפצן. נאָך אַ ווייל איז דער שד אַרויף צו טייבעלען אויפן געלעגער און ער האָט געטאָן וואָס ער האָט באַגערט. ער האָט איר צו וויסן געטאָן, אַז פון היינט אָן און ווייטער וועט ער זי באַזוכן צוויי מאָל אין דער וואָך, מיטוואָך און שבת־צו־נאַכטס וואָס דעמאָלט האָבן יענע לייט שליטה. דערביי האָט ער זי געוואָרנט אַז אויב זי וועט עמעצן אויפדעקן וואָס ס׳איז איר צו האַנט געקומען אָדער געבן די מינדסטע אָנצוהערעניש, וועט ער אין איר נעמען נקמה: איר אַרויסרייסן די האָר פון שאַרבן, אויסשטעכן די אויגן, אויסבייסן דעם נאָפּל. ער וועט זי אויך פאַרוואַרפן אין וויסטענישן ווו דאָס ברויט איז קויט, דאָס וואַסער — בלוט און מ׳הערט דאָרט טאָג און נאַכט די וויי־געשרייען פון צלמות. ער האָט באַפוילן טייבעלען זי זאָל שווערן ביים געביין פון איר מוטער אַז זי וועט היטן דעם סוד ביז צום לעצטן טאָג. טייבעלע האָט באַנומען אַז ס׳איז נישטאָ פאַר איר קיין אַנטרינונג. זי האָט אים אָנגענומען ביים דיך, געשווירן און געטאָן אַלץ וואָס דער אומגעהייער האָט געבאָטן.

איידער הורמיזאַ איז אַוועק האָט ער זי לאַנג געקושט און ווי וויל ס׳איז אַ שד, נישט אַ מאַנסביל, האָט טייבעלע אים צוריקגעקושט און באַנעצט זיין באָרד מיט אירע טרערן, מחמת לויט פאַר אַ מזיק, איז ער זיך באַגאַנגען מיט איר גוט...

ווען הורמיזא איז אַוועק, האָט טייבעלע גענומען שלוכצן און זי האָט אַזוי אַריינגעהעשעט אין קישן ביז זון־שפּראָץ.

פון דעמאָלט אָן איז הורמיזא געקומען צו איר יעדן מיטוואָך און שבת־צו־נאַכטס. טייבעלע האָט געזאָרגט זי זאָל נישט ווערן טראָגעדיק פון דעם נישט־גוטן און געבוירן אַ פאַרזעעניש מיט אַ ווידל און הערנער, אַ צווערקל, אָדער אַ מאַנקאַלב. אָבער הורמיזא

האָט איר פֿאַרזיכערט אַז ער וועט זי שוינען פון פאַרשעמונג. טייבעלע האָט אים געפרעגט צי זי דאַרף גיין אין מקווה און זיך רייניקן נאָך די אומריינע טעג, אָבער הורמיזא האָט געענטפערט דאָס די דינים פון נידה זענען נישט פאַר יענע וואָס באַהעפטן זיך מיט דער סטרא אחרא.

ס׳איז דאָ אַ ווערטל, אַז באַשירעמט זאָל מען ווערן צו וואָס אַלץ מ׳קאָן זיך נישט צוגעווינען, און אַזוי איז געשען מיט טייבעלען. אין אָנהויב האָט זי זיך געשראָקן דער באַנאַכטיקער זאָל איר נישט אָנטאָן קיין שאָדן, מאַכן קראַנק, קרעציק, קאַלטנדיק אָדער זי דער־פירן זי זאָל בילן ווי אַ הונט צי גאַר טרינקען השתנה און ווערן צו שאַנד. אָבער הורמיזא האָט זי נישט געשמיסן, נישט געקנייפּט, אויף איר נישט געשפּיגן. פאַרקערט, ער האָט זי געצערטלט, איר איינגע־רוימט ליבע־רייד, געפלאָכטן איבער איר גראַמען. טייל מאָל האָט ער אָפּגעטאָן אַזוינע שטיקלעך און געפלאַפּלט לאַפּיטוטישע רייד אַז זי האָט געמוזט לאַכן. ער האָט זי געצויגן ביים לעפל פון אויער, זיך איינגעביסן מיט ליבשאַפט אין איר אַקסל און צומאָרגנס האָט זי געפונען שראַמען פון זיינע ציין. ער האָט זי צוגערעדט זי זאָל לאָזן וואַקסן די האָר אונטער דער קאָפּקע און ער האָט איר פאַרפלאָכטן צעפּלעך. ער האָט זי אויסגעלערנט סגולות און שפּרוכן, איר אויך דער־ציילט פון זיינע נאַכט־ברידער, די רוחות, וואָס ער פליט מיט זיי איבער חורבות, פעלדער מיט הינט־שוואָמען, איבער די זאַלצעניש פון סדום און די געגליווערטע וואָסערן פון ים הקרוש. ער האָט נישט גע־לייקנט אַז ער האָט נאָך אַנדערע ווייבער, אָבער זיי זענען אַלע שדיכעס. אַ מענטשן־טאָכטער באַזיצט ער איינע. ווען טייבעלע האָט אים געפרעגט אויס נייגיר ווי די ווייבער זיינע הייסן, האָט ער זיי אָנגערופן ביי די נעמען: נעמה, מחלת, אַף, חולדה, זלוכה, נפקא, חימה. צוזאַמען זיבן ווייבער.

ער האָט געזאָגט אַז נעמה איז שוואַרץ ווי פעך און אַלעמאָל פול מיט גרימצאָרן. ווען זי קריגט זיך מיט אים, שפּייט זי מיט גיפט און פון די נאָז־לעכער זעצט אַ פלאַם און אַ רויך.

מחלת האָט אַ פּנים פון אַ פּיאַווקע און ווען זי רירט אָן עמעצן מיט דער צונג, ווערט יענער בראַנדיק.

אַף האָט ליב זיך צו צירן אין זילבער, שמאַראַגדן, דימענטן. די צעפּ אירע זענען פון גינגאָלד. אויף די פּיס טראָגט זי בראָס־לעטן מיט גלעקלעך. ווען זי טאַנצט, קלינגט איבער אַלע מדבריות.

חולדה האָט דאָס געשטאַלט פון אַ קאַץ. זי רעדט נישט, נאָר מיאַוקעט. די אויגן אירע זענען גרין ווי אַגרעס. ווען זי פּאָרט זיך עסט זי דערביי די לעבער פון אַ בער.

זלוכה איז אַ שונא פון כלה־מיידלעך. זי נעמט אויך צו ביי חתנים די מאַכט. ווען אַ כלה גייט אַרויס אַליין ביי נאַכט אין דער צייט פון די שבע ברכות, טאַנצט איר זלוכה אַקעגן און די כלה ווערט דערפון שטום, אָדער קריגט אַ פאַרכאַפּעניש.

נפקא איז אויסגעלאַסן, שלענדערט זיך אַרום מיט אַלע שדים. ער, הורמיזאַ, האַלט זי דערפאַר ווייל זי קאָן באַלאַקען מיאוסע און חוצפּהדיקע רייד וואָס טוען אים ווױלגעפעלן.

חימה דאַרף זיין לויט איר נאָמען אַ בייזוויליקע, ווי נעמה דאַרף זיין אַ מילדע, אָבער ס'איז פאַרקערט: חימה איז אַ שדיכע אָן אַ גאַל. זי טוט צדקה, פאַרקנעט דאָס טייג אין הייזער ווו די באַלעבאָסטע איז שלאָף, און ברענגט ברויט אין שטובן ווו ס'פייפט דער דלות.

אַזוי האָט הורמיזאַ אָפּגעמאָלט זיינע ווייבער, ווי ער פאַר־ברענגט מיט זיי, שפּילט מיט זיי, מאַכט מיט זיי קאָזשעלקעס איבער די דעכער, טוט אָפּ אַלערליי שאַלמויזן. געוויינלעך איז אַ ווייבספאַר־שוין אייפערזיכטיק אויב אַ מאַן האָט אַנדערע ווייבער, אָבער ווי קאָן אַ מענטשן־טאָכטער זיין אייפערדיק אויף אַ טייוול? פאַרקערט, הורמיזאָס מעשיות זענען געפעלן טייבעלען און זי האָט אים אַלץ מער אויסגעפרעגט און געפאָרשט. אַ מאָל האָט ער איר אַנטפּלעקט סודות וואָס קיין שום מענטשנקינד קאָן נישט וויסן — וועגן גאָט, די מלאָכים, די שרפים, די אויבערשטע פּאַלאַצן, די זיבן הימלען; אויך ווי מ'שטראָפט די רשעים און מרשעתן אין פעסער פעך, בעקנס

קוילן, אויף שטעכבעטלעך, אין קופּעס שניי און ווי די מלאכי חבלה פּיצקען זייערע לייבער מיט פייערדיקע ריטער.

הורמיזאַ האָט געזאָגט אַז די גרעסטע שטראָף אין גיהנום איז קיצלען. ס'איז דאָרט פאַראַן אַ לץ און זיין נאָמען איז לעקיש. ווען לעקיש קיצלט די פאַרשייטע נקבות אין די פּיאַטעס און אונטער די אָרעמס, הילכט אָפּ דאָס יאָמער־געלעכטער ביז דעם אינדזל מאַ־דעגאַסקאַר.

אַזוי האָט הורמיזאַ פאַרווײַלט טײַבעלען אין די נעכט און ס'איז באַלד דערגאַנגען דערצו אַז זי האָט אָנגעהויבן בענקען נאָך אים. די זומער־נעכט זענען איר פאָרגעקומען צו קורץ ווייל ווי נאָר דער האָן האָט געקרייט, איז הורמיזאַ אַוועק. אַפילו די ווינטער־נעכט האָבן איר אויסגעוויזן נישט לאַנג גענוג. דער אמת איז, אַז זי האָט שוין ליב געהאַט הורמיזאַן און ווי וויל זי האָט געוווּסט אַז מ'טאָר צו קיין שד נישט גלוסטן, האָט זי געגאַרט נאָך אים ביי טאָג און ביי נאַכט.

.2

ווי וויל אלחנן דער בעלפער איז שוין יאָרן געווען אַן אַלמן, האָבן די שדכנים אים נאָך אַלץ גערעדט שידוכים. מחמת אַ בעלפער איז אַ קנאַפּער פאַרדינער און דערצו האָט ער געהאַט אַ נאָמען פון אַ קל, האָט מען אים געשדכנט מוידן פון געמיינע הייזער, אלמנהס, גרושהס. אָבער אלחנן האָט אָפּגעפּטרט די שדכנים מיט אַלערליי אויסריידן. איינע איז צו מיאוס, די צווייטע האָט אַ הפקר־מויל, די דריטע איז אַ שמאָדער. די שדכנים האָבן זיך געוווּנדערט: פון ווען אָן איז דאָס אַ בעלפער וואָס פאַרדינט דריי פּייעם אַ וואָך אַזאַ איבערקלויבער? נו, און ווי לאַנג קאָן אַ מאַנסביל זיצן אַליין? אָבער מ'קאָן קיינעם נישט שלעפּן צו דער חופּה.

אלחנן האָט זיך אַרומגעדרייט איבערן שטעטל אַ לאַנגער, אַ דאַ־רער, אַן אָפּגעריסענער, מיט אַ רויטער צעשויבערטער באָרד, אין

אַ צעכראַסטעטע העמד, מיט אַ שפּיציקן גאָרגל וואָס איז געלאָפן אַהין און צוריק. ער האָט געוואָרט דער בדחן ר׳ זעקעלע זאָל שטאַרבן און ער זאָל פאַרנעמען זיין אָרט. אָבער ר׳ זעקעלע האָט זיך נישט געאיילט. אויף די חתונות האָט ער נאָך אַלץ געשאָטן מיט גראַמען ווי אין די יונגע יאָרן. אלחנן האָט געפּרוווט ווערן אַ דרדקי־מלמד פאַר זיך, אָבער קיינער האָט אים נישט פאַרטרויט זיין קינד. אין דער פרי און אין אָוונט האָט ער געפירט די תלמידים אין חדר אַריין און פון חדר. ביי טאָג איז ער געזעסן ביי ר׳ איטשעלע מלמד אויפן הויף, לײדיק־גייעריש געשניצט טייטלען, אויסגעשוירן פון פּאַפּיר רייזעלעך וואָס מ׳נוצט בלויז איין מאָל אין יאָר: אויף שבועות, געקנעטן פון ליים אַלערליי מענטשעלעך. נישט ווייט פון טייבעלעס געוועלב האָט זיך געפונען אַ ברונעם מיט קוואַל־וואַסער און אלחנן פלעגט אַ סך מאָל אין טאָג קומען דאָרט אָנשעפּן אַן עמער וואַסער, אָדער אַליין טאָן אַ טרונק וואַסער און פאַרגיסן די רויטע באָרד. ער האָט דערביי געוואָרפן אַ בליק צו טייבעלען. טייבעלע האָט אים באַדויערט. וואָס דרייט זיך אַרום אַ מאַנסביל איינער אַליין? אלחנן האָט יעדעס מאָל צו זיך אַ זאָג געטאָן: ווײ, טייבעלע, ווען דו ווייסט דעם אמת!...

אלחנן האָט געוווינט אין אַ בוידעם־שטיבל ביי אַן אַלטער ייִדע־נע, אַ טויבע, אַ האַלב־בלינדע. די זקנה פלעגט אים אָפּט פאַרהאַלטן פאַר וואָס ער גייט נישט דאַווענען אין בית־מדרש גלייך מיט אַלע ייִדן, אָבער אלחנן האָט זיך געפירט אַנדערש פון אַנדערע. ווי נאָר ער האָט אָפּגעפירט דאָס קליינוואַרג אַהיים, האָט ער אָפּגעכאַפּט מנחה־מעריב. געגאַנגען שלאָפן גלייך מיט די הינער. פון מאָל צו מאָל האָט זיך דער אַלטער אויסגעדוכט אַז זי הערט ווי דער בעלפער שטייט אויף אין מיטן דער נאַכט, גייט ערגעץ. די זקנה האָט אים געפרעגט ווו ער שלייכט אַרום אין די נעכט, נאָר אלחנן האָט גע־ענטפערט אַז ס׳דוכט זיך איר. די ווייבער וואָס זיצן אויף די בענק, שטריקן זאָקן און מאָטלען, האָבן פאַרשפּרייט אַ שמועה, אַז אלחנן ווערט שפּעט ביי נאַכט אַ ווילקאָלאַק. אַנדערע האָבן אַרויסגעדרונגען אַז ער האָט צו טאָן מיט אַ נישט־גוטס. פאַר וואָס דען אַנדערש

זאָל אַ מאַנסביל זיצן אַזוי פיל יאָרן אָן אַ ווייב? די נגידים האָבן אים מער נישט אָנפאַרטרויט די קינדער. ער איז געוואָרן אַ בעלפער ביי די געמיינע לייט, האָט זעלטן געגעסן אַ לעפל געקעכטס, איז אָפּגעקומען מיט טרוקנס.

אלחנן איז געוואָרן אַלץ דאַרער, אָבער די פיס זענען אים גע־בליבן גרינג. ער איז נישט געגאַנגען אין גאַס, נאָר געהיפּערט מיט די לאַנגע פיס ווי אויף שטאָלצן. ס׳האָט, אַפּנים, געברענט אין אים דער דורשט ווייל ער האָט געהאַלטן אין איין קומען צום ברו־נעם. טייל מאָל האָט ער גלאַט אַזוי געהאָלפן אַ פערד־הענדלער אָדער אַ פויער אָנטרינקען אַ פערד. איין מאָל ווען טייבעלע האָט געזען פון דערווייטנס ווי די קאַפּאָטע זיינע איז פול מיט גוואַלד־ריסן און צויטן, האָט זי אים אַריינגערופן אין קראָם. ער האָט גע־טאָן אויף איר אַ דערשראָקענעם קוק מיט די גרויסע פלאַטערנדיקע אויגן, געוואָרן ווייס ווי קרייד.

— כ׳זע די קאַפּאָטע איז אייך צעריסן — האָט טייבעלע גע־זאָגט. — אויב איר ווילט, וועל איך אייך אָפּשניידן אַ פּאָר איילן סחורה. איר׳ט מיר אויסצאָלן אַ גריוונִיק אַ וואָך.

— ניין.

— פאַר וואָס ניין? — האָט טייבעלע געפרעגט אַ דערשטוינטע.

— איכ׳ל אייך צום רב נישט רופן. ווען איר׳ט האָבן, וועט איר צאָלן

— ניין.

און ער איז גיך אַרויס פון קראָם. ער האָט מורא געהאַט זי זאָל נישט דערקענען זיין קול.

זומער איז דאָס גיין האַלב ביי נאַכט צו דער טייבעלע אים נאָך אַלץ אָנגעקומען גרינג. אלחנן איז געקראָכן דורך הינטער־וועגלעך, איינגעהילט דאָס נאָקעטע לייב אין אַ כאַלאַט. ווינטער איז דאָס אויס־טאָן און אָנטאָן זיך ביי טייבעלען אין פאָדערשטוב געוואָרן אַלץ לעסטיקער. אַמערגסטן ווערט דער וועג ווען ס׳פאַלט אָן אַ פרישער שניי. אלחנן האָט געזאָרגט, טייבעלע אָדער עמיץ פון די שכנים זאָל

נישט פֿאַלן אויף די שפּורן. ער האָט באַקומען אַ הוסט, אַ קאַטאַר. ס'האָט געטראָפֿן אַז ער איז געקומען צו טייבעלען אין בעט אַריין, געפּויקט מיט די ציין, לאַנג זיך נישט געקאָנט דערוואַרעמען. אויס פּחד זי זאָל זיך נישט כאַפּן אויף זיין נאַרעריי, האָט ער אויסגעטראַכט פֿאַרענטפֿערונגען און אויסריידן. אין אמתן האָט טייבעלע נישט גע־פֿאַרשט און נישט געוואָלט פֿאַרשן. טייבעלע האָט שוין לאַנג געהאַט איינגעזען, אַז אַ שד האָט אַלע מידות און שוואַכקייטן פֿון אַ מענטש. ער האָט געשוויצט, געניסט, געשלוקערצט, געגענעצט. טייל מאָל האָט געשמעקט פֿון אים מיט קנאָבל און טיילמאָל מיט ציבעלע. דאָס לייב זיינס איז איר פֿאַרגעקומען ווי דאָס לייב פֿון איר מאַן: מיט אַ גאָרגל און אַ נאָפּל, ביינער און האָריק. אַ מאָל איז הורמיזאַ אַריין אין אַ לוינע צו טרייבן שפּאַס, אַן אַנדער מאָל האָט זיך פֿון אים אַרויסגעריסן אַ זיפֿץ. די פֿיס זיינע זענען נישט געווען קיין גענדזענע, נאָר מענטשלעכע, מיט נעגל און ווינטער־ביילן. איין מאָל האָט אים טייבעלע געפֿרעגט דעם באַטייט דערפֿון און הורמיזאַ האָט איר אויסגעטייטשט:

— ווען איינער פֿון אונדז באַהעפֿט זיך מיט אַן ערדישער נקבה, נעמט ער אָן דאָס געשטאַלט פֿון אַ בן־אָדם. ווען נישט, וואָלט יענע אויסגעגאַנגען פֿון אימה.

יאָ, טייבעלע האָט זיך צו אים צוגעוווינט און אים ליב באַקומען. זי האָט אין גאַנצן אויפֿגעהערט זיך פֿאָרכטן פֿאַר אים און זיינע שמד־שטיק. די מעשיות זיינע האָבן זיך קיין מאָל נישט אויסגעשעפּט, אָבער אָפֿט האָט טייבעלע געפֿונען אין זיינע רייד ווידערשפּרוכן אָדער אַ ליגן. ער האָט, אַפֿנים, ווי אַלע אַנדערע ליגנערס, געהאַט אַ קורצן זכרון. ער האָט מיט אַ צייט צוריק געזאָגט טייבעלען אַז שדים לעבן אייביק, אָבער אין איינער אַ נאַכט האָט ער זי אַ פֿרעג געטאָן:

— וואָס וועסטו טאָן אַז איכ'ל קראַפּירן?

— שדים שטאַרבן דאָך נישט!

— מ'נעמט זיי אַראָפּ אין שאול תּחתּיה...

איין מאָל נאָך סוכּות איז געוואָרן אַן אונטערגאַנג אין שטאָט. פֿױלע ווינטן האָבן געבלאָזן פֿון טײַך, פֿון וואַלד, פֿון די זומפּן. נישט בלויז קינדער, נאָר אויך אַ סך דערוואַקסענע זענען געלעגן אין קדחת. ס׳האָט גערעגנט און געהאָגלט. די פֿאַרפֿלייצונג האָט געהאָט דורכגעריסן די דאַמבע פֿון דער וואַסערמיל. דער שטורעמווינט האָט אָפּגעבראָכן אַ פֿליגל פֿון דער ווינטמיל. מיטוואָך ביי נאַכט ווען הורמיזאַ איז געקומען צו טייבעלען אויפֿן געלעגער, האָט זי גע־מערקט אַז זיין לייב איז אויסטערליש הייס, אָבער די זוילן זענען אים קאַלט ווי אייז. ער האָט געציטערט און געקרעכצט. ער האָט גע־פּרוווט טייבעלען אַרומנעמען, אָבער די פֿינגער זיינע האָבן געפּראַס־טיקט. ער האָט זיך געפּלייסט זי אויפֿצומונטערן מיט רייד וועגן די שדיכעס, ווי זיי פֿאַרפֿירן יונגע בחורים, מאַכן זיך לוסטיק מיט פֿרעמדע שדים, פּליוסקען זיך אין מקווה, פֿאַרפּלעכטן קאָלטאַנעס ביי די מאַנען אין די בערד, אָבער ער איז געבליבן שלאַבעריק און זי נישט געקאָנט באַמאַנען. ער האָט איר נאָך קיין מאָל נישט אויסגעוויזן אין אַזאַ קלאָגעדיקן מצב. טייבעלען האָט פֿאַרקלעמט אין דער ברוסט. זי האָט אַ פֿרעג געטאָן:

— אפשר דיר איינגעבן מאַלינעס מיט מילך?

און הורמיזאַ האָט געענטפֿערט:

— אַזוינע רפֿואות זענען נישט פֿאַר אונדזערע לייט.

— וואָס טוט איר ווען איר ווערט שלאַף?

— מיר קראַצן און ראַצן...

ער האָט דאָס מאָל וויייניק גערעדט. ווען ער האָט טייבעלען געקושט, האָט זיך דערטראָגן פֿון זיין געביס אַ פֿאַרדומפּענער ריח. געוויינלעך האָט ער פֿאַרבראַכט מיט איר ביז דער האָן האָט געקרייעט, אָבער דאָס מאָל האָט ער זיך געאיילט זי צו פֿאַרלאָזן. טייבעלע איז געלעגן אַ פֿאַרשוויגענע און זיך צוגעהערט ווי ער פֿאָרעט זיך אין דער פֿאָדערשטוב. ער האָט איר געהאַט געשווירן אַז ער פֿליט אַרויס דורכן פֿענצטער אַפֿילו ווען ס׳איז פֿאַרמאַכט און פֿאַרקלעפּט, אָבער זי האָט פֿאַרנומען אַ סקריפּ פֿון דער טיר.

טייבעלע האָט וויל באַנומען אַז מ׳טאָר נישט מתפלל זיין פאַר שדים; פאַרקערט, מ׳דאַרף זיי שילטן און אויסמעקן זייער געדעכעניש; אָבער טייבעלע האָט פון דעסטוועגן געבעטן גאָט פאַר הורמיזאַן. זי האָט אין איר אַנגסט אַ זאָג געטאָן:

— ס׳זענען דאָ אַזויפיל שדים, זאָל זיין מיט איין שד מער...

דעם שבת־צו־נאַכטס דערנאָך האָט טייבעלע אומזיסט געוואַרט אויף הורמיזאַן ביז פאַר טאָג, אָבער ער איז נישט געקומען. זי האָט אים גערופן אין איר געדאַנק און געמורמלט די שפּרוכן וואָס ער האָט זי אויסגעלערנט, אָבער פון דער פאָדער׳שטוב האָט זיך געטראָגן אַ שטומקייט. טייבעלע איז געלעגן אַ געפּלעפּטע. הורמיזאַ האָט זיך געהאָט באַרימט פאַר איר אַז ער האָט געשפּילט פאַר תובל־קין און חנוכן, געזעסן ביי נחן אויפן דאַך פון דער תיבה, געלעקט זאַלץ פון לוטס ווייבס נאַז, געצופּט אַחשוורושן ביי דער באָרד. ער האָט איר אַ מאָל געהאָט פאָרויסגעזאָגט אַז אין הונדערט יאָר אַרום וועט זי ווערן מגולגל אין אַ פּרינצעסין און ער, הורמיזאַ, וועט זי פאַנגען צוזאַמען מיט זיינע קנעכט חתים און תחתים און זי אַוועק־טראָגן אין דעם פּאַלאַץ פון בשמת, ס׳ווייב פון עשיו. אָבער איצט האָט ער, ווייזט אויס, זיך געוואַלגערט ערגעץ שלאַף, אַן אומבאַ־האָלפענער שד, אַ קיילעכדיקער יתום — אָן אַ טאַטן, אָן אַ מאַמען, אָן אַ געטריי ווייב וואָס זאָל אויף אים אַכט טאָן. טייבעלע האָט זיך דערמאָנט אַז ער האָט דאָס לעצטע מאָל געאָטעמט ווי אַ זעג און ווען ער האָט אויסגעשנייצט די נאָז, האָט אים געפּייפט אַן אויער. פון זונטיק ביז מיטוואָך איז טייבעלע אַרומגעגאַנגען ווי אין אַ חלום. מיטוואָך האָט זי זיך קוים דערוואַרט דער זייגער זאָל שלאָגן צוועלף, אָבער די נאַכט איז אַריבער און הורמיזאַ האָט זיך נישט באַוויזן. טייבעלע האָט אומגעקערט דאָס פּנים צו דער וואַנט.

דער מאָרגנדיקער טאָג האָט זיך אָנגעהויבן טונקעלער ווי פאַר נאַכט. אַ שנייִקער שטויב איז געפאַלן פון הימל. די רויכעס האָבן זיך נישט געקאָנט אויפהויבן פון די קוימענס, געפאַלן איבער די דעכער ווי קויטיקע געוועבדער. קראָען האָבן געקראַקעט. הינט האָבן

געבילט. נאָך דער פאַרוואָגלטער נאַכט האָט טייבעלע נישט געהאַט קיין כוח צו גייען עפֿענען דאָס געוועלב. זי האָט זיך פֿון דעסטוועגן געפּעדערט און איז אַרויס אין דרויסן. ס'איז איר אַקעגנגעקומען אַ מיטה. פֿיר נושאים האָבן זי געטראָגן. פֿון דער פֿאַרווייעטער דעק האָבן אַרויסגעשטאַרצט די בלויע פֿיס פֿון בר־מנן. דער שמש אַליין האָט באַגלייט דעם מת. טייבעלע האָט געפֿרעגט ווער דאָס איז און דער שמש האָט געענטפֿערט:

— אלחנן דער בעלפֿער.

אַן אויסטערלישער געדאַנק איז איינגעפֿאַלן טייבעלען: צו באַגלייטן אלחננען דעם לא יצלח, וואָס האָט געלעבט אַליין און איז געשטאָרבן אַליין. ווער וועט היינט קומען אין געוועלב? און וואָס טויג איר דאָס לייזעכץ? טייבעלע האָט געהאַט אַלץ אָנגעווווירן. זאָל זי אַמווינציקסטן טאָן אַ חסד של אמת. זי האָט באַגלייט דעם טויטן דעם לאַנגן וועג צום בית־עולם. דאָרט האָט זי אָפּגעוואַרט ביז דער באַגרעבער האָט אָפּגעשאַרט די קופּע שניי, אויסגעגראָבן אַ קבֿר אין דער פֿאַרפֿראָרענער ערד. מ'האָט אלחנן דעם בעלפֿער איינגעהילט אין אַ טלית, אַ הויב, אים אַרויפֿגעלייגט שערבעלעך אויף די אויגן, אים אַריינגעשטעקט צווישן די פֿינגער אַ ריטל וואָס דערמיט וועט ער, ווען משיח וועט קומען, גראָבן אַ וועג דורך היילן קיין ארץ־ישׂראל. דערנאָך האָט מען דאָס קבֿר צוגעדעקט און דער באַגרעבער האָט געזאָגט קדיש. אַ געוויין האָט אָנגענומען טייבעלען. דער דאָזיקער אלחנן האָט געלעבט אַליין גלייך ווי זי. ער האָט גלייך ווי זי, טייבעלע, נישט איבערגעלאָזט קיין יורש. יאָ, אלחנן דער בעלפֿער האָט שוין געהאַט אָפּגעטאַנצט דעם לעצטן טאַנץ. פֿון הורמיזאַס רייד האָט טייבעלע געוווּסט, אַז דער נפֿטר קומט נישט גלייך אין גן־עדן. יעדע זינד באַשאַפֿט אַ שד און די שדים זענען דעם מענטשנס קינדער נאָך דער פּטירה. זיי קומען מאָנען זייער חלק. זיי רופֿן דעם מת טאַטע און קוילערן אים אין אַלע וויסטע וועלדער ביז ער קומט אָפּ דאָס זייניקע און איז גרייט צו דער לייטערונג אין גיהנום...

פון דעמאָלט אָן האָט טייבעלע געלעבט אַליין — אַ טאָפּלטע עגונה: נאָך אַ פּרוש און נאָך אַ שד. די עלטער איז איצט אויף איר גיך אַרויף. ס׳איז גאָרנישט געבליבן פון אַ מאָל אַחוץ אַ סוד וואָס נישט מ׳קאָן אים דערציילן און נישט עמעץ וועט אים גלויבן. פאַראַן אַזוינע סודות וואָס דאָס האַרץ קאָן דעם מויל נישט אַנט־פּלעקן. מ׳נעמט זיי מיט אין קבר. די ווערבעס מורמלען דערפון, די קראָען קראַקען דעריבער, די מצבות שמועסן דערפון שוויגנ־דיקערהייט, אין אַ לשון פון שטיין. די מתים וועלן אַ מאָל אויפ־שטיין, אָבער די סודות זייערע וועלן בלייבן מיט גאָט און זיין משפּט ביז צום סוף פון אַלע דורות.

די נאָדל

מיינע גוטע מענטשן, היינט פירט אויס אַלע שידוכים ליבעלע די שדכנטע. מ׳פאַרליבט זיך און מ׳הויבט זיך אָן אַרומפירן. מ׳פירט זיך אַזוי לאַנג ביז מ׳קריגט זיך פיינט. אין מיינע צייטן האָט מען זיך פאַרלאָזט אויף טאַטע־מאַמע. איך אַליין האָב נישט געזען מיין טאַ־דיען ביז צום באַדעקנס. מ׳האָט מיר אַראָפּגענומען דעם שלייער פון פּנים און כ׳האָב אים דערזען מיט דער רויטער באָרד און די צעשויבערטע פּאות. ס׳איז געווען נאָך שבועות און ער האָט גע־טראָגן אַ פוטער ווי אין ווינטער. אַז כ׳האָב נישט אָוועקגעחלשט, איז נסים פון הימל. כ׳האָב אָפּגעפּאַסט אַ לאַנגן זומער־טאָג. נו, ווער מיר גוטס גינט, זאָל נישט האָבן קיין ערגער לעבן ווי איך האָב געהאַט מיט מיין מאַן. אַ מליץ־יושר זאָל ער זיין. מ׳טאָר עס נישט זאָגן, נאָר כ׳קאָן מיך קוים דערוואַרטן ווען מיר וועלן ווייטער זיין באַנאַנד.

יאָ, ליבע־שמיבע. וואָס ווייסט אַ יונג מיידל אָדער אַ יונג בחורל וואָס ס׳איז גוט פאַר זיי? מאַמעס האָבן געהאַט זייערע סימנים. ס׳איז געווען ביי אונדז אין קראַסנאָסטאַוו אַ יידענע, רייצע לאה, און ווען זי האָט געוואָלט אָנקוקן פאַר איר זון אַ כלה, פלעגט זי אַריינפאַלן צו די מחותנים באַלד אין דער פרי. אַז ס׳בעטגעוואַנט איז געווען קויטיק און די מויד איז איר אַנטקעגנגעקומען מיט צע־קאָדלטע האָר און אַ צעריסענעם שלאָפראָק, האָט זי שוין פאַרשפאַרט מיט איר צו רעדן. נאָך אַ צייט האָט מען זיך דערוווּסט פון אירע שטיק אין אַלע שטעטלעך אַרום און אַז מ׳האָט זי דערזען גאַנץ פרי אין מאַרק, זענען אַלע מוידן געלאָפן פאַרקייטלען די טיר. זי האָט געהאַט זעקס זין און אַלע געראָטענע. שידוכים האָט זי

גראָד געטאָן מיט זיי קרומע, אָבער דאָס איז אַ באַזונדערע זאַך. אַ מיידל קאָן זיין ביז דער חתונה רייך און זויבער און שפּעטער ווערן אַ שליאַך. אַלץ הענגט אָפּ אין מזל.

אָבער לאָמיר אייך בעסער דערציילן אַ מעשה. אין הרוביעשוויוו איז געווען אַ גביר, ר׳ לעמל וואַגמייסטער. יענע יאָרן האָט מען קיינעם נישט גערופן מיטן צונאָמען, אָבער דער ר׳ לעמל איז געווען אַזאַ מאַגנאַט, אַז מ׳האָט אים גערופן ביים ביינאָמען. דאָס ווייב זיינס האָט געהייסן אסתר רויזע און געשטאַמט האָט זי גאָר פון גרויס־פּוילן. זי שטייט מיר פאַר די אויגן: אַ שיין מענטש מיט אַ גרויסשטאָטישן געשטעל. איבערן שייטל האָט אַלע מאָל געהאַנגען אַ שוואַרצער שאַל. דאָס פּנים איז געווען ווייס און גלאַט ווי ביי אַ מיידל. אויגן האָט זי גראָד געהאַט טונקעלע. גוט גערעדט פּויליש, רוסיש, דייטש, אפשר פראַנצויזיש אויך. זי׳ט אין יענע צייטן געשפּילט פּיאַנאָ. אין די גרויסע בלאָטעס איז זי אַרויס פון שטוב מיט אָפּגעפּוצטע לעטשלעך און הויכע קנאָפּלען. כ׳האָב זי אַ מאָל געזען היפּערן פון שטיין צו שטיין ווי עפּעס אַ פויגל און מיטביידע הענט האָט זי אונטערגעהויבן די פּאָלעס — אַ וואָרע פּריצה. געהאַט האָט זי איין זון, אַ בן־יחיד, בן־ציון, און דער בן־ציון איז געווען אַריינגעראָטן אין דער מאַמען ווי צוויי טראָפּנס וואַסער. מיר זענען געווען ווייטע קרובים, נישט פון איר צד, נאָר פון מאַנס צד. דער בן־ציון — בענצע האָבן זיי אים גערופן — איז געווען, ווי מ׳זאָגט, צו גאָט און צו לייט: שיין, קלוג, געלערנט. ביי טאָג האָט ער געלערנט תורה ביים רב. ביי נאַכט איז געקומען צו אים אַ לערער. ער האָט געהאַט שוואַרצע האָר, ווי די מאַמע, און אַ ליכטיק פּנים. אַז ער איז אַרויס זומער אין דעם געהאַקטן קאַפּאָטקעלע מיט אַ שליץ פון הינטן, מיט די געמזענע שטיוועלעך, האָבן אַלע מיידלעך אים נאָכגעקוקט פון די פענצטער.

ס׳פירט זיך אַז נדן גיט מען טעכטער, נישט זין, נאָר פאַר דעם בענצען האָט מען געהאַט אַוועקגעלייגט אין באַנק צען טויזנט רובל נדן. ס׳איז דען אַ נפקא מינה? איבער הונדערט יאָר האָט ס׳גאַנצע

פאַרמעגן געזאָלט זיך זיינס. מ׳האָט איר גערעדט שידוכים מיט די רייכסטע טעכטער, אָבער די אסתר רויזע איז געווען אַן איבער־קלייבעריך. זי׳ט נישט געהאַט וואָס צו טאָן, זי׳ט געהאַלטן דריי דינסטן; ס׳איז דאָרט געווען אַ משרת און אַ סטאַנגרעט אויך, און זי איז אַרומגעלאָפן אָנקוקן כלהס. זי׳ט שוין געהאַט אָנגעקוקט די שענסטע מיידלעך פון האַלב פוילן, נאָר אין יעדער האָט זי גע־פונען עפּעס אַ חסרון: די איז נישט שיין גענוג, יענע איז נישט קלוג גענוג. דער עיקר האָט זי געזוכט איידלקייט, ווייל, זאָגט זי, אַז אַ נקבה איז אַ גראָבער פּליגל, ווערט דער מאַן אויסגעריסן. כ׳וויל נישט, זאָגט זי, עמיץ זאָל אויסלאָזן די יוכע צו מיין בענצען. איך בין שוין דעמאָלס געווען אַ ווייבל, כ׳האָב חתונה געהאַט צו פופצן יאָר. די אסתר רויזע האָט נישט געהאַט מיט וועמען זיך צו חברן אין הרוביעשויוו, און כ׳בין געוואָרן ביי איר אַן אַריינגייערין. זי׳ט מיך געלערנט העפטן, שטריקן, אויסנייען אויף קאַנווע און וואָס נישט? זי׳ט געהאַט אַ פּאָר גאָלדענע הענט. אַז ס׳האָט זיך איר פאַרגלוסט, האָט זי זיך אַליין אויפגענייט אַ יופּע אָדער אַ פּעלערינע. זי׳ט מיר אַ מאָל אויך געמאַכט אַ קלייד, און אַלץ מיט אַ גלייכ־ווערטל און אַ געלעכטערל אויפן גבירישן שטייגער. זי איז געווען אַ פייערדיקע סוחרטע אויך. דער מאַן האָט נישט געטאָן קיין טריט איידער ער האָט זיך אָנגעפרעגט ביי איר. אַז זי׳ט געהייסן קויפן אַ נחלה אָדער פאַרקויפן, האָט ר׳ לעמל וואַגמייסטער גלייך געשיקט רופן ליפּע מעקלער און געזאָגט: מיין ווייב וויל פאַרקויפן אָדער קויפן. זי׳ט קיין מאָל נישט געמאַכט קיין טעות.

נו, אָבער דער בענצע איז שוין אַלט געווען אַכצן יאָר און ער איז נאָך אַלץ נישט געווען קיין חתן. יענע יאָרן האָט דאָס געהייסן אַן אַלטער בחור. ר׳ לעמל האָט אָנגעהויבן טענהן, אַז ער האָט צוליב זיין ווייבס איבערקלייבערישקייט חרפּות און בושות. דער בענצע האָט געקראָגן קרעצלעך אויפן שטערן און מ׳האָט געזאָגט, אַז ס׳איז פון דאַרפן אַ נקבה. יצר־הרע־בלעטערלעך — אַזוי האָט מען דאָס גערופן ביי אונדז.

איין מאָל קום איך אַריין צו דער אסתר רויזען — כ׳האָב איר געבראַכט עפּעס אַ קנויל גאָרן — און זי זאָגט צו מיר: זעלדעלע, ווילסט דיך אפשר איבערפאָרן קאַ׳ זאַמאָשטש? — וואָס וועל איך טאָן אין זאַמאָשטש? — פרעג איך, און זי זאָגט: וואָס איז דיין באַבעס עסק? פאָרסט מיט מיר. וועסט דאָרט פאַרהונגערט נישט ווערן. אסתר רויזע האָט געהאַט איר קאָטש, אָבער זי זאָגט מיר, אַז דאָס מאָל פאָרט זי מיט אַ געלעגנהייט. כ׳האָב פאַרשטאַנען אַז ס׳האָט עפּעס צו טאָן מיט אַ שידוך, נאָר אַזאַ טבע האָט זי געהאַט, אַז מ׳האָט איר נישט געטאָרט פרעגן. אויב זי׳ט געוואָלט עפּעס דערציילן, האָט זי אַליין דערציילט, און אויב זי שוויגט, מוז מען מיטשווייגן. קורץ־און־גוט, כ׳בין אַוועק אָנזאָגן דער מאַמען. מיין טאַטיען האָב איך גאָרנישט געדאַרפט דערציילן. אַ גאַנצן טאָג איז ער געזעסן אין בית־המדרש. ווען ער איז געקומען אַהיים נאָך מעריב, האָט אים מיין מאַמע, די שוויגער, דערלאַנגט ס׳נאַכטמאָל. יענע יאָרן האָט דען אַ יונגערמאַן אויף קעסט געוווסט אַז ר׳האָט אַ ווייב? ער וואָלט מיך אָסור נישט דערקענט ווען ער טרעפט מיך אין גאַס. בקיצור, כ׳פּאַק איין אַ קלייד, פרעמיסיאַן, אַ פּאָר מייטקעס און כ׳בין גרייט צו דער נסיעה. מיר זיצן איין אין עפּעס אַ פּריצי־שער ברישקע און דער אָנטרייבער איז דער פּריץ אַליין. צוויי פערד ווי די לייבן. דער וועג איז אַ טרוקענער און גלאַטיק ווי אַ טיש. אין זאַמאָשטש לאָזט מען אונדז אַראָפּ נישט אין מאַרק, נאָר אין עפּעס אַ זייטיק געסל, ווו ס׳וווינען גויים. די אסתר רויזע זאָגט אים אַ שיינעם דאַנק און ער פּאָבעט צו איר ווילעריש מיט דער בייטש און נעמט אַראָפּ ס׳היטל. די גאַנצע זאַך האָט אויס־געזען עפּעס ווי אַן אָפּגעשמועסט שטיקל.

געוויינלעך אַז אסתר רויזע איז ערגעץ געפאָרן, האָט זי זיך אויסגעפּוצט ווי אַ גראַפיניע. אָבער דאָס מאָל איז זי אָנגעטאָן אין אַ קאָרטן קלייד און מיט אַ קאָפּטיכל איבערן שייטל. זי׳ט, אַפּנים, נישט געוואָלט מ׳זאָל זי דערקענען. ס׳איז זומער און דער טאָג איז לאַנג. מיר קומען אַרויס אויפן מאַרק און זי פרעגט ביי עמיצן:

ווו איז דאָ בעריש לובלינערס געשעפט פון צעלניק? מ׳ווייזט אונדז אָן אַ גרויס געוועלב. היינט אין אַ געוועלב פון צעלניק קריגט מען בלויז די סחורות וואָס געהערן צו צעלניק. יענע יאָרן האָט מען אויסגעמישט די סחורות. מ׳האָט דאָרט אַלץ געקראָגן: פּאָדים, לייוונט, צודאַטן, אַלערליי וואָלן צום שטריקן און גלאַט שניט־סחורה. וואָס איז דאָרט נישט געווען? אַ געוועלב אַ וואַלד און פּאַכן ביז צום באַלקן אָנגעשטאָפּט. ביי אַ שטענדערל זיצט אַ מאַנסביל און שרייבט אין אַ בוך ווי אין די גרויסע שטעט. כ׳ווייס אַליין נישט וואָס ער איז: אַ קאַסירער אָדער אַ בוכהאַלטער. הינטערן לאָדנטיש שטייט אַ מויד מיט אַ פּאָר שוואַרצע אויגן וואָס ברענען ווי פייער. ס׳זענען גראָד נישט געווען קאַ׳ קונים אין געוועלב און מיר זענען גלייך צוגעגאַנגען צו איר.

— וואָס זאָגט עך גוטס? — פרעגט זי. — עך זענט ניש קאַ׳ היגע. — נישט קאַ׳ היגע — ענטפערט אסתר רויזע. — וואָס ווילט עך קויפן? — פרעגט די מויד, און אסתר רויזע זאָגט: אַ נ אָ ד ל. אַזוי ווי די מויד האָט דערהערט דאָס וואָרט נאָדל, איז איר ס׳פּנים געוואָרן פאַרענדערט. די אויגן זענען געוואָרן בייז. זי טוט אַ זאָג: „צוויי וווייבער נאָך איין נאָדל?״ עפּעס איז אָנגענומען ביי די קרע־מער אַז אַ נאָדל איז נישט מזלדיק. שבת־צו־נאַכטס, צו דער פולער וואָך, אַז מ׳קומט נאָך אַ נאָדל, איז דאָס אַ סימן אַז די וואָך וועט זיין אַ שלים־מזלדיקע. אין מיטן דער וואָך האָבן זיי אויך נישט ליב צו פאַרקויפן אַ נאָדל. מ׳קויפט געווינלעך אַ קלעצל פּאָדים, קנעפּלעך, און די נאָדל קריגט מען פּאַר אַ צולאָג, אָדער מ׳נעמט אַ גאַנץ טעוועלע נאָדלען. איין נאָדל האָט געקאָסט אַ האַלבע פּרוטה און ס׳איז שווער געווען צו געבן אַ רעשט. — יאָ, כ׳דאַרף נישט מער ווי איין נאָדל — זאָגט אסתר רויזע. יענע פאַרקרומט זיך און נעמט אַרויס אַ שאַכטל מיט נאָדלען. אסתר רויזע נעמט קלייבן און נישטערן. זי טוט אַ זאָג: האָסט אפשר אַנדערע נאָדלען? — וואָס טויגן נישט די נאָדלען? — פרעגט די מויד, און אסתר רויזע זאָגט: — זיי האָבן צו קליינע לעכלעך. ס׳וועט מיר שווער זיין איינצופע־

דעמען. די מויד טוט אַ זאָג: — אַלע נאָדלען האָבן ביי מיר די אייגענע לעכלעך. אויב איר זעט נישט, קויפט איך אַ פּאָר ברילן. די אסתר רויזע טענהט: לאָז מיך געבן אַ קוק. אפשר וועל איך געפינען אַ נאָדל מיט אַ גרעסער לעכל. יענע שלעפּט אַרויס אַ שאַכטל און שטעלט עס נישט אַוועק, נאָר גיט עס עפּעס אַ שליידער. די אסתר רויזע נעמט אַרויס נאָך אַ פּאָר נאָדלען און זי זאָגט: זיי האָבן אַלע קליינע לעכלעך. די מויד טוט אַ כאַפּ דאָס שאַכטל און שרייט: פאַרט אַוועק אין דער פאַבריק און באַשטעלט אַ נאָדל מיט אַ גרויס לאָך. דער מאַנסביל ביים שטענדערל הייבט אָן לאַכן. די מויד טוט אַ פרעג: פון וואַנען זענט עץ, פון כעלם? און אסתר רויזע זאָגט: יאָ פון כעלם. — כ׳האָב באַלד דערקענט — ענטפערט די מויד. זי פאַלט אַריין עפּעס אין אַ צאָרן און זאָגט: אַ חוצפּה און אַ העזה דאָס איז יענעם צו דרייען אַ היטל צוליב אַ האַלבער פּרוטה. וואָס איז? כעלם איז געבליבן אָן נאָדלען? דער מאַנסביל ביים שטענדערל טוט אַ פרעג: — אפשר דאַרפט עץ אַ זאַק־נאָדל? מיר האָבן דאָס אויך, און אסתר רויזע ענטפערט: — כ׳האָב פיינט זעק און מענטשן וואָס זענען גראָב ווי די זעק. זי טוט אַ זאָג צו מיר: קום, זעלדע, זיי זענען נישט פאַר אונדז. די מויד טוט אַ רוף: כעלמער נאַראָנים, האָטק אַ גוטן שליטוועגס...

מיר קומען אַרויס אין דרויסן און ס׳איז מיר עפּעס איבער דער טבע. ס׳גייט פאַרביי אַ יידענע און אסתר רויזע פרעגט זי: ווו איז דאָס צעלניק־געוועלב פון ר׳ זעליג איזשביצער? — אָט־דאָ אַקעגן, וויזט יענע. מיר שפּאַנען אַריבער דעם מאַרק און מיר קומען אַריין אין אַ געוועלב אַ דריטל פון ערשטן. דאָ שטייט אַ מיידל, נישט קיין שוואַרצע, נאָר מיט רויטע האָר. זי איז נישט קיין מיאוסע, אָבער זי האָט זומערשפּרענקעלעך אויפן פּנים. די אויגן זענען גרין ווי אַגרעס. די אסתר רויזע פרעגט: — מ׳קאָן דאָ קריגן אַ נאָדל? דאָס מיידל ענטפערט: פאַר וואָס נישט? מ׳קען דאָ אַלץ קריגן. אסתר רויזע זאָגט: כ׳זוך אַ נאָדל מיט אַ ביסל אַ גרעסער לעכל, ווייל ס׳קומט מיר אָן שווער איינצופעדעמען. דאָס

מיידל זאָגט: איכ׳ל אייך אַרויסנעמען אַלע נאָדלען און קלייבט אויס וואָס איר ווילט.

כ׳האָב פאַרשטאַנען וואָס דאָ טוט זיך און ס׳האַרץ נעמט מיר קלאַפּן ווי ביי אַ גזלן. דאָס מיידל נעמט אַרויס אפשר צען שאַכטלען נאָדלען. זי טוט אַ זאָג: צו וואָס זאָלט עץ שטיין? אָט איז אַ שטול, זעצט אייך. זי רוקט מיר אויך צו אַ בענקל. איך זע שוין אַז אסתר רויזע פּרוּווט זי אויס. זי זאָגט: עפּעס זענען די נאָדלען ביי דיר צונויפגעמישט; יעדע סאָרט דאַרף זיין באַזונדער. און יענע ענטפערט: ווען זיי קומען פון דער פאַבריק זענען זיי סאָרטירט, אָבער די קונים צעמישן. כ׳זע שוין אַז אסתר רויזע זוכט נאָר געלעגנהייטן זי צו דערבייזערן. זי זאָגט: כ׳זע דאָ נישט, ס׳איז צו טונקל, און דאָס מיידל ענטפערט: וואַרט, איכ׳ל צושטעלן די שטול צו דער טיר, דאָרט איז ליכטיקער. — לוינט דיר דאָס אַלץ צוליב אַ נאָדל פאַר אַ האַלבער פּרוטה? — פרעגט אסתר רויזע, און דאָס מיידל זאָגט: פאַר אַ האַלבער פּרוטה קריגט מען ביי מיר צוויי נאָדלען, נישט איינע. דאָס איז ערשטנס; צווייטנס, מיין טאַטע זאָגט: דיין פּרוטה כדין מאה. דער טייטש דערפון איז: דער דין פון אַ פּרוטה איז ווי פון הונדערט גילדוינים. היינט פאַרלאַנגט דער קונה אַ נאָדל, מאָרגן קאָן ער קומען קויפן וואָלנס אויף אַן אויסשטייער. — ווי־זשע קומט עס וואָס ס׳געוועלב איז ליידיק? — פרעגט אסתר רויזע. — אַקעגנאיבער, ביי בעריש לובלינער, איז אַן ענגשאַפט אַז מ׳קאָן קיין שפּילקע נישט אַריינשטעקן. זי זאָגט ווייטער: דאָרט האָב איך געקויפט די לייוונט, אָבער אַהער בין איך געקומען נאָך דער נאָדל.

דאָס מיידל ווערט ערנסט. כ׳האָב מורא אַז אסתר רויזע האָט איבערגעכאַפּט די מאָס. ביי אַ מלאך קאָן אויך פּלאַצן ס׳געדולד. אָבער דאָס מיידל זאָגט: אַלץ איז באַשערט. וואָס גאָט גיט, דאַרף מען נעמען פאַר ליב. אסתר רויזע וויל אַליין צורוקן די שטול צו דער טיר, נאָר דאָס מיידל זאָגט: זייט אייך נישט מטריח. מיט אַ מאָל טוט די אסתר רויזע אַ זאָג: וואַרט, כ׳וויל דיר עפּעס זאָגן. — וואָס

ווילט איר זאָגן? — פרעגט דאָס מיידל, און אסתר רויזע זאָגט: טעכטערל, מזל־טוב. דאָס מיידל איז געוואָרן ווייס ווי קרייד. וואָס מיינט איר? פרעגט זי און אסתר רויזע ענטפערט: וועסט זיין מיין שנור. איך בין — זאָגט זי ווייטער — ר׳ לעמל וואַגמייסטערס ווייב פון הרוביעשויוו. כ׳בין געקומען דיך אָנקוקן, נישט קויפן קיין נאָדל. דעם בערישעס טאָכטער איז אַ ראַגזשע און דו ביזט זייד. וועסט זיין מיין בענצעס ווייב.

אַז דאָס מיידל האָט נישט אַוועקגעחלשט, איז אַ נס פון הימל. אַלע אין זאַמאָשטש האָבן געהערט פון ר׳ לעמל וואַגמייסטער. זאַמאָשטש איז נישט לובלין. ס׳קומען אַריין קונים. מ׳דערוויסט זיך וואָס ס׳איז געשען. אסתר רויזע נעמט אַרויס פון קייבערל אַ בייטשל בורשטין און זאָגט: דאָס איז פאַר דיר, חתימה־געלט. בויג אָן דעם קאָפּ. דאָס מיידל בויגט אָן אונטערטעניק דעם קאָפּ און זי טוט איר אָן ס׳שנירל. ס׳קומען צו לויפן דער מיידלס טאַטע־מאַמע. מ׳קושט זיך, מ׳האַלדזט זיך, מ׳וויינט. עמיץ איז גלייך אַוועק אָפּטראָגן די מעשה בערישעס מויד. אַז יענע האָט דערהערט וואָס ס׳איז פאַרלאָפן, האָט זי געטאָן אַ זעץ אַרויס מיט אַ געוויין. געהייסן האָט זי איטע. די איטע האָט געהאַט אַ גרויסן נדן. זי׳ט געשמט פאַר אַ פייערדיקע סוחרטע. זעליג איזשביצער האָט קוים דורכגעשטופּט די פרנסה.

מיינע ליבע מענטשן, ס׳איז געוואָרן אַ שידוך. זי, אסתר רויזע, האָט געטראָגן די הויזן. וואָס זי׳ט געטאָן, האָט לעמל צוגעשאָקלט. דעם חתן אַליין האָט מען דעמאָלט נישט געפרעגט. מ׳האָט געמאַכט תנאים און באַלד דערנאָך אַ חתונה. דער זעליג איזשביצער האָט זיך נישט געקאָנט פאַרגינען צו מאַכן אַ רייכע חתונה. קיין רעכטן נדן האָט ער אויך נישט געקאָנט מסלק זיין, ווייל ער האָט געהאַט נאָך צוויי טעכטער און צוויי בחורים וואָס האָבן געקנעלט אין בית־מדרש. אָבער ר׳ לעמל וואַגמייסטער ברויך נישט קיין נדנים. כ׳בין געווען אויף די תנאים, כ׳האָב געטאַנצט אויף דער חתונה. אסתר רויזע האָט אויסגעקליידט ס׳מיידל ווי אַ פּרינצעסין. זי איז געוואָרן

טאָפּלט שיך, אַז ס׳מזל שײַנט אויף זעט מען עס אויפֿן פּנים. ווער ס׳האָט נישט געזען דאָס פּאָרל שטיין אונטער דער חופּה און טאַנצן ס׳מצווה־טענצל, דער ווײסט נישט וואָס נחת איז. ס׳איז געוואָרן צווישן זיי אַ לעבן ווי צווישן טײַבעלעך. באַלד צום יאָר האָט זי אים געבוירן אַ ייִנגל.

ווען די איטע האָט זיך דערוווּסט אַז אסתר רויזע איז געקו־מען זי אויספּרווון, האָט דאָס זי אָנגעהויבן קרענקען. זי האָט טאָג און נאַכט נאָר גערעדט דערפֿון. זי׳ט אויפֿגעהערט שטיין אין געוועלב. גאַנצע נעכט איז זי געלעגן און געוויינט. די שדכנים האָבן גענו־מען לויפֿן צו איר מיט שידוכים, אָבער ערשטנס, האָט זי מער קיינעם נישט געוואָלט. אַחוץ דעם האָט זי געקראָגן אַ נאָמען פֿון אַ מרשעת. מענטשן מאַכן פֿון אַ קוויטש אַ קוואָרט. מ׳האָט אָנגעהויבן אויסטראַכטן אַלערליי שמאָנצעס. ס׳איז אויסגעקומען אַז די איטע האָט אָנגעזידלט אסתר רויזען ווי די לעצטע, איר אָנגעשפּיגן אין פּנים, אַפֿילו געשלאָגן. בעריש איז געווען אַן אָנגעשטאָפּטער נגיד און אין די קליינע שטעט פֿאַרגינט מען נישט יענעם ס׳שטיקל ברויט. איצט האָבן די שונאים געהאַט נקמה. די טאָכטער איז געווען די גאַנצע סוחרטע און אָן איר איז פֿון מסחר געוואָרן אַש. נאָך אַ צײַט איז איטע געוואָרן אַ כלה פֿון לובלין. יענער איז גאָר געווען אַ גרוש. ער איז געקומען קיין הרוביעשויוו און איבערגענו־מען דעם שווערס געוועלב, נאָר ער האָט אַזוי געטויגט צו מסחר ווי איך קאָן זײַן אַ כלי־זמר.

אַזוי איז שוין די טבע. אַז ס׳מזל דינט, דינט עס, און ס׳הערט אויף דינען, נעמט אַלץ גיין קאַפּויער. די מוטער האָט זיך אַזוי גענומען צום האַרץ, אַז זי איז געוואָרן קראַנק אויף די גאַל־שטיי־נער, אָדער אפֿשר איז עס געווען די געלזוכט. ס׳פּנים איז איר גע־וואָרן געל ווי זאַפֿערן. די איטע האָט מער נישט אַרײַנגעשטעלט קיין פֿוס אין קראָם, געוואָרן אַ שטוב־זיצעריך. מ׳האָט גערעכנט, אַז ווען זי וועט פֿאַרגיין אין טראָגן און האָבן אַ קינד, וועט זי פֿאַרגעסן, אָבער זי׳ט צוויי מאָל מפּיל געווען. זי איז עפּעס געוואָרן

ווי צערודערט אויך. זי׳ט געגומען שילטן די פריידע גיטלען — אַזוי האָט געהייסן בענצעס ווייב — און רעדן אַז יענע האָט דאָס אַלץ אָנגעשטעלט. ווער ווייסט וואָס ס׳קאָן אַלץ איינפאַלן אַ משוגענעם קאָפּ? זי האָט אויך געזאָגט אַז פריידע גיטל וועט שטאַרבן און זי, איטע, וועט פאַרנעמען איר אָרט. אַז זי איז צום דריטן מאָל פאַרגאַנגען אין טראָגן, האָט דער פאָטער זי גענומען צו אַ גוטן ייִד. כ׳האָב פאַרגעסן צו זאָגן: די מאַמע האָט שוין נישט געלעבט. דער רב האָט איר געגעבן קמיעס, נאָר זי׳ט ווייטער געמפּילט. זי׳ט אָנגעהויבן זיך דאָקטאָרן און זיך איינרעדן אַלערליי נישט־געשטויגענע שלאָפקייטן.

איצט הערט אַ מעשה. איין מאָל איז די איטע געזעסן ביי זיך אין שטוב און גענייט. דער פאָדים האָט זיך געהאַט אויסגעלאָזט און זי׳ט געדאַרפט איינפעדעמען פון ס׳ניי. אין צווישן האָט זי אַריינגעשטעקט די נאָדל צווישן די ליפּן. מיט אַ מאָל האָט זי דערשפּירט אַ שטאָך און די נאָדל איז ערגעץ אַהינגעקומען. זי׳ט זי געזוכט, נאָר ווי זאָגט מען עס: גיי געפין אַ נאָדל אין אַ וואָגן היי. מיינע ליבע מענטשן, די איטע האָט זיך גענומען איינרעדן אַז זי׳ט די נאָדל אַראָפּגעשלונגען. ס׳האָט איר געשטאָכן אין בויך, אין דער ברוסט, אין די לונגען, אין די פיס. מענטשן זאָגן אַז אַ נאָדל וואַנדערט. זי איז אַוועק צום רופא, אָבער וואָס ווייסט אַ רופא? זי איז געפאָרן קיין לובלין און אַפילו קיין וואַרשע. איין דאָקטער האָט געזאָגט אַזוי, אַ צווייטער דאָקטאָר אַנדערש. מ׳האָט איר אויסגעפּאָמפּעט דעם מאָגן, נאָר מ׳האָט נישט געפונען קיין נאָדל. באַהיט זאָל מען ווערן. איטע איז געלעגן גאַנצע נעכט און געשריגן אַז ס׳שטעכט זי. אין שטאָט איז געוואָרן אַ גערייד. טייל האָבן געזאָגט אַז זי האָט אייגענס אַראָפּגעשלונגען אַ נאָדל זיך אַ מעשה אָנצוטאָן. אַנדערע האָבן געטענהט אַז ס׳איז אַ שטראָף. אָבער פאַר וואָס איז איר געקומען צו שטראָפן? זי איז שוין געהאַט דאָס איריקע איבערגעקומען.

זי איז אַוועקגעלאָפן קיין ווין צו אַ גרויסן דאָקטאָר און יענער איז געפאַלן אויף אַן המצאה. ער האָט איר איינגעגעבן שלאָפּגע־טראַנק און איר געמאַכט אַ שניט אין בויך. ווען זי׳ט זיך אויפגע־כאַפּט, האָט ער איר געוויזן די נאָדל וואָס ער האָט כלומרשט אַרויס־גענומען פון אירע געדערים. כ׳בין נישט געווען דערביי. אפשר האָט ער טאַקע געפונען די נאָדל אויף אַן אמת. ווען זי איז צוריקגעקו־מען פון ווין, איז זי געוואָרן צוריק די אַמאָליקע איטע. פון געוועלב איז געהאַט געוואָרן אַ תל. דער פאָטער איז שוין געווען אויף דער אמתער וועלט. אָבער זי׳ט געעפנט אַ ניי געוועלב. כ׳האָב אייך פאַרגעסן צו זאָגן: נאָך דער מעשה מיט אסתר רויזעס קומען קיין זאַמאָשטש, זענען אַלע סוחרטעס אין דער גאַנצער געגנט געוואָרן אויסטערליש אײדל, נישט בלויז צו פרעמדע, נאָר אַפילו צו שטאָ־טישע. מ׳האָט שוין נישט געוווסט צי דער קונה וויל קויפן, אָדער אויספרווון. כלה־מיידלעך האָבן געקויפט ביים פאַקנטרעגער בריוונ־שטעלערס, ווו ס׳איז באַשריבן ווי צו זיין העפלעך. אַז אַ ייִדענע איז געקומען קויפן אַ קנויל בייגוול, האָט מען איר צוגעטראָגן אַ שטול.

אין דעם נייעם געוועלב האָט די איטע ווידער געהאַט הצלחה, אָבער קיין קינדער האָט זי נישט געהאַט. כ׳ווייס נישט וואָס ס׳איז געוואָרן דער סוף, ווייל כ׳בין אַוועק פון יענע קאַנטן. אין דער גרוי־סער שטאָט פאַרגעסט מען אַלץ, אפילו אין גאָט. דער לעמל וואַג־מייסטער און אסתר רויזע זענען שוין לאַנג נישט קיין היגע. פון בענצן און זיין ווייבֿ האָב איך שוין לאַנג נישט געהערט. יאָ, אַ נאָדל. צוליב אַן אַקס פון אַ וואָגן איז חרוב געוואָרן ביתר, און צוליב אַ נאָדל איז קאַליע געוואָרן אַ שידוך.

דער אמת איז, אַז אַלץ איז באַשערט. מ׳קאָן זיך ליבן טויזנט מאָל, נאָר אויב ס׳איז נישט קיין זיווג, לאָזט זיך אויס אַ בוידעם. מ׳גייט אַרום זיבן יאָר, מיט אַ מאָל רוקט זיך אונטער אַ פרעמדער און מ׳לויפט מיט אים צו דער חופּה. כ׳ווייס פון אַ מעשה ווי אַ בחור

האָט חתונה געהאַט מיט דער כלהס חברטע אויף צעפּיקעניש און יענע האָט אויף צעפּיקעניש זיך אַרייַנגעוואָרפן אין ברונעם. דער־ציילן? ס׳איז שוין שפּעט. ווען איך זאָל וועלן אויסדערציילן אַלע מעשיות וואָס איך ווייס, וואָלט איך געדאַרפט זיצן מיט אייך זיבן טעג און זיבן נעכט...

דער סעאַנס

.1

ס׳איז געווען אין זומער 1946. אין דער מרס. קאַפּיצקיס ליווינג־רום, אויף צענטראַל־פּאַרק־וועסט, האָט געגלימערט אַן אײנציק רויט לעמפּל הינטער אַן אַבאַזשור באַמאָלט מיט דער מרס. קאַפּיצקיס אויטאָמאַטישע צייכענונגען: קיילעכער מיט אויגן, בלומען מיט מײַלער, בעכערס מיט פינגער. דער גאַנצער זאַל איז געווען באַהאַנגען מיט לאַטע קאַפּיצקיס בילדער — אַלע געמאָלט אין טראַנס, בעת לאַטע קאַפּיצקיס קערפּער ווערט באַהערשט פון איר „קאָנטראָל", בהאַגאַוואַר קרישנאַ, אַן אינדישער חכם, וואָס זאָל האָבן געלעבט אין פערטן יאָרהונדערט. דאָס האָט ער, בהאַגאַוואַר קרישנאַ, געמאָלט די פּאַווע מיטן גאָלדענעם עק, וואָס האָט אין מיטן דאָס געשטאַלט פון בודאַ; די נישט־וועלטישע ביימער, באַהאַנגען מיט קאָלטאַנעס און פאַנטאַסטישע פּרוכטן; די יונגפרויען פון פּלאַנעט ווענוס, וואָס די הענט זייערע זענען אויסגעשפּרייט ווי צווייגן און פון די אויערן ציען זיך זילבערנע נעצן — אָרגאַנען פון העלזעעריי. די מאָלערייען, דאָס אַלטע מעבל, די פאַכן מיט ביכער, — איבער אַלץ האָבן געהויערט רויטלעכע שאָטנס. איבער די פענצטער האָבן געהאַנגען גאַרדינען.

ביי אַ קיילעכיק טישל, וואָס ס׳איז געלעגן דערויף אַן אואידזשאַ־טאָוול, אַ שפּילצייג־טרומייטערל און אַ פאַרוועלקטע רויז, איז געזעסן דר. זרח גאָמבינער, אַ נידעריקער, אַ ברייטביניקער, מיט אַ גאָלן שאַרבן פון פאָרנט און מיט אַ שויבער האָר פון הינטן, האַלב־געל, האַלב־גרוי. ברעמען האָט ער אויך געהאַט געלע, בערש־טלדיקע, און ס׳האָבן אַפּערגעקוקט פון הינטער זיי אַ פּאָר ברוינע אויגן, קליינע און שפּיזלדיקע. דר. גאָמבינער האָט כמעט נישט

געהאַט קיין האַלדז. דער קאָפּ איז געזעסן אויף ברייטע אַקסלען. אַ נאָז האָט ער געהאַט אַ קרומע, צוגעפּלאַטשט ביים וואָרצל און צעטיילט ביים שפּיץ. אויפן קין האָט געשפּראָצט אַ פּיצעלע אַנוווקס, וואָס ס׳איז שווער געווען צו וויסן צי דאָס איז אַ רעשטל פון אַ באָרד, אָדער גלאַט אַ וואָרצל האָר. דאָס פּנים איז געווען צעקנייטשט, שלעכט־ראַזירט און עפּעס ווי קוויטיק. ער האָט געטראָגן אַ שוואַרץ רעקל, אַ ווייס העמד מיט פלעקן און אַן אויסבינדער וואָס איז גע־זעסן אין דער קרום.

דר. גאָמבינער האָט גערעדט צו דער מרס. קאָפּיצקי אין אַן אויסטערלישן געמיש פון יידיש מיט דייטש.

— וואָס דויערט עס היינט זאָ לאַנג? ווו איזט אונזער פריינד בהאַגאַוואַר קרישנאַ? פאַרבלאַנדזשעט ערגיץ אין די הימלישע ספערן?

— דר. גאָמבינער, יאַגן זי מיך נישט — האָט די פרוי קאָ־פּיצקי געענטפערט אין דעם זעלבן דייטשמעריש. — מען קאָן זיי נישט געבן קיין אָרדערס... זיי האָבן זייערע אורזאַכן און קאַפּריזן... זי מוזן האָבן אַ קאַפּעלע געדולד...

דר. גאָמבינער האָט גענומען פּויקן מיט די קורצע פינגער אין טיש. אויף יעדן פינגער האָט געשפּראָצט אַ רויט בערדעלע. די מרס. קאָפּיצקי האָט אָנגעשפּאַרט דעם קאָפּ אויפן אויסבעט פון פאָטעל, צוגעשלאָסן די וויעס, געוואַרט אַריינצופאַלן אין טראַנס. קעגן דער טונקעלער שיין פון רויטן ליכט האָט מען געקאָנט אונטער־שיידן די פריש־געפאַרבטע האָר, מאַט־שוואַרץ און געקרייזלט, דאָס געררוזשעטע פּנים מיט דער ברייטער נאָז, די הויכע קינבאַקן, דאָס אַרויסשטאַרצנדיקע מויל, די ווייט־פאַנאַנדערגערוקטע אויגן אָנגע־שמירט מיט קאַסקאַרע. דר. גאָמבינער פלעגט זיך וויצלען, אַז זי זעט אויס ווי אַן אָפּגעפאַרבטער מאָפּס. דער מאַן אירער, דער דענטיסט לעאָן קאָפּיצקי, איז געהאַט געשטאָרבן מיט אַ יאָר אַכצן צוריק, האָט נישט איבערגעלאָזט קיין קינדער. די אלמנה האָט זיך אויסגעהאַלטן פון אַ יערלעכער פענסיע, וואָס זי האָט באַקומען פון אַן אַסעקוראַציע־געזעלשאַפט. אין 1929 האָט זי געהאַט פאַרלוירן אַ פאַר־

מעגן אין אַקציעס אויף וואָל־סטריט, אָבער זי האָט לעצטנס פון ס׳ניי אָנגעהויבן איינצוקויפן אַקציעס און ווערטפּאַפּירן, לויט די אָנווייזונגען פון אואידזשאַ־טאָוול און פון אַ קריסטאַל. די פרוי קאַפּיצקי האָט אַפילו פון צייט צו צייט געפרעגט ביי בההאַגאַוואַר קרישנאַ עצות וועגן שפּילן אויף פערדלעך. אין עטלעכע פאַלן האָט דער אינדישער חכם איר אַנטפּלעקט אויף דער וואָר אָדער אין חלום דעם נאָמען פון דעם פערד וואָס וועט געווינען...

דר. גאָמבינער האָט איצט אַראָפּגעלאָזט דעם קאָפּ, אַרויפגעלייגט די האַנט אויפן שטערן. ער האָט האַלב־געטראַכט, האַלב־געמורמלט — ווי ס׳איז דער שטייגער פון יענע וואָס לעבן אַליין און זענען געוווינט צו רעדן צו זיך.

— נו, געַנוג זיך צום נאַר געמאַכט. היינט וועט שוין זיין ס׳לעצטע מאָל. קרעפּלעך ווערן אויך צוגעגעסן...

— זי האַבען עפּעס געזאָגט?

— האַ? ניין.

— אַז איר איילט זיך, קאָן איך נישט אַריינפאַלן אין טראַנס.

— טראַנס־שמאַנס — האָט דר. גאָמבינער געמרוקעט אין זיך.

— דער גייסט האָט זיך פאַרשפּעטיקט, דאָס אַלץ. — געזאָגט האָט ער:

— כ׳איל זיך נישט. כ׳האָב צייט. אויב דער אַמעריקאַנער איז גערעכט, אַז צייט איז געלט, בין איך איך צווייטער ראָקפעללער, כע־כע־כע.

די פרוי קאָפּיצקי האָט גענעפנט דאָס מויל צו ענטפערן. דער טאָפּל־קין האָט גענומען ציטערן מיט אַלע זיינע וואָרצלען. זי האָט אויפגעדעקט אַ קאָסטן פאַלשע ציין. מיט אַ מאָל האָט זי געטאָן אַ פאַרוואַרף דעם קאָפּ און איז אַריינגעפאַלן אין טראַנס. אַ זיפץ האָט זיך פון איר אַרויסגעריסן. זי האָט געטאָן אַ כאָרכל און אַ שנאָרך.

דר. גאָמבינער [illegible] ־גאַפּט אויף איר, פרעגנדיק, טרויעריק, פאַרחידושט. ער האָט נישט פאַרנומען קיין שום שאָרך פון דער

דרויסן־טיר, אָבער די מרס. קאַפּיצקי האָט אַפּנים געהאַט אַ געהער פון אַ חיה. דר. גאַמבינער האָט גענומען רייבן די שלייפן, די נאָז, זיך אָנגענומען ביים פּיצעלע בערדל. ס׳איז געווען אַ צייט, ווען ער האָט געפּרוווט אַלע זאַכן פאַרשטיין מיטן שכל, אָבער יענע עפּאָכע איז שוין לאַנג ביי אים געהאַט אַריבער. ער האָט געהאַט אויפגעבויט אַן אַנטי־ראַציאָנאַליסטישע פילאָזאָפיע, אַ סאָרט העדאָ־ניזם, אַ גלויבן אין גליק, וואָס האָט אָוועקגעשטעלט סעקס ווי די זאַך־אין־זיך און דעם שכל — ווי די נידעריקסטע שטופע פון דענקען, די ענטראָפּיע (פאַנאַנדערפאַלונג) פון לעבן, וואָס פירט צום ענדגילטיקן טויט.

דר. גאַמבינער האָט געהאַט אויף אַן אויסטערלישן שטייגער קאָמ־בינירט האַרטמאַנס אידעען וועגן דעם אומבאַוווסטן מיט דער קבלה. ווו אַלץ איז באַהעפטונג, אַלץ איז צוזיפּפאַרעניש פון ער און זי, פון אַטאָם ביז׳ן אַבסאָלוט. טאַקע צוליב דעם דאָזיקן סיסטעם איז ער געקומען אין 1939 פון פּאַריז קיין אַמעריקע, איבערגעלאָזט אין פּוילן אַ טאַטן אַ רב, אַ ווייב וואָס האָט אים נישט געוואָלט גטן און אַ גע־ליבטע, נעלאַ, אַ דיכטערין, וואָס ער האָט מיט איר אַ צייט געלעבט אין בערלין און שפּעטער אין פּאַריז. ס׳האָט אַזוי פּאַסירט, אַז ווען דר. גאַמבינער איז אַוועק קיין אַמעריקע, איז נעלאַ געפאָרן אויף אַ באַזוך צו טאַטע־מאַמע אין וואַרשע. ער האָט זי געזאָלט אַראָפּ־ברענגען קיין אַמעריקע נאָכדעם ווי ער וועט דאָ געפינען אַן אי־בערזעצער, אַ פאַרלאַג, אפשר אַ פּראָפעסאָר־שטעלע אין איינעם פון די גרויסע אַמעריקאַנער אוניווערסיטעטן.

אין יענער צייט איז דר. גאַמבינער נאָך געווען ביי זיך האָפער־דיק. מ׳האָט אים פאָרגעשלאָגן אַ קאַטעדרע אין דעם העברעישן אוניווערסיטעט אין ירושלים. אַ פּאַלעסטינער פאַרלאַג האָט געזאָלט דרוקן זיינס אַ בוך. מ׳האָט פאַרעפנטלעכט זיינע עסייען אין צוריך, אין פּאַריז.

אָבער מיטן אויסברוך פון דער היטלער־מלחמה, האָט אַלץ גענומען אים גיין שלים־מזלדיק. ער האָט זיך געהאַט פאַרבונדן

מיט אַ ל׳טערארישן אַגענט, אָבער יענער איז פּלוצלינג געשטאָרבן. דר. גאָמבינער האָט געפונען אַן איבערזעצער, אָבער די איבערזע־צונג האָט נישט געטויגט. אפשר איז דאָס ווייניק, איז דער איבער־זעצער געהאַט פאַרשווונדן, מיטגענומען דעם מאַנוסקריפּט. דר. גאָמבינער האָט נישט געהאַט קיין קאָפּיע. אין דער יידישער פּרעסע זענען די שרייבער עפּעס ווי אָן סיבה געוואָרן צו אים פייגטלעך, געגעבן אָנצוהערן, אַז ער איז אַ שאַרלאַטאַן. די יידישע אָרגאַניזאַ־ציעס וואָס האָבן באַשטעלט ביי אים פאָרלעזונגען, האָבן זיי צוריק־גערופן. לויט זיין אייגענער פילאָזאָפיע זענען אַלע ליידן געווען נישט מער ווי אויסדרוקן פון דער אוניווערסאַלער עראָטיק. היט־לער, סטאַלין, די נאַציס וואָס האָבן געזונגען דאָס האָרסט וועסל ליד און אָנגעטאָן ייִדן געלע לאַטעס, האָבן פאַקטיש געזוכט נייע פאָרמען און וואַריאַציעס פון באַהעפטונג.

אָבער דר. גאָמבינער האָט באַקומען ספקות אין זיין אייגענעם סיסטעם. ער איז געהאַט אַריינגעפאַלן אין אַ פאַרצווייפלונג. ער האָט זיך געמוזט אַרויסציען פון דעם האָטעל וווּ ער האָט געוווינט און געפינען אַ מעבלירט צימער. ער איז אַרומגעגאַנגען אין פאַר־וואָרלאָזטע מלבושים, אָפּגעזעסן גאַנצע טעג אין קאַפעטעריעס, גע־טרונקען אומצאָליקע טעפּלעך קאַווע, גערויכערט שלעכטע ציגאַרן, זיך אויסגעהאַלטן פון אַ פּאָר צענדליק דאָלאַר, וואָס ס׳האָט אים אויסגעצאָלט יעדן חודש אַ פילאַנטראָפּישע געזעלשאַפט. פליטים האָבן פאַרשפּרייט אַלערליי נייעסן וועגן וויזעס, פעקלעך, מיטלען אַריבערצוברענגען קרובים פון נאַצי־אָקופּירטן פוילן קיין האָנדו־ראַס, קובאַ, בראַזיל, אָבער ער, זרח גאָמבינער, האָט קיינעם נישט געקאָנט אַרויסקריגן פון די נאַצישע געטאָס. פון לענאַן איז אָנגע־קומען אַן איינציקער בריוו און מער האָט ער פון איר נישט געהערט.

ערשט דאָ, אין ניו־יאָרק, האָט דר. גאָמבינער באַנומען ווי צוגעבונדן ער איז געווען צו דער דאָזיקער לענאַן. אָן איר איז ער געוואָרן אומבאַהאָלפן.

.2

אַלץ האָט זיך איבערגעחזרט ווי נעכטן, ווי אײערנעכטן. בהאַגאַ־וואַר קרישנאַ האָט גענומען רעדן פון דער מר. קאַפּיצקיס מויל אויף ענגליש מיט אַ האַלב־ווייבעריש, האַלב־מאַנסבילש קול, אין אַ שווערן אַקצענט, מיט דער מרס. קאַפּיצקיס גרייזן אין דער אויס־שפּראַך און אין דער גראַמאַטיק.

לאָטע, אָדער לאה קאַפּיצקי האָט געשטאַמט פון אַ שטעטל ערגעץ אין די קאַרפּאַטן. דר. גאַמבינער האָט קיין מאָל נישט גע־קאָנט דערגיין וואָס זי איז: אַן אונגאַרישע, אַ רומענישע, אַ גאַלי־ציאַנערין. זי האָט נישט געקאָנט נישט קיין פּויליש, נישט קיין דייטש, נישט קיין ענגליש, און דער ייִדיש אירער איז אויך געוואָרן פאַרדאָרבן אין די לאַנגע יאָרן אין אַמעריקע. זי האָט פּאַקטיש נישט געקאָנט קיין שום שפּראַך, און בהאַגאַוואַר קרישנאַ, דער חכם פון אינדיע, האָט זיך באַנוצט מיט איר קוידערוועלש.

די ערשטע צייטן האָט דר. גאַמבינער געפּרוווט פרעגן ביי בהאַגאַוואַר קרישנאַ איינצלהייטן פון זיין ערדישער עקזיסטענץ, אָבער בהאַגאַוואַר קרישנאַ האָט געענטפערט, אַז ער האָט שוין אַלץ פאַרגעסן אין די ספערן, וווּ ער געפינט זיך. ער זאָל האָבן געוווינט ערגעץ אין אַ פאָרשטאָט פון מאַדראַס. בהאַגאַוואַר קרישנאַ האָט אַפילו נישט געוווּסט, אַז אין יענעם טייל אינדיע רעדט מען טאַמיל. דר. גאַמבינער האָט מיט אים געפּרוווט פאַרפירן אַ שמועס וועגן סאַנסקריט, דער מאַהאַבאַראַטאַ, דער ראַמאַיאַנאַ, דער סאַקונ־טאַלאַ, אָבער בהאַגאַוואַר קרישנאַ האָט געטענהט, אַז ער איז מער נישט באַהאַוונט אין דער ערדישער ליטעראַטור. דער אינדישער חכם האָט גאָרנישט געקאָנט אַ חוץ די פּאָר טעאָזאָפישע און ספּי־ריטיסטישע ביכלעך און זשורנאַלן וואָס די מרס. קאַפּיצקי האָט איבערגעלייענט.

ס׳איז אַלץ געווען פאַר דר. גאַמבינער אין גרויסער וויץ, אָבער אַז מ׳וואַלגערט זיך אין אַ צימער מיט וואַנצן, מ׳האָט אַ פאַרדאָר־

בענעם מאָגן פון עסן אין קאַפּעטעריעס און מ׳בלייבט צו פיר און זעכציק יאָר אָן אַ פֿאַמיליע, — קריגט מען געדולד צו אַלערליי שלעק. עמיץ האָט אים געהאַט באַקענט מיט דער מרס. קאַפּיצקי נאָך אין 1942. ער איז זינט דעמאָלט געזעסן ביי צענדליקער סע־אַנסן אירע, געלייענט אירע אויטאָמאַטישע שרייבעכצער, באַטראַכט אירע אויטאָמאַטישע מאָלערייען, געהערט אירע אויטאָמאַטישע קאָנ־צערטן, זיך דורכגעשמועסט מיט די טויטע וואָס זי האָט אַרויס־גערופן. היפּשע עטלעכע מאָל האָט ער געגומען ביי איר אַ הלוואה, וואָס ער האָט נישט אָפּגעגעבן. ער האָט אָפט געקראָגן ביי איר אַ וועגעטאַרישן סאַפּער, ווייל די מרס. קאַפּיצקי האָט נישט געגעסן קיין פליישׁ, קיין פיש, קיין מילך, קיין אייער, בלויז שפּייז וואָס די מאַמע ערד האָט אַרויסגעגעבן: גרינסן און פרוכטן. זי האָט אים צוגעגרייט סאַלאַטן מיט ניס, מאַנדלען, מילגרוימען, אַוואָקאַדאָ.

אין אָנהויב האָט לאָטע קאַפּיצקי געפּרוווט פּאַרפירן מיט דר. זרח גאָמבינער אַ ליבע. די גייסטער האָבן אַלע געהאַלטן, אַז לאָטע קאַמפּיצקי און זרח גאָמבינער דאַרפן זיך פּאַראייניקן אין געטלעכער ליבשאַפט. בהאַגאַוואַר קרישנאַ האָט אַרויסגעוויזן אַ נייגונג צו שדכנות. לאָטע קאַפּיצקי האָט כסדר אָפּגעגעבן דר. גאָמבינערן גרוסן פון די הימלישע מייסטערס וואָס זענען פאַרבונדן מיט טיבעט, אַטלאַנטיס, דער הימלישער הערשאַפט, דער שאַמבאַללאַ, דעם פערטן קעניגרייך פון דער נאַטור און מיט דעם ראַט פון סאַנאַט קומאַראַ. אין הימל, ווי אויף דער ערד, זענען אין די ערשטע פערציקער יאָרן אַנטשטאַנען אַלערליי קריזיסן. כוחות האָבן זיך איבערגרופירט. די מיטגלידער פון די אַשראַמס האָבן זיך גע־גרייט צו אַ מלחמה מיט די קאָסמישע בייזע כוחות. מ׳האָט פון די אויבערשטע ספערן אַרויסגעשיקט פּראָזשעקטאָרן, וואָס זאָלן באַ־לייכטן דעם פּלאַנעט ערד און אויסטיילן געקליבענע מענער און פרויען פאַר ספּעציעלע צוועקן.

די מרס. קאַפּיצקי האָט פאַרזיכערט, אַז ער, זרח גאָמבינער, איז אָנגעברייט צו שפּילן אַ ריזיקע ראָל אין אוניווערסאַלן ווידער־

געבורט. אָבער ער האָט פאַרוואַרלאָזט זייַן מיסיע, אַנטוישט די געטלעכע מייסטערס. ער האָט געזאָלט טעלעפאָנירן דער מרס. קאַ־פּיצקי, אָבער ער האָט נישט טעלעפאָנירט. ער איז געהאַט אַוועק־געפאָרן אויף עטלעכע חדשים קיין פילאַדעלפיע, אַפילו נישט גע־שריבן קיין פּאָסטקאַרטל. ער איז צוריקגעקומען און נישט צו וויסן געטאָן, אַז ער איז דאָ. די מרס. קאַפּיצקי האָט אים געהאַט געטראָפן אין אַן אויטאָמאַט אויף דער זעקסטער עוועניו — אַן אָפּגעריסענעם, אין אַ קויטיק העמד, אין אויסגעדרייטע שיך. ער האָט אַפילו נישט געהאַט אָנגעגעבן אויף קיין בירגערשאַפט, כאָטש לויטן געזעץ האָבן אַלע פּליטים געקאָנט ווערן בירגער, נישט געדאַרפט אַרויס־פאָרן קיין אויסלאַנד צו קריגן די וויזע.

איצט, אין 1946, האָט זיך געהאַט אַרויסגעוויזן, אַז אַלץ וואָס לאַטע קאַפּיצקי האָט אים פאַרויסגעזאָגט מיט יאָרן פריער, איז גע־וואָרן וואָר. אַלע זייַנע נאָענטע זענען געהאַט אַריבער אויף יענער זייַט: דער טאַטע, די ברידער, די שוועסטער, לענאַ. בהאַגאַוואַר קרישנאַ האָט פון זיי אַלעמען אָפּגעגעבן גרוסן. ס'האָט אויסגעזען, אַז די מייסטערס האָבן נאָך אַלץ געהאַט געדענקט דר. גאַמבינער און נאָך אַלץ געהאַט פּאַר אים פּלענער. אַפילו דאָס אומקומען פון דער פאַמיליע זייַנער אין טרעבלינקע, מאַידאַנעק, שטוטהאָף, איז ענג פאַרבונדן מיט די כוחות פון ליכט, מיט דער אַנטוויקלונג פון דער קאַרמאַ, מיט דער תּקופה פון לעמוריאַ און מיט דעם פּאַרמעסט צו דערפירן די מענטשהייט צו אַ פרישן אויפשטייג אין ליבע...

די לעצטע פּאָר וואָכן האָט די מרס. קאַפּיצקי זיך נישט באַגנוגנט מיט אַרויסרופן לענאַס גייסט אויפן געוויינלעכן שטייגער. זי האָט געגעבן דר. גאַמבינער די זעלטענע געלעגנהייט צו שמועסן מיט דער אומגעקומענער לענאַן ווי מיט אַ לעבעדיקער.

ס'איז פאָרגעקומען אַזוי: אין אַ געוויסן מאָמענט האָט דער בהאַגאַוואַר קרישנאַ געגעבן אַ צייכן און ער, זרח גאַמבינער, האָט זיך געלאָזט גייַן איבערן פינצטערן קאָרידאָר צום שלאָפצימער.

דאָרט, אין דער פינצטערניש, נעבן דער מרס. קאַפּיצקיס קאָמאָדע, האָט געהויערט אַ געשטאַלט וואָס האָט געזאָלט זיין לענאַ. זי האָט געפּליסטערט צו דר. גאַמבינער אויף פּויליש, אים איינגערוימט צערטלעכע ווערטער, אים אָפּגעגעבן גרוסן פון פריינד, קרובים. בהאַגאַוואַר קרישנאַ האָט געהאַט שטרענג פאַרבאָטן דר. גאַמבינער נישט צו פּרוון אָנרירן דעם גייסט, ווייל דאָס קאָן ברענגען שאָדן סיי אים, דר. גאַמבינער, סיי דער מרס. קאַפּיצקי. די געציילטע מאָל, וואָס דר. גאַמבינער האָט געמאַכט אַ פאַרזוך זיך צו איר צו דערנענטערן, האָט זי זיך קונציק אַוועקגעגליטשט. נו, אָבער ווי צעטומלט און דערשראָקן דר. גאַמבינער איז נישט געווען ביי די דאָזיקע סצענעס, האָט ער פון דעסטוועגן זיך אָפּגעגעבן אַ חשבון, אַז ס'איז אַלץ שווינדל. די פרוי וואָס האָט זיך צו אים באַוויזן איז נישט לענאַ, ס'איז נישט איר שטים, נישט איר סטיל. די גרוסן וואָס זי האָט אים איבערגעגעבן האָט מען לייכט געקאָנט אויס־טראַכטן. ער האָט געהאַט דערמאָנט די אַלע נעמען צו דער מרס. קאַפּיצקי און זי האָט אים דעמאָלט אויסגעפרעגט איינצלהייטן.

איך געפיל איז יאָ געבליבן ביי דר. גאַמבינער: אַ נייגיר. וואָס איז דאָס פאַראַ מויד וואָס באַווייזט זיך צו אים? און צוליב וואָס טוט זי דאָס? מסתמא פאַר געלט. די מרס. קאַפּיצקי האָט אַוודאי איר באַצאָלט. אָבער דאָס דינגען אַ גייסט האָט באַוויזן, אַז לאָטע קאַפּיצקי איז קאַפּאַבל נישט בלויז אויף זעלבסטאָפּנאַרעריי, נאָר אויך אָפּצונאַרן אַנדערע. יעדעס מאָל, וואָס דר גאַמבינער האָט זיך געלאָזט שפּאַנען איבער דעם פינצטערן קאָרידאָר, וואָס האָט גע־פירט צו לאָטע קאַפּיצקיס שלאָפצימער, האָט ער געמורמלט:

— משוגע... מטורף... אַ ווילדע פאַרשוינטע... פע!...

היינט ביי נאַכט האָט דר. גאַמבינער קוים זיך געקאָנט דער־וואַרטן אויף בהאַגאַוואַר קרישנאַס סיגנאַל. די גאַנצע אַוואַנטורע איז געהאַט געוואָרן צוגעגעסן. ער האָט שוין אַ צייט געליטן אויף דער פראָסטאַטע און יעדע האַלבע שעה גענדאַרפט משתין זיין. געווינלעך פלעגט ער ביים אַריינקומען פון דרויסן אָפּטרעטן אין

באַדצימער, אָבער דאָס מאָל האָט ער פאַרגעסן. ס׳האָט אים איצט געשטאָכן אין דער בלאָז. פון די רויע גרינסן, וואָס די מרס. קאַפּיצקי האָט אים געגעבן צו עסן אויף נאַכטמאָל, האָט אים געגרימט אין די געדערים. נו, כ׳בין צו אַלט אַפילו פאַר אַזוינע פאַרגעניגנס, האָט ער געשעפּטשעט, אָדער געטראַכט.

דער חכם פון אינדיע האָט גערעדט, אָבער דר. גאַמבינער האָט זיך רעכט נישט צוגעהערט. וואָס פּלוידערט זי, די אידיאָטקע? וועמען נאַרט זי אָפּ? זי קאָן אַפילו נישט זיין קיין לייטישע בויך־רעדעריך...

בהאַגאַוואַר קרישנאַ האָט איצט געגעבן דעם צייכן און דר. גאַמבינער האָט זיך אויפגעשטעלט. ער האָט שוין געליטן אויף די פיס זינט יאָרן, אָבער זיי זענען אים נאָך קיין מאָל נישט געווען אַזוי שווער און שלאַבעריק ווי היינטיקן אָוונט. נו, כ׳וועל מוזן פריער אַריין אין באָדצימער! — האָט ער באַשלאָסן. אַ וואַרשעווער דאָקטאָר וואָס טאָר נישט פּראַקטיצירן אין אַמעריקע און נעמט אָן פּאַציענטן שטילערהייט, האָט געהאַט איינגעטענהט מיט דר. גאַמבינער, אַז ער טאָר נישט אָפּלייגן די אָפּעראַציע, ס׳קאָנען זיך נאָך שאַפן קאָמפּליקאַציעס. אָבער נישט ער האָט געהאַט געלט צו גיין אין שפּיטאָל, נישט דעם ווילן. ער האָט זיך אַליין געהיילט מיט הייסע בעדער, מיט וואַרעם־פלאַשן, מיט אַ פּיל וואָס ער האָט נאָך מיטגעבראַכט פון פראַנקרייך. ער האָט אַפילו געפּרוווט זיך אַליין מאַסאַזשירן. כ׳טויג שוין פאַר איין זאַך: פאַר שמעלץ, האָט ער געקלערט.

דעם וועג צום שלאָפצימער האָט ער געדענקט, אָבער צום באָד־צימער איז ווייטלעך. דר. גאַמבינער האָט זיך גערוקט אַ וואַקלדי־קער, געטאַפּט מיט די הענט פאָרויס, ווי אַ בלינדער. ער איז געהאַט צוגעקומען צום באָדצימער, געפּרוווט עפענען די טיר, אָבער עמיץ האָט אַ שלעפּ געטאָן די קליאַמקע אויף צוריק. ס׳איז זי, די מויד! — האָט דר. גאַמבינער צו זיך גערעדט. ער איז געוואָרן אַזוי פאַר־בליפט, אַז ער האָט פאַרגעסן אָן זיין באַדערפעניש. נעלאָס „גייסט"

איז אפנים געהאַט אַריין אין באַדצימער זיך איבערטאָן. אַ בושה האָט אים אָנגענומען פאַר זיך אַליין, פאַר דער געפּאַלנקייט פון דער מרס. קאַפּיצקי. צו וואָס טויג עס איר? מיט וועמען שפּילט זי אַ קאָמעדיע?

די אויגן זיינע האָבן זיך שוין געהאַט צוגעווינט צו דער פינצ־טערניש און ער האָט אונטערגעשיידט דורך דער שויבנטיר יע־נערס פיגור. דאָס באַדצימער האָט געהאַט אַ פענצטער צו דער גאַס און ס׳איז אַריינגעפאַלן דער אָפּשיין פון אַ לאַמטער. זי האָט זיך אָפּגעצייכנט אַ נידעריקע, אַ ברייטלעכע, מיט אַרויסשטאַרצנדיקע היפּטן און אַ הויכן בוזעם. זי איז, זעט אויס, געשטאַנען אין די אונטערוועש. דר. גאַמבינער איז געבליבן אַ געפּלעפּטער. ער האָט געוואָלט אַ רוף טאָן: געוואַלד, דער שווינדל איז קלאָר! אָבער די צונג איז אים געוואָרן ווי אָפּגענומען. דאָס האַרץ האָט אים געזעצט און ער האָט געהערט דאָס שנאָרכעניש פון זיין אייגענער נאָז.

נאָך אַ וויל האָט ער זיך געלאָזט צוריקגיין, אָבער ווי נאָר ער האָט זיך אויסגעדרייט, האָט ער זיך אָנגעשטויסן אָן אַ הענגער פון מלבושים. ער האָט אָנגעטאַפּט אַ וואַנט, באַקומען אַ קלאַפּ אין קאָפּ. ער איז אָפּגעטרעטן אויף צוריק און עפּעס איז אַראָפּגע־פאַלן און זיך צעבראָכן, — אַפּנים איינע פון דער מרס. קאַפּיצקיס יענע־וועלטישע שמאָכטעס... אין דער רגע האָט דער טעלעפאָן אין קאָרידאָר זיך צעקלונגען — זיך אָפּגעריסן אויסטערליש שאַרף און אַלאַרמירנדיק. דר. גאַמבינער האָט געטאָן אַ ציטער. ער האָט פּלוצ־לינג דערשפּירט אַ וואַרעמקייט אין די אונטערוועש. ער האָט זיך באַנעצט ווי אַ קינד...

.3

— נו, כ׳האָלט שוין ביים סאַמע סוף — האָט דר. גאַמבינער צו זיך גערעדט. ער האָט זיך געלאָזט קריכן אויף צוריק. נישט בלויז די אונטערוועש, די הויזן זענען אים אויך פייכט. ער האָט זיך גע־

ריכט, אַז די מרס. קאַפּיצקי וועט אים אַקעגנקומען. ס'האָט נישט איין מאָל געטראָפן, אַז זי האָט זיך איבערגעוועקט אין מיטן אַ טראַנס און איז אַוועק שמועסן אויפן טעלעפאָן פון אַקציעס, ווערט־פּאַפּירן, ריעל־עסטעיט. אָבער דער טעלעפאָן האָט געקלונגען און קיינער איז נישט געגאַנגען ענטפערן.

דר. גאַמבינער האָט ערשט איצט באַנומען וואָס ער האָט אָפּגעטאָן: ער האָט געהאַט צוגעמאַכט די טיר וואָס האָט געפירט צו דער מרס. קאַפּיצקיס סאַלאָן און פאַרשטעלט די רויטע שיין, וואָס האָט אים געוויינלעך געוויזן דעם וועג צוריק. איכ'ל גאָר גיין אַהיים, האָט ער באַשלאָסן. ער האָט זיך געלאָזט צו דער דרויסנטיר, אָבער ער האָט פאַרלוירן יעדע אָריענטאַציע אין דעם דאָזיקן פאַנאַנדער־געוואָרפענעם אַפּאַרטמענט. ער איז פון דעסטוועגן צוגעקומען צו אַ טיר, געטאָן אַ ציִ און די טיר האָט זיך אויפגעפּראַלט. עמיץ האָט אַרויסגעלאָזט אַ פאַרשטיקטן געשריי. ער איז ווידער געהאַט דער־קראָכן צום באָדצימער. מ'האָט, אַפּנים, פון אינעווייניק נישט גע־קאָנט פאַרמאַכן אויף קיין שלאָס אָדער אַ קייטל.

ער האָט דערבליקט אַ פרוי אין אַ גאָרסעט, אָן אַ קלייד, דאָס פּנים האַלב־באַלויכטן. אין דעם ברוכטייל פון אַ רגע וואָס ער איז דאָ געשטאַנען, איז אים געוואָרן קלאָר, אַז דאָס איז אַ מיטליעריקע פרוי. ער האָט אַ מורמל געטאָן:

— זייט מוחל...

דער טעלעפאָן האָט שוין געהאַט אויפגעהערט קלינגען, אָבער ער האָט גלייך פון ס'נייַ זיך צעקלונגען. מיט אַ מאָל האָט דר. גאַמ־בינער דערזען די רויטע שיין. די מרס. קאַפּיצקי איז געגאַנגען ענט־פערן דעם טעלעפאָן. ער האָט זיך אָפּגעשטעלט און האַלב־געפרעגט האַלב־געזאָגט:

— מרס. קאַפּיצקי!

די מרס. קאַפּיצקי האָט געטאָן אַ צאַפּל.

—שוין געענדיקט?

— כ׳בין נישט געזונט. כ׳מוז אַהיים גיין? — האָט דר. גאָמ־בינער געשטאַמלט.

— נישט געזונט? ווו ווילט איר גיין? וואָס איז אייך? דאָס האַרץ?

— אַלץ מיט אַ מאָל.

— וואַרט אַ סעקונדע!

די מרס. קאָפּיצקי האָט זיך צו אים דערנענטערט. זי האָט אים אָנגענומען ביים אָרעם, צוריקגעפירט אין סאַלאָן. דער טעלע־פאָן האָט געקלונגען אַ ווייל. דערנאָך איז ער געוואָרן אַנטשוויגן. די מרס. קאָפּיצקי האָט אַ זאָג געטאָן:

— ס׳האָט אייך צוגעדריקט ביים האַרץ, האַ? לייגט זיך צו אויף דער סאָפע. איכ׳ל גלייך רופן אַ דאָקטאָר.

— ניין, ניין, מ׳דאַרף נישט.

— איכ׳ל אייך מאַכן אַ מאַסאַזש —

— ביי מיר איז די בלאָז נישט אין אָרדענונג. מיין פּראָסטאַטע —

— האַ? איכ׳ל מאַכן ליכטיק.

ער האָט געוואָלט בעטן די מרס. קאָפּיצקי זי זאָל עס נישט טאָן, אָבער ס׳איז שוין געווען צו שפּעט. זי האָט אָנגעצונדן עט־לעכע לאָמפּן מיט אַ מאָל. ס׳האָט אים אַ בלענד געטאָן אין די אויגן. זי איז געשטאַנען ביי דער וואַנט און געגאַפט אויף אים און אויף זיינע נאַסע הויזן. דער קאָפּ אירער האָט זיך ציטערנדיק געשאָקלט: דאָ אויף יאָ, דאָ אויף ניין. זי האָט אַ זאָג געטאָן:

— דאָס קומט אַרויס פון לעבן אַליין.

— באמת, ס׳איז מיר אַ חרפּה.

— וואָס איז די חרפּה? אַלע ווערן עלטער, קיינער ווערט נישט ייִנגער. איז זענט אַריין אין באָדצימער?

דר. גאָמבינער האָט נישט געענטפערט.

— וואַרט אַ מינוט. ס׳זענען געבליבן פון אים מלבושים. כ׳האָב ערגעץ־ווו געוווסט, אַז כ׳וועל זיי אַ מאָל דאַרפן...

די מרס. קאַפּיצקי איז אַוועק. דר. גאַמבינגער האָט זיך באַדעכ־טיק צוגעזעצט אויף אַ ברעג שטול. ער האָט זיך אונטערגעלייגט אַ נאַזטיכל. ער איז געזעסן אַ שטייפער, אַ נאַסער, קינדיש־שולדיק, מיט יענער אינעווייניקסטער שטילקייט, וואָס קומט מיט שלאָפקייט. ער האָט יאָרן־לאַנג געציטערט פאַר דאָקטוירים, שפּיטאָל, באַרמ־האַרציקע שוועסטער, וואָס טוען־אויס פון זיך די ווייבערישע בושה און באַהאַנדלען מאַנסלייט ווי קינדער. איצטער איז ער געווען גרייט צו די לעצטע פאַרשעמונגען פון גוף. נו, כ׳ביך קאַפּוט. ס׳איז געקומען דער סוף.

עמיץ אין אים האָט געמאַכט אַ חשבון־הנפש. פילאָזאָפיע? וואָסער פילאָזאָפיע? עראָטיק? וועמענס עראָטיק? ער האָט זיך געהאַט געגריבלט פערציק יאָר אין ווערטער. ער איז נישט געהאַט געקומען צו קיין שלוס. נייק, דאָס וואָס עס האָט זיך געטאָן מיט אים, אַרום אים, אין פוילן, אין רוסלאַנד, אויף די פּלאַנעטן, אין גאַנצן אוניווערז, איז נישט בלינדער ווילן און נישט עראָטיק; נישט שפּינאָזאָס סובסטאַנץ, נישט לייבניטצס מאָנאַדן; נישט העגעלס דיאַ־לעקטיק, נישט העקעלס מאָניזם. אויב ס׳איז אַפילו פאַראַן אַזאַ זאַך ווי דאָזיין, איז איבערהויפּט נישטאָ דערפאַר קיין באַגריף אין מענטשלעכן מוח. ס׳איז נאָך גוט, וואָס כ׳האָב נישט אָפּגעדרוקט מיינע פּאַטשקערייען, האָט עמיץ אין אים גערעדט. צו־וואָס די אַלע נישט־געשטויגענע היפּאָטעזן? זיי העלפן גאָרנישט...

ער האָט געקוקט אויף דער מרס. קאַפּיצקיס בילדער. אין דער גרעלער שיין האָבן זיי דערמאָנט אָן די שמירערייען פון שול־קינדער. פון דרויסן, פון יענער זייט פענצטער, האָבן זיך דורכ־געריסן גרילצענישן פון אויטאָמאָבילן, געשרייען פון יונגען, אַפילו דער דונערנדיקער אָפּהילך פון דער סאָבווי.

די טיר האָט זיך געעפנט און די מרס. קאַפּיצקי האָט געטראָגן אַ פּאַק מלבושים — אַ רעקל, הויזן, וועש. ס׳האָט אַ שמעק געטאָן מיט נאַפטאַלין, שטויב און מיט נאָך עפּעס, וואָס איז שוין לאַנג

אַוועק, אַ רעשטל פאַרגאַנגענע צייט, וואָס איז געלעגן איינגעפּאַקט און פּרעזערווירט ערגעץ אין אַ שראַנק, אָדער אַ קופערט.

די מרס. קאַפּיצקי האָט אַ זאָג געטאָן:

— איר זענט פריער נישט אַריין אין שלאָפצימער?

— האַ? ניין.

— לענאַ האָט זיך צו אייך נישט אַנטפּלעקט?

— ניין, נישט אַנטפּלעקט.

— נו, טוט זיך איבער. פאַר מיר דאַרפט איר זיך נישט היטן.

זי האָט אַוועקגעלייגט די מלבושים אויף דער סאָפע. זי האָט זיך געבויגן איבער אים מיט דער געטריישאַפט פון אַ קרובה, מיט דעם באַדויערן פון אַ פרעמדער. זי האָט אַ זאָג געטאָן:

— איר׳ט שוין בלייבן דאָ. איכ׳ל מאָרגן שיקן נאָך אייערע זאַכן.

— ניין, ס׳האָט נישט קיין זין.

— כ׳האָב געוווּסט, אַז ס׳וועט קומען דערצו, גלייך ווי מיר האָבן זיך באַקענט יענע נאַכט אויף סעקאָנד עוועניו.

— ווי אַזוי? נו, אַלץ איינס.

— מ׳זאָגט מיר זאַכן פאַרויס. כ׳טו אַ קוק אויף עמיצן און וויס וואָס ס׳וועט זיין מיט אים.

— אַזוי? ווען גיי איך אַ גאַנג?

— איר׳ט נאָך לעבן היפּשע יאָרן. מ׳דאַרף אייך דאָ. איר מוזט נאָך פאַרענדיקן אייערע ווערק.

— מיינע ווערק האָבן אַזאַ ווערט ווי אייערע גייסטער.

— ס׳זענען דאָ גייסטער, זייט נישט אַזוי ציניש! מ׳קוקט אַראָפּ צו אונדז פון דער הויך. מ׳פירט אונדז ביי די הענט. מ׳מעסט אונדזערע טריט. מיר זענען אַ סך וויכטיקער אין קאָסמאָס ווי איך דוכט זיך.

ער האָט זי געוואָלט פרעגן: אויב אַזוי, צו וואָס דאַרפט איר דינגען אַ מויד זי זאָל מיך אָפּנאַרן? אָבער ער האָט געשוויגן.

די מרס. קאַפּיצקי איז אַרויס אין קאָרידאָר. דר. גאָמבינער האָט אויסגעטאָן די הויזן, די אונטערוועש. ער האָט זיך אָפּגעווישט

מיטן טיכל. אַ ווייל איז ער געשטאַנען איבן אָנגעטאָן און אונטן נאַקעט, ווי אַ פּאַיאַץ. דערנאָך איז ער אַריין אין אַ פּאָר לויזע גאַט־קעס, קילע ווי תכריכים. ער האָט אַרויפגעצויגן אויף זיך אַ פּאָר געשטרייפטע הויזן, וואָס זענען געווען צו ברייט און צו לאַנג פאַר זיין ווּקס. ער האָט געמוזט אַרויפשאַרצן די מאַנקעטן ביז צו די קני. ער האָט געסאָפּעט, געשנאָרכט, יעדע פּאָר סעקונדן זיך אַוועקגעשטעלט אָפּרוען. עפּעס האָט זיך אים דערמאָנט. אַזוי פלעגט ער יינגלווייז אָנמעסטן דעם טאַטנס מלבושים, ווען דער טאַטע האָט זיך געלייגט שלאָפן שבת נאָכן טשאָלנט: די פּלודערן, די אַטלע־סענע זשופּיצע, דעם טלית קטן. איצט איז דער טאַטע אַ הייפל אַש ערגעץ אין פּוילן און ער, זרח, איז אַריינגעקראָכן אין די קליידער פון אַ געשטאָרבענעם דענטיסט.

דר. גאָמבינער האָט זיך דערנענטערט צום שפּיגל, זיך אָנגע־קוקט. ער האָט אַפילו מעשה־יינגל זיך אַליין געוויזן אַ שפּיץ צונג. דערנאָך האָט ער זיך צוגעלייגט אויף דער סאָפע. דער טעלעפאָן אין קאָרידאָר האָט ווידער געקלונגען און די מרס. קאָפּיצקי האָט, אַפּנים, געענטפערט, ווייל דער רויש האָט באַלד אויפגעהערט.

דר. גאָמבינער האָט צוגעמאַכט די אויגן, איז געלעגן שטיל, מיט דער רו פון יאוש. ער האָט מער גאָרנישט געהאַט אויף וואָס צו האָפן. ס'איז אַפילו נישט געבליבן פון וואָס צו טראַכטן.

ער האָט איינגעדרימלט און ער האָט זיך געפונען אין דער קאַפעטעריע אויף דער 42סטער גאַס, נעבן דער שטאָט־ביבליאָטעק. ער האָט געבראַכט שטיקלעך פון אַן אייערקיכל. עפּעס אַ פּליט האָט דערציילט וועגן אַ מיטל אַרויסצוראַטעווען יידן פון פּוילן. מען טוט זיי איבער אין נאַצישע מונדירן. מ'פירט זיי איבער שיפן דורכן נאָרד־פּאָל, דעם זיד־פּאָל, איבערן פּאַציפיק. אַגענטן נעמען איבער די פּליטים אין פייערלאַנד, האָנאָלולו, יאָקאָהאָמאַ... ווי אויסטער־ליש, נאָר דער דאָזיקער שמוגל האָט געהאַט צו טאָן מיט זיין, דר. גאָמבינערס, פילאָזאָפישן סיסטעם, נישט מיט דעם פריערדיקן נוסח, נאָר מיט אַ נייער ווערסיע, וואָס האָט צונויפגעגאָסן עראָטיק מיט

זיכרון. דר. גאָמבינער האָט זיך געחידושט. וואָס איז די סמיכת־הפרשיות? ס'איז אַ פּשטל, אַ פּשטל. דאָס פּרוּווט ער פאַרענטפערן זיין אייגענע אומבאַהאָלפנקייט. נו, און ווי אַזוי קאָן מען ראַטעווען לענאַן, ווען זי איז אומגעקומען? סיידן דער טויט אַליין איז נישט מער ווי אַ סעקסועלע אַמנעזיע...

ער האָט זיך איבערגעוועקט און די מרס. קאָפּיצקי האָט זיך געבויגן איבער אים. זי האָט געהאַלטן אַ קישן, גרייט אים אונטער־צולייגן צוקאָפּנס.

— ווי פילט איר זיך, האַ?

— לענאַ איז שוין אַוועק? — האָט ער געפרעגט, דערשטוינט פון די אייגענע ווערטער. ער איז, אַפּנים, נאָך געבליבן האַלב־פאַר־שלאָפן.

די מרס. קאָפּיצקי האָט זיך פאַרקרימט. דער טאָפּלקין אירער האָט זיך גענומען שאָקלען, ציטערן. די אַרויסגעבאַלטע אויגן זענען געוואָרן פול מיט מוטערלעכן פאָרוווּרף.

— איר לאַכט, האַ? ס'איז נישט דאָ קיין טויט, ס'איז נישטאָ. מיר לעבן אייביק און מיר ליבן אייביק. דאָס איז די ריינע וואָרהייט...

די גאַרדעראָב

.1

אין אַ הימלישער גאַרדעראָב האָבן געוואַרט נשמות אָנצוטאָן נייע גופים. דער מלאך בגדיאל וואָס איז געזעצט אויף באַקליידן נאַקעטע נשמות האָט זיך היינט אין דער פרי געהאַט פאַרשפּעטיקט. אין אמתן האָט ער נישט געגעבן קיין גופים, נאָר אויסגעטיילט קוויטלעך פאַר גופים. אין הימל, ווי אויף דער ערד, כאַפּט מען פון דער קהלישער שיסל. צו באַזאָרגן ליידיק-גייערישע מלאכים, טראַכטן אויס די שרים אַלערליי טוונגען וואָס ברענגען נישט קיין נוץ אָבער ווען אַ מלאך האָט זיך צוגעוווינט אַרומצושלענדערן זיך פּוסט-און-פּאַסט, פאַרגעסט ער שפּעטער זיין שליחות. דער זייגער אויפן עולם הדמיון האָט שוין געוויזן צען: די זינגענדיקע מלאכים האָבן שוין געהאַט אָפּגעזונגען שירה און געטרונקען יין המשומר; אויף דער ערד האָט מען שוין אין די מתנגדישע שולן געהאַט אָפּגעזאָגט קדושה און ברכו; אין גן־עדן האָבן די צדיקים געגעסן די צווייטע פּאַרציע לוויתן; אין גיהנום אויף די שטעכבעטלעך האָט מען אי־בערגעדרייט די רשעים אויף דער לינקער זייט, — אָבער דאָ, אין דער גאַרדעראָב, האָט מען ערשט געהאַט געעפנט די טירן. טייל נשמות האָבן געהויערט אויף בענק, אַנדערע זענען געשטאַנען אין אַ ריי ביים פענצטערל ווו מ׳טיילט אויס די נומערן. מיט אַ מאָל האָט זיך באַוויזן בגדיאל, אַ דיקער מלאך וואָס די פליגל זיינע האָבן קוים צוגעדעקט די שענקלען און דעם נאָפּל. ער איז אַריין אַן אַ צפרא טבא און אַ רוף געטאָן:

— שטופּט איך נישט, פּושעים. יעדער וועט קריגן זיין גוף. דער טאָג איז נאָך גרויס. איכ׳ל אויסרופן, יעדן לויט זיין סימן. איכ׳ל אַריין אויף אַ וויל אין יחוד־שטיבל. זאָל זיין שטיל.

— קומט צען אַ זייגער און קריכט ערשט אַוועק אין יחוד־שטיבל — האָט אַ מורמל געטאָן אַן אומגעדולדיקע נשמה. — לויטן הימלישן שולחן־ערוך דאַרף ער אַנהייבן זיין טוונג מיטן קרייען פון האָן.

— האַ? קיין שום פּרעטענזיעס! — האָט בגדיאל אָפּגעענט־פערט. — אויב ס׳געפעלט דיר נישט מיין פירעכץ, לויף און פאַר־מסר מיך צום שר מלבושיאל. ווי לאַנג איר זענט דאָ, קאָנט איר זיך באַקלאָגן און מאָנען יושר.

— ניין, מלאך בגדיאל, מיר האָבן נישט קיין שום טענות — האָבן אַ פּאָר אונטערטעניקע נשמות געגרופן.

— איכ׳ל באַלד זיין צוריק. כ׳האָב פאַרגעסן צו זאָגן פּרשת זכור.

בגדיאל איז אַוועק הינטער אַ פאַרמאַכטער טיר. אַ נשמה האָט אַ זאָג געטאָן:

— ער האָט נישט אין זין פּרשת זכור, נאָר דעם חומר עכור. אַ מאָל אַזוינע פליאַסקעדריגעס זענען געוואָרן נפילים. מ׳האָט זיי אַראָפּגעשליידערט אויף דער ערד און זיי האָבן זיך באַהאָפטן מיט די טעכטער פון אָדם. אַנדערע זענען געוואָרן מאַרעס, לילין, לאַ־פּיטוטן. היינט טוען זיי וואָס ס׳געפעלט זיי. האָבן געמאַכט יד־אחת. גאָט אַליין האָט פאַר זיי מורא.

— ווי קאָן דער באַשעפער מורא האָבן פאַר זיין אייגענער באַשאַפונג?

אַ נשמה פון אַ חוקר האָט זיך איבערגעוועקט פון דרימל.

— די קשיא האָט שוין אַ באָרד. ער איז אַלץ, אָבער נישט קיין כל־יכול. ער קאָן חרוב מאַכן אַ פּאָר עולמות ווען ער פאַלט אַרייַן אין גרימצאָרן, אָבער נישט אָפּווישן די גאַנצע פמליא של מעלה. אויב ער וואָלט וואַרהאַפטיק געווען אַ כל־יכול, וואָלט ער געקאָנט זיך אַליין פאַרלענדן און די בירה וואָלט פאַרבליבן אָן אַ מנהיג. כ׳האָב זיך געפּרעגלט אַ יאָר אין גיהנום פאַר מיינע ספקות,

אָבער כ׳בין דערפון נישט געוואָרן קליגער. כ׳האַלט נאָך אַלץ מיט אַריסטוט, אַז די וועלט איז אַ קדמון. דער יש מאַין לייגט זיך מיר נישט אויפן שכל.

— איך בין נישט קיין געלערנטע, אַ פּראָסטע מויד — האָט זיך אַריינגעמישט אַ צוויטע נשמה. — אָבער איך זאָג, אַז אַלץ פּירט זיך דאָ ווי אַ שיף אָן אַ רודער. מ׳האָט מיך מיט איין און דרייסיק יאָר צוריק צוגענומען פון כסא הכבוד, ווו כ׳האָב געהאָלפן פּוצן דעם לינקן פוס, און מ׳האָט מיר געגעבן אַ פיגור פון אַ יפת תואַר. פאַר וואָסערע זינד מ׳האָט מיך אַראָפּגעשיקט אויף דער ערד ווייס איך נישט ביז היינט. מ׳זאָגט אַז מאַנסלייט זענען די גרויסע וועלערס, נאָר מיר האָט מען אַריינגעגעבן אַ חשק פאַר צען זכרים. דער טאַטע איז געווען אַ דאָרף־לויפער. די מאַמע האָט געבאַקן פלעצלעך פאַר ישיבה־בחורים. זיי זענען מיקלאָמפּערשט געקומען קויפן פלעצלעך מיט מאָן און קימל, אָבער געמיינט האָבן זיי נישט די הגדה נאָר די קניידלעך. זיי האָבן מיך געגעסן און געשפּיגן. די מאַמע האָט מיך געוואָרנט פאַר מאַנסבילשע בליקן און נאַרע־רייען. אָבער דער האָבער האָט מיך געשטאָכן. כ׳האָב איין מאָל בייגעווווינט ווי אַ באָק און אַ ציג האָבן געריבן די הערנער און פון דעמאָלט אָן — —

— מאַך עס בקיצור: ביסט געוואָרן אַ נפקא.

— נישט מיט אַ מאָל.

— ווי לאַנג האָט מען דיך געבראָטן אין אַבדון?

— די גאַנצע צוועלף חדשים.

— האָסט נאָך גוט אָפּגעשניטן. אַנדערע פון דיין סאָרט וואַרפט מען אין כף־הקלע. אַז זיי דערלעבן צו זען אַ טויער פון גיהנום, בענטשן זיי גומל. וואָס האָט מען דיר געטאָן?

— די געוויינלעכע שטראָפן: געהאָנגען אויף די בריסטן, גע־קוילערט פון שניי אין פייער און פון פייער אין שניי. אַחוץ, פאַר־שטייט זיך, שבת און יום־טוב.

— דיין גליק איז — האָט זיך אָנגערופן אַן אַנדערע נשמה — וואָס מ׳האָט דיך נישט לאַנג געהאַלטן אויפן עולם התחתון. איך האָב זיך אָפּגעוואַלגערט אין דעם עמק הבכא ניין און אַכציק יאָר, דריי חדשים, פינף טאָג, צוויי שעה און אַכט מינוט.

— וואָס ביסט דו געווען? אויך אַ טליק?

— אַ מאַנסביל.

— דאָס וואָס איך וויל ווערן. אויב מ׳מוז שוין אָנטאָן אַ מלבוש פון בלוט־און־פלייש, זאָל עס זיין פון אַ מאַנסביל.

— וואָס איז די מציאה פון זיין אַ מאַנסביל?

— מ׳איז נישט קיין נקבה.

— נו, בין איך געוואָרן אַ סקנער. אַ בלאַטע מויד האָט לכל־הפּחות אַ קאַפּעלע שווילטאָג, אויב נישט שפּעטער, איז פריער. מיין זעקל ביינער האָט נאָר באַגערט צו זאַמלען געלט. כ׳האָב חתונה־געהאַט, נאָר נישט געגעבן דעם וויב אויף דעם אויסקומעניש. כ׳האָב איר צוגעטיילט דעם ביסן, אָבער דערביי האָב איך איר פאַרגעהאַלטן אַז זי ברענגט מיך אויס אויפן־קווינט־און־אויפן־לויט. כ׳דאַרף דיר נישט זאָגן: נקבות זענען אויסברענגעריגס. זיי האָבן אַפילו גערן קאַליע צו מאַכן. מיינע עליה השנאָבל האָט געהאַט אַ טבע אָפּצוקאָכן דריי מאָל אַזויפיל געקעכטס וויפל מירן געקאָנט אויפעסן. האָט געירשנט פון דער מאַמען גרויסע טעפּ. כ׳האָב זיך געבעטן ביי איר: צו וואָס אויסגיסן? ס׳איז שטענדיק געשטאַנען אין שפּייזאַלמער אַ פאַן פון איבערגעשטאַנענע קלוסקעס. זי׳ט אויס־געלאָזט שמאַלץ און ס׳איז געוואָרן פאַראייליצט. זי׳ט געקויפט מעל און ס׳איז געוואָרן פאַרדומפּן. דער יצר־טוב האָט זיך געבעטן ביי מיר: לאָז איר די אייטלקייט וויל באַקומען; אויב דאָס געפעלט איר, לוינט נישט צו פאַרפירן קיין העצע. אָבער דאָס טאָרבעלע מינץ איז געוואָרן ביי מיר אַ תאווה —

— זי האָט געטויגט אויפן געלעגער?

— כ׳האָב איר דאָס אויך געשפּאָרט. כ׳האָב געזאַמלט כוח אויך. אויפן עולם השפל מיינט מען אַז אויב אַ מלבוש ווערט אָפּגעריבן,

בלייבט מען נאַקעט לעולם ועד. ס׳האָט זיך אויסגעלאָזט דערמיט, אַז זי איז אַנטלאָפֿן מיט אַ שוסטער.

— איך וואָלט געטאָן ס׳אייגענע.

— נאָך איר האָב איך שוין מורא געהאַט צו טאָן אַ שידוך. ווער ווייסט ? דער אַנדערער קאָנען נאָך אָנשמעקן מאַרצעפּאַנעס. כ׳בין דערגאַנגען דערצו אַז כ׳האָב געקויפֿט ביים בעקער אַלטגעבאַקן ברויט ווייל ס׳האָט אָנגעטראָפֿן אַ האַלבע פּרוטה וועלוועלער אויפֿן לאַבן. כ׳האָב מיר די ציין צעבראָכן. אַזוי ווי כ׳בין אַריין צו מיר אין שטוב, האָב איך אויסגעטאָן דעם טוזליק און, זאָלסט מיר מוחל זיין, די תחתונים צו שפּאָרן ס׳געצייג. כ׳האָב אַלץ געזאַמלט, אַפֿילו שמעקטאַבאַק.

— ווי אַזוי זאַמלט מען שמעקטאַבאַק ?

— אַז כ׳האָב געטראָפֿן עמיצן שמעקן טאַבאַק, האָב איך אויס־געשטרעקט צוויי פֿינגער צום פּושקעלע, גענומען אַן עוקץ. אָבער אָנשטאָט אים אַריינצושטופּן אין די נאָזלעכער, האָב איך אים אַריינ־געלייגט אין אַ שאַכטל.

— אַ סך אָנגעזאַמלט ?

— צוויי זעק.

— ווי לאַנג האָט עס געדויערט ?

— איבער פֿערציק יאָר.

— אַז איכ׳ל זיין אַ מאַנסביל וועל איך מיין ווייב נישט צוציילן די גרויפּן. זי׳ט זיך קאָנען ביי מיר אויסביטן דאָס טעלערל פֿון הימל. ווער ס׳איז איך מאָל געווען אַ נקבה ווייסט ווי צו שוינען דאָס ווייבערשע מין.

— אַז מ׳ועט דיר אָנטאָן אַ חומר פֿון אַ מאַנסביל, וועסטו פֿאַרגעסן אַלע ווייבערשע חשבונות.

— וואָס ווילסט ד ו ווערן ? — האָט די זונה געפֿרעגט.

— איך וויל שוין גאָרנישט ווערן — האָט דער קמצן גע־ענטפֿערט.

— מ׳קאָן דיך נאָך מאַכן פֿאַר אַ נקבה.

— מאָנסטאַלבן קאָנען זיי מיך מאַכן פאַר אַ פּלוי.
— אפשר וועסטו געבוירן ווערן אַ נפלע.
— פון דיין מויל אין גאָטס אויערן.
— איך וויל נאָך פאַרזוכן דעם טעם פון זיין אַ מאַנסביל.
— זיי פרעגן דיך אַ סך וואָס דו ווילסט. מ׳הענגט דיר אָן אַ גוף און ער פאַסט דיר ווי אַן אַרבעס צו דער וואַנט. פרעג מיך, איך בין שוין דאָ אַן אַלטגעזעסענער. כ׳וואַלגער מיך שוין דאָ אַרום דרייסיק יאָר. מ׳האָט מיר שוין געגעבן צו סאָרטירן לייבער. ס׳פירט זיך ביי זיי לויט אַ גורל, אָדער ווער ווייסט וואָס. זיי גרייזן אויך. מ׳נעמט אַ פריידיק פון אַ נקבה און מ׳זעצט אים אַרויף אַ מאַנס־בילשן קאָפּ. אַנומלט האָבן זיי אָנגעהאָנגען אַ מאַנסביל אַ פּאָר בריסטן פון אַן אַם. ס׳טרעפן נאָך אַנדערע טעותים. וואָס מיינסטו איז אַן אַנדרוגונוס? ס׳קומט אַלץ פון נישט טאָן קיין אַכט. בגדיאל איז פויל. ווען ער וואָלט נישט געווען מלבושיאלס אַ גליד־שוועס־טער־קינד, וואָלט ער שוין לאַנג געלעגן אין שמעלץ.
— וואָס איז מיט גאָט?
— זיי גלויבן דען אין גאָט? דאָ, אין ערשטן הימל, זענען זיי אַלע אַפּיקורסים. ע ר דאַרף ערגעץ וווינען אין זיבעטן הימל, אָבער פאָלג מיך אַ גאַנג. דאָ איז ער נישטאָ.
— אָט קומט בגדיאל!

.2

בגדיאל האָט זיך אַ שיבער געטאָן מיטן רעכטן פליגל אין דער לינקער לענד.

— קמצן, דו לעסטערט. כ׳האָב דיך געהערט. כ׳בין נישט טויב. ווען איך גיב איבער מלבושיאלן וואָס דו האָסט געבילט, גיט מען דיר אַ גוף פון אַ הונט. מיר זענען נישט קיין אַפּיקורסים; אָבער אַז מ׳דרייט זיך דאָ אַרום תר״פּט אַלפים יאָר און מ׳הערט אַלץ רעדן פון אַ באַלעבאָס וואָס קיינער האָט אים נישט אָנגעקוקט, פאַלט מען

אַריק אין מוחין דקטנות. פאַר וואָס נידערט ער נישט אַ מאָל כאַפּן אַ בליק וואָס דאָ טוט זיך? מ׳שיקט נשמות אַהין, מ׳שיקט נשמות אַהער. מ׳טוט זיי אָן אַזוינע לייבער, אַנדערע לייבער. עץ לייגט אַרויף אַלע שולדן אויף אונדז אין דער גאַרדעראָב. אָבער וואָס קאָנען מיר טאָן, אַז יענע וואָס שניידן צו די גופים, קאָנען נישט ס׳פאַך? זעלטן אַז ס׳געראָט זיי אַ נאָז. אָדער זי איז לאַנג ווי אַ שופר אָדער קליין ווי אַ בעבל. זיי שניידן שוין נעז פון חנוכס צייטן און האָבן נאָך אַלץ נישט ס׳געלענק. די ליפּן קומען אַרויס צו דין אָדער צו גראָב. אַפילו אַזאַ אבר ווי אַן אויער קומט ביי זיי אַרויס קאַפּויר. דער מלאך וואָס דאַרף צופּאַסן זווגים טרעפט ווי אַ בלינד פערד אין גרוב אַריין. ער פּאָרט צונויף אַ העלפאַנט מיט אַ מויז. יעדער פון אייך פאַרלאַנגט אַ צירלעכן גוף, אָבער ווען איר קריגט שוין אַ גוף אַ הדר, וואָס טוט מען מיט אים? איר מאַכט פון אים אַשפּה — ווער מיט זויפן, ווער מיט צעלאָזנקייט, ווער מיט פוילקייט. אַנומלט האָבן מיר צוגעפּאַסט עמיצן אַ גופל אויס־צוקושן. אַ מאָל אין אַ יובל גיט זיך איין אַ שטאָך אַרבעט. אָבער דאָס אויסגעצערטלטע גופל האָט געהאַט אַ קישקע אָן דנאָ. ס׳האָט נייערט געפרעסן. ס׳איז צוריקגעקומען אָן אַ שניט, אָן אַ פאָרם, אַ קופּע פליייש — אַ מיגל אַנצוקוקן. כ׳זאָג עס קעגן דעם, קמצן; אויב דו וועסט ווייטער לעסטערן, וועל איך...

— כ׳האָב נישט געלעסטערט, נישט געלעסטערט. וואָס איז מיין נייער גוף?

— ער האָט דעם סימן: בגד כפת רחץ עדשו.

— וואָס איז דאָס

— אַ סריס.

— פאַר וואָס עפּעס אַ סריס?

— פאַר וואָס נישט? ער׳ט דיר פּאַסן. וועסט פאַרשפּאָרן צו באַ־זאָרגן אַ ווייב מיט פּרנסה. ווידער, עמיץ זאָל דיך מפרנס־זיין, האָסטו נישט פאַרדינט.

— וואָסערע נסיונות האָט אַ סריס?

— געלט.

— כ׳על זיין אַ נגיד?

— דער גרעסטער גביר אין פינטשעווער הקדש.

— וואָס דאַרף איך מתקן זיין?

— אָפּגעבן דעם שמעק טאַבאַק וואָס דו האָסט צוגענומען מיט גנבת דעת.

— ווו וועל איך קריגן אַזויפיל טאַבאַק?

— דאָס איז דיין זאָרג! העי דו, זונהלע!

— וואָס איז מיין סימן, האַ?

— בקפצך בקצפך בצקדך גימל.

— וואָס איז דאָס?

— אַ נקבה.

— ווידער אַ נקבה?

— ווידער אַ נקבה.

— פאַר וואָס נישט קיין מאַנסביל, האַ?

— פרעג מיך נישט. דינג דיך נישט מיט מיר. איך טייל די קוויטלעך, נישט די גופים. דערצו פעלן מאַנסלייט. זיי האָבן קאַ־ליע געמאַכט אין וואַרשטאַט אַכט און אַכציק מאַנסבילשע מוס־טערן. ס׳עט היי־יאָר זיין אַ גערעטעניש אויף נקבות. ס׳עט צונוץ קומען אויך. ס׳האָלט דערביי מ׳זאָל ברעכן דעם חרם דרבנו גרשום. יעדער שלים־מזל חלומט פון אַ האָרעם. יעדער שניידער־געזעל שניידט זיך אויף אַ שלמה המלך. אויב דו פרעגסט מיך, איז בעסער צו זיין אַ מערזשער ווי אַ שטויסל.

— כ׳וואָלט איך מאָל געוואָלט זיין אַ מאַנסביל.

— מאָלע וואָס מ׳וויל! איך וואָלט געוואָלט זיין דער שפּאָלער זיידע און זיצן אין גן־עדן צווישן בת שבע און אביגיל. אַנשטאָט דעם שטיי איך זעקס טעג אין דער וואָך און טייל קוויטלעך אויף שמאַטעס. מ׳דינגט זיך מיט מיר ווי כ׳וואָלט געווען מטטרון. כ׳וויס נישט וואָס ס׳טוט זיך אין אַנדערע הימלען, נאָר ביי אונדז אין דער

גאַרדעראָב איז תוהו־ובוהו. טײַלמאַל בין איך מקנא די שמויגערס וואָס מ׳שיקט אַראָפּ אויף דער ערד. דאָרט האָט מען נסיונות. וואָס האָב איך דאָ? מ׳רעדט אויף מיר אויס וואָס אין דער קאָרט. מ׳שפּייזט מיט זויערער לבנה־מילך. דאָס ביסל שטערן־שטויב וואָס כ׳האָב מיר דערדינט, פאַרגינט מען מיר אויך נישט. ס׳קומט אויס לויט די בייזע צינגער אַז ווען מלבושיאל וואָלט נישט געווען מיין עלטער־מומעס שטיפברודער, וואָלט איך אין גאַנצן נישט געהאַט קיין האָפּט.

— אפשר קאָנסטו טאָן אַ טובה?

— וואָסער טובה? נעם דיין קוויטל און טראָג זיך אָפּ. ביזט אכצן יאָר געווען אַ חצופה, איצט וועסטו מוזן זיין אַכצן יאָר אַ צנועה.

— האָסט שוין געזען מיין גוף?

— געכאַפּט אַ בליק.

— ווי זעט ער אויס?

— ווי באַלד דו דאַרפסט מתקן־זיין וואָס האָסט פוגם געווען, טאָרסטו נישט זיין קיין יפה־פיה.

— אַ מיאוסקייט, האַ?

— נישט דו וועסט גלוסטן צו די זכרים, נישט זיי צו דיר. מ׳האָט דיך פאַרזאָרגט מיט ניין מעסטלעך בושה.

— צו וואָס די בושה?

— פאַר אַן אַלטער בתולה איז דאָס ווי אָנגעמאָסטן.

— גזלן, האָסט אַ האַרץ פון אַ טאָטער!

— האָב אַ גוטן שליטוועגס! ווער ביסט דו?

— לייבקע גנב.

— לטטפם לפתופף פלתובתץ. נו, לייבקעלע, מער וועסטו נישט גנבענען. איצט וועלן אַנדערע לקחנען ביי דיר. מ׳וועט דיר אַלץ צונעמען: ס׳געלט, ס׳ווייב, ס׳קישן אונטערן קאָפּ. וועסט דיר מאַכן אַ געוווינהייט צו האַלטן דעם נדן אין שטיוול. וועסט גיין אין שוויצ־באָד און דער בעדער וועט טאָן דיינע רעכט. אַזוי איז דער מוח געבויט, אַז יעדער איינער האָט זיך שגעון. אַנומלט האָט מען דאָ געבראַכט אַ קאָרטנשפּילער וואָס האָט געגעבן ס׳ווייב וויזע. גע־

קראַגן האָט ער צוויי אונטערס און צוויי ביינטלעך. ר׳האָט געוואָלט יענעם אָפּשרעקן, אָבער דער בעל־דבר האָט געהאַט פיר טייז. ר׳האָט אים צוגענומען די תרח׳טע, זי געהאַלטן פון זאת־חנוכה ביז שושן־פורים און זי אָפּגעשיקט מיט אַ בייכל. פון פעפערזוכט האָט דער מאַן זיך אָנגעטאָן אַ מעשה און אַראָפּגעשלונגען אַ קאָכלעפל.

— ס׳איז אים אַראָפּ אין די גדערים?

— געבליבן שטעקן אין גאָרגל. וואָס איז דער שכל, האַ? נאָר גיי זוך ביי מענטשעלעך שכל. די מלאכים זענען נישט קליגער. פון די שדים איז אָפּגערעדט. ווער ביסטו?

— חיים בעל־עגלה.

— רצפתך קרצפת מכזלת ל״ג. ווי באַלד האָסט געהאַט אַ ווייל ווייבל און געשמונצט מיט דער ערלית, וואָס האָט דיר געטויגט די מעשי־סדום?

— גלאַט אַזוי.

— האָסט נישט געוווּסט אַז אַ פערד קאָן שטויסן?

— כ׳האָב פאַרגעסן.

— זיי האַלטן אונטן אין איין פאַרגעסן. ס׳איז דען זייער שולד? פון אַלע אברים איז דאָס שטיקל געהירן ווו ס׳ליגט דער זכרון — ס׳ערגסטע. איך זאָך געדענקען זיי: עוולהס. צוליב אַ ווײדל פון אַ הערינג זענען צוויי שוועסטער געבליבן ברוגז זעכציק יאָר. ווען די עלטערע האָט זיך אַוועקגעפעקלט, האָט די יונגערע געטאַנצט אויף איר קבר. איצט, חיים, וועסטו אַליין זיין אַ פערד. וועסט פירן לאַסט פון איזשביצע קיין קראַסניסטאַוו.

— מ׳האָט נישט פאַרראַכטן דעם וועג?

— דאָס אייגענע געמויזעכץ, נאָר אַ קאַפּעלע טיפער.

— אויב אַזוי, איז נישטאָ קיין גאָט.

— און אַז ס׳איז נישטאָ, וועט דיר זיין גרינגער צו שלעפּן? אָבער מער ווי דריי יאָר וועסטו נישט דערציען. דער רויטער זעליג וועט דיך פאַרשמייסן.

— ער לעבט נאָך, דער מערדער?

— ער וואַרט אויף דיר. ער האָט מיט דיר אַ חשבון. האָסט אים פאַרקויפט אַ הינקעדיקן אָגער.

— ס׳איז שוין אַ מעשה פון דרייסיק יאָר. מ׳האָט מיך אַליין אויך באַשווינדלט. אַ ציגיינער.

— מ׳ווייסט. דאָ איז אַלץ פאַרשריבן. דער ציגיינער איז איצט אַן אָגער און דער אָגער — אַ ציגיינער. די בייטש איז נאָך אַלץ אַ בייטש און האָט זיבן קנופּן. העי דו, ווער ביסט דו?

— שפרה די קעכין.

— לפפצץ בפצפוץ מפוצץ, נ״ד. מ׳טאָר נישט אַריינשפּייען יענעם אין דער גריץ, אַפילו ווען יענער שפּייט דיר אין פּרצוף.

— וואָס וועל איך ווערן?

— אַ שפּייקעסטל ביים באַלעבאָס.

— כ׳על וויסן אַז ער שפּייט אין מיר?

— אַלץ ווייסט. אַלץ שפּירט. דער שפּייער אַליין האָט געקראָגן די שווינדזוכט. ער׳ט אויסשפּייען ס׳לעצט רעשטל לונג און איר׳ט דאָ זייןביידע צוריק געגוי צו דער יאָרצייט.

— צוזאַמען?

— עצ׳ט חתונה האָבן. וועסט ווערן זיין פּיסנבענקעלע אין פּאַליש פון גן־עדן.

— שוין בעסער אַ נאַכטטאָפּ אין גיהנום.

— נאַרעלע, ר׳האָט דיך ליב געהאַט, דער בעל־גוף. אַזוי איז דער מענטש: וואָס ער קאָן נישט קריגן, דערויף שפּייט ער.

בגדיאל האָט זיך פאַרטראַכט. ער האָט אַ קראַץ געטאָן מיטן פליגל אין עלנבויגן.

— אין הימל איז דען בעסער? כ׳שטיי אַ גאַנצן טאָג מיט דעם נאַקעטן געהינטעכץ און הער זייערע שטעכווערטלעך. אַנדערע מלאכים זינגען אָפּ שירה און דערמיט זענען זיי יוצא. אַנדערע זינגען נישט, נאָר פּאָנפען. וואָס העכער די ראַנג, אַלץ קנאַפּער די

מי. ע ר אַלייך האָט באַשאַפֿן דאָס וועלטל אין זעקס קורצע ווינטער־טעג און זינט דעמאָלט רוט ער. אַ סברא אַז ר׳האָט דאָס אויך נישט געטאָן.

— הייסט עס, די וועלט איז אַ קדמון? — האָט דער חוקר געפֿרעגט.

— ביים כל־יכול איז אַלץ געמאָלט.

יענטל דער ישיבה־בחור

א.

נאָך דעם טאַטנס טויט האָט יענטל נישט געהאַט צו וואָס צו בלייבן אין יאַנעוו. זי האָט געוווינט אײנע אַלײן אין אַ הויז. אמת, שכנים האָבן זיך געוואָלט אַרײנציען, צאָלן דירה־געלט; די שדכנים זענען געקומען און געגאַנגען, פאַרגעשלאָגן שידוכים פון לובלין, טאָמאַשאָוו, זאַמאָשטש. אָבער יענטל האָט נישט געוואָלט ווערן קײן כלה. אַ קול האָט די גאַנצע צײט געשריגן אין איר: נײן. וואָס ווערט פון אַ מײדל נאָך דער חתונה? זי'ט גלײך אָנהײבן טראָגן און האָבן. די שוויגער וועט איבער איר שאַפן. יענטל האָט געוווּסט, אַז זי טויג נישט צו ווײבערישע זאַכן. נישט זי קאָן נײען, נישט שטריקן. די געקעכטסער ברענט זי אָן, די מילך לויפט אויס, דאָס טשאָלנט געראָט נישט, די חלה יוירט נישט. דער קאָפּ איז איר נײערט פאַרנומען מיט מאַנסבילשע ענינים. אין די יאָרן וואָס דער טאַטע עליו־השלום, ר׳ טודרוס בורר, איז געלעגן געליימט, האָט ער מיט איר, דער טאָכטער, געלערנט תורה ווי מיט אַ זון. ער האָט געהייסן פאַרשליסן די טיר, פאַרהענגען דאָס פענצטער און ער האָט מיט איר געקנעלט חומש, משניות, גמרא, פּוסקים. ער האָט איר פאָרגעשריבן שורה־גריזלעך און לשון־קודשדיקע בריוו. ער האָט איר אַפילו אָנגעוויזן די כללים פון דקדוק. זי האָט באַלד באַקומען בײ אים אַזאַ פעולה אַז ער האָט געטענהט:

— יענטל, דו האָסט אַ נשמה פון אַ מאַנסביל.

— פאַר וואָס זשע בין איך אַ נקבה?

— אין הימל מאַכט מען אויך טעותים.

זי, יענטל, איז געווען אַנדערש פון אַלע שטאָטישע מיידלעך: הויך, דאַר, ביייניק, מיט קליינע בריסטן און שמאָלע היפּטן. שבת ביי טאָג ווען דער טאַטע איז געשלאָפן האָט יענטל אָנגעטאָן זיינע הויזן, דעם זיידענעם איבערציער, דעם טלית־קטן, דאָס סאַמעטענע היטל מיטן קאַפּל, זיך אָנגעקוקט אין שפּיגל, באַטראַכט איר אָפּבילד. זי האָט אויסגעקוקט ווי אַ שוואַרצהעריקער בחור. ס׳איז איר אַפילו געוואַקסן אַ פּוך איבער דער אייבערשטער ליפּ. בלויז די צעפּ האָבן עדות געזאָגט אַז זי איז אַ ווייבספּאַרשוין. נו, אָבער צעפּ קאָן מען אָפּשערן. אין יענטלס מוח האָט זיך געוועבט אַ פּלאַן. באַלד האָט זי גענומען טראַכטן דערפון ביי טאָג און ביי נאַכט. ניין, זי איז נישט באַשאַפן צום לאָקשנברעט, צום קוגל־שאַרבן, צו מאַטלען מיט נאַרישע ווייבער, זיך צו שטופּן ביים יאַטקעקלאָץ. דער טאַטע האָט איר דערציילט וועגן ישיבות, רבנים, מחברים. דער קאָפּ איז איר פול מיט קשיות, תירוצים, אויפטוען אין לערנען, לומדישע ווערטלעך. זי האָט אַפילו שטילערהייט גע־רויכערט דעם טאַטנס ליולקע־ציבוק.

יענטל האָט צו וויסן געטאָן די מעקלערס, אַז זי וויל פאַרקויפן דאָס הויז, פאָרן צו אַ מומען קיין קאַליש. שכנטעס האָבן זי אָפּגע־רעדט. די שדכנים האָבן געשריגן אַז ס׳איז אַ משוגעת: זי קאָן דאָ טאָן דעם בעסטן שידוך. אָבער יענטל איז געבליבן איינגעשפּאַרט. מחמת זי האָט זיך געאיילט, האָט זי פאַרקויפט דאָס הויז פאַר אַ שיבוש. דאָס מעבל האָט זי אָוועקגעגעבן האַלב־אומזיסט. ס׳איז איר געבליבן פון דער גאַנצער ירושה הונדערט און זעכציק רובל. שפּעט ביי נאַכט, אין חודש אָב, ווען יאַנאָוו איז געשלאָפן, האָט יענטל אָפּגעשוירן די צעפּ, זיך איבערגעלאָזט אַ פּאָר פּאות, אַריין אין טאַטנס מלבושים, איינגעפּאַקט אין אַ קויבער דעם טאַטנס וועש, עטלעכע ספרים, די תפילין, און זיך געלאָזט צו פוס אויפן לובלי־נער וועג.

אויפן וועג האָט יענטל געקראָגן אַ פור וואָס האָט זי גענומען קיין זאַמאָשטש. פון דאָרט איז זי אָוועק קיין לובלין. אין דער האַר־

בעריק האָט זי אָנגעגעבן איר נאָמען אַנשל, נאָך אַ געשטאָרבענעם פעטער. זי האָט זיך דאָ באַגעגנט מיט יונגע־לייט וואָס פאָרן צו רבייִם און מיט בחורים וואָס לאָזן זיך אַוועק אין ישיבות. די בחורים האָבן זיך גראָד געשפּאַרט וואָסער ישיבה ס׳איז די בעסטע. טייל האָבן געלויבט די ליטווישע ישיבות. אַנדערע האָבן גערעדט אַז אין פּוילן איז דאָס לערנען שאַרפער און די קעסט בעסער. יענטל האָט זיך צום ערשטן מאָל געפונען צווישן בחורים. זי האָט אין גערדאַנק פאַרגליכן זייערע רייד צו די פּלוידערייען פון ווייבערישן געזינדל. פון דעסטוועגן האָט זי זיך געשעמט צו עפענען דאָס מויל. איין בחור האָט גערעדט וועגן אַ שידוך, נדן, אַן אַנדערער האָט ווילעריש איבערגעחזרט אַ תורה פון אַ פּורים־רב, אַריינגעטייטשט אין אַ פּסוק אָנצוהערענישן אויף ניבול־פה. נאָך אַ ווייל האָבן די בחורים זיך גענומען אויספּרוּוון די כוחות. איינער האָט אויפגעריסן ביים צווייטן די פויסט. אַן אַנדערער האָט זיך פאַרמאָסטן איינצו־בויגן ביים חבר די האַנט. איין בחור האָט געגעסן ברויט־מיט־טיי. ער האָט נישט געהאַט קיין לעפעלע און אויסגעמישט מיט אַ פּען־מעסערל. מ׳האָט געשריגן, זיך געראַנגלט, זיך גערופן צונעמען. איינער איז צוגעקומען צו יענטלען, איר געטאָן אַ שטאָרך ביים אַקסל:

— וואָס שווײַגסטו? ביסט שטום?

— כ׳האָב נישט וואָס צו רעדן.

— ווי הייסטו?

— אַנשל

— וואָס שעמסטו דיך ווי אַ קאַזע אין קרויט?

און דער בחור האָט געטאָן יענטלען אַ שנעל אין דער נאָז.

יענטל האָט אים געוואָלט דערלאַנגען אַ פּאַטש, אָבער די האַנט האָט זיך איר עפּעס נישט געלייגט. זי איז געוואָרן בלייך. אַן עלטע־רער בחור, אַ הויכער, אַ בלאַסער, מיט אַ שוואַרץ בערדל און מיט שוואַרצע פּייעדיקע אויגן, האָט זיך פאַר איר אָנגענומען.

— העי, דו, וואָס טשעפּעסטו דעם בחור אומזיסט און אומ־נישט ?

— אויב ס׳געפעלט דיר נישט, קוק נישט.

— זאָל איך דיר אויסרייסן די פאות ?...

דער בחור מיט דעם בערדל האָט צוגערופן יענטלען צו זיך, זי אויסגעפרעגט פון וואַנען זי קומט, ווו זי פאָרט. יענטל האָט גע־ענטפערט אַז זי זוכט אַ ישיבה, אָבער נישט קיין רוישיקע, נאָר אַ שטיל אָרט ווו מ׳קאָן לערנען במנוחה. דער בחור האָט זיך אָנ־געגומען ביים בערדל.

— אויב אַזוי, קום מיט מיר קיין בעכעוו.

דער בחור האָט דערציילט, אַז ער לערנט שוין אין בעכעוו דאָס פערטע יאָר. די ישיבה איז אַ קליינע: בלויז אַ דרייסיק בחורים, אָבער אַלע קריגן טעג. דאָס עסן איז זעטיק. די שטאָטישע ווייבער וואַשן פאַר די בחורים די וועש, צערעוועץ פאַר זיי זאָקן. דער בעכעווער רב, דער ראש־ישיבה, איז אַ גאון. ער קאָן פרעגן צען קשיות און אַלע פאַרענטפערן מיט איין תירוץ. ס׳רוב בחורים האָבן חתונה מיט בעכעווער מיידלעך. יענטל האָט אַ פרעג געטאָן:

— וואָס ביסטו עפּעס אַוועקגעפאָרן אין מיטן זמן ?

— די מאַמע איז מיר געשטאָרבן. איצט פאָר איך צוריק.

— ווי הייסטו ?

— אַביגדור.

— ווי קומט עס וואָס ביסט נישט געוואָרן קיין חתן ?

דער בחור האָט זיך געטאָן אַ קראַץ אין בערדל.

— ס׳איז אַ מעשה דערביי.

— וואָס איז געשען, האַ ?

אַביגדור האָט פאַרשטעלט די אויגן מיט אַ האַנט, נאָכגעטראַכט אַ וויַל.

— פאָרסט מיט מיר קיין בעכעוו ?

— יאָ.

— אויב אַזוי, ווערסטו וויסן סיי ווי סיי. כ׳בין געוואָרן אַ חתן מיט דעם גבירס בת־יחידה. דער פֿאָטער הייסט אַלטערווישקאָווער. מ׳האָט שוין געהאַט אָפּגעשטעלט דעם זמן־חתונה. מיט אַ מאָל האָט עמיץ קאַליע געמאַכט און מ׳האָט מיר אָפּגעשיקט די תּנאָים.

— ווי אַזוי האָט מען קאַליע געמאַכט?

— מ׳האָט אָנגערעדט אָדער ווייסעך וואָס. כ׳האָב געקאָנט מאָנען חצי נדן קנס, נאָר ס׳איז נישט מיין טבע. מ׳רעדט מיר איצט אַ שידוך מיט אַן אַנדערער, נאָר זי געפֿעלט מיר נישט.

— דו קוקסט אויף מיידלעך?

— כ׳האָב געגעסן ביי דעם אַלטערן טעג. די הדס האָט מיר אַלע מאָל צוגעטראָגן די גריץ.

— זי איז אַ שיינע, האַ?

— אַ ווייסע.

— אַ שוואַרץ מיידל קאָן אויך זיין שיין.

— נייך.

יענטל האָט אים אָנגעקוקט. ער האָט אויסגעזען מאָגער, איידל, מיט איינגעפֿאַלענע באַקן און מיט געקרייזלטע פּאות וואָס זענען אַריינגעפֿאַלן אין בלוי און מיט ברעמען וואָס זענען זיך צונויפֿגעקומען איבער דער נאָז. ער האָט געקוקט אויף איר שאַרף, בזיערבדיק און מיט דער פֿאַרדראָסיקער שעמעוודיקייט פֿון עמעצן וואָס האָט ערשט נאָר אַנטפּלעקט אַ סוד. דער לאַץ פֿון דער קאַפּאָטע איז געווען איינגעריסן ווי געווינטלעך ביי אַן אָבל און ס׳האָט אַרויסגעשטאַרצט די זאַק־לייוונט. ער האָט געפּויקט מיט די פֿינגער אָן טיש, צוגעברומט אַ ניגונדל. איבער דעם הויכן שטערן מיט די טיפֿע ווינקלען זענען געלאָפֿן די רעיונות. ער האָט אַ זאָג געטאָן:

— נו, מאַ, איכ׳ל גאָר ווערן אַ פּרוש!...

ב.

ווי אויסטערליש, נאָר אין בעכעוו האָט יענטל — אָדער אַנשל — געקראָגן אַ טאָג ביי אַלטער ווישקאָווער, דעם גביר וואָס זיין

טאַכטער האָט אָפּגעלאָזט דעם שידוך מיט אַביגדורן. אין דער ישיבה האָבן די בחורים געלערנט פאַרלעכוויז און אַביגדור האָט צוגע־נומען פאַר אַ שותף אַנשלען. אַביגדור האָט געקאָנט בעסער לערנען פון אַנשלען און ער האָט אים געהאָלפן ביים שיעור. אַביגדור איז געווען אַ מאַדים אין שווימען און ער האָט געוואָלט לערנען אַנשלען ליגן קלאַפּטער און מאַכן וואַסערטריט, אָבער אַנשל האָט געפונען אַלערליי אויסריידן נישט צו גיין צום טייך. אַביגדור האָט פאַרגעלייגט אַנשלען זיי זאָלן איינשטיין אויף איין סטאַנציע. אָבער אַנשל האָט גע־דונגען אַ נאַכטלעגער ביי אַן אַלטער אלמנה, אַ האַלב־בלינדער. מחמת אַנשל האָט געגעסן יעדן דינסטיק ביי אַלטער ווישקאָוער און הדס האָט אים באַדינט ביים טיש, האָט אַביגדור אים אויסגעפרעגט: ווי זעט די הדס אויס? איז זי טרויעריק? איז זי פריילעך? רעדט מען איר אַנדערע שידוכים? דערמאָנט זי אַ מאָל זיין, אַביגדורס, נאָמען? אַנשל האָט געזאָגט אַז די הדס שטעקט אַריין די פינגער אין טעלער גריין, פאַרגיסט אויפן טישטעך, פאַרגעסט צו דערלאַנגען זאַלץ. זי בייזערט זיך אויף טאַטע־מאַמע, שאַפט צו פיל מיט דער דינסט, איז אַריינגעטאָן אין מעשה־ביכלעך. יעדע וואָך פאַרקעמט זי די האָר אַנדערש. זי האַלט זיך אוודאי פאַר אַ יפת־תואר, ווייל זי טרעט נישט אָפּ פון שפּיגל. אין אמתן איז זי נישט אַזוי שיין. אַנשל האָט אַ זאָג געטאָן:

— צווי יאָר נאָך דער חתונה וועט זי זיין אַ פאַרשמאָדערטע יידענע.

— זי געפעלט דיר נישט האַ?

— ווייניק וואָס.

— פון דעסטוועגן, ווען זי וויל דיך, וואָלסטו דיך נישט אָפּ־געזאָגט.

— כ׳קאָן מיך באַגיין אָן איר.

— האָסט גאָרנישט קיין יצר־הרע, האַ?

די שותפים האָבן מער גערעדט ווי געלערנט. זיי זענען געזעסן ביי אַ שטענדער אין אַ ווינקל בית־מדרש. אַביגדור האָט גערויכערט

אַ פּאַפּיראָס, אָבער אַנשל האָט אים אַרויסגענומען פון זיין מויל און אויך געטאָן אַ ציִ. אַביגדור האָט ליב געהאַט רעטשענע פּלאָמפּלעצלעך און אַנשל איז יעדן טאָג געגאַנגען צום בעקער און געבראַכט אַביגדורן אַ פּלעצל. אַביגדור האָט געוואָלט צו שטייער געבן אַ פּרוטה, אָבער אַנשל האָט נישט געוואָלט נעמען. טייל מאָל האָט דער אַנשל געטאָן זאַכן וואָס האָבן אַביגדורן גריילעך פּאַרוווּנדערט. ווען ביי אַביגדורן האָט זיך אָפּגעריסן אַ קנעפּל, האָט אַנשל געבראַכט נאָדל־פאָדעם און צוגענייט. ער האָט געקויפט אַביגדורן אַלערליי מתנות: אַ נאָז־פאַטשיילע, שקאַרפּעטן, אַ שאַליק. דער אַביגדור איז געוואָרן צוגעזאָטן צו דעם בחור אַנשל, וואָס איז ייִנגער פון אים מיט פינף יאָר און ס׳האָט אים נאָך אַפילו נישט געשפּראָצט קיין באָרד. איין מאָל האָט אַביגדור אַ זאָג געטאָן:

— כ׳וואָלט געוואָלט זאָלסט ווערן אַ חתן מיט דער הדסן.

— וואָס וואָלסטו געהאַט דערפון?

— איידער אַ פרעמדער, שוין גלייכער דו.

— וואָלסט מיר געוואָרן אַ שונא.

— ניין.

אַביגדור האָט ליב געהאַט צו גיין שפּאַצירן אויפן שטראָז און אַנשל איז מיט אים געגאַנגען. זיי האָבן געשמועסט, זיך אָפּגעשטעלט, אַוועק צו דער וואַסערמיל, צום שיידוועג ווו ס׳שטייט די קאַפּליצע מיט דעם יויזל, צום סאָסנעוואַלד. טייל מאָל האָבן זיי זיך אַוועקגעלייגט אויפן גראָז. אַביגדור האָט געקוקט צום הימל. ער האָט אַ פרעג געטאָן:

— פאַר וואָס קאָן נישט זיין אַ מיידל ווי אַ מאַנספּערשוין?

— וואָס מיינסטו?

— פאַר וואָס האָט הדס נישט געקאָנט זיין ווי דו?

— וואָס בין איך?

— אַ ווווילער בחור.

אַנשל איז געוואָרן שטיפעריש. ער האָט אויסגעריסן אַ בלימל און דערפון אָפּגעצופּט די בלעטלעך. ער האָט אויפגעהויבן אַ קאַשטאַן

און געוואָרפן אַביגדורן. אַביגדור האָט אויפגעקליבן משה־רבנוס אַ קיִעלע און עס געלאָזט פויזען אויף דער האַנטפלאַך. נאָך אַ ווייל האָט אַביגדור זיך אָנגערופן:

— מ׳רעדט מיר אַ שידוך.

— מיט וועמען, האַ?

— מיט פייטלס טאָכטער, פעשע.

— די אלמנה?

— יאָ.

— פאַר וואָס זאָלסטו עפעס נעמען אַן אַלמנה?

— די מיידלעך ווילן מיך נישט.

— ס׳וועט זיך נאָך געפינען פאַר דיר אַ מיידל.

אַנשל האָט געזאָגט אַביגדורן אַז דער שידוך טויג נישט. די פעשע איז נישט שיין, נישט קלוג, אַ קו מיט אַ פּאָר אויגן. זי איז אויך נישט קיין מזלדיקע, ווייל דער מאַן איז געשטאָרבן פאַרן יאָר און אַזאַ איז געגליכן צו אַ קטלנית. אָבער אַביגדור האָט נישט געענטפערט. ער האָט פאַררייכערט אַ פּאַפּיראָס, לאַנג געהאַלטן דעם רויך, אַרויסגעלאָזן קייקעלעך. דאָס פּנים איז מיט אַ מאָל געוואָרן גרין. ער האָט אַ זאָג געטאָן:

— כ׳דאַרף אַ נקבה. כ׳שלאָף נישט נעכט.

אַנשל האָט אויפגעציטערט.

— וואַרט צו ביז מ׳וועט דיר צושיקן דיין באַשערטע.

— מיין באַשערטע איז געוועזן הדס...

און אַביגדורס אויגן זענען געוואָרן פייכט. ער האָט זיך אויפ־געשטעלט און אַ זאָג געטאָן.

— גענוג געלעגן. קום!

אַלץ איז געשען אויף דער גיך. היינט האָט אַביגדור דערציילט אַנשלען דעם סוד. צוויי טעג שפּעטער האָט ער געמאַכט אַ וואָרט. ער האָט געבראַכט אין דער ישיבה לעקעך־און־בראָנפן. מ׳האָט גלייך אָפּגעשטעלט אַ זמן־חתונה. אַ כלה אַן אלמנה דאַרף נישט קיין אויסשטייער, קיין בעטגעוואַנט. אַלץ איז גרייט. דער חתן,

ווידער, איז אַ קיילעכיקער יתום, דאַרף ביי קיינעם נישט פרעגן קיין דעה. די ישיבה־בחורים האָבן געטרונקען דעם י״ש, געווונטשן אַביגדורן מזל־טוב. אַנשל האָט אויך פאַרזוכט פון דער משקה, נאָר ער האָט זיך פאַרהוסט, באַקומען אַ רויטע נאָז. טרערן זענען אים אָנגעלאָפן אין די אויגן.

— אוי, ס׳ברענט !

— ע, ביסט דאָך עפּעס גאָרנישט קיין מאַנסביל ! — האָט אַביגדור אים פאַרגעהאַלטן.

נאָך דעם לעקעך־און־בראָנפן האָבן ביידע בחורים זיך אַוועק־געזעצט ביי דער גמרא, אָבער דאָס לערנען איז נישט געגאַנגען. דער שמועס האָט זיך אויך נישט געקלעפּט. אַביגדור האָט זיך גע־שאָקלט, געצופּט דאָס בערדל, עפּעס געמורמלט צו זיך אַליין. ער האָט אַריינגעצויגן דעם רויך פון פּאַפּיראָס און עפּעס ווי פאַרגעסן אים אויסצובלאָזן. ער האָט אַ זאָג געטאָן :

— כ׳בין אַ פאַרלוירענער מענטש !

— אויב זי געפעלט דיר נישט, — וואָס האָסטו חתונה ?

— כ׳וואָלט חתונה געהאַט אַפילו מיט אַ ציג...

צו מאָרגנס איז אַביגדור נישט געקומען אין בית־מדרש. דער מחותן, פייטל דער לעדער־קרעמער, האָט געדאַוונט אין חסידים־שטיבל. ער האָט פאַרלאַנגט פון דעם טאָכטערס חתן ער זאָל לערנען דאָרט. די ישיבה־בחורים האָבן גערעדט אַז די אלמנה איז טאַקע קליין און רונד ווי אַ פעסל, די מוטער איז אַ פּאַכטערס אַ טאָכטער, דער פייטל איז אַ האַלבער עם־הארץ, אָבער זיי זענען אַלע אָנגע־שטאָפּט מיט געלט. דער פייטל איז אַ שותף צו אַ גאַרבעריי. פּעשע האָט אַריינגעלייגט דעם נדן אין אַ געוועלב פון הערינג, דזשעגעכץ, אייזערנע טעפּ. די קראָם איז אַלע מאָל געפּאַקט מיט פּויערים. פאָטער און טאָכטער קליידן אויס אַביגדורן, האָבן באַשטעלט פאַר אים אַ טוליפּ, אַ זיידענע קאַפּאָטע, צוויי פּאָר שטיוול, אַן איבער־ציער. אַביגדור האָט שוין באַצייטנס געקראָגן מתנות וואָס זענען

גועבליבן פון פעשעס ערשטן מאַן: דאָס ווילנער ש״ס, דער גאָלדע־נער זייגער, דער חנוכה־לאָמפּ, די בשמים־ביקס. טעג זענען אַריבער און אַביגדור האָט זיך נישט געוויזן אין בית־מדרש. אַנשל איז גע־זעסן אַליין ביים שטענדער. דינסטיק, ווען אַנשל איז געקומען עסן וואַרמעס ביי אַלטער ווישקאָווער, האָט הדס צו אים אַ זאָג געטאָן:

— וואָס זאָגסטו צו דיין שותף? צוריק אַריין אין די פּעדעך.

— וואָס האָסטו געמיינט? ר'עט פּאַרזיצן?

הדס האָט זיך פאַררייטלט.

— ס'איז נישט מיין שולד. דער טאַטע האָט אים נישט געוואָלט.

— פאַר וואָס נישט?

— מ'האָט זיך דערוווסט, אַז זיינס אַ ברודער האָט זיך אויפ־געהאָנגען.

אַנשל האָט זי אָנגעקוקט. זי איז געשטאַנען פאַר אים אַ בלאָנדע, אַ ווזקסיקע, שמאָל אין די לענדן, מיט אַ הויכן האַלדז, איינגע־פאַלענע באַקן, בלויע אויגן, אָנגעטאָן אין אַ קאָרטן קלייד, אַ ריפּסן שירצל. די האָר זענען געווען פאַרפלאָכטן אין צוויי צעפּ אַריבער־געוואָרפן איבער די אַקסלען. אַ שאָד וואָס כ'בין נישט קיין מאַנס־ביל, האָט אַנשל געטראַכט. ער האָט אַ פרעג געטאָן:

— דו באַדויערסט, האַ?

— שטאַרק!...

און הדס איז אַנטלאָפן און זיך פאַרמאַכט אין אַן אַנדער חדר. דאָס פליייש און די טיי האָט שוין צוגעטראָגן די דינסט. ערשט ווען אַנשל האָט שוין געהאַלטן ביים בענטשן און גענומען דאָס גלאָז זיך צו וואַשן מים אחרונים, איז הדס צוריק אַרויסגעקומען. זי האָט אויסגעקוקט פאַרענדערט. זי איז צוגעקומען צום טיש און גענומען רעדן מיט אַ צוגעדושעט קול:

— שווער מיר צו אַז וועסט אים נישט דערציילן. זאָל ער נישט וויסן וואָס ס'טוט זיך אָפּ אין מיין האַרץ!...

און זי איז ווידער אַרויסגעלאָפן. זי איז שיער נישט געפאַלן איבער דער שוועל.

ג.

דער ראש־ישיבה האָט פֿאַרלאַנגט אַנשל זאָל זיך צוקלויבן אַ ניי־עם שותּף צום לערנען, אָבער וואָכן זענען אַריבער און אַנשל האָט נאָך אַלץ געלערנט אַליין. ס'איז נישט געווען אין דער גאַנצער ישיבה קיין איין בחור וואָס זאָל קאָנען פֿאַרנעמען אַביגדורס אָרט. זיי זענען אַלע געווען קליין אין גוף און אין דער נשמה. זיי האָבן גערעדט נאַרישקייטן, זיך באַרימט מיט קלייניקייטן, געשמייכלט לעפּיש, זיך אויפֿגעפֿירט ווי שנאָרערס. אָן אַביגדורן איז דאָס בית־מדרש געוואָרן ליידיק. ביי נאַכט איז אַנשל געלעגן ביי דער אלמנה אויפֿן באַנקבעט, אָבער ער האָט נישט געקענט איינשלאָפֿן. אָן אַ קאַפּאָטע, אָן הויזן, איז אַנשל ווידער געוואָרן יענטל, אַ כּלה־מיידל וואָס האָט ליב אַ בחור, נאָר יענער איז אַ חתן מיט אַן אַנ־דערער. אפֿשר האָב איך אים געדאַרפֿט אַנטפּלעקן דעם אמת?... אָבער אַנשל האָט שוין נישט געקאָנט ווערן קיין מיידל, אויסקומען אָן אַ בית־מדרש, אָן ספֿרים. אַנשל האָט געטראַכט אויסטערלישע טראַכטעכצער, אויפֿן ראַנד פֿון משוגעת. ער איז איינגעשלאָפֿן, זיך איבערגעוועקט מיט אַ צאַפּל. אין חלום איז ער געווען סיי אַ מאַנסביל, סיי אַ נקבֿה. ער האָט געטראָגן סיי אַ קאַפּטאַן, סיי אַ לייבסערדאַק. די צייט האָט זיך געהאַט פֿאַרהאַלטן און אַנשל האָט זיך געשראָקן אַז ווער ווייסט? ער האָט געהאַט געלייענט אין מדרש תּלפּיות אַז אין אינדיע איז אַ נקבֿה געוואָרן טראָגעדיק אָן אַ זכר, בלויז פֿון גלוסטן צו אים... אַנשל האָט ערשט איצט באַנומען פֿאַר וואָס די תּורה פֿאַרבאָט אָנצוטאָן דאָס מלבוש פֿון צווייטן מין. נישט בלויז נאַרט מען דערמיט יענעם, נאָר אויך זיך אַליין, אַ שטייגער ווי די נשמה וואָלט זיך אָנגעקליידט אין אַ פֿרעמדן קערפּער. מ'ווערט ווי אַ טומטום אָדער אַן אַנדרוגינוס...

ביי נאַכט האָט אַנשל געוואַכט. ביי טאָג זענען אים צוגעפֿאַלן די וויעס פֿון מידקייט. די באַלעבאָסטעס וואָס ביי זיי האָט אַנשל געגעסן טעג האָבן זיך געקלאָגט אַז דער בחור לאָזט אַלץ איבער.

דער רב האָט איינגעזען אַז דער בחור הערט זיך נישט צו צום שיעור, קוקט צו די פענצטער, טראַכט הוריות. ס'איז געווען דינס־טיק און אַנשל איז אַוועק צו אַלטער ווישקאָווער עסן וואַרמעס. הדס האָט פאַר אים אַוועקגעשטעלט דאָס שיסעלע גריץ און אָפּ־געוואַרט אַ וויַיל. פון צעחושטקייט האָט ער אַפּילו נישט געזאָגט יישר־כּוח. ער האָט אויסגעשטרעקט די האַנט נאָך דעם לעפל, אָבער ער האָט אים נישט אָנגענומען. הדס האָט זיך אָנגערופן:

— כ'הער אַביגדור האָט דיך איבערגעלאָזט.

אַנשל האָט זיך ווי איבערגעוועקט.

— וואָס מיינסטו?

— עץ זענט אויס שותּפים.

— ער באַהאַלט זיך אויס.

— טרעפסט אים אַ מאָל?

— ער איז אַרויס פון דער ישיבה.

— ועסט כאַטש זיין אויף דער חתונה?

אַ וויַיל האָט אַנשל געשוויגן, אַ שטייגער ווי ער וואָלט נישט פאַרשטאַנען דעם מיין פון די ווערטער. דערנאָך האָט ער זיך אָנ־גערופן:

— ער איז אַ גרויסער נאַר.

— פאַר וואָס זאָגסטו אַזוי?

— דו ביסט אַ יפת־תּואר און יענע איז אַ מאַלפּע.

הדס איז געוואָרן רויט פון האַלדז ביז די האָרוואָרצלען.

— ס'איז מיין טאַטנס שולד.

— זאָרג נישט, וועסט קריגן אַ בעלן.

— קיינער געפעלט מיר נישט.

— דו געפעלסט אַלעמען...

אַ ווײַלע האָבןביידע געשוויגן. הדסעס אויגן זענען געוואָרן גרויס, קרום, פול מיט דעם צער פון יענע וואָס ווייסן אַז ס'איז נישטאָ פאַר זיי קיין טרייסט.

— די גריץ ווערט קאַלט.

—געפעלסט מיר אויך — האָט אַנשל געזאָגט, פאַרבליפט פון די אייגענע ווערטער.

הדס האָט זיך אומגעקוקט אויף הינטערווײלעכץ.

— אוי, ווי דו רעדסט!

— ס׳איז דער אמת.

— עמיץ קאָן נאָך דערהערן.

— כ׳האָב פאַר קיינעם נישט קיין מורא.

— עס די גריץ. כ׳על באַלד ברענגען דעם קלאָפּס.

און הדס איז אַרויס. זי האָט געקלאַפּט מיט די קלעצלעך. זי האָט אין איר צעמישטקייט אָנגענומען די קליאַמקע אַזוי, אַז זי האָט זיך אַליין פאַרשטעלט דעם וועג. אַנשל האָט גענומען זוכן בעבלעך אין דער זופּ. ער האָט אַרויסגעגראַבלט אַ בעבל און עס צוריק אַרײַנגעוואָרפן. דער אַפּעטיט איז אים געוואָרן פאַרשלאָגן. די שלונג האָט זיך אים פאַרמאַכט. ער האָט ווויל געוווּסט אַז ער קריכט אַרייַן אין אַ נעץ, אָבער עפּעס אַ כוח האָט אים געשטופּט. הדס האָט אַרײַנגעבראַכט צוויי קלאָפּסן אויף אַ טעלער.

— וואָס עסטו נישט, האַ?

— כ׳טראַכט וועגן דיר.

— וואָס טראַכסטו?

— כ׳וויל דיך פאַר אַ כלה.

הדס האָט געמאַכט אַ מינע ווי זי וואָלט עפּעס אַראָפּשלונגען.

—וועגן אַזוינע זאַכן רעדט מען מיטן טאַטן.

— יאָ.

— מ׳שיקט אַ שדכן...

און הדס איז אַנטלאָפן. זי האָט געטאָן אַ זעץ מיט דער טיר. אין אַנשלען האָט עפּעס געלאַכט: קעגן ווייבערישן מין בין איך אַ בריה... ער האָט אַרײַנגעשאָטן זאַלץ אין דער גריץ און דערנאָך — פעפער. ער איז געזעסן אַ באַנומענער. וואָס האָב איך דאָ אָפּגעטאָן? נישט אַנדערש, נאָר כ׳ווער משוגע... ער האָט זיך געצווונגען צו פאַרזוכן, אָבער ער האָט נישט געשפּירט אין דער שפּייַז קיין

שום טעם. ער האָט זיך ערשט איצט דערמאָנט אַז אַביגדור האָט אים געראָטן ער זאָל ווערן אַ חתן מיט דער הדסן. פון הינטער דער גאַנצער צעמישטקייט האָט זיך אויסגעשיילט אַ פּלאַן: צו נעמען נקמה אָן אַביגדורן און אים צוציען צו זיך, ווייל ער וועט די הדסן קיין מאָל נישט פאַרגעסן. די הדס איז אַ כשרע בתולה, — וואָס ווייסט זי פון מאַנסלייט? מ׳קאָן אַזאַ איינע לאַנג נאַרן. צוואָר, זי, יענטל, איז אויך אַ בתולה, אָבער זי ווייסט אַ סך פון דער גמרא און פון צוהערן זיך צו די מאַנסבילשע שמועסן. אַ פּחד האָט אָנגענומען אַנשלען און די פרייד פון יענע וואָס גרייטן זיך אָפּצונאַרן קהל. ער האָט זיך דערמאָנט דאָס ווערטל: דער עולם איז אַ גולם ער האָט זיך אויפגעשטעלט און אַ זאָג געטאָן:

— איכ׳ל שוין פאַרקאָכן יענע קאַשע!...

יענע נאַכט איז אַנשל נישט געשלאָפן קיין אויגנבליק. ס׳האָט אים געטריקנט דער דאָרשט און ער איז יעדעס מאָל אַראָפּ צום וואַסער טאָן אַ טרונק. דער שטערן איז אים געווען הייס. די געהירן אין שיידל האָבן געאַרבעט אויף אייגענער אחריות. עמיץ האָט אין אים גערעדט און געענטפערט. אין בויך האָט אים געקלעמט. די קני האָבן געבראָכן ווי אין אַ היצשלאָפקייט. ער האָט ווי געשלאָסן אַ בונד מיט דעם יצר־הרע, דעם שטן וואָס נאַרט אָפּ מענטשן, לייגט זיי אונטער שטרויכלשטיינער, פאַרוועבט זיי אין שאַלקהאַפטיקע געוועבן. ערשט אין דער פרי איז אַנשל איינגעשלאָפן מיט אַ שווערן שלאָף. ער איז אויפגעקומען מידער ווי ער האָט זיך געלייגט. ער האָט נישט געקאָנט בלייבן ליגן ביי דער אַלמנה אין באַנקבעטל און ער האָט זיך געטאָן אַ כוח אויפצושטיין. ער איז אַוועק אין בית־מדרש מיט דעם תפילין־זעקל. אין גאַס האָט ער באַגעגנט אַלטער ווישקאָווער, אים צוגעטראָגן דעם גוט־מאָרגן און יענער האָט אים אָפּגעענטפערט פריינדלעך. ער האָט זיך אַ גלעט געטאָן ביי דער געלער באָרד און זיך אָנגערופן:

— מיך הדס גיט דיר אַוודאי מאָגערע קעסט. זעסט אויס חושכדיק.

— אייער הדס איז אַ וויל מיידל. זי גיט מיר מיט דער ברייטער האַנט.

— וואָס זשע ביסטו אַזוי בלייך?

אַנשל האָט געשוויגן אַ ווייל.

— ר׳ אַלטער, אייער טאָכטער געפעלט מיר.

אַלטער ווישקאָווער האָט זיך אָפּגעשטעלט.

— אַזוי גאָר? דאָס איז נישט קיין לשון פון אַ ישיבה־בחור

— און די בלויע אויגן זיינע זענען געוואָרן פול מיט געלעכטער.

— ס׳איז דער אמת.

— פון אַזוינע זאַכן רעדט מען נישט מיט קאַ׳ בחור.

— כ׳בין אַ קיילעכיקער יתום.

— נו, נו, מ׳שיקט אַ שדכן... מיר זענען יידן, נישׁ׳ קאַ׳ גוייִם.

— יאָ.

— וואָס זעסטו אין איר, הא?

— אַ שיינע... אַ ווילע... אַ קלוגע...

— נו, נאַדיר אַזאַ מעשה! קום, דערצייל מיר וועגן דיין משפחה.

און ר׳ אַלטער ווישקאָווער האָט אַנגענומען אַנשלען ביים אַקסל און אַזוי זענעןביידע אַריין אין שולהויף.

ד.

אַז מ׳זאָגט אַלף, מוז מען זאָגן בית. מחשבות ברענגען צו רייד. רייד פירן צו מעשים. ר׳ אַלטער ווישקאָווער האָט מסכים געווען אויפן שידוך. הדסעס מוטער, פריידע־לאה, האָט זיך געקווענקלט אַ ווייל. זי האָט געטענהט, אַז זי וויל מער נישט קיין בעכעווער ישיבה־בחור פאַר דער טאָכטער, נאָר עמעצן פון לובלין אָדער זאַמאָשטש, אָבער הדס האָט געוואָרנט די מוטער אַז אויב מ׳וועט זי, הדסן, ווידער פאַרשעמען (ווי פריער מיט דעם אַביגדורן), וועט זי זיך אַריינוואַרפן אין ברונעם. ווי געווינטלעך ווען אַ שידוך איז קרום, האָבן אַלע צוגערעדט: די קרובים, די גוטע פרייַנד, הדסעס

חברטעס. די בעכעווער מיידלעך האָבן שוין לאַנג געוואָרפן אַן אויג אויף דעם אַנשל. זיי האָבן אים נאָכגעקוקט דורך די פענצטער. ער האָט געקוקט אויף נקבות. ער האָט געפוצט די שטיוועלעך מיט אַ גלאַנץ. ווען ער איז געקומען צוביילע דער בעקערין קויפן אַ פלעצל האָט ער זיך געוויצלט מיט די ווייבלעך, קליגעריש און גרויסשטאָטיש, מיט אַ חוצפה וואָס האָט פאַרווונדערט די קונים. ער האָט מיר אַ טעם, האָבן די מיידלעך גערעדט וועגן אים. ער האָט אַנדערש געקרייזלט די פאות, אַנדערש פאַרבונדן דעם שאַליק אַרום האַלדז. איין אויג האָט ביי אים געשמייכלט, דאָס אַנדערע האָט געגאַפט ערגעץ ווייט אַוועק, ווו דער בעכעווער הימל באַגעגנט זיך מיט דער ערד. דאָס וואָס אַביגדור איז געוואָרן אַ חתן מיט פעשע פייטלס און זיך דערוויטערט פון אַנשלען, האָט דערוועקט ביי די שטאָטלייט אַ ליבשאַפט צו אַנשלען. ר׳ אַלטער ווישקאָווער האָט געלאָזט שרייבן ראשי־פּרקים און צוגעזאָגט אַנשלען נאָך אַ גרעסערן נדן, מער מתנות און לענגערע קעסט ווי פריער אַביג־דורן. די שטאָטישע מיידלעך האָבן זיך געקושט מיט הדסן, זי באַשאָטן מיט לויב. הדס האָט גלייך גענומען אויסהעפטן פאַר אַנש־לען אַ תפילין־זעקל, אַ חלה־טישטעכל, אַ מצה־טאַש. אַביגדור האָט זיך דערוווּסט אַז אַנשל איז געוואָרן אַ חתן און ער איז געקומען אין בית־מדרש אַריין אים אָפּגעבן מזל־טוב. ער איז געוואָרן עפּעס ווי פאַרעלטערט אין די לעצטע פּאָר וואָכן, באַקומען אַ צעשויבערט בערדל און רויטע אויגן. ער האָט געזאָגט צו אַנשלען:

— כ׳האָב געוווּסט אַז ס׳עט זיך אַזוי אויסלאָזן. באַלד פון אָנ־הייב. אַזוי ווי כ׳האָב דיך געטראָפן אין דער האַרבעריק.

— האָסט עס אַליין געוואָלט.

— יאָ.

— פאַר וואָס דערוויטערסטו דיך פון מיר? ביסט אַוועק אָן אַ זיי־געזונט.

— כ׳האָב געוואָלט, ווי מ׳זאָגט, פאַרברענען הינטער מיר אַלע בריקן...

אַביגדור האָט פאַרלאַנגט אַנשל זאָל גיין מיט אים אויף אַ שפּאַציר. ס׳איז שוין געווען נאָך סוכות, אָבער די זון האָט געשײנט. אַביגדור איז געוואָרן צוגעלאָזענער ווי אַלע מאָל, דערציילט אַנשלען אַלע סודות. יאָ, אַ ברודער האָט זיך אויפגעהאַנגען. ער איז אַרײַנגעפאַלן אין אַ מרה־שחורה. ער אַליין, אַביגדור, דרייט זיך אויך אַרום ווי אויפן עולם־התוהו. די פּעשע האָט געלט, דער מחותן איז אַ נגיד, אָבער ער, אַביגדור, שלאָפט נישט נעכט. ער וויל נישט זײַן קיין קרעמער. ער קאָן נישט פאַרגעסן הדסן. זי קומט אים צו חלום. שבת־צונאַכטס ווען דער רב מאַכט הבדלה און שמעקט צו אַ הדס, נעמט אים, אַביגדורן, שווינדלען אין מוח. ס׳איז פון דעסטוועגן גוט וואָס ער, אַנשל, איז איר חתן. זי זאָל כאָטש אַרײַנפאַלן אין לײַטישע הענט. אַביגדור האָט זיך אַראָפּגעבויגן און גלאָט אַזוי, אָן אַ צוועק, אויסגעריסן בינטלעך פאַרוויאַנעט גראָז. ער האָט גערעדט צעמישטע רייד, אַהין און אַהער. ס׳האָט פון אים אַרויסגערעדט ווי אַ דיבוק. ער האָט מיט אַ מאָל אַ זאָג געטאָן:

— כ׳האָב שוין געוואָלט טאָן דאָס וואָס מײַן ברודער.

— אַזוי ליב האָסטו זי?

— זי איז מיר אײַנגעבאַקן אין האַרץ.

ביידע חברים האָבן זיך געגעבן אַ וואָרט צו בלײַבן נאָענט, זיך מער קיין מאָל נישט צעשיידן. אַנשל האָט פאָרגעשלאָגן אַביגדורן אַז נאָך דעם ווי ביידע וועלן חתונה האָבן, זאָלן זיי וווינען בשכנות, אפשר קויפן צוזאַמען אַ הויז, לערנען יעדן טאָג אַ שיעור, אַפילו עפענען אַ געוועלב בשותפות. אַביגדור האָט אַ זאָג געטאָן:

— ווילסט וויסן דעם אמת? ס׳איז נפשי קשורה בנפשך.

— וואָס זשע האָסטו דיך דערווייטערט?

— טאָקע דערפאַר...

ווי וויל ס׳איז שפּעטער געוואָרן קאַלט און ווינטיק, האָבן זיי שפּאַצירט ביז צום סאָסנעוואַלד, זיך אומגעקערט פאַר נאַכט, ווען מ׳איז שוין געגאַנגען צו מנחה. די שטאָטמיידלעך האָבן זיי נאָכגעקוקט פון די פענצטער. זיי זענען געגאַנגען אָנגענומען ביי די

אַקסלען, און אַזוי פאַרטאָן אין שמועס אַז זיי האָבן אַרייגעטרעטן אין קאַלוזשעס און אין פערדמיסט. אַביגדור האָט אויסגעקוקט בלייך און צעשויבערט. דער ווינט האָט אים געיאָגט אַ פּאה. אַנשל האָט געביסן די נעגל. הדס איז אויך צוגעלאָפן צום פענצטער. זי האָט געטאָן אַיין קוק און די אויגן זענען איר געוואָרן פאַרוואַשן...

אַלץ איז געשען גיך. פריער האָט אַביגדור חתונה געהאַט. מחמת די כלה איז אַן אַלמנה, איז די חתונה געווען אַ שטילע, אָן כלי־זמר, אָן אַ בדחן, אָן אַ באַדעקנס. היינט האָט מען געשטעלט אַ חופּה, מאָרגן איז שוין פעשע געשטאַנען אין געוועלב מיט אַ פּאָר פאַרשמירטע הענט און פאַרקויפט דזשעגעכץ. אַביגדור האָט גע־דאַוונט אין חסידים־שטיבל אין אַ נייעם טלית. ביי טאָג איז אַנשל געקומען צו אים און ביידע חברים האָבן גערעדט און געמורמלט ביז מנחה־צייט. דער זמן־חתונה פון אַנשל און הדס איז געווען אָפּגעלייגט ביז שבת־חנוכה. דער מחותן האָט זיך געאײַלט. די הדס איז שוין איין מאָל געווען אַ כלה. דער חתן, ווידער איז אַ יתום, צו וואָס זאָל ער זיך וואַלגערן ביי אַן אלמנה אויף אַ באַנק־בעטל און עסן טעג אַז ער קאָן האָבן אַ ווייב און אַ היים?

יעדן טאָג, אַ סך מאָל אין טאָג, האָט אַנשל זיך געוואָרנט אַז די זאַך איז אַ זינד. אַ משוגעת, די ערגסטע ווילדקייט וואָס אַ מענטש קאָן אָפּטאָן. ער האָט אַרייַנגעטריבן אין אַ זומפּ סיי זיך, סיי הדסן. ער האָט זיך פאַרפּלאָנטערט אין אומצאָליקע עבירות וואָס מ׳קאָן קיין מאָל אויף זיי נישט טאָן קיין תשובה. איין ליגן האָט נאָכגע־שלעפּט דעם אַנדערן. ער האָט יעדעס מאָל פון ס׳נייַ ביי זיך אָפּ־געפּאַסט באַצייטנס צו אַנטלויפן פון שטאָט און מאַכן אַן עק צו דער ווּיסטער קאָמעדיע וואָס פּאַסט פאַר אַ לאַפּיטוט, נישט פאַר אַ בן־אָדם. אָבער אַ כּוח און אַן איינגעשפּאַרקייט נישט בייצוקומען האָט אים געהאַלטן. ער איז געוואָרן אַלץ צוגעבונדענער צו אַביגדורן. ער האָט מער נישט געקאָנט פאַרשטערן הדסעס איינגערעדט גליק. נאָך דער חתונה האָט אַביגדור ווידער באַקומען אַ חשק צו לערנען

אוןביידע חברים האָבן איצט געלערנט צוויי שיעורס יעדן טאָג: אין דער פרי גמרא־מיט־תוספות און נאָך מיטאָג חושן־מישפט מיט קצות און תאומים. די מחותנים פון ביידע צדדים האָבן אָנגעקוואָלן. מ׳האָט פאַרגליכן אַביגדורן און אַנשלען צו דוד און יונתן. אַנשל איז אַרומגעגאַנגען שיכור פון די אַלע פאַרוויקלענישן. שניידערס האָבן אים גענומען אַ מאָס אויף מלבושים און ער האָט געמוזט טאָן אַלערליי הינטערליסטיקייטן זיי זאָלן מיינען אַז ער איז אַ זכר. ווי וויל די אָפּנאַרעריי האָט זיך געדויערט לאַנגע וואָכן, האָט אַנשל זיך נאָך אַלץ נישט צוגעגלויבט אַז מ׳קאָן וואָרהאָפּטיק אַזוי לאַנג נאַרן. די זאַך איז געוואָרן ווי אַ שפּיל: ווי לאַנג קאָן מען נאַרן קהל? און ווי אַזוי וועט דער אמת אַרויסשווימען? עפּעס איך אַנשלען האָט געווינט און געלאַכט. ער איז געוואָרן ווי אַ לץ וואָס איז באַשאַפן צו שפּעטן פון מענטשן און זיי אָפּצוטאָן שטיקלעך. כ׳בין אַ רשע, אַ טמא, אַ ירבעם בן נבט! — האָט ער צו זיך גערעדט. דערביי האָט ער געוועבט אַ פּלאַן מיט שאַלקהאַפּטיקייט און מוטוויל, — ער, אַנשל, וואָס האָט גענומען אויף זיך די אַלע לאַסטן ווייל זיין זעל האָט באַגערט צו לערנען תורה...

אַביגדור האָט זיך באַלד גענומען קלאָגן אַז פּעשע באַהאַנדלט אים שלעכט, רופט אים שמויגער, בטלן, אומזיסטער פרעסער. זי וויל אים נייערט אַריינציען אין געוועלב, הייסט אים טאָן אַרבעטן וואָס ער האָט נישט צו זיי קיין געלענק, שפּאָרט אים אַפילו טאַשנגעלט. אָנשטאָט אַנשל זאָל טרייסטן אַביגדורן, האָט ער גענומען העצן אויף פּעשען, זי אָנגערופן מיאוסקייט, מרשעת, סקנער, געגעבן אָנצוגעהערן אַביגדורן אַז זי האָט געמאַכט דעם טויט דעם ערשטן מאַן און וויל אים אויך פאַרפייניקן. דערביי האָט אַנשל אויסגערעכנט זיינע, אַביגדורס, מעלות: זיין קלוגשאַפט, קענטעניש, הויכן ווקס, איין מאָל האָט אַנשל אַ זאָג געטאָן:

— ווען איך בין דיין ווייב, וואָלט איך געוווסט ווי דיך ערלעך צו האַלטן.

— נו, ביסטו דאָך נישט...

און אַביגדור האָט געטאָן אַ זיפץ.

דערוויל האָט זיך דערנענטערט אַנשלס חתונה.

דעם שבת פאַר דער חתונה האָט מען אַנשלען אויפגערופן צום ספר. ווייבער האָבן אים באַוואָרפן מיט ראָזשינקעס, ניס, מאַנדלען. דעם טאָג ערב דער חתונה האָט דער חתן אָפּגעריכט אַ מאָלצייט פאַר יונגע־לייט און בחורים. אַביגדור איז געזעסן צו זיין רעכטער האַנט. דער חתן האָט געזאָגט אַ פּשטל. די בחורים האָבן עס גע־פּרוווט אָפּוועגדן. דערביי האָט מען געריכערט פּאַפּיראָסן, געגעסן לעקעך, מאַנדל־ברייטלעך, געטרונקען וויין, ליקער, טיי מיט ציטרין און איינגעמאַכטס, יעדער לויט זיין פאַרלאַנג. שפּעטער האָט מען דעם חתן אָוועקגעפירט צום באַדעקנס און דערנאָך — צו דער חופּה וואָס מ׳האָט געשטעלט ביי דער שול. די נאַכט איז געווען אַ פּראָס־טיקע און אַ לויטערע, דער הימל פול מיט שטערן. די כלי־זמר האָבן געשפּילט. צוויי שורות מיידלעך האָבן געהאַלטן ליכט און הבדלות. נאָך דער חופּה האָבן חתן־כלה (וואָס האָבן געפּאַסט אַ גאַנצן טאָג) געגעסן די גילדענע יויך. דערנאָך האָבן זיך אָנגעהויבן די טענץ און דאָס אויסרופן דרשה־געשאַנק, אַלץ לויטן מינהג. ס׳זענען געפאַלן אַ סך קעסטלעכע מתנות. דער בדחן האָט געזאָגט ווייַנענ־דיקס און לאַכעדיקס. אַביגדורס ווייב, פּעשע, איז אויך געווען צווישן די געסט, און ווי ווייל זי איז געווען באַהאַנגען מיט צירונג, האָט זי אויסגעקוקט מיאוס און אומגעלומפּערט אין דעם טיפן שייטל, דער ברייטער שובע און מיט די הענט וואָס מ׳האָט קיין מאָל פון זיי רעכט נישט געקאָנט אָפּוואַשן דעם דזשעגעכץ. אַביגדור האָט קוים איינגעהאַלטן די טרערן. נאָכן מיצווה־טענצל האָט מען אַוועק־געפירט אין שלאָף־חדר פריער די כלה און דערנאָך דעם חתן. די אונטערפירערס האָבן דערביי אָנגעזאָגט דעם יונגן פּאָרל ווי זיך אויפצופירן און צו טאָן דאָס געבאָט פון פריה ורביה.

פאַר טאָג זענען די מחותנתטעס און זייערע קומעס אַריינגעפאַלן צו חתן־כלה אין שלאָפשטוב און אַפּערגעריסן פון אונטער הדסן דאָס ליילעך זיך איבערצוצייגן צי דער מאַן האָט זיך מיט איר

באַהאַפטן. זיי האָבן געפונען אויפן ליילעך פלעקן פון בלוט און דאָס געזינדל איז געוואָרן האָפערדיק. זיי האָבן געקושט די כלה און איר געווונטשן מזל־טוב, דערנאָך זענען זיי אַרויס מיט דעם ליילעך אין דרויסן און געטאַנצט דערמיט אַ כשר־טאַנץ אין פריש־אָנגעפאַלענעם שניי. אַנשל האָט געהאַט געפונען אַ פאַרטל ווי אַזוי איבערצורייסן ביי הדסן די בתולים. אין איר גאַנצקייט האָט הדס נישט געוווּסט אַז עפּעס איז דאָ נישט ווי ס׳באַדאַרף צו זיין. זי האָט שוין ליב געהאַט דעם אַנשל מיט אַ גרויסער ליבשאַפט. לויט דעם דין מוזן זיך חתן־כלה אָפּשיידן אויף זיבן טעג נאָך דער ערש־טער באַהעפטונג. צו מאָרגנס האָבן אַנשל און אַביגדור אָנגעהויבן לערנען צוזאַמען מסכת נידה. ווען די קלויז האָט זיך אויסגעליי־דיקט אוןביידע יונגע לייט זענען געבליבן אַליין, האָט אַביגדור קליגעריש און שעמעוודיק אַ פרעג געטאָן אַנשלען ווי ס׳איז אים צוגעגאַנגען די נאַכט מיט הדסן און אַנשל האָט אָנגעזעטיקט זיין נייגער און זיך געשושקעט מיט אים ביז פאַר נאַכט.

ה.

אַנשל איז געהאַט אַריינגעפאַלן אין גוטע הענט. הדס איז געווען אַ געטריי ווייב. שווער־און־שוויגער האָבן געקעכלט דעם איידעם, זיך מיט אים באַרימט. צוואָר, אַ פּאָר חדשים זענען אַריבער און הדס איז נישט פאַרגאַנגען אין טראָגן, אָבער קיינער האָט זיך דאָס נישט גענומען צו האַרץ. דערפאַר האָט אַביגדור אַלץ מער זיך גע־קלאָגט אויף זיין מערכה. די פּעשע האָט אים געפּייניקט. ס׳איז באַלד דערגאַנגען דערצו אַז זי האָט אים נישט געגעבן גענוג צו עסן, אים נישט דערלאַנגט אַ העמד איבערצוטאָן. ער האָט קיין מאָל נישט געהאַט קיין גראָשן און אַנשל האָט אים ווידער געקויפט יעדן טאָג אַ פלאַמפלעצל. אַנשל האָט אויך פאַרבעטן אַביגדורן ער זאָל קומען צו אים עסן וואַרמעס אָדער נאַכטמאָל ווייל די פּעשע איז געווען צו פיל פאַרנומען מיט דעם האַנדל און זי איז געווען

צו קאַרג צו האַלטן אַ דינסט. ר׳ אַלטער ווישקאָווער און זיין ווייב האָבן געהאַלטן אַז דאָס איז אַ קרום פּירעכץ אַז אַ געוועזענער חתן זאָל קומען אין הויז פון זיין געוועזענער כלה נאָך דעם וויביידע האָבן חתונה געהאַט מיט אַנדערע. די שטאָט האָט געהאַט וואָס צו רעדן. אָבער אַנשל האָט אויפגעוויזן, אַז דאָס איז נישט פאַרבאָטן על־פּי־דין. ס׳רוב שטאָטלייט האָבן געהאַלטן מיט אַביגדורן און אין אַלץ באַשולדיקט פּעשען. אַביגדור האָט איין גיכן גענומען פאַרלאַנגען פון דער פּעשען אַ גט. ער האָט אַלץ פאַרטרויט אַנשלען, דערציילט אַז די פּעשע לייגט זיך אין בעט אַריין אַ נישט־געוואַשענע, שנאָרכט ווי אַ זעג און דער מוח אירער איז אַזוי אַריינגעטאָן אין דעם לייזעכץ אַז זי פּרעפּלט דערפון פון שלאָף. ער האָט יעדעס מאָל אַ זאָג געטאָן:

— אוי, אַנשל, ווי איך בין דיך מקנא!

— האָסט מיך נישט וואָס מקנא צו זיין.

— וואָס פעלט דיר? הלוואי מיר געזאָגט אָן דייך שאָדן.

— יעדער איינער האָט זיין פּעקל צרות.

— וואָסערע צרות? דו זינדיקסט!

ווער האָט זיך געקאָנט אויסמאָלן אַז אַנשל שלאָפט נישט נעכט און טראַכט כסדר פון אַנטלויפן? דאָס ליגן מיט דער הדסן און די אָפּנאַרעריי איז געוואָרן פאַר אים אַלץ אַ גרעסערע פּיין. די ליבשאַפט אירע און די צערטלעכקייטן האָבן אים פאַרשעמט. די געטריישאַפט פון שווער־און־שוויגער און די האָפענונג זייערע צו האָבן אין גיכן אַן אייניקל איז געווען אַ שאַנד־און־שמאַך. די שטאָטלייט זענען יעדן פרייטיק געגאַנגען אין מרחץ, אָבער אַנשל האָט געמוזט יעדן פרייטיק געפינען אַן אַנדער פּאָרטל ווי זיך דערפון אַרויסצודרייען. אָבער די זאַך האָט שוין גענומען אויפפאַלן און דערוועקן אַ חשד. מ׳האָט שוין געמורמלט אַז דער אַנשל מוז האָבן אַ מייזל אויף דער הויט, אַ ווינקלבראָך, אָדער ער איז נישט געמלעט ווי ס׳געהערט צו זיין. לויט ווי אַנשל האָט אָנגעגעבן זיין עלטער, האָט אים שוין געדאַרפט שפּראָצן אַ באָרד, אָבער די באַקן

זיינע זענען געבליבן גלאַטיק. ס׳איז שוין געווען פּורים און ס׳איז געגאַנגען צו פּסח. באַלד וועט ווערן זומער. לעבן בעכעוו איז גע־פלאָסן אַ טייך און אַלע ישיבה־בחורים און יונגע־לייט זענען דאָרט אַרומגעשוווּמען. דער ליגן איז אָנגעוואַקסן ווי אַ בלאָטער. ער האָט היינט מאָרגן געמוזט פּלאַצן. אַנשל האָט געמוזט געפינען אַן עצה ווי אַזוי אַרויסצוקריכן פון דעם קלעם וווּ ער האָט זיך אַליין פאַרשפאַרט.

ס׳איז געווען אַ מינהג אין פּוילן אַז חול־מועד פלעגן יונגע־לייט, קעסטקינדער אַרויספאָרן אין אַ גרעסערער שטאָט, זיך אַ ביסל דורכצולופטערן, זיך אומצוקוקן וועגן מסחר, איינצוקויפן אַ ספר, אָדער וואָס אַ יונגערמאַן קאָן ברויכן. בעכעוו איז נישט ווייט פון לובלין און אַנשל האָט צוגערעדט אַביגדורן ער זאָל מיט אים מיט־פאָרן קיין לובלין אויף זיינע, אַנשלס, הוצאות. אַביגדור איז געווען גריילעך צופרידן לויז צו ווערן אויף אַ צוויי אָדער דריי טעג פון זיין קליפּה. די נסיעה אין דער בויד איז געווען אַ הייטערע. ס׳האָט שוין געגרינט אויף די פעלדער. די שטאָרכן האָבן זיך געהאָט אומגעקערט פון די וואַרעמע לענדער, געמאַכט הקפות אין הימל, געבויט נעסטן אויף שטרוידעכער. וואַסערן זענען געפלאָסן מיט איילעניש אין די טאָלן. פייגל האָבן געשריגן. ווינטמילן האָבן גע־דרייט מיט די פליגל. אויף די געמויזעכצער האָבן שוין געשפּראָצט גראָזן און בלומען און ס׳האָבן זיך שוין דאָרט געפּאַשעט איינצלנע רינדער. ביידע חברים האָבן געשמועסט, געגעסן די קיכעלעך און דאָס אויבסט וואָס הדס האָט זיי מיטגעגעבן אויפן וועג, זיך גע־ווערטלט און זיך געסודעט ביז זיי זענען אָנגעקומען קיין לובלין. דאָרט איז אַנשל מיט אַביגדורן פאַרפאָרן אין אַן אכסניה און באַ־שטעלט אַ באַזונדערע שטוב פאַר זיך און זיין חבר. נאָך אויפן וועג האָט אַנשל געזאָגט אַביגדורן, אַז ער וועט אים אין לובלין אַנט־פּלעקן אַ סוד וואָס וועט אים דערשטוינען. אַביגדור האָט זיך גע־ווּיצלט: וואָס פאַראַ סוד קאָן דאָס זיין? אפשר האָסטו געפונען אַן אוצר? אפשר האָסטו אָנגעשריבן אַ חיבור? אפשר האָסטו באַ־

שאַפֿן אַ טויב פֿון ספֿר־יצירה ?... ווען בײדע חברים זענען אַרײַן אין דעם שטיבל און אַנשל האָט באַדעכטיקט פֿאַרקײַטלט די טיר, האָט אַביגדור זיך אָנגערופֿן ווײלעריש:

— נו, לאָמיר הערן דײַן גרויסן סוד.

— זײ גרײט אויף דעם סאַמע אויסטערלישסטן.

— כ׳בין גרײט אויף אַלץ.

—זײ וויסן אַז כ׳בין אַ נקבה — האָט אַנשל געזאָגט. — מײַן נאָמען איז נישט אַנשל, נאָר יענטל.

אַביגדור האָט געטאָן אַ זעץ אַרויס מיט אַ געלעכטער.

— כ׳האָב געוווּסט אַז דו מאַכסט ליצנות!

— נײן, ס׳איז דער אמת.

— כ׳בין אפֿשר אַ פּתי, אָבער נישט קײן יאמין לכל דבר.

— דו ווילסט זען, האַ?

— יאָ.

— נו, וועל איך מיך אויסטאָן...

אַביגדור האָט ברייט צעעפֿנט די אויגן. אפֿשר וויל ער אַ מאָל טרײַבן משכב זכר? — איז אים אײַנגעפֿאַלן. אַנשל האָט אויסגעטאָן די קאַפּאָטע, דעם טלית־קטן. ער האָט אַראָפּגעוואָרפֿן פֿון זיך דאָס העמד און די תחתונים. אַביגדור האָט געטאָן אַ קוק און איז גע־וואָרן ווײס. באַלד האָט אַ פֿײערדיקע רויטקײט באַדעקט זײַן פּנים. אַנשל האָט זיך גיך צוגעדעקט. ער האָט אַ זאָג געטאָן:

— כ׳טו עס דערפֿאַר דו זאָלסט עדות זאָגן בײַם בית־דין; הדס זאָל נישט בלײַבן קײן עגונה.

אַביגדור האָט געהאַט פֿאַרלוירן דאָס לשון. אַ ציטעריניש האָט אים אָנגענומען. ער האָט געוואָלט עפּעס זאָגן, אָבער ער האָט געשאָקלט מיט די לעפֿצן און ס׳איז נישט אַרויסגעקומען קײן קול, ווי בײַ אַ שטומען. ער האָט זיך אין דער גיך צוגעזעצט אויף אַ שטול ווײַל די פֿיס האָבן זיך אים אונטערגעבראָכן. צום סוף האָט ער אַ מורמל געטאָן:

— ווי איז דאָס געמאָלט? כ׳גלייב נישט!

— זאָל איך מיך ווידער אויפדעקן?

— ניין.

יענטל האָט גענומען דערציילן די גאַנצע מעשה: ווי דער פאָטער איז געלעגן קראַנק און מיט איר געלערנט תורה; ווי זי האָט קיין מאָל נישט געהאַט קיין געדולד צו די ווייבער און זייערע מאָטלערייען; ווי זי האָט פאַרקויפט דאָס הויז און די שטוב־חפצים, זיך פאַרקליידט פאַר אַ מאַנסביל, אַוועק פון שטאָט, ביז איר קומען קיין לובלין און דאָס באַגעגענען אַביגדורן. אַביגדור איז געזעסן אַ פאַרשוויגענער. ער האָט געקוקט אויף דער דערציילערין, געגאַפט, יענטל איז דערווייל צוריק אַריין אין די מאַנסבילשע מלבושים. אַביגדור האָט אַ זאָג געטאָן:

— ס׳מוז זיין אַ חלום.

און ער האָט זיך געטאָן אַ קניפּ אין דער באַק.

— ס׳איז נישט קיין חלום.

— אַזאַ זאַך זאָל מיר צו האַנט קומען!...

— ס׳איז דער אמת.

— פאַר וואָס האָסטו דאָס געטאָן? נו, כ׳על בעסער שווייגן.

— כ׳האָב נישט געוואָלט פאַרלירן מיינע יאָרן מיט די קאָטשערעס און לאָפּעטעס.

— און דאָס מיט דער הדסן — —

— כ׳האָב עס געטאָן צוליב דיר. ווייל כ׳האָב געוווּסט אַז די פעשע וועט דיך פייניקן און ביי מיר וועסטו האָבן אַ שטיקל היים.

אַביגדור האָט לאַנג געשוויגן. ער האָט אַנגעבויגן דעם נאַקן און אַרויפגעלייגט ביידע הענט איבער די שליפן. פון מאָל צו מאָל האָט ער געטאָן אַ טרייסל דעם קאָפּ אין דער ברייט ווי אויף ניין.

— וואָס ווילסטו טאָן איצט?

— אַוועק אין אַ ישיבה.

— האַ? ווען דו זאָגסט עס מיר פריער, וואָלטן מיר דאָך געקאָנט — — —

און אַביגדור האָט איבערגעריסן אין מיטן.

— ניין, ס'וואָלט נישט געטויגט.

— פאַר וואָס?

— כ'בין שוין נישט־אַהין און נישט־אַהער.

— איצט בין איך אין אַ קלעם.

— גט אָפּ דיין שלאַק. האָב חתונה מיט הדסען.

— נישט זי'ט מיך גטן, נישט יענע וועט מיך נעמען.

— הדס האָט דיך ליב. זי'ט זיך מער נישט לאָזן פירן פון טאַטן.

אַביגדור האָט זיך געטאָן אַ הייב אויף און זיך צוריק אַוועקגעזעצט.

— כ'על בענקען נאָך דיר. ביזן סוף...

ו.

לויטן דין האָט אַביגדור גאָרנישט געטאָרט האָבן יחוד מיט דער יענטלען אין שטוב, אָבער ווען יענטל איז צוריק אַריין אין דער קאַפּאָטע און אין די הויזן, איז זי ווידער געוואָרן אין אַביגדורס אויגן דער פריערדיקער אַנשל.ביידע האָבן ווידער גענומען רעדן אין מאַנסבילשן נוסח. אַביגדור האָט אַ זאָג געטאָן:

— וואָס איז די חכמה פון עובר זיין יעדן טאָג אויף דעם לא תלבש אשה שמלת גבר?

— כ'קאָן נישט שלייסן פעדערן און פּלאַפּלען מיט די ייִדענעס.

— פאַרלירן עולם־הבא איז בעסער?

— אפשר...

אַביגדור האָט אויפגעהויבן די אויגן. ס'איז אים ערשט איצט אויפגעפאַלן אַז דעם אַנשלס באַקן זענען צו־גלאַטיק פאַר אַ מאַנסביל, די האָר — צו־געדיכט, די הענט — צו־קליין. ער האָט זיך

נאָך אַלץ נישט צוגעגלויבט אַז דאָס אַלץ געשעט אויף דער וואָר. ער האָט זיך געריכט אַז ער קאָן יעדע רגע זיך איבערוועקן פון אַ חלום. ער האָט געטאָן אַ ביס די ליפּן. ער האָט זיך געטאָן אַ קניפּ אין דיך. אַ שעמעוודיקייט האָט אים אָנגענומען און אַ שטאַמלעניש. די גאַנצע קאָנטשאַפט זיינע מיט אַנשלען, די אַלע רייד וואָס זיי האָבן גערעדט, די אַלע סודות וואָס זיי האָבן זיך איינגערוימט, — אַלץ איז געוואָרן אָפּנאַרעריי, פאַרבלענדעניש, אַ מקח־טעות. אפשר איז ער גאָר אַ שד? — איז אַביגדורן דורכגעלאָפן אַ רעיון. ער האָט זיך געטאָן אַ טרייסל ווי אָפּצושאָקלען פון זיך דעם קאָשמאַר, אָבער עפּעס אַ כוח וואָס קאָן אונטערשיידן צווישן חלום און וואָר האָט געזאָגט אַז ס׳איז אַלץ אויף אַן אמת. ער האָט זיך אָנגענומען מיט מוט. ער האָט שוין מיט אַנשלען נישט געקאָנט זיין פרעמד, מעג אַנשל זיין יענטל... אַביגדור האָט אַ זאָג געטאָן:

— דוכט זיך, אַז דער עדות וואָס בינדט אויף אַן עגונה טאָר מיט איר נישט חתונה האָבן ווייל ער איז אַ נוגע בדבר.

— האַ? דאָס איז מיר נישט איינגעפאַלן.

— מ׳דאַרף נאָכקוקן אין אבן־העזר — האָט אַביגדור זיך אָנגערופן נאָך אַן איבערטראַכטעניש.

— כ׳ווייס אַפילו נישט צי דאָ זענען חל די קולאָס וואָס די חכמים האָבן געמאַכט וועגן אַן עגונה — האָט אַנשל גערעדט מעשה למדן.

— אויב דו ווילסט נישט זי זאָל בלייבן אַן עגונה, דאַרפסטו אויפדעקן דעם סוד איר אַליין.

— דאָס קאָן איך נישט.

— קריג על־כל־פּנים נאָך אַן עדות...

ביידע חברים האָבן גענומען שמועסן אין לערנען. ס׳איז געווען אויסטערליש זיך מתווכח צו זיין אין לערנען מיט אַ נקבה, אָבער די תורה האָט צוריק דערנעענטערט אַביגדורן און אַנשלען. די גופים זענען טאַקע אַנדערש, אָבער די נשמות זענען פון דעם אייגענעם מין. אַנשל האָט גערעדט מיט אַ גמרא־ניגון. ער האָט געדרייט

מיט אַ פינגער, זיך אָנגעכאַפּט ביי אַ פּאה, געצופּט דעם קין ווי ס׳וואָלט דאָרט געשפּראָצט אַ בערדל, געמאַכט די העוויות פון אַ ישיבה־בחור. ער האָט אַפילו פון געוווינהייט אָנגעכאַפּט אַביגדורן ביים לאַץ און אים גערופן שוטה. אַ גרויסע ליבשאַפט האָט אָנגע־נומען אַביגדורן צו אַנשלען, געמישט מיט בושה, פאַרדראָס, אַנגסט. ווען איך וואָלט דאָס געוווּסט — האָט ער צו זיך גערעדט. ער האָט איצט פאַרגליכן אין געדאַנק אַנשלען (אָדער יענטלען) צו ברוריה דאָס ווייב פון ר׳ מאיר, צו ילתא דאָס ווייב פון רב נחמן, צו רש״יס טעכטער, צו דער מוטער פון סמ״ע. אַביגדורן האָט זיך אויסגעוויזן אַז דאָס האָט ער דאָך אַלע מאָל געוואָלט: אַ ווייב וואָס דער קאָפּ אירער זאָל נישט ליגן בלויז אין גשמיות... די בענקשאַפט זיינע צו דער הדסן און איצט געוואָרן ווי אויסגעוועפּט. ער האָט געוווּסט פאָרויס אַז ער וועט אויסגייען פון בענקשאַפט נאָך אַנשלען (אָדער יענטלען), אָבער ער האָט זיך שוין נישט דערוועגט דאָס צו זאָגן. ס׳איז אים געווען הייס און ער האָט געשפּירט אַז ס׳פלאַמט אים דאָס פּנים. ער האָט שוין רעכט נישט געקאָנט קוקן אַנשלען אין די אויגן. אַביגדור האָט זיך אָפּגעגעבן אַ חשבון, אַז אַנשל (אָדער יענטל) האָט אַליין געזינדיקט און אויך געבראַכט צו עברות אַביג־דורן, ווייל ער איז געזעסן נעבן אים (אָדער איר) און זי אָנגערירט אין די אומריינע טעג. נו, און דאָס חתונה האָבן מיט הדסן, — וויפל עבירות האָט געשטעקט דערין? גנבת דעת, ברכות לבטלה, אונאה און ווער ווייסט וואָס נאָך?... אַביגדור האָט אַ זאָג געטאָן:

— זאָג מיר דעם אמת: ביסט חלילה, אַן אַפּיקורס?

— חס ושלום.

— ווי פאַלסטו אויס אָפּצוטאָן אַזאַ זאַך?

וואָס לענגער אַנשל האָט גערעדט, אַלץ ווייניקער האָט אַביגדור פאַרשטאַנען. אַלע רייד אַנשלס האָט געפּירט צום אייגענעם: אַז ער, אַנשל, האָט דאָס לייב פון אַן אישה, אָבער די נשמה פון אַ מאַנס־ביל. חתונה געהאַט מיט הדסן האָט אַנשל צו קאָנען זיין נאָענט מיט אים, אַביגדורן. אַביגדור האָט אַ זאָג געטאָן:

— האָסטו דאָך געקאָנט מיך נעמען.

— כ׳האָב געוואָלט לערנען מיט דיר גמרא מיט תוספות, בישט צערעווען דיינע זאַכן...

— כ׳האָב מורא די הדס זאָל, חלילה, נישט ווערן קראַנק פון צער.

— כ׳האָב אויך אַזוי מורא.

— וואָס וועט זיין איצט, הא?...

דער פּאָר נאַכט איז צוגעפאַלן און ביידע חברים האָבן זיך אַוועקגעשטעלט דאַווענען מנחה. פון צעמישונג האָט אַביגדור זיך טועה געווען מיט די ברכות. טייל האָט ער איבערהיפּערט, אַנ־דערע האָט ער איבערגעחזרט. ער האָט אַ בליק געטאָן אָן אַ זייט: אַנשל האָט זיך געשאָקלט, זיך געקלאַפּט אין האַרץ, זיך נידעריק גע־בויגן. ער האָט אויפגעהויבן אַ ווייל דאָס פּנים מיט די פאַרשלאָסענע ווי׳עס אין דער הייך ווי צו זאָגן: דו, טאַטע אין הימל, ווייסט דאָך דעם אמת... נאָך מנחה האָבן ביידע חברים זיך אַוועקגעזעצט אויף צוויי שטולן איינער אַקעגן אַנדערן, אָבער היפש אָפּגערוקט. די שטוב איז געוואָרן פול מיט שאָטנס. אויף דער וואַנט אַקעגן פענצ־טער האָט געציטערט אַ פּורפּורן געהאַפט פון זונזעצונג. אַביגדור האָט געוואָלט רעדן, נאָר די רייד זענען נישט אַרויסגעקומען. זיי האָבן זיך ווי פאַרהאַלטן אויפן שפּיץ צונג. מיט אַ מאָל האָט ער אַ זאָג געטאָן:

— אפשר איז נאָך נישט צו שפּעט?... איכל מיט דער דאָזיקער אַרורה נישט ווינען... דו...

— וואָס מיינסטו?... ניין, אַביגדור, ס׳טויג נישט.

— פאַר וואָס נישט?

— איכל שוין איבערקומען די יאָרן אַזוי...

— איכל בענקען נאָך דיר. סכנת נפשות.

— איך נאָך דיר אויך.

— וואָס איז דער שכל, הא?

אַנשל האָט נישט געענטפערט. ס׳איז געוואָרן נאַכט און פינצ־טער. אין חושך האָבן אַביגדור און אַנשל יעדער געשוויגן זיין שטילשוויגעניש. ביידע האָבן זיך ווי צוגעהערט איינער צום אַנ־דערנס מחשבות. אַביגדור האָט על־פּי־דין גאָרנישט געטאָרט זיין מיט איר אין איין שטוב, אָבער ווי ווייל אַביגדור האָט געוווּסט אַז אַנשל איז אַ נקבה, איז ער נאָך אַלץ געבליבן אַנשל. וואָס פאַר אַן אויסטערלישן כוח מלבושים האָבן! — האָט אַביגדור געטראַכט. געזאָגט האָט ער:

— מיין עצה איז זאָלסט איר פּשוט שיקן אַ גט.

— האַ?

— ווי באַלד די קידושין זענען נישט חל, וואָס קאָן אַ גט קאַליע מאַכן?

— יאָ, ביסט גערעכט.

— דעם אמת קאָן זי זיך דערוויסן שפּעטער.

די דינסט האָט אַריינגעטראָגן אַ לאָמפּ, אָבער אַביגדור האָט אים באַלד צוריק אויסגעלאָשן. דער מצב, וואָס אין אים האָבן ביידע חברים זיך געפונען און די רייד וואָס זיי האָבן געוואָלט רעדן, האָבן נישט פאַרטראָגן קיין ליכט. אין דער פינצטערניש האָט אַנשל דערציילט אַלע פּרטים. אַביגדור האָט געפרעגט און אַנשל האָט געענטפערט. דער זייגער האָט שוין געקלונגען צוויי און ביידע האָבן נאָך אַלץ גערעדט. אַנשל האָט דערציילט, אַז הדס האָט אים, אַביגדורן נישט פאַרגעסן. זי האָט אָפט גערעדט וועגן אים, געזאָרגט וועגן זיין געזונט, זיך מצער געווען — און אפשר אויך געהאַט געגנוגטוּונג — וואָס ער האָט מיט פּעשען נישט געטראָפן. אַנשל האָט אַ זאָג געטאָן:

— זי׳ט דיר זיין אַ גוט ווייב. איך קאָן אַפילו קיין קוגל נישט מאַכן.

— פון דעסטוועגן, ווען דו ווילסט — — —

— ניין, אַביגדור. ס׳איז נישט באַשערט...

ז.

ס׳איז אַלץ געווען איין גרויס רעטעניש פאַר דער שטאָט: דער שליח וואָס איז געקומען צו פאַרן אסרו חג און געבראַכט הדסן אַ גט, אַביגדורס בלייבן אין לובלין ביז נאָך יום־טוב, זיין אומקערן זיך אַן אויסגעבלייכטער ווי נאָך אַ שלאָפקייט, מיט אַן איינגעבוי־גענעם רוקן און אויסגעלאָשענע אויגן. הדס איז געלעגן קראַנק און דער רופא איז געקומען צו איר דריי מאָל אין טאָג. אַביגדור האָט זיך אויסבאַהאַלטן. אויב מ׳האָט אים אַפילו געטראָפן און מ׳האָט גערעדט צו אים, האָט ער נישט געענטפערט. פעשע האָט געוויינט פאַר טאַטע־מאַמע אַז דער אַביגדור רייכערט גאַנצע נעכט און שפּאַנט אַרום אַהין און צוריק. ווען ער פאַלט אַוועק פון מיד־קייט און שלאָפט איין, רופט ער אַ פרעמדע נקבה — יענטל. פעשע האָט גענומען רעדן וועגן אַ גט. מ׳האָט זיך געריכט, אַז אַביגדור וועט נישט וועלן גטן, אָדער פאַרלאַנגען געלט, אָבער ער האָט אויף אַלץ איינגעוויליקט.

די לייט פון שטאָט זענען נישט געווען געוווינט אַז אַ סוד זאָל לאַנג בלייבן אַ סוד. ווי קאָן מען האַלטן סודות אין אַ קליין שטעטל ווו יעדער ווייסט וואָס ס׳קאָכט זיך אין יענעמס טעפּל? ס׳האָבן נישט געפעלט אַזוינע וואָס קוקן אין שליסללאָך און שטעלן צו אַן אויער צום לאָדן, אָבער דאָס וואָס דער אַנשל האָט אָפּגעטאָן איז געבליבן נישט באַשיידט. הדס איז געלעגן אין בעט און געוויינט. חנינא דער רופא האָט געזאָגט אַז זי גייט איין פון טאָג צו טאָג. אַנשל איז געהאַט פאַרשוווּנדן און מ׳האָט נישט געוווּסט פון זיין געביין. ר׳ אַלטער ווישקאָווער האָט געשיקט רופן אַביגדורן און ער איז געקומען. אָבער יענע וואָס זענען געשטאַנען הינטערן פענצטער און געלוישט, האָבן גאָרנישט געהערט. די וואָס גריבלען זיך אין פרעמדע עסקים האָבן אַרויסגעזאָגט אַלערליי סברהס, אָבער קיין איינע פון זיי איז נישט געווען אויסגעהאַלטן.

טייל האָבן אַרויסגעדרונגען אַז דער אַנשל איז אַריינגעפאַלן אין די הענט פון די גלחים און זיך געשמדט. דאָס וואָלט זיך גע־לייגט אויפן שכל. אָבער ווען האָט דער אַנשל געהאַט צייט זיך אָפּצוגעבן מיט גלחים אַז ער איז די גאַנצע צייט געווען אין שטעטל? אַחוץ דעם, שיקט נישט אַ משומד דעם ווייב קיין גט.

טייל האָבן געמורמלט אַז אַנשל האָט געוואָרפן אַן אויג אויף אַן אַנדער נקבה. אָבער אויף וועמען? מ׳האָט נישט געפירט אין שטעטל קיין ליבעס. אַלע יונגע פרויען זענען געבליבן אין שטעטל, אַזוי די ייִדישע און אַזוי, די גוייִשע.

עמיץ האָט אַריינגעוואָרפן אַ וואָרט אַז אַנשל איז געוואָרן פאַר־כאַפּט פון שדים, אָדער אפשר איז ער אַליין געווען איינער פון די נישט־גוטע. פאַר אַ באַווייז האָט מען דערמאָנט דאָס, וואָס אַנשל איז קיין מאָל נישט געגאַנגען אין מיקווה אָדער צום טייך. ס׳איז באַקאַנט אַז שדים האָבן הינערשע פיס. נו, אָבער האָט אים הדס קיין מאָל נישט געזען באָרוועס? און ווו איז דאָס געהערט אַז אַ שד זאָל שיקן דעם ווייב אַ גט? אַ שד וואָס האָט חתונה מיט אַ מענטשן־טאָכטער, לאָזט זי געווייִנטלעך אַן עגונה.

ס׳איז עמיצן איינגעפאַלן אַז אַנשל איז באַגאַנגען עפּעס אַ האַר־בע עבֿרה און ער איז אַוועק אין גלות. אָבער וואָס פאַר אַן עבֿרה? און ווי קומט עס וואָס ער האָט נישט פאַרטרויט די זאַך דעם רבֿ? און פאַר וואָס דרייט זיך אַרום דער אַביגדור ווי אַ שאָטן?

גאָר נאָענט צום אמת איז געווען די סבֿרא פון טעוול כלי־זמר. טעוול האָט געטענהט אַז אַביגדור קאָן נישט פאַרגעסן הדסן און אַנשל האָט זי אָפּגעגט אַביגדור זאָל קאָנען מיט איר חתונה האָבן. אָבער איז געמאָלט אויף דער וועלט אַזאַ פריינדשאַפט? און פאַר וואָס האָט אַנשל געגט הדסן נאָך איידער אַביגדור האָט געגט פעשען? אַחוץ דעם קאָן מען טאָן אַזאַ זאַך אויב דאָס ווייב איז וויליק צו נעמען דעם אַנדערן און ווייסט פון דער פאַרשווערונג. נו, זענען געווען אַלע סימנים אַז די הדס האָט ליב אַנשלען און אַז זי ווערט פאַרצערט פון בענקשאַפט.

איך זאַך איז אַלעמען געווען קלאָר: אַביגדור ווייסט דעם אמת. אָבער מ׳האָט ביי אים גאָרנישט געקאָנט אַרויסקריגן. ער האָט זיך אויסבאַהאַלטן און געשוויגן מיט אַן עקשנות וואָס די שטאָט האָט נישט געקאָנט בייקומען.

די נאָענטע האָבן געוואָרנט פעשען זי זאָל נישט גטן אַביגדורן, אָבער ער האָט זיך געהאַט פון איר אָפּגעשיידט, נישט געקומען צו איר אין דער נאַכט פון טבילה. ער האָט אַפילו שבת נישט געמאַכט פאַר איר קידוש. געגעכטיקט האָט ער אין בית־המדרש אָדער ביי דער אלמנה ווו אַנשל האָט פריער געקראָגן נאַכטלעגער. ווען פעשע האָט גערעדט צו אים, האָט ער נישט געענטפערט, געשטאַנען פאַר איר מיט אַ געבויגענעם קאָפּ. פעשע, די סוחרטע, האָט נישט געהאַט קיין געדולד צו אַזוינע שטיק. זי האָט געברויכט אַ יונגנמאַן אַ סוחר וואָס זאָל איר צוהעלפן אין געוועלב, נישט אַ ישיבה־בחור וואָס איז אַרייַנגעפאַלן אין אַ מאַנקאָליע. אַזאַ איינער קאָן אַפילו אַוועק פון שטאָט און זי לאָזן אַן עגונה. פעשע האָט איינגעוויליקט אויף אַ גט.

הדס איז דערווייל געקומען צו זיך און ר׳ אַלטער ווישקאָווער האָט צו וויסן געטאָן אַז ס׳וועלן זיין תנאים ביי הדסן. זי ווערט אַ כלה מיט אַביגדורן. די שטאָט האָט געשטוינט. מ׳האָט קיין מאָל נישט געהערט אַז אַ גרוש און אַ גר־ישה זאָלן שרייבן תנאים. די חתונה האָט מען אָפּגעלייגט אויף שבת נחמו און ר׳ אַלטער האָט צוגעגרייט פאַר זיין טאָכטער אַ חתונה ווי פאַר אַ בתולה: מיט אַן אָרעם מאָלצייט, אַ חופה פאַר דער שול, כלי־זמר, אַ בדחן, אַ מיצווה־טענצל. איין זאַך האָט געפעלט אויף דער דאָזיקער חתונה: פרייד. דער חתן איז געשטאַנען אונטער דער חופה אַ פאַראומערטער. די כלה איז געהאַט אַרויס פון דער קראַנקהייט, אָבער זי איז געבליבן דאַר און בלאַס. די טרערן אירע זענען אַרייַנגעפאַלן אין דער גיל־דערנער יויך. דער בדחן האָט געזאָגט אַ פריילעכס, נאָר ס׳איז אַרויס אַ טרויעריקס. די כלי־זמר האָבן אויסגעשפּילט אַ שער, אַ וואַסער, אַ קאָזאַק, אַ דזיען־דאָברי, אָבער די פיס האָבן זיך נישט

געשטעלט צום טאַנצן. די פידלען האָבן געוויינט, דער טרומייטער האָט געהוילט, דער באַס האָט געזיפצט, די פויק האָט געזעצט מיט הוילער מרה־שחורה. אַפילו דער ווייַן האָט נישט אויפגעהייטערט די געמיטער. אַלע פּנימער האָבן זיך געבלייכט, אַלע אויערן האָבן געלוישט, פון אַלע אויגן האָט אַרויסגעקוקט די אייגענע קשיא: פאַר וואָס האָט אַנשל דאָס געטאָן?

נאָך אַביגדורס חתונה מיט הדסן האָט פּעשע געמאַכט אַ שם אַז אַנשל האָט פאַרקויפט אַביגדורן זיין ווייב פאַר געלט און אַז דאָס געלט האָט צוגעשטעלט אַלטער ווישקאָווער. אַ ווילער יונג האָט אַזוי לאַנג אַרייַנגעטראַכט אין דער זאַך ביז ער איז געקומען צום אויספיר, אַז אַנשל האָט פאַרשפּילט ביי אַביגדורן זיין באַליבט ווייב אין קאָרטן, קוויטלעך, אָדער גאָר אין דריידל. ס׳איז אַ כלל אַז דאָרט ווו מ׳קאָן נישט איינבייסן דאָס קערנדל אמת, שפּייַזט מען זיך מיט גאַנצע הויפנס שקר. דער אמת אַליין איז אָפט אַזוי פאַרבאָרגן, אַז וואָס מער מ׳זוכט אים, אַלץ ווייטער ווערט ער.

נישט לאַנג נאָך דער חתונה איז הדס פאַרגאַנגען אין טראָגן. ס׳איז געבוירן געוואָרן אַ ייִנגל און די געסט אויפן ברית האָבן געהערט געפּלעפּטע ווי דער פאָטער האָט אַ נאָמען געטאָן דעם קינד אַנשל.

געצל מאַלפּע

.1

מיינע ליבע מענטשן, עך רעדט וועגן נאָכמאַכן? כ׳האָב געקענט אַ נאָכמאַכער, מ׳האָט אים גערופן געצל מאַלפּע. ר׳האָט געוווינט ביי אונדז אין שטאָט. יענע יאָרן האָט יעדער געהאַט אַ צונאָמען, כאָטש נגידים האָט מען געשוינט. דער געצל איז גראָד געווען מער גביר פון יענעם וואָס ר׳האָט נאָכגעקרימט, אָבער וואָס איז די קונץ פון נאָכטאָן עמיצן און נאָכפּלאַפּלען ווי אַ פּאַפּוגיי? יענער, דעם וואָס ער האָט נאָכגעטאָן יעדעס פּיצל, האָט געהייסן טודרוס בראָ־דער. אַ שיינער נאָמען, הא? ער אַליין איז נאָך געווען שענער ווי דער נאָמען: הויך ווי אַ ריז, ברייטביייניק, מיט אַ שוואַרצער באָרד צוגעשוירן ווי ביי אַ פּריץ, מיט אַ פּאָר שוואַרצע אויגן וואָס אַז זיי האָבן דיך אָנגעקוקט, האָבן זיי אָפּגעבריט. כ׳וויס וואָס כ׳רעד. כ׳בין דעמאָלט געווען אַ מיידל, אַ שיין מיידל דערצו, אָבער אַז ער האָט אויף מיר געטאָן אַ קוק מיט זיינע פייערדיקע אויגן, איז ממש, נישט זינדיקן זאָל איך, אַדורך אַ שוידער דורכן לייב. מיט אַזוינע בליקן, אַז מ׳איז אַ נישט־פאַרגינער, קאָן מען לייכט געבן אַן עין־הרע. באַהיט און באַשירעמט זאָל מען ווערן פון אַ בייז אויג. אָבער טודרוס בראָדער האָט קיינעם נישט געדאַרפט מקנא זיין. ער איז געווען געזונט ווי אַ גיבור, געהאַט אַ שיין ווייב, צווי ליכטיקע טעכטער, פּרינצעסינס, און געפירט האָט ער זיך ווי אַ מאָנאַרך. ער האָט זיך שוין געפירט צו ברייט. ר׳האָט זיך פאַרשולדיקט איבערן קאָפּ; אָבער ווער האָט אים נישט געלאָזט שפּאַרן? אַ גובערנאַטאָר האָט זיך אַזוי נישט צעוואָרפן. אַרומגעפּאַרן אין אַ קאַרעטע מיט

אַ סטאַנגרעט. ר׳האָט געהאַט אַ קאָלעס אויך. אַז ס׳איז אים געפעלן, איז ער גאָר געריטן איבער דער שטאָט אויף איינעם פון זיינע פערד, גלייך ווי אַ ווירע, אַפּילו נישט געהאַלטן די לייץ. אַ קאָזאַק רייט נישט בעסער. מיט אַלע פריצים איז ער כל־ולך. גראַף זאַ־מאָיסקי איז געקומען צו אים פרייטאָג־צו־נאַכטס אויף געהאָקטע פיש. פורים האָט ער אים געשיקט שלח־מנות, און וואָס, אַ שטיי־גער, שיקט זאַמאָיסקי שלח־מנות? צווי פאַוועס, אַן ער און אַ זי.

דער ביינאָמען איז געווען בראָדער, אָבער געשטאַמט האָט טודרוס גאָר פון גרויספוילן. פויליש האָט ער גערעדט ווי אַ פריץ און רוסיש — ווי אַ קאַצאַפּ. ר׳האָט געקאָנט דייטש און פראַנצייזיש אויך. וואָס האָט ער נישט געקאָנט? אַפילו שפּילן אויף פּאַר־טעפּיאַן. ר׳איז געגאַנגען מיט זאַמאָיסקין אין די וועלדער אויף געיעג און געשאָסן אַ וואָלף. אַז דער קייסער איז געקומען אין זאַ־מאָשטש און די גרעסטע לייט זענען אים אַקעגנגעקומען מיט אַ טאַץ ברויט־מיט־זאַלץ, — ווער האָט גערעדט מיטן קייסער? טודרוס בראָדער. אַז ר׳האָט אַרויסגעזאָגט צוויי ווערטער, האָט דער קייסער זיך צעלאַכט. מ׳האָט דערציילט אַזביידע האָבן שפּעטער געשפּילט שאָך ביים נאַטשאַלניק און טודרוס האָט געוווּנען. כ׳בין נישט גע־שטאַנען דערביי, אָבער ס׳האָט געקאָנט זיין אמת. מ׳האָט אים שפּע־טער צוגעשיקט פון פּעטערבורג אַ גאָלדענעם מעדאַל.

דער שווער זיינער, פאַליק פויזנער, איז געווען אַ גביר, און די טאָכטער, דבורהלע — אַ שיינהייט. זי׳ט געקראָגן אין יענער צייט צוואָנציק טויזנט רובל נדן. נאָכן פאָטערס טויט איז דאָס גאַנצע האָב־און־גוטס אַריבער צו׳ן איר. אָבער מיינטס נישט אַז טוד־רוס האָט זי גענומען צוליב געלט. זי איז געפאָרן מיט דער מאַמען אין וואַרעמבאַד. מיט אַ מאָל איז ער אַרייך אין וואַגאָן. ער איז נאָך דעמאָלט געווען אַ בחור, אָדער אפשר אַן אַלמן. ר׳האָט געגעבן איין קוק אויף דעם מיידל און טוט אַ זאָג צו דער פאַליקיכע — אַזוי האָט מען זי גערופן — אַז ער וויל די טאָכטער פאַר אַ כלה. די

ייִדענע האָט שיער נישט אַוועקגעחלשט. מאָלט אייך, ס׳איז געשען מיט פּופּציק יאָר צוריק.

אָט דאָס איז געווען טודרוס בראָדער. טאַקע ווי מ׳זאָגט: ליבע. שפּעטער האָט זיך אַרויסגעוויזן, אַז ביי אים איז ליבע פון די גרינגע זאַכן. וויפל נעכט די דאָזיקע דבורהלע איז נישט געשלאָפן צוליב אים, אַזוי פיל גוטע יאָר זאָל איך האָבן. אַ לאָוועלאַס, אַזוי האָט מען אים גערופן. מ׳האָט געמאַכט אַ ווערטל, אַז ווען מען זאָל אָנטאָן אַ לאָפּעטע אַ קלייד, וואָלט ער זיך נאָך איר געיאָגט.

סיי ווי, דער געצל מאַלפּע, אָדער געצל ביילע איטעס, האָט זיך פאַרנומען נאָכצומאַכן טודרוס בראָדער מיט אַלצדינג. געצל איז געווען אַ רייך זינדל, נאָך רייכער פון טודרוסן, און קאַרג פאַר אַ צולאָג. טודרוס האָט פאַרמאָגט אַ פּאָסעסיע נישט ווייט פון זאַ־מאָשטש. ר׳האָט געהאַנדלט מיט וועלדער. ר׳האָט געהאַט אַ שטאַל מיט פערד און די גרעסטע פּריצים זענען געקומען באַקוקן זיינע פערד. ר׳האָט אויפגעגעסן דעם שווערס פאַרמעגן, דאָס איז געווען דער אמת. דער געצל, ווידער, האָט געהאַט אַ וואַסערמיל וואָס האָט געמאָלן גאָלד, נישט קיין מעל. אפשר איז דאָס ווייניק, איז ער גע־וואָרן מיט דער צייט אַ וווכערער און אַ האַלבע שטאָט הייזער זענען אים געווען אָפּגעשריבן אויף היפּאָטעק. געהאַט האָט ער אייך אָפּגעציטערט טעכטערל, דישקע, און אַ ווייב רישע לאה, אַ מיאוסקייט און אַ קראַנקע דערצו. געצל האָט זיך אַזוי אָנגעקערט מיט טודרוסן; ווי איך מיטן לובלינער גובערנאַטאָר. אָבער מ׳האָט אָנגעהויבן מורמלען איך שטאָט אַז געצל פאַרמעסט זיך צו ווערן אַ צווייטער טודרוס. פריער האָבן געמאָטלט דערפון בלויז די ווילע יונגען און די נייטאָרינס. ווער קוקט זיך אום אויף אַזוינע נאַרישקייטן? באשר ר׳איז אַוועק צו זעליג שניידער און זיך געהייסן אויפנייען אַ גאַר־נ׳טור גלייך ווי טודרוסעס. שפּעטער האָט ער פאַרלאַנגט ס׳אייגענע ביי לייב קירזשנער: אַ פוטער ווי טודרוסעס מיט אַ פוקסענעם קאָלנער, אַ פּעטל און באַהאַנגען מיט ווידלען. דערנאָך האָט ער באַשטעלט ביים שוסטער אַזוינע שטיוול ווי טודרוסעס, מיט נידע־

ריקע כאַלעוועס און גלאַנציקע נעז. זאַמאָשטש איז נישט וואַרשע. מ'ווייסט וואָס ס'קאָכט זיך ביי יענעם אין טעפּל. וואָס איז די קונץ פון נאָכקריכן יענעמס פּוסטריט? מ'האָט אָפּגעטראָגן די זאַך טודר־רוסן און ער ווערטלט זיך: מיך אַרט נישט; ס'אַ צייכן אַז ער האַלט פון מיין מבינות. דער טודרוס האָט קיין מאָל אויף קיינעם נישט געלאָזט פאַלן קיין שלעכט וואָרט. יעדער יידענע האָט ער גערופן דאַמע. אַז ר'האָט שפּאַצירט אויף דער לובלינער גאַס און ס'איז פאַרביי אַ מיידעלע פון צוועלף יאָר, האָט ער פאַר איר גע־הויבן דעם קאַפּעליוש. ווען אַן אַנדערער טוט דאָס, האַלט מען אים פאַר אַ נאַר; אָבער אַ קלוגער מעג זיך באַנאַרישן. אויף חתונות האָט ער זיך פאַרשנאָשקעס און געבראָקט אַזוינע וויצן אַז מ'האָט געמיינט ער איז דער בדחן, נישט קאַפּעלע ווענגראָוואר. אַז טודרוס האָט געטאַנצט אַ קאַזאַק, האָבן די ווענט געציטערט.

נו, האָט געצל ביילע איטעס זיך פאַרלייגט צו ווערן אַ צווייטער טודרוס. געווען איז ער אַ נידעריקער, קיילעכיק ווי אַ פּעסל און אַ שטיקל שטאַמלער דערצו. איידער ער ברענגט אַרויס אַ וואָרט, קאָן מען חלשן. די שטאָט האָט געהאַט פון וואָס צו שפּעטן. ר'האָט איינגעהאַנדלט אַ קאַרעטע אויך, נישט מער, ס'איז אַ פּיצעלע קאַטשעלע און די פערד זענען פּגירהס. דער שמייסער איז אַ טויבער יאַש. געצל פאָרט פון מאַרק צו דער מיל און פון מיל צום מאַרק. ער פּרוּווט שוין אַראָפּנעמען ס'היטל פאַרן אַפּטייקערס ווייב, נאָר איידער ער הייבט אויף אַ האַנט, איז שוין יענע אין אַפּטייק. מ'האַלט זיך ביי די זייטן פון געלעכטער. די באַדיונגען האָבן נישט לאַנג געוואַרט און אים אַ נאָמען געגעבן מאַלפּע.

געצלס ווייב, די רישע לאה, איז טאַקע, ס'זאָל איר נישט זיין צו קיין גנאי, געווען אַ מרשעת, אָבער אַ שלוי שטיק, און ס'איז געוואָרן צווישן זיי אַ מחלוקת. ס'האָבן נישט געפעלט אַזוינע וואָס האָבן געלוישט ביי נאַכט הינטערן לאָדן אָדער געקוקט אין שליסל־לאָך. די רישע לאה טענהט צו אים: דו קאָנסט אַזוי ווערן טודרוס ווי איך קאָן ווערן אַ מאַנסביל. מאַכסט פון דיר ס'געלעכטער. טודרוס

איז טודרוס און דו בלייב געצל. אָבער ס׳איז, אַ פּנים, געוואָרן ביי אים אַן אַמביציע אָדער מאַנקאָליע. ווער ווייסט וואָס ס׳טוט זיך אָפּ ביי יענעם אין קאָפּ? ער׳ט געגומען רעדן ווי אַ גרויס־פּוילישער און אַריינמישן דייטש: מעדכען, שמעדכען, גרעטכען. ער׳ט זיך דערוווּסט וואָס טודרוס עסט, וואָס ער טרינקט, וואָסערע, פּראָמיסיאָן, ׳גאַטקעס ער טוט אָן. ער׳ט זיך געטשעפּעט צו ווייבער אויך. מיינע ליבע קינדער, אַזוי ווי ס׳איז יענעם אַלץ געראָטן, אַזוי גייט אים אַלץ קאַפּויער. ער זאָגט אַ וויץ און קריגט אַ פּלעם. אויף אַ חתונה פּרוווט ער מאַכן אַ ווייבל דעם הויף און דער מאַן גיסט אים אָפּ מיט אַ טעלער יויך. טאַנצן טאַנצט ער ווי אַ בער. געצלס מיידל — דישקע האָט זי געהייסן — נעמט ווייגען און ביטערן: טאַטע, מ׳טייטלט אויף מיר מיט די פינגער. איין טודרוס — זאָגט זי — איז געגוג. אָבער ס׳שטייט ערגעץ אין אַ ספר אַז יעדע זאַך קאָן ווערן אַ משוגעת. געצל טרעפט טודרוסן אין גאַס און זאָגט: פּאַניע בראָדער, כ׳וויל אָנקוקן אייער מעבל. פּראָשע באַרדזאָ, און ער פירט אים אַריין צו זיך אין סאַליע. ר׳האָט וווּל געוווּסט אַז ער וויל מאַכן אַ קאָפּיע, אָבער וואָס אַרט עס אים? דער דבורהלען — טודרוסעס וויב — האָט עס יאָ פאַרדראָסן.

ווו האַלט איך, האַ? יאָ, נאָכגעמאַכט. געצל פּרוווט נאָכרעדן טודרוסעס קול, ווערן אַ שמעלקע מיט די פּריצים און זייערע ווייבער. ער׳ט אַלץ אויסשטודירט, יעדעס ברעקל. געצל האָט קיין מאָל נישט געררייכערט. מיט אַ מאָל נעמט ער רייכערן ציגאַרן אין אַ ציגאַרן־שפּיץ לענגער פון אים. ער שרייבט אויס אַ גאַזעט פון פּעטערבורג. טודרוסעס מיידלעך האָבן שטודירט אין אַ פּענסיאָן און געצל וויל שיקן אַהין דישקען אויך, אָבער ס׳מיידל איז שוין צו אַלט. זי וויל נישט. די רישע לאה האָט געמאַכט אַ געוואַלד, קוים זיך אָפּגעבעטן. וואָלט דער געצל געווען אַן אָרעמאַן, וואָלט מען אים געלייגט אין חרם אַריין. אָבער ר׳איז אָנגעשטאָפּט מיט גאָלד. טודרוס האָט אַ לאַנגע צייט, ווי מ׳זאָגט, געמאַכט אַ גוטע מינע צו דער ביזער שפּיל. אָבער ס׳איז אים אויך געוואָרן איבערדריסיק.

.2

איצט הערט אַ מעשה. אין איינעם אַ טאָג הייבט זיך אויף די רישע לאה און שטאַרבט. פון וואָס זי איז געשטאָרבן אָסור צו כ׳וויס. היינט לויפט מען צו דאָקטוירים. דעמאָלט איז מען געוואָרן שלאָף און מ׳איז געגאַנגען אַ גאַנג. אפשר זיך אויפגעגעסן לעבעדיקער־הייט. געשטאָרבן — באַגראָבן. דער געצל נעמט זיך נישט שטאַרק צום האַרצן, זיצט שבעה און ווערטלט זיך גלייך ווי טודרוס. די טאָכטער האָט ער געהאַט פאַרקנסט. באַלד נאָך די שלושים נעמט מען באַוואַרפן געצלען מיט שידוכים, אָבער ער איילט זיך נישט. ס׳גייט אַוועק אַ פיר וואָכן און אין שטאָט איז אַ האַרמידער. טודרוס בראָדער האָט אָנגעזעצט. ר׳האָט געהאַט אָנגעבאָרגט געלט ביי אלמנות און יתומים. כלות האָבן אים אַוועקגעטראָגן די נדנים ס׳זאָל אָנוואַקסן פּראָצענט. ר׳איז שולדיק געלט פּריצים אויך און איינער אַ פּריץ קומט צו רייטן און וויל אים שיסן מיט אַ פּיסטויל. דבורהלע וויינט און חלשט. די מיידלעך באַהאַלטן זיך אין אַ קעמערל. זיי האָבן שוין געהאַט אָפּשטודירט. ס׳ווייזט זיך אַרויס אַז טודרוס איז שולדיק געצלען אַ גרויסע סומע. אַ היפּאָטעק אָדער כ׳ווייס וואָס. ר׳האָט אויסגעשטעלט וועקסלען אויך. געצל קומט צו טודרוסן און קלאַפּט מיטן שטעקן. ר׳האָט געהאַט איינגעהאַנדלט פּונקט אַזאַ שטעקן ווי טודרוס, מיט אַ זילבערנער ציווקע און אַ בירשטינערן אויער. דער טודרוס לאַכט, אָבער ס׳איז אים ביטער אין פּופּיק. מ׳וויל אים די בעבעכעס אַרויסשטעלן, צערייסן אויף שטיקער. ווייבער רופן אים: גזלן, רוצח, מערדער. כלות ליאַרמען: וואָס האָסטו געטאָן מיט אונדזער נדן? און מ׳וויינט ווי אין יום־כיפור. כ׳האָב פאַרגעסן צו דערמאָנען: טודרוס האָט געהאַט אַ הונט, גרויס ווי אַ לייב, און געצל האָט געקראָגן אַ קאָפּיע. אַפילו דער רימען איז דער אייגענער. געצל ברענגט דעם הונט און ביידע חיות ווילן זיך איינשלינגען. מ׳ווערט טויב פון דעם געביל. מיט אַ מאָל רוימט אין געצל עפּעס טודרוסן אין אויער. זיי שליסן זיך אָפּ אין אַ קאַנ־

טאָר און בלייבן פאַרשלאָסן צוויי שעה. אין דער צייט האָט מען שיער ס׳הויז נישט צעטראָגן. טודרוס קומט אַרויס, בלאַס ווי דער טויט. געצל איז אין גאַנצן דערשוויצט. ער טוט אַ רוף צו די קרעדיטאָרן:

— מאַכט ניש׳ קאַ׳ געוואַלדן. איכל צאָלן די חובות. כ׳האָב איבערגענומען פון טודרוס בראָדער אַלע געשעפטן.

מ׳האָט נישט געגלייבט די אייגענע אויערן. ווער לייגט זיך דאָס מיט אַ געזונטן קאָפּ אין אַ קראַנקן בעט? אָבער געצל טוט אַ נעם אַרויס דעם טייסטער. ס׳איז ווי צוויי טראָפּנס וואַסער טודרוסעס טייסטער; אַ זאַמשענער טאַש, אַ לאַנגער, אַ טיפער, מיט אַ קופּערנעם שלאָס. נישט מער, טודרוסעס איז ליידיק און דער איז אָנגעפּאַקט מיט פּאַפּירן־געלט. געצל נעמט גלייך צאָלן אויפן אָרט. טייל איז ער מסלק אַלץ, אַנדערע בלויז אַן אַדערויף. אָבער מ׳ווייסט אַז געצל איז קוראַנט. טודרוס קוקט און שווייגט. דבורהלע קומט צו זיך און שמייכלט דורך די טרערן. די מיידלעך קריכן אַרויס פון באַהעלטעניש. די הינט האָבן זיך שוין אויך עפּעס אויסגעגלייכט און זיי באַשמעקן זיך שוין און שאָקלען מיט די ווידלען. ווו האָט עפּעס געצל צונויפגעשאַרט אַזוי פיל מזומנים? אַ סוחר לייגט געווײנטלעך אַריין ס׳געלט אין געשעפט. געצל צאָלט און צאָלט. סוחרים קריגן נישט אַלץ. ער פאַרגלייכט זיך. עפּעס האָט ער אויפגעהערט שטאַמלען און ער רעדט שוין טאַקע אויף אַן אמת ווי טודרוס. דער טודרוס האָט געהאַט אַ בוכהאַלטער, מ׳האָט אים גערופן דער קאַסירער, און ער ברענגט אַרויס אַ שטשאָט מיט אַ גאַנצן שטויס ביכער. טודרוס איז שוין ווידער האָפּערדיק. ער שמייכלט, וויצלט זיך. ער נעמט אַ גלעזל משקה און איז מכבד געצלען.ביידע טרינקען לחיים.

וואָס זאָל איך דאָ לאַנג ברייען? געצל האָט אַלץ איבערגענומען. טודרוס בראָדער הייבט זיך אויף און פאָרט אַוועק מיטן ווייב און די טעכטער קיין לובלין. זיי נעמען מיט די דינסטן אויך. מ׳האָט

גערעכנט אַז זיי ציען זיך אַרויס און געצל וועט דער אייגנטימער פון הויז, אָבער פאַר וואָס נעמען זיי נישט לכל הפחות ס׳בעטגע־וואַנט? דאָס טאָר קיין בעל־חוב נישט צונעמען. דריי חדשים הערט מען נישט פון זיי. געצל פאָרט שוין אין טודרוסעס קאָטש מיט טודרוסעס אָנטרייבער. ער איז אויסגעקאָכט מיט די גויִים און די פּריצים. נאָך דריי חדשים קומען צוריק דבורהלע מיט די טעכטער. ס׳איז זיי נישט צו דערקענען: אָפּגעצערט ווי נאָך אַ שלאַפקייט. מ׳פרעגט דבורהלען אויפן מאַן און זי זאָגט פראָסט און פּשוט: כ׳האָב נישט קאַ׳ מאַן. — חלילה אַן אומגליק? — פרעגט מען, און זי ענטפערט: נייך, מיר׳ן זיך געגט.

ס׳ווערט געזאָגט: דער אמת קומט קאַפּויר ווי בוימל אויפן וואַסער און אַזוי איז געשען דאָ. אין יענע פאַר שעה ווען געצל און טודרוס האָבן זיך אָפּגעזונדערט אין דעם קאַבינעט, האָט טוד־רוס אַלץ אָפּגעטראָטן געצלען: ס׳הויז, ס׳גוט, ס׳גאַנצע פאַרמעגן און ס׳ווייב פאַר אַ צולאָג. יאָ דבורהלע האָט חתונה געהאַט מיט געצלען. געצל האָט איר געגעבן אַ תוספות־כתובה אויף צען טויזנט גילדן און איר אָפּגעשריבן ס׳הויז, טאַקע איר אייגן הויז. פאַר די טעכטער האָט ער אַוועקגעלייגט ביי אַ שליש נדבים. ער און טודרוס האָבן געהאַט געשריבן אַ קאָנטראַקט וועגן אַלץ.

וואָס ס׳האָט זיך געטאָן אין שטאָט, קאָן מען נישט איבערגעבן. ווער ס׳האָט דעמאָלט נישט געוווינט אין זאַמאָשטש ווייסט נישט ווי אַ שטאָט קאָן גייך אויף רעדער. מ׳וואָלט געקאָנט דערפון אָנ־שרייבן אַ בוך. נייך, נישט איין בוך, נאָר צען ביכער. מ׳הערט דאָך אַפילו נישט אַזוינע זאַכן ביי גויִים און פּריצים. אָבער דאָס איז טודרוס. ער׳ט געשפּילט און פאַרשפּילט. ווי לאַנג ס׳האָט געקלעקט האָט ער זיך געלאָזט וווילגיין. דערנאָך האָט ער אַלץ אָפּגעטראָטן און איז אַוועק. די שטאָט האָט געזאָטן ווי אַ קעסל. אָבער ווי לאַנג קאָן אַ שטאָט זיך קאָכן וועגן פרעמדע עסקים? יעדער האָט זיין פּעקל זאָרגן. דער טודרוס האָט, אַ פּנים, געקאָנט גייך אין קרימינאַל.

די פּריצים וואָלטן אים אפשר צו רעכט געמאַכט. ס׳לעבן איז ביל־כער. מ׳האָט גערעדט אַז געצל האָט אַלץ געוווּסט פּאָרויס, אַלץ אַליין צוגעגרייט. ער׳ט אונטערגערוקט טודרוסן אַ הלוואה, אים אַריינגעצ־נאַרט אין אַ פּאַסטקע. מ׳האָט גאָר קיין מאָל נישט געהערט דער געצל זאָל זיין אַזוי קלוג. אָבער ווי זאָגט מען דאָס? אַז גאָט וויל, שיסט אַ בעזעם.

טודרוסעס מיידלעך האָבן באַלד חתונה געהאַט. די דישקע, געצלס טאָכטער, איז אַוועק ווינען צו שווער און שוויגער קיין קירה. זי׳ט זיך געשעמט צו ווייזן ס׳פּנים אין גאַס. די דבורהלע איז כמעט נישט אַרויס אין דרויסן. זי׳ט קיינעם צו זיך נישט צוגעלאָזט. טודרוסעס הויז האָט געהאַט אַ גאָרטן מיט אַן אַלטאַנע און דאָרט איז זי געזעסן זומער און געלייענט דייטש. ווינטער האָט זי זיך גלאַט אויסבאַהאַלטן. מענטשן האָבן געוואָלט ביי איר אַרויסקריגן דעם אמת, נאָר די דינסט האָט קיינעם נישט אַריינגעלאָזט. טודרוס ברודער איז פאַרשוווּנדן ווי אַ שטיין אין וואַסער. טייל האָבן גע־שמועסט אַז ער איז אין לעמבערג, טייל — אין וואַרשע, אַנדערע האָבן אַרויסגעדרונגען אַז ער׳ט געביטן ס׳רענדל און חתונה געהאַט מיט אַ באַראָנעסע. ווער קאָן וויסן? ווען אַ ייִד איז קאַפּאַבל צו פאַרקויפן ס׳וויב אויף אַזאַ שטייגער, איז ער סיי ווי קאַ׳ ייִד נישט. די דבורהלע האָט אים ליב געהאַט און מ׳האָט געהאַלטן אין שטאָט אַז זי׳ט אַלץ געטאָן אים צו באַשיצן. מאָלט אייך אויס, אין די אַלע יאָרן האָט קיינער מיט איר נישט געקאָנט רעדן וועגן דעם. ראש־השנה און יום־כיפּור איז זי געשטאַנען אויף דער שטאָט ביי דער קראַטע און געשוויגן. ס׳איז געבליבן אין איר דער שטאָלץ.

דער געצל איז געוואָרן טודרוס. ר׳ט געקראָגן זיין לשון, זיינע ניקן, זיין גאַנג. ער איז געוואָרן עפּעס העכער אויך, אָדער אפשר האָט ער אַריינגעלייגט קאָרקעס אין די שטיוול. ר׳איז געוואָרן פאַן־בראָט מיט דער שליאַכטע. מ׳האָט געזאָגט אַז ער טרינקט מיט זיי נסך. ער׳ט אויפגעהערט שטאַמלען און גענומען רעדן פּויליש ווי אַ זייגעריקער.

די דישקע האָט קיין מאָל צום פּאָטער נישט געשריבן. וועגן טודרוסעס טעכטער האָב איך געהערט אַז זיי האָבן נישט געהאַט קיין גוטן סוף. איינע איז געשטאָרבן אין אַ קימפּעט. די אַנדערע זאָל זיך גאָר האָבן אויפגעהאַנגען, נישט פאַר קיין שום ייִדישער טאָכטער געדאַכט. כ'האָב געקענט געצלען. כ'האָב אַלץ צוגעזען מיט די אייגענע אויגן, די גאַנצע קאָמעדיע פון אָנהייב ביזן סוף. יאָ, דער סוף. מ'טאָר נישט יענעם נאָכמאַכן. אַז מ'מאַכט יענעם נאָך, קריגט מען יענעמס מזל. אַפילו מיטן שאָטן טאָר מען זיך נישט שפּילן. אַ יונגערמאַן אין זאַמאָשטש פלעגט זיך שפּילן מיטן שאָטן. ער'ט צונויפגעלייגט מיט די הענט אַן אָפּבילד פון אַ באָק מיט הערנער און דער באָק האָט מיקלאָמפּערשט געשטויסן און גע־געסן היי. אין איינער אַ נאַכט איז דער שאָטן אַראָפּ פון דער וואַנט און אים געטאָן אַ שטויס מיט אַ פּאָר אמתע הערנער. ר'האָט אים געמאַכט צוויי לעכער אין שטערן.

געצל האָט נישט געדאַרפט קיין פרעמדע געלטער. ר'האָט גע־ליען אָפּגעשפּאָרטע געלטער ביי אלמנות, יתומים, ווו נאָר ר'האָט געקאָנט צונויפקראַצן אַ גראָשן. צינזן האָט ער געצאָלט הויכע. מ'האָט נישט באַדאַרפט איבערבויען די מיל. ס'מעל איז געווען ווייס ווי שניי. אָבער ר'האָט איבערגעבויט די מיל, אַריינגעשטעלט נייע וואַלצן, נייע בייטלען. ר'האָט איינגעקויפט אַ פאָלוואַרק ביי אַ פּריץ. ער'ט שוין געהאַט אַ שטאַל מיט פערד אויך. פריער פלעגט געצל זיך האַלטן ביי ייִדישקייט. איצט, אַז ר'האָט זיך אָנגעטאָן אַ קורצן שפּענצער און שטיוולעטן, איז ער שוין נישט געקומען אין שול אַריין אַחוץ אויף די ימים־נוראים. דער אַלטער מילנער האָט צוגעמאַכט אַן אויג. געצל האָט געדונגען אַ נייעם מילנער מיט אַ פּאָר לאַנגע וואָנסן, אַ געוועזענעם עקאָנאָם ביי אַ פּריץ, און יענער האָט אים, אַ פּנים, אויסגעמאָכט אַן אויער. אפשר איז דאָס ווייניק, האָט געצל זיך פאַרנומען מיט בויען אַ ברויהויז און פאַרזעצן די פעלדער מיט האָפּן. ער'ט עס געדאַרפט ווי אַ לאָך אין קאָפּ.. ס'האָט אָפּגעקאָסט אַן אוצר. ער'ט אַראָפּגעבראַכט מאַשינען ווער ווייסט פון וואַנען און

זיי האָבן געמאַכט אַ רויש אַז מ׳האָט נישט געקאָנט שלאָפן ביי נאַכט. אַלע פאַר וואָכן איז ער אַוועקגעפאָרן קיין וואַרשע. ווער קאָן וויסן וואָס ס׳איז געשען? צען שונאים טוען נישט דעם מענטש אַזוי פיל בייז וויפל ער טוט זיך אַליין. אין איינעם אַ טאָג הערט מען אַז געצל האַלט ביי באַנקראָט. מיינע ליבע מענטשן, ער׳ט נישט געדאַרפט אָנזעצן. ער׳ט גאַנץ פשוט נאָכגעטאָן טודרוסן. ר׳האָט געהאַט איבערגענומען יענעמס שלימזל. אין שטאָט איז געוואָרן אַ געפילדער. מ׳איז זיך אָנגעלאָפן פון אַלע גאַסן און געהאַקט שויבן. געצל האָט נישט געהאַט קיין נאָכקרימערס. קיינער באַגערט נישט זיין אַלט ווייב. די דבורהלע איז געווען אַ זקנה, עלטער פון געצלען מיט היפשע עטלעכע יאָר. געצל שווערט אַז ער׳ט אַלעמען אָפּגעבן צו דער פרוטה, אָבער ער כאַפּט פעטש. ס׳קומט אַ פריץ און שטעלט אים צו דעם פיסטויל צום שטערן, אַקוראַט ווי פריער טודרוסן. וואָס זאָל איך אייך לאַנג ברייען? געצל הייבט זיך אויף אין דער נאַכט און מאַכט פליטה.

אַז ר׳איז אַוועק, האָבן די בעלי־חובות אַלץ איבערגענומען און ס׳ווייזט זיך אַרויס אַז ס׳קלעקט פאַר אַלעמען. ס׳פאַרמעגן זיינס איז ווערט געווען ווער ווייסט וויפל. וואָס זשע איז ער אַנטלאָפן? וווהין איז ער אַנטלאָפן? טייל האָבן געזאָגט אַז דער גאַנצער באַנק־ראָט איז אַן אָנשטעל. ר׳האָט אַ געליבטע אין וואַרשע. אָבער צו וואָס דאַרף אַן אַלטער ייִד אַ נקבה? ס׳איז געווען נאָכצוטאָן טודרוסן. ווען טודרוס וואָלט זיך באַגראָבן לעבעדיקערהייט וואָלט געצל זיך אויך אויסגעגראָבן אַ קבר.

מ׳האָט אַלץ צעכאַפּט, אַלץ צעשלעפּט. ס׳איז אַפילו נישט פאַר־בליבן פאַר דער דבורהלען קיין שטיקל ברויט. זי איז אַוועק ווייִנען אין הקדש. איך בין שוין דעמאָלט נישט געווען אין שטאָט. מיינע שונאים זאָלן האָבן אַזאַ עלטער.

וואָס איז געוואָרן פון געצלען? וואָס איז געוואָרן פון טודרוסן? קיינער ווייסט נישט. עמיץ האָט אויסגעקלערט אַז זיי האָבן זיך ער־

געץ געטראָפן אין אַ האַרבעריק. אָבער צו וואָס? טודרוס האָט שוין מסתמא נישט געלעבט. די דישקע האָט געפּרוּווט קריגן ירושה, נאָר די בעלי־חובות האָבן אַלץ צעפּרעסן ווי אַ היישעריק. כ׳זאָג עס קעגן דעם: אַ מענטש דאַרף זיין וואָס ער איז. אַלע מאַליערן פון דער וועלט נעמען זיך דערפון, וואָס איינער וויל נאָכמאַכן דעם אַנדערן. היינט האָט מען עס אַ נאָמען געטאָן מאָדעס. איין הולטיי אין פּאַריז טראַכט אויס אַ קלייד מיט אַ שלעפּ פון פּאָרנט, און אַלע טוען נאָך ווי די מאַלפּעס. ס׳גאַנצע היינטיקע דור.

כ׳האָב אַ מעשה מיט אַ צווילינג אויך, אָבער דאָס איז נישט קעגן נאַכט געדאַכט. אַזוינע האָבן קאַ׳ ברירה נישט. ס׳איז צוויי גופן און איין נשמה. ביידע זענען געשטאָרבן אין איין טאָג, איינע אין זאַמאָשטש און איינע אין קאָוולע. ווער ווייסט? ס׳קאָן זיין אַז ווען מ׳טוט יענעם נאָך, קריגט מען יענעמס נשמה. כ׳האָב מורא פאַרן שאָטן. כ׳קוק נישט אויף אים. אַ שאָטן איז אַ שונא. אַז ר׳האָט אַ געלעגנהייט, נעמט ער נקמה...

טויבן

.1

נאָכן ווייבס טויט זענען דעם פּראָפעסאָר וולאַדיסלאַוו אייבעשיץ געבליבן בלויז די ביכער און די פייגל. פון דעם היסטאָרישן פאַקולטעט אין דעם וואַרשעווער אוניווערסיטעט האָט ער געהאַט רעזיגנירט איבער די אַנטיסעמיטישע סטודענטן, וואָס זענען געקומען אויף די לעקציעס מיט גראָבע שטעקנס, אין גאָלד־געלייטע קאָרפּאָראַ־ציע־היטעלעך, גרייט יעדן פרימאָרגן אויף נייע פּראָוואָקאַציעס און שטערונגען. צוליב עפּעס וואָס דר. אייבעשיץ האָט קיין מאָל נישט געקאָנט ריכטיק פעסטשטעלן, האָבן זיי כמעט אַלע געהאַט רויטע פּנימער, געשטופּלטע נאַקנס, פאַרריסענע נעז, פּירעקיקע קינען, אַ שטייגער ווי די שנאה צום ייִד וואָלט זיי פאַרוואַנדלט אין איין פאַמיליע. אַפילו די קולות זייערע, ווען זיי האָבן געשריגן אַז די יידישע סטודענטן זאָלן זיצן אויף געטאָ־בענק, זענען געווען די אייגענע.

וולאַדיסלאַוו אייבעשיץ האָט זיך צוריקגעצויגן אויף אַ קליינער עמעריטור־פּענסיע. ער האָט דערפון קוים געהאַט אויף דירה־געלט און עסן, אָבער וואָס נאָך דאַרף מען אויף דער עלטער ? די דינסט, טעקלאַ, איז געוועזן האַלב־בלינד. אייבעשיץ האָט איר שוין לאַנג געהאַט אויפגעהערט צאָלן שכירות. זי האָט געקאָכט פאַר זיך און פאַר אים גריצן און מאכלים וואָס מען דאַרף צו זיי נישט קיין ציין.

נישט אייבעשיץ, נישט טעקלאַ האָבן גערדאַרפט באַנייען אַ מלבוש אָדער אַפילו אַ פּאָר שיך. ס׳זענען געבליבן פון די אַמאָליקע צייטן אַנצוגן, מאַנטלען, האַלב־אויסגעקראָכענע פוטערס, ווי אויך דער פאַני אייבעשיצס גאַרדעראָב, אַלץ באַשאָטן מיט נאַפטאַלין קעגן מאָלן.

אייבעשיצס ביבליאָטעק איז מיט די יאָרן אַזוי אויסגעוואַקסן, אַז אַלע ווענט אין דער וווינונג האָבן געהאַט פאַכן פון דיל ביז צום סופיט. ביכער און מאַנוסקריפּטן האָבן זיך געוואַלגערט אין שענק, אין קופערטן, אין קעלער, אויפן בוידעם. ווי לאַנג די פאַני אייבעשיץ האָט געלעבט, פלעגט זי פון צייט צו צייט מאַכן אָרדע־נונג. מ'האָט די ביכער געלופטערט. יענע וואָס האָבן פאַרלוירן טאָוולען אָדער רוקנס, האָט זי געלאָזט איינבינדן. כתב־ידן, וואָס האָבן מער נישט געניצט, האָט זי פאַרברענט אין אויוון.

זינט טאַמאַראַ אייבעש'יץ איז געשטאָרבן, איז דיווירטשאַפט געוואָרן פאַרוואָרלאָזט. דערצו האָט אייבעשיץ איצט געהאַט איבער אַ צענדליק שטייגן מיט פייגל — פּאַפּוגייען, פאַראַקיטן, קאַנאַרקעס. ער האָט פון אַלעמאָל געהאַט אַ ליבשאַפט צו פייגל. די טירלעך פון די שטייגן זענען געשטאַנען אָפן. די פייגל זענען אַרומגעפלויגן פריי. טעקלאַ האָט זיך געקלאָגט אַז זי קאָן נישט דערריייניקן דעם שמוץ, אָבער אייבעשיץ האָט געמענהט צו איר:

— נאַרעלע, אַלץ וואָס קומט פון גאָטס באַשעפענישן איז ריין...

אפשר איז דאָס ווייניק, האָט פּראָפעסאָר אייבעשיץ געשפייזט טויבן. אין דער פרי און פאַרנאַכט האָבן אים די שכנים געזען אַרויסקומען מיט אַ טאָרבע קערנדלעך — אַ קליין מענטשל מיט אַ געבויגענעם רוקן, אַן איינגעשרומפּן בערדל, וואָס האָט פון ווייס ווידער אָנגעהויבן ווערן געל, מיט אַ קרומער נאָז, אַן איינגעפאַלן מויל, אין אַ פּאָר שפּאַקולן מיט דיקע ש־יבלעך וואָס דורך זיי האָבן די ברוינע אויגן היינטער די צעשויבערטע בּרעמען־בערשטלעך אויס־געוויזן פאַרגרעסערט און שיקלדיק. געטראָגן האָט ער אַלע מאָל דעם אייגענעם מאָך־גרינלעכן סורדוט און שטיוולעטן מיט גומעס, וואָס אַזוינע קריגט מען מער נישט אין די שיך־געשעפטן. אויפן קאָפּ איז געזעסן אַ רונדיק היטעלע, ענלעך צו אַ יאַרמולקע, און ס'האָבן פון היינטער דעם אַראָפּגעהאָנגען צויטן ווייסע האָר.

ווי נאָר דער פּראָפעסאָר איז אַרויס פון טויער, נאָך איידער ער האָט גענומען רופן דוש־דוש־דוש (וואָס דאָס איז אַ סיגנאַל פאַר טויבן, ווי ציפּ־ציפּ־ציפּ איז פאַר הינער), האָבן מחנות טויבן גע־נומען אָנפליען פון אַלע זייטן. זיי האָבן געלויערט אויף די דאַכעווע־קע־דעכער פון די פּאַרצייטיקע געביידן, אין די ביימער אַרום שפּיטאָל פאַר הויטקראַנקייטן. דאָס געסל צווישן דער נייער וועלט („נאָווי שוויאַט") און דער ווייסל האָט זיך געצויגן משופּע. זומער האָט דאָ צווישן די שטיינער געשפּראָצט גראָז. ס׳איז דאָ זעלטן אַריינגעפאָרן אַ וואָגן, סיידן אַ טויטן־וואָגן אויפצונעמען עמיצן וואָס איז געשטאָרבן אין שפּיטאָל פון סיפיליס אָדער לופּוס. די פּאָליציי האָט אַ מאָל געבראַכט אַהער אין אַ קעטשל מיט פּאַרקראַ־טעוועטע פּענצטערלעך אַ בינטל זונות וואָס האָבן געליטן פון ווענע־רישע קראַנקהייטן. אין טייל הייפלעך האָט מען נאָך געצאַפּט וואַסער פון פּלומפּן. אין די דירות האָבן זיך ס׳רוב אויפגעהאַלטן זקנים און זקנות וואָס זענען זעלטן אַרויסגעגאַנגען. די טויבן האָבן דאָ געפונען שוץ פון גרויסשטאָטישן טומל.

פּראָפעסאָר אייבעשיץ האָט יעדן טאָג איינגעטענהט מיט די טויבן, אַז ס׳האָט נישט קיין צוועק זיך צונויפצושטופּן אַלע צוזאַמען. ער האָט געוואָרפן דעם געמיש פון קאָנאַפּלעס און הירזש אַזוי עס זאָל נישט ווערן קיין כאַפּעניש. אָבער די טויבן האָבן אין דעם זין זיך נישט אַרויסגעוויזן אַ סך קליגער פון די מענטשן וואָס זייער געשיכטע האָט אייבעשיץ שטודירט די לעצטע עטלעכע און פופציק יאָר. זיי האָבן זיך אַלע צונויפגעדרענגט אין איין קנויל.

אייבעשיץ פּלעגט זאָגן טעקלאַן, אַז דאָס שפּייזן טויבן פאַר נעמט ביי אים דאָס אָרט פון עמיצנס גיין אין קירך אָדער סינאַ־גאָגע. גאָט איז נישט הונגעריק נאָך קיין לויב, אָבער די טויבן וואַרטן הונגעריקע פון זון־שפּראָץ אָן אויף זייער מאָלצייט. ווי קאָן אַ מענטשנקינד בעסער אָפּדאַנקען דעם באַשאַפער פאַר זיין גנאָד, ווי דורך טאָן חסד מיט גאָטס אַנדערע קינדער?

אַ חוץ דעם געִנוס וואָס פּראָפעסאָר אייבעשיץ האָט געהאַט פון שפּייזן די הונגעריקע ברואים, האָט ער אויך אַ סך געלערנט פון זיי. אייבעשיץ האָט געהאַט אַ מאָל געלייענט ערגעץ אין אַן אַנטאָלאָגיע פון תלמוד, אַז די ייִדן זענען געגליכן צו טויבן, און ער האָט ערשט מיט יאָרן שפּעטער באַנומען דעם זין פון די ווערטער. טויבן האָבן אין גאַנצן נישט קיין לוסט און קיין געוועט צום קאַמף פאַר דער עקזיסטענץ. זיי האָבן זיך אויפגעהאַלטן אויף די רעשטלעך וואָס מענטשן האָבן זיי צוגעוואָרפן. זיי האָבן געציטערט פאַר יעדן רויש, אַנטלאָפן פאַרן מינדסטן הינטעלע, נישט אָפּגעיאָגט די שפּאַצן וואָס האָבן צוגערויבט אַ טייל פון זייער עסן.

די טויב, ווי דער ייִד, האָט זיך געגעוויטיקט אין שלום, שטילקייט, גוטן ווילן. נו, אָבער יעדער כלל האָט זיינע אויסנאַמען. צווישן טויבן, ווי צווישן ייִדן, האָבן זיך געטראָפן קריגערישע עקזעמפּליאַרן וואָס האָבן אָפּגעלייקנט זייער געניוס. אייבעשיץ האָט זיי שוין דערקענט. זיי האָבן אָפּגעטריבן אַנדערע טויבן, געפּיקט זיי מיטן שנאָבל, געכאַפּט גיכער פון אַלע.

ער, פּראָפעסאָר אייבעשיץ, האָט געמוזט פאַרלאָזן די קאַטעדרע נישט בלויז איבער די אַנטיסעמיטישע סטודענטן, נאָר אויך דערפאַר, ווייל די ייִדישע קאָמוניסטן האָבן אויסגענוצט די העצעס קעגן ייִדן צו מאַכן פּראָפּאַגאַנדע פאַר סטאַליניזם.

אין די יאָרן וואָס פּראָפעסאָר אייבעשיץ האָט שטודירט, געלערנט אַנדערע, געניסטערט אין אַרכיוון, געשריבן ביכער און אַרטיקלען פאַר אַלערליי וויסנשאַפטלעכע זשורנאַלן, האָט ער נישט אויפגעהערט זוכן אַ סך־הכל, אַ פילאָזאָפיע פון דער היסטאָריע, אַ פאָרמולאַ: וווהין גייט דער מין מענטש? וואָס איז דער זין פון זיינע מלחמות?

ס׳איז געווען אַ צייט ווען אייבעשיץ איז געווען געניגט צו מאַטעריאַליזם. ער האָט באַוווּנדערט לוקרעציוס, דידעראָ, וואָגט, פויערבאַך. ער האָט אַפילו געגלויבט אַ צייט אין קאַרל מאַרקס. אָבער יענער יוגנטלעכער פּעריאָד איז גיך אַריבער. פּראָפעסאָר

איבעשיץ איז אַריבער צו אַ צווייטן עקסטרעם. מ׳האָט נישט גע־דאַרפט זיין קיין ספּעציאַליסט אין נאַטור־וויסנשאַפט צו זען די וויטאַלע כוחות, די צוועקמעסיקייט אין דעם געבוי פון די אָרגאַנען, דעם אמת פון דער טעלעאָלאָגיע וואָס איז אַזוי טריף אין יעדער דיסציפּלין. יאָ, ס׳איז פאַראַן אַ פּלאַן אין דער באַשאַפונג, ווי וויל אונדז זעט זי טיילמאָל אויס ווי תוהו־ובוהו. מ׳האָט ערגעץ גע־דאַרפט האָבן ייִדן, קריסטן, מאַכמעדאַנער, אַן אַלעקסאַנדער פון מאַקעדאָניע, אַ שאַרלמאַין, אַ נאַפּאָלעאָן, אַפילו אַ היטלער.

אָבער צו וואָס און פאַר וואָס? וואָס קאָן שוין די געטלעכקייט דערגרייכן דורך דעם, וואָס זי לאָזט צו אַז קעץ זאָלן פרעסן די מייז, שפּאַרבערס זאָלן אָנפאַלן אויף קראָליקעס, און שקאָצים זאָלן שלאָגן ייִדן?

ווּלאַדיסלאָוו איבעשיץ האָט לעצטנס געהאַט אַזוי גוט ווי אויפגעגעבן דעם שטודיום פון היסטאָריע. איצט, אין טיפן עלטער, ביים סאַמע סוף, איז ער געקומען צום באַשלוס, אַז זיין געביט דאַרף זיין ביאָלאָגיע, זאָאָלאָגיע. ער האָט געהאַט איינגעקויפט ביי געבעטנער־און־וואָלף אַלערליי טעקסטביכער וועגן חיות און פייגל.

הגם ער האָט געליטן פון גלאַקאָמאַ און אין איין אויג איז שוין כמעט נישט געבליבן קיין ראיה, האָט ער זיך פאַרשאַפט אַן אַלטן מיקראָסקאָפּ. ער האָט נישט שטודירט ווי אַ פאַכמאַן, נאָר געלערנט פאַר זיך אַליין, אַ שטייגער ווי די פרומע בחורים אין די בתי־מדרשים און קלייזלעך קנעלן גמרא. ער האָט אויסגעצופּט אַ האָר פון דער באָרד, זי אַרונטערגעלאָזט צווישן צוויי שטיקלעך גלאָז, געקוקט אויף איר לאַנג, זיך צוגעשאָקלט, צוגעברומט. ווי האָט מען גערופן אַזאַ לערנען ביי ייִדן? תורה. די האָר האָט געהאַט אין מיטן אַ סאָרט נעץ, רערלעך אַזוינע וואָס דורך זיי האָט זי געזויגט חיונה פון דער באַק. יעדע האָר האָט מיט זיך פאַרגע־שטעלט אַ גאַנץ געביי. אַ בלעטל פון אַ בוים, אַ שאָל פון אַ ציבעלע, אַ ביסל פּייכטע ערד פון טעקלאָס בלומענטאָפּ האָבן געוויזן אונטער

דעם מיקראָסקאָפּ שײַנקייטן און האַרמאָניע וואָס האָבן דערקוויקט דאָס געמיט.

אַזוי ווי אײַבעשיץ איז געזעסן בײַם מיקראָסקאָפּ, אַזוי האָבן די קאַנאַריקעס געזונגען, די פּאַראַקיטן האָבן געצוויטשערט, גע־פּלאַפּלט, זיך געקושט, די פּאַפּוגייען האָבן זיך איבערגעשריגן, זיך אָנגערופן אײנער דעם אַנדערן מאַלפּע, זינדעלע, פּרעסער, נשמהלע — גענוי ווי טעקלאַ האָט אַרויסגערעדט די ווערטער אין איר דאָרפישן אַקצענט. אין גאָטס חסד האָט מען געמוזט גלויבן, אָבער גאָטס חכמה האָט אַרויסגעשײַנט פון יעדן גרעזל, פון יעדער פליג, מילב, מוק.

טעקלאַ איז אַרײַנגעקומען — אַ קלײנע, אַ געשטופּלטע, מיט האַלב־אויסגעקראָכענע האָר — אַ געמיש פון שטרוי און גרוי, — אין אַן אָפּגעכוימלט קלייד, צעטרעטענע שטעקלאַטשן. פון הינטער די הויכע קינבאַקן האָבן אַרויסגעקוקט אַ פּאָר קרימלעכע אויגן, גרינע ווי בײַ אַ קאַץ. טעקלאַ האָט געשלעפּט איין פוס. זי האָט געליטן אויף וויטיקן אין די געלענקן, געניצט אַלערלײ זאַלבן און וואַסערלעך פון זנאַכערס, אין קירך געצונדן ליכטלעך פאַר הייליקע. זי האָט אַ זאָג געטאָן:

— כ׳האָב אָפּגעוואַלן די מילך.

— האַ? כ׳וויל נישט קיין מילך.

— אַרײַנטאָן אַ לעק קאַווע?

— נייך, טעקלאַ, אַ דאַנק. כ׳וויל גאָרנישט.

— דער האַלדז ווערט פאַרטריקנט בײַם פּאַן פּראָפעסאָר.

— ווו שטייט עס געשריבן, אַז אַ האַלדז דאַרף זײַן נאַס?

טעקלאַ האָט נישט געענטפערט, אָבער זי איז נישט אַרויסגע־גאַנגען. זי האָט געהאַט געגעבן אַ שבועה דער פּאַני אײַבעשיץ פאַר יענערס טויט, אַז זי וועט אַכטונג טאָן אויפן פּראָפעסאָר.

נאָך אַ ווײַל האָט דער פּראָפעסאָר זיך אויפגעהויבן פון דער שטול וואָס איז אונטערגעבעט מיט אַ קישעלע, אַ סגולה קעגן העמאָרידן.

— שטייסט נאָך אַלץ, טעקלאַ? ביסט אַזוי איינגעשפּאַרט ווי מיין גאָטזעליק ווייב, רוען זאָל זי...

— דער פּאַן פּראָפעסאָר דאַרף שוין נעמען די מעדיצין.

— וואָס פאַראַ מעדיצין? נאַרעלע, אַ האַרץ קאָן נישט אייביק פּאָמפּען...

.2

פּראָפעסאָר אייבעשיץ האָט אַוועקגעלייגט דאָס פאַרגרעסער־גלאָז אויפן בוך „די פייגל פון פוילן“, איז אַוועק כאַפּן אַ בליק צו זיינע אייגענע פייגעלעך.

דאָס שפּייזן טויבן איז דורכויס אַ פאַרגעניגן, אָבער דאָס האַלטן עלף שטייגן מיט פייגל אין הויז און דערצו נאָך מיט אָפענע טיר־לעך, די פייגל זאָלן אַרומפליען פריי, — איז פאַרבונדן מיט אַ סך מי און פאַראַנטוואָרטלעכקייט. טעקלאַ האָט יעדן טאָג זיך געקלאָגט, אַז זי קאָן צוליב די פייגל נישט האַלטן ריין אין הויז. זיי שמוצן אָן, פאַרלירן פעדערן, וואַרפן אָן שאָלן און קערנדלעך וואָס דערפון ווידמענען זיך ווערעם און פרייסן. אַחוץ דעם מאַכן זיי אַ געפּער־לעכן טומל.

אַ טאָג איז נישט אַריבער אָן עפּעס אַ קאַטאַסטראָפע. אַ פּאַ־ראַקיט איז אַריינגעפאַלן הינטער אַ ביכער־שראַנק און מ׳האָט אים געדאַרפט ראַטעווען. די זכרים האָבן געפּאַכטן. די נקבות האָבן פאַרלוירן אייעלעך. פּראָפעסאָר אייבעשיץ האָט געהאַט צעשטעלט די שטייגן אין באַזונדערע שטובן און איינגעפירט אַ סיסטעם די פאַרשידענע מינים זאָלן זיך נישט צוזאַמענטרעפן, אָבער טעקלאַ האָט פאַרגעסן צו פאַרמאַכן די טירן. אַחוץ דעם, האָט מען איצט, זומער, נישט געקאָנט עפענען קיין פענצטער, אָדער אַפילו אַן אויס־בערלופט. די לופט איז געוואָרן דומפּיק און זיסלעך.

ביי נאַכט שלאָפן געוויינלעך עופות, אָבער ס׳האָט געטראָפן אַז אַ פויגל האָט אין מיטן דער נאַכט גענומען אַרומפליען אין אַ קרייז,

איבערגעוועקט פון עפּעס אַ פויגלשן קאָשמאַר, און מ׳האָט געמוזט מאַכן פאַר אים ליכטיק, ער זאָל זיך נישט דערהרגענען.

נו, אָבער וויפל נחת האָבן די באַשעפענישן פאַרשאַפט אים, איבעשיצן, פאַר די פאָר קערנדלעך וואָס זיי האָבן אויפגעגעסן! די קאַנאַריקעס האָבן געזונגען פון זון־אויפגאַנג ביז זון־זעצונג. די פּאַפּוגייען האָבן גערעדט. איינער פון די פּאַראַקיטן האָט זיך געהאַט אויסגעלערנט צענדליקער ווערטער און אַפילו גאַנצע זאַצן. ער האָט זיך אַוועקגעשטעלט ביי איבעשיצן אויפן פליך, געפּיקט דאָס לעפּל פון אויער, קונציק געקלעטערט אויף זיינע ברילן, אַפילו מעשׂה אַקראָבאַט געשטאַנען אויפן פּראָפעסאָרס ווייזפינגער, ווען ער האָט געשריבן.

אין די יאָרן וואָס פּראָפעסאָר איבעשיץ האָט געהאַט צו טאָן מיט פייגל, האָט ער איינגעזען ווי קאָמפּליצירט אָט די וועזנס זענען, ווי רייך אין כאַראַקטער, אין אינדיווידואַליטעט. מ׳האָט געקאָנט אָבסערווירן אַ פייגעלע יאָרן און נאָך אַלץ ווערן איבערראַשט פון זיינע שטיקלעך.

איבעשיצן איז באַזונדערס געפעלן וואָס גאָטס באַשעפענישן האָבן נישט קיין זין פאַר געשיכטע. וואָס ס׳איז געווען, איז געוועזן. אַלע, אַוואַנטורעס ווערן גלייך פאַרגעסן. יעדער טאָג איז אַ נייער אָנהויב. נו, אָבער דאָס איז נישט קיין געזעץ. פּראָפעסאָר איבעשיץ האָט בייגעוווינט ווי אַן „ער״ איז אויסגעגאַנגען פון בענקשאַפט נאָכדעם ווי די „זי״ איז געשטאָרבן. ער האָט צוגעזען ביי פייגל אַקטן פון ליבע, אייפערזוכט, אַלערליי פסיכישע שטערונגען, אַפילו מאָרד און זעלבסטמאָרד. ער האָט געקאָנט אָפּזיצן שעהען און גאַפן אויף זיי. מ׳האָט געזען אין זיי באַשיינפּערלעך אַ געטלעכן ציל. עפּעס אַ כוח האָט צוועקמעסיק געווירקט אין דער פאַנאַנדערטיילונג פון חושים און אינסטינקטן, אין דעם געבוי פון די פליגל, אין דעם אויסבריען פון אייעלעך, אין דעם בייטן פון פעדערן און קאָלירן, אין יעדן טריל, יעדן צוויטשער. אָבער ווי אַזוי אַרבעט דאָס אַלץ?

וואָס זענען זיי, די ירושה־קעמערלעך, כראָמאָזאָמען, אָדער ווי מ׳האָט דאָס לעצטנס אָנגעהויבן רופן: די גענען?

נאָכן ווייבס טויט האָט דער פּראָפעסאָר באַקומען אַ געוווינהייט צו רעדן צו זיך אַליין אָדער צו אַזוינע, וואָס זענען שוין לאַנג אויף דער וועלט נישטאָ. ער האָט אַ זאָג געטאָן צו דאַרווינען:

— ניין, טשאַרלז, דיינע טעאָריעס באַשיידן נישט דאָס רעטעניש... נישט דיינע און נישט לאַמאַרקס...

יענעם נאָכמיטאָג, נאָך דעם ווי טעקלאַ האָט אים איינגעגעבן די מעדיצין, האָט פּראָפעסאָר אייבעשיץ אָנגעפילט אַ טאָרבע מיט קאַנאַפּליעס, הירזש, אַרבעס און איז אַרויס צו די טויבן. אין חודש מאַי איז דאָס וועטער שוין וואַרעם, אָבער ס׳האָט היינט געהאַט גערעגנט און אַ קאַלטער ווינט האָט געבלאָזן פון דער ווייסל. איצט האָט דער רעגן געהאַט אויפגעהערט און צווישן די וואָלקנס האָט זיך דורכגעריסן אַ שאַרף זון ווי אַ נעפּלדיקע האָק. ווי נאָר אייבעשיץ איז אַרויס פון טויער, האָבן גלייך די טויבן גענומען אָנפליען פון אַלע זייטן, אַשטייגער ווי זיי וואָלטן די גאַנצע צייט געלויערט און געוואַרט אויף דער דאָזיקער מינוט. עטלעכע האָבן פליענדיק אָנגעקלאַפּט אין פּראָפעסאָרס הוט, אים שיער נישט אַראָפּגעוואָרפן. פּראָפעסאָר אייבעשיץ האָט גלייך איינגעזען, אַז ער האָט דאָס מאָל נישט מיטגענומען מיט זיך גענוג שפּייז. ער האָט פאַרשפּרייט די הויפנס קערנער אין אַלע זייטן די טויבן זאָלן זיך נישט דאַרפן צונויפשטופּן, אָבער ס׳איז סיי־ווי־סיי געוואָרן אַ געדרענג. עטלעכע זענען אַרויף אויף די רוקנס פון די אַנדערע, געזוכט אַן עפענונג. דאָס געסל איז געוואָרן צו־שמאָל פאַר אַזאַ מחנה. הונגעריק נעבעך!

— האָט פּראָפעסאָר אייבעשיץ גערעדט. ער האָט וווּיל געוווּסט, אַז דאָס געבן עסן די עופות לעזט נישט זייער פּראָבלעם. די באַשעפענישן ווייסן נישט פון קיין געבורט־קאָנטראָל. ווען מ׳שפּייזט זיי פּרוכפּערן זיי זיך. אייבעשיץ האָט ערגעץ געהאַט געלייענט, אַז אין אויסטראַלישע שטעט האָבן טויבן זיך פאַרמערט אויף אַזאַ שטופּע אַז זיי האָבן געבראָכן דעכער מיט זייער וואָג. קיינער קאָן נישט

איבערקליגלען די נאַטורגעזעצן. נו, אָבער לאָזן די ברואים הונגערן, קאָן ער, אייבעשיץ, אויך נישט...

פּראָפעסאָר אייבעשיץ איז אַריין אין קאָרידאָר, ווו ער האָט געהאַלטן אַ זעקל מיט קערנדלעך און ער האָט מיט אַ שופלע ווידער אָנגעפולט די טאָרבע. די טויבן זאָלן נאָר דערוויל נישט אַוועקפליען — האָט ער געבעטן די העכערע כוחות. ער איז אַרויס און די טויבן האָבן אויף אים געוואַרט. נו, דאַנקען גאָט, האָט ער געפליסטערט, פאַרשעמט פון זיך אייגענער רעליגיעזיטעט. ער האָט גענומען פון ס׳ניי וואַרפן די קערנער, אָבער די האַנט האָט אים עפּעס געציטערט און ער האָט פאַרשאָטן נעבן זיך. טויבן זענען איצט אַרויפגעפלויגן צו אים אויף די אַקסלען, אויף די הענט, געפלאַטערט מיט די שנאָבלען. איינע האָט אַפילו געפּרוווט לאַנדן אויפן זוים פון דער טאָרבע.

פּלוצים איז געפאַלן אַ שטיין. פּראָפעסאָר אייבעשיץ האָט רעכט נישט באַנומען וואָס ס׳איז געשען. אַ שווערער שטיין האָט אים געטאָן אַ זעץ אין שטערן. באַלד דערנאָך זענען געפאַלן נאָך צוויי שטיינער. איינער האָט אים געטראָפן אין עלנבויגן, דער צווייטער אין נאַקן. די טויבן האָבן זיך געטאָן אַ הויב אויף אַלע מיט אַ מאָל. פּראָפעסאָר אייבעשיץ האָט זיך געלאָזט צוריק צום הויז מיט שלאַבעריקע פיס. ער האָט אָפט געלייענט אין די צייטונגען וועגן ייִדן וואָס ווערן באַפאַלן פון פּוילישע כוליגאַנעס אין זאַקסישן גאָרטן, אין אַלערליי פּאַרקן און הינטערשטאָטישע געסלעך, אָבער ס׳האָט ביז איצט קיין מאָל נישט געטראָפן מיט אים. ער האָט אין דער מינוט אַליין נישט געוווּסט וואָס ס׳איז שטאַרקער, די ווייטיק אין שיידל אָדער דער בזיון. נו, אַזוי ווייט האַלט עס שוין! — האָט ער געמורמלט. — דאָס איז דער סוף!... ווייזט אויס אַז טעקלאַ האָט געזען דורכן פענצטער וואָס ס׳איז פאַרלאָפן. זי איז אים אַקעגנגעקומען אַ ציטערדיקע, גרין פון צאָרן, מיט אויסגעשפּרייטע אָרעמס. זי האָט געשאָלטן, געשיפּעט, געלאָפן ברענגען אַ האַנטוך מיט קאַלט וואַסער. פּראָפעסאָר אייבעשיץ האָט אַראָפּגענומען דעם הוט, אָנגע־

טאַפּט אַ בייל. טעקלאַ האָט אים אַוועקגעפירט אין שלאָפשטוב, אים אויסגעטאָן דעם ראָק, אים אַוועקגעלייגט אויפן בעט. אַזוי ווי זי האָט אים צוגעלייגט דעם קאָמפּרעס, האָט זי געשליידערט די קללות.

— שטראָף זיי, גאָט!... שטראָף זיי, פאָטער אין הימל! אַ פייער אויף זיי! אַ בראַנד אין די קישקעס!... אַ שוואַרצע פּלאָג!... אַ שרעקלעכע נקמה!...

— גענוג, טעקלאַ, גענוג!

— אויב דאָס איז אונדזער פּוילן, זאָל עס ווערן פאַרברענט!...

— ס׳זענען דאָ אין פּוילן אַ סך אָרנטלעכע לייט...

— שטשערוועס, הורן, קרעציקע כלבים!...

טעקלאַ איז אַרויס אין דרויסן, אפנים רופן פּאָליציי. אייבעשיץ האָט פאַרנומען ווי זי שרייט אין דרויסן, רעדט צו די שכנים. נאָך אַ ווייל איז געוואָרן שטיל. ווייזט אויס, אַז זי האָט קיין פּאָליציי נישט געפונען, ווייל אייבעשיץ האָט געהערט ווי זי קומט צוריק. זי האָט אַרומגעטשאַפּעט אין קיך, געברומט, געשאָלטן. זי האָט אין איר אומגעשטילטן כעס צעבראָכן אַ געפעס. פּראָפעסאָר אייבעשיץ האָט צוגעשלאָסן די וויעס. פריער אָדער שפּעטער דערשפירט מען אַלץ אויף דער אייגענער הויט, האָט ער געשעפּטשעט אָדער געטראַכט. — מיט וואָס בין איך בעסער פון די אַנדערע קרבנות?... אָט דאָס איז געשיכטע... דערוועגן האָב איך זיך געגריבלט די אַלע יאָרן...

פּראָפעסאָר אייבעשיץ האָט זיך מיט אַ מאָל דערמאָנט אָן אַ לאַנג־פאַרגעסן ייִדיש וואָרט: רשעים. די רשעים זענען די יעניקע וואָס מאַכן די געשיכטע...

פּראָפעסאָר אייבעשיץ איז געבליבן ליגן אַ פאַרגליווערטער פון שטוינונג. ער האָט אין דער איינער רגע געהאַט געפונען די פאָרמולע וואָס ער האָט געזוכט אַלע יאָרן. ווי דער עפּל וואָס ניוטאָן האָט געזען אַראָפּפאַלן פון בוים, אַזוי האָט דער שטיין וואָס אַ שייגעץ האָט אים, אייבעשיצן, היינט געוואָרפן, אַנטדעקט פאַר אים אַ געזעץ וואָס איז גילטיק אין אַלע צייטן, אין אַלע דורות. ס׳איז אַלץ אין

גאַנצן קלאָר, געגוי ווי ס׳איז באַשריבן אין אַלטן טעסטאַמענט. אין יעדן דור זענען דאָ רשעים, שאַלקהאַפטע פאַרשוינען, מאַנען פון בלוט און פאַלשקייט. די רשעים קאָנען נישט איינרוען. צי זיי מאַכן אַ מלחמה אָדער אַ רעוואָלוציע, צי זיי שלאָגן זיך אונטער אַזאַ לאָזונג אָדער אַן אַנדערער — דער צוועק איז אַלע מאָל דער אייגענער: אויסלאָדן דאָס רשעות, פאַרשאַפן פיין, פאַרגיסן בלוט. איך מאַטיוו פאַרבינדט אַלעקסאַנדער פון מאַקעדאָניע און האַמיל־קאַר, דזשינגיס כאַן און שאַרלמאַין, כמיעלניצקין און גאַנטען, ראַ־בעספיערן און לעגינען. צו פשוט? די גראַוויטאַציע איז אויך פשוט. טאַקע דערפאַר האָט מען זי אַזוי לאַנג נישט אַנטדעקט...

דער אָוונט איז געהאַט צוגעפאַלן. וולאַדיסלאַוו אייבעשיץ האָט אָנגעהויבן דרימלען. ער האָט צו זיך אַליין אַ זאָג געטאָן:

— אַזוי איינפאַך קאָן דאָס, פון דעסטוועגן, נישט זיין...

.3

ביי נאַכט האָט טעקלאַ געקראַנקט איין, צוגעלייגט אייבעשיצן אַ פרישן קאָמפרעס. זי האָט געוואָלט רופן אַ דאָקטאָר, אָבער פּראָ־פעסאָר אייבעשיץ האָט זי געוואָרנט דאָס נישט צו טאָן. ער האָט זיך געשעמט פאַרן דאָקטאָר, פאַר די שכנים. טעקלאַ האָט אָפּגעקאָכט אויף נאַכטמאָל אַ האָבערגריץ. געוויינלעך פאַרן גיין שלאָפן האָט פּראָפעסאָר אייבעשיץ אַליין אַריינגעקוקט אין אַלע שטיגן, צוגע־גרייט פאַר די פייגל אויף מאָרגן אין דער פרי עסן, פריש וואַסער, זאַמד, גרינסן. דאָס מאָל האָט ער זיך געמוזט פאַרלאָזן אויף טעק־לאַן. זי האָט אויסגעלאָשן דעם לאָמפּ און ס׳איז געוואָרן פינצטער. טייל פאַראַקיטן זענען געבליבן אין שטייג. אַנדערע האָבן איבער־גענעכטיקט אויף דער שטאַנג פון פאָרהאַנג. פּראָפעסאָר אייבעשיץ איז געוועזן מיד, אָבער ער איז נישט באַלד איינגעשלאָפן. אויף דער ברעם פון גוטן אויג איז געהאַט אויפגעגאַנגען אַ געשוויר. ער האָט קוים געקאָנט באַוועגן מיט דער וויע. כ׳זאָל נישט ווערן אין

גאַנצן בלינד — האָט ער געבעטן די כוחות וואָס רעגירן מיט דער וועלט. — אויב יאָ, איז שוין בעסער דער טויט.

אייבעשיץ איז איינגעשלאָפן און ס'האָבן זיך אים געחלומט פּרעמדע לענדער, קיין־מאָל־נישט־געזעענע לאַנדשאַפטן, בערג, טאָלן, גערטנער מיט ריזיקעביימער, בייטן מיט עקזאָטישע בלומען. ווו בין איך ערגעץ? — האָט ער זיך געפרעגט. — אין איטאַליע? אין פּערסיע? אין אַפגאַניסטאַן? די ערד האָט זיך געדוקט אַשטייגער ווי ער וואָלט געפלויגן אין אַן עראָפּלאַן. אָבער ער האָט זיך נישט געפונען אין קיין עראָפּלאַן. ער האָט עפּעס גאָר ווי געהאָנגען אין חלל. בין איך אַרויס פון דער גראַוויטאַציע פון דער ערד? אָבער ווי אַזוי? יאָ, כ'בין ערגעץ אין מיטן רוים, איבער דער סטראַטאָ־ספּערע. אָבער ס'איז דאָך דאָ נישטאָ קיין לופט. כ'זאָל גאָר נישט ווערן דערשטיקט... ער האָט זיך איבערגעוועקט און אַ ווייל נישט געדענקט וואָס מיט אים איז געשען. ער האָט אָנגעטאַפּט דעם קאָמ־פּרעס. ווער האָט מיר באַנדאַזשירט דעם קאָפּ? — האָט ער זיך געחידושט. — און פאַרוואָס? מיט אַ מאָל האָט ער זיך דערמאָנט. יאָ, די געשיכטע ווערט געמאַכט פון רשעים, אין אַלע צייטן, אין אַלע דורות... כ'האָב געפונען די ניוטאָנישע פאָרמולע פון דער היסטאָריע... איכל מוזן אָנשרייבן אַ וועלטגעשיכטע געבויט אויף דער דאָזיקער פאָרמולע... ס'זאָל נאָר נישט זיך צו שפּעט...

אייבעשיץ האָט מיט אַ מאָל דערשפּירט אַ ווייטיק אין דער לינקער זייט. ס'איז דאָס האַרץ. יאָ, דאָס האַרץ! אַן אַטאַקע? גלאָט אַ קראַמף? ער איז געלעגן און זיך צוגעהערט צום אייגענעם ווייטיק. ער האָט געהאַט ספּעציעלע פּילן קעגן דער אַנגינאַ פּעקטאָריס, אָבער דאָס שאַכטל האָט זיך געפונען אין אַ שופלאָד אין קאַבינעט. סטע־פאַניאַ, דאָס ווייב, רוען זאָל זי, האָט אים געהאַט באַזאָרגט מיט אַ גלעקל צו קלינגען צו דער דינסט, אויב ער זאָל זיך דערפילן שלעכט אין דער נאַכט. אָבער פּראָפעסאָר אייבעשיץ האָט זיך געצעגערט צו באַנוצן זיך דערמיט. ער האָט אַפילו נישט געוואָלט אָנצינדן דעם שטייל־לאָמפּ. די פייגעלעך דערשרעקן זיך פון רויש און ליכט.

טעקלאַ איז מיד נאָך אַ גאַנצן טאָג אַרבעט און פון דער נעכטיקער איבערלעבונג. דער אָנפאַל אויף אים, האָט איר מער געקרענקט ווי אים, אייבעשיצן. וואָס האָט זי מער ווי די פּאָר שעה שלאָף? קיין מאַן, קיין קינדער, קיין קרובים, קיין פריינד. ער, אייבעשיץ, האָט איר געהאַט אָפּגעשריבן אין דער צוואה זיין פאַרמעגן. אָבער וואָס זענען ווערט זיינע בעבעכעס? נו, און די מאַנוסקריפּטן... און די פאָרמולע...

אַ ווייל האָט אויסגעוויזן אייבעשיצן, אַז דאָס שטעכעניש אין ברוסט ווערט מילדער. מיט אַ מאָל האָט אים געטאָן אַ געוואַלטיקער שטאָך אין האַרץ, אין אַקסל, אין אָרעם, אין די ריפּן. ער האָט אויס־געשטרעקט די האַנט צום גלעקל, אָבער זי איז צוריק אַראָפּגעפאַלן. ער האָט קיין מאָל זיך נישט פאָרגעשטעלט, אַז אַזאַ ווייטיק איז געמאָלט. עמיץ האָט ווי צונויפגעפרעסט זיין האַרץ אין אַ פויסט. ס׳האָט אים גענומען שטיקן און ער האָט געפרייכט. אַ לעצטער רעיון איז אים דורכגעלאָפן דורכן מוח: וואָס וועט זיין מיט די טויבן?...

צו מאָרגנס גאַנץ פרי, ווען טעקלאַ איז אַריין געוואָר ווערן צום פּראָפעסאָר, האָט זי דערבליקט אַ פאַרענדערטע געשטאַלט. ס׳איז נישט געווען דער פּראָפעסאָר, נאָר אַ סאָרט פּופּע, געל ווי ליים, שטייף ווי ביין, מיט אַ ליידיק אויפגעריסן מויל, אַ צעבויגענער נאָז, דאָס בערדל פאַרריסן אַרויף, איין אויג צוגעקוועטשט, דאָס אַנדערע האַלב־אָפן און ווי אין אַ נישט־דער־וועלטישן שמייכל. אַ האַנט מיט פינגער ווי פון וואַקס האָט אוממעכטיק געהאַנגען אי־בערן קישן.

טעקלאַ האָט זיך צעשריגן מיט אַ באַנומען קול. די שכנים זענען אָנגעלאָפן. עמיץ האָט טעלעפאָנירט נאָך דער גיכער הילף. ס׳האָט זיך באַלד דערהערט די סירענע פון דעם קעטשל, אָבער דער דאָק־טאָר, אָדער סאַניטאַר, וואָס איז אָנגעקומען, האָט געטאָן איין קוק צום בעט און אַ פּאַכע געטאָן מיטן אָרעם:

— מיר קאָנען שוין נישט העלפן.

— זיי האָבן אים דערהרגעט, דערהרגעט! — האָט טעקלאַ געיאָמערט. — שטיינער אים געוואָרפן... אַ פגירה אויף די רוצחים! אַ שוואַרצע בראָך! אַ וויסטע כאָליערע!... וואַרפן זאָל זיי אין דער נכפה!... רשעים!... רשעים!...

— ווער איז דער זיי?

— אונדזערע אייגענע פוילישע לאָבוזעס, כוליגאַנעס, טייוולאָנים, מערדער...

— אַ ייִד, הא?

— יאָ, אַ ייִד...

— נו...

אַזוי ווי פּאַרגעסן פּראָפעסאָר אייבעשיץ האָט אויסגעוויזן ביים לעבן, אַזוי האָט די באַרימטקייט זיינע אָנטפּלעקט זיך נאָכן טויט.

ס'האָבן גענומען קומען דעלעגאַציעס פון אוניווערסיטעט, פון דער „וושעכניצאַ", פון דער היסטאָרישער געזעלשאַפט, פון אַלערליי פּאַטריאָטישע אָרגאַניזאַציעס, גרופּן, קרייזן. די היסטאָרישע פּאַקולטעטן אין קראָקע, לעמבערג, ווילנע האָבן טעלעפאָנירט מ'זאָל אָפּוואַרטן מיט דער באַגרעבעניש.

דאָס שלאָפצימער איז געוואָרן פול מיט קראַנצן. ליכט האָבן געברענט. פּראָפעסאָרן, שריפטשטעלער, סטודענטן האָבן געהאַלטן וואַך איבער דעם טויטן. מחמת דער פּראָפעסאָר איז געבליבן אַ ייִד, האָט די חברה חסד של אמת אַריינגעשיקט צוויי מתים־וועכטער זיי זאָלן זאָגן תהילים. די דערשראָקענע פייגל זענען אַרומגעפלויגן פון ביכער־שראַנק צו ביכער־שראַנק, זיך געפּרוווט אָנהענגען אין לאָמפּן, לייסטן, געזימסן. טעקלאַ האָט זיי געוואָלט אַריינטרייבן אין די שטייגן, אָבער זיי זענען אַנטלאָפן פון איר. עטלעכע זענען שוין געהאַט אַרויס דורך די אָפענע טירן און פענצטער. אַ פּאָפּוגיי האָט די גאַנצע צייט געשריגן מיט אַ גרילציק קול איין־און־דאָס־זעלביקע וואָרט, פול מיט אַליאָרם און וואָרעניש. דער טעלעפאָן האָט נישט אויפגעהערט קלינגען. די באַאַמטע פון דער קהילה האָבן פאַרלאַנגט

געלט פאַר אַ קרקע און אַן אָפּיצער, אייבעשיצס אַ געוועזענער סטודענט, האָט זיי געדראָט מיט אַ פּאָגראָם...

צו מאָרגנס איז צום ערשטן מאָל אַריינגעפאָרן אין דעם גויאישן געסל אַ יידישער לוויה־וואָגן, די פערד איינגעהילט אין שוואַרצע טיכער, בלויז מיט אויסשניטן פאַר די אויגן.

ווען די נושאים האָבן אַרויסגעטראָגן די מיטה און די לוויה האָט זיך געלאָזט פאָרן באַרג־אַראָפּ, אויפן וועג צו טאָמקעס און „מקום", איז מיט אַ מאָל אָנגעפלויגן אַ המון טויבן, אַזוי פיל אין צאָל, אַז זיי האָבן פאַרשטעלט דעם הימל, פאַרטונקלט די שיין ווי אין אַ ליקוי־חמה. זיי זענען נאָכגעפלויגן דער לוויה, געבליבן עפּעס ווי הענגען אין דער לופט, געמאַכט הקפות.

די דעלעגאַציעס מיט די לענטעס און די קראַנצן האָבן אויפ־געהויבן די בליקן מיט פאַרוווּנדערונג. די שכנים און שכנטעס, די אינוואַלידן וואָס זענען אַרויס צוצוטיילן דעם פּראָפעסאָר דעם לעצטן כבוד, האָבן זיך געצלמט. אַ נס איז געהאַט געשען פאַר אַלעמענס אויגן, ווי אין די צייטן פון דער ביבל. טעקלאַ האָט אָפּערגעגומען די אָרעמס פון דער שוואַרצער שאַל, אַרויסגעלאָזט אַ געהאַלישן גע־שריי: יעזוס !...

די שאַרען טויבן זענען נאָכגעפלויגן ביז דער וואָגן איז אַרויס אויף דער בראָוואַרנע. אין דער זון האָבן די פליגל זייערע אָפּגע־שלאָגן דאָ רויט ווי בלוט, דאָ שוואַרץ ווי בליי. מ'האָט באַשיינפער־לעך געזען ווי די טויבן מאַנעווורירן נישט צו פליען פאַרויס, נישט צו בלייבן הינטערשטעליק. זיי האָבן געמאַכט אַ ווינט, אַז די אַקאַ־דעמישע פענער האָבן זיך געשאָקלט. די טויבן זענען אויף אַ וויל פאַרשווונדן, צוריקגעקומען, זיך אַראָפּגעלאָזט, אויפגעהויבן, אַלע אין איין ריטם, באַהערשט פון איין ציל: מיטצוהאַלטן מיט דער פּראָצעסיע אונטן.

ערשט ווען די עגלה איז צוגעקומען צום עק פורמאַנסקע און מאַריענשטאַט האָבן אַלע באַנאַנד געטאָן אין לעצטן געווירבל און

מיט אימפעט זיך אַ לאָז געטאָן אויף צוריק — אַ באַפּליגלטע מחנה וואָס האָט באַגלייט זייער ווילטעטער צו דער אייביקער רו.

צו מאָרגנס איז דער טאָג אויפגעגאַנגען אַ האַרבסטיק־טריבער. דער הימל האָט געהויערט נידעריק און ראָסטיק. דער רויך פון די קוימענס האָט צוריק אַראָפּגענידערט צו די דאַכעווקעס. אַ דין רעגנדל איז געפאַלן, שטעכיק ווי נאָדלען.

אין דער נאַכט האָט עמיץ געהאַט אָנגעשמירט אויפן פּראָפּעסאָרס טיר אַ סוואַסטיקע. טעקלאַ איז אַרויס מיט אַ טאָרבע שפּייז, אָבער בלויז עטלעכע טויבן זענען געקומען עסן, געפּיקט די קערנדלעך מיט קווענקלעניש, מיט חשד זיך אומגעקוקט אויף הינטערווילעכץ, ווי זיי וואָלטן געבראָכן עפּעס אַ טויבישן חרם... אין דעם געסל האָט אַ שמעק געטאָן מיט שׂרפֿה, פוילעכץ און מיט דער האַרבער ביטערניש פון ערב־חורבן...

יחיד און יחידה

געווידמעט א. סוצקעווער צו זיין יובל.

א.

אין אַ היכל ווו ס'וואַרטן נשמות אָנגעבריייטע אַראָפּצוגידערן אין שאול, אָדער ווי אַנדערע רופן עס: ערד, האָט געהויערט אַ נשמה פון ווייבערשן מין, יחידה. יחידה האָט געהאַט געזינדיקט אין דעם עולם ווּהין זי איז אַראָפּגעקומען פון כסא הכבוד. נשמות פאַרגעסן דעם שורש. פורה, דער מלאך פון שיכחה, געוועלטיקט אומעטום אויסערן אין־סוף. פורה איז צימצום, הסתר פנים. יחידה האָט גע־מאַכט סקאַנדאַלן, חושד געווען יעדע מלאכטע אַז זי האָט עסקים מיט איר געליבטן, יחיד, געלעסטערט גאָט, אַפילו געלייקנט אין אים. ס'איז אויסגעקומען לויט איר גרייזיקער השגה, אַז די נשמות ווערן נישט באַשאַפן מיט אַ תכלית, נאָר קומען אויף פון זיך אַליין, אָן אַ זינען און אַ צוועק, און ס'איז לית־דין ולית־דיין. די שופטים אין יענע מקומות פאַרלענגערן דער צאָרן און זענען דן לכף זכות, אָבער ס'איז געקומען צו אַ מישפט און מ'האָט יחידהן פאַרמישפט צום טויט, דאָס הייסט: אַראָפּצוזינקען צו דעם פלאַנעטל ערד.

יחידהס מליץ האָט אַפּעלירט צום בית־דין־של־מעלה און אַפילו צו מט"ט שר־הפנים, אָבער די יחידה האָט זיך געהאַט אַזוי פאַר־פלעקט, אַז קיינער האָט זי נישט געקאָנט באַשירעמען. מ'האָט יחידהן אָפּגעשיידט פון יחידן, מ'האָט איר אָפּגעהאַקט די פליגל, אָפּגעשוירן די האָר און מ'האָט איר אָנגעטאָן אַ לאַנג מלבוש, די תכריכים פון יענע וואָס ווערן פאַרלענדט. מ'האָט זי מער נישט געשפייזט מיט הימלישער מוזיק, מיט גן־עדן־ריחות, מיט סודות התורה, מיט דער לויטערקייט פון דער שכינה. זי האָט זיך מער נישט געבאָדן

אין קוואַלן פון באַלזאַם. אין תפיסה־קעמערל האָט שוין בייצייטנס געהערשט די פינצטערניש פון עולם־התחתון. ערגער פון אַלץ האָט געמאַטערט די בענקשאַפט נאָך יחידן. יחידה האָט זיך מער נישט געקאָנט פאַרבינדן מיט אים טעלעפּאַטיש. מ׳האָט איבערגעריסן איר קלאַרוואַיאַנטישע קאָמוניקאַציע, מ׳האָט איר צוגענומען די יונג־געזעלן און יונגעזעלינס וואָס האָבן זי באַדינט. ס׳איז יחידהן גאָרנישט פאַרבליבן אַחוץ די פאָרכט פאַרן טויט.

וואָס אמת, דער טויט איז אַן אָפּטער גאַסט אין דעם עולם ווו זי האָט זיך אויפגעהאַלטן. אָבער ס׳האָט געטראָפן ס׳רוב מיט נשמות נידעריקע, פאַרלאַנגוויילעקטע, אַן ליבשאַפט. געגוי וואָס ס׳געשעט מיט אַ טויטער נשמה האָט יחידה נישט געוווּסט. זי האָט אויך נישט געוואָלט וויסן. ווען אַ נשמה איז אויסגעגאַנגען, האָט זי זיך אַזוי גוט ווי אויסגעלאָשן, הגם ס׳איז געווען אַ מיינונג אַז אַ פונק חיות בלייבט אין איר. זי האָט גלייך אָנגעהויבן פוילן און איז באַוואַקסן געוואָרן מיט שליים. אַ באַגרעבער האָט זי אַריינגעלייגט אין אַ קבר וואָס הייסט: טראַכט. דאָרט איז זי געוואָרן אַ פונגוס, אַ פּאַראַזיט, וואָס האָט געטראָגן דעם אומהיימלעכן נאָמען: קינד. שפּעטער האָט זיך אָנגעהויבן די פּיין פון גיהנום: געבורט, וווּקס, אַרבעט. לויט ווי די מוסר־ספרים האָבן געשריבן, איז דער טויט ווייט נישט די לעצטע סטאַדיע. די נשמה לייטערט זיך אויס און קערט זיך אום צוריק צום שורש. זי שטייגט נאָך העכער. אָבער פון וואַנען האָבן די מוסר־ספרים דאָס געשעפּט? אויף ווי ווייט יחידה האָט זיך אָריענטירט איז קיינער פון דער ערד ביז איצט נישט צוריקגעקומען. די אויפגעקלערטע יחידה האָט געהאַלטן אַז אַ נשמה פוילט אַ שטיקל צייט און ווערט דערנאָך גאָרנישט, צעגאַנגען אין אַ פינצטערניש וואָס ס׳איז נישטאָ פון איר קיין אומקער.

איצט האָט יחידה געמוזט אַוועק אַהין. יעדע מינוט האָט זיך געקאָנט באַווייזן דומה, דער מלאך המוות, מיט דער פייערדיקער שווערד און מיט די טויזנט אויגן.

פריער האָט יחידה געוויינט טעג, נעכט, וואָכן. דערנאָך זענען די טרערן געוואָרן אויסגעטריקנט. די טראַכטענישן וועגן יחידן האָבן נישט אויפגעהערט נישט אויף דער וואָך, נישט אין שלאָף. ווּ איז ער? יחידה האָט ווויל באַנומען אַז אייביק וועט ער נאָך איר נישט טרויערן. די היכלות זענען פול מיט שיינע יונגפרויען, מלאכטעס, שרפטעס, כרובים, אראלים, חיות־הקודש, יעדע מיט איר חן, מיט איר לוסט, מיט איר פאַרפירערישקייט. ווי לאַנג קאָן אַזאַ יחיד צוימען די פאַרלאַנגען? יחיד איז ווי זי, יחידה, אַן אומגליי־ביקער. דאָס האָט ער זי געלערנט אַז דער גייסט איז נישט געוואָרן באַשאַפן, נאָר האָט זיך אַנטוויקלט אין אַ נאַטירלעכן פּראָצעס וואָס ער האָט גערופן עוואָלוציע. יחיד האָט נישט אָנערקענט קיין פרייען ווילן, קיין מיצוות און עבירות. וואָס קאָן אים אָפּהאַלטן? ער ליגט שוין אַוודאי אין דער שויס פון עפּעס אַ באַפליגלטער נקבה און ער דערציילט וועגן איר, יחידהן, ווי ער האָט זיך פריער באַרימט פאַר איר וועגן אַנדערע.

נו, אָבער וואָס זאָל זי טאָן? וואָס קאָן זי טאָן? אין דעם קע־מערל וואָס זי האָט זיך איצט געפונען זענען פאַרשטאָפּט אַלע ציגורות. ס׳האָט דאָ נישט אַראָפּגענידערט קיין שום געגאָד, קיין שום שפע, קיין שום שיינקייט. ס׳האָט דאָ געהערשט דער מידת־הדין. פון דאַנען האָט געפירט איין וועג: אַראָפּ צו דער ערד, צו גשמיות, קעלט, פינצטערניש, און צו די פּחדים וואָס טראָגן דעם נאָמען גוף, פלייש, בלוט, מאַרך, נערוון, אָטעם און נאָך אַזוינע אומווערדיקייטן, וואָס פון דעם בלויזן טראַכטן דערפון ווערט די נשמה פאַרגליווערט. צוואָר, די פרומע האָבן צוגעזאָגט תחית־המתים, די נשמה, האָבן זיי געלערנט, בלייבט נישט אייביק שמאַכטן אויף דער ערד. נאָך דעם ווי זי קומט איבער די ערדישע שטראָף, גייט זי צוריק אויף פון וואַנען זי איז געקומען. אָבער יחידה, די ווילגעלערנטע, האָט דאָס געהאַלטן פאַר אייטל אָבער־גלויבן. ווי קאָן אַ נשמה זיך אומקערן נאָך דעם ווי זי איז געוואָרן פאַרוואַנדלט אין דעם פוילעכץ וואָס מ׳רופט לייב? תחית־המתים

איז נישט מער ווי אַ ווונטש, וויסנשאַפטלעך נישט אויסגעהאַלטן, אַ פּוסטע טרייסט פֿאַר נשמות פּרימיטיווע, שרעקעדיקע... מיטן איי־גענעם ווילן איז נאָך קיינער צו דעם בית־עולם ערד נישט אַראָפּ, אַחוץ אַ פּאָר האַלב־משוגענע זעלבסטמערדער.

ב.

אין איינער אַ נאַכט ווען יחידה איז געלעגן אין אַ ווינקל און זיך געגריבלט וועגן יחידן און די פֿאַרגעניגנס וואָס ער האָט איר אָנגעטאָן — די קושענישן, די צערטלעכקייט, די סודות וואָס ער האָט איר איינגערוימט אין אויער, די אַלערליי שפּילערייען וואָס ער האָט זי אויסגעלערנט — האָט זיך באַוויזן דער מלאך־המוות, געצנוי ווי די מוסר־ספֿרים האָבן אים געשילדערט: מיט אַ פֿייער־דיקער שווערד און פֿול מיט אויגן. ער האָט אַ זאָג געטאָן צו יחידהן:

— שוועסטער, דייך צייט איז געקומען.

— איז נישטאָ קיין שום אָפּבעטעניש?

— פֿון דאַנען איז נאָך קיינער נישט אַרויס גאַנץ — האָט דער מלאך־המוות געענטפֿערט.

— נו, טו דאָס דייניקע.

— זיי זיך מתוודה, יחידה. תשובה העלפֿט אַפֿילו איצט.

— וואָס קאָן עס מיר העלפֿן אויב איך זינק אַראָפּ צו דער ערד? ניין, כ'האָב אויף גאָרנישט קיין חרטה. אויב כ'באַדויער עפּעס איז עס וואָס כ'האָב נישט מער געזינדיקט — האָט יחידה גערעדט אַ ווידערשפּעניקע.

— שוועסטער מיינע, כ'ווייס אַז דו צאָרנסט אויף מיר. אָבער וואָס איז דאָס מיין שולד? כ'האָב זיך אַליין פֿאַר קיין מלאך־המוות נישט געמאַכט. איך שטאַם פֿון אַ הויכן עולם און דאָרט האָב איך געזינדיקט גלייך ווי דו דאָ, און מ'האָט מיך אַראָפּגעשיקט אַהער ווערן אַ מלאך־המוות. ס'איז מיר אַזוי ליב צו שעכטן ווי דיר אומ־צוקומען. אָבער עפּעס האָב איך געלערנט פֿון מיין מלאכה. זיי וויסן אַז דער טויט איז נישט אַזוי גרויליק ווי דו מאָלסט דיר אויס.

צוואַר, דאָס אַראָפּפאַלן צו דער ערד און דאָס אַרייַן אין דער טראַכט איז נישט לייכט. אָבער די נייַן חדשים וואָס מ׳הויזט דאָרט זענען גאָרנישט אַזוי ביטער. ווערסט אַלץ פאַרגעסן, גאָרנישט געדענקען. דאָס אַרויסקומען פון דער טראַכט און דאָס אָנהייבן דעם צווייטן סעמעסטער פון טויט איז שווערלעך, אָבער די קינדהייט איז אַ גוטער פּעריאָד. דער קערפּער איז פריש און נאָכגיביק. דו געפינסט אַלע זיינע שוואַכקייטן. דו לערנסט תורה פון טויט. דו געוויינסט זיך צו צום גוף און זיינע אייטלקייטן. דו ווערסט צו אים אַזוי צוגעבונדן, אַז ער ווערט דיר טייער. נאָך אַ ווייל מיינסטו אַז טויט איז לעבן. ס׳דערגייט דערצו אַז דו הייבסט דיך אָן שרעקן פאַר דעם טאָג ווען דער טויט וועט אויפהערן...

יחידה האָט אים איבערגעריסן.

— הרגע מיך אויב דו מוזט, נאָר איך וויל נישט הערן דיינע ציניִשע טרייסטווערטער.

— כ׳זאָג דעם אמת. דער טויט דויערט נישט מער ווי אַ פּאָר צענדליק יאָר. בלויז די ערגסטע רשעים בלייבן טויט הונדערט יאָר. דער טויט איז נישט מער ווי אַ צוגרייטונג צו אַ ניי לעבן, אַ פרישן אָנהייב.

— כ׳בעט דיך, מאַך אַן עק צו די דאָזיקע מליצות!

— כ׳וויל זאָלסט וויסן נאָך עפּעס: ס׳איז פאַראַן בחירה דאָרט אויך.

— וואָסער בחירה? באמת, אַזוינע נאַרישקייטן פּאַסן נישט אַפילו פאַר אַ פאַרשוין פון דיין סאָרט.

— ס׳איז דאָרט דאָ בחירה. אין די גרוילן פון טויט, אין סאַמע טיפעניש פון שאול זענען פאַראַן געזעצן, פּראָצעסן, אָפּ־קלויבן. לויט ווי מ׳פירט זיך טויטערהייט, אַזוי קומט מען צוריק צום נייעם לעבן. דער טויט איז אַ וואַרשטאַט פאַר דער רעהאַבי־ליטאַציע פון נשמות. ווער ס׳פאַרשטייט דאָס, הערט אויף זיך צו שרעקן פאַר אים.

— כ׳בעט דיך, פאַרענדיק מיך.

— איל מיך נישט. האָסט נאָך אַ פּאָר מינוט צו לעבן און כ׳מוז דיר געבן די אינסטרוקציעס וואָס זענען דיר נייטיק. זיי וויסן אַז אויף דער ערד זענען אויך פֿאַראַן מיצוות און עבירות. די גרעסטע עבירה איז עמעצן צוריק לעבעדיק מאַכן.

אין איר גאַנצער באַדרעגנגעניש האָט יחידה זיך צעלאַכט.

— ווי קאָן איין טויטער לעבעדיק מאַכן דעם אַנדערן?

— ס׳איז לייכט. דער קערפּער איז פֿון אַזאַ שטאָף, אַז פֿון אַ ריר צעפּאַלט ער זיך. דיר דוכט זיך אַז תּחית־המתים איז אומ־מעגלעך. אין אמתן איז עס די לייכטסטע זאַך. דער טויט איז ווי שפּינוועבס. פֿון דעם מינדסטן ווינטל צעפליט ער. אָבער מ׳טאָר נישט לעבעדיק מאַכן נישט יענעם און אַפֿילו נישט זיך אַליין. מ׳טאָר זיך נישט פֿאַרקירצן דעם טויט ווייל דאָס ברענגט נייע שטראָפֿן און נייע טויטן. נישט בלויז טאָר מען נישט יענעם לעבע־דיק מאַכן מיט אַ מאָל, נאָר מ׳טאָר נישט טאָן קיין מעשים, רעדן ווערטער און טראַכטן געדאַנקען וואָס פֿירן ביסלעכוויז צו דער פֿאַרלענדונג פֿון טויט. גלייך ווי מ׳מוז דאָ היטן דאָס לעבן, אַזוי דאַרף מען דאָרט היטן דעם טויט.

— ליגנס! פֿאַנטאַזיעס! אויסטראַכטענישן פֿון אַ מלאך־המוות.

— ס׳איז אמת. ס׳איז דאָרט פֿאַראַן אַ תּורה און זי איז געבויט אויף איין כּלל: יענעמס טויט דאַרף דיר זיין אַזוי טייער ווי דיין אייגענער. געדענק די דאָזיקע ווערטער. זיי וועלן דיר צו נוץ קומען אין טאָל פֿון טויט.

— כ׳קאָן מער נישט הערן די דאָזיקע שקרים!

און יחידה האָט פֿאַרשטאָפּט די אויערן.

— קום שוועסטער...

ג.

יאָרן זענען אַריבער. מ׳האָט שוין יחידהן געהאַט פֿאַרגעסן אין דעם עולם ווו זי האָט געלעבט. אָבער ס׳איז נאָך געבליבן דאָרט אַ מוטער און זי האָט געצונדן יאָרצייטליכט נאָך דער טאָכטער.

דאָ אויף דער ערד האָט יחידה געהאַט אַן אַנדערע מוטער — אַ טויטע מוטער, ווי אויך אַ טויטן פֿאָטער, טויטע ברידער, טויטע שוועסטער. זי האָט געהאַט שטודירט אין מיטלשול פֿאַר עצמות־יבשות און געקומען קורסן אין אַ הויכשול מיט ווילקלינגענדיקן נאָמען ריגאָר מאָרטיס. זי האָט זיך געפֿונען אין אַ גרויסער מתים־שטאָט, דער יאָריד, ווו מ׳גרייט צו די טויטע פֿאַר אַלערליי בית־עולמדיקע פֿונקציעס.

ס׳איז געווען אין פֿרילינג ווען דאָס פֿוילעכץ אויף דער ערד צעבליט זיך אין דער גאַנצער קרעציקייט. פֿון די קברים, די געדענקביימער, די טהרה־וואַסערן איז אויפֿגעגאַנגען אַ געשטאַנק. מיליאָסן נפֿשות וואָס אין ווינטער האָבן זיי נאָך געלעבט, זענען איצט אַרויס אין די געמאַרקן פֿון צלמוות, אַנגעטאָן גופֿים, געוואָרן פֿליגן, בלומען, שמעטערלינגען, ווערעם, יעדער לויט זיין מאָס פֿון זינד און שטראָף. זיי האָבן אַרויסגעלאָזט די קולות, ריחות און שאָרכענישן וואָס גיבן איבער די ראַנגלענישן פֿון גסיסה. אָבער מחמת יחידה איז שוין געהאַט אַריינגעוואַקסן אין די הבל־הבלים פֿון טויט, איז איר פֿאַרגעקומען אַז די אַלע פּגרים לעבן. זי איז געזעסן אויף אַ באַנק אין אַ פּאַרק און געקוקט אויף דער לבנה — אַ נר־תמיד אין אַ טויטן־שאַרבן וואָס באַליכט אַ קאַפּעלע דאָס ערדישע חשכות. ווי אַלע בר־מיננס פֿון ווייבערישן מין, האָט יחידה געלעכצט צו פֿאַראייביקן דעם טויט, צו שענקען די טראַכט פֿאַר אַ קבר פֿון נייע געשטאָרבענע. אָבער דערצו דאַרף מען אַ מת פֿון מאַנסבילשן מין. צו באַהעפֿטן זיך מיט אים איז נייטיק די שינאה וואָס די טויטע רופֿן אויף סגי־נהור־לשון: ליבע.

אַזוי ווי יחידה איז געזעסן אויף דער באַנק און געקוקט צו די אויגנלעכער און צו דעם נאָזלאָך פֿון לבנהדיקן טויטנקאָפּ, האָט זיך צוגעזעצט אויף דעם אַנדערן עק באַנק אַ מת אין ווייסע תכריכים, אין אַ הויב פֿון שטרוי און אין שיך צונויפֿגעשטעפּט פֿון דער פֿעל פֿון אַ קאַלב. אַ ווייל האָבן די צוויי מתים געגלאָצט אויף זיך אין דער טונקלקייט — אַ קוקעניש פֿון אויגן וואָס ס׳דוכט

זיך זיי, אַז זיי זעען בעת אין דער אמתן זענען זיי שטאָק בלינד.
דערנאָך האָט דער מאַנסבילשער מת געפרעגט:

— זייט מיר מוחל, פריילין, איר ווייסט אפשר ווי שפּעט ס'איז?

אויפן בית־עולם מעסט מען כסדר די צייט, ווייל טיף אין זייך ווען האָפּט יעדער מת די פּאָר יאָר זאָלן וואָס גיכער אַריבער און ער זאָל אָפּקומען די שטראָף. אָבער זיי ווייסן נישט דערפון. זיי קומט פאָר פאַרקערט, אַז יעדע מינוט וואָס גייט פאַרביי איז זיי אַ שאָד.

יחידה האָט אַ ציטער געטאָן.

— ווי שפּעט? אַ סעקונדע!

זי האָט געטראָגן איבערן האַנטגעלענק אַן אינסטרומענט אַזאַ וואָס מעסט צייט און טיילט זי פונאַנדער אין אַלערליי חלקים, אָבער די ציפערן זענען געווען אַזוינע קליינע און די שייך אַזאַ טונקעלע אַז זי האָט נישט געקאָנט אונטערשיידן צווישן איין ציפער און דעם אַנדערן. דערזען אַז זי מאַטערט זיך אים צו זאָגן די ריכטיקע צייט, האָט דער מאַנסבילשער מת זיך קליגעריש צוגערוקט צו איר און פאַרגעשלאָגן:

— מעג איך טאָן אַ קוק? איך האָב אַ גוטע ראיה.

— יאָ, אויב איר ווילט.

אויפן בית־עולם טוט מען קיין שום זאַך נישט אויפריכטיק. דאָרט מוז מען אויף אַלץ האָבן אַן אויסרייד און אַ דריידל. נישט אומזיסט רופט מען די ערד: דער עולם השקר. דער מאַנסבילשער בר־מנן האָט אָנגענומען יחידהס האַנט און צוגעבויגן דאָס פּנים צום ציפערבלאַט. ס'איז נישט געווען דאָס ערשטע מאָל ווי אַ מאַנס־פערשוין האָט אָנגערירט איר האַנט, אָבער עפּעס איז געווען אין דעם האַנטבאַריר פון דעם דאָזיקן ניפטר וואָס האָט אַרויסגערופן אַ ציטערניש אין אירע גלידער. ער האָט געגאַפט לאַנג און זיך נישט געקאָנט אַנטשליסן. צום סוף האָט ער זיך אָנגערופן:

— דוכט זיך ס'איז צען מינוט נאָך צען.

— אַזוי שפּעט שוין? נו, אַ דאַנק.

— מעג איך זיך פאָרשטעלן? מיין נאָמען איז יחיד.

— יחיד? איך הייס יחידה!

— וואָס פאַר אַן אויסטערלישער צופאַל׳

אַ לאַנגע ווייל האָבן ביידע געשוויגן און זיך צוגעהערט צום טויט אין זייער בלוט. דערנאָך האָט יחיד געזאָגט:

— ווי הערלעך די נאַכט איז!

— יאָ, פּרעכטיק.

— ס׳איז דאָ עפּעס אין פרילינג וואָס מען קאָן נישט איבער־געבן מיט קיין ווערטער.

— מ׳קאָן קיין זאַך נישט איבערגעבן אין קיין ווערטער — האָט יחידה געענטפערט.

אַזוי ווי זי האָט דאָס געזאָגט האָבן ביידע געוווּסט אַז זיי זענען אָנגעברייט זיך צו פּאָרן און צוצוברייטן אַ קבר פאַר אַ נייעם מת. וואָרעם ווי טויט די טויטע זאָלן נישט זיין, בלייבט אין זיי אַ רעשטל לעבן, אַ שפּור פון יענעם וויסן וואָס פּילט אָן אַלע עולמות און מאַכט קיין מאָל נישט קיין טעות. דער טויט איז נישט מער ווי אַ מאַסקע, אַ פאַרבלענדעניש, אַן אויסדוכטעניש. הינטער זיינע שקרים לויערט אַלע מאָל דער אמת. די חכמים האָבן פאַרגליכן דעם טויט צו אַ זייפנבלאָז וואָס דויערט אַ מינוט און מיט אַ שטרוי־עלע קאָן מען אים אויפשטעכן. נו, אָבער די טויטע זענען שטאָלץ און שעמעוודיק. די טויטע שעמען זיך מיטן טויט און דעריבער מוזן זיי אַלץ פאַרבאָרגן מיט הינטערליסטיקייט און רייד. וואָס טויטער אַ מת, אַלץ באַרעדעוודיקער איז ער.

— מעג איך פרעגן ווו איר וווינט? — האָט יחיד געפרעגט.

ווו האָב איך אים געזען? פון וואַנען קאָן איך אים? פאַר וואָס איז מיר זיין קול אַזוי קענטלעך? — האָט יחידה געטראַכט. — און פאַר וואָס הייסט ער עפּעס יחיד? דאָס איז אַ זעלטענער נאָמען. געזאָגט האָט זי:

— דאָ נישט ווייט.

— האָט איר עפּעס קעגן דעם איך זאָל אייך צופירן אַהיים?

— ס׳איז נישט נייטיק. אַ דאַנק. נאָר אויב איר ווילט...
— יאָ. ס׳איז נאָך פרי פאַר מיר צו גיין שלאָפן.

יחיד איז אויפגעשטאַנען. יחידה האָט זיך אויפגעשטעלט. איז דאָס דער באַשערטער וואָס נאָך אים בענק איך זינט איך האָב זיך אויף די פיס געשטעלט? — האָט יחידה געפרעגט. — קאָן דאָס זיין אַז דער גורל האָט אים צוגעשיקט גראָד איצט אויף אַזאַ שטייגער? אָבער וואָס איז גורל? דער פּראָפעסאָר האָט דאָך ערשט נעכטן געפּריידיקט אַז ס׳איז נישטאָ קיין גורל, קיין באַשערטקייט. ס׳איז גאָרנישט פאַראַן אַחוץ אַטאָמען און זייערע קאָמבינאַציעס. דער גאַנצער אוניווערס איז דאָך נישט מער ווי אַ פיזיש־כעמישער פּראָצעס, אַ פּראָדוקט פון אַ קאָסמישן אויפרייס. אַ דראָשקע איז פאַרבייגעפאָרן און יחידה האָט געהערט ווי יחיד זאָגט:

— כ׳בין נישט דרייסט, נאָר אפשר וואָלט איר געוואָלט פאָרן מיט מיר אין אַ דראָשקע?

—פאָרן וווּ?

— גלאָט אַזוי שפּאַצירן. אין די אַלעען.

אַנשטאָט זיך אָנצובייזערן אויף אים, ווי זי האָט בדעה געהאַט, האָט יחידה אַ זאָג געטאָן:

— צו וואָס? ס׳איז אַ שאָד אייער געלט.

— וואָס איז געלט? ווי לאַנג מ׳לעבט דאַרף מען געניסן.

די דראָשקע איז צוגעפאָרן און בײדע זענען איינגעזעסן. יחידה האָט זיך אָפּגעגעבן אַ חשבון, אַז זי דאַרף נישט פאָרן מיט דעם פרעמדן בחור גלייך ביי דער ערשטער באַקאַנטשאַפט. וואָס וועט ער טראַכטן וועגן איר? ער וועט מיינען אַז זי איז עפּעס אַ הור וואָס גייט מיט יעדן זכר. זי האָט אים געוואָלט אויפקלערן, אַז זי איז פון דער נאַטור אַ צוריקגעהאַלטענע, דער היפוך דערפון וואָס זי ווייזט אים אויס, אָבער זי האָט דערביי באַנומען אַז זי קאָן איר קאָמפּראָמיטאַציע שוין נישט אָפּווישן. זי איז געזעסן אַ שווייגנדיקע און זיך צוגעהערט צו דער אייגענער שטיינונג. אַן אומבאַקאַנטע נאָענטקייט האָט געהויכט פון אים צו איר. זי האָט כמעט געלייענט

זיינע געדאַנקען. זי האָט געהאַט אַ פאַרלאַנג די נאַכט זאָל אייביק דויערן און זי זאָל כסדר אַזוי פאָרן מיט אים. איז דאָס ליבע? — האָט זי געפאָרשט. — קאָן מען זיך וואָרהאַפטיק פאַרליבן אַזוי גיך? נו, און בין איך גליקלעך? — האָט זי זיך געפרעגט. אָבער פון אינעווייניק איז נישט געקומען קיין ענטפער. די טויטע זענען קיין מאָל נישט גליקלעך. די טויטע זענען אַלע מאָל מרה־שחורהדיק, אַפילו ווען זיי טאַנצן. נאָך אַ ווייל האָט יחידה זיך אָנגערופן:

— כ׳האָב אַ מאָדנע געפיל, אַז כ׳האָב שוין דאָס אַלץ דורכגעלעבט.

— די פסיכאָלאָגיע האָט אַ נאָמען דערפאַר: דעיזשאַ ווי.

— אפשר איז פאַראַן דערין עפּעס אַן אמת?

— וואָס מיינט איר דערמיט?

— אפשר האָבן מיר זיך געקענט אויף אַן אַנדער וועלט?

יחיד האָט געטאָן אַ לאַך.

—אויף וואָס פאַר אַ וועלט? ס׳איז דאָ בלויז איין וועלט, אונדזער ערד.

— אפשר זענען פאַראַן נשמות?

— אַבסאָלוט נישט. דאָס וואָס מען רופט נשמה איז נישט מער ווי דער סך־הכל פון דער מענטשלעכער פיזיאָלאָגיע. איך ווייס. כ׳בין אַ סטודענט פון מעדיצין.

ער האָט זי פּלוצלונג אַרומגענומען ביי דער טאַליע און ווי וויל יחידה האָט קיין מאָל אַזאַ היימישקייט נישט דערלויבט קיין שום מאַנסביל, אַפילו נישט אירע יוגנט־חברים, האָט זי עפּעס זיך נישט געקאָנט פון אים אַרויסרייסן, אָדער אַפילו אים בעטן ער זאָל אַראָפּנעמען די האַנט. זי איז געזעסן אַ באַנומענע, געפלעפט פון דער אייגענער נאָכגיביקייט, דערשראָקן פאַר דער חרטה און דער פאַרשעמונג וואָס די דאָזיקע נאַכט וועט ברענגען נאָך זיך. כ׳האָב אין גאַנצן נישט קיין כאַראַקטער, האָט זי זיך פאַרגעוואָרפן. כ׳טו אַליין דאָס וואָס איך פאַרמיאוס אין אַנדערע. כ׳בין אַ ליגנערין, אַ היפּאָקריטין. איינס איז ער גערעכט: אויב קיין נשמה

איז נישטאָ און דאָס לעבן איז נישט מער ווי אַ קורצער עפּיזאָד אין אַן אייביקייט פון טויט, — פאַר וואָס נישט געניסן ? אויב ס׳איז נישטאָ קיין נשמה, איז אויך נישטאָ קיין גאָט, קיין תורה, קיין בחירה. די גאַנצע מאָראַל איז נישט מער ווי אַ פּראָדוקט פון דער עקאָנאָמיע. ווי רופן זיי דאָס ? אַן אידעאָלאָגיש איבערגעבוי...

יחידה האָט צוגעשלאָסן די אויגן, אָנגעלענט דעם קאָפּ אָן דעם ווענטל פון דראָשקע. דאָס פערד איז געגאַנגען טריט ביי טריט. אין דער נאַכט האָט יעדער מת — מענטש אָדער חיה — געיאָמערט אויף זיין טויט : ווער מיט אַ געלעכטער און ווער מיט אַ זיפץ ; ווער מיט אַ גרילץ און ווער מיט אַ צוויטשער. אַ צאָל סקעלעטן האָבן זיך געהאַט אָנגעשיכורט מיט אַ געטראַנק אַזאַ וואָס מאַכט פאַרגעסן אויף אַ ווייל די מאַטערנישן פון גיהנום. יחידה האָט זיך אין גאַנצן אַריינגעטאָן אין זיך. אַ שטילקייט האָט זי אַרומגענומען און אַ פאַרגליווערטקייט. זי האָט געטאָן אַ קורצן דרימל. באַלד האָט זי געגעבן אַ צאַפּל, זיך איבערגעוועקט. ווען די טויטע שלאָפן, פאַרבינדן זיי זיך צוריק מיטן לעבן. ס׳הערט אויף די אויסדוכ־טעניש פון צייט און רוים, סיבה און פאָלגן, צאָל און פאַרהעלטע־ניש. אין חלום איז יחידה ווידער אויפגעגאַנגען אין דעם עולם פון וואַנען זי האָט געשטאַמט. זי האָט געזען די מוטער, די חברטעס, די לערער. יחיד האָט, אַ פּנים, אויך געהאַט איינגעדרימלט ווייל ער האָט זיך דאָרט אויך געפונען.ביידע האָבן זיך דערקענט, זיך אַרומגענומען, געלאַכט און געוויינט פאַר פרייד. אין דער מינוט האָבן ביידע דערקענט דעם אמת : אַז דער טויט אויף דער ערד איז צייטווייליק, אַן אילוזיע, אַ נסיון און אַ לייטער פאַרן ווייטערן אויפשטייג, פאַר ריינערער ליבשאַפט. די יונגע פאַר זענען פאַרביי פּאַלאַצן, גערטנער, אינדזלען פאַר הימלישע פייגל, וועלדער פאַר געטלעכע חיות, אַאַזיסן פאַר רעקאָנוואַלעסצירנדיקע נשמות. ניין, אונדזער צוזאַמענטרעף איז נישט קיין צופאַל, האָט יחידה גערעדט. ס׳איז דאָ אַ גאָט, ס׳איז דאָ אַ צוועק אין באַשאַף, ס׳איז דאָ זיווג, יִחוּד, בחירה. יחיד און יחידה זענען פאַרביי אַ תפיסה, אַריינגע־

קוקט אין פענצטער. ס׳איז דאָרט געזעסן אַ נשמה פֿאַרמישפּט אַראָפּ־צונידערן אויף דער ערד. יחידה האָט געוווּסט אַז זי וועט זיין איר טאָכטער. שוין ביים אויפכאַפּן זיך האָט יחידה פֿאַרנומען אַ קול:

— דאָס קבר און דער קברן האָבן זיך געפונען. די קבורה וועט צו שטאַנד קומען היינט ביי נאַכט.

דער טויטער קלעזמער

.1

אין דעם שטעטל שידלאָווצע, וואָס ליגט צווישן ראַדאָם און קעלץ, נישט ווייט פון די בערג פון הייליקן קרייץ, האָט געוווינט אַ ייִד ר׳ שעפּטל ווענגראָוער. דער ר׳ שעפּטל האָט מיקלאָמפּערשט געהאַנדלט מיט תבואה, אָבער אין אמתן איז די סוחרטע געווען זיין ווייב זיסע פייגע. זי האָט אָפּגעקויפט ביי פּריצים און פּויערים ווייץ, קאָרן, גערשטן, רעטשקע און אַוועקגעשיקט קיין וואַרשע. זי האָט אויך געלאָזט מאָלן מעל און עס פאַרקויפט קרעמערס און בעקערס. זיסע פייגע האָט געהאַט אַ שפּייכלער און אַ משרת, זאַלקינד, וואָס האָט געהאָלפן אין מיסחר און געטאָן מאַנסבילשע אַרבעט: געשלעפּט זעק, אַכטונג געטאָן אויף די פערד אין שטאַל. ער האָט אויך גע־דינט פאַר אַן אַנטרייבער ווען זיסע פייגע איז געפאָרן אויף אַ יאַריד אָדער צו אַ פּריץ.

ר׳ שעפּטל האָט געהאַלטן פון דעם כלל, אַז די תורה איז די בעסטע סחורה. ער איז אויפגעשטאַנען מיט זון־שפּראַץ און איז אַוועק אין בית־מדרש לערנען גמרא מיט תוספות און מפורשים, ווי אויך מדרש, זוהר. אין אָוונט האָט ער געזאָגט אַ שיעור ביי דער חברה משניות. ר׳ שעפּטל האָט זיך אויך אָפּגעגעבן מיט כלל־זאַכן. מ׳האָט אים אָפט גערופן אויף אַסיפה׳ס צום רב.

ר׳ שעפּטל איז געווען אַ קליין מענטשל, נישט אַ סך העכער פון אַ קאַרליק. דערפאַר האָט ער געהאַט די לענגסטע באָרד אין שידלאָווצע און אין דער געגנט אַרום. זי האָט אים דערגרייכט ממש ביז די קני. געהאַט האָט זי אַלערליי קאָלירן: רויטלעך, געלבלעך און די פאַרב פון היי. תשעה־באָב, ווען די עכברושים און ווייסע חברה וואַרפן שטעכלקעס, איז ר׳ שעפּטלס באָרד געוואָרן פול

דערמיט. זיסע פייגע האָט געפּרוּווט אויסרייניקן דאָס בריעכץ. אָבער ר׳ שעפטל האָט זי נישט געלאָזט, מחמת צוזאַמען מיט די דערנער האָט זי אויך אויסגעריסן האָר פון דער באָרד, וואָס איז דער סימן־מובהק פון ייִדישקייט און דער צלם אלוקים. ר׳ שעפטל האָט געלאָזט דאָס שטעכעץ זאָל אַרויספאַלן פון זיך אַליין. די פּאות האָט ר׳ שעפטל נישט געקרייזלט. ער האָט עס געהאַלטן פאַר אַ גרינג פירעכץ. זיי האָבן אַראָפּגעהאָנגען ביז די אַקסלען.

ווען מ׳האָט ר׳ שעפטלען געזען שטייק אין בית־מדרש ביי אַ שטענדער, אין טלית־און־תפילין, האָט ער דערמאָנט איינעם פון די פּאַרצייטיקע. ער האָט געהאַט אַ הויכן שטערן און אַ פּאָר גרויסע אויגן אונטער געדיכטע ברעמען, וואָס עס האָט אַרויסגעקוקט פון זיי סיי די שאַרפקייט פון אַ למדן און סיי די אונטערטעניקייט פון יראת־שמים. אויף דער נאָז איז אים אויך געוואַקסן אַ בערדעלע. ער האָט געלערנט און דערביי געגרויכערט אַ לאַנגע ליולקע־ציבוק.

ר׳ שעפטל האָט געלייגט דריי פּאָר תפילין: רש״יס, רבנו תמס און די תפילין פון ר׳ שרירא גאון. ער האָט גענומען אויף זיך אַלערליי חומראס. ער האָט נישט געטרונקען קיין מילך סיידן ער איז אַליין געשטאַנען ביי דער מעלק. פליייש האָט ער פאַרזוכט בלויז שבת און יום־טוב און ער האָט פריער אַליין בודק געווען דעם חלף. מ׳האָט געזאָגט אויף אים אַז ערב־פּסח האָט ער געהייסן אָנטאָן דער קאַץ זאָקן, זי זאָל נישט פאַרשלעפּן קיין משהו חמץ. עס איז איבעריק צו זאָגן, אַז ער האָט אָפּגעריכט חצות. מ׳האָט דערציילט אַז ווי־וויל ער האָט געירשנט דעם מיסחר מיט תבואה פון זיין טאַטן און זיידן, האָט ר׳ שעפטל ביז היינט נישט געקאָנט אונטערשיידן צווישן קאָרן און ווייץ.

די זיסע פייגע האָט געהאַט געבוירן איר מאַן ניין קינדער, אָבער געבליבן זענען דריי: אַן אויסגעגעבענער זון, ידידיה, וואָס האָט געגעסן קעסט ביים שווער אין וולאָדאַווע; אַ ייִנגל, צדוק מאיר, וואָס איז נאָך געגאַנגען אין חדר, און אַ דערוואַקסן מיידל, ליבע יענטל. די ליבע יענטל איז שוין געהאַט געוואָרן אַ כלה

און ס׳האָט שוין געהאַלטן ביי אַ חתונה, אָבער מיט אַ מאָל האָט דער חתן עוזר באַקומען אַ פּאַרקילונג און איז געשטאָרבן. דער עוזר האָט געהאַט אַ נאָמען פאַר אַן עילוי און אַ קענער. דער טאַטע זיינער איז געווען ראש הקהל אין אָפּאָלע. ווי וויל ליבע יענטל האָט בלויז געכאַפּט אַ בליק אויף עוזרן ביים חתמענען די תנאים, האָט זי ביטער געוויינט, ווען ס׳איז דערגאַנגען צו איר די בייזע בשורה. מ׳האָט זי באַלד דערנאָך אָנגעהויבן באַוואַרפן מיט שידוכים, ווייל זי איז שוין געווען אַ בוגרת אין זיבעצנטן יאָר, אָבער ליבע יענטל איז געוואָרן פאַרשלאָפט און זיסע פייגע האָט געהאַלטן אַז ס׳איז בעסער אָפּצוואַרטן ביז דאָס מיידל וועט פאַרגעסן דאָס אומגליק.

זיסע פייגע איז געווען העכער פון איר מאַן מיט אַ קאָפּ און האָט מיידלוויז געהאַט אַ שם פאַר אַ יפת־תואר. די פּריצים וואָס זי האָט געקויפט ביי זיי תבואה האָבן זי באַשאָטן מיט קאָמפּלי־מענטן, אָבער אַ יידישע טאָכטער הערט זיך נישט צו צו פוסטע רייד. זיסע פייגע האָט ליב געהאַט איר מאַן און עס געהאַלטן פאַר אַ זכות וואָס זי העלפט אים דינען דעם אויבערשטן.

ליבע יענטלס חתן, עוזר, איז געהאַט אַוועק פון דער וועלט נאָך פּסח. איצט איז שוין חודש חשוון. געוויינלעך, נאָך סוכות הויבן זיך אָן די רעגנס און די שנייען, אָבער דער הייַנטיקער האַרבסט האָט זיך געשטעלט אַ לינדער. די זון האָט געשיינט. דער הימל איז געבליבן בלוי ווי נאָך שבועות. די פּויערים אין די דער־פער האָבן זיך געקלאָגט אַז די ווינטער־תבואה הויבט אָן שפּראָצן אויף די פעלדער, וואָס דערפון קאָן אַרויסקומען אַן אומגערעטעניש. מ׳האָט זיך אויך געשראָקן, אַז צוליב דעם וואַרעמען וועטער זאָל נישט ווערן קיין אונטערגאַנג. דערווייל איז תבואה געוואָרן דריי גראָשן אויפן פוד טייערער און זיסע פייגע האָט געהאַט ריווח. מאַן־און־ווייב האָבן זיך געפירט, אַז יעדן שבת־צו־נאַכטס האָט זי אים אָפּגעגעבן אַ חשבון פון אַלע פאַרדינסטן פון דער וואָך און ר׳ שעפטל האָט גלייך אַראָפּגענומען מעשר — פאַר די אָרעמעלייט אין הקדש,

אויף תיקון־ספרים פאַרן בית־מדרש, דער שול און פאַר מדינה־גייער. ס׳האָט נישט געפעלט ווען צו געבן צדקה.

מחמת זיסע פייגע האָט געהאַט אַ דינסט, דוניע, און זי, זיסע פייגע איז אַ ווערטאַנעס, האָט ליבע יענטל זיך נישט אָפּגעגעבן מיט דער ווירטשאַפט. זי האָט געהאַט איר אייגן שטיבל און איז אָפּט דאָרט געזעסן און געלייענט מעשה־ביכלעך. זי האָט זיך אויך אויסגעטויגט צום שטריקן און אויסנייען. ליבע יענטל איז געהאַט געראָטן מיט איר שיינקייט אין דער מוטער, אָבער די רויטע האָר זענען געקומען פון טאַטנס צד. אַזוי ווי ביים טאַטן די באָרד, אַזוי זענען יענטלס האָר געוואַקסן אומגעווייינלעך לאַנג, ביז צו די לענדן. דאָס פּנים איז אַלע מאָל געווען ווייס און ס׳איז געוואָרן נאָך ווייסער און שמאָלער זינט דעם מאַלעיר מיט עוזרן. אויגן האָט זי געהאַט גרינע.

ליבע יענטל האָט נישט געהאַט קיין חברטאָרינס אין שידלאָווצע. זי האָט געזאָגט, אַז די שטאָטישע מיידלעך זענען אַלע פּראָסט, נישט־דערבאַקן. זיי פּלאַפּלען נייערט וועגן קליידער און שיך. באַלד נאָך דער חתונה ווערן זיי פאַרחושכט און פאַרשמאַדערט. ליבע יענטל האָט ליב געהאַט זיך צו פּוצן. זי האָט קאָפּירט בריוו פון בריוונשטעלער. ווען זי האָט מער נישט געהאַט וואָס צו לייענען אין מעשה־ביכלעך, האָט זי זיך צוגעכאַפּט שטילערהייט צום טאַטנס ספרים־אַלמער.

ר׳ שעפטל האָט נישט געלייגט קיין אַכט אויף דער טאָכטער. ער האָט בלויז געבעטן ביים רבונו של עולם ער זאָל איר צושיקן דעם רעכטן זיווּג. אָבער זיסע פייגע האָט ווויל איינגעזען אַז דאָס מיידל איז אַ ווילד געוויקס. זי האָט געהאַט אַלערליי פאַרוועלענישן און קאַפּריזן. מ׳האָט, צום ביישפּיל, נישט געטאָרט דערמאָנען פאַר איר הערינג אָדער רעטעך. זי האָט קיין מאָל נישט געטאָן קיין בליק אויף אַ געשאָכטענעם עוף, אָדער אויף פליש אויפן זאַלצברעטל, צי אין דער ווייק־כלי. ווען זי האָט געפונען אַ פליג אין דער גריץ,

האָט זי שוין יענעם טאָג נישט געגעסן. זי האָט געליטן פון עצירות און ס׳האָט זיך פאַרהאַלטן ביי איר די צייט.

יעדעס מאָל וואָס ס׳איז איר אויסגעקומען צו גייך צווישן מענטשן, האָט זי געפאַסט אַ טאָג פריער, אויס מורא ס׳זאָל איר נישט שלאָגן צום ברעכן. ווי־ווייל זי איז שיין, קלוג, געלערנט, האָט זיך איר אויסגעדוכט אַז מ׳שפּאַסט אויס איר און מ׳טייטלט אויף איר מיט די פינגער.

זיסע פייגע האָט נישט איין מאָל געוואָלט זיך פאַרקלאָגן פאַר איר מאַן אויף די צרות וואָס זי שטייט אויס פון דער טאָכטער, אָבער זי האָט אים נישט געוואָלט מבטל זיין פון לערנען. ער וואָלט אפשר אויך נישט באַנומען אַזוינע ווייבערשע אייטלקייטן. ער האָט אויף אַלץ געהאַט אַ דין. די געציילטע מאָל וואָס זיסע פייגע האָט גע־פּרוּווט אויסרעדן פאַר אים דאָס האַרץ, האָט ער געענטפערט:

— אַז זי׳ט אם ירצה־השם חתונה האָבן, וועט זי פאַרגעסן אַלע נאַרישקייטן.

נו, איז געשען דער גזר מיט עוזרן און ליבע יענטל איז גע־וואָרן אין גאַנצן צערודערט. זי איז נישט געשלאָפן נעכט. די מוטער האָט געהערט ווי זי העשעט אין דער פינצטער. אין דער פרי איז דאָס ציכל פון קישן געווען פייכט פון די טרערן. זי איז כסדר געגאַנגען ביי נאַכט צום טון טרינקען וואַסער. זי האָט אויס־געטרונקען פולע שעפן און זיסע פייגע האָט זיך נישט געקאָנט אויסמאָלן ווי אַזוי אַ קליין מעגעלע קאָן אַריינגעמען אַזוי פיל גע־טראַנק. נישט אַנדערש, נאָר אַ פייער האָט, חס ושלום, געברענט אין איר אינגעוויד און אַלץ פאַרצערט.

טייל מאָל האָט ליבע יענטל גערעדט צו דער מוטער רייד ווי פון אַ מטורפדיקער, אָדער גאָר פון עמיצן וואָס איז אַראָפּ פון רעכט־פאַרטיקן וועג. זיסע פייגע האָט עס געהאַלטן פאַר אַ נס, וואָס די ליבע יענטל זונדערט זיך אָפּ פון לייט. וואָלט עמיץ געהערט אירע זאָגענישן, וואָלט מען זי, חלילה, נאָכגעיאָגט אין גאַס. אָדער זי געלייגט אין חרם. נו, אָבער ווי לאַנג קאָן מען האַלטן סודות?

מ׳האָט שוין געמורמלט אין שטאָט, אַז ליבע יענטל איז נישט מיט אַלעמען. זי האָט זיך געשפּילט מיט דער קאַץ. זי איז איינע אַליין אַוועק שפּאַצירן מיט דער גויִשער גאַס וואָס פירט צום בית־עולם. ווען עמיץ האָט עפּעס גערעדט צו איר, איז זי געוואָרן בלאַס, און אפּנים, נישט פאַרשטאַנען וואָס מ׳זאָגט איר, ווייל זי האָט גע־ענטפערט קאַפּויער. אַנדערע האָבן גערעכנט דאָס זי איז טויב. עמיץ האָט אַפילו געלאָזט פאַלן אַ וואָרט, אַז ליבע יענטל גיט זיך אָפּ מיט כישוף. מ׳האָט זי געזען שפּאַנען אין אַ לבנה־נאַכט אויף דער פּאַשע, אויף יענער זייט בריק, און יעדעס מאָל האָט זי זיך אַראָפּגעבויגן און אויסגעפּליקט אַ בלימל אָדער אַ קרייטעכץ. ווייבער האָבן אויסגעשפּיגן אָן אַ זייט:

— נעבעך אַ שלים־מזל און אַ קראַנקע...

— אַ גרויסהאַלטעריך פאַר אַ צולאָג...

.2

ס׳האָט געהאַלטן דערביי ליבע יענטל זאָל ווידער ווערן אַ כלה — דאָס מאָל פון זאַוויערטשע. ר׳ שעפּטל האָט געשיקט פאַרהערן דעם חתן און דער פאַרהערער האָט איבערגעגעבן, אַז דער בחור, שמעלקע מאָטל, איז מלא וגדיש. מ׳האָט אין גיכן געזאָלט שרייבן תנאים.

דעם פאַרהערערס ווייב, טריינע, וואָס האָט אויך פאַרבראַכט מיט איר מאַן אין זאַוויערטשע (זיי האָבן דאָרט געהאַט אַ טאָכטער), איז געקומען אָפּגעבן אַ גרוס פון דעם חתן. זי האָט דערציילט זיסע פייגען, אַז דער שמעלקע מאָטל איז אַ קליינער, אַ שוואַרצער. ער זעט אויס ווי אַ נעבעכל, אָבער אַ קאָפּ האָט ער פון אַ גאון. מחמת ער איז אַ יתום, גיבן אים די באַלעבאַטים טעג. ליבע יענטל האָט זיך צוגעהערט צו טריינעס רייד און זיך נישט אָנגערופן מיט קיין וואָרט.

נאָך דעם ווי טריינע איז אַוועק, האָט זיסע פייגע אויפגעגעבן דער טאָכטער נאַכטמאָל: גרייפּלעך מיט זאָזע און ראָסלפלייש,

אָבער ליבע יענטל האָט נישט אָנגערירט דאָס עסן. זי האָט זיך געשאָקלט איבער דעם טעלער ווי, להבדיל, איבער אַ סידור. דערנאָך איז זי אַוועק אין קעמערל שלאָפֿן. זיסע פּייגע האָט געטאָן אַ זיפֿץ און אויך אַוועק אין שלאָף־חדר. ר׳ שעפּטל האָט זיך געהאַט געלייגט פּרי, ווייל ער איז אויפֿגעשטאַנען צו חצות. ס׳איז באַלד געוואָרן שטיל אין שטוב און בלויז די גריל הינטערן אויוון האָט געזונגען איר ביינאַכטיק זינגעניש.

מיט אַ מאָל האָט פּייגע זיסע זיך איבערגעוועקט. פֿון ליבע יענטלס שטיבל האָט זיך דערהערט אַ קרעקעניש און די פּאָר־שטיקטע קולות פֿון עמיצן וואָס וואַרגט זיך. זיסע פּייגע איז אַריינגעלאָפֿן צו דער טאָכטער און געזען קעגן דער שיין פֿון דער לבנה, אַז ליבע יענטל זיצט אויפֿן געלעגער, די האָר צעפּאַטלט, ווייס ווי קרייד, און שטיקט זיך מיט אַ געוויין. זיסע פּייגע האָט אַ רוף געטאָן:

— טאָכטער, וואָס איז דיר?! ווי צו מיינע יאָרן!

זי איז גיך אַוועקגעלאָפֿן אין קיך, אָנגעצונדן אַ ליכט און זיך אומגעקערט צו ליבע יענטלען. זי האָט פּאַר איך וועגס מיטגענומען אַ ביסל וואַסער אין דער קוואָרט אָפּצוגיסן דאָס מיידל, אויב זי זאָל, חס ושלום, חלשן.

אָבער אין דער רגע האָט זיך אַרויסגעריסן פֿון ליבע יענטלס מויל אַ קול פֿון אַ מאַנסביל. זיסע פּייגע איז געוואָרן פּאַרגליווערט פֿון שרעק. דאָס ליכט אין איר האַנט האָט געציטערט. דאָס וואַסער האָט זיך אויסגעגאָסן פֿון דער קוואָרט. דאָס קול האָט אַ רוף געטאָן:

— מונטערט מיך נישט, זיסע פּייגע, כ׳האָב נישט קאַ׳ טבע צו חלשן. בעסער גיט מיר אַ טרונק בראָנפֿן.

ר׳ שעפּטל האָט זיך אויך געהאַט איבערגעוועקט. ער האָט אין אייליעניש אָפּגעגאָסן נעגלוואַסער, איז אַריין אין די שטעקשיך און אין שלאָפֿראָק און איז אַוועק צו דער טאָכטער. דאָס מאַנסבילשע קול האָט אַ רוף געטאָן:

— אַ גוטן אויפֿשטאַנד אויף אייך, ר׳ שעפּטל. גיט מיר אַ גלעזל יי״ש. ס׳איז מיר טרוקן אין קעל. אויב איר האָט נישט קיין חמץ־

דיקן שנאַפּס, וועל איך נעמען שליוואָוויץ. אַבי באַגעצן די ליפּן.

מאַן־און־ווייב האָבן גלייך געוווּסט וואָס ס׳איז זיי צו־האַנט־געקומען: אין ליבע יענטלען איז אַריין אַ דיבוק. ר׳ שעפּטל האָט אַ פאַרציטערטער אַ פרעג געטאָן:

— ווער ביסטו? וואָס ווילסטו?

— ווער איך בין וועט איר נישט וויסן — האָט דער דיבוק געענטפערט. — איר זענט אַ קנעלער אין שידלאָווצע און איך בין אַ קלעזמער פון פינטשעוו. איר קוועטשט די באַנק און איך האָב געקוועטשט די מוידן. איר דרייט זיך נאָך אַרום אויף דעם עולם הדמיון און ביי מיר איז שוין נאָך אַלע היומס. כ׳האָב שוין צוגעמאַכט אַן אייגל און שוין פאַרזוכט דעם טעם פון חיבוט־הקבר. מ׳האָט מיר שוין דערלאַנגט קאַלטס און וואַרעמס און כ׳בין צוריק אויף דער זינדיקער ערד. ס׳איז נישטאָ פאַר מיר קיין אָרט נישט אין גן־עדן און נישט אין גיהנום. כ׳האָב מיך געלאָזט פליען קאַ׳ פינטשעוו, אָבער כ׳האָב פאַרבלאָנדזשעט קאַ׳ שידלאָווצע. כ׳בין אַ קלעזמער, נישט אַ בעל־עגלה; כ׳קען נישט די פוילישע בלאָטעס. איך זאָך ווייס איך יאָ: ס׳קרעלט מיך אין האַלדז...

זיסע פייגע האָט זיך גענומען טרייסלען אין דער ברייט. דאָס ליכט אין איר האַנט האָט שיער נישט אונטערגעצונדן ר׳ שעפּטלס באָרד. די יידענע האָט גענומען שרייען שמע ישראל, אויפהויבן אַ געוואַלד, אָבער דאָס געשריי איז איר געבליבן שטעקן אין גאָרגל. די קני האָבן זיך איר אונטערגעבראָכן און זי האָט זיך געמוזט אָנשפּאַרן אָן דער וואַנט נישט אומצופאַלן.

ר׳ שעפּטל האָט זיך אָנגענומען ביי אַ פּאה.

— וואָס איז דייך נאָמען?

— געצל.

— פאַר וואָס ביסטו עפּעס אַריין אין מיין טאָכטער? — האָט ער געפרעגט אין זיך באַדרענגעניש.

— פאַר וואָס נישט? זי איז אַ שיינע יאָלדעווקע. כ׳האָב פיינט מיאוסקייטן, אַפילו דאָ...

דער דיבוק האָט גענומען רעדן ווילדע, ווײַליוונגישע רייד און אַלערליי אָנצוהערענישן אויף ניבול־פּה, אין ייִדיש־טײַטש און אין קלעזמער־לשון. ער האָט אַ רוף געטאָן:

— לאָזט מיך נישט וואַרטן, פייגע זיסינקע, דערלאַנגט אַ גלעזל יאַכעם. כ׳מוז האָקן אַ גאַלקע. ס׳נאָגט מיך אין פּופּיק. כ׳בין גרייט צו בײַטן ס׳רענדל פאַר אַ ברענדל...

— מענטשן, געוואַלד! — האָט זיסע פייגע אַרויסגעלאָזט אַ גע־הויל. זי האָט אַראָפּגעלאָזט דאָס ליכט און ר׳ שעפּטל האָט עס אויפגעהויבן, ווײַל ס׳האָט לײַכט געקאָנט ווערן אַ שׂרפה אין דעם טרוקענעם געבײַ.

ווי ווײַל ס׳איז שפּעטלעך, זענען זיך צונויפגעלאָפן די שטאָט־לײַט. ס׳זענען אומעטום פאַראַן אַזוינע וואָס דער האָבער שטעכט זיי און זיי קאָנען נישט שלאָפן אין די נעכט. בוטשע דער נאַכט־וועכטער האָט גערעכנט אַז אַ פייער האָט אויסגעבראָכן און ער האָט גענומען קלאַפּן מיטן שטעקן אין די לאָדנס. ס׳האָט נישט לאַנג געדויערט און ר׳ שעפּטלס הויז איז געוואָרן פול.

בײַ ליבע יענטלען האָבן זיך די אויגן אויפגעריסן, דאָס מויל האָט זיך אויסגעקרימט, ווי בײַ אַ פּאַליקער, און ס׳האָט געהילכט פון איר אַ שטים וואָס איז נישט געמאָלט זי זאָל אַרויס פון אַ בתולה.

דער דיבוק האָט גערופן:

— איר׳ט געבן אַ קעריאַל, אָדער נישט? כ׳פאַרליר ס׳געדולד!

— וואָס וועט זײַן אַז נישט? — האָט געפרעגט זיינוול קצב, וואָס האָט זיך אומגעקערט שפּעט פון דער שעכטיאַטקע.

— אויב נישט, וועל איך אויפשפּילן אַזוי, אַז איר׳ט אַלע טאַנצן. כ׳על אויסזאָגן סודות פון חדר — פון אייך, צדיקים אין פעלץ, און פון אײַערע ווײַבער, ברענען זאָלן זייערע לײַבער...

— גיטץ אים בראָנפן? גיטץ אים בראָנפן! — האָבן זיך דער־הערט רופן פון אַלע זײַטן.

ר׳ שעפּטלס און זיסע פייגעס ייִנגל, צדוק מאיר, אַ בחורל פון עלף יאָר, האָט זיך געהאַט איבערגעוועקט פון דעם האַרמידער.

ער האָט געוווסט ווו דער פֿאָטער האַלט דעם אָקאָוויט, וואָס ער טרינקט שבת נאָך די פֿיש. ער האָט געעפֿנט דעם אַלמער, אָנגעגאָסן אַ פֿול גלעזל און עס צוגעטראָגן צו דער שוועסטער. ר׳ שעפּטל האָט זיך געהאַט אָנגעלענט אָן דער קאָמאָדע, ווייל די פֿיס זענען אים געוואָרן שלאַבעריק. זיסע פֿייגע איז אַ פֿאַרשטאַרטע געהאַט אַריינגעפֿאַלן אין אַ שטול. די שכנטעס האָבן זי באַשפּריצט מיט עסיק קעגן חלשות.

ליבע יענטל האָט אויסגעשטרעקט די האַנט, אָנגענומען דאָס גלעזל, עס איבערגעקערט מיט דער גענעטשאַפּט פֿון אַ שיכור. יענע וואָס זענען געשטאַנען דערביי האָבן נישט געגלויבט די אייגענע אויגן. די מויד האָט זיך אַפֿילו נישט פֿאַרקרימט.

דער דיבוק האָט אַ זאָג געטאָן

— דאָס רופֿט עץ משקה? ביי מיר איז דאָס וואַסער, נישט משקה. ס׳האָט אַפֿילו נישט געטאָן קאַ׳ ברען. העי, דו בר־נש, דער־לאַנג די גאַנצע פֿלאַש!

— גיב איר נישט, גיב איר נישט! — האָט זיסע פֿייגע אַ יאָמער געטאָן. — זי׳ט זיך, חלילה, אָפּסמען, ווי צו מיינע יאָר!...

דער דיבוק האָט געטאָן אַ לאַך און כאַך.

— ציטערט נישט, זיסע פֿייגע; איך קאָן שוין נישט איינעמען קאַ׳ מיתה. אַזאַ געטרענקל איז ביי מיר בלויז אַ געשווענקל.

— ווערסט נישט קריגן נאָך קאַ׳ טרונק, ביז דו וועסט נישט דערציילן ווער דו ביסט און ווי אַזוי האָסט דיך אַריינגעקראָגן אַהער — האָט זיינוול קצב גערעדט. מחמת קיינער האָט זיך נישט דער־וועגט צו רעדן צו דעם דיבוק איז זיינוול געוואָרן דער ראש המדברים.

דער דיבוק האָט אַ פֿרעג געטאָן:

— וואָס וויל דאָ דער טרעלבאָך? גיי צוריק צו דיינע וואַמפּן און פֿאַנצן!

— זאָג ווער דו ביסט!

— כ׳האָב שוין געזאָגט. כ׳בין געצל קלעזמער פֿון פּינטשעוו.

כ׳האָב ליב געהאַט וואָס אַנדערע האָבן נישט פֿיינט און אַז כ׳בין געגאַנגען אַ גאַנג, זענען צוגעשטאַנען צו מיר די לאַפּיטוטן. אין גן־עדן לאָזט מען נישט אַריין און אין גיהנום איז הייס. די שדימלעך רייסן שטיקער. אין מיטן דער נאַכט, ווען דער שומר האָט געכאַפּט אַ דרימל, בין איך אַנטרינען צוריק פֿון וואַנען כ׳בין געקומען. כ׳האָב געוואָלט אַוועק צו מיין ווייב, פֿוילן זאָל איר לייב, אָבער ס׳האָט נאָך נישט געטאָגט אין פּינטשעוו און כ׳בין פֿאַרפֿלויגן קיין שידלאָווצע. כ׳האָב געכאַפּט אַ קוק דורכן ווענטל, דערזען די ליבע יענטל. ס׳האָט מיך געטאָן אַ צופּ ביים הערצל און כ׳בין איר אַריין אונטערן שטערצל...

— ווי לאַנג וועסטו דאָ בלייבן?

— אייביק מיט אַ מיטוואָך...

ר׳ שעפּטל איז געהאַט געוואָרן פֿאַרשוואַכט פֿון פּחד, אָבער ער האָט זיך דערמאָנט אָן גאָט און איז געקומען צו זיך. ער האָט אַ רוף געטאָן:

— רוח רע, כ׳בין גוזר אויף דיר דו זאָלסט אַרויס פֿון מיין כשרער טאָכטער און אַוועק ווו מענטשן גייען נישט און בהמות טרעטן נישט. ווען נישט, וועט מען דיך אַרויסטרייבן מיט שמות, חרמות און שופֿר־בלאָזן —

— כ׳פֿרעג נאָך דיר ווי נאָכן קאָטער — האָט דער דיבוק געענטפֿערט. — האָסט טאַקע אַ לאַנגע באָרד, אָבער ביסט אַלץ אין דער קאָרט. אַז איכ׳ל אויפֿדעקן דיינע זינד, וועט זיין צו דיר וויי און ווינד.

— מחוצף, שייגעץ, פּושע ישראל! — האָט ר׳ שעפּטל געשריגן.

— בעסער אָן אָפֿענער הולטאַי איידער אַ באַהאַלטענער וצדקתך — האָט דער דיבוק געענטפֿערט. — דו האָסט מער עברות וויפֿל פֿליי אין דער באָרד. קאָנסט נאַרן די שידלאָווצער שמעגעדעס, נישט געצל קלעזמער פֿון פּינטשעוו. אויב וועסט נישט געבן די פֿלאַש, מאַך איך פֿון דיר אַש...

צווישן עולם איז אַנטשטאַנען אַ גערודער. עמיץ האָט געהאָט אויפגעוועקט דעם רב. ער איז געקומען מיט בענדיט שמש. יענער האָט געטראָגן מיט זיך אַ שטעקן, אַ שופר און אַ רזיאל המלאך...

.3

איבערצוגעבן וואָס דער דיבוק האָט אַלץ גערעדט יענע נאַכט און די נעכט דערנאָך, די שטיק וואָס ער האָט אָפּגעטאָן, ווי ער האָט געלעסטערט גאָט, בלאַמירט די לייט, זיך באַרימט מיט זיין אויסגעלאַסנקייט, געשפעט, געלאַכט, געוויינט, געשאָטן מיט תורה און בדחנישע וויצן, אַלץ צום גראַם, — דערויף איז דער בויגן צו קורץ.

אַ בעל־תוקע האָט געבלאָזן שופר. דער רב, ר׳ ירוחם, האָט געלאָזט אַרויפפליגן ברענענדיקע קוילן אויף אַ פייערפאַן, אַריינגעשאָטן בשמים און קעגן דעם רויך פון די געווירצן באַשווירן דעם מחבל מיט הייליקע שבועות פון תיקוני־זהר, ספר־יצירה און אַנדערע קבלה־ספרים, ער זאָל פאַרלאָזן דעם גוף פון דער אישה ליבע יענטל בת זיסע פייגע. אָבער דער נישטגוטער האָט אַלעמען ווידערגעשפעניקט. מחמת ער איז געווען ביים לעבן אַ קלעזמער, האָט ער איצט אויפגעשפילט אַלערליי טענץ, מאַרשן, האָפּקעס — אָן כלים, בלויז מיטן מויל. דאָ האָט ער געברומט ווי אַ באַס און דאָ האָט ער געצימבלט ווי אַ צימבל; דאָ האָט ער געפייפט ווי אַ פייפער און דאָ געפייקלט ווי אַ פויקער.

ס׳האָבן זיך געפונען אין שידלאָווצע, ווי אין יעדער שטאָט, אַ פּאָר אַפּיקורסים וואָס האָבן געלייקנט אין גלגול און געטענהט אַז ס׳איז אַלץ אַ קאָמעדיע צו פאַרשטערן דעם שידוך פון זאַוויערטשע, מחמת די מויד האָט זיך איינגעליבט אין איר פריערדיקן חתן, דעם עוחרן. אָבער נאָך דעם ווי זיי האָבן בייגעוווינט וואָס דער דיבוק האָט גערעדט און געטאָן, האָבן זיי אַלע צוגעגעבן, אַז דאָס קאָן נישט זיין קיין דרך־הטבע.

דער דיבוק האָט זיך געלאָזט הערן בלויז אין די נעכט. ביי טאָג איז ליבע יענטל געלעגן אַ פאַרשמאַכטע אין בעט און זי האָט, אַפּנים, נישט געדענקט וואָס ס׳געשעט מיט איר ביי נאַכט. זי האָט געמיינט אַז זי איז קראַנק און צו מאָל דערמאָנט דער מוטער זי זאָל רופן אַ דאָקטאָר, אָדער איר איינגעבן די מעדיצין. ס׳רוב האָט זי געדרעמלט מיט צוגעדריקטע וויעס און פאַרזיגלטע לעפצן.

מחמת די באַשווערונגען און די קמיעס פון שידלאָווצער רב האָבן נישט געפועלט, איז ר׳ שעפטל אַוועק נאָך אַן עצה צום ראַ־דזימינער רבין.

דאָס לינדע וועטער האָט געהאַט אויפגעהערט און ס׳האָבן זיך אָנגעהויבן די שנייען און ווינטן. די וועגן זענען געוואָרן פאַרשאָטן און ס׳איז שווער געווען צו דערגרייכן די שטאָט אַפילו מיט אַ שליטן. וואָכן זענען אַריבער און ס׳איז פון דעם ר׳ שעפטלען נישט אָנגע־קומען קיין תמונת אות. זיסע פייגע האָט זיך אַזוי דורכגענומען פון דעם טראַף מיט איר טאָכטער, אַז זי איז געוואָרן קראַנק און זאָל־קינד דער משרת האָט איבערגענומען דעם גאַנצן מסחר.

אַזוי ווי די ווינטערנעכט, זענען לאַנג און די גרינגע לייט ברויכן אַ צייטפאַרטרייב, האָבן זיי זיך גלייך נאָך זונזעצונג זיך צונויפגעזאַמלט אין זיסע פייגעס הויז, צו הערן דאָס גערעד פון דעם דיבוק און זיך מיט אים פאַרווילן. זיסע פייגע האָט געהאַט פאַרבאָטן מ׳זאָל באַלעסטיקן איר טאָכטער, אָבער דער נייגיר פון די שטאָטלייט איז דערגאַנגען אַזוי וויט, אַז מ׳האָט אויפגעריסן די טיר און מ׳איז אַריין.

דער דיבוק האָט אַלעמען געקענט, יעדן אַריינגעזאָגט לויט זיין שטאַנד און אויפפירונג. די שפּאַסן זיינע און שטעכווערטלעך האָבן אַרויסגערופן סיי שטויִנונג, סיי געלעכטער. אַפילו עלטערע לייט האָבן זיך נישט געקאָנט איינהאַלטן צו שמייכלען. דער דיבוק האָט געקענט אַלעמענס צונעמען, יעדנס נאַרישקייטן און שוואַכקייטן. ער האָט קיינעם נישט געשוינט, יעדן געזאָגט וואָס ער איז: אַ קמצן אָדער אַ שווינדלער, אַ חונף צי אַ שנאָרער, אַ שליאַך אָדער אַ גרויס־

האַלטער, אַ פּוילער אָדער אַן איינרייסער. מיט די פערדהענדלער האָט ער געשמועסט וועגן פערד און מיט די קצבים — וועגן אָקסן. חיים דעם מילנער האָט דער דיבוק דערמאָנט, אַז ער הענגט אַן אַ געוויכט אונטער דער שאָל, ווען ער וועגט דאָס מעל וואָס די פּויערים האָבן ביי אים געמאָלן. יוקעלע גנב האָט דער דיבוק אויסגעפרעגט וועגן זיין לעצטער גנבה.

דער דיבוק האָט געוווּסט זאַכן וואָס קיין שום פרעמדער קאָן נישט וויסן, און ס'איז געוואָרן קלאָר פאַר דעם געזעמל, אַז מ'האָט דאָ צו טאָן מיט אַ נשמה וואָס זעט פאַרבאָרגענישן און מ'קאָן זיך פאַר איר נישט באַהאַלטן. ווי ווייל דער גלגול האָט יעדן איינעם געמאַכט צו שאַנד, האָבן די לייט פאַרבויגן זייער אייגענעם בזיון צוצוזען די בזיונות פון דעם אַנדערן.

ווען ס'איז דעם דיבוק געוואָרן צוגעגעסן צו פאַרשעמען די שטאָטלייט, האָט ער זיך אומגעקערט צו זיינע אייגענע אומווערדי־קייטן. אַן אָוונט איז נישט אַריבער ער זאָל נישט אַנטפּלעקן נייע חטאים. ער האָט אַלץ אָנגערופן ביים נאָמען, גאָרנישט פאַרלייקנט. ווען מ'האָט אים געפרעגט, צי ער באַדויערט זיינע מעשים־תעתועים, האָט ער קליגעריש אָפּגעענטפערט: און אַז יאָ, וואָס קאָן דאָ העלפן? אַלץ איז אויבן פאַרצייכנט. פאַר איין ווערעמדיקער פלוים קריגט מען תרפ"ט שמיץ. פאַר אַ רגע לוסט וואַלגערט מען זיך אַ וואָך אויפן שטעכבעטל.

מערסטנס האָט דער דיבוק געשאָטן פעך־און־שוועבל אויף די חשובע באַלעבאַטים און באַלעבאָסטעס. צווישן איך וויץ און דעם אַנדערן האָט ער אויסגעפייפט אַלערליי געזאַנגען און בלעקעכצער, אַזוי הויך און מיט אַזאַ מייסטערשאַפט, וואָס קיין שום לעבעדיקער קאָן דאָס נישט אַרויסברענגען.

אין איינעם אַן אָוונט איז געקומען צו לויפן צום רב אַ ווייב פון אַ מלמד און דערציילט, אַז דער דיבוק מוזיצירט און דאָס פעבל טאַנצט צו זיין מוזיק. דער רב האָט אָנגעטאָן דעם טוזליק און דעם ספּאָדיק און איז געקומען צו לויפן.

יאָ, מ׳האָט געטאַנצט ביי זיסע פייגען אין קיך. דער רב האָט אָנגעשריגן אויף דעם המון־עם און זיי געוואָרנט, אַז דאָס איז חילול־השם. ער האָט אָנגעזאָגט זיסע פייגען מיטן האַרבן וואָרט מער נישט אַריינצולאָזן אין איר הויז די מה־יעשהניקעס, וואָס מאַכן זיך לוסטיק מיט דעם דיבוק. אָבער זיסע פייגע איז געלעגן קראַנק. דאָס יינגל, צדוק מאיר, האָט זיך איצט אויפגעהאַלטן ביי קרובים.

ווי נאָר דער רב איז אַוועק, האָט דאָס יונגוואַרג גענומען טאַנצן אַ שער, אַ ברוגז־טאַנץ, אַ קאָזאַק, אַ וואַסער. ס׳האָט אַזוי געדויערט ביז האַלבער נאַכט. דעמאָלט האָט דער דיבוק געטאָן אַ שנאָרך און ליבע יענטל איז איינגעשלאָפן.

אַ פּאָר טעג שפּעטער האָט זיך פאַרשפּרייט אַן אויסטערלישע שמועה: אַ נייער דיבוק איז געהאַט אַריין אין ליבע יענטלען. דאָס מאָל אַ ווייבערישער. ס׳איז געוואָרן אַן אַנגעלויף און אַן ענגשאַפט. פון ליבע יענטלען האָט וואָרהאַפטיק אַרויסגערעדט אַ ווייבעריש קול, אָבער ס׳איז נישט געווען ליבע יענטלס אידעלע שטים, נאָר אַ געכריפ פון אַ מרשעת. מ׳האָט זי געפרעגט ווער זי איז און זי האָט דערזוידערט, אַז איר נאָמען איזביילע צלבה און אַז זי שטאַמט פון דער שטאָט פלאָצק, ווו זי איז געווען פריער אַ שענקערין און דערנאָך אַ זונה.

די ביילע צלבה האָט גערעדט אַנדערש פון געצל כלי־זמר, מיט אַ פלאַטשיקער אויסשפּראַך און אַריינגעמישט דייטשמערישע ווערטער וואָס מ׳האָט אין שידלאָוצע נישט גענוצט. ביילע צלבה האָט דערציילט, אַז זי וואַלגערט זיך שוין אַרום אַכציק יאָר אין אַלערליי מדבריות. זי איז שוין געווען אַ קאַץ, אַן אינדיק, אַ שלאַנג, אַ גריל. אַ לאַנגע צייט האָט איר נשמה געהויזט אין אַ טשערע־פּאַכע. ווען עמיץ האָט דערמאָנט געצל קלעזמער און געפרעגט, צי זי קען אים און ווייסט אַז ער זיצט אויך אין דער אייגענער אישה, האָט ביילע צלבה געענטפערט:

— נישט איך קען אים און נישט כ׳וויל אים קענען.

— פֿאַר וואָס נישט? ביסט געוואָרן אַ צנועה? — האָט זיינוול קצב געפֿרעגט.

— ווער וויל אַ טויטן קלעזמער?

דיביילע צלבה האָט באַלאַקעט אַזוינע פֿאַרשייטע רייד, אַז אַפֿילו די קיילערס און די חזיר־האָר־קעמערס האָבן זיך געוואונדערט. זי האָט געזונגען לידער פֿון פּויערים און דראַגאָנער. די לייט האָבן גענומען רופֿן געצל דעם כלי־זמר, ער זאָל זאָגן אַ וואָרט. מ׳האָט באַגערט די צוויי זאָלן זיך אויסטענהן, אָבער געצל כלי־זמר האָט געשטומט. ביילע צלבה האָט אַ רוף געטאָן:

— כ׳זע דאָ נישט קיין שום געצל.

— אפשר באַהאַלט ער זיך?

— ווו? איך דערשמעק אַ מאַנסביל אויף אַ מייל...

אין דער גאַנצער בהלה איז געקומען צו פֿאָרן ר׳ שעפּטל. ער האָט אויסגעקוקט געעלטערט און נאָך קלענער ווי פֿריער. אין דער באָרד האָבן זיך געוויזן גרויע פּאַסן. ער האָט געבראַכט פֿון ראַדזימין קמעות און ליינענע טאָרבעלעך, אויפֿצוהענגען אין די ווינקלען פֿון שטוב און אָנצוטאָן דער טאָכטער אויפֿן האַלדז.

מ׳האָט גערעכנט, אַז דער דיבוק וועט נישט צולאָזן די קמיעס, זיך אַמפּערן און ראַנגלען ווי ס׳איז דער שטייגער פֿון אַ משחית, ווען מען רירט צו צו אים תשמישי־קדושה. אָבער די ביילע צלבה האָט זיך געמאַכט נישט וויסנדיק. ערשט נאָך דעם ווי מ׳האָט שוין געהאַט אויפֿגעהאָנגען אויף ליבע יענטלען אַלע קמיעס, האָט ביילע צלבה אַ פֿרעג געטאָן:

— וואָס איז דאָס? אשר־יצר־פּאַפּיר?

— דאָס זענען הייליקע שמות פֿון ראַדזימינער רבין — האָט ר׳ שעפּטל גערופֿן. — אויב דו וועסט נישט באַלד אַרויס פֿון מיין טאָכטער, וועט פֿון דיר נישט בלייבן קיין שריד ופּליט.

— זאָג דעם ראַדזימינער אַז איך לאַך זיך אויס פֿון זיינע שמות — האָט די נקבה געענטפֿערט מיט עזות.

— כלבתא, זרש, נפקא! — האָט ר׳ שעפּטל געשריגן.

— וואָס רעוועט ער, דער קורצער פרייטיק ? דאָס גאַנצע פאַר־שווינדל איז ביין און באָרד...

ר׳ שעפטל האָט געהאַט ביי זיך אָפּגעשפּראָכענע זעקסערלעך, אַ שטיקל אָפּגעשפּראָכענעם בורשטין און נאָך אַנדערע אַזוינע חפצים, וואָס די סטרא־אחרא האָט פאָרכט פאַר זיי. נאָר ביילע צלבה האָט, אַפּנים, זיך נישט געשראָקן פאַר קיין שום סגולה. זי האָט פאַרויסגעזאָגט ר׳ שעפטלען אַז ביי נאַכט וועט זי קומען צו אים און אים פאַרפלעכטן אַ קאָלטן אין דער באָרד.

ר׳ שעפטל האָט יענע נאַכט געלייענט די קריאת שמע פון אַרי. ער איז געשלאָפן אין טלית־קטן. ער האָט אונטערגעלייגט אַ ספר יצירה אונטערן קישן און אַ מעסער, ווי מ׳טוט דאָס ביי אַ קימפּעטאָרין. אָבער אין מיטן דער נאַכט האָט ער זיך איבערגעוועקט און געשפּירט אַ גראַבלעניש פון פינגער אין דער באָרד. אַן אומגעזעענע האַנט האָט פאַרפלאָכטן צעפּלעך. ר׳ שעפטל האָט געוואָלט שרייען, נאָר אַ האַנט האָט אים פאַרשטעלט דאָס מויל. אין דער פרי איז ר׳ שעפטל אויפגעשטאַנען מיט אַ פולער באָרד צעפּלעך, פאַרפּאַפּט און פאַרקלעפּט מיט קלייסטער.

ווי ווייל די זאַך האָט אַרויסגערופן אַן אימה, האָבן די וואָרקער חסידים יענעם טאָג געטרונקען לעקעך־און־בראָנפן אין קלויז. זיי האָבן איצט געהאַט אַ באַווייז, אַז דער ראַדזימינער קאָן נישט קיין קבלה. די וואָרקער חסידים האָבן געראָטן ר׳ שעפטלען, ער זאָל פאָרן צו זייער רבין קיין וואָרקע, אָבער ער האָט זיי נישט געהאָרכט און זיי האָבן געהאַט אין אים נקמה...

.4

אין איינעם אַן אָוונט, ווען ביילע צלבה האָט זיך באַרימט מיט איר אַמאָליקער שיינקייט און ווי מאַנסלייט האָבן זיך געיאָגט נאָך איר, האָט זיך דערהערט דאָס קול פון פינטשעווער קלעזמער. ער האָט אַ פרעג געטאָן מיט שפּאָט :

— וואָס האָבן זיי אַזוי געצאַפּלט? ביסט געווען איין נקבה אין ק״ק פּלאָצק?

אַ ווייל איז געבליבן שטיל. ס׳האָט אויסגעוויזן דאָסביילע צלבה האָט פאַרלוירן דאָס לשון. דערנאָך האָט זי געטאָן אַ הייזע־ריקן לאַך.

— זעטץ נאָר, ר׳איז דאָך דאָ, דער גרימפּלער! ווו האָסטו דיך באַהאַלטן? אין דער גראָבער קישקע?

— אַז איר זענט בלינד, קאָן איך זיין שטום. דערציילט, באַ־בעשי, דערציילט. די מעשה האָט שוין געהאַט אַ גרויע באָרד ווען איך בין נאָך געלעגן אין די וויקעלעך. איך אויף אייער אָרט וואָלט מיט אַזוינע ליגנס אַוועק קיין כעלם. אין שידלאָווצע זענען פאַראַן אַ פּאָר קלוגע לייט אויך.

— אַ ווילער, האַ? — האָט ביילע צלבה אָפּגעענטפערט. — אַ לעבעדיקער פידל־קראַצער איז אויך אַ קנאַפּע מציאה, ווער שמועסט אַ געפּגרטער. גיי, זיי מוחל, צוריק אין דיין רוע. פעלסט אויס אויפן פינטשעווער בית־עולם. די מתים וואָס דאַווענען ביי נאַכט אין שול דאַרפן אַ פאַרך צום מנין.

די לייט וואָס זענען געשטאַנען דערביי ווי די צוויי דיבוקים האָבן זיך אויסגעטענהט, זענען געוואָרן אַזוי פאַרבליפט, אַז זיי האָבן פאַרגעסן צו לאַכן. דאָ האָט מען געהערט אַ מאַנסבילש קול און דאָ אַ קול פון אַ נקבה. דער פינטשעווער קלעזמער האָט אויסגערעדט די „ריש״ ווייך און די פּלאָצקער זונה — האַרט.

ליבע יענטלען אַליין האָט מען געהאַט אָנגעשפּאַרט אויף צוויי קישנס — דאָס פּנים בלייך, די האָר צעלאָזט, די אויגן געשלאָסן. מ׳האָט רעכט נישט געזען זי זאָל רירן מיט די לעפּצן. זיסע פייגע איז געלעגן צו־בעט זינט דעם פאַרלויף פון איר בת־יחידה. ר׳ שעפטל האָט אויפגעהערט קומען אַהיים נעכטיקן, געשלאָפן אין בית־מדרש. דוניע די דינסט איז אַוועק פון דער שטעלע אין מיטן זמן. זאַלקינד דער משרת איז אין אָוונט אַוועק צו ווייב־און־קינד.

מ׳איז געגאַנגען אין דעם הויז ווי אין הפקר. ווען עמיץ פון די באַלעבאַטים איז געקומען שטראָפן דאָס געזינדל און זיי פאַר־האַלטן פאַר וואָס זיי מאַכן אַ חוכא וטלולא פון אַ ייִדישער טאָכטער, זענען איםביידע דיבוקים באַפאַלן מיט קללות און זלזולים. די דיבוקים האָבן געגעבן נייע צונעמען אין שטאָט, ווי רייצע די פושקע־מעקלערין, מינדל די בייליק־פרעסערין, יעקל האַרפלאַקס, דוואָשע די לויזערין, משה דער קילע־שטופער, חיים דער שטאָט־ראַצער.

עטלעכע מאָל זענען גויִים און פּריצים אַריינגעפאַלן אויף דעם בייזן וווּנדער און די דיבוקים האָבן זיך געוווערטלט מיט זיי אויף פּויליש. אַ פּריץ האָט שפּעטער געזאָגט אין שענק, אַז דאָס בעסטע טעאַטער אין וואַרשע קאָן זיך נישט פאַרגלייכן צו די סצענעס, וואָס די צוויי טויטע שאַרלאַטאַנען האָבן אָפּגעשפּילט אין שידלאָווצע.

נאָך אַ ווייל האָט ר׳ שעפּטל פאַרבויגן זיין געטריישאַפט צום ראַדזימינער הויף און אַוועק צום וואָרקער, אפשר וועט דער דאָזי־קער צדיק אים העלפן.

די צוויי דיבוקים האָבן דערווייל געפירט צווישן זיך אַ גע־פּעכט מיט ווערטער. ס׳איז אָנגענומען, אַז אין מויל־מלאכה זענען ווייבער טויגלעכער ווי מאַנסלייט, אָבער דער פּינטשעווער קלעזמער האָט נישט צוגעלאָזט די פּלאַצקער זונה זאָל אים בייקומען. ביילע צלבה האָט אים גערופן: פאָנפער, לאַבערער, טעלערלעקער, שיקסע־קריכער, און ער זי: נפקא, מויד מיט אַ כתב, מוכת עץ, בתולה אין עלנבויגן. דער פּינטשעווער קלעזמער האָט וויפל מאָל דערמאָנט, אַז עס איז אונטער זיין כבוד צו שטרייטן מיט אַ טריק, אָבער די באַדיונגען האָבן נישט געוואָלט מ׳זאָל זיי פאַרשטערן די שפּיל, און אונטערגעגעבן געצלען קוראַזש: ענטפער איר! לאָז זי נישט בלייבן די גערעכטע! מ׳האָט געפייפט, געפּאַטשט מיט די הענט, געטופּעט מיט די פיס.

ביסלעכווייז איז דאָס מחלוקת אַריבער אין אַ פאַרהער. געצל קלעזמער האָט זיך געפּלייסט צו כאַפּן ביילע צלבהן ביי אַ ליגן,

אָדער אַ ווידערשפּרוך אוןביילע צלבה האָט געפֿירט אים פֿאַר־שיטן. די ביילע צלבה האָט דערציילט, אַז די מאַמע אירע, אַ פֿרום ווייבל, אַן אשת חיל, האָט געבוירן דעם מאַן אירן, אַ חסיד, אַ לייַ־דיקגייער, אַכט קינדער, אַלע מיידלעך. ווען זי, ביילע צלבה, איז אויף דער וועלט געקומען, איז דער טאַטע פֿון פֿאַרדרוס אַוועק פֿון דער היים, אויסגעוואַנדערט אַ היתר ממאה רבנים, איבערגעלאָזט די מאַמען אַן עגונה. אויסצוהאַלטן די משפּחה, איז די מאַמע יעדן פֿרי־מאָרגן אַוועק אין מאַרק האַנדלען מיט הייסן באָב פֿאַר די ישיבֿה־בחורים. אַ שאַלקהאַפֿטער בעלפֿער מיט אַ ציגן־בערדל און פּאות ביז די אַקסלען איז כלומרשט געקומען צו ביילע צלבהן לערנען מיט איר דאַווענען, אָבער ער האָט זי באַצוווּנגען. זי איז קוים אַלט געווען אַכט יאָר.

ווען ביילע צלבה האָט גענומען פֿירברענגען ווי זי איז געוואָרן אַ באַדינערין אין אַ שענק, ווי די יוונים האָבן זי געקניפּט, גע־שאָלטן, איר געריסן די האָר, און ווי אַ מומע, פֿאַרשטעלט פֿאַר אַ גבאיטע, האָט זי פֿאַרנאַרט אין אַ ווייטער שטאָט און זי אַרייַנ־געגעבן אין אַ הורן־הויז, האָבן די מוידן מער זיך נישט געקאָנט איינהאַלטן, אַרויסגעפּלאַצט אין אַ געוויין. די יונגען האָבן אויך געווישט אַ טרער.

געצל קלעזמער האָט זי געפֿאָרשט ווער ס׳זענען געווען די געסט, וויפֿל האָבן זיי באַצאָלט, וואָס זי האָט אַוועקגעגעבן די זנות־מעקלער און וויפֿל ס׳איז איר געבליבן אויף חיונה, און די ביילע צלבה האָט אויף אַלץ געענטפֿערט. די יונגע לאַוועלאַסן האָבן זי באַלעסטיקט אויף זייער שטייגער און די אַלטע היפּערפּרעסער האָבן זי געמאַ־טערט מיט זייערע שאַלמויזן. די מומע האָט ביי איר צוגענומען דעם לעצטן גראָשן, פֿאַרשלאָסן פֿאַר איר דעם לאָבן ברויט אין אַלמער; דער פֿעטער האָט זי געשמיסן מיט אַ נאַסן רימען, איר אַרייַנגעשטאָכן אַ נאָדל אין הינטער־חלק.

פֿון פֿאַסטן און פֿון בענקשאַפֿט אַהיים איז זי געוואָרן קראַנק אויף דער דער, אויסגעשפּיגן די לונגען אין הקדש, און מחמת

מ׳האָט זי באַגראָבן הינטערן פּלויט, אָן קדיש, האָבן גלייך באַקומען איבער איר די מאַכט מילי־מיליאָסן שדים, שרעטלעך, לצים, באָ־בוקן. דער מלאך דומה האָט זי געפרעגט דעם פּסוק וואָס פּאַסט צו איר נאָמען און ווען זי האָט נישט געקאָנט ענטפערן, האָט ער צעשפּאָלטן איר קבר מיט אַ פייערדיקער רוט. זי האָט געבעטן מ׳זאָל זי אַריינלאָזן אין גיהנום, ווייל דאָרט שטראָפט מען בלויז צוועלף חדשים, אָבער די אָנשיקענישן האָבן זי אַוועקגעשלעפּט אין אַלערליי מדבריותן און מיסטן. זי איז אַנטרונען פון זיי און איז געוואָרן מגולגל אין פראָשען, ווערעם, שרצים און פיפערנאָטערס, נאָר אין ערגעץ האָט זי נישט געהאַט קיין רו.

ביסלעכווייז זענען די צוויי דיבוקים געוואָרן היימיש און צו־געלאָזן. געצל קלעזמער האָט אויפגעהערט שטאַכעלירן ביילע צלבהן און זי גוטברודעריש אויסגעפרעגט אויב זי האָט פאַרשוואָנגערט פון זנות, צי מ׳האָט זי פאַרשפּאַרט אין אַ קערקער, אויב זי האָט זיך באַהאָפטן מיט אַ טערק אָדער אַ שוואַרצן מור, און די ביילע צלבה האָט אויסגערעכנט פּרטים, וואָס ס׳איז נישט געשיקט מ׳זאָל דאָס אויסקלערן. אַזוי האָט זי דערמאָנט, אַז אין דער מידבר איז זי צוגעקומען צו אַ הייל וואָס איז אַ טיר פון גיהנום. מ׳הערט דאָרט טאָג און נאַכט די ווייגעשרייען פון די געשטראָפטע. זי איז געוואָרן פאַר־וואָגלט צום ים הקרוש און עס שטייען דאָרט זעגלשיפן וואָס דער שטורעמווינט האָט אַריינגעטריבן — מיט טויטע מאַטראָסן און פאַר־שטיינערטע קאַפּיטאַנען. ביילע צלבה זאָל אויך האָבן פאַרפלויגן אין אַ מדינה פון ריזן מיט צוויי קעפּ און איין אויג אין שטערן. ס׳ווערן דאָרט געבוירן ווייניק מיידלעך און אַ ווייבספאַרשוין האָט זעקס מאַנען.

נאָך אַ ווייל האָט געצל קלעזמער גענומען איבערגעבן וואָס ער איז דורכגעגאַנגען ביים לעבן, אויף אַלערליי התונהס און פריי־צישע בעלער, און שפּעטער אויף יענער וועלט. ס׳איז אויסגעקומען לויט זיינע רייד, אַז די רשעים טוען נישט קיין תשובה אַפילו אין שאול־תחתיה. ווי ווייל זיי זעען שוין דעם אמת, יאָגט זיך ווייטער

יעדעס נפש נאָך זיינע גלוסטונגען. די קאָרטנשפּילער שפּילן מיט אומגעזעענע קאָרטן, די גנבים גנבענען, די שווינדלער שווינדלען און די חמור־איזלען טרייבן אַרום מיט נקבהס און טוען־אָפּ אַלערליי אומוווערדיקייטן.

די וואָס זענען געווען דערביי זענען געוואָרן גריילעך געפּלעפּט און זיינוול קצב האָט געפרעגט: ווי קאָן מען זינדיקן ווען מ׳פּוילט אין דער ערד?

דערויף האָט געצל געענטפערט, אַז דעם געגנוס פון עברהס האָט סיי ווי די נשמה, נישט דער גוף, און דעריבער ווערט זי באַשטראָפט. נו, זענען פאַראַן אומעטום לייבער פון רויך, שפּינ־וועבס, אָדער שאָטן און מ׳קען זיך מיט זיי באַהעלפן אויף אַ וויַיל, ביז די חיצונים צערייסן זיי אויף שטיקער. ס׳זענען אויך דאָ אין די מדבריות און אין תהום — שלעסער, האַרבעריקן און חורבהס, ווו מ׳קאָן זיך אויסבאַהאַלטן פון יום־הדין, און מלאכי־חבלה, וואָס מ׳טוט אונטערקויפן מיט אַ צוזאָג, אָדער אַפילו מיט אַזאַ געלט וואָס האָט נישט קיין האַפט, נאָר מ׳באַנוצט זיך דערמיט אין די שענקן און נפקא־הייזלעך.

ווען איינער פון די באַדיונגען האָט אַ געשריי געטאָן, אַז דאָס קאָן נישט געמאָלט זיין, האָט געצל זיך געעדותט מיטביילע צלבהן.

— זאָג דעם אמת: וואָס האָסטו געטאָן די אַלע יאָרן? געזאָגט תהילים אָדער אַרומגעוואַנדערט אין אַלערליי געמויזעכצער און וויסטענישן און זיך צונויפגעקומען מיט נישט־גוטע, זמאָרעס, מאַ־לעכייען?

אָנשטאָט צו ענטפערן, האָט ביילע צלבה זיך צעכיכעט און צעהוסט:

— כ׳קאָן נישט רעדן, ווייל דער גומען איז מיר טרוקן.

— יאָ, דערלאַנג אַ קאַפּ — האָט געצל באַפוילן, און ווען מ׳האָט צוגעטראָגן אַ גלאָז אָקעוויט, האָט די ליבע יענטל עס אַראָפּ־געשלונגען ווי וואַסער. זי האָט דערביי נישט געעפנט די אויגן און זיך נישט געטאָן קיין קרום, און ס׳איז געוואָרן קלאָר פאַר

אַלעמען, אַז דאָס טוען די דיבוקים וואָס זיצן אין איר, וואָרים אַפּילו דער געניטסטער שיכור קאָן נישט אויסזויפן אַזוי פיל אין איין אָטעם און אָן אַ פאַרבייס.

ווען זיינוול קצב האָט איינגעזען, אַז די צוויי דיבוקים האָבן געמאַכט יד־אחת, האָט ער געפרעגט:

— וואָרום זענט איר זיך נישט משדך? איר זענט ביידע בר־מינגס. איר׳ט זיך באַזעצט אין איין מויד. פאַרן אייגענעם געלט קאָנט איר ווערן מאַן־און־ווייב.

— וואָס וועלן מיר טאָן נאָך דער חתונה? — האָט ביילע צלבה צוריקגעפרעגט. — דאַוונען פון איין סידור?

— דאָס וואָס אַלע פאַרפעלקער.

— מיט וואָס? ס׳איז שוין נאָך אַלע טועכישן. אַחוץ דעם, ווען מיר דאָ לאַנג נישט קאָנען בלייבן.

— וואָרום נישט? די ליבע יענטל איז נאָך אַ יונגע מויד.

— דער וואָרקער איז נישט דער ראַדזימינער. פאַר זיינע קמיעס האָט אַפּילו דער אשמדאי פאַרכט.

— איך האָב נישט קיין מורא אַפּילו פאַרן רבין ר׳ צאָץ — האָט געצל זיך באַרימט. — אָבער כ׳האָלט נישט ביי קיין חתונה.

— פאַר וואָס נישט? — האָט ביילע צלבה געפרעגט, — ס׳שטייט דיר נישט אָן דער שידוך? ווען דו וואָלסט געוווסט ווער ס׳האָט זיך צו מיר געשדכנט, וואָלסטו איינגענומען אַ צווייטע פגירה —

— אַז זי שילט שוין איצט, וואָס וועט זיין נאָך דער חתונה?

— האָט געצל זיך געקליגלט. — אַחוץ דעם איז זי עלטער פון מיר מיט אַ יאָר זיבעציק. זי וואָלט לייכט געקאָנט זיין מיין עלטער־באָבע.

— גולם, פאַרשגיטענע יאָרן זענען נישט קיין יאָרן — האָט ביילע צלבה געטענהט. — ווען כ׳האָב מיך אַריבערגעפּעקלט בין איך אַלט געווען זיבן און צוואַנציק יאָר און עלטער קאָן איך שוין נישט ווערן. ווי אַלט ביסטו, שנאַפּסקאַפּיטאַן? אוודאי אַ זעכציקער.

— וויפל ווייניקער פון פופציק, אַזוי פיל מכות זאָלן זיך דיר באַזעצן אויפן גראָבן פלייש.

— גיב מיר פלייש, זאָל זיין מיט מכות...

די צוויי האָבן זיך אַזוי לאַנג געאַמפּערט און דער עולם האָט זיי אַזוי לאַנג צוגערעדט ביז זיי זענען באַשטאַנען אויפן שידוך. ווער עס האָט נישט געהערט ווי די טויטע חתן־כלה האָבן זיך גע־דונגען וועגן נדן, אויסשטייער, מתנהס, ווייסט נישט אויף וואָס לצים זענען קאַפּאַבל.

די ביילע צלבה האָט אַריינגעשאַצט געצלען אין נדן, אַז מ׳האָט זי באַגראָבן אין וועבענע תכריכים. זי האָט זיך גערימט מיטן אַן עלטערזיידן אַ שאַלאָטן־שמש אין וואָלבראָם און מיט אַן עלטער־באָבען אַ טיקערין אין טישעוויץ. זי האָט פאַרזיכערט, אַז זי איז שוין לאַנג אָפּגעקומען פאַר אַלע זינד און זי איז דעריבער ריין ווי אַ בתולה. ס׳זענען דען פאַראַן בתולהס? — האָט זי געדרשנט. — יעדע נשמה האָט שוין אַכצן מאָל געהויזט אין אַ זכר און אין אַ נקבה. ס׳זענען מער נישטאָ קיין נייע נשמהס אין הימל. מ׳כשרט נשמהס אין אַ קעסל ווי געפעס אויף פסח. מ׳לייטערט זיי אויס און מ׳שיקט זיי צוריק אויף דער ערד. דער נעכטיקער בעטלער איז היינט אַ מאַגנאַט. פון אַ רביצין ווערט אַ בעל־עגלה. אַ פערד־גנב קומט צוריק אַ ראש־הקהל. אַ שוחט קערט זיך אום אַן אָקס. אויב אַזוי, וואָס איז דער יחוס? אַלץ איז געקנאָטן פון איין טייג: די קאַץ און די מויז, דער בערנטרייבער און דער בער, דער זקן און ס׳קינפּעטקינד. זי אַליין, ביילע צלבה, איז שוין געווען אין די פריערדיקע גלגולים אַ תבואה־סוחר, אַ מילכמויד, אַ גבאיטע, אַ גמרא־מלמד.

געצל האָט אַ פרעג געטאָן:

— געדענקסט נאָך אַ שטיקל גמרא, האַ?

— ווען דער מלאך טוט מיר נישט אַ שנעל אונטער דער נאָז, וואָלט איך אוודאי געדענקט...

— וואָס זאָגט עטץ צו מייך מעצאָצע? — האָט געצל געטענהט.

— אַ געשליפֿן פּיסקל. קאָן איבעררעדן אַ שטיין. ווען מיין ווייב אין פּינטשעוו וואָלט געוווסט אויף וועמען איך פֿאַרבייט זי, וואָלט זי זיך דערטרונקען אין אַ פֿאָמעשאַף.

— דיין ווייב האָט דיך שוין פֿאַרביטן פֿריער...

אין שטאָט האָט זיך פֿאַרשפּרייט אַן אויסטערלישע שמועה: מאָרגן וועט זיין אַ חתונה ביי ר׳ שעפּטלען אין הויז. געצל כלי־זמר און ביילע צלבה וועלן זיך משדך זיין...

5.

ווען דער רב האָט געהערט די בייעס, האָט ער אויסגערופֿן אַן איסור, קיינער זאָל נישט קומען אויף דער שוואַרץ־חתונה. דער רב האָט געשיקט בענדיט שמש ער זאָל וואַכן ביים אַריינגאַנג צו ר׳ שעפּטלס הויז און קיינעם נישט אַריינלאָזן.

אָבער איבער־נאַכט איז אָנגעפֿאַלן אַ געדיכטער שניי און קעגן פֿרימאָרגן האָט זיך געשטעלט אַ גליענדיקער פֿראָסט. דער ווינט האָט אָנגעיאָגט קופּעס שניי, געפֿייפֿט אין אַלע קוימענס. בענדיט שמש איז געוואָרן אין גאַנצן איינגעהילט אין ווייסן, אויסגעקוקט ווי אַ שניימענטש וואָס די קינדער שאַרען צונויף. די שמשטע האָט אים אַ האַלב־געפֿרוירענעם אַוועקגענומען אַהיים. ווי נאָר ס׳האָט גענומען דעמערן, האָט זיך פֿאַרזאַמלט אין ר׳ שעפּטלס הויז דאָס גאַנצע שטאָטישע פּעבל. טייל האָבן מיטגענומען פֿלעשער אָקעוויט, אַנדערע — געטרוקנט שעפּסנס און פֿאַרבייסעכצער.

ווי געוויינלעך, איז ליבע יענטל אַ גאַנצן טאָג געשלאָפֿן און מ׳האָט זי נישט געקאָנט איבערוועקן. די קראַנקע זיסע פֿייגע האָט איר אַריינגעגאָסן אין מויל אַ פּאָר לעפֿל גריץ. אָבער ווי נאָר ס׳איז צוגעפֿאַלן דער בין־השמשות האָט ליבע יענטל זיך אויפֿגעזעצט. אין שטוב איז געוואָרן אַזאַ שטופּעניש, אַז מ׳האָט נישט געקאָנט אַריינזעצן קיין שפּילקע. זיינוול קצב האָט אַ פֿרעג געטאָן:

— כלה, האָסט געפּאַסט אין חופּה־טאָג?

— אַזוי ווי די מתים עסן, אַזאַ פּנים האָבן זיי — האָטביילע צלבה געענטפערט.

— נו, און דו, חתן, ביסט גרייט?

— זאָל זי פריער מסלק זיין דעם נדן.

— נעם וואָס כ׳האָב: אַ לעקל שטויב, אַ רעשטל דרויב...

געצל האָט יענעם אָוונט באַוויזן, אַז נישט בלויז איז ער אַ געניטער קלעזמער, נאָר ער קאָן אויך זיין אַ רב, אַ חזן, אַ בדחן. פריער האָט ער אויפגעשפּילט אַ וויינענדיקס און געמאַכט חתן־כלה אַן אל־מלא רחמים. דערנאָך האָט ער אויפגעשפּילט אַ פריילעכס, באַווירצט מיט בדחנות. ער האָט געפלאָכטן גראַמען, געבראָקט וויצן, פאַרקריפּלט פּסוקים. ער האָט אָנגעזאָגט דער כלה זי זאָל זיין אַ געטריי ווייב, זיך פּוצן און צירן, היטן די ווירטשאַפט. ער האָט געוואָרנט די פּאָר זיי זאָלן נישט פאַרגעסן דעם יום־המיתה. ער האָט אויפגעזונגען:

כלהשי, כלהשי, וויין, וויין,
אַ טויטער קאָן נישט זיין אַליין.
אין געשליידער פון כף הקלע
וואַרט אַ חתן אויף אַ כלה.
מת מיט מת, דיבוק מיט דיבוק,
יעדעס שרעטל זוכט זיין זיווג.
מלאך דומה, טייוול, שד, —
יעדעס קבר איז אַ בעט.
ווייסע לייוונט, שבת־שטעפּ —
פון אַ חופּה־קלייד אַ שלעפּ.

ווי וויל ס׳איז נישט געווען קיין אמתע חתונה, האָבן די ווייבער זיך באַגאָסן מיט טרערן. די מאַנסלייט האָבן געזיפצט. אַלץ איז צוגעגאַנגען לויטן מנהג. געצל האָט געזאָגט, געזונגען, געשפּילט.

מ׳האָט באַשיינפּערלעך געהערט דאָס געוויין פון פידל, דעם גע־פּייף פון קלאַרנעט, דאָס געשאַל פון דעם טרומייטער, דאָס קלאָ־געניש פון אַ דודלזאַק. געצל האָט מיקלאָמפּערשט צוגעדעקט די כלה מיט אַ שלייער, געשפּילט אַ באַדעקנס. ער האָט אויפגעשפּילט אַ חופּה־מאַרש, געזאָגט הרי את. ער האָט זיך געחכמהעט, אַז די גילדערנע יויך האָט צו פיל רענדלעך, מעשה־חתן געזאָגט אַ פּשטל. ס׳איז נישט געווען קיין פּשטל, נאָר אַ דרשה פון אַ פּורים־רב: פאַר וואָס האָט ויזתא אַ גרויסע וואָוו? ווייל חור איז מיט אַ גרוי־סער חית. פון וואַנען ווייסט מען אַז ושתי האָט גערעדט דייטש? ווייל ס׳שטייט: תחת ושתי. ווי איז געדרונגען אַז מרדכי האָט געהאַנדלט מיט הערינג? ווייל עס ווערט געזאָגט: ושמעו הולך בכל המדינות. ווי קומט נח אין דער מגילה? ס׳האָבן אויסגעפּעלט אַחשוורושן שיכורים, האָט ער פאַרבעטן נחן. פאַר וואָס זשע האָט ער נישט פאַרבעטן לוטן? ווייל לוט האָט פאַרזויפּט דעם נדן פון די טעכטער און איז געפאָרן שנאָרען פאַר הכנסת־כלה...

נאָך דער דרשה האָט געצל אויסגערופן דרשה־געשאַנק: אַ פאַר־האַנגענער שפּיגל, אַ זעקעלע ארץ־ישראל ערד, אַ זילבערנער טהרה־לעפל, אַ שטייענדיקער זייגער. ווען דאָס געזעמל האָט אַראָפּגע־לאָזט די נעז, האָט געצל אויפגעשפּילט אַ קאָזאַצקע. מ׳האָט גע־פּרוּווט טאַנצן, אָבער ס׳איז נישט געווען ווו צו שטעלן אַ טראָט. מ׳האָט זיך בלויז געשאָקלט און געמאַכט האַוואַיעס.

ביילע צלבה האָט זיך צעיאָמערט:

— אוי, געצל!

— וואָס ווילסטו, קעצל?

— פאַר וואָס קאָן דאָס נישט זיין אויף דער וואָר?

— די וואָר אַליין הענגט אויף אַ האָר.

— ביי דיר איז דאָס אַ שפּילעכל. איך, נאַר, מיין דאָס ערנסט.

— קיין שום שפּילעכל. לאָמיר טרינקען לחיים. מערטשישעם צום תחית־המתים אויפן הר־הזיתים...

מ׳האָט דערלאַנגט געצלען אַ גלאָז און ער האָט עס אויסגענויגט

ביז צום באָדעם. ער האָט עס צעבראָכן אָן דער וואַנט, און זיך צע־זונגען מיט אַ ניגון פון חדר:

אלה תולדות נח,
פון בראָנפן האָט מען כוח,
אַ גלעזעלע ווײַן איז דער עיקר,
פון בראָנפן ווערט מען שיכור.

זיסע פּייגע האָט מער נישט געקאָנט אײַנליגן אין קעמערל. זי האָט זיך אײַנגעהילט אין אַ שאַל, איז אַרײַן אין שטעקלאַטשן, קראַנקערהייט געפּרוווט זיך דורכרײַסן דורך דעם אַנגעלויף.

— רוצחים, עץ פאַרפּײַניקט מײַן קינד!...

ביילע צלבה האָט אויף איר אָנגעשריגן:

— צעקראָכענע מיירע, ציטערט נישט. אַפילו אַ צעפּאַלענער קלעזמער איז בעסער פון אַ זאַוויערטשער שטינקער...

* * *

אין מיטן דער נאַכט האָבן זיך דערהערט טריט און געשרייען. ר׳ שעפּטל האָט זיך געהאַט אומגעקערט פון וואַרקע, געבראַכט אַ טאָרבע מיט נײַע קמיעס, השבעהס, סגולהס. די וואַרקער חסידים זענען מיטגעקומען מיט אים, גרייט צו פאַרטרײַבן דאָס ערב־רב. זיי האָבן געפּאָכעט מיט די גאַרטלען און גערופן:

— געהינטעכץ אַרויס!

עטלעכע יונגען האָבן געפּרוווט זיך קעגנשטעלן די חסידים, אָבער זיי זענען געוועזן מיד פון שטייען אַזוי לאַנג אויף די פיס און זיי האָבן זיך אַ לאָז געטאָן צו דער טיר. געצל האָט זיך צעשריגן:

— ברידער, לאָזט זיך נישט ביי די פאַקראַקעס! גיט זיי צו שמעקן פעפער! העי, דו פלאָקנשיסער!...

— פּחדנים, האָזן, שטרויענע העלדן! — האָט ביילע צלבה געקוויטשעט.

אַ פּאָר חסידים האָבן געכאַפּט קלעפּ, אָבער נאָך אַ ווייל איז די האַלאַטע זיך צעלאָפן. די חסידים זענען אַריינגעפאַלן פאַרשנאַש־קעטע, געוואָרגט מיט חרם.

געצל האָט אַ זאָג געטאָן:

— ביילע צלבה, מ׳האָט פאַרשטערט אונדזער שימחה!

— וואָס ביסטו, אַ מאַנסביל, אַ לעמעשקע?

דער גבאי פון וואָרקער קלויז, ר׳ אַביגדור יאַווראָוער, האָט גלייך אָנגעהויבן מיט כוח. ער איז צוגעשפרונגען צו ליבע יענטלס בעט, געפרוּווט איר אָנהענגען די קמיעס מיט געוואַלד, אָבער די מויד האָט מיט איין האַנט אים אַראָפגעריסן דאָס היטל מיטן קאַפּל, מיט דער צווייטער — אים אָנגעכאַפּט ביי דער באָרד. די אַנדערע חסידים האָבן זיך פאַר אים אָנגענומען, געשריגן: חצופה, סוטה, קליפה! אָבער דער דיבוק האָט געשמיסן אויף רעכטס און לינקס. ווער ס׳האָט געקראָגן אַ פּלעם אין דער באַק און ווער אַ צופּ ביי אַ פאה; ווער אַ שפּיי אין פּנים, ווער אַ שטאָרך אין די ריפּן.

יענע וואָס האָבן בייגעוווינט דעם געראַנגל האָבן שפּעטער עדות־געזאָגט, אַז דער מחבל (אָדער די מחבלים), האָבן אַרויסגעוויזן אַ כוח שלא כדרך הטבע.

אָנצושרעקן די פרומע, האָט די מויד אויסגערופן אַז זי איז אַ נידה. דערנאָך האָט זי אַראָפגעפליקט פון זיך דאָס העמד, גע־וויזן די שאַנד. יענע וואָס האָבן נישט אָפּגעקערט דעם בליק האָבן געמערקט אַז דער בויך איז איר אָנגעבלאָזן ווי אַ פויק. רעכטס און לינקס האָבן אַרויסגעשטאַרצט צוויי גוליעס, גרויסע ווי קעפּ, און ס׳איז געווען קלאָר, אַז ס׳זיצן דאָרט די רוחות. דער דיבוק האָט געברילט ווי אַ לייב, געהוילט ווי אַ וואָלף, געשיפּעט ווי אַ שלאַנג. ער האָט געשטויסן די חסידים מיט די פיס, געביסן, געגראַטשעט. ער האָט אָנגערופן דעם וואָרקער — כניאַק, צלאָפּ, פליאַסקעדריגע, מבזה געווען אַלע צדיקים, געלעסטערט גאָט. ער האָט געשאָטן מיט ניבול־פה, וואָס מ׳הערט אַזוינס נישט צווישן היגטשלעגער.

ר׳ שעפטל האָט זיך געטאָן אַ זעץ אַוועק אויף דער ערד, גע־בליבן זיצן ווי אַן אָבל. ער האָט פאַרשטעלט די אויגן מיט די הענט, זיך געשאָקלט ווי איבער אַ טויטן. זיסע פייגע האָט געכאַפּט אַ בעזים, געפּרוּווט פאַרטרייבן די לייט, וואָס זענען באַפאַלן איר טאָכטער, נאָר מ׳האָט זי אַוועקגעשטופּט און זי איז געפאַלן מיטן פּנים צו דער ערד.

נאָך אַ וויַיל האָבן עטלעכע חסידישע יונגעלייט אָנגעכאַפּט די ליבע יענטלען ביי די הענט און די פיס, זי צוגעבונדן מיט די גאַרט־לען צום בעט. מ׳האָט איר איבערדאַנק אָנגעטאָן דעם וואָרקערס קמיעס.

געצל, וואָס איז געוואָרן אַ וויַיל פאַרשטומט אין דעם געראַנג־לעניש, האָט ווידער געלאָזט פון זיך הערן.

— זאָגט דעם בעל־מופת, אַז זיינע קמיעס זענען טנופת...

— רשע, ביסט שוין אין גיהנום און לייקנסט נאָך אַלץ?

— ס׳גיהנום איז פול מיט אייערע לייט.

— כלב, מנוול, איבערגעדרייט שלעסל!

— וואָס שילט איר, לאַפּאַצאַנייַס? — האָט ביילע צלבה גע־רופן. — איז דאָס אונדזער שולד וואָס אייער צאַפּיק גיט פאַלשע קמיעס? בעסער לאָזט דאָס מיידל געמאַך. מירן איר קיין בייז נישט טאָן. פאַרקערט, מיר וועלן זי היטן ווי אַן אויג אין קאָפּ. איר גליק איז אונדזער גליק. מיר זענען אויך יידן, נישט קיין טאָטערן. אונ־דזערע נשמהס זענען אויך געשטאַנען אויפן באַרג סיני. אויב מיר האָבן געגרייזט, זענען מיר שוין ס׳אונדזעריקע איבערגעקומען — נאָך מיט אַ שמיצל אַריבער.

— כלבתא, חלפתא, אַרויס!

— איכ׳ל גיין ווען מיר וועט געפעלן.

— טודרוס, בלאָז שופר!

— תקיעה!

דער שופר האָט זיך צעשאַלט אין דער נאַכט מיט אַן אומ־היימלעך געוויימער.

ביילע צלבה האָט זיך צעלאַכט.

— אַז מ׳בריט זיך אָפּ אויפן הייסן, בלאָזט מען אויפן קאַלטן.

— שברים!

— שמאַגעגעס, ס׳פעלן אייך נישט קיין שברים הינטער די קילעבענדלעך — האָט געצל געשפּעט.

אַ צאָל פון די אַנטלאָפענע ווילע יונגען האָבן זיך געהאַט אומגעקערט. זיי האָבן געבראַכט מיט זיך שטעקנס, מעסערס. די ראַדזינער חסידים האָבן געהאַט געהערט די בשורה, אַז די וואָרקער קמיעס האָבן נישט קיין פּעולה און זיי זענען געקומען זיך רייצן. ווער ס׳האָט געווײַנט און ווער ס׳האָט געכיכעט, ווער ס׳האָט גע־שאָלטן די חסידים און ווער ס׳האָט געהויבן די הענט צום הימל.

צוויי ווײַבער, שכנטעס, האָבן אויפגעהויבן די פאַרשלאָפטע זיסע פייגען. די קאָפּקע איז איר געהאַט אַראָפּגעפאַלן און מ׳האָט דערזען אַ ווייל איר אָפּגעגאָלטן קאָפּ, פול מיט וואָרצלען ווייסע האָר. עמיץ האָט זי אין איילעניש צוגעדעקט. זי האָט אויפגעהויבן צוויי פויסטן, זיך פאַרגאַנגען:

— רוצחים, איר דערהרגעט מײַן קינד!... רבונו של עולם, שיק אויף זיי פּרעהס מכות!...

טייל חסידים זענען אָפּגעטרעטן אויף הינטערווײַלעכץ, אַנדערע האָבן אָפּגעענטפערט:

— מיר׳ן נישט אַוועק פון דאַנען ביז דער דיבוק וועט נישט אַרויס!

— שטן, עמלק, משומד!...

— שוטה, עם־הארץ, נבזה!...

די שעהן האָבן זיך געררוקט און די דיבוקים זענען געבליבן האַרטנעקיק. טייל חסידים זענען אַוועק אַהיים. אַנדערע האָבן זיך אָנגעשפּאַרט אין דער וואַנט, גרייט צו פירן די מלחמה מיט די לעצטע כוחות.

ר׳ שעפּטל האָט זיך אויפגעהויבן פון דיל און אין זײַן אַנגסט גענומען רעדן צו די דיבוקים ווײַכע רייד:

— וויבאַלד איר זענט ייִדן, דאַרפט איר האָבן ייִדישע הער־צער. זעט וואָס ס׳איז געוואָרן פון מיין כשרער טאָכטער. ליגט גע־בונדן ווי אַ שעפּס צו דער שחיטה. מיין אישה איז קראַנק. איך אַליין פאַל פון די פיס. פון מיין מיסחר ווערט אשפּה. ווי לאַנג וועט איר אונדז פּייניקן? אַפילו אַ גזלן האָט אַ פונק רחמנות.

— מ׳האָט אויף אונדז אויך ניש׳ קאַ׳ רחמנות...

— איכ׳ל מתפלל זיין איר זאָלט קריגן אַ תיקון. ס׳שטייט: לא ידח ממנו נדח. קיין שום ייִדישע נשמה ווערט נישט פאַרשטויסן אויף אייביק.

— וואָס וועט איר טאָן פאַר אונדז? — האָט געצל געפרעגט.

— העלפן קרעכצן?

— איכ׳ל זאָגן תהילים. לערנען משניות, טיילן צדקה. משנה האָט די אייגענע אותיות וואָס נשמה. איכ׳ל זאָגן נאָך אייך קדיש. גאַנצע צוועלף חדשים.

— כ׳בין נישט קיין פויער. מיך קאָנט איר נישט נאַרן.

— כ׳האָב ביז אַצינד, חלילה, קיינעם נישט גענאַרט.

— שווערט, אַז איר׳ט האַלטן וואָרט — האָט געצל קלעזמער באַפוילן.

— וואָס איז, געצעלע? דו ווילסט שוין אַוועק פון מיר? — האָט ביילע צלבה געפרעגט מיט אַ פאַרשייט געלעכטער.

געצל האָט געטאָן אַ געניץ.

— ס׳איז מיר אַ רחמנות אויפן אַלטוואַרג.

— ווילסט מיך לאָזן אַן עגונה גלייך די ערשטע נאַכט?

— קום מיט, אויב דו קאָנסט.

— וווהין? הינטער די הרי חושך.

— ווו די אויגן וועלן טראָגן.

— מיר האָבן דען אויגן? קאָמעדיאַנט!

— שווערט, ר׳ שעפטל, אַז איר׳ט האַלטן דאָס אַלץ וואָס איר זאָגט צו — האָט געצל קלעזמער גערעדט. — טוט אַ הייליקע שבועה. אויב איר וועט ברעכן אייער וואָרט, וועל איך צוריקקומען

מיט דער גאַנצער סטרא אחרא און מאַכן פון אײך אַזאַ תל, אַז מ׳וועט נישט וויסן ווו אײער געביין איז אַהינגעקומען.

— שווערט נישט, ר׳ שעפּטל, שווערט נישט! — האָבן די חסידים געליאַרעמט. — אַזאַ שבועה איז חילול השם!

— שווער, מאַן מײַנער, שווער. אויב נישט, וועלן מיר, חלילה, אַלע אונטערגיין.

ר׳ שעפּטל האָט זיך אָנגענומען בײַ דער באָרד.

— נפטרים, כ׳טו אַ שבועה, אַז כ׳וועל מקיים זײַן אַלץ וואָס כ׳נעם אויף מיר. כ׳על לערנען נאָך אײך משניות. כ׳על זאָגן נאָך אײך קדיש י״ב חדשים. זאָגט מיר ווען איר זענט נסתלק געוואָרן און איכ׳ל צינדן נאָך אײך יאָרצײַטליכט. אויב ס׳זענען נישטאָ קיין מצבות אויף אײַערע קברים, וועל איך פאָרן אויפן בית־עולם שטעלן אַ מצבה.

— די קברים זענען שוין אויך נישטאָ. קום, ביילע צלבה, מיר גייען.

— ווו, געצל? אַלע וועגן זענען פאַרשטעלט.

— קום, ס׳טאָגט שוין אין פינצטערניש.

— לין, אומייסט געמאַכט פון אַ ייִדישער טאָכטער ס׳געװאַר!

— רוקט זיך אָפּ! — האָט געצל אַ רוף געטאָן. — אָדער כ׳וועל אָריין אין אײנעם פון אײך!...

ס׳איז געוואָרן אַ בהלה און אַזאַ געדראַנג, אַז ווי וווּל די טיר איז געשטאַנען אויפגעפּראַלט, איז קיינער נישט אַרויס. היטלען און יאַרמולקעס זענען אַראָפּגעפאַלן. מלבושים האָבן זיך פאַרטשעפּעט אין נעגל, געקראַגן גוואַלדריסן. אַ פאַרשטיקט געשריי האָט זיך אַרויסגעריסן פון אַלעמענס העלדזער. עטלעכע חסידים זענען געפאַלן און די אַנדערע האָבן אויף זיי געטראָטן.

ליבע יענטל האָט געעפנט דאָס מויל און ס׳האָט זיך דערהערט אַ שאָס ווי פון אַ פּיסטויל. אַ גרעבץ איז אַרויס פון איר און אַ שלוקערץ. די אויגן האָבן זיך איר איבערגעדרייט און זי איז געטאָן אַ פאַל אויפן קישן, ווייס ווי אַ מת. אַ געשטאַנק

האָט זיך אַ טראָג געטאָן אין דעם חדר, אַ ריח פון קבר. זיסע פייגע האָט מיט שלאַבעריקע פיס זיך דערנענטערט צו דער טאָכטער, זי אויפגעבונדן. דער בויך איז איר געוואָרן פלאַך און איינגעשרומפּן ווי ביי אַ געווינעריין נאָכן געבורט.

ר׳ שעפּטל האָט שפּעטער עדות געזאָגט, אַז צוויי שטיקער פייער זענען אַרויס פון ליבע יענטלס נאָזלעכער און צוגעפלויגן צום פענצטער. אַ שויב האָט געפּלאַצט און דורך דעם שפּאַלט האָבן די צוויי זינדיקע נשמות זיך אומגעקערט אין עולם־התוהו...

7.

וואָכן נאָך דעם ווי די צוויי דיבוקים זענען פון איר אַרויס, איז ליבע יענטל געלעגן קראַנק. דער רופא האָט איר געשטעלט באַנקעס, פּיאַווקעס, געשלאָגן אָדער, אָבער ליבע יענטל האָט נישט געעפנט די אויגן. אַ יידענע פון דער חברה לינת הצדק, וואָס האָט געגעכטיקט ביי דער שלאָפער, האָט עדות געזאָגט, אַז זי האָט ביי נאַכט געהערט שפּילן אַ טרויעריקס אונטערן פענצטער און געצלס געבעט די מויד זאָל אַראָפּנעמען די קמיעס און אים צוריק אַריינ־לאָזן. די גבאיטע זאָל אויך האָבן פאַרנומען ביילע צלבהס געלעכטער.

נאָך אַ צייט איז ליבע יענטל געקומען צו זיך, אָבער זי האָט כמעט אויפגעהערט רעדן. זי איז געזעסן אין בעט און געגלאָצט צום פענצטער. דער ווינטער איז געהאַט אַריבער, די שוואַלבן האָבן זיך אומגעקערט פון די וואַרעמע לענדער און געבויט אַ נעסט אונטער ר׳ שעפּטלס דאַך. מ׳האָט געזען פון ליבע יענטלס בעט דעם דאַך פון דער שול, ווו צוויי שטאָרכן, אַן ער און אַ זי, האָבן פאַרריכט די פאַריאַריקע נעסט, געמאַכט הקפות.

ר׳ שעפּטל און זיסע פייגע האָבן מורא געהאַט אַז מ׳וועט מער נישט קאָנען טאָן מיט ליבע יענטלען קיין שידוך, אָבער שמעלקע מאָטל האָט געשריבן פון זאַווערטשע, אַז ער באַשטייט אויף דעם שידוך אויב מ׳וועט אים העכערן דעם נדן אויף אַ דריטל. ר׳ שעפּטל

און זיסע פייגע זענען גלייך איינגעגאַנגען. נאָך שבועות האָט זיך שמעלקע מאָטל באַוויזן אין שידלאָווצער בית־מדרש, נישט העכער פון אַ חדר־ייִנגל, אָבער מיט אַ גרויסן קאָפּ אויף אַ שמאָל העלדזל און מיט צוויי פּאות צונויפגעדרייט און אויסגעשפּיצט ווי האָרנ־דלעך. ער האָט געהאַט געדיכטע ברעמען און טונקעלע אויגן וואָס האָבן געקוקט אויפן שפּיץ נאָז. ווי נאָר ער איז אַריין אין בית־מדרש האָט ער אַרויסגענומען אַ גמרא און זיך אַוועקגעזעצט לערנען. ער האָט אַזוי זיך געשאָקלט און געברומט ביז מ׳איז געקומען אים נעמען צו די תנאים.

ר׳ שעפּטל האָט געהאַט פאַרבעטן אויף דעם קנס־מאָל בלויז געציילטע לייט, ווייל אין דער צייט וואָס אין דער טאָכטער איז געזעסן דער דיבוק האָט ר׳ שעפּטל געקראָגן אַ סך שונאים סיי צווישן די ראַדזימינער חסידים, סיי צווישן די וואָרקער.

ווי ס׳פירט זיך, האָט מען ביי איין טיש אַוועקגעזעצט די מאַנס־לייט, ביים אַנדערן די ווייבער. דער חתן האָט געזאָגט אַ פּשטל וועגן שור הנסקל. געוויינלעך דויערט אַזאַ פּשטל אַ האַלבע שעה. אָבער צוויי שעה זענען אַריבער און דער חתן האָט נאָך אַלץ גע־דרשנט מיט אַ גרילציק קולכל. ער האָט דערביי געמאַכט אויס־טערלישע ניקן. דאָ האָט ער זיך פאַרקרימט ווי פון אַ ווייטיק אין אינגעווייד און דאָ האָט ער זיך אַ צופּ געטאָן ביי אַ פּאה; דאָ האָט ער געקראַצט דעם קין, וווּ ס׳האָבן שוין אָנגעהויבן שפּראָצן האָר פון אַ באָרד, און דאָ האָט ער זיך אָנגעכאַפּט ביים לעפּל פון אויער. פון מאָל צו מאָל האָט זיך אויסגעגאָסן אויף די לעפּצן אַ שמיי־כעלע און ס׳האָבן זיך אַנטפּלעקט שוואַרצלעכע ציין, שפּיציקע ווי נעגל.

די גאַנצע צייט האָט ליבע יענטל ביים ווייבערישן טיש נישט אַראָפּגענומען דעם בליק. די ווייבער האָבן באַגערט צו שמועסן מיט איר און זי צוגערעדט זי זאָל פאַרזוכן די קיכלעך, דאָס איינ־געמאַכטס, דעם מעד, אָבער ליבע יענטל האָט געביסן די ליפּן, געגאַפּט.

נאָך לאַנגע אַפּוואַרטענישן, הוסטענישן און אָנצוהערענישן פון

די אַנדערע, ער זאָל מקצר זיין, האָט דער חתן איבערגעריסן דאָס פּשטל. מ׳האָט אים געגעבן אונטערצושרייבן די תנאים, אָבער ער האָט נישט גלייך געחתמעט, נאָר פריער איבערגעלייענט דעם בויגן פון אָנהויב ביזן סוף. ער האָט, ווייזט אויס, געהאַט אַ קורצע ראיה, ווייל ער האָט אָנגערירט דאָס פּאַפּיר מיטן שפּיץ נאָז. ער האָט זיך מיט אַ מאָל גענומען דינגען.

— דער טלית דאַרף האָבן אַ זילבערנע שפּאַניע.

— ער׳ט האָבן אַ שפּאַניע ווי דו פאַרלאַנגסט — האָט ר׳ שעפּטל נאָכגעגעבן.

— שרייבט עס אַריין.

מ׳האָט דאָס אַריינגעשריבן אויפן מאַרגינעס. דער חתן האָט ווייטער געלייענט און געטענהט:

— כ׳וויל דאָס ש״ס זאָל זיין פון סלאַוויטע.

— ס׳עט זיין פון סלאַוויטע.

— שרייבץ עס אַריין.

נאָך אַ סך דינגענישן און צושרייבונגען האָט דער חתן געחתמעט די תנאים: שמעלקע מאָטל בן המנוח כתריאל גאָדל. די חתימה האָט געהאַט פּיצעלעך אותיותלעך, ווי פליגן־פּינטעלעך.

ווען ר׳ שעפּטל האָט צוגעטראָגן די תנאים ליבע יענטלען און איר דערלאַנגט די פּען, האָט זי זיך אָנגערופן קלאָר און הויך:

— איכ׳ל נישט חתמענען.

— טאַכטער, ביסט מיך מבייש!

— איכ׳ל נישט ווינען מיט אים.

זיסע פייגע האָט גענומען קנייפּן די גערינצלטע באַקן.

— מענטשן, גייטץ אַהיים!

און זי האָט אויסגעלאָשן די ליכט אין די לייכטער. טייל ווייבער האָט מיטגעוויינט מיט דער באַטריבטער מאַמען, אַנדערע האָבן געזידלט די כלה. אָבער זי האָט קיינעם נישט געענטפערט.

ס׳האָט נישט לאַנג געדויערט און די שטובן זענען געוואָרן טונקל און ליידיק. די דינסט איז אַרויס פאַרמאַכן די לאָדן.

ר׳ שעפּטל פֿלעגט דאַווענען אין בית־מדרש מיטן ערשטן מנין, אָבער יענעם פֿרימאָרגן האָט ער זיך נישט געוויזן אין דעם מקום קדוש. זיסע פֿייגע איז נישט געקומען אין יאַטקע. די טיר ביי ר׳ שעפּטלען אין הויז איז געשטאַנען פֿאַרקייטלט. די פֿענצטער פֿאַרהאַנגען. שמעלקע מאַטל איז באַלד צוריקגעפֿאָרן קיין זאַוויערטשע.

נאָך אַ שטיקל צייט האָט ר׳ שעפּטל ווידער געדאַווענט אין בית־מדרש און זיסע פֿייגע איז ווידער געגאַנגען אין מאַרק איינקויפֿן מיטן קויבער, אָבער ליבע יענטל איז מער נישט אַרויס אין דרויסן. מ׳האָט גערעכנט, אַז טאַטע־מאַמע האָבן זי ערגעץ אַוועקגעשיקט, אָבער ניין, ליבע יענטל איז געבליבן אין דער היים. נישט מער, זי האָט זיך אָפּגעזונדערט אין איר קעמערל און מיט קיינעם נישט אויסגערעדט קיין וואָרט. ווען די מוטער האָט איר אַריינגעטראָגן אַ טעלער עסן, האָט זי פֿריער אָנגעקלאַפּט ווי ביי אַ פּריצה. ליבע יענטל האָט קוים פֿאַרזוכט פֿון די מאכלים און די מוטער האָט אַוועקגעשיקט די גריצן און יאַיכלעך אין הקדש.

אַ שטיקל צייט האָבן נאָך שדכנים געפּרוווט פֿאָרשלאָגן דער יענטלען שידוכים, אָבער מחמת ס׳האָט געהאַט אַרויסגעשריגן פֿון איר אַ דיבוק און זי האָט פֿאַרשעמט אַ חתן, האָט זי קיין לייטישן שידוך נישט געקאָנט טאָן. ר׳ שעפּטל האָט זיך געמיט אַרויסצוקריגן ביי דעם זאַוויערטשער בחור אַ מחילה, אָבער יענער איז געהאַט אַוועק ערגעץ אין אַ ישיבה אין דער ליטע. מ׳האָט אַרויסגעלאָזט אַ שמועה אַז דער בחור האָט זיך אויפֿגעהאָנגען אויפֿן גאַרטל.

נאָך אַ ווייל האָבן די שדכנים אָנגעהויבן ווייכן פֿון ר׳ שעפּטלס הויז. ס׳איז געוואָרן קלאָר, אַז די ליבע יענטל וועט פֿאַרזיצן. דער ייִנגערער ברודער, צדוק מאיר, איז דערווייל אונטערגעוואָקסן און האָט חתונה געהאַט קיין בענדין.

פֿריער איז נפֿטר געוואָרן ר׳ שעפּטל. ס׳איז געשען אין אַ ווינטערדיקן דאָנערשטיק, אין מיטן דער נאַכט. ר׳ שעפּטל האָט זיך

געהאַט געפּעדערט אַפּצוריכטן חצות. ער איז געשטאַנען ביים באַ־לעמער, מיט אַש אויפן קאָפּ און געזאָגט אַ קינה אויפן חורבן בית־המקדש. ס׳האָט גראָד געגעכטיקט אַן אָרעמאַן אין בית־מדרש. דער ייִד האָט זיך געהאַט איבערגעוועקט אַרום דריי אַזייגער און גע־בראָטן אין אויוון אַ פּאָר קאַרטאָפל. מיט אַ מאָל האָט ער פאַרנומען אַ טעמפּן קלאַפּ. ער האָט זיך אויפגעהויבן און דערבליקט אַז ר׳ שעפּטל איז אַוועקגעפאַלן. ער האָט אויף אים געשפּריצט וואַסער פון האַנטפאַס, אָבער די נשמה איז שוין געהאַט אַרויס.

די שטאָטלייט האָבן געקלאָגט אויף ר׳ שעפּטלס פּטירה. מ׳האָט נישט גענומען דעם גוף אַהיים, נאָר ער איז געלעגן אין בית־מדרש מיט ליכט צוקאָפּנס ביז דער טהרה. דער רב און עטלעכע שטאָ־טישע לומדים האָבן געזאָגט נאָך ר׳ שעפּטלען אַ הספּד. ליבע יענטל האָט באַגלייט דעם אָרון צוזאַמען מיט דער מוטער. ליבע יענטל האָט זיך אין גאַנצן געהאַט איינגעהילט אין אַ שוואַרצער שאַל און ס׳האָט בלויז אַרויסגעשטאַרצט אַ שטיקל פּנים, אַזוי ווייס ווי דער שניי אויפן בית־עולם. ביידע זין האָבן געווינט ווייט פון שידלאָווצע, און אַזוי ווי ס׳איז פרייטיק, האָט מען נישט געקאָנט וואַרטן מיט דער לוויה ביז איבער־שבת, ווייל ס׳איז נישט קיין כבוד פאַר אַ מת צו ליגן אַזוי לאַנג ביז דער קבורה. מ׳האָט ר׳ שעפּטלען אָפּגעגעבן אויפן בית־עולם אַ קרקע נעבן דעם אוהל פון אַלטן רב. ס׳איז באַקאַנט, אַז יענע וואָס מ׳איז מקבר פרייטיק נאָך צוועלף ליידן נישט פון קיין חיבוט־הקבר, ווייל דער מלאך דומה לייגט אַוועק ערב־שבת די פייערדיקע רוט.

זיסע פייגע האָט זיך נאָך געמאַטערט עטלעכע יאָר, אָבער זי איז איינגעגאַנגען פון טאָג צו טאָג. די געשטאַלט אירע האָט זיך אויסגעבויגן ווי אַ ליכט. דאָס לעצטע יאָר האָט זי זיך מער נישט אָפּגעגעבן מיטן האַנדל, זיך אין גאַנצן פאַרלאָזט אויף זאַלקינדן, דעם משרת. זי האָט אָנגעהויבן גיין דאַווענען יעדן פאַרטאָג אין דער ווייבערשול און איז אָפּט געקומען אויפן פעלד און זיך אויס־געשטרעקט אויף ר׳ שעפּטלס קבר.

געשטאָרבן איז זי גלייך אַזוי פּלוצים ווי איר מאַן, און גע־טראָפֿן האָט עס יום־כּיפּור צו נעילה. זיסע פּייגע איז אַ גאַנצן טאָג געשטאַנען ביי דער קראַטע און פֿאַרגאָסן טרערן. די ווייבער וואָס האָבן שטעט דערנעבן האָבן ווויל געמערקט, אַז זי איז געל ווי וואַקס און איר פֿאַרגעשלאָגן זי זאָל עפּעס פֿאַרזוכן, ווייל פּיקוח־נפֿש איז בילכער פֿון אַלע מצוות, נאָר זיסע פּייגע האָט נישט געוואָלט ברעכן דעם תּענית. ווען דער חזן האָט אַ רוף געטאָן: שערי שמים פּתח, האָט זיסע פּייגע אַרויסגעגראַבלט פֿון בוזעם אַ פּלעשעלע האַרבשטאַרק, וואָס איז אַ סגולה אויפֿצומינטערן דאָס פֿאַרשמאַכטע געמיט, אָבער דאָס פּלעשעלע האָט זיך איר אַרויסגע־גליטשט פֿון דער האַנט. זיסע פּייגע איז געטאָן אַ פֿאַל מיטן פּנים צום שטענדער. ס׳איז געוואָרן אַ געשריי און מ׳איז געלאָפֿן נאָך דעם רופֿא, אָבער זיסע פּייגע איז שוין געהאַט אַריבער אויפֿן עולם־האמת. די לעצטע ווערטער אירע זענען געווען:

— מיין טאָכטער — —

דאָס מאָל האָט מען געוואַרט אויף ביידע זין מיט דער לוויה. זיי זענען געזעסן שבעה צוזאַמען מיט דער שוועסטער. אָבער ליבע יענטל האָט זיך אויסבאַהאַלטן. די ייִדן וואָס האָבן געדאַוונט ביי די אבֿלים מיט מנין און וואָס זענען געקומען מנחם־אבֿל־זיין, האָבן בלויז געטראָפֿן ידידיהן און צדוק מאירן. ליבע יענטל האָט זיך געהאַט פֿאַרשפּאַרט ביי זיך אין חדר.

פֿון ר׳ שעפּטלס פֿאַרמעגן איז גאָרנישט פֿאַרבליבן אַחוץ דעם הויז. מ׳האָט געמורמלט, אַז זאַלקינד דער משרת האָט אַראָפּגעלאָזט אין קעשענע ר׳ שעפּטלס געלט, אָבער ר׳ שעפּטל און זיסע פּייגע האָבן נישט געפֿירט קיין ביכער. אַלע חשבונות האָט מען פֿאַר־צייכנט מיט אַ שטיקל קרייד אויף דעם ווענטל פֿון אַן אַלמער. נאָך דער שבעה האָבן די זין גערופֿן זאַלקינדן צו אַ דין־תּורה און זאַלקינד האָט זיך געגרייט צו שווערן ביי אַ ספֿר־תּורה און שוואַר־צע ליכט, אַז ער האָט נישט אָנגערירט קיין פּרוטה פֿון ר׳ שעפּטלס און זיסע פּייגעס געלטער, נאָר דער רבֿ האָט נישט צוגעלאָזט צו

קיין שבועה. דער רב זאָל זיך האָבן אַרויסגעכאַפּט, אַז ווײַבאַלד עמיץ קאָן עובר־זיין אויף דעם לא תגנוב, קאָן ער אויך ברעכן דעם לא תישא.

נאָך דער דין־תורה זענען ביידע זין צוריק אַוועקגעפאָרן. ליבע יענטל איז געבליבן צוזאַמען מיט דער דינסט. זאַלקינד האָט אײַ־בערגענומען דעם גאַנצן מיסחר, און בלויז געשיקט ליבע יענטלען אַ פּאָר גילדן אַ וואָך אויף אויסהאַלטעניש. נאָך אַ וויל האָט ער דאָס אויך נישט געוואָלט געבן, איר צוגעטיילט גראָשנס. די דינסט איז אַוועק אויף אַן אַנדער שטעלע.

איצט, אַז ליבע יענטל האָט מער זיך נישט געקאָנט באַהעלפן מיט אַ דינסט, האָט זי געמוזט זיך ווײַזן אין דרויסן, אָבער זי איז קיין מאָל נישט אַרויס פון שטוב בײַ טאָג, נאָר אין אָוונט, אָדער גאָר בין־השמשות. זי האָט אַלע מאָל אויסמאַרקירט די גאָס זאָל זײַן ליידיק, דאָס געוועלב אָן קונים. זי איז אויסגעוואַקסן פּלוצים, ווי זי וואָלט אויפגעטויכט פון אונטער דער ערד. דער קרעמער האָט זיך דערשראָקן פאַר איר. הינט הינטער די גויִישע פּלויטן האָבן זיך צעבילט.

זומער און ווינטער האָט זי זיך אײַנגעהילט אין אַ לאַנגער שאַל, פאַרוואָרפן איבערן קאָפּ. זי איז אַרײַן אין קראָם און נישט געדענקט וואָס זי וויל קויפן. זי האָט אָפּט דערלאַנגט מער מינץ ווי פל דער קרעמער האָט געבאָטן פאַר דער סחורה, אַשטייגער ווי זי וואָלט פאַרגעסן ווי צו ציילן. אַ פּאָר מאָל האָט מען זי געטראָפן אַרײַנגיין אין אַ גויִישער שענק נאָך אָקאָוויט. טוביה מלך דער נאַכטוועכטער האָט זיך אונטערגעהערט ווי ליבע יענטל שפּאַנט אַרום אין די נעכט אַהין און צוריק, רעדט צו זיך אַליין, לאַכט מיט אַ מטורף געלעכטער.

זיסע פייגעס גוטע פרײַנד האָבן וויפל מאָל געפּרוּווט קומען צו ליבע יענטלען געוואָרן ווערן, אָבער די טיר פון אַרײַנגאַנג איז אַלע מאָל געווען פאַרריגלט. ליבע יענטל איז נישט געקומען יום־טוב אין שול מזכיר־נשמות זײַן, נישט אַוועק חודש ניסן און אלול

אויף קבר־אָבות. זי האָט נישט געבאַקן פּרייטיק קיין חלה, נישט געשטעלט קיין טשאָלנט, מסתּמא נישט געצונדן קיין ליכט. זי האָט זיך נישט געוויזן אין ווייבערשול אַפילו אין די ימים־נוראים.

מ׳האָט אָנגעהויבן פֿאַרגעסן אָן איר, ווי אין אַ טויטער, אָבער ליבע יענטל האָט געלעבט. טייל מאָל איז אַרויס אַ רויך פֿון איר קוימען. צומאָל, שפּעט אין דער נאַכט, איז ליבע יענטל אַרויס אָנשעפּן אַן עמער וואַסער ביים ברונעם. מ׳האָט גערעדט אַז זי שפּילט זיך מיט קעץ. יענע וואָס האָבן זי געזען האָבן געשווירן אַז זי ווערט נישט עלטער. דאָס פּנים איז געוואָרן אַלץ בלאַסער, די האָר — אַלץ רויטער און לענגער. זאַלקינד האָט נאָך אַלץ צוגעשטעלט יענטלען יעדן דאָנערשטיק אַ מעסטל מעל, וואָס ער האָט איבערגעלאָזט אויף דער שפּיזאַלמער אין פֿאָדערהייזל. ער האָט אויך באַזאָרגט ליבע יענטלען מיט האָלץ.

טייל האָבן גערעדט, אַז ליבע יענטל האָט עסקים מיט אַ שד. אַנדערע האָבן אַרויסגעדרונגען, אַז דער דיבוק האָט זיך צו איר אומגעקערט.

ס׳האָבן זיך פֿריער געפֿונען אין דעם געסל נאָך עטלעכע ייִדישע הייזער, אָבער די אייגנטימער האָבן פֿאַרקויפֿט די געביידן צו גויִים. אין איין הויז האָט זיך אַרײַנגעצויגן אַ חזיר־שלעגער. ער האָט אויפֿגעשטעלט אַ הויכע צוים אַרום דעם הויף. אין אַנדערן הויז האָט זיך באַזעצט אַ טויבע גויע, אַן אלמנה, וואָס האָט אַ גאַנצן טאָג געשפּינט פֿלאַקס ביים שפּינרעדל. ביי די פֿיס האָט געוואַכט אַ בלינדער הונט.

עטלעכע יאָר זענען אַריבער. אין איינעם אַ פֿאַרטאָג אין חודש אלול, ווען דער רבֿ איז געזעסן אין בית־דין שטוב, געשריבן חידושים און געטרונקען טיי פֿון סאַמאָוואַר, האָט אָנגעקלאַפּט טוביה מלך דער נאַכטוועכטער. ער האָט איבערגעגעבן, אַז ער האָט געזען אויפֿן וועג וואָס פֿירט קיין ראַדאָם ליבע יענטלען. זי האָט געטראָגן אַ לאַנג ווייס קלייד און איז געווען באָרוועס און אָן אַ קאַפּטיכל. נעבן איר האָט געשפּאַנט אַ מאַנסביל מיט לאַנגע האָר און ער האָט

געטראָגן אַ שייד פון אַ פידל. די פולע לבנה האָט געשיינט. טוביה מלך האָט זי געוואָלט רופן, אָבער מחמת די געשטאַלטן האָבן נישט געוואָרפן קיין שאָטן, איז אים באַפאַלן אַ שרעק, און ווען ער האָט זיך אומגעקוקט נאָך אַ מאָל, איז דאָס פּאָרל געהאַט פאַרשוווּנדן.

דער רב האָט געהייסן טוביה מלך'ן אָפּוואַרטן ביז ס'קומט זיך אָן אַן עולם אין בית־מדרש.

ווען טביה מלך האָט דערציילט די לייט פון דעם זעעניש, זענען צוויי פּאַרשוין, אַ בעל־עגלה און אַ קצב, אַוועק צו ר' שעפּטלס הויז. זיי האָבן אָנגעקלאַפּט, נאָר מ'האָט נישט געענטפערט. זיי האָבן אויפגעריסן די טיר און געפונען ליבע יענטלען אַ טויטע. זי איז געלעגן אין מיטן שטוב, צווישן קופּעס מיסט, אין אַ לאַנג העמד, באָרוועס, די רויטע האָר צעלאָזט. מייז, גרויסע ווי קעץ, זענען זיך צעלאָפן אין אַלע זייטן. אַ געשטאַנק האָט זיך געטראָגן פון דעם קערפּער. די שרצים האָבן געהאַט צעפרעסן ביי דער בר־מנן אַ באַק, דעם שטערן, די נאָז און איין האַנט.

ס'איז געוואָרן קלאָר, אַז ליבע יענטל איז שוין נישט צווישן די לעבעדיקע היפּשע עטלעכע טעג, אפשר אַ וואָך אָדער מער.

אין שטאָט איז געוואָרן אַ האַרמידער. חברה־קדישא ווייבער האָבן אין איילעניש אַוועקגעטראָגן דעם מת אין טהרה־שטיבל. די ייִדענעס וואָס נייען תכריכים האָבן געעפנט די קליידער־שראַנק, און ס'איז אַרויסגעפלויגן אַ מחנה מאָלן, אָנגעפילט די שטובן ווי אַ היישעריק. אַלע מלבושים זענען געווען צעפרעסן, די וועש צעפוילט, מיט געלע פלעקן. אויפן דרייפוס אין קיך איז געשטאַנען אַ טאָפּ אַרבעס, פול מיט ווערעם.

מחמת ליבע יענטל האָט זיך נישט אָנגעטאָן קיין מעשה, און דערצו האָט זי געהאַט אַלע סימנים פון משוגעת, האָט דער רב אַרויסגעגעבן אַ היתר, מ'זאָל זי מקבר־זיין נעבן די עלטערן. אַ האַלבע שטאָט איז נאָכגעגאַנגען נאָך דער לוויה. מ'האָט צו וויסן געטאָן די ברידער און זיי זענען שפּעטער געקומען פאַרקויפן דאָס הויז און באַשטעלן פאַר דער שוועסטער אַ מצבה.

אַלע האָבן באַנומען, אַז דער מאַנסביל וואָס מיט אים האָט זי זיך באַוויזן אויפֿן ראַדעמער וועג, איז דער טויטער קלעזמער פֿון פּינטשעווו. דוניע, זיסע פּייגעס אַמאָליקע דינסט, האָט געזאָגט די ווייבער, אַז ליבע יענטל האָט נישט געקאָנט פֿאַרגעסן איר געשטאָרבענעם חתן עוזר און אַז דער עוזר איז געוואָרן אַ דיבוק צו פֿאַרשטערן דעם שידוך מיט שמעלקע מאָטלען.

נו, אָבער פֿון וואַנען האָט עוזר, אַ נגידיש זונדל, אַ קנעלער אין קלויז, געקאָנט שפּילן מוזיק און זאָגן בדחנות? און פֿאַר וואָס האָט ער זיך באַוויזן אין דער געשטאַלט פֿון אַ קלעזמער אויפֿן ראַדאָמער וועג? און וווּהין איז ער געגאַנגען מיט דער טויטער ליבע יענטלען יענע נאַכט? און ווער איז געווען די ביילע צלבה? הימל און ערד האָבן געשווירן דער אמת זאָל בלייבן פֿאַרהוילן.

יאָרן זענען אַריבער, אָבער מען האָט נאָך אַלץ נישט געהאַט פֿאַרגעסן דעם טויטן קלעזמער. מ׳האָט געהערט אים שפּילן ביי נאַכט אין דער קאַלטער שול. מ׳האָט געהערט זיין פֿידל אין באָד, אין הקדש, אויפֿן בית־עולם. מ׳האָט גערעדט אין שטאָט, אַז ער קומט אויף חתונהס. טייל מאָל, נאָך דעם, ווי די שידלאָווצער קאַפּעליע האָט אויפֿגעהערט שפּילן, האָט מען נאָך פֿאַרנומען עטלעכע לעצטע טענער, און מ׳האָט געוווּסט, אַז דאָס איז פֿון טויטן קלעזמער.

אין האַרבסט, ווען די בלעטער פֿאַלן און ווינטן בלאָזן אָן פֿון די בערג פֿון הייליקן קרייץ, האָט זיך אָפֿט דערטראָגן פֿון קוימען אַ שטיל שפּילעניש, דין ווי אַ האָר און טרויעריק ווי די וועלט. אַפֿילו קינדער האָבן דאָס דערהערט. זיי פֿלעגן פֿרעגן:

— מאַמע, ווער שפּילט?

און די מאַמע האָט געענטפֿערט:

— שלאָף, קינד. ס׳איז דער טויטער קלעזמער...

דער פּאַפּוגיי

אין דרויסן האָט געשיינט די לבֿנה, אָבער אין תּפֿיסה־קאַמער איז פֿינצטער. דאָס איינציקע פֿענצטער האָט געהאַט אַ קראַטע און אַ נעץ פֿון דראָטן. פֿון דעסטוועגן איז אַריינגעפֿאַלן גענוג שייַך מ׳זאָל זען פֿלעקן פֿון פֿנימער. דערצו איז געהאַט אָנגעפֿאַלן אַ פֿרייִ־שער שניי. דאָס שטיקל הימל, וואָס האָט זיך דורכגעריסן ווי דורך אַ זיפּ, האָט באַקומען אַ פֿיאָלעטן אָפּשייַן. אין מיטן דער נאַכט איז דאָ געוואָרן קאַלט ווי אין דרויסן און די אַרעסטאַנטן האָבן זיך אייַנגעהילט אין אַלע שמאַטעס וואָס זיי האָבן פֿאַרמאָגט: שפּענ־צערס, לייַבלעך, בורקעס. מ׳איז געשלאָפֿן אין די היטלען, די אָני־צעס, די שיך. זומער איז דאָ געשטאַנען אַ געסראַכע פֿון דער פּאַ־ראַשע, אָבער ווינטער האָט אַריינגעבלאָזן אַ ווינט און אויסגעוועפּט דאָס געשטאַנק. האַלב פֿיר אַזייגער נאָך מיטאָג האָט גענומען דע־מערן. זעקס אַזייגער האָט סטאַך, דער וועכטער, אויסגעלאָשן דאָס נאַפֿטלעמפּל. די אַרעסטאַנטן האָבן נאָך געפּלוידערט אַ ביסל, אָבער באַלד זענען זיי אַלע איינגעשלאָפֿן. מ׳האָט אַזוי אָפּגעשנאַרכט ביז אַרום איינס. דערנאָך האָט מען זיך גענומען וועקן.

דער ערשטער איז אויפֿגעקומען וואָלף־בער גנבֿ, אַ מאַן פֿון אַ ווײַב, אַ טאַטע פֿון טעכטער. ער האָט געטאָן אַ גענעץ, ווי אַ גלאָק. מאַטעלע רויזקעס האָט זיך איבערגעוועקט מיט אַ זיפֿץ. דערנאָך האָט בערעלע זאַלקאָווער זיך אויפֿגעזעצט. די דרייַ זענען שוין דאָ געזעסן חדשים און זיך שוין געהאַט אויסדערציילט אַלע געשיכטעס. אָבער היינט אין דער פֿרי האָט מען געהאַט אַריינגעבראַכט אַ נייַעם אַרעסטאַנט — אַ מאַנסביל אַ ריז מיט אַ פֿאַרריסענער נאָז, אַ גלייַכן נאַקן, דיקע וואָנסן פֿון בירקאַליר, אין אַ נייַער קורטקע, געפּאַסטע שטיוול מיט הויכע כאַלעוועס, אין אַ פֿוטערן היטל. ער האָט געטראָגן מיט זיך אַ וואַטענע דעקע און אויפֿן אַקסל זענען געהאַנגען אַ פּאָר

פונק־נייע שטיוול. ער האָט אויסגעוויזן אַ גרויסער העכט וואָס האָט פּראַטעקציע ביי נאַטשאַלסטוואָ. אין אָנהייב האָט מען געמיינט אַז ער איז אַ גוי. מ׳האָט אַפּילו אים באַרעדט אויף גנבים־לשון. אָבער ס׳האָט זיך אַרויסגעוויזן אַז ער איז אַ ייִד, נאָר אַ שוויַיגער, אַ מרוק. מ׳האָט גערעדט צו אים, נאָר ער האָט געענטפערט געציילטע ווער־טער. ער האָט זיך אויסגעצויגן אויף דער באַנק און געלעגן שטיל. סטאַרטאַק האָט אים אַריינגעטראָגן אַ שיסעלע קאַשע און אַ פּענעץ שוואַרץ ברויט, אָבער ער האָט זיך נישט באַלד צוגעכאַפּט צו דער פּאַרציע. וואָלף־בער האָט אים אַ פרעג געטאָן:

— אַ וואָרט אָיז ביי דיר אַ רענדל, האַ?

און יענער האָט געענטפערט:

— צוויי רענדלעך.

און מער האָט מען ביי אים נישט אַרויסגעקראָגן.

— נו, ר׳עט זיך איבערבעטן, דער יחסן — האָט מאָטעלע רויזקעס געטענהט.

וואָלט דער נייער פּאַרשוין געווען אַ שוואַך בחורל, וואָלט מען געוווּסט וואָס צו טאָן מיט אים, אָבער ער האָט געהאַט אַ פּאָר פּליי־צעס און אַ פּאָר הענט פון אַ גיבור. אַזאַ איינער קאָן באַהאַלטן אַ מעסער אויך. ווי לאַנג ס׳איז געווען ליכטיק האָבן וואָלף־בער, מאָטעלע רויזקעס און בערעלע זאַלקאָווער געשפּילט אַ זעקס־און־זעכציק מיט אַ טאַליע מאַרקירטע קאָרטן. דערנאָך איז מען געגאַנגען שלאָפן מיט אַ שווער געמיט. אין חד־גדיא טויג נישט אַז ס׳רייסט זיך אַריין אַ גרויסהאַלטער. נו, אָבער פריער אָדער שפּעטער מוז מען ווערן היימיש.

אַ ווייל האָבן איצט אַלע דריי געשוויגן און זיך צוגעהערט צו דעם פרעמדן. ער האָט נישט געכראָפּעט און ס׳איז שווער געווען צו וויסן צי שלאָפט ער אָדער ער איז וואַך. די פּאָר ווערטער וואָס ער האָט געהאַט אַרויסגעבראַכט זענען געווען מיט האַרטע רישן, אַ סימן אַז ער איז נישט פון לובלינער געגנט. ער האָט גאָר גע־מוזט שטאַמען פון גרויס־פּוילן, פון יענער זייט ווייסל. ווי זשע

קומט ער אין דער יאַנעוועער תּפיסה? מ׳שיקט זעלטן אַריבער אַהער עמעצן פון יענעם קאַנט. מאַטעלע רויזקעס האָט דער ערשטער אָנגעהויבן רעדן.

— ווי שפּעט מיינסטו, קאָן איצט זיין?

קיינער האָט נישט געענטפערט.

— וווּ איז אַהינגעקומען דער האָן? — האָט ער ווייטער געפרעגט. — ר׳האָט אויפגעהערט קרייען.

— ס׳איז אים אפשר צו קאַלט צו קרייען — האָט בערעלע זאַלקאָווער געענטפערט

— צו קאַלט? פון קרייען דערוואַרעמען זיי זיך. ס׳איז געווען ביי אונדז אַ מלמד, ר׳ איטשע חלפן, האָט ער געזאָגט אַז ווען אַ האָן קרייעט, בריט אים אונטער די פליגל. דעריבער פּאַטשט ער מיט די פליגל זיך אָפּצוקילן.

— נאַרישע רייד — האָט וואָלף־בער אַ ברום געטאָן.

— ס׳שטייט אַוודאי אין אַ ספר.

— אין אַ ספר קאָנען אויך שטיין נאַרישקייטן.

— ס׳איז ערגעץ פון דער גמרא.

— פון וואַנען ווייסט די גמרא וואָס ס׳טוט זיך ביי אַ האָן אונטער די פליגל? זיי זיצן אין קלויז און טראַכטן אויס.

— עפּעס ווייסן זיי. צו אונדז איז געקומען אַ מגיד, האָט ער געזאָגט אַז אַלע פילאָזאָפן האָבן געוואָלט וויסן ווי לאַנג אַ שלאַנג טראָגט און קיינער האָט נישט געוווּסט. האָט מען געפרעגט ביי אַ תּנא, האָט ער געזאָגט: זיבן יאָר.

— אַזוי לאַנג?

ס׳איז געוואָרן שטיל. דער שמועס האָט זיך געהאַט אויסגעוועפּט. בערעלע זאַלקאָווער האָט זיך גענומען קראַצן` אין אַ פּוס. ער האָט געליטן פון אַ בייסעניש. ער האָט געקראַצט און געשיפּעט. פּלוצעם האָט דער פרעמדער אַ זאָג געטאָן מיט אַ באַסיק קול:

— אַ שלאַנג טראָגט ניש׳ קאַ׳ זיבן יאָר. אפשר אַפילו ניש׳ קאַ׳ זיבן חדשים.

אַלע האָבן זיך אָנגעשפּיצט. אַלע זענען געוואָרן האַפּערדיק. בערעלע האָט אַ זאָג געטאָן

— נו, מ׳הערט ווערטער.

— פון וואַנען ווייסטו ווי לאַנג אַ שלאַנג טראָגט? — האָט וואָלף־בער געפרעגט. — האָסט געהאָדעוועט שלאַנגען?

— קיין שום באַשעפעניש טראָגט ניש׳ קאַ׳ זיבן יאָר. ווי לאַנג לעבט דען אַ שלאַנג?

— ס׳זענען דאָ אַלערליי שלאַנגען.

— ווי קאָן יענער פון דער גמרא וויסן? צו וויסן דאַרף מען האַלטן אין שטוב צוויי שלאַנגען, אַן „ער״ און אַ „זי״ און זיי לאָזן זיך פּאָרן.

— אפשר האָט אים גאָט געזאָגט?

— יאָ.

ס׳איז ווידער געוואָרן שטיל. דער פרעמדער איז מער נישט געלעגן. ער האָט זיך געהאָט אויפגעזעצט. מ׳האָט קוים געזען דעם אָפּצייכן פון זיין געשטאַלט, אָבער אין די אויגן האָבן געלויכטן שטיקלעך גאָלד פון דער לבנה. דערנאָך האָט ער זיך אָנגערופן:

— גאָט זאָגט נישט, גאָט שוויגט.

— ר׳האָט גערעדט צו משה רבנו.

— כ׳בין נישט געשטאַנען דערביי.

— אַן אַפּיקורס, האַ?

— ווי קאָן מען וויסן וואָס גאָט האָט געזאָגט צו משה רבנו?

— האָט דער פרעמדער געטענהט. — ס׳שטייט אין חומש. אָבער ווער האָט געשריבן ס׳חומש? מ׳קאָן מיט דער פען אַלץ אָנשרייבן. איך שטאַם פון קאַליש און דאָרט זענען געווען צוויי רבנים. אַז איינער האָט געפּסקנט כשר האָט דער אַנדערער געפּסקנט טרייף. אויף פסח האָט דער מילנער געהייסן איינעם כשרן די מיל. האָט עס דעם צווייטן פאַרדראָסן פאַר וואָס ר׳האָט נישט געקראָגן קיין

צענערל, האָט ער אַרויסגעגעבן אַן איסור אויפֿן פּסחדיקן מעל. איז דאָס אַלץ פֿון גאָט?

מאָטעלע רויזקעס האָט אָנגעהויבן ענטפֿערן, אָבער וואָלף־בער האָט אים איבערגעהאַקט.

— אויב דו ביסט פֿון קאַליש, ווי קומסטו עפּעס צו אונדז?

— דאָס איז אַן אַנדער זאַך.

— וואָסער זאַך, האַ?

דער פֿרעמדער האָט נישט געענטפֿערט. די שטילקייט איז געוואָרן שווער, אָנגעלאָדן.

— עץ האָט אפשר אַ רויך? — האָט ער געפֿרעגט.

— מיר זענען אַלע נקי.

— ס׳עסן האָב איך אין ד׳ערד, אָבער אַ רויך ווילט זיך. מ׳קאָן נישט קריגן ביים שומר?

— מיר האָבן ניש׳ קאַ׳ קלינגערס.

— איך האָב געלט.

— פֿאַר געלט קאָן מען אַלץ קריגן, אַפֿילו אין קיטשימענט — האָט וואָלף־בער געענטפֿערט. — אָבער נישט איצט. זאָל ווערן טאָג.

— די ווינטערנעכט זענען אַן אומגליק — האָט בערעלע זאַל־קאָווער גענומען רעדן. — מ׳שלאָפֿט איך מיט די הינער צו גלייך און צוועלף אַזייגער איז מען אויסגעשלאָפֿן. מ׳ליגט אין דער פֿינצטער און ס׳קומען קאַפּויער אַלערליי געדאַנקען. דאָ מוז מען רעדן, אַנישט קאָן מען פֿון זינען אַראָפּ.

— וואָס איז דאָ צו רעדן? — האָט דער פֿרעמדער געפֿרעגט.

— ס׳איז דאָ אַ ווערטל: דער מענטש רעדט, גאָט שפּעט. כ׳בין נישט קאַ׳ן אַפּיקורס. אָבער גאָט זיצט אין זיבעטן הימל און פּייפֿט אויף אַלעמען.

— פֿאַר וואָס האָט מען דיך אַרייַנגעשיבנט, האַ? — האָט וואָלף־בער געפֿרעגט.

— פֿאַר זאָגן תהילים.

— כ׳מיין ערנסט.

דער פרעמדער האָט זיך נישט אָנגערופן.

— אַ היפשע אַפּותיקו, האַ?

— קיין שום אַפּותיקו. כ׳בין נישט קאַ׳ גנב און כ׳ליד ניש׳ אַז מ׳גנבעט ביי מיר. אַז מ׳פּרוּווט ביי מיר לקחנען, האַק איך אונטער די לונגען. דעריבער בין איך איצט דאָ.

— אין וואָסער ישיבה ביסטו געווען פּאַרפּאַקט פריער?

— פריער אין קעלץ, דערנאָך אין לובלין.

— האָסט עמעצן צו רעכט געמאַכט, האַ?

— יאָ, צו רעכט געמאַכט.

.2

דער פרעמדער האָט זיך צוריק אויסגעצויגן אויפן טאַפּטשאַן. בערעלע זאַלקאָווער האָט ווידער גענומען קראַצן דעם פוס. מאָטעלע רויזקעס האָט אַ פרעג געטאָן:

— דאָ בלייבסטו שוין?

— מ׳עט מיך אַוודאי פאַרשיקן קיין סיביר.

וואָלף־בער איז צוגעגאַנגען צום פענצטער.

— אַ זאַווערוכע!

— אַן עברה אַ הונט אַרויסצולאָזן — האָט מאָטעלע רויזקעס גערעדט.

— איך וואָלט געוואָלט זיין דער הונט — האָט בערעלע זיך געחכמהט.

דער פרעמדער האָט זיך צוריק אויפגעזעצט. ער האָט אָנגעשפּאַרט דעם רוקן אָן דער וואַנט און אויפגעהויבן די קני צום פּנים. די לבנה האָט אַ צעהאַקטע זיך געשפּיגלט אין זיינע גלאַנציקע כאַלעוועס. ער האָט אַ זאָג געטאָן

— און וואָס וועט שוין זיין אַז מ׳עט דיך אַרויסלאָזן? אין אַ האַלב יאָר אַרום וועסטו דאָ ווידער זיצן.

— אַ האַלב יאָר גייט אויך נישט צו פוס.

— ביי מיר איז דאָס שוין ס׳לעצטע מאָל — האָט וואָלף־בער געריידט סיי צו זיך, סיי צום פרעמדן. — גענוג געגעסן ס׳ליימיקע ברויט. כ׳האָב אַ ווייב מיט קינדער.

— דאָס זאָגן אַלע — האָט דער פרעמדער געטענהט. — פון וואַנען זענט איר? פון פּיאַסק?

— ביסט אַליין אַ גנב.

— כ׳בין נישט קיין גנב. כ׳בין קיין מערדער אויך נישט גע־ווען. אַ קלאַפּ האָט איך אַלע מאָל געקאָנט טאָן, אָבער יאָרן זענען אַריבער און כ׳האָב קיינעם נישט אָנגערירט. אַפילו נישט אַ פליג.

— וואָס זשע איז געשען מיט אַ מאָל? — האָט וואָלף־בער געפרעגט.

דער פרעמדער האָט זיך אַ ווײַלע געקווענקלט.

— אַזוי איז געווען באַשערט.

— וועמען האָסטו צו רעכט געמאַכט? אַ סוחר?

— אַ נקבה.

— ס׳אייגענע ווייב?

— נישט קאַ׳ ווייב.

— האָסט זי געכאַפּט ביי דער מעשה, האַ?

דער פרעמדער האָט נישט געע׳נטפערט. ס׳האָט זיך געדוכט אַז ער דרימלט אַזוי זיצנדיקערהייט. מיט אַ מאָל האָט ער געזאָגט:

— ס׳איז אַלץ געקומען דורך אַ פויגל.

— אַ פויגל גאָר? גיי, דו טרעלסט.

— ס׳איז דער אמת.

— וואָס פאַר אַ פויגל?

— אַ פּאַפּוגיי.

— דערציייל, דערצייל. אַז מ׳רעדט זיך אַראָפּ פון האַרץ, ווערט גרינגער.

— ס׳ווערט נישט גרינגער, אָבער רעדן מוז מען סיי ווי סיי.

— דאָ אַז מ׳רעדט נישט קאָן מען פאַרלירן דעם שכל.

— איז וווילער, אָבער מ׳קאָן ווערן משוגע ווען מ׳וויל. כ׳בין געווען אַ קאַניוך, אַ פערדהענדלער. אָט דאָס בין איך געווען. מ׳האָט מיך געקענט אין קאַליש. שמעון קאַניוך. מיין טאַטע האָט אויך געהאַנדלט מיט פערד און מיין זיידע אויך. ס׳זענען געווען אין קאַליש פערד־גנבים און זיי האָבן געפּרוווט פאַרקויפן מציאות, אָבער כ׳האָב זיי גענשיקט צו אַל די רוחות. כ׳דאַרף ניש׳ קאָ׳ געגנבעטע סחורה. כ׳פלעג טייל מאָל קויפן אַ פערד אַ פגירה, אָבער ביי מיר איז עס געוואָרן געזונט. כ׳האָב ליב חיות — אַלע חיות. מיר זענען געווען אַ מישפּחה פון קאַניוכעס. מיין ווייב איז געשטאָרבן צוויי יאָר נאָך דער חתונה און דרייצן יאָר בין איך געווען אַליין. כ׳האָב זי ליב געהאַט און זי נישט געקאָנט פאַרגעסן. קיין קינד איז נישט געבליבן. כ׳האָב געהאַט אַ הויז, שטאַלן. כ׳האָב געהאַלטן אַ גוי אַ שמייסער און אַ דינסט. נישט קיין שיקסע, נאָר אַן אַלטע גויע. כ׳האָב געלעבט, ווי מ׳זאָגט, לייטיש. מ׳האָט מיר גערעדט שידוכים, אָבער קיינער איז מיר נישט געפעלן. איך בין פון יענע מאַנסלייט וואָס מוזן ליב האָבן. אַז כ׳האָב נישט ליב קאָ׳ פרוי, קאָן איך אויף איר נישט קוקן. פּראָסט און פּשוט.

— אַהאַ.

— כ׳האָב ליב חיות. ביי מיר איז אַ פערד נישט גלאַט אַ פערד. אַז כ׳האָב פאַרקויפט אַ פערד, האָב איך געוואָלט וויסן וועמען כ׳פאַרקויף. ס׳איז געווען ביי אונדז אַ בעל־עגלה וואָס פלעגט פאַרשמייסן די פערד און איך האָב אים נישט געוואָלט פאַרקויפן. זעכצן יאָר בין איך געווען אַ קאַניוך און קיין מאָל קיין פערד נישט דערלאַנגט מיט דער בייטש. מ׳קאָן ביי אַ חיה אַלץ פּועלן מיט גוטן, מעג עס זיין אַ פערד, אַ הונט אָדער אַ קאַץ. חיות פאַרשטייען וואָס מ׳רעדט צו זיי. זיי וויסן אַפילו וואָס מ׳טראַכט. חיות זעען אין דער פינצטער און געדענקען בעסער ווי אַ מענטש. כ׳האָב וויפל מאָל פאַרגעסן דעם וועג און מיינע פערד האָבן מיך צוגעפירט ווו כ׳האָב באַדאַרפט. אין דרויסן איז געפאַלן אַ שניי ביז צו דער קני אָבער מיינע פערד האָבן מיך צוגעפירט צום פויערס כאַטע און זיך

אָפּגעשטעלט. אַ מאָל האָט אַפֿילו דאָס פֿערד אויסגעדרייט דעם קאָפּ ווי צו זאָגן: אָט דאָ איז עס, באַלעבאָס.

אַז מען איז אַליין, האָט מען צייט זיך צוצוקוקן צו די באַשעפֿענישן. אַחוץ די פֿערד האָב איך געהאַט הינט, קעץ, קראָליקעס, אַ קו, אַ ציג. כ׳האָב געוווינט הינטער דער שטאָט, ווייל אין שטאָט קאָן מען נישט האָבן קיין גערוימע שטאַלן. מ׳קאָן אויך נישט אַרויספֿירן די פֿערד אויף פּאַשע. האָבער און היי זענען גוט אין ווינטער, אָבער זומער דאַרף אַ פֿערד פֿריש גראָז, גרין גראָז מיט בלימעלעך און אַלדאָס איבעריקע. די פּויערים פּענטען ביי אַ פֿערד די פֿיס און לאָזן פּאַשען אַ גאַנצע נאַכט, אָבער אַ געפּענטעטע חיה איז ווי אַ געפּענטעטער מענטש. ס׳איז גוט אין תּפֿיסה, האַ? כ׳האָב געמאַכט אַ צוים אַרום דער גאַנצער פּאַשע. די גויִים האָבן געלאַכט. ס׳לוינט זיך נישט אויפֿצושטעלן אַ צוים איבער זעקס מאָרגן לאַנד. אָבער כ׳האָב נישט געוואָלט בינדן מיינע פֿערד די פֿיס און נישט געוואָלט זיי זאָלן קריכן אין פֿרעמדע פֿעלדער און קריגן געשלאָגן. אָט דאָס בין איך געווען איידער כ׳בין געוואָרן אַ רוצח.

— וואָס איז מיט דעם פֿויגל?

— וואַרט. כ׳האָב געהאַלטן עופֿות. ס׳זענען געווען ביי מיר פֿייגל אויך. פֿריער נישט אין שטוב, נאָר אונטערן דאַך, אין שייער. פֿייגל בויען נעסטן. באָטשאַנעס פֿלעגן צוריקקומען יעדן נאָך־פּסח פֿון די וואַרעמע לענדער און בויען אַ נעסט ביי מיר אויפֿן דאַך. זיי האָבן נישט געדאַרפֿט בויען, בלויז פֿאַרריכטן די פֿאַראַיאָריקע נעסט נאָכן רעגן און שניי. אונטערן דאַך האָבן שוואַלבן געהאַט זייערע נעסטן. מ׳זאָגט קראָען זאָגן אָן שלעכטע בשורות, אָבער קראָען זענען קלוגע פֿייגל. כ׳האָב געהאַט אַ טויבנשלאַק אויך. ס׳זענען דאָ מענטשן וואָס לאָזן שעכטן טויבן, נאָר איך האָב קיין טויב קיין מאָל נישט פֿאַרזוכט. וויפֿל פֿלייש מישטיינס געזאָגט האָט אַ טויב?

— ביסט דאָך עפּעס אַ גאַנצער צדיק אין פֿעלץ.

— נישׂ׳ קאָ׳ צדיק. אַז מ׳וווינט הינטער דער שטאָט, געוויינט מען זיך צו צו אַלערליי זאַכן. פֿייגל פֿליען אַריין מיט צעבראָכענע

פליגל. אַ הונט קומט און ער הינקט אויף אַ פוס. כ׳בין ניש׳ קאַ׳ מיאַכקע לבבות, נאָר אַז מ׳זעט ווי אַ פויגל קייקלט זיך אויף ד׳ערד און קאָן זיך נישט אויפהויבן, וויל מען אים העלפן. כ׳האָב אַזאַ פויגל אַריינגענומען אין שטוב און אים געהאַלטן ביז די פליגל האָבן זיך אויסגעהיילט. כ׳האָב זיי באַנדאַזשירט, געוואָרן אַ גאַנצער פעלד־שער. ייִדן האָבן געלאַכט אויס מיר. וואָס ווייסן ייִדן וועגן חיות? אָבער גויים האָבן פאַרשטאַנען. זומער זענען די פענצטער ביי מיר געשטאַנען ברייט אָפן. ווי לאַנג דער פויגל וויל, בלייבט ער און קריגט זיינע קערנדלעך. אַז ער ווערט געזונט פליט ער אַוועק. אַנומלט איז אַ פויגל צוריקגעקומען און נישט אַליין נאָר מיט אַ ווייב. כ׳זיץ אויפן בענקל און פאַרריכט אַ זאָטל. מיט אַ מאָל פליען אַריין צוויי פייגל. דעם „ער״ האָב איך גלייך דערקענט. ס׳איז אים געבליבן אַ שראָם אויפן פיסל. זיי שטעלן זיך אַוועק אויף אַ פאָליצע און זינגען מיר אָפּ אַ דזיען דאַברי. ס׳איז געווען ווי אַ חלום.

שדכנים פלעגן קומען צו מיר פאַרלייגן אַלערליי גליקן, נאָר כ׳טו אַ קוק אויפן שטיקל סחורה און זי געפעלט מיר נישט. איינע איז מיאוס, די צווייטע איז גראָב, די דריטע רעדט צו פיל. כ׳קאָן נישט פאַרטראָגן קיין פלאַפלערינס. חיות שוויגן, — דעריבער האָב איך זיי ליב.

— אַ פּאַפּוגיי רעדט.

— יאָ.

— נו, וואָס?

— גאָרנישט. די יאָרן גייען. אָט איז מיין ווייבס ערשטע יאָר־צייט און אָט איז די צווייטע און באַלד די פינפטע און די אַכטע. אַנדערע קאַנדידאַטקעס זענען געוואָרן שטיין־רייך, אָבער איך האָב געהאַט מיין אויסקומעניש. כ׳נאָר נישט דעם קונה. כ׳שטעל מיר מיין פאַרדינסט און דאָס אַלץ. כ׳האָב זיך צוגעוווינט צו זיך אַליין.

— וואָס איז מיט דעם פּאַפּוגיי?

— וואַרט. כ׳וויס נישט ווו אָנצוהייבן. כ׳בין נישט קאַ׳ ייִדענע און דערצייל ניש׳ קאַ׳ בבא־מעשיות. ציגיינערס פלעגן קומען צו

מיר פאַרקויפן פערד, אָבער כ׳האָב קיין מאָל נישט געקויפט. ערשטנס, גנבענען זיי. צווייטנס, איז זייערס אַ פערד זעלטן געזונט. אויב מ׳איז נישט קיין מבין געפינט מען דעם חסרון שפּעטער, אָבער איך זע אַלץ גלייך די ערשטע מינוט. די ציגיינערס האָבן שוין געוווּסט, אַז מ׳קאָן ביי מיר גאָרנישט אָפּזעצן.

איין מאָל זיץ איך און עס אָנבייסן — הירזש מיט מילך, דאָס האָב איך געגעסן יעדן באַגינען. כ׳האָב אַלע מאָל געהאַט שטיין אַ זאַק מיט הירזש, פאַר מיר און די עופות. אַזוי ווי כ׳זיץ, זע איך אַ ציגיינעריך, אַ דיקע, אַ שוואַרצע, מיט גרויסע אוירינגען און אַ סך שנירלעך קרעלן. זי זאָגט: פּריץ, ווייז מיר דיין האַנט. כ׳האָב קיין מאָל זיך נישט געלאָזט לייגן קאָרטן. כ׳האָב נישט געגלייבט דעריין. אַ חוץ דעם, וואָס קומט אַרויס פון וויסן פאָרויס? וואָס ס׳באַדאַרף זיין, וועט זיין. אָבער עפּעס דערלאַנג איך איר די האַנט. זי קוקט אָן די רעכטע האַנט און שמוצערט מיט די ליפּן. דערנאָך הייסט זי מיר דערלאַנגען די לינקע האַנט. וואָס טויג דיר די לינקע האַנט? — פרעג איך זי, און זי זאָגט: די רעכטע ווייזט דיין מזל און די לינקע ס׳מזל פון דיין ווייב. כ׳האָב נישט קיין ווייב, זאָג איך, מיין ווייב איז געשטאָרבן, און זי רופט זיך אָן:

— ס׳וועט זיין אַ צווייטע.

— ווען וועט זי קומען?

— זי׳ט אַריינפליען דורכן פענצטער ווי אַ פויגל.

— זי׳ט האָבן פליגל? — פרעג איך. זי שמייכלט און ווייזט די ווייסע ציין. כ׳גיב איר אַ פּאָר גראָשן און אַ לאַבן ברויט. זי גייט אַוועק און כ׳מאַך מיר גאָרנישט פון אירע רייד. מאַלע ציגיינערינס פּלוידערן! אָבער עפּעס זענען מיר די רייד אַריין אין קאָפּ. כ׳דער־מאָן זיך דערוועגן און טראַכט דערפון. טייל מאָל טשעפּעט זיך צו אַ געדאַנק און וויל נישט אָפּטרעטן.

איצט הערט אַ זאַך.

מ׳האָט מיך גראָד געהאַט אַוועקגערופן אין אַ דאָרף קויפן פערד. כ׳האָב נישט געגעכטיקט אין דער היים. צו מאָרגנס קום איך צו

רייטן מיט פיר פערד, איינע איז מיין אייגענע קליאַטשע און דריי האָב איך איינגעהאַנדלט ביי אַ פויער. כ׳גיי אַריין אין שטוב און זע אַ פּאַפּוגיי. כ׳האָב נישט געגלויבט די אייגענע אויגן. היגע פייגל פליען אַריין, אָבער ווו נעמט זיך אַ פּאַפּוגיי? פּאַפּוגייען זענען נישט פון אונדזערע געגנטן. אָבער ער שטייט ביי מיר אויפן שויבן־שענקל און קוקט אויף מיר ווי ער וואָלט געוואַרט. ער איז גרין ווי אַן אתרוג, אָבער אויף די פליגל האָט ער טונקעלע פלעקן און אַרום האַלדז איז ער געל. נישט קיין גרויסער פּאַפּוגיי. ווייזט אויס, נאָך אַ יונגער. כ׳גיב אים אַ ביסל הירזש און ער עסט. כ׳טראָג אים צו אַ טעצעלע וואַסער און ער טרינקט. כ׳שטרעק אויס אַ פינגער און ער זעצט זיך אַרויף אויף מיין פינגער ווי אַן אַלטער באַקאַנטער. כ׳האָב פאַרגעסן אַלע מיסחרים. כ׳האָב אים גלייך ליב באַקומען ווי אַן אייגן קינד. אין אָנהייב האָב איך געוואָלט פאַרמאַכן די פענצטער ווייל אַזוי ווי ר׳איז אַריין, קאָן ער אויך אַרויס. אָבער ערשטנס איז זומער. אַחוץ דעם טראַכט איך: אויב ער דאַרף דאָ זיין, וועט ער בלייבן.

ר׳איז נישט אַוועקגעפלויגן. כ׳האָב אים געקויפט אַ שטייג און אַריינגעשטעלט טעצעלעך מיט הירזש, בעקעלעך מיט וואַסער, גרינסן, אַ שפּיגעלע און וואָס אַ פויגל ברויך. איך האָב אים אַ נאָמען געגעבן מעצאָצע און אַזוי איז געבליבן. אין אָנהייב האָט ער נישט גערעדט, בלויז געקוואַקעט און געקראַקעט. מיט אַ מאָל האָט ער גענומען רעדן, עפּעס אין אַ פרעמד לשון. ס׳האָט געמוזט זיין ציגיינעריש — נישט קיין רוסיש, נישט קיין פּויליש, נישט קיין יידיש. ר׳איז אפנים אַנטלאָפן פון ציגיינערס.

אַזוי ווי ר׳איז געקומען צו מיר, האָב איך געוווסט אַז וואָס די ציגיינערין האָט פאַרויסגעזאָגט, וועט ווערן מקויים. כ׳האָב אַרומגעשלאָגן די פענצטער און געהאַלטן וואַרעם. מעצאָצע האָט אָנגעהויבן רעדן יידיש אויך און מיך רופן שמעון. די גוייִם האָבן גערעדט צו אים פּויליש און ר׳האָט דאָס פּוילישע נאָכגעזאָגט. אַזוי ווי כ׳בין אַריין אין שטוב, איז ער מיר גלייך אַרויף אויפן אַקסל. כ׳גיי אין שטאַל אַריין און ער בלייבט זיצן אויפן אַקסל. ער לייגט צו דעם

שנאָבל צו מײַן אויער און שפּילט זיך מיטן לעפל. ער רוימט מיר אײַן סודות אין אַ פֿויגלשן לשון. איך אָנהייב האָב איך נישט געוווּסט צי ס׳איז אַן „ער״ אָדער אַ „זי״. אָבער אַ קונצנמאַכער איז פֿאַרביי און געזאָגט אַז ס׳איז אַן „ער״. כ׳האָב גענומען זוכן פֿאַר אים אַ ווײַב און דערביי האָב איך געוווּסט, אַז כ׳על באַלד געפֿינען מײַן זיווג.

— אַן אויסטערלישע מעשה! — האָט מאָטעלע רויזקעס אַ זאָג געטאָן.

— וואַרט צו. מ׳רופֿט מיך אין אַ הויף. כ׳דאַרף דאָרט צו־שטעלן פֿערד. כ׳האָב שוין ליב געהאַט מײַן מעצאָצע אַזוי אַז ס׳איז מיר שווער געווען מיט אים זיך צו שיידן. אָבער פּרנסה איז מלחמה. כ׳נעם מײַנע פֿערד און פֿאָר אַריבער אין הויף. כ׳זאָג אָן דער גויע — טעקלאַ האָט זי געהייסן — זי זאָל היטן דעם פּאָפּוגיי ווי ס׳אויג אין קאָפּ. כ׳דאַרף נישט אָנזאָגן. זי׳ט אים ליב ס׳לעבן. דער פּאַ־ראָבעק גייט אויס פֿאַר אים. קורץ, ער בלײַבט נישט פֿאַרפֿרעמדט. כ׳פֿאַרקויף מײַנע פֿערד פֿאַר אַ גוטן מקח און אַלץ גייט גלאַטיק ווי געשמירט. כ׳וויל אַוועקפֿאָרן אַהיים, אָבער דערווײַל מאַכט זיך אַ נײַער מיסחר. דער פֿויגל איז מיר מזלדיק. כ׳מוז איבערנעכטיקן אין אַ האַרבעריק, און אַזוי ווי כ׳קום אַרײַן, זע איך אַ ווײַבעלע — אַ קליינע, אַ טונקעלע, מיט שוואַרצע אויגן, מיט אַ קורץ נעזל. זי קוקט מיך אָן און שמייכלט צו מיר היימיש ווי צו אַן אַלטן באַ־קאַנטן. איך דרויסן איז אַ שניי ווי היינט און מיר זענען די איינ־ציקע געסט. די באַלעבאָסטע האָט פֿאַר אונדז געשטעלט דעם סאַ־מאָוואַר, אָבער איך זאָג: אפֿשר האָט איר בראָנפֿן? כ׳בין נישט קאַ־שיכור, אָבער אין מײַן מיסחר מוז מען טרינקען. מ׳ווערט מושווה, מ׳פּאַטשט־איין און מ׳טרינקט לחיים. די באַלעבאָסטע האָט אַרײַנגע־ברענגט אַ מאַנאָפּאָל־פֿלעשל און אַ שיסל מיט זאַלצפֿלעצלעך. כ׳פֿרעג דעם ווײַבעלע: אפֿשר ווילט איר אויך פֿאַרזוכן? און זי ענטפֿערט: פֿאַר וואָס נישט? מײַן נשמה ליגט אויך נישט אין קינפּעט. כ׳גיס איר אָן אַ פֿול גלעזל און זי קערט עס איבער ווי גאָרנישט. זי פֿאַר־

בייסט אַפּילו נישט. כ׳האָב שוין געזען אַז זי קאָן אַריינגיסן. די באַ־לעבאָסטע איז אַוועק צו אַ גוי וועגן אַ קו און מיר זענען געבליבן אַליין. איך נעם אַ גלעזל און זי אַ גלעזל. איך ווער אַזוי גיך נישט שיכור. כ׳קאָן אַריינגיסן אַ האַלבן שטאָף און בלייבן ניכטער. כ׳האָב מורא זי זאָל נישט ווערן צו פיל פאַרשנאַשקעט, אָבער זי שמייכלט ווי גאַרנישט. מיר ווערן בלויז הי־טערער און היימישער. מיר שמועסן שוין ווי אַלטע גוטע פריינד. זי זאָגט מיר אַז זי הייסט אסתר און קומט ערגעץ פון וואָלין. וואָס טוט אַ ווייבל אַליין אין אַ קרעטשמע? — פרעג איך זי און זי ענטפערט: כ׳וואַרט אויף אַ מויליכער. וואָס טויג אייך אַ מויליכער? — פרעג איך און זי דערציילט מיר, אַז זי פאָרט קיין אַמעריקע. וואָס איז שלעכט דאָ? — פרעג איך, און זי דערציילט מיר אָפּנהאַרציק אַז זי׳ט ביי זיך אין שטאָט געפירט אַ ליבע און יענער האָט זי איבערגעלאָזט. ר׳האָט געהאַט אַ ווייב. געווען איז ער אַ קאָמיוואָיאַזשאָר, אייגער פון יענע שוויצערס וואָס ס׳איז ביי זיי אַ קרן אָנצופייפן אַ ייִדישער טאָכטער. נו, טענהט זי, כ׳האָב געשפּילט און פאַרשפּילט. אין דער היים קאָן איך מער מיין פּנים נישט ווייזן. ס׳קומט אַרויס אַז זי׳ט שוין געהאַט אַ מאַן און זיך געגט. דער פאָטער איז אַ פרומער ייִד און ס׳איז אונטער זיין כּבֿוד. קורץ, זי מוז זיך אָפּטראָגן. עפּעס אַ שמוגלער דאַרף זי אַריבערשמוגלען די גרענעץ.

וואָס, זאָג איך, וועט איר טאָן אין דעם וויטן אַמעריקע? און זי ענטפערט: נייען בלוזעס. אַז מ׳באַנאַרישט זיך, זאָגט זי, דאַרף מען צאָלן. זי טענהט: פאַר וואָס האָב איך אייך נישט באַגעגנט פריער? אַזאַ מאַנסביל וואָלט איך געדאַרפט פאַר אַ מאַן. ס׳איז קיין מאָל נישט צו שפּעט, ענטפער איך. וואָס זאָל איך אייך דאָ לאַנג ברייען? ביז די באַלעבאָסטע איז צוריקגעקומען מיט דער קו, איז ביי אונדז אַלץ שוין געווען פאַרטיק. כ׳בין צוגעזאָגט געוואָרן צו איר און זי וויל שוין פון מיר נישט אָפּטרעטן. מיר נעמען זיך ביי די הענט. מיר קושן זיך, און קושן קושט זי אַזוי אַז מ׳ווערט משוגע. דאָס איז נישט קאַ׳ נקבה נאָר אַ פלאַם פייער. כ׳האָב נישט

געוואַלט די באַלעבאָסטע זאָל וויסן ווי ס׳האַלט און כ׳בין אַוועק שלאָפן, אָבער כ׳ליג און ס׳וואַרפט מיך ס׳קדחת. זי שלאָפט אַ טיר נעבן אַ טיר און כ׳הער דורכן דינעם ווענטל ווי זי קוילערט זיך אויפן געלעגער. פאַר טאָג בין איך איינגעשלאָפן און אין דער פרי האָב איך געזאָלט אַהיימפאָרן. מיר האָבן שוין געהאַט אָפגעשמועסט זי זאָל מיטפאָרן. פון דעם אַמעריקע איז שוין אויס. זי ברויך מער נישט קיין מויליכער. כ׳קום אַרויס פון מיין שטיבל און מיין ווײַ־בעלע איז שוין איינגעפּאַקט און גרייט. זי שמייכלט צו מיר און די אויגן שיינען. אַז די באַלעבאָסטע האָט דערהערט אַז זי פאָרט מיט מיר, האָט זי זיך אָנגעשטויסן וואָס דאָ איז פאַרלאָפן, נאָר וואָס גייט עס מיך אָן? מיין האַרץ איז ביי אסתרן. כ׳נעם זי אַרויף אויפן שליטן און זי זיצט נעבן מיר אויפן באָק. זי האָט מורא נישט אַראָפּצופאַלן, האַלט זי זיך אָן אין מיר און דערפון איז מיר וואַרעם אין אַלע אברים. אַזוי ווי מיר פאָרן רעדן מיר אָפּ חתונה צו האָבן. קיין צערעמאָניעס דאַרפן מיר נישט. איך בין אַן אַלמן און זי איז אַ גרושה. מיר׳ן אַריינגיין צו ר׳ געצל מורה־הוראה און שטעלן אַ חופה. כ׳דערצייל איר וועגן דעם פויגל און זי זאָגט: כ׳על זיין צו אים אַ מאַמע. מיר ריידן וועגן אים ווי ער וואָלט געווען אונ־דזער קינד.

— עץ האָט חתונה געהאַט? — האָט וואָלף־בער געפרעגט.

— ניין.

— פאַר וואָס נישט, האַ?

— זי איז געווען אַ גרושה און איך בין אַ כהן. כ׳האָב געהאַט פאַרגעסן דעם גאַנצן דין.

— ווער האָט דיר געזאָגט? דער מורה־הוראה?

— ווער דען?

— נו, ס׳איז שוין יענע געשיכטע!...

— ווען ר׳ געצל האָט געזאָגט אַז מיר קאָנען נישט חתונה האָבן, האָב איך געוואָלט פון אים מאַכן קרעפּלפלייש. אָבער וואָס איז דאָס זיין שולד? כ׳בין קיין מאָל נישט געגאַנגען דאַוונען אַחוץ

ראש־השנה און יום־כּיפּור. מיט אַ מאָל בין איך גאָר אַ כּהן. כ׳האָב גענומען אסתרן און בין מיט איר אַוועק אַהיים. זאָל זיך מיר דוכטן, זאָג איך, אַז כ׳בין אַ גלח און דו ביסט מיין גאָספּאַדיני. מיר׳ן געוווינט ווייט פון שטאָט און קיינער קוקט אונדז נישט אין שליסל־לאָך. פריער האָט זי געקרעכצט. וואָס זאָל זי שרייבן דער משפּחה? אָבער מיר זענען ביידע אַזוי פאַרליבט אַז מיר קאָנען זיך קוים דערוואַרטן ביז נאַכט. מעצאָצע איז גלייך געוואָרן מיט איר פאַן־בראַט. אַזוי ווי זי איז אַריין, איז ער איר אַרויף אויפן אַקסל. זי קושט אים אין שנאָבל און ער קושט זי צוריק. איך זאָג איר: ער איז אונדזער שדכן. כ׳דערצייל איר פון דער ציגיינערין און אַל דאָס איבעריקע.

אין אָנהייב איז אַלץ צוגעגאַנגען גוט און ווויל. מיר לעבן ווי טייבעלעך. אין שטאָט האָט מען אונדז באַרעדט, נאָר וועמען אַרט עס? איז שמעון קאָניוך נישט קאַ׳ פּרומער. וועט מען מיר נישט געבן אין שול קאַ שלישי. נו, אָבער אסתר וויל האָבן אַ קינד און דאָס טויג שוין נישט. ס׳עט הייסן אַז ס׳קינד איז אַ ממזר. איין קנעלער פון בית־מדרש האָט מיר געזאָגט, אַז אַזאַ קינד איז נישט קאַ׳ ממזר, ס׳האָט עפּעס אַן אַנדער נאָמען; אָבער ס׳טויג נישט סיי ווי סיי. אסתר האָט געהאַט געשריבן צו טאַטע־מאַמע אַז זי׳ט חתונה געהאַט און זיי ווילן שוין קומען אונדז אָפּגעבן מזל־טוב. ס׳האָבן זיך אָנגעהויבן די פּלאָנטערנישן. איך בין צופרידן צו זיין אַליין מיט איר. אסתר און מעצאָצע זענען פאַר מיר גענוג. אָבער זי רייסט זיך נאָר צו גיין אין שטאָט אַריין. זי פרעגט זיך צי כ׳האָב גוטע ברידער, זי וויל פאַרבעטן געסט, זיך אויספּיינען מיט איר קאָכן און באַקן. געקאָכט האָט זי ווי פאַרן קיסר. זי׳ט אָפּגעבאַקן אַ קוכן, קריגט מען נישט אַזוינעם אין די בעסטע קאָנדיטערייען. זי טוט זיך אָן שיין אויך, אָבער פאַר וועמען? אין מיטן פעלד טוט זי אָן אַ גאָרסעט. זי׳ט מיך גענומען צורעדן כ׳זאָל פאָרן מיט איר קיין אַמעריקע. הלוואי וואָלט איך זי געהאָרכט, אָבער ס׳האָט זיך מיר נישט געגלוסט אַוועקצופאָרן אויף טויזנטער מייל. כ׳האָב אַ הויז,

שטאַלן, ערד. אַז מ׳פּאַרקויפּט, קריגט מען אַ שיבוש. נו, און וואָס קאָן איך טאָן אין אַמעריקע? פּרעסן הויזן. אַחוץ דעם בין איך שוין געווען אַזוי צוגעבונדן צום פויגל אַז אים איבערלאָזן וואָלט איך נישט געקאָנט. ווידער שלעפּן אַ פּאַפּוגיי איבער גרענעצן און ימען איז אויך ניש׳ קאַ׳ שפּילעכל. כ׳האָב זיך צוגעווינט צו מיין קליאַ־טשע אויך. אויף ווער וועמען וועל איך זי איבערלאָזן? זי איז שוין ניש׳ קאַ׳ יונגע און אַז זי פאַלט אַריין צו אַ פורמאַן, שינדט ער איר די פעל. כ׳טענה צו אסתרן: מיר האָבן זיך ליב, לאָמיר לעבן שטיל. וועמען גייט עס אָן וואָס לייט באַלאַקען? אָבער ס׳ציט זי נאָר צו מענטשן. זי גייט, זי קריכט, זי שליסט קאַנטשאַפט און פאַר־ווּיקלט זיך אין ליגנס און דער שוואַרץ־יאָר ווייסט וואָס. כ׳האָב זיך געלאָזט צורעדן און פאַרבעטן אַ פּאָר קאָניוכעס אויף אַ ליאַמע, אָבער אין די יאָרן וואָס כ׳בין געווען אַליין האָב איך זיך געהאַט פון אַלעמען אָפּגעזונדערט און קיינער וויל נישט קומען צו אונדז הינטער דער שטאָט. יענע וואָס זענען געקומען, האָבן אונדז גע־מאַכט אַ מענטליק. אַז די באַנדע איז אַוועק, האָט אסתר גענומען וויינען און אַזוי אָפּגעיאָמערט ביז באַגינען.

וואָס זאָל איך אייך לאַנג ברייען? מ׳הייבט זיך אָן קריגן. דאָס הייסט, זי קריגט זיך, זי זידלט, זי שילט, זי וויינט און שרייט אַז כ׳האָב זי אַריינגענאַרט אין דער נעץ. פאַר וואָס האָב איך איר באַלד נישט געזאָגט אַז כ׳בין אַ כהן? איך האָב אַזוי געדענקט אַז כ׳בין אַ כהן ווי עץ געדענקט וואָס עץ האָט געגעסן ביי דער מאַמען אין בויך. זי ליגט ביי נאַכט און ס׳רעדט פון איר אַ דיבוק. דאָ לאַכט זי און דאָ וויינט זי. זי שפּילט אַ קאָמעדיע, אָבער פאַר ווע־מען? זי רעדט צו זיך אַליין און מאַכט אַזוינע שטיק אַז כ׳גלייב נישט ס׳איז די אייגענע אסתר. זי רופט מיך נעמען וואָס מ׳הערט גאָרנישט אין אונדזערע קאַנטן. מיט אַ מאָל האָט זי געוואָרפן אַן אומחן אויפן פויגל. ער שרייט צו פיל, ער מאַכט אָן, ער לאָזט זי נישט שלאָפן אין דער פרי. זי איז פעפערזיכטיק אויך. כ׳האָב אים ליבער, זאָגט זי, פון איר. אַזוי ווי דאָס האָט זיך אָנגעהויבן,

האָב איך געװוּסט אַז ס׳עט זיך אױסלאָזן שלעכט. װאָס איז מע־צאַצע שולדיק? ער איז גוט װי אַ מלאך. ביי נאַכט איז ער שאַ־שטיל. אין דער פרי ליגט נישט אַ פױגל אונטער דער איבערדעק און שנאַרכט. אַ פױגל הייבט אָן זינגען מיטן טאָג צו גלייך. אָבער אסתר לייגט זיך צװיי אַזייגער ביי נאַכט. עלף אַזייגער נעמט זי ערשט צװאָגן דעם קאָפּ, אָדער באַקן אַ באַבקע. כ׳זע שױן אַז כ׳בין אַריינגעפאַלן, אָבער װאָס טוט מען? װיל זי, איז זי משוגע, װיל זי, איז זי מיושב. ס׳איז דאָ אין קאַליש אַ טיישטוב װוּ ס׳קומען זיך צונויף אַלע פליאַסקעדריגעס. זי שלעפּט מיך נאָר אַהין. אַז כ׳גיי שױן, זיץ איך און טרינק טיי און זי שליסט באַקאַנטשאַפט מיט די װוילע יונגען. זי טרעפט אָן אַ פרעמדן באַלװאַן און דערציילט אים אַלע אונדזערע סודות. אַז כ׳גראַב מיר נישט אױס אַ גרוב פון חרפּה, בין איך שטאַרקער פון אייזן. זי קאָן זייך קלוג, אָבער אַז זי צעלאָזט זיך מיטן מױל, איז זי דער ערגסטער נאַר. זי טוט מיר אױף צו להכעיס, אָבער פאַר װאָס קומט עס מיר? אַן אַנדע־רער אױף מיין אָרט װאָלט זי אָנגעגומען ביי די קודלעס און אַרױס־געטראַסקעט, אָבער איך געװוין זיך צו און ס׳איז מיר אַ רחמנות אױף.

קינדערלעך, ס׳איז געװאָרן ערגער פון טאָג צו טאָג. כ׳האָב קיין מאָל נישט געװוּסט װאָס אַ גיהנום איז, אָבער ס׳גיהנום פלאַ־קערט ביי מיר אין שטוב. זי׳ט פאַרפירט אַ העצע מיט דער דינסט, דער גויע, און יענע איז אַװעק פון דער שטעלע. כ׳האָב אױף דער גויע קאַ׳ פינגער נישט אַרױפגעלייגט, אָבער אסתר איז מיר חושד אין אַל דאָס בייז. זי זוכט נאָר בלבולים, זיך אָן װאָס אָנצוטשעפּען. זי הייבט זיך אָן אַרומרייסן מיט דעם גוי, דעם שמייסער. יאָרן האָבן די גייעס מיך באַדינט געטריי. איצט אַנטלױפן זיי. אין מיין מיסחר דאַרף מען אַ מענטש, מ׳קאָן נישט אַלץ טאָן אַליין. פערד מוז מען װאַשן און קעמען. ס׳זענען דאָ אַזױנע לצים װאָס קומען אין שטאַל ביי נאַכט. לאַכט נישט, ברידער, כ׳האָב אױך נישט גע־גלייבט ביז כ׳האָב נישט געזען מיט די אייגענע אױגן. כ׳קױף

אַ פערד און שטעל עס אַוועק אין שטאַל. כ׳קום אין דער פרי און ס׳איז אויסגעבאָדן אין שוויס ווי מ׳וואָלט עס געטריבן אַ גאַנצע נאַכט איבער גריבער און בערגער. דער שוים רינט פון פיסק. כ׳טו אַ קוק אויף דער גריווע — פול מיט צעפּלעך. ווער קומט ביי נאַכט אין שטאַל פּאַרפּלעכטן ביי אַ פערד צעפּלעך? ס׳האָט געטראָפן נישט איין מאָל, נאָר צען מאָל. זיי קאָנען פאַרמאַטערן אַ פערד צום טויט, די שרעטעלעך. מ׳דאַרף אַראָפּגיין ביי נאַכט, אַכטונג געבן. אַז דער גוי האָט מיך איבערגעלאָזט, בין איך געבליבן אַ קדוש. כ׳מוז שוין טאָן די אַרבעט פון אַ פּאַראָבעק. קורץ און גוט, ס׳טויג נישט. רעד איך, ווערט אַ סומאַטאָכע, שווייג איך, האָט זי פּרעטענזיעס אַז כ׳מייד זי אויס. נאָר זי זוכט אויף מיר חסרונות. כ׳קאָן נישט שרייבן און זי גייט מיך לערנען שרייבן. זי גיט מיר איין לעקציע און מער וויל זי נישט. מיר שפּילן אין קאָרטן גלאַט אַזוי, צו פּאַרטרייבן די צייט, אָבער זי גענאַרט. וואָס דאַרף זי נאַרן? כ׳גיב איר אַוועק אַלע פּאַרדינסטן.

— פּאַר אַזאַ שטיקל סחורה איז דאָ איך רעצעפּט — האָט זיך אָנגערופן וואָלף־בער. — אַ רייב אין פּרעסער אַריין.

— מיינע ווערטער! — האָט מאַטעלע רויזקעס אונטערגעכאַפּט.

— וואַרטס. כ׳האָב דאָס איך געפּרוווט. כ׳האָב אַ שווערע האַנט און אַז איך גיב אַ זעץ, קאָן איך אַ מאָל מאַכן יענעם פּאַר אַ קאַליקע. כ׳ריר זי אָן און ס׳גייט אויס צו דאָקטוירים. זי סטראַשעט אַז ז׳עט מיך מסרן. וואָס מסרן? כ׳מאַך ניש׳ קאַ׳ פאַלש געלט. זי איז אַ בלאַט שטיקל סחורה, נאָר אַז ס׳געפעלט איר, ווערט זי פרום ווי אַ רביצין. אָנצינדן אַ פייער אום שבת מעג מען, נאָר אַרויסגיסן ס׳פּאָמעשאַף איז אַן עבירה. ווי ס׳לוינט איר אַזוי דרייט זי מיט דער צונג. מ׳ווייסט שוין אין שטאָט פון מיין בראָך און די ווייבער לאַכן אין די פויסטן.

ס׳איז געווען פּאַר צוויי יאָרן ווינטער. כ׳ווייס נישט ווי דאָ, נאָר ביי אונדז זענען געשטאַנען געפּערלעכע פרעסט. אַזוינע פרעסט

האָבן נישט געדענקט אַלטע לייט. ס׳האָט נישט געהאָלפן קאַ׳ הייצן. אַ ווינט האָט געבלאָזן און ביימער האָבן זיך אונטערגעבראָכן. ביי מיר האָט דער ווינט אָפּגעריסן אַ שטיק פּלויט. אין שטאָל איז געוויינטלעך וואַרעם, נאָר כ׳האָב מורא געהאַט פאַר די פערד. אַז אַ פערד כאַפּט דעם ראַצער איז נאָך אַלעמען. כ׳געדענק נישט ביז היינט צוליב וואָס מיר האָבן זיך געקריגט יענעם אָוונט, אָבער ווען האָבן מיר זיך נישט געקריגט? ס׳איז געווען איין לאַנגע מלחמה. טייל מאָל ביי נאַכט האָבן מיר געמאַכט שלום אויף אַ פּאָר מינוט. שפּעטער איז שוין דערצו אויך נישט געקומען. זי איז געשלאָפן אין בעט און איך האָב מיר אויסגעבעט אַ געלעגער אויף אַ באַנק. איך האָב שויך באַלד געדאַרפט אויפשטיין און זי׳ט זיך ערשט גע־לייגט. כ׳האָב אַ לייכטן שלאָף. מ׳קאָן מיך גרינג אויפוועקן; אָבער זי קריכט אַרום אין מיטן דער נאַכט, זידט אויף טיי, רוקט בענק־לעך. דאָ זינגט זי, דאָ וויינט זי. דאָ זאָגט זי קריאת־שמע און מיט אַ מאָל נעמט זי לאַכן ווי אַ משוגענע. ס׳איז אַלץ אויף צעפּיקעניש. זי ווייסט אַז איך האָב ליב דעם פּאַפּוגיי און זי טוט אים אָפּ שטיק־לעך. אַ פּאַפּוגיי שטאַמט פון די וואַרעמע לענדער און אַז ער כאַפּט אַ צוג, איז אויס מיט אים. אָבער זי עפנט די טירן און ס׳בלאָזט אַריין דער ווינט. ער קאָן אַוועקפליען אויך, ווייל ס׳איז אַ באַשעפעניש, נישט אַ מענטש מיט שכל. כ׳זאָג איר קלאָרע ווערטער: אויב ס׳וועט עפּעס געשען מיט מעצאַצען, ביסטו ביי מיר אַ גע־צעטלטע, און זי שרייט: האָב מיט אים חתונה. מיט אַ פּאַפּוגיי מעג אַ כהן חתונה האָבן. כ׳ווייס איצט אַז ס׳איז אַלץ געווען באַ־שערט: ס׳איז אָנגעשריבן ביים מענטש אויף דער האַנט אָדער אויפן שטערן: אַזוי לאַנג זאָל ער לעבן. דאָס און יענץ זאָל ער אָפּטאָן. וואָס האָט זי געהאַט צו מיר? כ׳האָב איר נישט פאַרשטעלט דעם וועג קאַ׳ן אַמעריקע. כ׳בין גרייט געווען איר צו געבן אויף הוצאות אויך.

ווו האַלט איך? האַ? יאָ, כ׳האָב זי געוואָרנט. מיט מיר טו וואָס דו ווילסט, נאָר צו מעצאַצען לאָז נישט אויס. אָבער זי קווי־

טשעט און זידלט אים ווי ער וואָלט געווען אַ מענטש. ער איז קרע־ציק, ער איז לייזיק, ס׳זיצט אין אים אַ שד און וואָס נישט? אַ פויגל דאַרף ס׳זאָל זיין פינצטער ביי נאַכט. אַז מ׳צינדט אָן אַ לאָמפּ, מיינט ער אַז ס׳איז טאָג. אָבער דאָ מאַכט זי ליכטיק און דאָ פינצ־טער. אַ פויגל קאָן נישט ליידן קאָ׳ ליכט אין דער נאַכט און ער פאַרשטעקט דעם קאָפּ אין די פעדערן. וואָס האָט אַ פויגל? אַ פּאָר קערנדלעך און ס׳ביסל שלאָף. ווי קאָן אַ מענטש נעמען נקמה אין אַ פויגל? אין מיטן דערינען האָב איך דערהערט אַ גערודער אין שטאָל. כ׳האָב גענומען דעם לאָמטערן און זיך געלאָזט צו דער שטאָל. אַזוי ווי כ׳האָב איבערגעטראָטן די שוועל, האָב איך גע־ווּסט אַז ס׳וועט זיין אַן אומגליק.

אַ ווייל האָבן אַלע געשוויגן. דערנאָך האָט וואָלף־בער גע־פרעגט:

— וואָס האָט זי געטאָן? אַרויסגעיאָגט דעם פּאָפּוגיי?

דער פרעמדער האָט גענומען מורמלען און רייניקן דעם האַלדז.

— יאָ, אין מיטן דער נאַכט. אין אַ ברענענדיקן פראָסט.

— מ׳האָט אים נישט געפונען, האַ?

— ניין.

— און דו האָסט זי פאַרטיק געמאַכט, האַ?

דער פרעמדער האָט אָפּגעוואָרט.

— אַז כ׳בין אַרייך פון שטאָל און געזען אַז דער פּאָפּוגיי איז נישטאָ, ביז איך צו איר צוגעגאַנגען און געזאָגט: אסתר, ס׳איז דייך סוף. כ׳האָב זי אָנגענומען ביי די האָר, אַרויס מיט איר אין דרויסן און זי אַריינגעוואָרפן אין ברונעם.

— זי׳ט זיך נישט געווערט, האַ?

— ניין. זי איז עפּעס געגאַנגען שווייגנדיקערהייט.

— מ׳דאַרף פון דעסטוועגן זיין דערצו אַ רוצח — האָט מאַ־טעלע רויזקעס זיך אָנגערופן.

— כ׳בין אַ רוצח.

— וואָס ווייטער, האַ?

— גאָרנישט. כ׳בין אַוועק צו די גלינעס און געזאָגט: דאָס האָב איך געטאָן. נעמט מיך.

— אין מיטן דער נאַכט?

— ס׳האָט שוין אָנגעהויבן טאָגן.

— מ׳האָט דיך כאָטש געלאָזט נאָכגיין אויף דער לוויה?

— קיין שום לוויה.

— מ׳זאָגט טאַקע, אַז אַ כהן איז אַ כעסן — האָט בערעלע זאַלקאָווער אַריינגעוואָרפן.

— ס׳זעט אַזוי אויס.

— וויפל האָסטו געקראָגן, האַ?

— אַכט יאָר.

— נו, האָסט גוט אָפּגעשניטן.

— איכ׳ל שוין אויף דער פריי נישט אַרויס — האָט דער פרעמדער געזאָגט.

אַ לאַנגע ווייל האָבן אַלע געשוויגן. דערנאָך האָט דער פרעמדער זיך אָפּגערופן:

— מעצאָצע איז דאָ.

— וואָס מיינסטו, האַ?

— עצ׳ט זאָגן אַז כ׳בין משוגע, אָבער וואָס אַרט עס מיך.

— וואָס הייסט ר׳איז דאָ?

— ער קומט צו מיר. ער שטעלט זיך מיר אויפן אַקסל.

— ס׳חלומט זיך דיר?

— אויף דער וואָר.

— ס׳דוכט זיך דיר.

— ער רעדט. כ׳הער זיין קול.

— אויב אַזוי, ביסטו אַ קאַפּעלע צעהאַצקעט.

— ער שלאָפט ביי מיר אויפן שטערן.

— נו, ס׳איז ביי דיר אַזאַ מאַנקאַליע.

— אַ פּאַפּוגיי האָט אַ נשמה.

— יאָלדישע רייד! — האָט וואָלף־בער געטענהט. — אויב אַ פּאָפּוגיי האָט אַ נשמה, האָט אַ הון אויך אַ נשמה. ווען אַלע הינער און אַלע געגנדז און קאַטשקעס וואָלטן געהאַט נשמות, וואָלט די וועלט געווען פֿול מיט נשמות ביזן הימל.

— כ׳ווייס בלויז אַז מעצאָצע קומט צו מיר.

— ס׳איז פֿון בענקשאַפֿט.

— ער קומט. ער קושט מיך אין מויל. ער פּלאַטערט מיר מיטן ווידל אויפֿן אויער.

— ר׳עט קומען היינט ביי נאַכט אויך?

— אפֿשר.

— פֿון וואַנען ווייסט ער אַז מ׳האָט דיך אַריבערגעפּעקלט קאָ׳ יאָנעוו?

— ער ווייסט אַלץ.

— פּוסטע זאַכן. דערצייל עס דעם דאָקטאָר. מ׳עט דיך שיקן אין משוגעים־הויז און פֿון דאָרט איז גרינג צו מאַכן פּליטה. וואָס איז מיט אסתרן? זי קומט אויך?

— זי — נישט.

— אַן איינרעדעניש. די טויטע זענען טויט. אַזוי מענטשן, אַזוי חיות.

דער פֿרעמדער האָט זיך צוריק אויסגעשטרעקט אויף דער באַנק.

— איך ווייס דעם אמת...

די פוצערין

.1

פאַר וואָס פאַרזיצט אַ מיידל און נאָך אַ גבירישע טאָכטער דערצו? דערויף, קינדער מיינע, קאָן קיינער נישט ענטפערן.

מ׳האָט איר גערעדט שידוכים. צוויי שוועסטער און דריי ברי־דער אירע האָבן חתונה געהאַט. אָבער זי, אַדעלע — איר אמתער נאָמען איז געווען האָדל — איז פאַרזעסן, ווי מ׳זאָגט, ביזן גרויען צאָפּ. מ׳האָט איר גערעדט שידוכים אפילו אין מיין צייט, ווען זי איז שוין געווען איבער די פערציק. שדכנים האָבן די טירן אָפּגע־ריסן. ס׳איז נישטאָ קיין יידישער קלויסטער. דער טאַטע אירער, ר׳ שמשון צוקערבערג, איז געווען אַ גביר, ער איז טאַקע געווען אַ שותף צו אַ צוקער־פאַבריק.

אַדעלע איז ווייט נישט געווען קיין מיאוסע. איין חסרון האָט זי געהאַט, זי איז געווען אַ ביסל צו דאַר, אַ נידעריקע, אָן אַ ביוסט, טונקל ווי די מאַמע. נישקשה, מיאוסערע פון איר האָבן געקראָגן מאַנען. אויגן האָט זי געהאַט שוואַרצע און שוואַרצע האָר, כאָטש שפּעטער האָבן זיך אָנגעהויבן ווייזן ביי איר גרויע פעדים, אָדער ווי מ׳האָט עס גערופן ביי אונדז: קברות־בלעטלעך. דער טאַטע האָט געהאַט פון איר בושות און חרפות. די מאַמע, ביילע צלאָווע, האָט זיך געעקט פון פאַרדרוס.

פאַראַן מיידן וואָס האָבן נישט חתונה, ווייל זיי זענען ביטערע שטיק, אָדער אפשר צו שטאַרקע קלויבערינס. אַדעלע איז נישט געווען קיין שלעכטע, פאַרקערט, אַ צוגעלאָזענע, אָבער אַ פלוט. אַלע אירע צרות האָבן זיך גענומען דערפון, וואָס זי איז געווען אַריינגעטאָן אין קליידער, אין פוצן זיך, אַז ס׳איז איר נישט געבליבן קאַ׳ צייט אויף עפּעס אַנדערש. עץ גלויבט נישט? ס׳איז געקומען צו אונדז אין שטאָט אַ מגיד און ער׳ט געזאָגט אַז יעדע זאַך קאָן ווערן

אַ תאווה, אַפילו קנאַקן באַניעקערלעך. מענטשן פאַרשפּילן דעם לעצטן גראָשן אין קאָרטן. טאַקע ביי אונדז אין לובלין האָט איינער אַ גאַרבער זיך איין מאָל פאַרשפּילט אין קאָרטן און מער נישט געהאַט וואָס איינצושטעלן. ער איז געזעסן מיט אַ כאָפּטע ווילע יונגען און איינער טוט אַ זאָג: שטעל איין ס׳וויב. וויפל איז זי ווערט ביי דיר? און יענער ענטפערט: הונדערט קערבלעך. בקיצור, ר׳האָט זי געשטעלט אין קאָן. ווען מ׳האָט זיך דערוווּסט פון דער מעשה, האָט מען אים געוואָלט אין חרם לייגן.

ס׳איז געווען ביי אונדז אַ יידענע וואָס איר משוגעת איז געווען קלויבן זאַכן פון אַלטוואַרג און פון מיסט. זי פלעגט זאָגן, אַז אַלץ קומט אַ מאָל צו־נוץ: אַ צעבראָכן שלעסל, אַ צעבויגענער האָקן, אַ שטיקל שפּאַגאַט, אַ ליידיקע פלאַש, אַ שוכבענדל. זי׳ט אָנגע־קליבן אַ פולן בוידעם ביזן דאַך און דערנאָך אַ פולן קעלער. זי איז אַרומגעגאַנגען דאָרט ווו מ׳שיט אויס די מיסטן און זיך גע־גראַבלט. ס׳איז געווען איר מאַנקאָליע.

כ׳זאָג עס קעגן דעם: אַדעלעס גאַנצער קאָפּ איז געלעגן אין פוצן זיך. יענע יאָרן, אַז מ׳האָט זיך אויפגענייט אַ קלייד, אָדער אַ קאָסטיום, איז מען דאָס געגאַנגען יאָרן. אָבער נישט אַדעלע. אויב זי׳ט געטראָגן אַ קלייד דריי מאָל איז דאָס אַ סך. נאָכן פאָ־טערס טויט איז זי געבליבן ביים הויז און די געוועלבן. דער טאַטע האָט אָוועקגעלייגט פאַר איר אַ נדן. זי׳ט געקראָגן אַ היפּשן חלק פון דער ירושה און זי׳ט אַלץ אַריינגעלייגט אין שמאַטעס.

כאָטש אַן אַלטע מויד, האָבן שוועסטער און ברידער זי פאַר־בעטן אויף חתונות, בריתן, תנאים. זי האָט געהאַט משפחה אין לובלין און אין וואַרשע. זי׳ט געהאַלטן אין איין ברענגען מתנות. מיר׳ן געוווינט טאַקע ביי זיי אין הויז און ווי וווּ׳ל זי איז געווען מ׳יט אַ היפּשע פאַר יאָר עלטער פון מיר, זענען מיר געוואָרן קומעס.

צייט כ׳געדענק זי, האָב איך געהערט פון איר איין פּזמון: כ׳דאַרף גייך צום שניידער. דאָ האָט מען איר אָנגעמאָסטן אַ שובע און דאָ אַ יופּע; דאָ האָט מען איר געפּאַסט אַ מענטעלע און דאָ

אַ פוטער. נו, זי איז דען געלאָפן בלויז צום שניידער? ווו זענען נייטאָרינס, שוסטערס, היטנפוצערינס, קירזשנערס? אַלץ האָט גע־מוזט ביי איר פּאַסן. אויב דאָס קלייד איז גרין, מוז זי האָבן גרינע שיך און אַ גרינעם הוט, און דער הוט מוז האָבן אַ גרינע פעדער. און דער פּאַראַסאָל מוז אויך זיין גרין.

ווער האָט געהערט אין לובלין פון אַזוינע שאַלאַמויזן? אפשר ב״י פּריצים און דעם גובערנאַטאָרס ווייב.

נו, און איין מאָל פּאַסן איז דען גענוג? דאָ האָט זי געפונען אַ קנייטשעלע און דאָרט איז דאָס פּעטל אין דער קרום. זי׳ט באַצויגן זשורנאַלן פון פּאַריז און דאָרט האָט מען באַשריבן אַלע נייע מאָדעס. פריער קומען אָן די מאָדעס קיין וואַרשע און פון דאָרט, מיט אַ זמן שפּעטער, קיין לובלין. אָבער צו איר, אַדעלען, קומען אָן די זשור־נאַלן גלייך פון די מאָדעמאַכערס און אַלץ איז ביי איר קאַפּויער. מ׳הייבט ערשט אָן טראָגן קירצערע קליידער און זי פּאַרלאַנגט שוין לענגער. די דאַמענשניידערס זענען געוואָרן אינגאַנצן צעמישט. זי גייט אַרויס אויף דער לעוואַרטאָווער גאַס און מ׳שטעלט זיך אָפּ קוקן. זי׳ט אויסגעזען ווי אַ משוגענע.

ווי לאַנג טאַטע־מאַמע האָבן געלעבט, האָט מען איר אַלץ נאָך פאַרגעשלאָגן שידוכים. מ׳האָט געמאַכט זעעכצער און אויף יעדער זעעכץ האָט זי זיך אויסגעפּוצט ווי אַ כלה צו דער חופּה. אַז טאַטע־מאַמע זענען אָפּגעשטאָרבן, האָבן די שדכנים זי גענומען מיידן. ווי לאַנג לויפט מען יענעם נאָך?

איך האָב חתונה געהאַט צו זיבעצן יאָר. ווען זי איז אַריין אין די פּיפציקער, האָב איך שוין געהאַט דערוואַקסענע קינדער. צו זעקס און דרייסיק יאָר בין איך שוין געוואָרן מיט מזל אַ באָבע. מיר׳ן געהאַט אַ שניטגעוועלב. מיר׳ן געהאַנדלט מיט רעשטלעך, הינטערשלאַק, זאַקלייוונט, צודאַטן. ס׳געוועלב איז טאַקע געווען ביי זיי אין הויז און זי איז געווען ביי מיר אַן אָפטער גאַסט, אין שטוב, אין קראָם. אַלע מאָל האָט איר עפּעס אויסגעפּעלט: אַ קנאָפּ, אַ טאַש־

מע, שפּיצן, פֿאַלשע פּערל. זי פֿלעגט אָפּשטיין שעהען און קלויבן, נישטערן.

מיין מאַן, אַ מליץ יושר זאָל ער זיין, איז געווען בטבע אַ קפּדן, ער'ט נישט געהאַט קיין געדולד צו איר. וואָס, פֿרעגט ער, זוכט זי, דעם נעכטיקן טאָג? און פֿאַר וועמען פּוצט זי זיך אַזוי, פֿאַרן מלאך המות? ער האָט אַליין נישט געוווּסט ווי גערעכט ער איז געווען.

עץ געדענקט עס מער נישט, נאָר אין יענע יאָרן זענען געווען אַנדערע מאָדעס: אַ ראָטאָנדע, אַ האַבעליאַק, אַ רעווערענדע. כ'געדענק שוין אַליין נישט. הייסט מיינט מען, אַז אַ מאָל איז מען געגאַנגען אָפּגעריסן און אָפּגעשליסן. נאַרישקייטן. ווער ס'האָט געהאַט, האָט זיך אויסגעסטראָיעט אין עסיק און אין האָניק. אָבער ביי איר, דער אַדעלען, איז דאָס געווען, באַהיט זאָל מען ווערן, אַ שלאָפֿקייט. ס'איז נישט געווען ביי איר קאַ' חילוק צווישן יום־טוב און דער־וואָכן.

זי'ט געהאַט אפשר אַ שאָק קרינאָלינעס. אַלע שרענק זענען פֿול אָנגעפּאַקט. זי'ט געערן געהאַט מעבל אויך, און שיינע זאַכן, אַנטיקן. ס'איז איר געבליבן פֿון טאַטע־מאַמע געגנוג בעבעכעס, אָבער ס'איז נישט אַריבער אַ וואָך זי זאָל נישט עפּעס איינהאַנדלען, אַזאַ שפּיגל און אַן אַנדער שפּיגל, אַזאַ שטול און אַן אַנדערע שטול. זי איז אַרומגעקראָכן איבער אַלע געשעפֿטן.

די אַלטע זאַכן האָט זי נישט אָוועקגעגעבן, נאָר געזוכט קונים. אָבער אַז מ'קויפֿט, הייסט זיך דער סוחר באַצאָלן און אַז מ'פֿאַר־קויפֿט וויל דער קונה אומזיסט. מ'האָט זי באַרויבט און באַגזלט. מ'האָט איר געגעבן וועקסלען און מ'האָט איר אָנגעזעצט. זי האָט געשיקט צו זיי דעם שמש און גערופֿן צו אַ דין־תורה, אָבער ווער עס פֿאַרלאַנגט יענעמס, האָט ניש' קאַ' מורא פֿאַרן רב. ס'זאָל זיי ניש' זיין צו קיין גנאַי, נאָר אַפֿילו שיינע ייִדן האָבן באַנקראָטירט, חסידים, פּרנסים. ווער לאַקעוועט זיך אויף אַן אויסגעקראָכן פֿוטער? ס'ערגסטע געהינטעכץ.

געווען איז זי דאַר, הויט און ביין. זי׳ט גאַרנישט געהאַט קאַ׳ צייט צו עסן. זי׳ט געהאַט אַ קיך מיט געפּעס פאַרן קייסער, אָבער געקאָכט האָט זי זעלטן. געגעסן טרוקנס, אָדער אין דער גיך זיך געמאַכט אַן אָנגעברענטע גריץ. אין די פריערדיקע יאָרן האָט זי געהאַלטן אַ דינסט. שפּעטער האָט זי די דינסט אָפּגעשאַפט. זי׳ט ס׳גאַנצע געלט אויסגעגעבן אויף שליומפּערס און ס׳איז רעכט נישט געבליבן אויף עפּעס אַנדערש.

יענע יאָרן איז פּעט געווען שיין. אַפילו ווייבער וואָס ס׳שמאַלץ איז פון זיי גערונען האָבן זיך אונטערגעלייגט היפּטן־קישעלעך און אַריינגעשטופּט שמאַטעס אין קאָפּטל אויסצוזען קיילעכיק. אַ גאַרסעט איז אין יענע יאָרן געווען אַ זעלטנהייט. מ׳האָט עס אָנגעטאָן בלויז אַז מ׳איז געפאָרן קיין אויסלאַנד. אַדעלע איז יעדן פרימאָרגן אַריין אין גאַרסעט ווי, להבדיל, אַ מאַנסביל אין טלית־קטן.

אין די שפּעטערדיקע יאָרן איז זי געוואָרן אַזוי איינגעקוואַרט און איינגעשרומפּן, אַז זי האָט באַדאַרפט אַ גאַרסעט ווי אַ לאָך אין קאָפּ, אָבער אַדעלע וועט, חלילה, נישט אַרויס פאַר דער שוועל אָן אַ גאַרסעט, אַשטייגער מ׳וואָלט געקוקט אויף איר פון אַלע פענצ־טער. געקוקט האָט מען, נאָר אויף אָפּצושפּעטן. כ׳ווייס נישט ביז היינט, צי ז׳איז וואָרהאַפטיק געווען אַ נאַר, אָדער זי איז געוואָרן אַזוי פאַרנאַרישט.

ווען אַ נקבה לעבט אָן אַ מאַן און האָט נישט קאַ׳ קינדער, בלייבט זי אַ קינד ביז׳ן טויט אַריין. די שוועסטער אירע זענען שוין געווען באָבעס, אָדער אַפילו עלטער־באָבעס. ווען איך בין אַלט געווען פיר און פופציק יאָר, האָט שוין מיין צילעס טעכטערל גע־האַט ס׳ערשטע קינד. אַזוי אַלע. יאָ, זי׳ט שוין אַליין געקאָנט האָבן אורא־ייניקלעך. אָבער די טיר עפנט זיך און אַדעלע קומט אַריין, שוואַרץ ווי אַ קויל, מיט איינגעפאַלענע באַקן און מיט טאָרבעלעך אונטער די אויגן, אַ זקנה. לאה גיטל, טוט זי אַ זאָג, כ׳פאַר אין די בעדער און כ׳האָב נישט וואָס אָנצוטאָן.

די גבירים וואָס האָבן געליטן אויף דער לעבער, אָדער די גאַל, פֿלעגן יעדן זומער אַוועקפֿאָרן קיין קאַרלסבאַד, קיין מאַריענבאַד, אָדער לכל הפּחות קאַ׳ נאַלענטשעוו. די פֿעטע זענען אַוועק קאַ׳ פֿראַנצעסבאַד זיך צאַפּן שמאַלץ, אָדער גאָר קאַ׳ פּישטשאַני אין די בלאָטעבעדער. די רייכע האָבן דען מער וואָס צו זאָרגן? אַן אַנ־דער זאַך איז, אַז מ׳האָט דאָרט, אין די בעדער, געטאָן שידוכים. מ׳האָט מיטגעשלעפּט די טעכטער און מ׳האָט זיי דאָרט אַרומגע־פֿירט אויפֿן שפּאַציר, ווי קעלבער אויפֿן מאַרק. קאַ׳ שדכנים האָבן דאָרט נישט אויסגעפּעלט און בחורים וואָס האָבן געזוכט רייכע כּלה׳ס זענען זיך אָנגעלאָפֿן ווי אויף אַ יאַריד. די מוידן האָבן מי־קלאָמפּערשט געטרונקען די וואַסערן און די מאַמעס האָבן געזוכט פֿאַר זיי זווגים.

נו, מילא, אַז מ׳האָט טעכטער, מוז מען אַ מאָל אַוועקקוקן. אָבער וואָס האָט אָדעלע געדאַרפֿט די בעדער? גלאָט צו פּאַראַדירן און זען וואָס די ייִדענע האָט אָנגעטאָן און יענע ייִדענע האָט אויף זיך אַרויפֿגעצויגן. מ׳האָט זי דאָרט געקענט און מ׳האָט פֿון איר געלאַכט אין די פֿויסטן. זי איז אַרומגעגאַנגען איינע אַליין, אָדער זי איז צוגעשטאַנען צו עמיצן פֿון לובלין און זיך נאָכגעשלעפּט. פֿון מאַנסלייט האָט זי געוויכט און זיי האָבן זיך נאָך איר נישט געיאָגט. ווער וויל האָבן עסקים מיט אַן אַלטער מויד וואָס רעדט זיך איין אַז זי איז אַ יונג מיידל?

זי איז געוואָרן געקנייטשט און צעבראָכן, אָבער זי איז צוריק־געקומען אויף די ימים־טובֿים מיט טויזנטער מעשׂיות. זי׳ט אַלץ געזען, אַלץ געהערט. זי׳ט געוווּסט פֿון אַלע אינטריגעס. דעמאָלט זענען אויך נישט אַלע געווען צדיקים. רייכע טעכטערלעך האָבן זיך אַריינגעלאָזט מיט אָפֿיצירן, שאַרלאַטאַנעס און דער שוואַרץ־יאָר ווייסט וואָס. מ׳גייט אויפֿן פּראָמענאַד און מ׳וואָרפֿט אייגלעך. אַ מיידל לאָזט אַראָפּ ס׳שנופּטיכל און גלייך וואַקסט אויס אַ הולטאַי, הויבט עס אויף און פֿאַרנויגט זיך ווי פֿאַר אַ גרעפֿין. ער קריכט איר שוין נאָך און רעדט פֿאַר פֿייער און פֿאַר וואַסער.

כ׳בין דאָרט אַ פּאָר מאָל אַליין געווען און כ׳רעד נישט פון וועג. די מאַמע גייט נאָך און ווערט שיער נישט צעפּלאַצט, אָבער רעדן טאָר מען נישט. ס׳האָבן זיך אָנגעהויבן די נייע צייטן? — די מאַמעס זענען אַלטפרענקיש און די אייער זענען קליגער פון די הינער.

יענע יאָרן האָט פון דעסטוועגן אַ מיידל געדאַרפט האָבן, ווי רופן זיי עס? — אַ רעפּוטאַציע. און ווען מ׳האָט זיך צו פיל באַנאַרישט, איז מען אַריינגעפאַלן צו לייטן אין די מיילער. אָוט־טאָווע, אַזוי איז נישט גוט און אַזוי טויג נישט. פון דעסטוועגן האָט מען געשלאָסן שידוכים. וואָדען? מ׳איז פאַרזעסן?

אָבער אַדעלע גיט אומזיסט און אומנישט אויס די פּאָר רובל. זי׳ט אָנגעקויפט גאַנצע בערגער זייד, סאַמעט, שפּיצן און ווער ווייסט וואָס נאָך. ביי דער גרענעץ איז אויף אַלץ אַן אָפּצאָל און פון אַלע מציאה׳ס לאָזט זיך אויס אַ בוידעם.

יאָ, ראש־השנה און יום־כיפור האָט זי געקויפט אַ שטאָט אין שול און איז געגאַנגען דאַווענען. וואָס זי האָט פאַראַרבעט פאַר די ימים־נוראים מיט די קלײדער, קאָן מען גאָרנישט איבערגעבן. מ׳גרייט זיך נישט אַזוי צו קאַ׳ חתונה. סך־הכל איז זי נישט געווען קאַ׳ פרומע. שבת האָט זי געטראָגן אַ טאַש און אַ שירם. אין שול האָט זי נישט גערדאַוונט, נאָר געגלאָצט אויף די ווייבערשע שמאָכטעס. ז׳האָט עטלעכע מאָל געדאַוונט נעבן מיר. דער חזן זאָגט ונתנה תוקף, די ווייבער גיסן מיט טרערן און אַדעלע שושקעט מיר אין אויער וועגן קליידער, צירונג, וואָס די טראָגט און יענע טראָגט. זי איז שוין דעמאָלט געווען אין די גאַנצע זיבעציק. פון דעסטוועגן, זי זאָל אָפּטאָן וואָס זי׳ט אָפּגעטאָן, האָט זיך קיינער נישט געריכט.

2.

מ׳זאָגט, אַז פאַרזעסענע מיידן לעבן נישט לאַנג. אויסגעטראַכטע זאַכן.

די אַדעלע האָט איבערגעלעבט די דריי ברידער, ביידע שוועס־

טער. די ציין זענען איר אַרויסגעפאַלן און זי איז געבליבן מיט אַ ליידיק מויל. די האָר זענען איר אויסגעקראָכן און זי׳ט געמוזט אָנטאָן אַ שייטל. כ׳בין, נישט פאַר קיינעם געדאַכט, געוואָרן אַן אלמנה, אָבער מיר זענען נאָך אַלץ געבליבן אין דעם אייגענעם הויז. ס׳הויז אַליין איז געווען אַ חורבה. פון געוועלב מיינעם איז געוואָרן אַ תל.

קענגן וואָס זאָג איך עס, האַ? יאָ, אַדעלע. זי׳ט זיך נאָך אַלץ געפוצט, ווי אין די יונגע יאָרן. צו אַכציק יאָר איז זי נאָך אַלץ געגאַנגען צו שניידערס און געזוכט מציאה׳ס. איצט הערט אַ מעשה.

כ׳קום אַרייַן צו איר אין שטוב און זי נעמט רעדן צו מיר וועגן ירושה. זי׳ט אָנגעשריבן אַ צוואה און באַזאָרגט אַלע קרובים — די נקבה׳ס, נישט די מאַנסלייט. די שוועסטערן־טאָכטער וועט קריגן דאָס פוטער און יענע וועט קריגן ס׳אַנדערע פוטער. די וועט ירשנען אַזאַ טעפּיך און יענע אַן אַנדער טעפּיך.

פון קאָ׳ ירושה זאָגט זיך קיינער נישט אָפּ. אָבער ווער וויל קליידער פון פאַר פערציק יאָר? זי האָט שמאַטעס פון מלך סאָביעסקיס צייטן. זי האָט ליגן וועש, וואָס זי האָט קיין מאָל נישט אָנגעטאָן, נאָר ווען מ׳רירט זיי אָן, צעפאַלן זיי זיך ווי שפּינוועבס. זי׳ט יעדן זומער אַריינגעלייגט אירע זאַכן אין נאַפטאַלין, אָבער מאָלן כאַפּן זיך אַריין סיי־ווי־סיי. זי האָט געהאַט אפשר אַ טוץ קופערטן און זי עפנט זיי פאַר מיר. זי׳ט אויסגעגעבן אוצרות, אָבער וואָס זענען זיי ווערט? אַפילו צירונג גייט אַרויס פון דער מאָדע. אַמאָליקע צייטן האָט מען ליב געהאַט שווערע קייטן, גרויסע בראָשן, לאַנגע אויערינג, בראַסלעטן וואָס האָבן געוויגן אַ פוּד. די יונגע ווייבלעך האָבן ליב אַלץ לייכט. מילא, נו, כ׳הער זי אויס. כ׳שאָקל מיטן קאָפּ.

מיט אַ מאָל זאָגט זי:

— כ׳בין גרייט אויף יענער וועלט אויך.

כ׳האָב געמיינט, זי׳ט עפּעס אָפּגעשריבן פאַר אָרעמע כלה׳ס אָדער יתומה׳ס. זי עפנט מיר אַ קופערט און וויַיזט מיר תכריכים.

מיינע ליבע מענטשן, כ׳האָב שוין אַלץ געזען אין מיין לעבן, נאָר ווען כ׳האָב אַ קוק געטאָן אויף די תכריכים האָב איך נישט געוווּסט צי זאָל איך לאַכן אָדער וויינען. די טייערסטע לייוונט און אָן אַ שיער שפּיצעלעך. אַ הויב ווי פאַר אַ כלה. כ׳זאָג איר: אַדעלע, מ׳טאָר ביי יידן אַזוי נישט באַגראָבן. כ׳בין נישׂ׳ קאַ למדנטע, אָבער כ׳ווייס. ביי גויים, זאָג איך, פּוצט מען אויס אַ פּגר. אָבער ביי יידן דאַרפן אַלע זיין גלייך. נו, און וואָס, זאָג איך, דאַרף מען דאָס אַ מת אַזוי אויספּוצן? פאַר וועמען? פאַר די ווערעם? זי זאָגט: כ׳האָב ליב שיינע זאַכן.

כ׳האָב באַנומען, אַז זי איז גערירט פון זין און כ׳זאָג איר: מיינסטאַלבן, אָבער חברה קדישא וועלן אַזוי נישט מקבר זיין. זי זאָגט: איכ׳ל גיין פרעגן ביים רב. זי איז אַוועק פרעגן און דער רב זאָגט: ס׳איז נישטאָ קאַ׳ דין וועגן דעם, אָבער ס׳פירט זיך, אַז תכריכים זענען פון פּראָסטער לייוונט. מ׳שערט נישט די לייוונט נאָר מ׳רייסט זי. מ׳ביית נישט, נאָר מ׳מאַכט מתים־שטעך. אַנדערע האָבן דאָס גערופן שבת־שטעך. צו וואָס אויספּוצן דעם גוף, אַז ס׳איז שוין נאָך אַלע היומ׳ס?

ס׳פירט זיך, אַז ווען עמיץ שטאַרבט, די שעה זאָל נישט זיין, דעם ערשטן טאָג יום־טוב, מאַכט מען די לוויה דעם צווייטן טאָג. דאָס מעג מען. אָבער וואָס טוט מען מיט תכריכים? קאַ׳ תכריכים טאָר מען נישט נייען. נו, זענען אומעטום דאָ אַלטע ווייבער, וואָס גרייטן זיך אָן בגדים און מ׳דאַרף, גיבן זיי דאָס אַוועק און קהל, אָדער די משפחה, גיט זיי צוריק אַנדערע. וויפל קאָסט אַ פּאָר איילן לייוונט? מ׳זאָגט, אַז עס איז אַ סגולה מ׳זאָל לאַנג לעבן און לעבן ווילן אַלע, אַפילו ווען מ׳שטייט שוין מיט איין פוס אין קבר.

יענעם חודש אלול איז געווען, באַהיט זאָל מען ווערן, אַן אומ־טערגאַנג. ערב ראש־השנה און דעם ערשטן טאָג יום־טוב זענען געשטאָרבן עטלעכע צענדליק מענטשן. מ׳האָט זיך דערוווּסט, אַז אַדעלע האָט בגדים און די גבאיטעס זענען געקומען. ווער זאָגט דאָס אָפּ אַזאַ זאַך? אָבער אַדעלע ענטפערט: איכ׳ל מיינע בגדים

נישט אָנגעקומען. זי׳ט גענומען דעם קופערט און זיי געוויזן וואָס זי פאַרמאָגט. די ווייבער האָבן אַ קוק געטאָן און אויסגעשפּיגן. זיי זענען אַוועק אָן אַ גוט יום־טוב.

די אַדעלע פאַלט אַריין צו מיר מיט אַ ביטער געוויין. אַזוי און אַזוי. אַז מ׳בלייבט אַליין איז דאָס האַרץ באַטריבט סיי־ווי־סיי. אַז ער׳ט געלעבט, איז ראש־השנה געווען ראש־השנה. ער איז געווען בעל תוקע אין שול. ער׳ט אַלץ געפירט ווי מ׳דאַרף. ער פלעגט מאַכן די שהחיינו נישט אויף ווייַנטרויבן, נאָר אויף אַנאַנאַס. אָבער אַז אַ נקבה בלייבט אַליין און די קינדער זענען אַלע אויסגעגעבן און צעפלויגן, וואָס בלייבט? און דאָ קומט זי מיר אָנווייַנען אַ קאָפּ. זי׳ט מורא, זאָגט זי, דער מת זאָל זיך נישט נוקם זייַן. כ׳האָב איר ווי־ס׳איז אויסגערעדט. ווען די מתים, זאָג איך, וואָלטן זיך געמישט צו די לעבעדיקע, וואָלט שוין לאַנג נישט געווען קאַ׳ וועלט. אַז מ׳ווערט פּטור פון דער וועלט, פאַרגעסט מען אַלע חשבונות.

כ׳ווייס נישט, צי ס׳איז געווען די מעשה מיט די בגדים, אָדער ס׳איז גלאַט אויף מיר אָנגעפאַלן אַ מרה־שחורה, נאָר כ׳האָב עפּעס אויפגעהערט אַרייַנצוגיין צו איר. זי צו מיר איז אויך נישט אַרייַנגעקומען. כ׳טראַכט: צו וואָס? וועגן וואָס קאָנען מיר רעדן? נישט זי האָט אַ קינד, נישט אַ רינד. פריער אָדער שפּעטער הויבט זי אָן באַלאַקען וועגן אירע ליאַכעס. ווען מען גייט עס אָן וואָס אָן אַלטע ייִדענע שלעפּט אויף זיך אַרויף? מיר׳ן געהאַט באַזונדערע אַרייַנגאַנגען און כ׳האָב זי רעכט נישט געזען.

מיט אַ מאָל קומט אַרייַן צו מיר אַ שכנטע און זאָגט:

— לאה גיטל, כ׳וויל אייַך עפּעס דערציילן, נאָר ווערט נישט צעיאַכמערט. איך אונדזערע יאָרן, — זאָגט זי, — טאָר מען זיך נישט איבערנעמען מיט קיין שום זאַך.

— וואָס איז געשען, — פרעג איך, — דער הימל איז אַראָפּגעפאַלן? די פּיאַסקער גנבים זענען געוואָרן ערלעכע לייט?

זי זאָגט:

— אַז איר׳ט הערן, וועט איר מיינען אַז כ׳בין נישט ביי די ריינע געדאַנקען, נאָר ס׳איז ניש׳ קאַ׳ ליגן.

— נו, הערט אויף. — זאָג איך, — צו שרעקן די גענדז.

די שכנטע גיט אויף מיר אַ קוק און זאָגט:

— אַדעלע גייט זיך שמדן!

— כ׳האָב מורא, — זאָג איך, — אַז ס׳האָט זיך אייך פאַר אַן אמת איבערגעדרייט אַ קלעפּקע אין קאָפּ.

— כ׳האָב געוווּסט איר׳ט אַזוי זאָגן, — ענטפערט זי. — לאה גיטל, ס׳קומט צו איר אַ גלח. זי׳ט אַראָפּגענומען די מזוזה פון דער טיר.

— וואָס ס׳האָט זיך מיר געחלומט די־נאַכט און יענע־נאַכט, — זאָג איך, — זאָל אויסגיין צו שונאימס קעפּ. מילא, אַז אַ יונגער מענטש פאַרלירט דעם שׂכל און טוט עפּעס אָפּ, איז עס זיך צו פאַרבעסערן די מערכה. מ׳פאַרקויפט, זאָג איך, יענע וועלט פאַר אַ פּאָר גוטע יאָר דאָ. וואָס דאַרף אַ זקנה זיך שמדן?

— דאָס וואָס איך וויל וויסן, — זאָגט זי. — כ׳האָב שוין ביי איר אָנגעקלאַפּט, נאָר זי עפנט נישט. גייט אַריין און ווערט געוואָר. דער גלח קומט צו איר יעדן טאָג און זיצט אָפּ שעהען. מ׳האָט זי געזען אַריינגיין אין קלויסטער.

כ׳בין געבליבן אין גאַנצן אַ געפּלעפּטע.

— נו, גוט, כ׳על אַריינגיין, — זאָג איך.

כ׳בין געווען זיכער, אַז די גאַנצע זאַך איז נישט־געשטויגן, נישט־געפלויגן. אַפילו משוגעים האָבן אויך עפּעס אַ געדאַנק. כ׳וויל מיך אויפהויבן און די פיס זענען מיר שווער ווי העלצער. כ׳האָב געקענט מיין שכנה. זי איז נישט עפּעס קאַ׳ מענטש, וואָס זאָל אויסטראַכטן אויף יענעם אַ בילבול.

כ׳גיי צו צו אַדעלעס טיר און ס׳איז נישטאָ קאַ׳ מזוזה. דאָרט ווו ס׳איז געהאָנגען די מזוזה איז געבליבן אַ צייכן. כ׳קלאַפּ אָן און מ׳ענטפערט נישט. גלויב מיר ס׳איז אַ חלום, זאָג איך. כ׳טו

מיר אַ קניפּ אין באַק און ס׳טוט וויי. כ׳קלאַפּ אַזוי לאַנג ביז כ׳דערהער טריט.

די אַדעלע האָט געהאַט אַ שייבל אין דער טיר פאַרדעקט פון אינעווייניק מיט אַ דעקל. אַז מען ווינט אַליין, האָט מען מורא פאַר גנבים און נאָך מיט אירע אַנגעפּאַקטע שרענק.

זי טוט אויף מיר אַ קוק און עס ווערט מיר אומהיימלעך. זי עפנט אויף אַ שפּעלטל און פרעגט מיט געבייזער:

— וואָס ווילט איר?

ס׳איז נישט אַדעלע, נישט איר טאָן. מיר׳ן זיך שוין געדוצט ווער ווייסט וויפל יאָרן. כ׳זאָג:

— אַדעלע, דו דערקענסט מיך נישט?

זי׳ט גענומען מרוקען און געעפנט. זי קוקט אויף מיר מיט אַ צאָרן און זען זעט זי אויס ווי פאַרן טויט. כ׳זאָג:

— אַדעלע, מיר זענען געווען גוטע פריינד די אַלע יאָרן, וואָס איז געשען? כ׳האָב דיר געטאָן עפּעס אַן עוולה? און פאַר וואָס האָסטו עפּעס אַראָפּגענומען די מזוזה? איז דאָס, חלילה, אמת, וואָס כ׳האָב גֿעהערט? ווינד און וויי צו מיינע יאָרן!

זי זאָגט:

— ס׳איז אמת. כ׳בין נישט קאַ׳ יידישע טאָכטער.

ס׳איז מיר געוואָרן פינצטער און כ׳האָב מיך געמוזט אַוועקזעצן, כאָטש זי׳ט מיך נישט געבעטן זיצן. כ׳בין פּשוט אַוועקגעפאַלן אויף דער שטול. כ׳האָב געמיינט כ׳על חלשן, נאָר כ׳האָב מיך עפּעס איינגעהאַלטן. כ׳זאָג:

— פאַר וואָס עפּעס, האַ?

און זי זאָגט:

— כ׳דאַרף קיינעם נישט אָפּגעבן קאַ׳ חשבון, נאָר כ׳טו עס דערפאַר, ווייל יידן פאַרשעמען די טויטע. ביי די קריסטן — זאָגט זי — טוט מען אָן אַ טויטן אין שענסטן און אין בעסטן. מ׳לייגט אים אַריין אין אַ טרומנע, מ׳דעקט אים צו מיט בלומען. ביי יידן

טוט מען אָן אַ מת אין שמאַטעס און מ׳וואַרפט אים אַריין אין דער בלאָטע...

וואָס זאָל איך אייך דאָ לאַנג ברייען? זי׳ט זיך געשמדט דער־פאַר, ווייל זי׳ט געוואָלט ליגן אַן אויסגעפּוצטע אין קבר. זי׳ט עס מיר געזאָגט קלאָר און אָפן. ס׳האָט זיך אָנגעהויבן מיט די תכריכים און די שפּיצעלעך. זי׳ט אַזוי לאַנג זיך געגריבלט און זיך געגעסן אַ לעבעדיקע, ביז זי איז אַוועק צום כומר...

כ׳זאָל אייך ווען איבערגעבן וואָס מיר האָבן אַלץ גערעדט יענעם טאָג, וואָלט איך געדאַרפט זיצן מיט אייך ביז מאָרגן. כ׳האָב שוין פאַרגעסן אויך. כ׳האָב זי געפּרוווט איבעררעדן, נאָר רעד צו אַ שטיין. זי וויל נישט, זאָגט זי, מ׳זאָל זי אָנטאָן קרוע־בלוע. זי וויל נישט קיין שערבעלעך אויף די אויגן. ס׳געפעלט איר נישט די ייִדישע לוויה. זי האָט מיר געעפנט די שראַנק און מיר געוויזן די גוייִשע בגדים, ווינד און וויי צו איר שכל. זי׳ט זיך שוין גע־האָט צוגעגרייט אַן אויסשטייער. זי׳ט שוין געהאַט געקויפט אויפן צווינטער אַ קבר און באַשטעלט אַ פּאָמניק. משוגע? אוודאי איז זי געווען משוגע, נאָר ס׳האָט געהאַט צו טאָן מיט איר משוגעת זיך צו פּוצן. ווען וואָלט דאָס געקאָנט איינפאַלן? ווען כ׳ליג אויפן פּנים זיבן טעג און זיבן נעכט וואָלט דאָס מיר אויפן רעיון נישט געקומען. אַז כ׳בין אַרויס פון איר אַ לעבעדיקע, בין איך אייזן שטאַרק. ציען זיך אויף די עלטערע יאָרן איז נישט עפּעס קאָ׳ קלייניקייט, נאָר מיר׳ן זיך אַלע אַרויסגעצויגן. די געוועלבער אויך. די גאַסן־יונגען האָבן געוואָלט איר אָנברעכן די ביינער, נאָר ייִדן האָבן זיי געוואָרנט זיי זאָלן זיך נישט דערוועגן זי אָנצורירן. מ׳וואָלט אונדז חלילה אַלע אויסגעהרגעט. זי׳ט זיך געשמדט, און זי׳ט געלעבט אין גאַנצן דריי פערטל יאָר דערנאָך. ס׳ווערט מיר נאָך איצט קאַלט אַז כ׳רעד דערפון.

וואָס? יאָ, מ׳האָט זי באַגראָבן אין אַ טרומנע. מ׳האָט זי אויס־געפּוצט ווי זי׳ט פאַרלאַנגט. ס׳איבעריקע האָב אָון גוטס האָט מען צענומען און צעשלעפּט, מיקלאָמפּערשט פאַרן קלויסטער. קאָ׳ שוועס־

טער און ברידער האָט זי שוין נישט געהאַט, נאָר ווער ס׳איז גע־בליבן פון דער משפחה האָט זיך געשעמט צו ווייזן ס׳פּנים אין גאַס.

יאָ, אַ תאווה. מ׳לאָזט זיך אין עפּעס אַריין און דער מוח ווערט אָנגעזאָפּט דערמיט ווי אַ שוואָם. אין זאַמאָשטש האָט אַ סוחר אַרויסגענומען צען טויזנט רובל אַסעקוראַציע און דערנאָך אונ־טערגעצונדן ס׳הויז מיט זיך אַליין און נאָך זעקס שכנים. זיי זענען אַלע געוואָרן פאַרברענט. אַזוי האָט ער געפּרוווט ווערן אַ גביר. וואָס זענען די רוצחים וואָס הרגענען אַ מענטש פאַר צען גראָשן און גייען שפּעטער אויף דער תליה? מ׳טאָר זיך נישט צו פיל אַריינלאָזן אין קיין שום זאַך, אַפילו נישט אין תורה. ס׳איז געווען אין ראַווגע אַ יונגערמאַן האָט ער אַזוי פיל געלערנט ביז ר׳איז געוואָרן אַן אַפּיקורס. מאַשקע רמב״ם האָט מען אים גערופן. ר׳האָט געקענט דעם רמב״ם פון אויסנווייניק. שבת איז ער געזעסן ביים פענצטער מיט אַ פּאַפּיראָס אין מויל און געלערנט רמב״ם. דער רב איז אים געקומען מוסרן, האָט ער מיט אים פאַרפירט אַ וויכוח און אים אויפגעוויזן, אַז לויטן רמב״ם איז אַ מיצווה צו רויכערן שבת...

אין איינעם אַ שבת האָבן די שטאָטלייט אים גענומען יאָגן און זיי האָבן אים געיאָגט ביז צו דער ווייסל. ער איז אַריין אין טייך און זיך דערטרונקען. דער רב האָט געמאַכט נאָך אים אַ הספּד. ער האָט געזאָגט: דער רמב״ם וועט אויף אים מליץ־יושר־זיין. קיינער האָט אים אַזוי גוט נישט געקענט ווי דער דאָזיקער מטורף.

דאָס רעטעניש

א.

ערב יום־כיפור האָט עוזר־דודל זיך אויפגעכאַפּט נאָך איידער דער מאָרגנשטערן איז אויפגעגאַנגען. דער ווייסער האָן, וואָס מיט אים האָט עוזר־דודל געזאָלט שלאָגן כפרה, האָט פרי אָנגעהויבן קרייען אויף דער גרענדע: אַ פּאָרכטיק קרייעניש, פול מיט געזאַנג, פול מיט געוויין. נעכעלעס הון האָט שטיל געקוואָקעט. נעכעלע איז אין העמד און באָרוועס אַראָפּ פון בעט, אָנגעצונדן אַ ליכט. ס'איז נישט דער שטייגער מ'זאָל ערב יום־טוב לופטערן מלבושים, עפּע־נען שופלעדער פון קאָמאָדעס, זיך גראַבלען אין שראַנקען און קור־פערטן, אָבער אַז נעכעלע וויל עפּעס, פרעגט זי ניט ביי קיינעם. עוזר־דודל האָט געקוקט פאַרחידושט ווי זי פּאָרעט זיך אַ באָרוועסע, מאַכט אויף טירן מיט אַ סקריפּ, לייגט פונאַנדער אין איילעניש יופּיצעס, וועש, שמאַטעס. שוין חדשים ווי זי האָט אויפגעהערט גאָלן דעם קאָפּ. פון קאָפּטיכל האָבן אַרויסגעשטאַרצט שוואַרצע פּאָס־מעס האָר. איין אַקסל־בענדל פון העמד האָט זיך איצט אַראָפּגעלאָזט און ס'האָט זיך אַנטפּלעקט אַ ברוסט, ווייס ווי מילך, מיט אַ רויטן וואָרצל. עוזר־דודל האָט פאַרשטעלט די אויגן. צוואָר, ס'איז זיין ווייב, אָבער אַזוינע פּירעכצער ברענגען צו מחשבות זרות. ער האָט לעצטנס נישט געוווּסט ווו ער האַלט מיט איר. זי האָט געדאַרפט גיין טבילה, אָבער זי איז נישט געגאַנגען. זי האָט נאָך אַלץ געמאַכט אָפּצוגן, געציילט טעג, אים פאַרפּלאָנטערט מיטן חשבון. נו, ס'איז ערב יום־כיפור! — האָט עוזר־דודל גערעדט צו זיך מיט וואָרעניש. ס'איז געווען אַ צייט ווען ער האָט זי געמוסרט, געפּרוּווט זי דער־נענטערן מיט באַהאַרצטע רייד און משלים, ווי ס'שטייט אין ספרים. אָבער ער האָט אויפגעהערט. זי איז געבליבן איינגעשפּאַרט. טייל

מאָל האָט זיך אים אויסגעדוכט, אַז זי וויל אים נייערט דערצערע־נען. אָבער פאַר וואָס? ער איז איר געטריי, ער האָט זי ליב. אַנ־שטאָט ער זאָל עסן קעסט ביים שווער, איז זי געזעסן אויף קעסט ביי זיינע, עזר־דודלס, עלטערן. איצט אַז זיי זענען נישטאָ, האַלט ער זי אויס פון דער ירושה. וואָס זשע טוט זי אים ווידערשפעניקן? פאַר וואָס אַמפּערט זי זיך מיט אים איבער אַלערליי קלייניקייטן און אייטלקייטן? זאָל איר דער אייבערשטער מוחל זיין. זאָל איר האַרץ היינטיקן יום־כּיפּור איבערגעקערט ווערן צום גוטן...

— נעכעלע!

נעכעלע האָט אומגעקערט דאָס פּנים. זי האָט געהאָט אַ קורצע נאָז, פאַרשאַרצטע ליפּן איבער פּערלדיקע ציין און שוואַרצע אויגן וואָס די ברעמען זענען זיך איבער זיי צונויפגעקומען. ס'האָט אַלע מאָל געברענט אין זיי אַ בייז פייערל.

— וואָס ווילסטו?

— ס'איז ערב יום־כּיפּור!

— נו, איז וואָס זשע ווילסטו? האַ? לאָז מיך געמאַך!

— דער טאָג איז ניש' לאַנג. ווערסט נאָך, חלילה, מחלל יום־טוב זיין.

— דו ווערסט דיך נישט פּרעגלען אויף מיין שטעכבעטל.

— נעכעלע, מ'דאַרף תּשובה־טאָן.

— אַז מ'דאַרף, טו.

— איי, ווי, נעכעלע, מ'לעבט ניש' אייביק!

נעכעלע האָט זיך צעלאַכט מיט אַ פאַרשייט געלעכטערל.

— וויפל מ'לעבט, איז צו פיל...

עוזר־דודל האָט אַוועקגעמאַכט מיט דער האַנט. זי לאָזט צו זיך נישט רעדן. זי ענטפערט אָפּ אויף אַלץ מיט שפּאָט, קידער־ווידער. עוזר־דודל האָט ביי זיך אָפּגעמאַכט צו שוויגן. ער קאָן נאָך דערפירן צו מחלוקת אָדער ווער־ווייסט וואָס. ער האָט געזוכט אויף איר אַ פאַרענטפערונג. זי איז, אַ פּנים, אַנגעשטויסן וואָס זי פאַרגייט נישט אין טראָגן. נאָך דעם ווי ס'ערשטע קינד, אַ מליץ־יושר זאָל

עס זיין, איז אַוועק, האָט זיך דער טראַכט אירער פאַרשלאָסן. נו, תשובה תפילה וצדקה העלפט אויף אַלץ! — האָט עוזר־דודל צו זיך גערעדט. עוזר־דודל איז געווען אַ קליין מענטשעלע. ער האָט שוין געזאָלט היינטיקן הושענא רבה אַלט ווערן פיר און צוואַנציק יאָר, אָבער ס׳איז אים נאָך רעכט נישט אָנגעוואַקסן קיין באָרד. ס׳האָט אים געשפּראָצט אַ האָר דאָ, אַ האָר דאָרט. ער איז געבליבן שמאָל ווי אַ חדר־יִנגל, מיט אַ דין העלדזל, אַ שפּיציקן קין, איינ־געפאַלענע באַקן. די בלאָנדע פּיאות, ווי בינטלעך פלאַקס, האָבן אים דערגרייכט ביז די אַקסלען. די מלבושים, וואָס טאַטע־מאַמע האָבן אים געמאַכט צו דער חתונה, ער זאָל זיי שפּעטער אויסוואַקסן, זענען נאָך אַלץ צו לאַנג, צו לויז. די קאַפּאָטע האָט זיך געבאָמבלט צווישן די קנעכלען. אַפילו דער טלית־קטן איז צו ברייט. אַפילו דער טלית מיט דער זילבערנער שפּאַניע איז צו גרויס פאַר עוזר־דודלס וווּקס. נו, און די געדאַנקען זיינע זענען נאָך יִנגלשע. ס׳פאַלן אים איין אַלערליי שמאָנצעס, אַ שטייגער: וואָס וואָלט געווען ווען ס׳וואַקסט אים אָן אַ פּאָר פליגל און ער פליט ווי אַ פויגל. — וואָס וואָלט נעכעלע גע־זאָגט דערצו? וואָלט זי נאָך אַלץ געווען זיין ווייב, אָדער זי וואָלט חתונה געהאַט מיט עמעצן אַנדערש? און וואָס וואָלט געשען ווען ער גע־פינט אַזאַ היטעלע, וואָס אַז מ׳טוט עס אָן ווערט מען אַן אומגעזעע־נער? ס׳האָבן זיך אים אַלע מאָל דערמאָנט טראָפּן פון די מעשה־ביכלעך וואָס די מומעס פלעגן לייענען און אים נאָכדערציילן, און אַלץ האָט איצט געהאַט צו טאָן מיט נעכעלען. ביי נאַכט האָבן זיך אים געחלומט ציגיינערינס, היילן מיט גזלנים, זעק מיט רענדלעך. אַנומלט האָט זיך אים אויסגעדאַכט, אַז נעכעלע איז אַ מאַנסביל. פון הינטער די מייטקעס מיט די שפּיצעלעך האָט אַפּערגעקוקט אַ לייבסערדאַקל. ער האָט זי געוואָלט קושן, נאָר זי האָט אַרויפ־געקלעטערט אויפן דאַך, פלינק ווי אַ קוימענקערער. דערביי האָט זי אַראָפּגעזונגען צו אים:

האַקמעסער,
קוגלפּרעסער,
האַפּ־האַפּ,
פּאַל אַראַפּ...

פון דער רגע אָן וואָס עוזר־דודל איז אויפגעשטאַנען, האָט ער נישט געהאַט קיין פרייע מינוט. פריער וואַשן די הענט, דאַוונען פון פאַרנט. דערנאָך דאָס שלאָגן כפּרה. דאָס האַלטן דעם ווייסן האָן ביי די ציטערדיקע פיסלעך, דאָס אַרומדרייען אים אַרום קאָפּ און שיקן אים צום טויט פאַר אָן אַפּלייזער איז פאַר עוזר־דודלען אַן אַפּקומעניש. וואָס איז נעבעך דאָס עוף שולדיק? שפּעטער איז עוזר־דודל אַוועק אין טריסקער קלויז. ער האָט זיך געשטעלט דאַוונען, גרייט צו פאַרטרייבן אַלע פוסטע טראַכטעכצער, אָבער זיי זענען באַפאַלן ווי די פליגן. עוזר־דודל האָט געדאַוונט און גע־זיפצט. ער וויל זיין אַ בעל־מדרגה. אָבער די געהירן זיינע זענען פול מיט שאַלאַמויזן. אַ מאַן דאַרף ליב האָבן ס'ווייב, נאָר קלערן פון איר טאָג און נאַכט איז קרום. אָבער ער הערט נישט אויף זיך צו גריבלען וועגן איר. ער געדענקט די שפּילעוודיקע רייד וואָס זי פלעגט רעדן אַ מאָל ווען זי איז געווען רייך און ער איז געקומען צו איר געלעגער, די אויסטערלישע צונעמען וואָס זי האָט אים גערופן, ווי זי האָט געקרייזלט זיינע פּיאות, געקושט, געקיצלט, געביסן. דער אמת איז, אַז ער האָט באַלד נישט געדאַרפט צולאָזן אַזאַ גרינג פירעכץ, וואָלט ער נישט אַריינגעפאַלן אין דער נעץ פון יצר־הרע. וואָס דאַרף עפּעס אַ ייִדיש ווייבל פּלאַפּלען צו איר מאַן וועגן זאַקנבענדלעך, שפּיצן, קאַפּטלעך, קרינאַלינעס? צו וואָס האָט זי אים געדאַרפט זאָגן אַז זי האָט געקויפט לאַנגע זאָקן וואָס גרייכן ביז די היפטן? צו וואָס האָט זי אים געברויכט דערציילן פון די אַנדערע ווייבלעך וואָס זי באַגעגנט אין מקווה, יעדע מיט אירע נאַקעטע חסרונות: צו פיל האָר אויף די שענקלען, צעווירעטע בוזעמס, אָנגעבלאָזענע בייכער. זי האָט נאָכגעקרימט יעדער איינער,

געשפּעט אויס די אַלטע, באַרעדט די יונגע. זי האָט נאָר געוואָלט ווייזן אַז זי איז די שענסטע. ס'איז אַלץ געווען אָ מאָל. די לעצטע צייטן לאָזט זי אים רעכט נישט צו צו זיך. זי ליידט כלומרשט פון קראַמפּן, ברענונג אונטערן לעפעלע, ברעכענישן אין רוקן. זי געפינט פלעקן אויף דער וועש, כלערליי אויסריידן און שאלות. אָבער ער קאָן מער די לייכטע רייד אירע נישט פאַרגעסן. זיי האָבן זיך באַזעצט אין זיין מוח ווי שרעטלעך.

איצט האָט עוזר־דודל זיך געשאָקלט ביים דאַווענען מיט אַלע כוחות, געפאָכעט מיט די הענט, געטופּעט מיט די פיס. פון מאָל צו מאָל האָט ער זיך געטאָן אַ ביס אין דער צונג אָדער אין די ליפּן. נאָכן דאַווענען האָבן די חסידים גענומען לעקעך־און־בראָנפן. געווײנטלעך האָט עוזר־דודל נישט פאַרזוכט קיין יי״ש. אָבער ערב יום־כיפור איז דאָך אַ מיצווה צו עסן. דער בראָנפן האָט אַ קרעל געטאָן עוזר־דודלען אין האַלדז. ס'איז אים געוואָרן האַרב אין דער נאָז, אָבער דאָס געמיט ווערט פאָרט האָפערדיקער. עוזר־דודל האָט זיך דערמאָנט די עצה פון טשערנאָבילער. ווייז דעם יצר־הרע אַ פייג. ציטער נישט פאַרן גיהנום ווי אַ מתנגד. סמאל טוט וואָס מען הייסט א י ם, דו טו וואָס מען הייסט ד י ר. עוזר־דודל איז געוואָרן אויפגערוימטער: כ'על זיך מער נישט אָפּזאָגן פון אַ טרונק בראָנפן. די נידעריקסטע שימחה איז אָנגעלייגטער אויבן ווי די העכסטע מרה־שחורה...

געווײנטלעך ערב יום־כיפור האָט נעכעלע אים צוגעגרייט אַ יום־טובדיקע סעודה: קוילעטש מיט האָניק, קרעפּלעך מיט יויך, פלייש מיט כריין, פאַמעלע־צימעס, און פאַר אַ צולאָג טיי מיט ציטרין און אַן אייער־קיכל. אָבער דאָס מאָל איז רעכט נישטאָ וואָס צו עסן. זי האָט אים דערלאַנגט עפּעס אַן אָנגעוואַרעמטע גריץ פון נעכטן און אַ רעפטל ברויט. ס'איז נישט עוזר־דודלס שטייגער צו פאַרלאַנגען ווילטאָג, אָבער אַזאַ מאָלצייט ערב יום־כיפור איז אַ פאַטש אין פנים. וואָס וויל זי? זי מאַכט אַלץ חרוב! — האָט עפּעס אין אים געשריגן. זי איז געשטאַנען אין אַ רויט אונטער־

קלייד און אויסגעלייגט קליידער אויף דער סאָפע ווי פאַר פסח צום קאַלכן. אין שטוב האָט געשמעקט מיט נאַפטאַלין, שטויב און ריחות וואָס האָבן געררייצט צום ניסן. זי איז פון זינען אַראָפּ, אָדער וואָס? — האָט עוזר־דודל זיך געפרעגט. ער האָט זיך מער נישט געקאָנט איינהאַלטן און אַ פרעג געטאָן:

— וואָס איז דער שכל? האַ?

— קיין שום שכל. מיש דיך נישט אַריין אין דערווירטשאַפט.

— ווער טוט דאָס ערב יום־כיפור אַזוינע זאַכן?

— ווער ס'טוט טוט.

— ווילסט אַלץ חרוב מאַכן?

— אפשר....

ער האָט נישט געוואָלט קוקן אויף איר, אָבער ער האָט יעדעס מאָל פון ס'ניי געווענדט צו איר דעם בליק. דאָס אונטערקלייד איז צו קורץ און מען האָט אַרויסגעזען די לידקעס פון די פיס. ס'האָט אים געאַרט וואָס דער שטאָף איז רויט. רויט איז דין און יום־כיפור איז חסד. ס'איז קלאָר אַז זי טוט אים אַלץ אויף צעפּיקעניש, אָבער וואָס האָט ער קעגן איר געזינדיקט? עוזר־דודל האָט זיך גע־וואַשן מים אחרונים, געבענטשט ווי ווייל ער האָט זיך נישט געהאַט אָנגעזעטיקט. אַזוי ווי ער האָט געזאָגט, האָט ער אַרויסגעקוקט דורכן פענצטער. פויערישע פורן זענען פאַרבייגעפאָרן. אַ שייגעץ האָט געלאָזט פליען אַ פליטער. עוזר־דודל האָט אַלע מאָל באַדוי־ערט די אומות העולם וואָס האָבן נישט געוואָלט אָננעמען די תורה ווען דער אייבערשטער איז געקומען צו זיי אויפן הר שעיר און הר פארן; אָבער אין די ימים נוראים האָבן די גויִים אים אויס־געוויזן פאַרלוירענער ווי אַלע מאָל. אַקעגן איבער האָט זיך געפונען אַ הויז פון אַ חזיר־שלעגער. מ'האָט דאָרט הינטער דעם צוים אָפּט געקוילעט חזירים, זיי געקרעלט אין זודיק וואַסער. הינט האָבן אַלע מאָל געבילט. דעם חזיר־שלעגערס אַ זון, באַלעק, אַ שרייבערל אין מאַגיסטראַט, פלעגט רייסן ביי חדר־ייִנגלעך די פיאות, נאָכרופן צונעמען. איצט, ערב יום־כיפור, האָט מען אַרויסגעטראָגן דורך

דער פורטקע אין פלויט פריידיקס פון חזירים, אויפגעלאָדן אויף אַ וואָגן. עוזר־דודל האָט צוגעשלאָסן די וויעס. עד מתי ה׳, עד מתי ? — האָט אין אים געברומט. — זאָל שוין נעמען אַ סוף צום פינצטערן גלות. זאָל שוין קומען משיח. זאָל שוין ווערן ליכטיק !... עוזר־דודל האָט אַראָפּגעלאָזט דעם קאָפּ. ער האָט פון קינדוויז אָן געטאָן אין יידישקייט, אַריינגעקוקט אין חסידישע ספרים, אין מוסר־ספרים. געוואָלט ווערן אַ צדיק. ער האָט אַפילו געפּרוווט זיך אַריינלאָזן אין קבלה. אָבער דער שטן האָט אים געלייגט שטרויכלשטיינער אין וועג. די דאָזיקע נעכעלע און איר גרימצאָרן איז אַ קלאָרער צייכן, אַז מ׳איז נישט מרוצה אין הימל מיט זיין אויפפירונג. אָנשטאָט צו זיין אַן עזר איז זי אַ כנגד. אַ ווייל האָט אים אָנגענומען אַ פאַרלאַנג זיך דורכצושמועסן מיט איר, זי פרעגן וואָס זי האָט צו אים, איר דערמאָנען אַז אויף שלום שטייט די וועלט. אָבער ער האָט געוווּסט פאָרויס אַז זי וועט אויף אים אָנ־שרייען, אים אויסזידלען. זי האָט געשלעפּט די פּעק מלבושים און געברומט צו זיך אַליין מיט אַ צאָרנדיק ברומעניש. זאָכן זענען איר געפאַלן פון די הענט. זי האָט אַפילו געטאָן אַ שטויס דער קאַץ וואָס איז איר געקראָכן צווישן די פיס און יענע איז אַנטלאָפן מיט אַ מיאַוקעניש. ניין, בעסער שווייגן. עוזר־דודל האָט זיך געטאָן אַ פּאַטש אין שטערן.

— ווי געוואַלד, דער טאָג שטייט נישט !...

ב.

ס׳פירט זיך נישט ביי חסידים מ׳זאָל זיך לאָזן אָפּשמייסן ערב יום־כיפור. ס׳איז מתנגדיש פירעכץ. אָבער עוזר־דודל איז אַוועק דאַווענען מנחה אין בית־מדרש, געלאָזט געצל דער שמש זאָל אים אָפּשמייסן אין פּאָליש. עוזר־דודל האָט זיך אַריבערגעלייגט איבער אַ בענקל ווי אַ דרדקי־קינד און געצל האָט אים געפּיצקעט מיט אַ רימען ניין און דרייסיק מאָל. ס׳האָט נישט ווי געטאָן און עוזר־

דודלען האָט עס פּאַרדראָסן. וועמען נאַרט מען דאָ אָפּ? דעם רבונו־של־עולם? ער האָט געוואָלט בעטן געצלען ער זאָל שמייסן העפּ־טיקער, נאָר ער האָט זיך געשעמט. איי, כ'בין ווערט מ'זאָל מיך שלאָגן מיט אייזערנע ריטער, — האָט ער צו זיך גערעדט. אַזוי ווי געצל האָט געשמיסן, אַזוי האָט עוזר־דודל אויסגערעכנט אין געדאַנק זיינע זינד: געגלוסט צו נעכעלען אין די אומריינע טעג, אומגערן אָנגערירט איר האַנט און געהאַט דערפון פאַרגעניגן, גע־קוקט אויף איר מיט גאַרעניש, געהערט אירע מעשיות פון באָד, פון יאַטקע, פון טייך ווו די ווייבלעך באָדן זיך זומערצייט. זי האָט זיך נייערט באַרימט פאַר אים ווי שטייף ס'זענען אירע בריסטן, ווי ווייס ס'איז איר הויט און ווי אַנדערע נקבות פאַרגינען נישט איר שאָנקייט. זי האָט אַפילו דערמאָנט אַז מאַנסלייט קוקן איר נאָך. נו, נשים דעתן קלות, — האָט עוזר־דודל זי פאַרענטפערט אין זיך. אין אשה מקנאה אלא בירך חברתה — האָט ער זיך דערמאָנט די גמרא. ער איז אויפגעשטאַנען און דערלאַנגט דעם שמש אַכצן גראָשן פדיון נפש. ער האָט זיך געלאָזט גיין אַהיים פאַרפאַסטן. די זון האָט זיך שוין גענויגט צו מערב. ביי די קערות, אויף קעסטלעך, קלעצ־לעך, פּיסבבענקלעך, זענען געזעסן אַלערליי קריפּלען: בלינדע, שטומע, קאַליקעס אָן הענט, אָן פיס, איינער מיט אַן אָפּגעפוילטער נאָז און אַ לאָך אָנשטאָט אַ מויל. עוזר־דודל האָט געהאַט צוגעגרייט אַ פולע קעשענע מינץ, אָבער ער איז באַלד געבליבן אָן אַ גראָשן. די אָרעמע־לייט האָבן אים גערופן, אויף אים געשריען, יעדער האָט געוויזן זיין פעלער. ס'האָט עוזר־דודלען באַנג געטאָן וואָס ער האָט נישט אָפּגעביטן אַ באַנקנאָט. וואָס האָלט איך געלט, אַז מענטשן זענען אין אַזאַ נויט? — האָט ער זיך פאַרגעהאַלטן. ער האָט זיך אָפּגעבעטן ביי די קבצנים, צוגעזאָגט באַלד צוריקצוקומען מיט נאָך...

עוזר־דודל איז נישט געגאַנגען, נאָר געשפּאַנט מיט איילעניש. ער האָט געזען אין דמיון די וואָגשאָל ווי מ'וועגט זיינע מיצוות און עבירות. דער שטן לאָדט אָן גאַנצע פּעק. דער מלאך לייגט אַרויף אַ דאַווענען, אַ בלאַט גמרא, אַ פּאָר גראָשן צדקה, אָבער ס'איז

נישט געגנוג ס׳זאָל איבערוועגן. דאָס צינגל רירט זיך נישט פֿון אָרט... נו, אָבער ס׳איז נאָך נישט שפּעט צו טאָן תּשובֿה. דערויף האָט מען געגעבן יום־כּיפּור. אַ געהייליש געוויין האָט אָפּגעהילכט איבער דעם שולהויף. דאָס האָבן די ווייבער געבעטן ניש׳ט פֿאַר זיך, נאָר פֿאַר די עופֿעלעך. עוזר־דודלען זענען אָנגעקומען טרערן. ער האָט נישט קיין קינדער. דאָס איז אַ שטראָף, אַ שטראָף. דעריבער איז נעכעלע אַזוי צעשרויפֿט. ווער ווייסט? אפֿשר איז עס זיין שולד? אפֿשר איז ער דער אומטראַכטער, נישט זי די אומטראַכטעריך? ער איז אַריין אין שטוב און אַ רוף געטאָן צו נעכעלען:

— האָסט אפֿשר קליינגעלט?

— כ׳האָב גאָרנישט.

ער האָט אַ קוק געטאָן און געבליבן אַ געפּלעפּטער. נעכעלע איז געשטאַנען און געפּרעסט אַ קלייד. זי האָט מיטן מויל אָנגעשפּריצט וואַסער אויף דעם מלבוש און געפּירט מיטן פּרעסאייזן. איז זי פֿון זינען אַראָפּ? — האָט ער זיך געפֿרעגט. — מ׳דאַרף שוין באַלד ליכט צינדן. זי האָט געהאַט אַרויסגעלייגט אויף שטולן און דער באַנק דעם גאַנצן אויסשטייער. אויף אַ געשטעלעכל האָט געבליצט איר צירונג. ס׳האָבן זיך אומעטום געוואַלגערט העמדער, סטענדלעך, בלוזעס, זאָקן. ס׳איז אַלץ צו להכעיס, צו להכעיס — האָט ער געקלערט. זי וויל אָנצינדן אַ פֿייער יום־כּיפּור צו כּל־נדרי. ס׳איז אַלץ מעשׂה־שטן. איכ׳ל אָננעמען אַ מויל וואַסער און שווייגן!

— האָט עוזר־דודל צו זיך גערעדט. ער האָט אַ פֿרעג געטאָן:

— מיט וואָס זאָל איך פֿאַרפֿאַסטן?

— ס׳ליגט אויפֿן טיש חלה.

יאָ, אויפֿן טיש איז געלעגן אַ האַלבע חלה, אַן עפּל און ס׳איז געשטאַנען אַ מעסטל מיט האָניק. ער האָט געוואָרפֿן אַ בליק אויף נעכעלען און געזען אַז זי וויינט. דאָס פּנים אירס איז נאַס און פֿאַרצאָגט. זי האָט זעלטן פֿאַרגאָסן אַ טרער. נו, כ׳על זי שוין קיין מאָל נישט דערגייך — האָט עוזר־דודל צו זיך געמורמלט. זי איז געוועזן און פֿאַרבליבן פֿאַר אים אַ רעטעניש. צייט ער האָט

מיט איר חופה געשטעלט האָט ער געלעכצט זי זאָל פּאַר אים עפּענען ס׳האַרץ, אָבער ס׳איז פאַרזיגלט מיט זיבן זיגלען. נו, אָבער איצט איז נישט קיין צייט פּאַר אַזוינע שמועסן. ער האָט געגעסן די מאָגערע סעודה און זיך געשאָקלט. ס׳איז אים אָפּט שווער אויפן געמיט, אָבער דעם היינטיקן ערב יום־כיפור איז אים שווערער ווי אַלע מאָל. עפּעס אַ צרה גרייט זיך אויף אים, אַ גזר־דין. אַן עצבות וואָס ער האָט קיין מאָל פריער נישט געקאָנט, האָט אים גענאָגט. ער האָט זיך מער נישט געקאָנט איינהאַלטן, אַ פרעג געטאָן:

— וואָס טוט זיך מיט דיר?

נעכעלע האָט נישט געענטפערט.

— וואָס האָב איך דיר געטאָן פּאַר אַ שלעכטס?

— זאָל זיך דיר דוכטן אַז כ׳בין געשטאָרבן.

— וואָס רעדסטו? וואָס רעדסטו? כ׳האָב דיך ליב סכנת נפשות!...

— דו בעסער קריג אַ ווייב וואָס וועט דיר האָבן קינדער...

ס׳איז געווען דריי פערטל שעה צו זונזעצונג, אָבער די ליכט זענען נאָך נישט געווען אָנגעטריפט אין די לייכטערס. ער האָט נישט געזען דאָס קעסטל זאַמד ווו מען שטעקט אַריין דאָס גרויסע נשמה־ליכט. געוויינטלעך אין דער צייט האָט שוין נעכעלע אָנגעטאָן די שובֿע און דאָס שטערנטיכל. אין שטוב האָט געשמעקט מיט פיש, פליש, פאַרבראָקעכץ, שמאַלצקוכן, עפּלצימעס מיט אינגבער. כ׳זאָל נאָר האָבן כוח צו פאַסטן דעם תענית! האָט עוזר־דודל געבעטן. ער האָט געקייט די אַלטגעבאַקענע חלה. ער האָט געפּרוווט איינבייסן אין דעם עפּל, אָבער ער איז הייליק און זויער. עוזר־דודל האָט אָפּגעגעסן און געטאָן עלף שלוק וואַסער, אַ סגולה קעגן דאָרשט. דער בויך איז אים סיי־ווי אָנגעפּוישט. ער האָט געבענטשט און אַרויסגעקוקט אין דרויסן. אַ יום־כיפּורדיקער הימל האָט זיך אויסגעשפּרייט איבער דער וועלט. אַ וואָלקן — פּורפּלרויט אין די זוימען, שוועבלדיק־געל אין מיטן — האָט געברענט, געשמאָלצן, געקאָכט און געבלעזלט ווי אַ הימלישער קעסל, יעדע רגע געביטן

די פורעם. דאָ האָט ער אויסגעוויזן ווי אַ פּייערדיקער טייך, דאָ ווי אַ גינגאָלדענע שלאַנג. ס׳האָט געשפּריצט פון אים מיט אַ העל־קייט נישט־פון־דער־וועלט. עוזר־דודלען איז באַפאַלן אַן אייגעניש. זאָל זי טאָן וואָס זי וויל. ער מוז לויפן אין שטיבל אַריין. ער האָט אויסגעטאָן די האַלבע שיך און איז געבליבן אין די זאָקן. ער האָט אַרומגעגאַרטלט די לענדן, אַריין אין קיטל, אין שטריימל, גענומען דעם טלית־זאַק, דאָס מחזור. ער איז צוגעגאַנגען צו נעכעלען:

— אייל דיך צו. בעט דיר אויס אַ גוט יאָר!...

נעכעלע האָט עפּעס געפּרעפּלט, אָבער ער האָט נישט געהערט וואָס. זי האָט האַסטיק געטאָן אַ הייב אויף דאָס פּרעסאייזן מיט דער שמאָלער האַנט. עוזר־דודל איז אַרויס, פאַרמאַכט די טיר. אַ רעטעניש, אַ רעטעניש, — האָט ער געמורמלט. ביים חזיר־שלעגערס הויז איז געשטאַנען אַ בריטשקע. אַ פערד האָט געגעסן האָבער פון אַ טאָרבע. אַ שפּערל האָט געפּיקט אין מיסט. די גויים ווייסן אַפילו נישט אַז ס׳איז יום־כיפּור — האָט עוזר־דודל זיך באַדויערט. אַ רחמנות האָט אים אָנגענומען אויף די ערלים וואָס האָבן זיך אין גאַנצן איבערגעענטפערט דעם גשמיות. זיי זענען אַזוי בלינד ווי זייערע פערד... די גאַס האָט געשוויבלט מיט מאַנס־לייט אין קאָלפּאַקעס, שטריימלעך, ווייבער אין שאַלן, שטערנטיכלעך, קאַפּקעס. אין אַלע פענצטער האָבן געגלימערט ליכט. פון יעדער זייט האָט זיך געטראָגן אַ געיאָמער. ווי ווייל עוזר־דודל האָט נישט געקוקט אויף נקבות, האָט ער פון דעסטוועגן געמערקט די שובעס, יופּיצעס, קאָלירטע בענדער, קליידער מיט שלעפּן, ווי אויך קייטן, בראָשן, אוירינגלעך, ציטער־שפּילקעס. פּנימער האָבן געלאַכט און געוויינט. מיילער האָבן געוווּנטשן, געקושט, געטרייסט. ווייבלעך, וואָס האָבן אין דעם יאָר פאַרלוירן קינדער אָדער מאַנען, זענען געלאָפן מיט אויסגעשפּרייטע אָרעמס און מיט אַ געשריי ווי צום איינרייסן פאַר אַ שלאָפן. שונאים, וואָס האָבן געוויכט איינער פון אַנדערן, האָבן זיך איבערגעבעטן, זיך געפאַלן אויף די העלדזער.

עוזר־דודל איז אַרײַן אין שטיבל און ס׳איז שוין דאָרט געווען פול. דער שימער פון די לאָמפּן און ליכט האָט זיך אויסגעמישט מיט דער שײַן פון זונזעצונג. ייִדן האָבן געזאָגט תפילה זכה, געוויינט. ס׳האָט אַ שמעק געטאָן מיט חלב, וואַקס, מיט דעם היי וואָס איז אָנגעוואָרפן אויפן דיל מ׳זאָל זיך נישט אויסשמירן ביים פאַלן כורעים, און מיט נאָך עפּעס זיסלעכס, האַרבשטאַרקס און יום־כיפּור־דיקס וואָס האָט נישט קיין נאָמען. יעדער אײנער האָט געקלאָגט אויף זיך שטייגער: ווער מיט אַ הייזעריקן כליפּ און ווער מיט אַ ווייבעריש קוויטשל. אַ יונגערמאַן האָט יעדעס מאָל אַ קרעכץ געטאָן: איי־ווי און איי־ווי. ער האָט דערבײַ געהויבן־די פויסטן אין דער הייך. אַ זקן מיט אַ מילך־ווייסער באָרד האָט זיך געבויגן ווי אונטער אַ לאַסט און זיך מתוודה געווען: באתי על בהמה חיה ועוף... עוזר־דודל האָט שוין געהאַט זיין אָרט אין מזרחית־דרומית ווינקל. ער האָט אָנגעטאָן דעם טלית און אים אַריבערגעוואָרפן איבערן פּנים. ער האָט זיך באַהאַלטן אין טלית ווי אין אַ געצעלט. ער האָט פון ס׳ניי גענומען בעטן דעם אייבערשטן, נעכעלע זאָל זיך, חס ושלום, נישט פאַרשפּעטיקן מיט ליכט־צינדן. כ׳האָב איר געדאַרפט איינגעמען מיט גוטע רייד, — האָט ער זיך פאַרגעוואָרפן. זי האָט עפּעס אַ טינא בלבֿ... ער האָט זיך געשאָקלט, זיך אײַנגעבויגן, חשבון־הנפשדיק אַרויפגעלייגט אַ האַנט אויפן שטערן. ער האָט גענומען זוכן ווי אַזוי ער האָט איר פאַרשאַפט פאַרדראָס. האָט ער, חלילה, געלאָזט פאַלן אַ שטעכווערטל? האָט ער פאַרגעסן צו לויבן אַ געקעכטס? האָט ער זיך אַרויסגעכאַפּט מיט אַ בייז וואָרט אויף איר משפחה? ער האָט נישט געדענקט ער זאָל איר האָבן געטאָן די מינדסטע אומרעכט. נו, אָבער אַזאַ ווידערשפּעניקייט קומט נישט פון דער העלער הויט. עפּעס אַ באַשייד מוז דאָך זיין אויף דעם רעטעניש. עוזר־דודל האָט געהאַט אָנגעהויבן זאָגן תפילה זכה. אָבער דער דייך האָט שוין באַצייטנס גערופן: על דעת המקום. דער בעל־תפילה האָט גענומען זינגען כל־נדרי. עוזר־דודל האָט אָנגעשפּאַרט דעם קאָפּ אָן דער וואַנט. געוואַלד, ז׳האָט פאַרשפּעטיקט!

— האָט אין אים געשריען אַ קול. — זי האָט עפּעס אין גאַנצן פֿאַרלוירן דעם חשבון... כ'האָב זי געדאַרפֿט וואָרענען, שטראָפֿן!... ער האָט זיך דערמאָנט אָן דער גמרא: כל מי שיש בידו למחות ואינו מוחה הוא נענש תחילה.

אין מיטן דאַוונען, ווען דער עולם האָט געזאָגט אתה מבין תעלומות לב, איז געוואָרן אַ האַרמידער אין שטיבל. עוזר־דודל האָט דערהערט הינטער זיך רייד, זיפּצעניש, אַ פּאַטשן מיט די הענט אין מחזורים, אַפֿילו עפּעס אַזוינס ווי אָן איינגעהאַלטן געלעכטער. וואָס קאָן דאָס זיין? — האָט ער זיך געחידושט. — וואָס רעדן זיי עפּעס אויס אין מיטן פּיוט? ער האָט זיך געצוימט נישט אומצוקערן דעם קאָפּ. וואָס איז די נפקא מינה?... עמיץ האָט אים אַ שטאָרך געטאָן ביים אַקסל. עוזר־דודל האָט זיך אויסגעדרייט, געזען מענדע־לע פּאָניע, אָדער מענדעלע באָדיונג, ווי מ'האָט אים גערופֿן אין שטאָט. דער יונג האָט געטראָגן אַ גוייִשן קאַשקעט און געפּאַסטע שטיוול. ער איז קיין מאָל נישט געקומען אין קלויז, געהערט צו די ווילדע יונגען וואָס שטייען ביים דאַוונען אין פֿאָליש פון דער קאַלטער שול און באַלאַקן. עוזר־דודל האָט אונטערגעהויבן דעם טלית.

— נו, אַ...

— אייער ווייב איז אַנטלאָפֿן... מיט באָלעק דעם חדיר־שלעגערס שייגעץ...

— האַ?

— זי איז פֿאַרבייגעפֿאָרן דעם מאַרק אין דער בריטשקע... שוין נאָך ליכט־צינדן... צום לובלינער וועג...

אין שטיבל איז געוואָרן אויסטערליש שטיל. מ'האָט פֿאַרגומען דאָס קנאַקן און שפּריצן פֿון די ליכטפּלעמלעך. דער בעל־תּפֿילה האָט געשוויגן, זיך אומגעקוקט אויף הינטערווילעכץ. די דאַוונער האָבן געגאַפֿט, ייִנגלעך האָבן געעפֿנט די מיילער. פֿון דאָרט ווו ס'האָבן געדאַוונט די ווייבער האָט זיך דערהערט אַן אויסטערליש

געמיש פון געהויל און כיכעניש. עוזר־דודל איז אַ ווייל געשטאַנען מיטן פּנים צום עולם, אַזוי ווייס ווי דער קיטל. עפּעס האָט אויפ־געלויכטן אין זיין בליק: אַהאַ, דאָס איז עס... איצט איז שוין אַלץ קלאָר!... אייך אויג האָט געווייגט, דאָס אַנדערע האָט געלאַכט... ער האָט זיך צוריק איבערגעדעקט מיטן טלית, זיך פּאַמעלעך אומגע־קערט צו דער וואַנט און אַזוי געבליבן שטיין אָן איינגעהילטער ביז צומאָרגנס נאָך נעילה...

הענע פייער

.1

יאָ, שדים. ס׳זענען פֿאַראַן מענטשן שדים, באַהיט זאָל מען ווערן! מאַמעס פֿאַרקוקן זיך ווען זיי ליגן אין קימפּעט און מ׳ווייסט דען אויף וואָס מ׳קוקט?

הענע פייער, אַזוי האָט מען זי גערופֿן און דאָס איז נישט געווען קיין מענטש, נאָר אַ פייער פֿון גיהנום. כ׳ווייס, אַז מ׳טאָר נישט באַרעדן קיין בר־מינן. זי איז שוין דאָס איריקע לאַנג איבערגעקומען. ס׳איז דען געווען איר שולד? ס׳האָט שטענדיק געברענט אין איר אַ פייער. מ׳האָט עס געזען אין אירע אויגן: צוויי קוילן. מ׳האָט זיך געקאָנט אין זיי אָפּבריען. געווען איז זי אַ שוואַרצע ווי אַ ציי־גיינעריך, מיט אַ שמאָל פּנים, איינגעפֿאַלענע באַקן, הויט און ביין. כ׳האָב זי אַ מאָל געזען ביים טייך: די ריפּן האָבן אַרויסגעשטאַרצט ווי רייפֿן. מ׳האָט געקאָנט יעדן ביין איבערציילן. ווי קאָן אַזאַ איינע ווערן פעט? איר׳ט געקאָנט זאָגן אַ וואָרט און נישט מיינען קיין שום שלעכטס, מאַלע, וואָס ס׳כאַפּט זיך אַרויס פֿון מויל. אָבער גלייך האָט זי זיך אָנגעצונדן. זי האָט גענומען שרייען, פאָכען מיט די פויסטן, אַרומלויפֿן אַהין־און־צוריק ווי דול. דאָס פּנים אירס איז געוואָרן ווייס פֿון גרימצאָרן. אויב איר׳ט זיך פֿאַרענטפֿערט, איז זי ערשט גרייט געווען אייך אויפֿצועסן. זי׳ט געכאַפּט אַ געפֿעס און געוואָרפֿן אויפֿן דיל. יעדע פּאָר וואָכן האָט דער מאַן אירער, טוביה כאַסקעלעס, געמוזט איינקויפֿן כלים און זיי טובלען אין מקווה.

די שטאָט האָט מיקלאָמפּערשט געהאַט אין פֿאַרלאַנג: פֿאַרשעמען הענען. אַז זי איז אַריינגעפֿאַלן אין דער יוכע, האָט זי געזאָגט זאַכן וואָס אַ משוגענעם וואָלט נישט איינגעפֿאַלן. קללות האָבן זיך גע־

שאָטן פון איר ווי ווערעמדיקע אַרבעס. אַלע קללות פון דער תוכחה האָבן פאַר איר נישט געקלעקט. זי׳ט געקאָנט וואַרפן אַ שטיין אויך. זי׳ט אויסגעהאַקט ביי אַ שכנטע אַ שויב אין מיטן ווינטער. יענע האָט זיך קיין מאָל נישט דערוווסט פאַר וואָס.

הענע האָט געהאַט קינדער, פיר מיידלעך, אָבער ווי נאָר זיי זענען אונטערגעוואַקסן, זענען זיי אַנטלאָפן פון דער היים. איינע האָט געקראָגן אַ שטעלע פון אַ דינסט אין לובלין, איינע איז אַוועק קיין אַמעריקע, די שענסטע, מלכהלע, איז געשטאָרבן פון שקאַר־לאַטין און די פערטע האָט חתונה געהאַט מיט אַן אַלטן מאַן — אַלץ בעסער ווי צו הויזן מיט הענען.

דער מאַן אירער, דער טוביה, איז געווען אַ צדיק, ווייל נאָר אַ צדיק קאָן אויסהאַלטן מיט אַזאַ כלבתא צוואַנציק יאָר. געווען איז ער אַ זיפער. אין יענע צייטן האָט מען ווינטער אָנגעהויבן אַרבעטן ביי די באַלעבאַטים ווען אין דרויסן איז נאָך פינצטער. דער זיפער האָט געמוזט מיטברענגען זיין אייגן ליכטל. פאַרדינט האָט מען וואַסער אויף קאַשע. אַוודאַי האָט זי געליטן נויט, נאָר זי איז נישט געווען איינע. וויפל זידלערייען און קללות ס׳זענען אַריין אין דעם טוביהן וואָלט מען געקאָנט אויסרעכענען מיט אַ וואָגן קרייד.

כ׳בין איין מאָל געשטאַנען דערביי, ווי ער איז אַוועק צו דער אַרבעט און זי׳ט אים נאָכגערופן: צוריק זאָל מען דיך שוין טראָגן אויף אַ מיטה. אָסור צי ר׳האָט זיך מיט עפּעס פאַרשולדיקט. ר׳האָט איר אַוועקגעגעבן דעם לעצטן גראָשן. ר׳האָט זי ליב געהאַט אויך ווי אַזוי מ׳קאָן ליב האָבן אַזאַ געהינטעכץ, ווייסט איין גאָט. אָבער ווער קאָן דערגיין וואָס ס׳טוט זיך אין האַרץ פון אַ מאַנסביל?

מיינע ליבע מענטשן, ר׳איז אַנטלאָפן פון איר.

איין מאָל, אין אַ זומערדיקן פרייטיק, איז ער מיקלאָמפּערשט אַוועק אין באָד אַריין און פאַרשוונדן ווי אַ שטיין אין וואַסער. אַז זי׳ט דערהערט וואָס ס׳איז געשען, איז זי געטאָן אַ פאַל אַוועק אין מיטן גאַס און געקראָגן, נישט קעגן נאַכט געדאַכט, די נכפה. זי׳ט גענומען קלאַפּן מיטן קאָפּ אָן אַ שטיין, שיפּן ווי אַ שלאַנג און

אַ שׂוים איז איר געוואָרן פון מויל. מ׳האָט איר אַריינגעשטופּט אין דער לינקער האַנט אַ שליסל, נאָר ס׳האָט נישט געהאָלפֿן. דער קאַפּטוך האָט זיך איר אַראָפּגעגליטשט און מ׳האָט געזען אַז זי גאָלט נישט דעם קאָפּ. מ׳האָט זי אַוועקגעטראָגן אַהיים. כ׳האָב נאָך קיין מאָל אַזאַ פּנים נישט געזען: גרין ווי גראָז. די אויגן האָבן זיך איבערגעדרייט. אַז זי איז געקומען צו זיך, האָט זי גענומען שילטן און מיר דוכט זיך, אַז פֿון דעמאָלט אָן האָבן די קללות ביי איר נישט אויפֿגעהערט. מ׳האָט געזאָגט אויף איר, אַז זי שילט פֿון שלאָף. יום־כּיפּור איז זי געשטאַנען אין ווייבער־שול. די פֿירזאָגערין האָט פֿירגעזאָגט דאָס דאַווענען און הענע האָט געשפּיגן קלעק אויף אַלעמען: אויפֿן רב, אויפֿן חזן, אויפֿן גבאי. דעם טוביהן האָט זי געווונטשן אַ שוואַרץ קוויטל, אַ גזר־דין, פּאָקן און פּאַכירען. זי׳ט געלעסטערט גאָט אויך.

נאָך דעם ווי דער טוביה האָט זי פּאַרלאָזט, איז זי אין גאַנצן געוואָרן ווילד. געוויינלעך אַן עגונה גייט קנעטן טייג אין די מול־טערס, אָדער ווערט אַ דינסט, אָבער ווער וועט אַריינלאָזן אַזאַ מרשעת אין הויז? זי׳ט געפּרוּווט האַנדלען דאָנערשטיק מיט פֿיש, אָבער ווען אַ באַלעבאָסטע האָט זי געפֿרעגט ווי טייער ס׳איז פֿיש, האָט העגע אָפּגעענטפֿערט:

— איר׳ט דאָך סיי־ווי נישט קויפֿן, וואָס זשע קומט איר זיך רייצן? ביי מיר וועט איר טאַפּן און קויפֿן וועט איר ערגעץ אַנדערש.

איין באַלעבאָסטע האָט גענומען אַ פֿיש און אים אַ קוק געטאָן הינטערן אויער, צי ער איז פֿריש. ערשט העגע טוט אים אַ רייס אַרויס פֿון אירע הענט און שרייט:

— וואָס לעקט איר און שמעקט? פּרעסן פּאַרשטונקענע פֿיש פּאַסט אייך נישט?... און זי׳ט איר גלייך גענומען אויסרעכענען דעם יחוס ביזן צענטן דור, אַלע זינד וואָס זיידעס און באָבעס זענען באַגאַנגען, יעדן פּסול אין דער משפּחה. אַלע פֿישערס האָבן פּאַרקויפֿט זייער סחורה און העגע איז געבליבן מיט אַ פֿול שאַף פֿיש.

יעדער פּאָר וואָכן האָט הענע געוואַשן וועש און פרעגט מיך נישט וואָס ס׳האָט זיך אָפּגעטאָן. איבער אַלץ האָט זי זיך געקריגט: איבער דער באַליע, די שטריק, אַפילוביים אָנצאַפּן וואַסער פון פּלומפּ. אויב זי האָט געפונען אַ שטויבעלע אויף אַ העמד, האָט זי געטענהט, אַז מ׳האָט אייגנס איינגעריכט אירע וועש. זי אַליין האָט אַראָפּגעריסן די שטריק ביי אַנדערע.

מ׳האָט געהערט די קולות איבער אַ האַלבער שטאָט. מ׳האָט מורא געהאַט פאַר איר און מ׳האָט איר אַלץ נאָכגעגעבן, אָבער דאָס האָט אויך נישט געטויגט. ענטפערט מען, ווערט אַ געפּילדער. אויב מ׳פאַרשווייגט, שרייט זי: ס׳פּאַסט איך מער נישט צו רעדן צו מיר? אָווע־טאָווע, מ׳קאָן פון איר רייך נישט אַרויס.

די ערשטע צייטן פלעגן די טעכטער קומען צו איר פון דער גרויסער שטאָט אויף יום־טוב. ווילע מיידלעך איינס ביי איינס, אַלע געראָטן אין טוביהן. זיי האָבן געברענגט מתנה׳ס אויך. אָט קושט מען זיך און גליך ווערט אַ געשריי אין יאַטקע־געסל. מ׳ברעכט שוין טעלער, מ׳האַקט שוין שויבן. דאָס מיידל נעמט לויפן ווי אַ פאַרסמטע און הענע לויפט איר נאָך מיט אַ שטעקן און שרייט:

— ממזר, האַרפלאַקס, טליק, אויסגערונען ווערן האָסטו גע־דאַרפט ביי דער מאַמען אין בויך!

אַפילו אַ קאַץ האָט ליב אירע קעצלעך. נאָך דעם ווי טוביה איז אַוועק, האָט הענע געוואָרפן אַ חשד, אַז די קינדער וויסן ווו דער טאַטע באַהאַלט זיך אויס. זיי שווערן הייליקע שבועות, אָבער הענע רעוועט:

— פאַר שווערן פאַלש, זאָל דיר דער פיסק זיצן פון הינטן.

וואָס האָבן זיי נעבעך געקאָנט טאָן? זיי האָבן געווייכט פון איר ווי פון אַ פעסט און הענע איז אַוועק צום בעלפער און געהייסן שרייבן אַ בריוו, אַז זי מעקט זיי אויס. זי איז מער נישט זייער מאַמע און זיי זענען נישט אירע טעכטער.

פון דעסטוועגן, אין אַ קליינער שטאָט לאָזט מען נישט שטאַרבן פון הונגער. גוטע מענטשן האָבן זיך דערבאַרעמט. אַ טכויער דאַרף

אויף עסן. מ׳ברענגט אַ גריץ, אַ קנאָבל־באַרשט און מ׳לאָזט שטיין ביי דער שוועל. אַריינגיין צו איר אין שטוב איז ווי צו אַ לייב אין לייבן־גרוב. מ׳לייגט איר אַוועק ברויט און קאַרטאָפל און וואָס מ׳קאָן אָפּשפּאָרן. אָבער זי האָט רעכט נישט פאַרזוכט פון די אַלע גאָבן. זי׳ט אַלץ אַריינגעוואָרפן אין גרוב פון מיסט. אַזוינע לייט ווערן זאַט פון מחלוקת.

אַז הענע האָט אײַנגעזען, אַז צו די דערוואַקסענע האָט זי נישט קיין צוטריט, האָט זי זיך אָנגעזעצט אויף די קינדער. אַ ייִנגל גייט פאַרביי און הענע כאַפּט אים אַראָפּ ס׳היטל, באשר ער׳ האָט געריסן באַרעלעך פון איר באַרנבוים. געווען זענען די באַרעלעך אירע האַרט ווי האָלץ און אַ טעם האָבן זיי אויך געהאַט פון האָלץ. אַ חזיר וואָלט זיי אָסור נישט געגעסן. אָבער זי דאַרף נאָר הָאָבן אַן אויסרייד.

ליגנס שיטן זיך איר פון מויל און יעדן איינעם רופט זי ליג־נער. זי לויפט אַוועק צום פּריסטאַוו און מסרט די גאַנצע שטאָט: דער ברויט בראָנפן ביי זיך אין קאַמער, יענער ברענגט קאָנטראַ־באַנד פון גאַליציע. די מקווה איז אומרייך. זי האָט צוגעטראָגן, אַז חסידים אין קלויז שילטן דעם קייסער. ס׳קומט צום פּריזיוו און הענע מאַכט געוואַלדן אין מאַרק: די רייכע זינדלעך באַפרייט מען און די אָרעמע יונגען גייען דינען. עס איז אמת אויך, אָבער אַז אַלע דינען פאָניען, איז שוין בעסער? עמיץ מוז גיין. אָבער הענע קאָן נישט ליידן קיין עוולהס. דער נאַטשאַלניק האָט באַנומען, אַז זי׳ט אים אַריינבאָדן אין אַ צרה און ער׳ט זי אַוועקגעשיקט אין אַ משוגעים־הויז.

כ׳בין געשטאַנען דערביי ווי אַ זעלנער און אַ וועכטער זענען געקומען זי נעמען. זי איז זיי אַקעגנגעקומען מיט אַ האַק. זי׳ט געמאַכט אַזוינע יעלהס, אַז די גאַנצע שטאָט איז זיך צונויפגעלאָפן. אָבער ווי שטאַרק איז אַ נקבה? מ׳האָט זי געבונדן ווי אַ שעפּס און אַרויפגעלייגט אויף אַ פור. זי שילט אויף רוסיש, אויף פּוי־ליש, אויף ייִדיש. זי׳ט געהאַט אַ קול ווי אַן עגלה ערופה. מ׳האָט

זי גאַנץ שיין אָוועקגעפירט קיין לובלין און דאָרט האָט מען איר אָנגעטאָן אַ משוגעים־העמד. ס׳זענען נישטאָ קיין תקיפים.

כ׳ווייס נישט ווי זי האָט זיך דאָרט אויפגעפירט, אַוודאי זיך צוגעלעקט צו די דאָקטוירים, ווייל אַ האַלב יאָר איז נישט אַריבער און הענע איז ווידער אין שטאָט. אַ משפחה האָט זיך געהאַט אַרייַנגעקליבן צו איר אין שטוב, אָבער זי׳ט אַרויסגעטריבן דאָס גאַנצע געזינדל אין אַ קאַלטער נאַכט. איצט האָט זי געיאָמערט, אַז מ׳האָט זי באַגנבעט. זי איז געגאַנגען צו אַלע שכנים זוכן גנבהס. זי׳ט אַלעמען פאַרשעמט, יעדן פאַרפאַטשט ס׳פּנים. שבת האָט מען זי שוין נישט אַריינגעלאָזט אין ווייבער־שול. מ׳האָט איר נישט פאַרקויפט קיין שטאָט אויף ימים נוראים. עס איז געקומען דערצו, אַז ווען זי איז געגאַנגען שעפּן וואַסער צום ברונעם, זענען אַלע אַנטלאָפן, ווייל ווי נאָר מ׳דערנענטערט זיך אין אירע דלת אמות, אַזוי ווערט גלייך אַ העצע.

זי׳ט אַפילו נישט געשוינט די טויטע. מ׳פירט פאַרביי אַ מת און הענע שפּייט נאָך אים און שרייט, אַז ער׳ט זיך וואַלגערן אין אַלע וויסטע וועלדער. פיינע לייט פאַרשווייגן, אָבער אַז ס׳טרעפט־אָן אויף פּראָסטע לייט, קריגט זי קלעפּ. זי׳ט ליב געהאַט צו קריגן געשלאָגן, דאָס איז דער אמת. זי׳ט געקאָנט אַרומלויפן און ווייזן: דער האָט איר געמאַכט אַ בייל, יענער האָט איר אונטערגעהאַקט אַן אויג. זי איז געלאָפן צום פעלדשער און אין אַפּטייק. זי האַלט אין איין רופן יעדן צו אַ דין־תורה, אָבער דער שמש וויל נישט רופן און דער רב האָט אָנגעזאָגט מ׳זאָל זי נישט אַריינלאָזן אין בית־דין שטוב. זי איז געלאָפן צו די גויים, נאָר זיי ווילן אויך פון איר נישט וויסן. ס׳איז איר גאָרנישט געבליבן אַ חוץ גאָט. ער׳ט נעמען נקמה פאַר איר. זי און גאָט זענען ווי אַנדערע צוויי.

איצט הערט אַ מעשה.

נעבן הענען האָט געוווינט אַ בעל־עגלה, קאָפּל קלאָץ. איין מאָל וועקט ער זיך איבער אין מיטן דער נאַכט און הערט הענען שרייען געוואַלד. ער קוקט ארויס דורכן פענצטער און זעט אַז ס׳ברענט

ביי אַ שכן אַקעגנאיבער, אַ שוסטער, נישט ביי הענען. ער'ט גע־כאַפּט אַ קאַן וואַסער און איז אַרויס לעשן, אָבער די שׂרפֿה איז ביי הענען. ס'האָט זיך בלויז אָפּגעשפּיגלט ביי יענעם אין פֿענצטער.

ער לויפֿט אַריין צו הענען און אַלץ ברענט דאָרט: דער טיש, די באַנק, די אַלמער, די ווענט. ס'איז נישט קיין געוויינלעכע שׂרפֿה. פֿלאַמען פֿליען אַרום ווי פֿייגל. ביי הענען ברענט דאָס העמד. קאָפּל איז צוגעלאָפֿן און עס פֿון איר אַראָפּגעריסן. זי איז געבליבן נאַקעט ווי די מאַמע האָט זי געהאַט.

אַ שׂרפֿה אין יאַטקע־געסל איז נישט עפּעס אַ שפּילעכל. ס'האָלץ איז טרוקן אַפֿילו אין ווינטער. פֿון איין פֿונק קאָן ס'גאַנצע געסל ווערן אַש. מ'קומט ראַטעווען, נאָר די פֿייערן טאַנצן אַרום און מאַכן קאָזשעלקעס. אַלע מאָל כאַפּט זיך אָן עפּעס אַנדערש. די הענע האָט זיך איינגעהילט אין אַ שאַל איבערן נאַקעטן לייב, אָבער די פּראַנזן ברענען.

ביז טאָג האָבן די מאָנסלייט געלאָשן. עטלעכע זענען געוואָרן קראַנק, אַזוי שווער האָבן זיי געאַרבעט. דאָס זענען נישט געווען גלאַט קיין פֿייערן, נאָר שרעטלעך פֿון גיהנום.

אין דער פֿרי איז ווידער געוואָרן אַ האַרמידער: ביי הענען האָט זיך פֿון זיך אַליין אָנגעצונדן ס'בעטגעוואַנד. יענעם טאָג בין איך אַליין אַוועק צו הענען אין שטוב. ס'ליילעך איז פֿול מיט לעכער. די ציכלעך אויך, און די איבערדעק אויך. כ'בין נישט געווען דער־ביי, נאָר אַ מולטער מיט טייג האָט זיך אָנגעצונדן און ס'האָט זיך אָפּגעבאַקן אַ לאַבן ברויט. אַ בעזים האָט גענומען פֿלאַקערן ווי אַ הבדלה שבת צו נאַכטס. הענע האָט נאָך נישט געהאַט געמאַכט קיין פֿייער אין אויוון. די זאַכן האָבן זיך אָנגעצונדן פֿון זיך אַליין. די פֿלאַמען האָבן אַלץ געלעקט ווי מיט צונגען.

באַשירעמט זאָל מען ווערן, ס'איז אַלץ געווען שטיקלעך פֿון יענע לייט. זי'ט אַזוי לאַנג אַלעמען געשיקט צום טייוול און צו אַלדי־רוחות, ביז די באַנאַכטיקע האָבן זיך גענומען צו איר...

מ'האָט ווי־ס'איז ווידער פֿאַרלאָשן אָבער די לייט פֿון יאַטקע־

געסל זענען אַוועק צום רב און געוואַרנט, אַז אויב הענע וועט נישט גיין ווינען ערגעץ אַנדערש, וועט מען מאַכן פון איר קרעפּל־פליש. יעדער איינער האָט מורא פאַר זיין הויזגעזינד, זיינע בעבע־כעס. קיינער וויל נישט ליידן פאַר יענעמס זינד. אָבער הענע שרייט:

— ווו זאָל איך גיין? גזלנים, מערדער, רוצחים!

זי איז געוואָרן הייזעריק ווי די וואַנט. אַזוי ווי זי רעדט, האָט זיך ביי איר אָנגעצונדן די פּאַטשיילע. ווער ס'האָט דאָס נישט בייגעווינט ווייסט נישט וואָס שדים קאָנען אָפּטאָן.

דער רב זאָגט צו איר:

— הענע, איר שטעלט איין נפשות...

אין דער צייט וואָס הענע איז געשטאַנען ביים רב און זיך אויס־געטענהט, האָט דאָס הייזל אירס פון ס'ניי זיך אָנגעכאַפּט. אַ פלאַם האָט געטאָן אַ זעץ פון דעכל און ס'האָט געהאַט דאָס געשטאַלט פון אַ מענטש מיט לאַנגע האָר. ער האָט געטאַנצט און געפייפט. מ'האָט געקלונגען אין קלויסטער. די לעשקאָמאַנדע האָט געפּרוווט לעשן, אָבער אין אַ פּאָר מינוט איז גאָרנישט געבליבן אַ חוץ אַ קוימען און אַ קופּע זשאַרענדיקע קוילן.

הענע האָט שפּעטער פאַרשפּרייט אַ בלבול, אַז די שכנים האָבן פאַרברענט איר הויז. נאָר ס'איז שקר וכזב. ווער וועט אונטערצינדן אַ הויז ווען אין דרויסן בלאָזט אַ ווינט? ס'זענען געווען צענדליקער עדות. דער פייערדיקער פאַרשוין האָט געפאַכעט מיט די אָרעמס און געלאַכט ווי אַ משחית. ער'ט זיך געטאָן אַ הויב אין דער לופט און איז אַריין אין די וואָלקנס.

טאָקע דעמאָלט האָט מען איר אַ נאָמען געטאָן הענע פייער. ביז דעמאָלט האָט מען זי גערופן די שוואַרצע הענע.

2.

אַז הענע איז געבליבן אָן אַ דאַך איבערן קאָפּ, האָט זי גע־פּרוווט זיך באַזעצן אין הקדש, אָבער די אָרעמעלייט און די שלאָפּע האָבן נישט צוגעלאָזט. קיינער וויל נישט פאַרברענט ווערן לעבע־

דיקערהייט. הענע אַליין איז געוואָרן עפּעס ווי פאַרשטילט. צום ערשטן מאָל האָט זי געשוויגן. אַ גוי אַ האַלצהעקער האָט זי אַרייַנ־געבומען צו זיך, אָבער ווי נאָר זי איז אַריין אין דער כאַטע, האָט זיך אָנגעצונדן דאָס הענטל פון דער האַק. ער האָט זי גלייך אַרויס־געטריבן. זי וואָלט געפרוירן געוואָרן אין דער קעלט, אָבער דער רב, ר׳ גרשון ענגל, האָט זי אַריינגענומען צו זיך.

דער רב האָט געהאַט אַ סוכה אָפּגעטיילט פון אַנדערע שטובן. די סוכה האָט געהאַט אַ דיל און איבערן סכך אַ דאַך וואָס האָט זיך געעפנט און פאַרמאַכט מיט שטריק. מ׳האָט אין דער גיך אַריינגע־שטעלט אין דער סוכה אַן אייוועלע מיט אַ רער, דער רויך זאָל אַרויס. די רביצין האָט געלאָזט אַריינשטעלן אַ בעט מיט אַ שטרויזאַק און בעטגעוואַנט. וואָס קאָן מען טאָן? מ׳לאָזט נישט ביי יידן אַ מענטש אומקומען. מ׳האָט זיך געשראָקן די סוכה זאָל זיך נישט אָנכאַפּן, אָבער מ׳האָט גערעכנט, אַז פאַר אַ סוכה האָבן די לאַפּי־טוטן אָפּשוי. אין אַ סוכה איז נישטאָ קיין מזוזה, נאָר דער רב האָט אָנגעהאָנגען אַ שמורה. גוטע מענטשן האָבן געוואָלט דער הענען ברענגען עסן, נאָר די רביצין האָט געטענהט: וויפל זי משטיינסגעזאָגט עסט, וועל איך איר אַליין געבן.

יענעם ווינטער האָט זיך די קרירה אָנגעהויבן נאָך סוכות און ז״ט געדויערט ביז פּורים. הייזער זענען געוואָרן פאַרשנייט. מ׳האָט זיך געמוזט אין דער פרי אויסגראָבן מיט אַ רידעל. הענע איז גאַנצע טעג געלעגן אין בעט. ס׳איז מער נישט געווען די אייגע־נע הענע: שטיל ווי אַ טויב, נאָכגיביק ווי אַ שעפעלע. אָבער פון די אויגן האָט אַרויסגעקוקט אַ נישט־גוטס. דעם רבס זון, אברהמלע, האָט געהייצט פאַר איר ס׳אייוועלע. ער האָט דערציילט אין בית־מדרש, אַז הענע ליגט אַ גאַנצן טאָג איינגעבאַבלט אין בעטגעוואַנט און רעדט נישט אויס קיין וואָרט. די רביצין האָט איר פאַרגעלייגט זי זאָל אַריינקומען צו איר אין שטוב, אפשר העלפן אין דער ווירט־שאַפט, נאָר הענע ענטפערט: אַ שאָד דעם רבינס ספרים. מ׳האָט

אָנגעהויבן רעדן אין שטאָט אַז ווער ווייסט? אפשר איז אַרויס פון איר ס'נישט־גוטס.

פורים־צייט איז מיט אַ מאָל געוואָרן וואַרעם. דער פראָסט האָט פּלוצים געלאָזט און דער טייך האָט אויסגעגאָסן. די בריקגאַס איז געוואָרן פאַרפלייצט. אַרעמעלייט זענען סיי־ווי אויף צרות, אָבער אַז ס'קומט אָן ביי נאַכט וואַסער און די זאַכן נעמען אַרומ־שווימען, איז שוין טאַקע נישט אויסצוהאַלטן. מ'האָט זיך געשיפט אין בריקגאַס מיט אַ שיפל. אַלץ איז געוואָרן פאַרגאָסן. מ'האָט שוין געהאָט אָנגעהויבן באַקן מצות אין אַ בעקעריי, אָבער די זעק מעל זענען געוואָרן פאַרנעצט און חמצדיק. אַז ס'איז נאַס און אַלץ רינט און שווימט, פאַרגעסט מען אָן פייער.

אָבער מיט אַ מאָל האָט מען דערהערט ביים רב אַ געשריי. די סוכה האָט זיך אָנגעצונדן ווי אַ לאַמטער. געשען איז דאָס אין מיטן דער נאַכט. הענע האָט דערנאָך דערציילט, אַז אַ פייערדיקע האַנט איז אַפּערגעקומען פון דאַך און אין איין רגע איז אַלץ גע־וואָרן פאַרשרפעט. זי האָט אַ כאַפּ געטאָן אויף זיך די קאָלדרע און זיך געלאָזט לויפן איבער דער בלאָטע, נאַקעט און באָרוועס. מ'האָט זי אַריינגענומען צום רב. אַ ברירה האָט מען געהאָט? די רביצין האָט אויפגעהערט שלאָפן ביי נאַכט. הענע אַליין האָט געטענהט צום רב: רבי, כ'טאָר עס אייך נישט טאָן. דעם רבינס טאָכטער, טויבע, האָט באַצייטנס איינגעפּאַקט אירע קליידער. מ'האָט זיך גע־ריכט יעדע מינוט אויף אַ שרפה. צומאָרגנס האָט קהל צונויפגערופן אַן אַסיפה. מ'האָט גערעדט און זיך געשפּאַרט, נאָר מ'האָט נישט געקאָנט קומען צו קיין טאָלק. ס'איז שיער נישט געקומען צו פעטש. עמיץ האָט פאָרגעשלאָגן מ'זאָל הענען אַוועקשיקן אין אַן אַנדער שטאָט, אָבער העגע איז אַריינגעלאָפן אין בית־דין־שטוב, אָפּגע־ריסן און אָפּגעשליסן, אַ לעבעדיקע סטראַשידלע, און געשריגן:

— רבי, דאָ האָט איך געלעבט און דאָ וויל איך שטאַרבן. גראָבטץ מיר אויס אַ קבר און לייגטץ מיך אַריין. ס'בית־עולם וועל איך נישט אונטערצינדן...

זי האָט פון ס׳ניי באַקומען לשון. זי׳ט אָנגעוואָרפן אויף אַלעמען אַ פּחד.

ס׳איז געקומען אויף דער אסיפה אַ בעל־מלאכה, אַ בכבודיקער ייִד ר׳ זעליג זדון, און ער׳ט געזאָגט:

— רבי, כ׳על איר אויפבויען אַ שטיבל פון ציגל. ציגל ברע־נען נישט.

ער האָט נישט פאַרלאַנגט קיין לוין פאַר דער אַרבעט, בלויז די קאָסטן. גלייך האָט אַ בלעכער צוגעזאָגט אָנצושלאָגן אַ בלעכן דעכל. הענע האָט נאָך אַלץ געהאַט אַ פּלאַץ אין יאַטקע־געסל. דער קוימען איז נאָך געשטאַנען.

מויערן אַ הויז דויערט חדשים, אָבער דאָס געביי האָט מען אויפגעשטעלט צווישן פּורים און פּסח. אַלע האָבן צוגעלייגט אַ האַנט. בית־מדרש בחורים זענען געשטאַנען מיט לאָפּאַטעס און אָפּגע־רייניקט די קופּעס אַש. חדר־ייִנגלעך האָבן צוגעהאָלפן, באַלעבאַטים האָבן געטראָגן ציגל, געקנעטן ליים. פּיוועלע גלעזער האָט זיך אונטערגענומען אַריינצושטעלן שויבן.

ווי זאָגט מען דאָס? ס׳איז נישטאָ קיין אָרים קהל. אַ נגיד, ר׳ פאַליק מאָרגענרויט, האָט צוגעשטעלט בלעך פאַרן דאַך. אָט איז געלעגן אַ חורבה און אָט איז געשטאַנען אַ מויער. ס׳זאָגט זיך בלויז אַזוי: איין שטיבל, אָן אַ דיל. אָבער וויפל דאַרף איין מענטש? מ׳האָט געבראַכט צו שלעפן אַן אייזערן בעט. מ׳האָט צו־נויפגעקראַצט אַ קישן, אַ שטרויזאַק, אַן איבערבעט. הענע איז אַפילו נישט געגאַנגען זען ווי מ׳בויט. זי איז געזעסן ביי דער רביצין אין קיך און נייערט געקוקט צי ס׳ברענט נישט ערגעץ.

די דירה איז געוואָרן פאַרטיק אַ טאָג פאַר ערב פּסח. די שטאָט האָט איר געגעבן פון מעות חטין. מ׳האָט איר אַריינגעטראָגן מצות, קאַרטאָפל, אייער, כריין, וואָס מען דאַרף. מ׳האָט זי באַזאָרגט מיט געפעס אויך. איין זאַך האָט קיינער נישט געוואָלט: זי האָבן ביים סדר. דאָס איז מער נישט געווען די אַמאָליקע הענע. מ׳האָט זי געהייסן גייך, איז זי געגאַנגען. מ׳האָט זי אַוועקגעזעצט, איז זי גע־

בליבן זיצן. ביי נאַכט האָט מען אַריינגעקוקט צו איר אין פענצטער: קיין פסח, קיין סדר, קיין ליכט. זי האָט זיך אַנגעלענט אויף דער באַנק און געגריזשעט אַ מער.

איצט הערט וואָס ס'קאָן פּאַרלויפן. איין טאָכטער, מינדל, איז געהאַט אַוועק קיין אַמעריקע. די ערשטע צייט האָט מען פון איר נישט געהערט. ווי זאָגט מען דאָס? איבערן וואַסער איז ווי אויף יענער וועלט. זיי קומען אין דעם אַמעריקע און פאַרגעסן אָן טאַטן, אָן דער מאַמען, אין יידישקייט, אָן גאָט. ס'גייען אַריבער יאָרן און ס'קומט נישט אָן קיין תמונת אות. אָבער די מינדל האָט זיך אַרויס־געוויזן אַ געטריי קינד. זי האָט חתונה געהאַט און דער מאַן איז, אַפּנים, געוואָרן שטיין רייך אין דער גאָלדענער מדינה.

אונדזער פּאָטשט האָט געהאַט אַ פּאָטשטטרעגער, אַ פּראָסטער גוי, אָבער מיט אַ מאָל האָט זיך באַוויזן אַן אַנדער פּאָטשטטרעגער, מיט לאַנגע וואָנסן, מיט גילדערנע קנעפּ און אַ קריינדל אויפן היטל. ער האָט געבראַכט אַ בריוו וואָס מ'האָט געדאַרפט אויף אים זיך חתמענען, און פאַר וועמען איז דער בריוו? — פאַר הענע פּייער. זי'ט אַנגעשמירט דריי שטרייכעלעך און עמיץ האָט עדות געזאָגט אַז ס'איז זי. קורץ און גוט, ס'איז אַ בריוו מיט געלט. זיינוול לערער איז געקומען אים לייענען און אַ האַלבע שטאָט האָט זיך צוגעהערט: מיין ליבע מוטער, דאַרפסט מער גאָרנישט זאָרגן. מיין מאַן איז אַל־ראַיט. ניו יאָרק איז אַ גרויסע שטאָט און מ'עסט דאָרט חלה אין מיטן דער וואָך. אַלע רעדן ענגליש, יידן אויך. ביי נאַכט איז ליכטיק ווי ביי טאָג. באַנען גייען איבער די דעכער. בעט דיך איבער מיטן טאַטן און איכ'ל אייך ביידן שיקן אַ שיפסקאַרטע.

די שטאָט האָט נישט געוווסט צי מ'זאָל לאַכן אָדער וויינען. הענע האָט אַלץ אויסגעהערט, גאָרנישט געזאָגט. נישט זי'ט גע־שאָלטן, נישט זי'ט געבענטשט.

אין אַ חודש אַרום איז ווידער געקומען אַזאַ בריוו און אין צוויי חדשים — ווידער. אין אַמעריקע האָבן זיי טאָלערס און יעדער טאָלער איז צוויי רובל. אַז די מעקלערס האָבן דערהערט, אַז הענע

קריגט געלט פון אַמעריקע, האָט מען גענומען לויפן צו איר מיט מיסחרים. אפשר וויל זי קויפן אַ הויז? אפשר וויל זי ווערן אַ שותפ־טע צו אַ געוועלב?

ס'איז געווען ביי אונדז אַ ייִד, ר' לייזער משולח. קיינער האָט אים קיין מאָל אין ערגעץ נישט געשיקט, אָבער אַזוי האָט מען אים גערופן. ער קומט צו הענען און זאָגט, אַז ער איז גרייט צו גייך זוכן טוביהן. ער נעמט זיך נטער אים צוריקצוברענגען אַ לעבע־דיקן אָדער אַרויסצוקריגן ביי אים אַ גט. הענע ענטפערט:

— בעסער ברענגט אים אַ טויטן און גיין זאָלט איר אויף קוליעס.

הענע בלייבט הענע. די שכנים האָבן זיך אָנגעהויבן צו איר צושאַרן. אַזוי זענען די לייט: אַז זיי דערשמעקן אַ גראָשן ווערן זיי צעיאַכמערט. מ'טראָגט איר שוין אָקעגן דעם גוטמאָרגן. מ'רופט זי שוין הענעשי און מ'וויל זי באַדינען. די הענע גלאָצט אויס אַ פּאָר אויגן און ברומט עפּעס. זי גייט ערגעץ, און ווו גייט זי? גלייך צו זרולען אין שענק. זי קויפט אַ שטאָף בראָנפן און גייט צוריק אַהיים.

וואָס זאָל איך דאָ לאַנג ברייען? די הענע האָט זיך אַריינגע־לאָזט אין שיכרות. אַ נקבה זאָל שיכורן איז אַפילו זעלטן ביי גויִים, נאָר פון אַ ייִדישער שיכורטע האָט מען נאָך קיין מאָל נישט גע־הערט. זי ליגט אויפן בעט און זויפט. זי זינגט, וויינט, לאַכט, מאַכט משוגענע שטיק. זי לאָזט זיך האָצקען איבערן מאַרק אין איין אונטערקלייד און אַלע קונדסים לויפן איר נאָך מיט אַ קאַץ־מוזיק. ס'איז אַ חילול־השם, אָבער וואָס קאָן מען איר טאָן? פאַר שיכורן זעצט מען נישט איין אין תפיסה. די נאַטשאַלסטוואָ אַליין איז טויט שיכור.

די שכנים האָבן דערציילט, אַז זי שטייט אויף אין דער פרי און טרינקט אויס אַ קאָווע־גלאָז אָקעוויט. דאָס איז איר אָנבייסן. דער־נאָך לייגט זי זיך שלאָפן און ווען זי שטייט אויף, נעמט זי זיך פון דאָס ניי צום ביטערן טראָפן. אַז ס'פאַלט איר איין, עפנט זי דאָס

פענצטער און וואַרפט געלט. ס׳קליינוואַרג האָט זיך שיער נישט דערהרגעט כּאַפּנדיק. אַזוי ווי זיי וואַלגערן זיך אויף דער ערד און קלויבן די מטבע׳ס, גיסט זי זיי אָפּ מיטן פּאַמעשאַף. קורץ, שיכּור ווי לוט. דער רב האָט געשיקט נאָך איר, נאָר ס׳איז נישטאָ צו וועמען צו רעדן. מ׳האָט פאַרויסגעזען, אַז זי וועט זיך פאַרזויפן צום טויט. אָבער געשען איז עפּעס אַנדערש.

געוויינלעך פלעגט הענע אַרויסקומען אין דער פרי פאַר דער שטוב. אַ מאָל האָט זי אָנגענומען אַ קענדל וואַסער ביים פּלומפּ. ס׳האָבן זיך אַרומגעשלענדערט אין יאַטקע־געסל הינט און זי׳ט זיי אַ מאָל צוגעוואָרפן אַ ביין. קיין בית־כּסא איז נישטאָ ביי קיינעם און געטאָן ס׳באַדערפעניש האָט מען אין דרויסן. סיי־ווי, עטלעכע טעג זענען אַריבער און מ׳זעט נישט הענען. מ׳פּרוווט אַריינקוקן דורכן פענצטער, נאָר ס׳איז פאַרהאָנגען. מ׳האָט גענומען קלאַפּן אין דער טיר, אָבער קיינער עפנט נישט. מ׳האָט אויפגעבראָכן די טיר און דאָס וואָס מ׳האָט דערזען זאָל מען שוין מער נישט זען.

הענע האָט געהאַט איינגעהאַנדלט ביי אַן אלמנה אַ געבעטע שטול, אַן אַלטע גראַטע. זי פלעגט דאָרט זיצן און טרינקען, אָדער פלאַפּלען צו זיך אַליין. מ׳עפנט די טיר און אויף דער שטול זיצט אַ שקעלעט, שוואַרץ ווי קויל.

מיינע ליבע מענטשן, הענע איז געוואָרן פאַרברענט אַזוי זיצנ־דיק אויף דער שטול. אָבער ווי אַזוי? די שטול איז גאַנץ, בלויז דער איבערצוג אויפן אָנלען איז אַ קאַפּעלע אָפּגעזענגט. אַ מענטש זאָל ווערן פאַרברענט דאַרף מען אַ פייער גרעסער ווי פרייטיק אין באָד. אַפילו אויף אָפּצובראָטן אַ גאַנדז ברויך מען אַ סך שייטן האָלץ. אָבער די שטול איז גאַנץ. ס׳בעטגעוואַנט אויפן בעט האָט זיך נישט אָנגעכאַפּט. זי׳ט שוין געהאַט אַ באַנק, אַ טישל, אַ פּאָר קליידער. אַלץ איז גאַנץ, אָבער הענע איז איין שטיק קויל. מ׳האָט נישט גע־האָט וועמען אָפּצוהויבן, וואָס מטהר צו זיין, וועמען אָנצוטאָן תּכרי־כים. נאַטשאַלסטוואָ איז געקומען און זיי גלויבן נישט די אייגענע אויגן.

קיינער האָט נישט געזען קיין פייער, קיינער האָט נישט גע־שמעקט קיין רויך. נו, און פון וואַנען האָט זיך גענומען אַזאַ העליש פייער? מ'האָט נישט געפונען קיין אַש אין אויוון אָדער אונטערן דרייפוס. הענע האָט רעכט נישט געקאַכט. ס'איז אַנגעלאָפן דער שטאָטישער דאָקטאָר, טשאַפּינסקי. ער האָט אויסגעלאָצט אַ פּאָר אויגן און געבליבן שטיין ווי אַ ליימענער גולם.

— ווי איז דאָס געמאָלט? — פרעגט דער נאַטשאַלניק און דער דאָקטאָר ענטפערט:

— ס'איז טאַקע נישט געמאָלט. ווען עמיץ דערציילט מיר אַזאַ זאַך, וואָלט איך געזאָגט, אַז יענער איז אַ געמיינער ליגנער.

— פאָרט, וואָס האָט דאָ געטראָפן? — פרעגט דער נאַטשאַל־ניק און טשאַפּינסקי הויבט די אַקסלען און מורמלט:

— כ'ווייס נישט. כ'ווייס נישט.

עמעץ האָט געלאָזט פאַלן אַ וואָרט, אַז ס'האָט געקאָנט זיין אַ בליץ, אָבער ס'האָט אין די טעג נישט געבליצט און נישט גע־דונערט.

די פריצים אַרום האָבן געהערט פון דעם טראַף און זענען גע־קומען צו לויפן אויף חידושים. דאָס יאַטקע־געסל איז געוואָרן פול מיט קאַרעטעס, בריטשקעס, קאָלעסן. מען שטייט און מ'גאַפט אויף דעם בייזן וווּנדער. יעדער איינער פּרוּווט אויסטייטשן וואָס דאָ האָט פּאַסירט, אָבער קיין זאַך לייגט זיך נישט אויפן שכל. די שטול איז געווען אָנגעפּאַקט מיט פּאַקאָלעס, טרוקן ווי פעפער.

עמיץ האָט געלאָזט פאַלן אַ וואָרט, אַז ביי הענען האָט זיך אָנגעצונדן דער בראָנפן אין די געדערים, אָבער ווער האָט דאָס געהערט פון אַ פייער אין אינגעווייד?

דער דאָקטאָר האָט אַראָפּגעלאָזט די הענט:

— ס'איז איינע פון יענע זאַכן...

ווען טאָן הענען אירע רעכט האָט נישט געקאָנט זיין קיין רייד. מ'האָט אַריינגעלייגט די עצמות אין אַ זאַק און אַזוי האָט מען זי אַוועקגעפירט אויפן גוטן אָרט — אַזוי האָט מען זי באַ־

גראָבן. דער באַגראַבער האָט געזאָגט קדיש. שפּעטער זענען די טעכטער געקומען צו לויפן פון לובלין, אָבער וואָס האָבן זיי געװוּסט? די פּייערן זענען איר נאָכגעלאָפן און אַ פּייער האָט זי פאַרצערט. פון אַלע אירע קללה׳ס האָט זי אַממערסטן געשאָלטן מיט פאַרברענט ווערן. אַ בראַנד אַהין אַ בראַנד אַהער. זי פלעגט אַ זאָג טאָן: ברענען זאָל ער ווי אַ ליכט. וואַרפן זאָל זי ס׳קדחת. פלאַקערן זאָלן זיי ווי קין. אַ מויל איז נישט הפקר. ווי זאָגט מען עס: אַ קלאַפּ פאַרגייט, אַ וואָרט באַשטייט.

מיינע ליבע מענטשן, זי׳ט נישט געלאָזט צו רו נאָכן טויט אויך. קאַפּל בעל־עגלה האָט אָפּגעקויפט ביי די טעכטער דאָס הייזל פאַר אַ שטאַל, נאָר די פערד האָבן זיך דאָרט נישט געהאַלטן. זיי האָבן געשוויצט אין די נעכט און געקראָגן דעם ראַצער. ווען אַ פערד פאַרקילט זיך איז נאָך אַלעמען. אַ פּאָר מאָל האָט זיך אָנגעכאַפּט דאָס שטרוי. די שכנטע וואָס האָט זיך געקריגט מיט הענען צוליב דעם געוועש, האָט געשווירן, אַז הענע האָט איר אַ פּאָר מאָל איבערגעריסן די שטריק און אַריינגעוואָרפן די ליילעכער אין דער בלאָטע. זי׳ט איר איבערגעקערט די באַליע אויך.

כ׳בין נישט געשטאַנען דערביי, נאָר אויף אַזאַ ווי הענען קאָן מען אַלץ גלויבן. כ׳זע זי ווי היינט: שוואַרץ, דאַר, אַ פלאַך האַרץ־ברעטל ווי ביי אַ מאַנסביל, מיט אַ פּאָר ווילדע אויגן פון אַ געיאָגטער חיה. עפּעס האָט אין איר געזאָטן. עפּעס האָט איר ווי געטאָן. מיין באָבע האָט געהאַט אַ ווערטל: פון ווײילטאָג קלאַפּט מען נישט קאָפּ אָן דער וואַנט. אָבער, ווי זאָגט דער גוי: פלאַץ, נאָר האַלט פאַסאָן.

ס׳קאָן גריילעך זיין, אַז ווען מען דאַרף נישט קיין ברויט און קיין דירה און קיין מלבוש, וואָלט יעדער איינער געקלאָגט אויף זיין אייגענעם טויט און ס׳גאַנצע לעבן וואָלט געווען איין גרויסע לוויה...

די מכשפה

.1

קעגן נאַכט האָט אָנגעהויבן בלאָזן אַ ווינט פון יענער זייט דאָרף ווי ס׳שטרעקן זיך אויס די זומפּן. דער הימל האָט זיך פֿאַרצויגן מיט וואָלקנס. דער אַלטער לינדנבוים האָט גענומען רוישן און שורשן מיט די טרוקענע צווייגן און מיט דעם רעשטל בלעטער, וואָס זענען געוואַקסן אויף איין צוויג: האַלב־איינגעשרומפּענע, מיט רויטע פלעקן ווי ראָסט. די אַלטע קונעגונדע, אָדער קונעגונדע די מכשפה, איז אַרויס פאַר דער כאַטע — אַ צעפּוילט געביי, ענלעך צו אַ הונט־שוואָם, מיט בלינדע ווענט און אַ באַמאָכטן שטרוי־דאַך, וואָס ס׳האָבן נאָכגעהאָנגען נאָך אים פאַרפאַפּטע צעפּ ווי קאָלטאַנעס. אַנשטאָט אַ קוימען האָט אַרויסגעפינצטערט פון אַ וואַנט אַ קיילעכיק לאָך. די טיר איז נישט געווען פירעקיק, נאָר — אַ קרומער שפּאַלט, ווי אַן עפענונג פון אַ שטאָם, וואָס אַ בליץ האָט פון אים אַרויסגעריסן אַ שטיק. קונעגונדע איז געווען קליין, ברייט, מיט אַ געלער הויט, אַ נאָז מיט אויפגעשטעלטע נאָזלעכער ווי ביי אַ מאָפּס, קיילעכיקע אויגן ווי ביי אַ סאָווע, אַ ברייטן קין מיט אַ ווייס בערדל, די באַקן פול מיט וואָרצלען און אויף יעדן וואָרצל אַ שפּראָץ פון אַן אַנדער קאָליר: געל, רויטלעך, ברוין און נאָך אַנדערע מיתה־משונהדיקע קאָלירן. די האָר אויפן קאָפּ זענען שוין פון לאַנג געהאַט אויסגע־קראָכן, אָבער די פאַרבליבענע רעשטלעך האָבן זיך געהאַט צו־נויפגעקלעפּט אין אַ קורצן קאָלטן, וואָס איז געשטאַנען אין מיטן שיידל ווי אַ האָרן. דאָס קלייד איז געווען אַ בינטל שמאַטעס ווי ביי אַ פויגלשרעקער. די פיס זענען געווען פול מיט גוליעס, די פינגער אָן נעגל, זענען געריטן איינער אויף דעם אַנדערן. מיט איין האַנט האָט קונעגונדע זיך אָנגעלענט אויף אַ שטעקן, אין דער

אַנדערער האָט זי געהאַלטן אַ מאַטיקע, וואָס מ׳גראָבט דערמיט קאַרטאָפל. זי האָט זיך אומגעקוקט אויף רעכטס, לינקס, צום הימל, צו דער ערד. זי האָט געשנאַפּט דעם ווינט, זיך געקרימט, געשאָקלט דעם קאָפּ אין דער ברייט ווי אויף ניין. זי האָט געפּרעפּלט:

— פון געמויזעכץ! אַלע שלעק און זוכטן קומען פון דאָרט... אַ געוויטער, אַ בייז געוויטער. נישט געדאַכט זאָל עס ווערן!... ס׳עט שוין זיין היי־יאָר אַן אומגערעטעניש.. דער בייזער ווינט וועט אַלץ אויסבלאָזן... פאַר די פּויערים וועט בלייבן בלויז פּלעווע... די ממזרים זייערע וועלן געשוואָלן ווערן פון הונגער... דער טויט וועט שוין זיין היינטיקן ווינטער אַן אָפּטער גאַסט...

קונעגונדעס הייזל איז געשטאַנען ווייט אָפּגערוקט פון די אַנ־דערע, ביים ברעג וואַלד. די ערד אַרום איז געוואָרן פאַרלאָזט מיט אומקרויט: שטעכלקעס, בלעטער מיט שופּן און האָר ווי פּאַרך, פלאַנצן מיט גיפטיקע ווינפּערלעך און דערנער וואָס ווען מ׳איז פאַרביי, האָבן זיי אָנגעכאַפּט די פּאָלעס ווי מיט ציין און נעגל. מאַ־מעס האָבן נישט געלאָזט די קינדער פאַרבייגיין קונעגונדעס שטוב, ווייל אַ חוץ דעם וואָס ס׳האָט דאָרט געשווירבלט און געגריבלט מיט נישט־גוטע, האָבן זיך דאָרט גענעסט שלאַנגען. מ׳האָט גערעדט אין דאָרף, אַז אַפילו ציגן וויכן פון קונעגונדעס נחלה. אין אַלע כאַטעס האָבן זיך געהאַלטן שוואַלבן, שטאָרכן האָבן געבויט נעסטן, אָבער פון קונעגונדעס דאַך האָט מען נישט געהערט קיין צוויטשער פון אַ פויגל. איצט איז קונעגונדע געשטאַנען אין דרויסן און ווי אָפּגעוואָרט דעם שטורעם. זי האָט געעפנט אַ קרום מויל ווי אַ פראָש, גערעוועט:

— ס׳אַן עיפוש, אַן עיפוש... אַלע אונטערגענג קומען פון דאָרט... ס׳עט שוין עמיצן טרעפן אַ בייז משולחת... דער ווינט, וואָס קומט פון יענע מקומות ברענגט אַלע מאָל דעם טויט...

די זקנה האָט נישט געהאַט פאַרזעצט קיין קאַרטאָפל, אָבער זי האָט געגנוצט די מאַטיקע אויסצוגראָבן אַלערליי וואָרצלען און קריי־טעכער, וואָס זי האָט געברויכט צום כישוף. זי האָט געהאַט ביי

זיך אין שטיבל אַ גאַנצע אַפּטייק: טייוולס קויט און גיפט פון שלאַנ־גען, ווערעמקרויט און אַ שטריק פון אַ געהאַנגענעם, שטערנשוס און שדים־האָר, פּיאַווקעס און קמיעות, וואַקס צום גיסן און נעגע־לעך צום רויכערן. קונעגונדע האָט דאָס אַלץ באַדאַרפט נישט בלויז פאַר יענע, וואָס זענען געקומען צו איר נאָך הילף, נאָר פאַר זיך אַליין, קעגן די אייגענע שונאים. זינט זי האָט זיך אויף די פיס געשטעלט, האָבן בייזע כוחות זי געמאַטערט. די מאַמע האָט זי געשלאָגן, אויסגעקנייפּט פון איר שטיקער פלייש. ווען דאָס טאַטעלע האָט זיך אָנגעשיכורט, האָט ער געפּרוווט זיך אויף איר וואַרפן. דער ברודער יוזעק האָט זיך מיט איר גערייצט, זי געשראָקן מיט אַ דזשאַד און אַ באַבוק. די שוועסטער טעקלאַ האָט איר געשיכטעס דערציילט וואָס די האָר האָבן זיך דערפון געשטעלט קאַפּויער. וואָס האָט מען געהאַט צו איר? אַנדער־ע קינדער האָבן זיך געשפּילט אויפן גראָז. זי, קונעגונדען, האָט מען צו זעקס יאָר געשיקט פּאַשען גענדז. רעגנס האָבן אויף איר געגאָסן. ווינטן האָבן אויף איר גע־בלאָזן. איין מאָל איז געוואָרן אַזאַ האָגל, אַז ס׳זענען געפאַלן שטי־קער אייז ווי הינערנע אייער. זיי האָבן איר שאַרבן שיער נישט צע־שמעטערט. איין גאַנער איז געבליבן טויט און זי, קונעגונדע, האָט דערפאַר באַקומען קלעפּ. אַלערליי חיות האָבן אויף איר געלויערט: וועלף, פוקסן, מאַרדערס, טכוירן, ווילדע הינט און בעסטיעס נישט־פון־דער־וועלט, מיט הויקערס און טאָרבעס, צויטן און לאַפּן, מיט קנופּן אין די ווײַדלען און אַרויסשטאַרצנדיקע ציין. זיי האָבן גע־וואַרט אויף איר הינטערביימער און קוסטן, זי דערשראָקן מיט זייער ברומעניש, איר נאָכגעקראָכן פוסטריט. טעקלאַ האָט בלויז דערציילט פון לאַפּיטוטן און שרעטלעך; צו איר, קונעגונדען, האָבן זיי זיך אַנטפּלעקט: פּאַרכטיקע געשטאַלטן מיט קודלעס און שנויצן, בערד און ניאַנעס. פון הימל איז צו איר אַראָפּגעקומען אַ קוימענ־קערער, געפּרוווט זי אַרומבינדן מיט שטריק־און־בעזים, אַרויפּ־שלעפּן צו זיך. אויף דער לאָנקע, ווו זי האָט געפּאַשעט די גענדז, פלעגט אויפטויכן פון ערגעץ אַ פּיצעלע באַבע אין אַ שוואַרצער

פּאַטשיילע, איינגעהילט אין ווייסן, מיט אַ פּאַק אויף די פּלייצעס און מיט אַ קערבעלע ביי דער זייט. זי איז נישט געגאַנגען, נאָר געשוועבט איבערן גראָז. איין מאָל, ווען קונעגונדע האָט איר גע־וואָרפן אַ שטיינדל, האָט זי איר דערלאַנגט אַזאַ זעץ אין דער ברוסט, אַז זי איז געפאַלן חלשות. ביי נאַכט זענען געקומען צו איר אויפן געלעגער לצים, באַנעצט די פּלאַכטע, זי גערופן צונעמען. זיי האָבן זי געקנייפּט, געביסן, איר פאַרפּלאָכטן קאָלטאַנעס. זיי האָבן איבער־געלאָזט נאָך זיך מייזנדרעק און אומגעציפער.

וויפל שלאָפקייטן ס׳האָבן זיך צו איר געקלעפּט, וויפל בלבו־לים מ׳האָט אויף איר אויסגעטראַכט, וויפל מ׳האָט איר געטאָן אויף צעפּיקעניש — האָט קונעגונדע קיינעם נישט געקאָנט דערציילן, ווייל אַלע האָבן זיך געקוויקט מיט אירע שטרויכלונגען, אַפילו די אייגענע עלטערן. טייוולאָנים האָבן זי באַזוכט אין די נעכט, זי געשענדט, באַשפּיגן, זי געוואַלגערט אַהין און צוריק ווי טייג אין אַ מולטער. אַלע הינט אין דאָרף האָבן אויף איר געבילט. אַ רוי־טער האָן האָט מיט איר פאַרפירט אַ מלחמה, איר געפלויגן אין פּנים אַריין מיט די שפּאָרן, זי שיער נישט בלינד געמאַכט. אַלטע פויערים האָבן זיך געיאָגט נאָך איר מיט די שטעקנס, איר נאָכ־געשריגן זידלערייען. באַבעס האָבן אויף איר געגאָסן פּאָמאָשעפער. איין מאָל ווען זי האָט ביי נאַכט זיך געשפּילט מיטן שאָטן אויף דער וואַנט און צונויפגעלייגט די פינגער אַזוי זיי זאָלן אָפּשלאָגן אַ באָק, איז יענער אַראָפּ פון דער וואַנט און איר דערלאַנגט אַ שטויס מיט די הערנער. ס׳איז איר געבליבן אַ צייכן אויפן שטערן ביז היינט צו טאָג. אַן אַנדער מאָל, ווען זי איז ביי נאַכט אַרויס צום ברונעם אָנשעפּן וואַסער, האָט זי מיט דעם אַסוויר אַרויפגעצויגן אַ האָ־ריק באַשעפעניש, האַלב־מאַלפּע האַלב־טשערעפּאַכע. ס׳איז אַרויס־געשפּרונגען פון עמער און זיך געוואָרפן אויף איר, קונעגונדען, מיט אַ גרוילעכער רציחה. נאָך דעם ווי קונעגונדע האָט דערשטיקט דעם אומגעהייער, איז איר גאָרנישט געבליבן אין די הענט אַחוץ אַ געסראָכע.

קונעגונדע האָט נישט געהאַט קיין אויסוועג. זי האָט געמוזט לערנען כּישוף, ווען נישט, וואָלט מען זי אויף שטיקער צעריסן. זי האָט גיך איינגעזען, אַז וואָס ס׳איז שלעכט פֿאַר אַנדערע, איז וווּיל פֿאַר איר. ווען מענטש און חיה האָבן געליטן, האָט מען זי גע־לאָזט צו רו. זי האָט גענומען גאַרן ס׳זאָלן זיין אין די הייזער שלאָפֿקייטן, געשלעגן, נויט. אַנדערע מיידלעך האָבן זיך געשראָקן פֿאַר די טויטע. זי קונעגונדע, האָט ליב געהאַט אָנצוקוקן אַ מת ווי ער ליגט ווייס ווי קאַלך, אָדער געל ווי ליים, און ס׳ברענען אים ליכט צוקאָפּנס. דאָס געוויין פֿון באַבעס איז איר געפֿעלן. ווען אַ פּויער האָט געקוילעט אַ חזיר, האָט קונעגונדע זיך אַוועקגע־שטעלט ביים הייפֿל, געקוקט ווי מ׳האַקט דאָס דבֿר־אַחר מיט אַ האַק און ווי מען קרעלט עס לעבעדיקערהייט אין זודיקן וואַסער. קונע־גונדע האָט ליב באַקומען צו טויטן און פּייניקן באַשעפֿענישן. זי האָט געכאַפּט אַ פֿייגעלע, אַ קעצעלע, אַ קעניגל — זיי דערשטיקט. ווערעם האָט זי צעשניטן אויף שטיקער, געזען ווי יעדעס פּיצל שליידערט זיך. זי האָט געכאַפּט אַ פֿראַש, איר אַריינגעשטאָכן אַ דאָרן, צוגעקוקט זיך ווי זי צאַפּלט. קונעגונדע האָט אָנגעהויבן פֿרי איינצוזען אַז קללות האָבן אַ האַפֿט. אַ באַבע האָט זי גערופֿן מיט אַ צונאָמען און קונעגונדע האָט זי אַזוי לאַנג געשאָלטן ביז יענע איז אַוועקגעפֿאַלן אַ טויטע. אַ פּויערן־יונג האָט איר, קונעגונ־דען, געוואָרפֿן אַ שישקע אין אויג און זי האָט געווונטשן ער זאָל ווערן בלינד. אַ פּאָר וואָכן שפּעטער איז אים ביים האָלץ־האַקן אַ שפּאָן געפֿאַלן אין פּנים און ס׳איז אים אויסגערונען אַן אויג. שפּרוכן זענען איר איינגעפֿאַלן און אַלערליי פֿאַרטועניש. זי האָט זיך צוגעהערט צו די שמועסן פֿון באַביצעס, געשיכטעס פֿון כאָלערע, דעם שוואַרצן קרעצל, פֿייערן, פֿאַרפּלייצונגען, מכשפֿים. אין אַ שטיבל ביים זאַמד האָט געלעבט אַ בלינדע באַבע, וואָס האָט פֿון פֿרימאָרגן ביז זונזעצונג געפּלאַפּלט פֿון קסרים, מלחמות, כּישוף־מאַכער, ריזן מיט איין אויג אין שטערן, קאַרליקלעך וואָס וווינען צווישן שוואָמען, טאַנצן ביי דער שיין פֿון דער לבֿנה, פֿאַרנאַרן פֿאַנעלעך אין היילן.

די באָבע האָט אויך געגעבן עצות ווי צו פֿאַרטרייבן רוחות, ווי זיך צו באַשיצן קעגן בייזוויליקע מאַנסלייט, נישט־פֿאַרגינערישע נקבות, פֿאַלשע פֿריינד, ווי צו באַשיידן חלומות און אַרויסצורופֿן גייסטער פֿון געשטאָרבענע.

קונעגונדעס עלטערן זענען פֿרי אַוועק פֿון דער וועלט. דער ברודער האָט חתונה געהאַט אין אַן אַנדער דאָרף. די שוועסטער האָט גענומען אַן אַלמן און איז געשטאָרבן אין קינפּעט. מיידלעך אין קונעגונדעס עלטער האָבן געטאָן שידוכים, אָבער קונעגונדע האָט געהאַט געוואָרפֿן אַן אומחן אויף מאַנסלייט וואָס ברענגען אויף ווייבער מפּלונגען, געבורטווייען, טויט.ס׳איז געהאַט געבליבן בירושה קונעגונדען אַ כאַטע און דרייפֿערטל מאָרג ערד, אָבער זי האָט נישט געקאָנט, נישט געוואָלט עס באַאַרבעטן. צו וואָס האָרעווען שווער און ביטער ווען אַלע גנבענען און רויבן: דער מילנער, דער תּבואה־סוחר, דער גלח, דער סאָלטיס. זי האָט זיך אויסגעלערנט באַגנוגענען זיך מיט ווייניק: אַ רעטעך, אַ רויע קאַרטאָפֿל, אַ ציבעלע, אַפֿילו דער גלאָמפּ פֿון קרויט. די פּויערים האָבן זיך געמיגלט פֿון הינט, קעץ, אָבער קונעגונדע האָט געהאַלטן אַז זייער פֿלייש איז נישט ערגער פֿון חזיר־פֿלייש. אַפֿילו אַ טויטע קאַץ, וואָס וואַלגערט זיך אין פֿעלד, שטילט דעם הונגער. מ׳קאָן אויך פֿאַסטן טעג און מ׳בלייבט לעבן. מחמת די ווייבער האָבן זי שטאַכעלירט און די מאַנסלייט האָבן אויס איר געטריבן שפּאָס, האָט קונעגונדע אויפֿגע־הערט גיין אין קירך אַפֿילו אין פּסחא און אין ווייַנאַכט. זי האָט אויך נישט געהאַט קיין מלבושים, קיין שיך און קיין געלט אַרייַנ־צוּוואַרפֿן אין דער פּושקע.

קונעגונדע פֿלעגט זיך אָפּשליסן אין דער כאַטע און נישט אַרויס־קומען טעג. זי האָט זיך געשעמט פֿאַר מענטשן און מורא געהאַט פֿאַר דעם שפּאָט אין זייערע בליקן. זי איז אַפֿילו נישט אַרויס־געגאַנגען טאָן איר באַדערפֿעניש. אין דאָרף זענען פֿאָרגעקומען חתונות, טויפֿונגען, קלאָפּסידרעס, אַלערליי פֿאַרווײַלונגען נאָכן שניט, ביים האַקן קרויט, ביים זויערן אוגערקעס, אָבער מ׳האָט קונעגונדען

אין ערגעץ נישט פֿאַרבעטן. מ׳האָט זי אין חרם גֿעלייגט: אַ גאַנצע געמינע קעגן איין מויד, אַ יתומה. וואָס האָט זי געקענט טאָן אויב נישט שילטן? זי איז געזעסן אין דער פֿינצטער און יעדן איינעם צוגעטיילט פֿלוכן. פֿון יעדן געלעכטער אין דרויסן האָט זי אויפֿגע־ציטערט. יעדעס געשריי האָט זי פֿאַרדראָסן. אַפֿילו דאָס מרוקען פֿון קי, ווען זיי קערן זיך אום פֿון דער פֿאַשע, האָט אַרויסגערופֿן אין איר אַ ווידערווילן, און זי האָט זיך אויסגעלערנט צו פֿאַרטאָן זיי זאָלן אויפֿהערן זיך מעלקן. יאָ, קונעגונדע האָט אַלעמען אָפּגע־צאָלט, קיינעם נישט געבליבן שולדיק. זיי האָבן אַלע קראַפּירט, די פֿיינד. זי האָט זיך אַלץ אויסגעלערנט: געבן אַ בייז אויג, פֿאַר־באָרגן שטילערהייט אַ כּישוף אין שייער אָדער אין אַ שטאַל, אַנ־שיקן מייז און ראַצן צו יענעם אין דער תּבֿואה, פֿאַרשליסן ביי אַ געווינערין די טראַכט, אויסקנעטן פֿון ליים יענעמס אָפּבילד און עס באַשטעקן מיט נאָדלען, לאָזן אָנוואַקסן ביי הינער אַ פּיפּיטש. עס איז געווען אַ צייט ווען קונעגונדע האָט געבעטן ביי גאָט ער זאָל זי באַשיצן פֿון די אומצאָליקע פֿאַרפֿאָלגער, אָבער זי האָט שוין לאַנג געהאַט געלערנט, אַז גאָט הערט נישט דאָס געבעט פֿון אַ יתומה. ער פֿאַרהוילט זיך אין הימל און לאָזט די תּקיפֿים גע־וועלטיקן. דער טייוול האָט זיינע פֿאַרוועלעכצער, קאַפּריזן, זיין פּרייז, אָבער מ׳קאָן מיט אים האַנדלען.

קונעגונדעס דור איז געהאַט אַוועק און ס׳איז רעכט, אַז קיינער איז נישט געבליבן. אויף קונעגונדען איז אַרויף די עלטער. מען האָט מער נישט געשפּעט אויס איר, נאָר זיך געשראָקן פֿאַר איר גרימצאָרן. מ׳האָט איר אַ נאָמען געטאָן די מכשפֿה. מ׳האָט זיך גע־סודעט אין דאָרף, אַז זי רייט אויף אַ בעזים, פֿליט יעדן שבת־צו־נאַכטס זיך טרעפֿן מיט די אַנדערע מכשפֿות. ס׳האָבן איצט גע־קלאַפּט אין איר טיר שווערע געמיטער פֿון דער גאַנצער געגנט אַרום: ווייבער מיט אָנוואַקסן אין דער טראַכט, מאַמעס פֿון פֿאַר־זעענישן, מוידן מיט שלוקערצן, פֿאַרלאָזענע כּלות, פֿאַרשטויסענע יונגפֿרויען, יעדע מיט איר קלאָג און פּרעטענזיעס. מ׳האָט איר

געבראַכט אַ לאַבן ברויט, מעסטלעך קאַשע, קנוילן פּוטער, אַפילו מינץ. אָבער וואָס האָט זי דאָס אַלץ באַדאַרפט? פון נישט־דערעסן איז איר דער מאָגן געוואָרן איינגעשרומפן. די ציין זענען איר גע־האַט אַרויסגעפאַלן. די פיס זענען געוואָרן פול מיט קראַמפּאָדערן און זי האָט קוים געטאָן אַ טראָט. די אויגן אירע זענען געוואָרן האַלב בלינד, די אויערן — טויב. פון אָפּשווייגן יאָרן און רעווען צו זיך אַליין, האָט זי ווי פאַרגעסן די מענטשלעכע שפּראַך. זי האָט געהאַט אַוועקגעשיקט די אַלטע שונאים אויפן צמענטאַר, אָבער ס׳זענען אַ פּנים, אויפגעשטאַנען נייע צווישן יונגן דור. קונעגונדעס לעפצן האָבן זיך געהאַט אַזוי צוגעווינט צו קללות, אַז זיי האָבן געשעפּטשעט פון זיך אַליין: שלעק און פּגירה... בראַנד און מאַלעיר... פּאָקן אויף דער צונג... פאַכירען אין האַלדז... גרין אין די אויגן...

ס׳איז נישט דער שטייגער ס׳זאָל אין מיטן זומער ווערן אַ שטור־רעמווינט, אָבער קונעגונדע האָט נאָך דעם ווינטער פריער פאָרויס־געזען, אַז דער היינטיקער זומער וועט זיין פול מיט פּלאָגן. זי האָט דערשמעקט אומגליק און טויט מיט דער נאָז. בייזע בשורות האָבן זיך דערטראָגן צו איר פון זיך אַליין. דער ווינט, וואָס האָט זיך איצט אָנגעהויבן, איז נאָך ווייט נישט קיין אומגעווינלעכער, אָבער קונעגונדע האָט געוווסט פון וואַנען ער קומט. קראָען זענען געפלויגן מיט אַ קראַקעניש. פון ערגעץ האָט אָנגעהויכט אַ גערוך פון פוילעכץ, אָפּגעברענטס און נאָך עפּעס פאַראייליצטס און איבל־דיקס וואָס נאָר זי, קונעגונדע, האָט געוווסט זיין באַשייד. קונע־גונדעס איינגעפאַלן מויל האָט זיך פאַרקרימט.

— ס׳אַן עיפּוש. אַן עיפּוש... נאָך אַזאַ געוויטער קומט צו גאַסט דער טויט...

.2

דער ווינט האָט געבלאָזן אַלץ שטאַרקער, אָבער קונעגונדע האָט געטאָן דאָס איריקע: אויסגעגראָבן וואָרצלען. ס׳איז אַלץ געוואַקסן אויף איר גרונט, לעבן דער כאַטע, און יעדער וואָרצל, יעדעס

עטיינדל האָט געווירקט מיט זיך קראַפט. אין די יינגערע יאָרן פלעגט קונעגונדע פון צייט צו צייט אָוועקגייען קלויבן קרייטעכצער אַרום די זומפן. אויף אַ ריזיקן שטח, ווו ווייט דער בליק האָט דערגרייכט, האָט זיך געצויגן דאָס געמויזעכץ — דאָס וואַסער באַוואַקסן מיט מאָך, פול מיט בלעטער און בלומען, וואָס וואָרצלען נישט אין דער ערד, נאָר שווימען אַרום אין דער געדיכטעניש. אַפילו די פליגן זענען דאָרט אַנדערע: גרויסע, מיט גרין־גאָלדענע בייכלעך. ס׳זענען געפלויגן אַנדערע סאָרטן פייגל. דער צמענטאָר האָט זיך געפונען נישט ווייט און די ריחות, וואָס זענען אויפגעגאַנגען פון דעם שליים, האָבן דערמאָנט אָן פלייש און מאַרך. קונעגונדע האָט געהאַט פאַרשיקט די בלוטפיינט אויף יענער וועלט, אָבער אין גאַנצן ווערן לויז פון זיי איז נישט געמאָלט. די נשמות זייערע האָבן געהויערט איבער די זומפן, געשפּינט נעצן פון נקמה. טייל מאָל האָבן זיי געקלאַפּט ביי איר אין דער וואַנט, געשאַרכט אין שטרוי פון דאַך, געשאָקלט מיט די געפלעכטן, וואָס האָבן פון אים נאָכגעהאַנגען. טויטע קאַנען אָפּטאָן אַ סך רשעות און קונעגונדע האָט אַלע מאָל געמוזט זיין אויף דער וואַך. אַפילו אַ דערוואָרגענע קאַץ האָט אירע אָפּטועניש. נישט איין מאָל איז אַ טויטע קאַץ געקומען מיאַוקען אין די נעכט און זי שטעכן מיט די נעגל. הינטערן באַנקבעט, צווישן די שמאַטעס, האָט זיך געהאַט באַזעצט אַ לאַנטוך און קונעגונדע האָט אים אָפּט געהערט מורמלען. טייל מאָל איז ער געווען גוט און ער האָט איר געבראַכט אין דער כאַטע אַ קעניגל, אַ קראַנקן פויגל אָדער אַן אַנדער חיהלע, וואָס מ׳קאָן אָפּבראָטן און עסן. אָבער אַן אַנדער מאָל איז ער געוואָרן טראַציק, אָפּגעטאָן קידער־ווידער. זי האָט עפּעס אַוועקגעלייגט און ס׳איז אַוועקגעקומען. ער האָט פאַרוואָרפן אָדער פאַרמישט קרייטעכער, באַהאַלטן זאַלבן, פאַראומריייניקט שפּייז. איין מאָל האָט זי געקראָגן פון אַ יונגער פויערטע אַ קריגל באָרשט. קונעגונדע האָט עס אַוועקגעשטעלט אין אַ ווינקל, צוגעדעקט מיט אַ שטערצל. צומאָרגנס איז געהאַט אַנגעוואַקסן אויף דעם באָרשט אַ דיקע שאָל, וואָס האָט

אויסגעזען ווי חזיר־פּעטס, אָבער ס׳האָט געשטונקען ווי שמירעכץ צי רעדער. אין אַ טעפּל קאַשע האָט דער דאַמאָוויק געהאַט אָנגע־שאָטן זאַמד נישט־פון־די היגע מקומות. ווען קונעגונדע האָט זיך צו אים אַראָפּגעבויגן און אים אָנגעזידלט, האָט ער צו איר אַ כאָרכל געטאָן:

— אַלטע שטשערוועַ...

קונעגונדע האָט איצט נאָך אַ ביסל געגראָבן, אָבער דאָס אומ־וועטער איז באַלד אַריבער אין אַ געווירבל און זי איז אַוועק אין דער כאַטע. דער ווינט האָט מער נישט געבלאָזן, נאָר געהוילט ווי אַ משוגענער. קונעגונדע האָט אַרויסגעקוקט דורך דעם לאָך פון דער וואַנט. די זאַנגען אויף די פעלדער האָבן אַ ווייל זיך געשאָקלט און ווי געפּרוּווט בייקומען די זאַווערוכע. באַלד האָבן זיי זיך איבער־געבראָכן, געבליבן ליגן איינגעפּלאַטשט. סטויגן היי זענען זיך צע־פאַלן. דאָ און דאָרט האָט אַ דאַך זיך אָפּגעריסן, געפלויגן איבערן דאָרף ווי אַ פויגל. פּויערים זענען אַרויס אונטערשפּאַרן דעכער, באַשיצן וועגנט, בינדן פערד און רינדער אין די שטאַלן זיי זאָלן זיך נישט צעבריקן; אָבער דער ווינט האָט אַ שלאַקס־רעגן אָנגע־יאָגט. ס׳האָט געטאָן אַ גאָס און דאָס דאָרף איז געוואָרן פאַר־פלייצט. די בליצן האָבן געבלענדט ווי פייערן פון גיהנום. די דונערן האָבן געקנאַלט אַזוי נאָענט, אַז די געהירן האָבן זיך גע־שאָקלט אין שידל ווי אַ יאָדער פון אַ נוס. קונעגונדע האָט פאַר־שפּאַרט די טיר, זיך אַוועקגעזעצט אויף אַ קלעצל. וואָס האָט זי געקאָנט טאָן מער ווי פאַרשווערן און פאַרשפּרעכן? פון אַלע כאַטעס איז איר כאַטע די שוואַכסטע. ווען אַ חזיר האָט זיך געריבן אָן איר, האָט זי זיך געטרייסלט. קונעגונדע האָט אָנגערופן די נעמען פון שטן און לוציפער, די באַבע יאַגאַ און קאַדיק, מאַלפּאַס, און פאַן טוואַרדאָווסקי. זי האָט אין יעדן ווינקל אַוועקגעלייגט אַ קנוי־לעכל וואַקס און ציגנבאָבקעס. צו פאַרשטאַרקן די שמירה, האָט זי געעפנט דעם דעמבענעם קופערט, וווּ זי האָט געהאַלטן אַ קני־ביין פון אַ בתולה, דעם שקעלעט פון אַ קאָטער, אַ פיסל פון אַ האָז.

דעם האָרן פון אַ שוואַרצן אָקס, ציין פון וועלף, שמאַטע מיט מענס־טרואַציע־בלוט און די סגולה פון אַלע סגולות: די שטריק פון אַ גע־האַנגענעם. די ליפּן אירע האָבן געמורמלט אַ שפּרוך אין גראַם:

דער לעמפּאַרט איז שטאַרק,
דער עקדיש איז בייז;
הודאַק און גודאַק פאַרצערט
מיין פלייש.
רויט איז דאָס בלוט,
שוואַרץ איז די נאַכט:
מאַגיסטער און דיאַבעל
גיב מיר דיין מאַכט...

דאָס שטיבל האָט זיך געשאָקלט, געוואָרפן, אָבער קיין שאָדן איז ביז איצט נישט געשען. דער דאַך האָט זיך געטרייסלט און אומ־היימלעך געפּאָכעט מיט די צעפּ, אָבער ער האָט זיך נישט אָפּ־געריסן. דאָ איז אין דער כאַטע געוואָרן גרעל־ליכטיק און קונעגונ־דע האָט דערזען אויסטערליש קלאָר די פאַרריסטע ווענט, דעם ליי־מענעם דיל, דעם טאָפּ אויפן דרייפוס, דאָס שפּינרעדל מיט פלאַקס. באַלד האָט זיך אומגעקערט די פינצטערניש. דער רעגן האָט גע־שמיסן מיט בייטשן. די דונערן האָבן געקלאַפּט ווי האַמערס. דאָס הייזל האָט זיך יעדעס מאָל אַ ריס געטאָן פון פונדאַמענט, גרייט אַוועקצופליען אין אָפּגרונט. קונעגונדע האָט זיך וויפל מאָל גע־פּרוּווט טרייסטן, אַז זי האָט מער גאָרנישט צו פאָרכטן; יונג וועט זי שוין נישט שטאַרבן; פריער אָדער שפּעטער מוז יעדער איינער פוילן אין קבר. אָבער יעדעס מאָל וואָס דאָס געביי האָט זיך געטאָן אַ וואָרף, האָט קונעגונדען אָנגעכאַפּט אַ ציטערניש. זי האָט מער נישט געקאָנט זיצן און אַ פאַרקלעמטע זיך אויסגעשטרעקט אויפן באַנקבעט. זי האָט אָנגעשפּאַרט דעם קאָפּ אויף דעם קישן מיט הינערנע פעדערן. דער דאָזיקער שטורעם איז נישט עפּעס קיין טראַף. ער האָט זיך געזאַמלט זינט אַ צייט. אַ סך שאַלקהאַפטיקייט,

אומרעכט, פֿאַרדאָרבונג און צאַנקעריי האָט געהויזט צווישן די פּוי־ערים אין די אַרומיקע דערפֿער. ס׳זענען דערגאַנגען צו איר, קונעגונדען, געשיכטעס פֿון זמאָרעס, ווילקאָלאַקן, וואַמפּירן, אַנדע־רע אָנשיקעניש. טאַטעס האָבן באַמאַנט די טעכטער און זיי האָבן געבוירן בענקאַרטעס. אלמנות האָבן זיך געפּאָרט מיט די אייגענע זין. פּאַסטוכער האָבן אויף לאָנקעס געשמונצט מיט קי, קאָבילעס, חזירים. איבער די זומפּן זענען אין די נעכט אויפֿגעגאַנגען פֿייער־לעך. פּויערים, וואָס האָבן געאַקערט די ערד אָדער געגראָבן קע־לערס פֿאַר קאַרטאָפֿל, האָבן געפֿונען מענטשלעכע ביינער, וואָס זענען געוואָרן אַרויסגעשליידערט פֿון די קברים. קעגן איר, קונע־גונדען, האָט זיך געפּירט אַ העצע. כּוחות, וואָס האָבן זי ביז איצט באַשיצט, האָבן געקאָנט יעדן טאָג אַריבער אויף דער זייט פֿון די פֿאַרשווערער. אַלץ האָט געהאָנגען אויף דער וואָגשאָל. קונעגונדע האָט צוגעשלאָסן די וויעס. זי האָט ביז איצט אַלע מאָל געזיגט. זי איז יעדן העצער בייגעקומען מיט איר איינגעשפּאַרטקייט. ס׳האָט אַלע מאָל מיט איר געטראָפֿן אַ נס און דער אַנדערער צד האָט זיך אויסגעגליטשט. אָבער דער דאָזיקער געוויכער פֿאַרן שניט, האָט זי געשראָקן. אפשר וועט זי אַליין אויך אונטערגיין אין דעם אויסרייסעניש? אפשר האָט זי ערגעץ איבערגעלאָזט אַ נישט־פֿאַר־היט ווינקל? די פּיינטלעכע געשפּענסטער האָבן נאָר געהאַרט אויף אַ געלעגנהייט. זי האָט איצט פֿאַרנומען זייערע געלעכטערן, אויס־געלאַסענע קוויטשערייען. זיי האָבן געבילט ווי יאַגדהינט. זיי האָבן געגראַבלט מיט די פֿינגער אונטערן דיל. קונעגונדע האָט איינגע־דרימלט און ס׳האָט זיך איר געחלומט אַ ריזיקע קאַץ, גרויס ווי אַ פֿאַס, די פֿעל שוואַרץ, די אויגן גרין, מיט פֿייערדיקע וואָנסן. זי האָט אַרויסגעשטעקט אַ לאַנגע צונג, אַרויסגעלאָזט אַ מיאַוקעניש וואָס האָט געקלונגען ווי אַ גלאָק. פּלוצעם האָט קונעגונדע געטאָן אַ צאַפּל, זיך איבערגעוועקט. עמיץ האָט זיך געפּאָרעט ביי דער פֿאַרקייטלטער טיר. אַ פּחד האָט אָנגענומען קונעגונדען און אַ ווי־דערשפּעניקייט. זי האָט אַ פֿרעג געטאָן:

— ווער איז דאָס, האַ?

קיינער האָט נישט געענטפערט.

ס'איז וויאַנטראַבע, האָט קונעגונדע צו זיך געזאָגט. זי האָט געהאַט אַן אַלטן חשבון מיט דעם דאָזיקן מחבל. זי האָט זיך געוואָלט דערמאָנען אַ שפּרוך ווי אַזוי אים אָפּצוטרייבן, אָבער זי האָט נישט געדענקט. זי האָט גענומען רעדן:

— גיי אַוועק פון דאַנען, אין אַלע וויסטע וועלדער, וווּ מענטשן גייען נישט און פּי טרעט נישט... איך באַשווער דיר אין נאָמען פון אַמאַדאַי, סאַגראַטאַנאַס, בליעל, באַראַבאַס!...

ס'איז געוואָרן שטיל.

— לויף פון דאַנען, ברעך האַלדז־און־נאַקן, אָן האָר, אָן ציין, מיט אַ נאַקעט געביין, אין פייער און רויך, מיט וואַסער אין בויך, מיט דערנער אין די טריט, מיט אַ געבראָכן געמיט — —

די טיר האָט זיך אויפגעריסן. צוזאַמען מיטן ווינט־שטויס איז אַריין אַ געשטאַלט. קונעגונדע איז געבליבן אָן אָטעם.

— מאַמעלעך...

— ביסטו קונעגונדע די מכשפה? — האָט געפרעגט אַ גראָב מאַנסביל־קול.

קונעגונדע האָט אַ ווייל געגליווערט.

— ווער ביסטו? האָב רחמנות!

— איך בין סטאַך. יאַנקאָס חתן.

אַזוי גאָר, ער פאַרשטעלט זיך פאַר אַ מענטש, האָט קונעגונדע געטראַכט. געזאָגט האָט זי:

— וואָס ווילסטו, סטאַך?

— דו אַלטע כלבתא, כ'ווייס אַלץ. דו האָסט איר סם געגעבן מיך אָפּצורוימען. זי'ט מיר אַלץ דערציילט, גאָרנישט געלייקנט. איצט —

קונעגונדע האָט געוואָלט שרייען, נאָר זי האָט באַנומען אַז קיינער וואָלט זי נישט געהערט פון דאַנען אַפילו ווען אין דרויסן

איז נישט קיין געוויטער. די שטים אירע איז געווען שטיל ווי ביי אַ מויז. זי האָט גענומען פּרעפּלען:

— קיין שום סם. אויב דו ביזט וואַרהאַפּטיק סטאַך, זיי וויסן אַז איך סם נישט קיינעם. די יאַנקאָ האָט געביטערט פאַר מיר אַז זי שמאַכט פון ליבשאַפט און דו, מיך העלד, האָסט זי נישט איין זין, — האָב איך איר געגעבן אַ וואַסערל דיך צו פאַרגעסן? זי'ט געשווירן ביי גאָט צו האַלטן אַ סוד.

— אַ וואַסערל, האַ? גיפט פון אַ שלאַנג.

— קיין שום גיפט, האַר און געביטער. אויב דו ביסט אַ מאַנס־ביל און באַגערסט זי, נעם זי און זיי מיט איר גליקלעך. איכ'ל אייך אַ מתנה שענקען. איכ'ל צום שלוב קומען און אייך מיין ברכה געבן, כאָטש זי'ט מיך פאַרראָטן.

— קיינער דאַרף נישט דיין ברכה, דו פאַרשאָלטענע מכשפה, דו קרעציקע צויג, דו בלוטדורשטיקע בעסטיע!...

— געוואַלד, דערבאַרעם דיך!

— ניין.

ער האָט צוגעשפּאַנט צום באַנקבעט, אַלץ איבערגעקערט אויפן וועג. ער האָט זי אַ כאַפּ געטאָן, אונטערגעהויבן צו זיך, געשלאָגן מיט די מעכטיקע פויסטן. קונעגונדע האָט אַפילו נישט באַוויזן אַרויסצולאָזן אַ פּיפּס. ער האָט זי אַרומגעשלעפּט אויף דער ערד, געטראָטן מיט די פיס. קונעגונדע האָט געהערט אַ רויש אַ שטייגער ווי ס'וואָלט זיך דאָ געפונען אַ האָן און ער פּאַטשט מיט די פליגל. נאָך אַ ווייל האָט זיך קונעגונדע געפונען אין אַ לאַנד אָן אַ הימל, אין אַ שטענדיקער דעמערונג, צווישן פעלדזן, גריבער, ביימער אָן בלע־טער: ס'איז געווען סיי אַ צירק פון קונצנמאַכערס, סיי אַ גיהנום. נאַקעטע פאַרשוינען, שוואַרצע ווי פעך, האָבן געקלעטערט אויף לייטערס, זיך אָנגעהאָנגען אויף שטריק, געמאַכט קאָזשאָלקעס, זיך געטראָגן אין דער לופט ווי פלעדערמייז. מאַנסלייט האָבן געוויקט אין פעסער דזיעגעכץ, געשלעפּט מילשטיינער אויף די העלדזער,

ווײַבער האָבן געהאָנגען אויף די האָר, די בריסטן, די נאָפּלען. מ׳האָט דאָ אײַנגעריכט אַ חתונה און פֿויערים האָבן געשעפּט אין די הויפּנס אָקאָוויט פֿון אַ שאַף. פֿון ערגעץ זענען אָנגעקומען אירע, קונעגונדעס שונאים — אַ לוסטיק געזעמל, מיט העק, מעסערס, היי־גאָפּלען, שפּיזן. אַ באַנדע טײַוולאָנים איז מיטגעלאָפֿן מיט זיי. זיי זענען אַלע געהאַט אַריבער צו די שונאים: בעל־זבוב, די באַבאַ יאַגאַ, באַבוק, קזשיווינאַס, קולאָס, באַלוואַכוואַלעץ... זיי האָבן גע־הויבן שטורקאַצן, געהירזשעט, איר אַקעגנגעקומען מיט האַס און שאַדנפֿרייד. הייליקע מוטער, ראַטעווע! — האָט קונעגונדע אין איר באַדרענגעניש געטאָן אַ לעצטן געשריי.

צומאָרגנס זענען פֿויערים געקומען נאָך דער מכשפֿה. די כאַטע איז געהאַט אײַנגעפֿאַלן. פֿון צווישן די באַלקנס, לייסטן, דעם פֿוילן שטרוי האָט מען אַרויסגעצויגן קונעגונדעס צעשמעטערטן קערפּער. דער מוח האָט זיך געהאַט אויסגעגאָסן פֿון שיידל ווי פֿון אַ טעפּל. ס׳איז גאָרנישט געבליבן מער ווי אַ רעשטל ביינער. מ׳האָט אַוועק־געלייגט דאָס איבערבלײַבעכץ אויף אַ ברעט, אַוועקגעטראָגן אין דער קאַפּליצע. דער שטורעם האָט געהאַט אָנגעטאָן אַ סך שאָדן, אָבער ס׳איז בלויז געווען איין טויטע: קונעגונדע. יאַנקאָ איז מיט־געגאַנגען מיט די באַגלייטער. נאָך דעם ווי די אַנדערע זענען אַוועק, האָט זי אָנגעצונדן צוקאָפּנס אַ ליכטל, אַנידערגעקניט, גערעדט:

— באָבעשי, אַ גליק האָט מיך געטראָפֿן, אַ גרויס גליק. סטאַך איז געקומען צו מיר היינט פֿאַר טאָג... ער׳ט מיט מיר חתונה האָבן, צום אַלטאַר פֿירן... פֿון דייך וואַסערל האָט זיך זיין האַרץ איבערגעקערט צום גוטן... מיר פֿאָרן איפּדערוואָך צום גלח... מיין מוטערל גרייט שוין צו שמאַלץ־קוכן...

דער ווינט האָט זיך געהאַט אײַנגעשטילט, אָבער דער הימל איז געבליבן פֿאַרדעקט מיט געדיכטע וואָלקנס. דער טאָג האָט געדע־מערט אַזוי טונקל ווי פֿאַרנאַכט. פֿון די זומפּן זענען אָנגעפֿלויגן שאַרע קראָען. ס׳האָט געשמעקט מיט שריפֿה און אונטערגאַנג, דאָס

דאָרף איז געלעגן האַלב־צעשטערט, האַלב־פאַרפּליצט. אין די טריבע װאַסערן האָבן זיך געשפּיגלט די אָפּגעריסענע דעכער, די איינגעפאַלענע װענט, די איינגעבראָכענע ביימער. דריי באַבעס, די קליידער פאַרשאַרצט איבער די קני, האָבן ביז נאַכט געגנישטערט אין קונעגונדעס פאַרגאַסענער חורבה, געזוכט די שטריק פון דעם געהאָנגענעם...